A REPÚBLICA DO DRAGÃO

A REPÚBLICA DO DRAGÃO

R.F. KUANG

Tradução de Helen Pandolfi
e Karine Ribeiro

intrínseca

Copyright © 2019 by Rebecca Kuang

TÍTULO ORIGINAL
The Dragon Republic

PREPARAÇÃO
Ana Beatriz Omuro

REVISÃO
Victor Almeida

LEITURA SENSÍVEL
Diana Passy

DIAGRAMAÇÃO
Ilustrarte Design e Produção Editorial

IMAGENS DE MIOLO
Sudarat Wilairat / Vecteezy (papoulas nas páginas 2, 3, 6 e nas aberturas de capítulo) e Freepik (fumaça nas aberturas de parte)

MAPAS
Eric Gunther | copyright © 2017 Springer Cartographics

ADAPTAÇÃO DOS MAPAS
Henrique Diniz

DESIGN DE CAPA
© HarperCollins*Publishers* Ltd 2019

ILUSTRAÇÃO DE CAPA
© JungShan

IMAGEM DE CAPA
Kasha_malasha / Shutterstock (círculo azul na logo)
Komsan Loonprom / Shutterstock (fumaça do verso)
Ohm2499 / Shutterstock (fumaça do verso)

CIP-BRASIL. CATALOGAÇÃO NA PUBLICAÇÃO
SINDICATO NACIONAL DOS EDITORES DE LIVROS, RJ

K96r

    Kuang, R. F., 1996-
      A república do dragão / R. F. Kuang ; tradução Helen Pandolfi, Karine Ribeiro. - 1. ed. - Rio de Janeiro : Intrínseca, 2023.
      640 p. ; 23 cm. (A guerra da papoula ; 2)

    Tradução de: The dragon republic
    ISBN 978-65-5560-839-7

    1. Ficção chinesa. I. Ribeiro, Karine. II. Pandolfi, Helen. II. Título. III. Série.

22-81538   CDD: 895.13
                   CDU: 82-3(510)

Meri Gleice Rodrigues de Souza - Bibliotecária - CRB-7/6439

[2023]
Todos os direitos desta edição reservados à
EDITORA INTRÍNSECA LTDA.
Rua Marquês de São Vicente, 99, 6º andar
22451-041 – Gávea
Rio de Janeiro – RJ
Tel./Fax: (21) 3206-7400
www.intrinseca.com.br

ALERTA DE GATILHO

Este livro contém cenas de violência, tortura, estupro e consumo de drogas ilícitas.

Para

匡为华

匡萌芽

冯海潮

钟辉英

杜华

冯宝兰

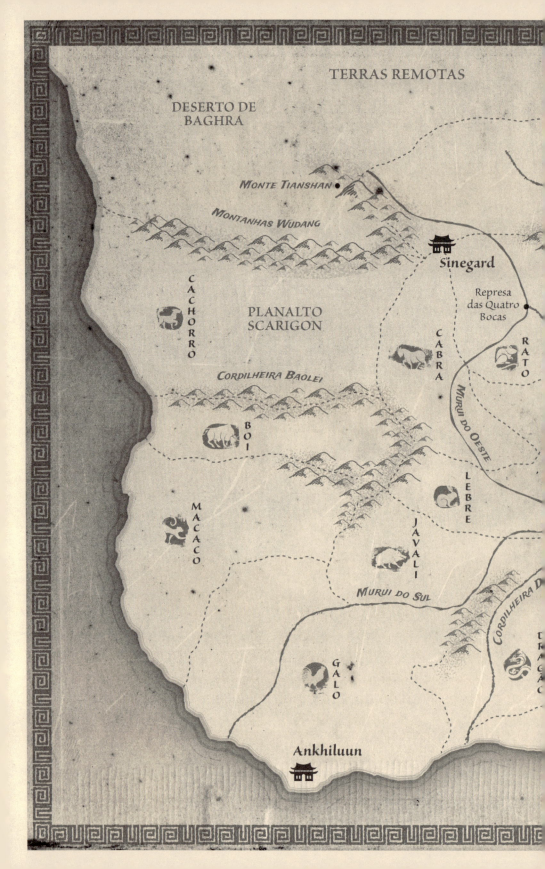

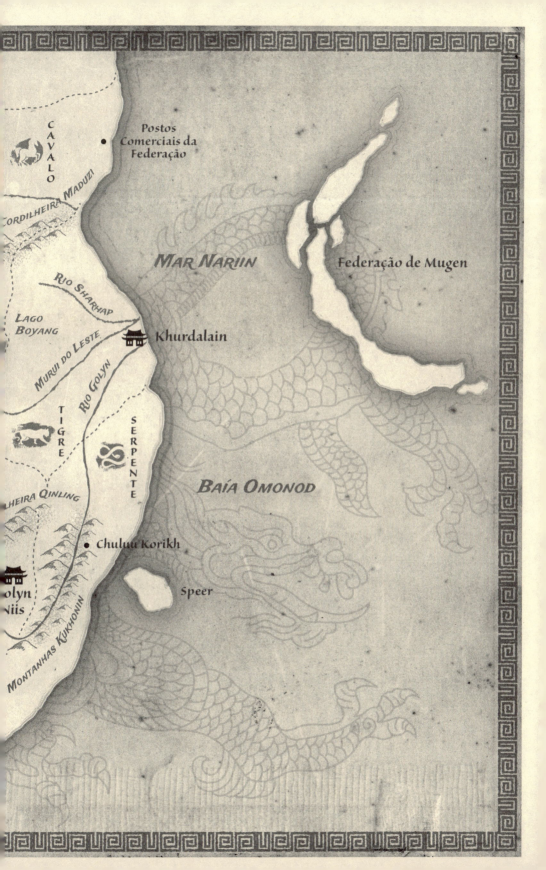

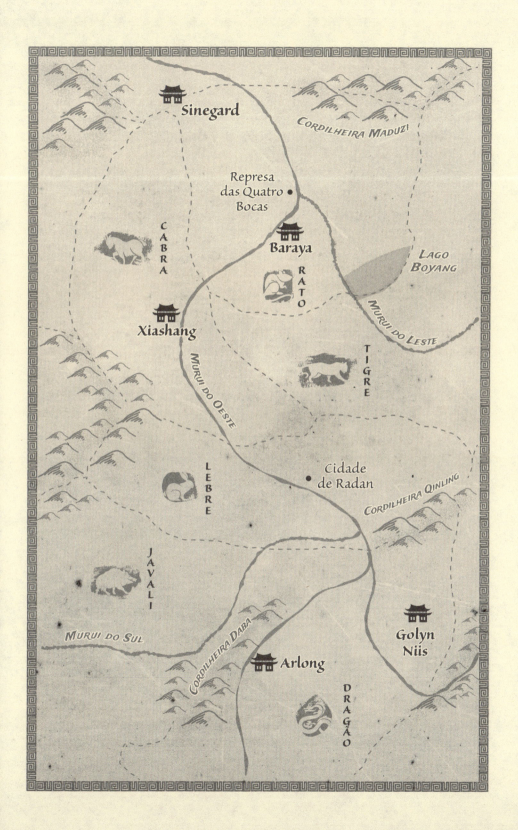

ARLONG, OITO ANOS ANTES

— Por favor — implorou Mingzha. — Por favor, eu quero ver.

Nezha segurou o irmão pelos punhos gorduchos e o puxou para fora da água rasa.

— Não podemos passar das ninfeias.

— Mas você não quer saber? — perguntou Mingzha, choramingando.

Nezha hesitou. Também queria descobrir o que havia nas cavernas depois da curva. As grutas do rio das Nove Curvas eram um mistério para as crianças do clã Yin desde que nasciam. Todas cresciam ouvindo histórias sobre males obscuros e adormecidos trancafiados nas gargantas das cavernas, sobre os monstros escondidos lá dentro, esperando para abocanhar crianças desavisadas com suas presas.

Isso já teria sido suficiente para seduzir as crianças Yin, que tinham espírito aventureiro em demasia. Mas elas também ouviam falar de grandes tesouros: montanhas submersas de pérolas, jade e ouro. O tutor de Clássicos de Nezha dissera certa vez que toda e qualquer joia perdida nas águas inevitavelmente ia parar nas grutas daquele rio. Às vezes, em dias de céu claro, o garoto tinha a impressão de ver, da janela de seu quarto, os raios de sol refletidos em metais brilhantes nas bocas das cavernas.

Ele queria explorar as cavernas havia anos, e aquele teria sido o dia perfeito para isso, quando todos estavam ocupados demais para prestar atenção. Mas proteger Mingzha era sua responsabilidade. Ele nunca havia sido incumbido de cuidar sozinho do irmão; até aquele dia, tinha sido considerado jovem demais. Naquela semana, no entanto, o pai estava na capital e Jinzha, na Academia; Muzha havia viajado para as Torres Cinzentas em Hesperia, e o restante do palácio estava tão atarefado com a doença repentina da mãe que os criados haviam jogado Mingzha nos braços de Nezha sem pestanejar, dizendo apenas que não se metessem em encrenca. Nezha queria provar que estava à altura da tarefa.

— Mingzha!

O irmão havia entrado outra vez na água. Nezha xingou e saiu correndo atrás dele. Como uma criança de seis anos conseguia andar tão rápido?

— *Por favor* — suplicou Mingzha quando Nezha o segurou pela cintura.

— Não podemos — respondeu Nezha. — Vamos arranjar confusão.

— A mamãe ficou na cama a semana inteira. Ela não vai ficar sabendo. — Mingzha se desvencilhou das mãos de Nezha e abriu um sorriso travesso. — Eu não vou contar. Os criados também não. E você?

— Seu pestinha — disse Nezha.

— Só quero ver a entrada. — Mingzha sorriu, esperançoso. — Não precisamos entrar. *Por favor?*

Nezha cedeu.

— Só vamos passar um pouco da curva. Ver a boca da caverna de longe e depois dar meia-volta, ouviu?

Mingzha soltou um grito de alegria e disparou, espirrando água por toda parte. Nezha foi atrás dele e segurou sua mão.

Ninguém conseguia dizer não para Mingzha. E como poderiam? Ele era tão gordinho e alegre; uma bolinha saltitante de gargalhadas e ternura, o tesouro mais valioso do palácio. O pai o adorava. Jinzha e Muzha brincavam com ele sempre que o menino pedia e nunca o enxotavam, como haviam feito com Nezha.

A mãe era a que mais o mimava — talvez porque seus outros filhos estivessem destinados a serem soldados, enquanto Mingzha seria só dela. Ela o vestia em seda com bordados sofisticados e o enfeitava com tantos amuletos da sorte de ouro e jade que Mingzha tilintava por onde passava, andando devagar com o pesado fardo da boa-venturança. Os criados do palácio brincavam que, por causa do tilintar, sabiam que Mingzha estava chegando antes mesmo de vê-lo.

Nezha queria que Mingzha parasse para poder retirar suas joias, temendo que elas o atrapalhassem na água, que agora já batia em seu peito, mas Mingzha avançava depressa, como se tivesse o peso de uma pena.

— Vamos parar por aqui — declarou Nezha.

Eles nunca haviam chegado tão perto das grutas. O breu era tão escuro na boca das cavernas que Nezha não conseguia ver dois palmos depois da entrada, mas as paredes eram bonitas e lisas, brilhando em mil cores, como escamas de peixe.

— Olhe ali. — Mingzha apontou para algo na água. — É o manto do papai.

Nezha franziu a testa.

— O que o manto do papai está fazendo no fundo do rio?

Mas o tecido pesado que jazia na areia era inconfundivelmente de Yin Vaisra. Lá estava o emblema de dragão bordado em linha prateada sobre o azul-cerúleo vibrante que apenas os membros da Casa de Yin podiam usar.

Mingzha apontou para a gruta mais próxima.

— Veio de lá.

Um calafrio inexplicável percorreu o corpo de Nezha.

— Mingzha, saia daí.

— Por quê?

Mingzha, teimoso e destemido, arrastou os pés em direção à caverna.

A água começou a se agitar.

Nezha esticou o braço para puxar o irmão.

— Mingzha, espera...

Uma coisa enorme emergiu da água.

Nezha pôde ver uma forma escura — algo rijo e enrolado como uma serpente — antes de uma onda gigante se erguer acima dele e o mandar para baixo d'água.

O rio não devia ser fundo. A água ia só até a cintura de Nezha e os ombros de Mingzha, ficando cada vez mais rasa conforme se aproximavam da gruta. Porém, quando Nezha abriu os olhos debaixo d'água, a superfície parecia estar a quilômetros de distância, e o fundo da gruta parecia tão vasto quanto o próprio palácio de Arlong.

Ele viu uma luz verde e fraca no fundo da gruta. Viu rostos bonitos, porém sem olhos; rostos humanos marcados na areia e nos corais e um mosaico sem-fim de moedas de prata, vasos de porcelana e lingotes de ouro — uma camada de tesouros que seguia gruta adentro até onde se podia ver.

Ele notou sinais de movimento, algo escuro contra a luz, que desapareceu tão depressa quanto surgiu.

Havia algo de errado com a água. As dimensões estavam alteradas. O que deveria ser raso e iluminado era profundo, escuro e assustadoramente silencioso, hipnótico.

Em meio ao silêncio, Nezha ouviu o som distante dos gritos de seu irmão.

Desesperado, ele se debateu em direção à superfície, que parecia estar muito longe.

Quando finalmente emergiu, a parte rasa era simplesmente a parte rasa outra vez.

Nezha esfregou os olhos para enxergar, ofegando por ar.

— Mingzha?

O irmão tinha desaparecido. Havia rajadas vermelhas na água do rio, algumas delas grossas e granulosas. Nezha sabia o que era aquilo.

— *Mingzha?*

A água estava calma. Nezha vacilou e, caindo de joelhos, vomitou. Seu vômito se misturou com o sangue na água.

Ele ouviu um tilintar vindo da direção das pedras.

Ao olhar para baixo, encontrou uma tornozeleira de ouro.

Então viu uma forma escura se erguendo diante das grutas e ouviu uma voz, vinda de lugar nenhum, que reverberava em seus ossos.

— Olá, garotinho.

Nezha gritou.

PARTE I

CAPÍTULO 1

O amanhecer viu o *Petrel* cortar a névoa rodopiante ao navegar em direção ao porto da cidade de Adlaga. Depois de ser devastada pelos soldados da Federação durante a Terceira Guerra da Papoula, a segurança do porto ainda não havia se reerguido e era quase inexistente — especialmente quando se tratava de um navio de carga que exibia as cores do Exército Imperial. O *Petrel* deslizou pelos guardas do porto sem grandes problemas e atracou o mais perto possível dos muros da cidade.

Rin se apoiou na proa, tentando disfarçar os espasmos no corpo e ignorando a dor pulsante nas têmporas. Ela ansiava por ópio, mas não podia usá-lo. Não, ela precisava da mente alerta naquele momento. Funcional. Sóbria.

O *Petrel* se chocou contra a doca. O Cike se aglomerou no convés superior, observando o céu cinzento com expectativa enquanto os minutos se arrastavam.

Ramsa tamborilava com o pé na madeira do deque.

— Já passou uma hora.

— Sejamos pacientes — aconselhou Chaghan.

— Pode ser que Unegen tenha fugido — comentou Baji.

— Ele não fugiu — contrapôs Rin. — Ele pediu até o meio-dia.

— Ele também seria o primeiro a aproveitar a chance de se livrar de nós — lembrou Baji.

Ele tinha razão. Unegen, que já era de longe o mais desconfiado entre os membros do Cike, reclamava havia dias da missão iminente. Rin o enviara com antecedência por terra para sondar o alvo em Adlaga. No entanto, a janela do encontro que haviam marcado estava passando depressa e Unegen ainda não havia aparecido.

— Unegen não ousaria fazer isso — disse Rin, estremecendo quando o esforço da fala causou pontadas de dor na base de seu crânio. — Ele sabe que eu iria atrás dele e o esfolaria vivo.

— Hum — murmurou Ramsa. — Pele de raposa. Eu adoraria ter um cachecol novo.

Rin voltou o olhar para os arredores. Adlaga era uma cidade estranha e moribunda, metade viva e metade destruída. Um lado havia passado intacto pela guerra; o outro havia sido bombardeado de forma tão arrasadora que a jovem identificou fundações de edifícios aparecendo na grama escurecida. A divisão parecia tão exata que as casas também estavam pela metade no limite: um lado escurecido e exposto, o outro oscilando e rangendo ao sabor do vento do oceano, mas ainda assim de pé.

Para Rin, era difícil acreditar que alguém ainda morava naquele lugar. Se a Federação tivesse sido tão cruel ali quanto em Golyn Niis, só teriam restado corpos.

Um corvo finalmente emergiu das ruínas enegrecidas. Ele deu duas voltas no navio e depois mergulhou em linha reta rumo ao *Petrel*, como se mirasse um alvo. Qara ergueu o braço almofadado no ar. O corvo diminuiu a velocidade e pousou em seu pulso, envolvendo-o com as garras.

Ela passou as costas do dedo indicador atrás da cabeça da ave e por seu corpo. O corvo agitou as penas quando a jovem aproximou o ouvido de seu bico. Vários segundos se passaram. Qara permaneceu imóvel e de olhos fechados, ouvindo com atenção algo que o resto deles não conseguia escutar.

— Unegen encurralou Yuanfu — contou. — Prefeitura. Daqui a duas horas.

— Parece que você vai ficar sem cachecol — disse Baji a Ramsa.

Chaghan puxou um saco debaixo do convés e esvaziou seu conteúdo no chão de madeira.

— Vistam-se.

Ramsa teve a ideia de irem disfarçados com uniformes roubados do Exército. Os uniformes foram a única coisa que Moag não pôde vender para o Cike, mas não foram difíceis de encontrar. Havia pilhas de corpos apodrecendo nas beiras das estradas em todas as cidades litorâneas abandonadas. Bastaram apenas duas viagens para garimpar um número suficiente de roupas que não tivessem sido queimadas ou que não estivessem cobertas de sangue.

Rin precisou dobrar as mangas e a barra da calça de seu traje. Cadáveres de seu tamanho eram difíceis de encontrar. Ela segurou a vontade de vomitar ao calçar as botas. Havia retirado a camisa de um corpo entalado em uma pira funerária parcialmente queimada, e mesmo depois de três lavagens ainda era possível sentir o cheiro de pele chamuscada sob a água salgada do oceano.

Enrolado de forma ridícula em um uniforme três vezes maior do que ele, Ramsa fez um gesto de saudação e perguntou:

— Como estou?

Rin se abaixou para amarrar o cadarço.

— Por que está usando isso?

— Rin, por favor...

— Você não vai.

— Mas eu quero...

— *Você não vai* — repetiu ela.

Ramsa era um ás dos armamentos, mas também era baixo, franzino e completamente inútil em combate físico. Ela não estava disposta a perder seu único engenheiro de pólvora porque o garoto não sabia manejar uma espada.

— Não me obrigue a amarrar você no mastro — ameaçou Rin.

— Ah, por favor! — protestou Ramsa. — Estamos nesse navio há semanas, e estou com um enjoo tão horrível que até andar me dá vontade de vomitar...

— É uma pena. — Rin puxou o cinto pelos passantes da calça.

Ramsa tirou um punhado de rojões do bolso.

— Pode acender isso aqui, então?

Rin olhou para ele, séria.

— Acho que você não entendeu que não estamos tentando explodir Adlaga.

— Não, claro que não, só querem derrubar o governo local. Muito melhor.

— Com um número mínimo de vítimas, o que significa que não vamos precisar de você. — Rin esticou o braço e bateu no barril solitário apoiado no mastro. — Aratsha, pode ficar de olho nele? Não o deixe sair do navio.

Um rosto indistinto, grotesco e transparente emergiu. Aratsha passava a maior parte do tempo submerso, levando os navios do Cike para onde precisavam ir; quando não estava invocando seu deus, preferia descansar em seu barril. Rin nunca havia visto sua forma humana original; na verdade, não sabia se ele ainda tinha uma.

Bolhas subiram da boca de Aratsha quando ele respondeu:

— Pois sim.

— Boa sorte — resmungou Ramsa. — Como se eu não desse conta da droga de um barril.

Aratsha olhou para ele, inclinando a cabeça para o lado.

— É bom lembrar que posso afogar você em questão de segundos.

Ramsa abriu a boca para retrucar, mas Chaghan o interrompeu.

— Podem escolher.

Itens de prata se chocaram ruidosamente quando ele despejou o conteúdo de um baú de armas do Exército no convés. Reclamando em alto e bom som, Baji trocou seu ancinho de nove pontas por uma espada comum de infantaria. Suni apanhou uma alabarda imperial, mas Rin sabia que a arma era só fachada. A especialidade de Suni era esmagar cabeças com suas enormes mãos. Ele não precisava de mais nada.

Rin prendeu uma cimitarra pirata na cintura. Não era comum no Exército, mas as espadas militares eram pesadas demais para que ela as manuseasse. Os ferreiros de Moag haviam produzido algo mais leve para ela. Rin ainda não havia se acostumado a segurá-la direito, mas duvidava que o dia fosse terminar em uma luta de espadas.

Se as coisas ficassem ruins o suficiente para que ela precisasse se envolver, então o dia acabaria em fogo.

— Vamos recapitular. — Os olhos pálidos de Chaghan correram pelos membros do Cike ali reunidos. — A situação é cirúrgica. Temos um único alvo. Isso é um assassinato, não um combate. Nenhum civil será ferido.

Ele lançou um olhar incisivo para Rin.

Ela cruzou os braços.

— Eu sei.

— Nem mesmo por acidente.

— *Eu sei.*

— Ei! — disse Baji. — Desde quando você ficou tão mandão e preocupado com danos colaterais?

— Já causamos prejuízo suficiente para seu povo — respondeu Chaghan.

— *Você* causou — retrucou Baji. — Eu não rompi aquelas barragens.

Qara estremeceu diante daquela afirmação, mas Chaghan agiu como se não tivesse ouvido.

— Chega de ferir civis. Estamos entendidos?

Rin deu de ombros em um movimento brusco. Chaghan gostava de dar ordens e ela raramente se encontrava em um estado em que se importasse. Ele podia mandar no Cike o quanto quisesse. Ela só queria dar cabo do trabalho.

Três meses. Vinte e nove alvos, todos aniquilados sem erro. Mais uma cabeça dentro de um saco e eles velejariam na direção norte para assassinar o alvo final: a Imperatriz Su Daji.

Rin sentiu um arrepio percorrer seu corpo ao pensar nisso. As palmas de suas mãos ficaram perigosamente quentes.

Agora não. Ainda não. Ela respirou fundo uma vez. Depois outra, mais desesperada, quando o calor desceu e dominou seu tronco.

Baji pousou a mão em seu ombro.

— Tudo bem aí?

Ela soltou o ar devagar. Obrigou-se a contar de dez a zero e depois os números ímpares até quarenta e nove; então fez o caminho de volta, mas contando apenas os números primos. Havia aprendido aquele truque com Altan; quase sempre funcionava, pelo menos quando ela tomava cuidado para não pensar no antigo comandante ao colocá-lo em prática. A onda febril recuou.

— Tudo certo.

— E você está sóbria? — questionou Baji.

— *Estou* — respondeu ela, num tom áspero.

Baji não tirou a mão de seu ombro.

— Tem certeza? Porque...

— *Está tudo certo* — repetiu ela, explosiva. — Vamos logo estripar esse imbecil.

Três meses antes, depois da primeira vez em que o Cike partiu de navio da ilha de Speer, o grupo se deparou com uma espécie de dilema.

Mais especificamente, eles não tinham para onde ir.

Sabiam que não poderiam voltar para o continente. Com muita astúcia, Ramsa havia apontado que, se a Imperatriz pretendesse vender o Cike para cientistas da Federação, não ficaria feliz em vê-los vivos e em liberdade. Uma rápida e discreta viagem para uma pequena cidade litorânea na Província da Serpente em busca de suprimentos havia confirmado as suspeitas. Seus rostos estavam estampados em todos os postes do vilarejo. Eles eram apontados como criminosos de guerra. Havia recompensas sendo oferecidas pela prisão do grupo — se entregues mortos, quinhentas pratas imperiais; vivos, seiscentas.

Eles roubaram o máximo de caixotes com mantimentos que conseguiram e se apressaram em sair da Província da Serpente antes que pudessem ser vistos.

Ao voltarem para a baía Omonod, passaram a discutir suas opções. A única coisa na qual todos concordavam era que precisavam matar a Imperatriz Su Daji — a Víbora, a última da Trindade e a traidora que havia vendido a própria nação para a Federação.

No entanto, eram apenas nove pessoas — oito, sem Kitay — contra a mulher mais poderosa do Império e todas as forças combinadas do Exército Imperial. Tinham poucos suprimentos, apenas as armas que traziam às costas e um barco roubado tão escangalhado que eram obrigados a passar boa parte do tempo tirando água do convés.

Então eles velejaram para o sul, passando pela Província da Serpente e pelo território do Galo, seguindo a linha do litoral até chegarem à cidade portuária de Ankhiluun. Lá passaram a trabalhar para a Rainha Pirata Moag.

Rin nunca havia conhecido uma pessoa que respeitasse tanto quanto Moag — a Rainha Durona, a Viúva Mentirosa, que governava Ankhiluun com pulso firme. Era uma consorte que se transformara em pirata, passando de Dama a Rainha ao assassinar o marido, e vinha comandando o local como território ilegal de comércio estrangeiro há anos. Tivera conflitos com a Trindade durante a Segunda Guerra da Papoula e passara a combater os patrulheiros da Imperatriz desde então.

Ela estava mais do que contente em ajudar o Cike a se livrar de Daji de uma vez por todas.

Em troca, ela pediu trinta cabeças. O Cike havia conseguido vinte e nove. A maioria delas era de ladrões de meia-tigela, capitães e mercenários. A principal fonte de renda de Moag era o contrabando de importações de ópio; por isso, ela ficava de olho em traficantes que não jogavam conforme as regras de seu jogo — ou pelo menos que não molhavam sua mão.

A cabeça de número trinta seria mais difícil. Rin e o Cike tinham a intenção de derrubar o governo local de Adlaga.

Moag tentava se infiltrar no mercado de Adlaga havia anos. A pequena cidade costeira não tinha muito a oferecer, mas seus habitantes, muitos deles viciados em ópio desde a época da ocupação da Federação, gastariam suas economias em importações de Ankhiluun com prazer. Adlaga havia resistido ao tráfico agressivo de ópio de Moag pelas duas últimas décadas apenas devido a seu magistrado particularmente vigilante, Yang Yuanfu, e sua gestão.

Moag queria Yang Yuanfu morto. O Cike era especializado em assassinatos. Era a combinação perfeita.

Três meses. Vinte e nove cabeças. Apenas mais uma missão e eles teriam prata, navios e soldados o bastante para distrair a Guarda Imperial por tempo suficiente para que Rin pudesse encontrar Daji e envolver seu pescoço com dedos em chamas.

A segurança no porto deixava a desejar, e a defesa dos muros era inexistente. O Cike passou pelos muros de Adlaga sem interferências — o que não era difícil, considerando o fato de que a Federação havia aberto enormes buracos ao longo dos limites da cidade, e nenhum deles estava sendo vigiado.

Unegen os encontrou depois dos portões.

— Escolhemos um dia muito bom para um assassinato — comentou ele ao guiá-los pelo beco. — Yuanfu deve chegar à praça da cidade ao meio-dia para uma cerimônia de celebração da guerra. Vamos pegá-lo à luz do dia, e sem mostrarmos nossos rostos.

Diferente de Aratsha, Unegen preferia sua forma humana quando não estava invocando os poderes metamorfos do espírito de raposa. No entanto, Rin sempre enxergava algo de lupino na maneira como ele se portava. Unegen era ao mesmo tempo astuto e assustadiço; seus olhos estreitos estavam sempre disparando de um lado para o outro, rastreando todas as rotas de fuga possíveis.

— Então nós temos o quê, duas horas? — indagou Rin.

— Um pouco mais do que isso. Há um depósito a poucas quadras daqui que está razoavelmente vazio — disse ele. — Podemos nos esconder lá para esperar. Depois, hum, podemos nos separar com facilidade caso as coisas deem errado.

Rin se voltou para o Cike, ponderando.

— Vamos tomar as extremidades da praça quando Yuanfu aparecer — decidiu ela. — Suni no sudoeste. Baji a noroeste, e eu vou para o lado oposto.

— Distrações? — perguntou Baji.

— Não.

Geralmente, distrações eram uma excelente ideia, e Rin adorava delegar a Suni a tarefa de causar o máximo de caos possível enquanto ela ou Baji se esgueiravam para cortar a garganta do alvo; porém, durante uma cerimônia pública, o risco para os civis era grande demais.

— Vamos deixar a primeira tentativa para Qara. O resto de nós abre caminho de volta para o navio caso haja resistência.

— Ainda estamos tentando fingir que somos mercenários comuns? — perguntou Suni.

— Fazer o quê? — respondeu Rin.

Até aquele momento, eles haviam se saído relativamente bem em esconder o alcance de suas habilidades, ou ao menos em silenciar qualquer um que pudesse espalhar boatos. Daji não sabia que o Cike estava indo até ela. Quanto mais tempo a Imperatriz acreditasse que eles estavam mortos, melhor.

— Mas estamos lidando com um oponente acima da média, então façam o que for preciso — ordenou a comandante. — No fim das contas, o que queremos é uma cabeça em um saco.

Ela respirou fundo e executou o plano mentalmente outra vez, pensativa.

Ia funcionar. Ia dar tudo certo.

Traçar estratégias com o Cike era como jogar xadrez com peças extremamente poderosas, imprevisíveis e bizarras. Aratsha dominava a água. Suni e Baji eram bárbaros, capazes de aniquilar esquadrões inteiros sem derramar uma gota de suor. Unegen podia se transformar em uma raposa. Qara não apenas se comunicava com pássaros, como também podia acertar o olho de um pavão a cem metros de distância. E Chaghan... ela não sabia muito bem o que Chaghan fazia além de irritá-la sempre que podia, mas ele parecia capaz de fazer as pessoas enlouquecerem.

Todos eles juntos contra uma simples autoridade de uma cidadela e seus guardas parecia um exagero.

No entanto, Yang Yuanfu estava acostumado a tentativas de assassinato. É preciso estar quando se é uma das poucas autoridades incorruptíveis no Império. Ele se cercava de um esquadrão dos homens mais aguerridos da província aonde quer que fosse.

Rin sabia, com base nas informações de Moag, que Yang Yuanfu havia sobrevivido a pelo menos treze tentativas de assassinato ao longo dos últimos quinze anos. Seus guardas estavam habituados a traições. Para passar por eles, seria preciso lutadores de habilidades sobrenaturais. Seria preciso exagero.

Depois de chegar ao depósito, o Cike não podia fazer nada além de esperar. Unegen ficou de vigia ao lado das ripas da parede, tendo espasmos contínuos. Chaghan e Qara estavam sentados de costas para a parede, em silêncio. Suni e Baji aguardavam com uma postura relaxada, de braços cruzados casualmente, como se estivessem apenas esperando pelo jantar.

Rin andava de um lado para o outro, concentrando-se na própria respiração e tentando ignorar as pontadas doloridas em suas têmporas.

De acordo com suas contas, fazia trinta horas desde sua última ingestão de ópio. Era mais do que havia conseguido em semanas. Ela retorcia as mãos unidas enquanto andava, tentando mitigar os espasmos.

Os gestos não ajudaram. Também não fizeram com que sua dor de cabeça passasse.

Merda.

No começo, ela pensava só precisar do ópio para o luto. Pensava que poderia fumar para sentir alívio, até que as memórias de Speer e Altan se transformassem em uma dorzinha tênue, até que pudesse funcionar sem a culpa sufocante do que havia feito.

Ela acreditava que *culpa* era a palavra para descrever aquilo. O sentimento irracional, não o conceito moral. Porque ela dizia a si mesma que não se arrependia, que os mugeneses mereceram seu destino e que jamais olharia para trás. No entanto, a lembrança assombrava seus pensamentos, como um abismo escancarado em sua mente onde ela havia atirado todos os sentimentos humanos que a ameaçavam.

Mas o abismo continuava atraindo sua atenção. Chamando-a para dentro.

E a Fênix não queria que ela se esquecesse. A Fênix queria que ela se gabasse daquilo. A Fênix vivia de fúria, uma fúria intrinsecamente atrelada ao passado. Então a Fênix usava suas garras para escancarar as feridas abertas na mente de Rin e incendiá-las, dia após dia, porque isso fazia com que ela se lembrasse, e as lembranças alimentavam a fúria.

Sem o ópio, as imagens piscavam constantemente na mente de Rin, muitas vezes mais vívidas do que a realidade que a cercava.

De vez em quando eram de Altan. Na maioria das vezes, não. A Fênix era um canal para gerações de lembranças. Milhares e milhares de speerlieses haviam rezado para o deus em meio ao luto e ao desespero. E a deusa havia reunido aquele sofrimento, o armazenado e o transformado em chamas.

As lembranças também podiam ser ilusoriamente serenas. Às vezes, Rin via crianças de pele escura correndo para cima e para baixo em uma praia de areia clara e águas cristalinas. Via chamas mais adiante na costa: não eram piras funerárias, tampouco chamas de destruição, mas fogueiras. Chamas feito lareiras, cálidas e acolhedoras.

E algumas vezes ela via os speerlieses, um grupo grande o bastante para encher um vilarejo próspero. Ficava sempre deslumbrada com a *abundância* de gente, uma raça inteira de pessoas que algumas vezes ela temia ter criado em sua imaginação. Se a Fênix se demorasse, Rin conseguia até mesmo assimilar fragmentos de conversas em um idioma que quase compreendia, ou vislumbrar rostos que quase reconhecia.

Não eram os monstros ferozes das histórias de Nikan. Não eram os guerreiros irracionais que o Imperador Vermelho exigira que fossem e que todos os governos subsequentes os forçaram a ser. Eles expressavam afeto, riam e choravam em torno de suas fogueiras. Eram *pessoas*.

No entanto, antes que Rin pudesse mergulhar na lembrança de uma ascendência que não possuía, sempre enxergava barcos no horizonte distante, vindos da base naval da Federação no continente.

O que acontecia em seguida era uma névoa de cores, perspectivas sobrepostas que se alteravam rápido demais para que Rin pudesse acompanhar. Gritos, urros, movimento. Filas e filas de speerlieses alinhados na praia, armas em mãos.

Mas nunca era o bastante. Para a Federação, eles provavelmente se pareciam com selvagens, portando pedaços de pau para lutar contra deuses, e as explosões de canhão incendiavam o vilarejo com a rapidez de um fósforo atirado em gravetos.

Bombas de gás eram disparadas dos navios-torre com sons terrivelmente inocentes de estalos. Quando atingiam o chão, expeliam nuvens densas e gigantescas de uma fumaça amarela e acre.

As mulheres caíam. As crianças se contorciam. Os guerreiros se dispersavam. O gás não era imediatamente letal; seus inventores não eram assim tão gentis.

Então a carnificina começava. A Federação atirava contínua e indiscriminadamente. As balestras dos mugeneses disparavam três virotes ao mesmo tempo, lançando uma rajada incessante de metal que rasgava pescoços, crânios, braços, pernas e corações.

O sangue derramado formava um padrão semelhante a mármore na areia branca. Os corpos jaziam imóveis onde haviam tombado. Ao amanhecer, os generais da Federação marchavam até a praia, esmagando os corpos caídos com as botas, indiferentes, avançando para fincar sua bandeira na areia manchada de sangue.

— Temos um problema — disse Baji.

Rin voltou a prestar atenção, como num estalo.

— O quê?

— Dê uma olhada.

Ela ouviu o som inesperado de sinos. Um som alegre, completamente deslocado naquela cidade arruinada. Rin pressionou o rosto em um espaço nas ripas do depósito. Um dragão de tecido balançava para cima e para baixo em meio à multidão, sustentado por hastes seguradas por dançarinos. Outros dançarinos vinham logo atrás, agitando flâmulas e fitas, seguidos por músicos e oficiais do governo carregados em liteiras vermelho-vivo. Depois deles, vinha a multidão.

— Você disse que era uma cerimônia pequena — acusou Rin. — Não a droga de um desfile.

— As coisas estavam calmas uma hora atrás — defendeu-se Unegen.

— E agora a cidade inteira está amontoada naquela praça. — Baji semicerrava os olhos para enxergar por entre as ripas. — Vamos mesmo continuar com aquela regra de evitar vítimas civis?

— Sim — confirmou Chaghan, antes que Rin pudesse responder.

— Como você é sem graça — resmungou Baji.

— Aglomerações facilitam assassinatos — explicou Chaghan. — Fornecem oportunidades melhores de nos aproximarmos do alvo. Dê o golpe sem ser visto e depois desapareça na multidão antes que os guardas tenham tempo de reagir.

Rin abriu a boca para dizer *Mesmo assim, são várias testemunhas*, mas as câimbras de abstinência a interromperam. Uma onda de dor percorreu seus músculos; começou em seu abdômen e depois irradiou para o resto do corpo, tão repentina que, por um momento, sua visão escureceu, e tudo o que ela conseguiu fazer foi levar uma mão ao peito, ofegante.

— Você está bem? — perguntou Baji.

Um pouco de bile subiu por sua garganta antes que a resposta se formasse. Rin pensou estar prestes a vomitar. Um segundo ataque de náusea afligiu seu estômago. Depois mais um.

Baji pousou a mão em seu ombro.

— Rin?

— *Estou bem* — insistiu ela pelo que pareceu a milionésima vez.

Ela não estava bem. Sua cabeça estava latejando outra vez, e agora a dor vinha seguida de uma náusea que tomava sua caixa torácica e não passava até que ela se apoiasse nos joelhos, gemendo.

Um jato de vômito lavou o chão.

— Mudança de planos — anunciou Chaghan. — Rin, de volta para o navio.

Ela enxugou a boca.

— Não.

— Você não está em condições de ser útil.

— Eu sou sua comandante — decretou ela. — Então cale a boca e faça o que eu mando.

Chaghan estreitou os olhos. Silêncio recaiu sobre o depósito.

Rin e Chaghan estavam disputando o controle do Cike havia meses. Ele questionava as decisões dela sempre que podia; aproveitava toda e qualquer chance para deixar bem claro que acreditava que Altan havia cometido um erro ao nomeá-la comandante.

E, sendo franca, Rin sabia que ele tinha razão.

Ela era uma péssima líder. A maioria de seus planos de ataque nos últimos três meses se resumia a "todo mundo ataca ao mesmo tempo e vamos ver o que acontece".

Porém, habilidades de liderança à parte, ela tinha que estar lá. Ela tinha que ir até o fim em Adlaga. Desde que partiram de Speer, suas crises de abstinência só pioravam. Ela estivera apta durante as primeiras missões para Moag. Depois, a matança interminável, os gritos e as memórias do campo de batalha passaram a estimular mais e mais sua fúria, até ela passar mais horas do dia entorpecida do que sóbria e, mesmo quando *estava* sóbria, ela sentia que estava à beira da loucura, porque a maldita Fênix nunca calava a boca.

Ela precisava sair do precipício. Se não pudesse cumprir uma simples tarefa, se não pudesse matar um oficial qualquer de cidadela que nem sequer era um xamã, dificilmente conseguiria enfrentar a Imperatriz.

E ela não podia perder a chance de se vingar. Vingança era a única coisa que Rin possuía.

— Não coloque tudo em risco — aconselhou Chaghan.

— Não me subestime — retrucou Rin.

Chaghan suspirou e se voltou para Unegen.

— Pode ficar de olho nela? Eu te dou láudano.

— Achei que eu tivesse que voltar para o navio — respondeu Unegen.

— Mudança de planos.

— Está bem. — Unegen deu de ombros. — Se você insiste.

— Para com isso — reclamou Rin. — Não preciso de babá.

— Você vai esperar nas extremidades da multidão — ordenou Chaghan, ignorando-a. — Não vai sair do lado de Unegen. Vocês dois serão nossos reforços. Agirão apenas em último caso.

Ela bufou, debochada.

— Chaghan...
— *Apenas em último caso* — repetiu ele. — Você já matou inocentes demais.

O momento chegou. O Cike se dispersou, escapulindo do depósito um por vez para se juntar à multidão.

Rin e Unegen se misturaram às massas de Adlaga sem grandes dificuldades. As ruas principais estavam abarrotadas de civis, todos imersos em seus próprios anseios, e os barulhos e imagens eram tantos e vinham de tantas direções que Rin, sem saber para onde olhar, não conseguiu evitar um brando sentimento de pânico.

Uma confusão de gongos e tambores de guerra em profunda discordância abafava a música de alaúde que abria o desfile. Havia comerciantes vendendo suas mercadorias a cada esquina, gritando preços com uma urgência que ela associava a avisos de evacuação. Havia confetes vermelhos cobrindo as ruas depois de serem jogados aos punhados por crianças e artistas, uma nevasca de papel vermelho em todas as superfícies.

— Como eles têm orçamento para isso? — resmungou Rin. — A Federação os deixou passando fome.

— Ajuda de Sinegard — chutou Unegen. — Fundo de celebração de fim de guerra. Para mantê-los felizes e leais.

Rin via comida por todos os lados. Enormes cubos de melancia em espetinhos. Pãezinhos de doce de feijão. Barraquinhas vendendo bolinhos cheios de caldo cozidos no vapor e tortinhas recheadas com pasta de sementes de lótus ladeavam as ruas. Vendedores viravam bolinhos de ovo com movimentos ágeis. Em qualquer outra circunstância, o crepitar do óleo a deixaria com fome, mas agora os cheiros pungentes apenas embrulhavam seu estômago.

Parecia ao mesmo tempo injusto e impossível que pudesse existir tamanha abundância de comida. Apenas poucos dias antes eles haviam passado por pessoas afogando os próprios bebês na lama do rio para lhes proporcionar uma morte mais rápida e misericordiosa, impedindo que morressem lentamente de fome.

Se tudo aquilo vinha de Sinegard, isso significava que o Império tivera comida armazenada o tempo todo. Por que teriam retido as reservas durante a guerra?

Se as pessoas em Adlaga estavam se perguntando a mesma coisa, não deixavam transparecer. Todos pareciam tão *felizes*. Rostos relaxados de alívio porque a guerra tinha acabado, o Império havia saído vitorioso e eles estavam em segurança.

E isso deixava Rin furiosa.

Ela sempre tivera problemas com raiva e sabia disso. Em Sinegard, agira com frequência em rompantes furiosos e impulsivos e lidara com as consequências depois. Mas agora a raiva era permanente, uma fúria inexplicável que a dominava sem que ela pudesse explicar ou controlar.

Mas Rin não desejava contê-la. A raiva era um escudo. A raiva a ajudava a se proteger das lembranças do que havia feito.

Porque, contanto que estivesse *com raiva,* estaria tudo bem. Ela havia agido com razão. Ela temia que, se deixasse de sentir raiva, se partiria em mil pedaços.

Rin tentou se distrair varrendo a multidão com os olhos em busca de Yang Yuanfu e seus guardas. Tentou se concentrar na tarefa a ser executada.

Sua deusa não permitia.

Mate-os, incitava a Fênix. *Eles não merecem essa felicidade. Eles não lutaram.*

Ela foi acometida por um vislumbre repentino do mercado em chamas. Sacudiu a cabeça energicamente, tentando calar a voz da Fênix.

— Não. Pare...

Queime-os.

As palmas de suas mãos arderam. Seu estômago se retorceu. Não. Não aqui, não agora. Ela fechou os olhos com força.

Transforme-os em cinzas.

Seus batimentos cardíacos se aceleraram; sua visão escurecia e clareava de novo. Ela se sentia febril. A multidão de repente pareceu estar repleta de inimigos. Em um instante, todos eram soldados da Federação em seus uniformes azuis, portando armas; no segundo seguinte, eram apenas civis novamente. Ela respirou fundo, ofegante, tentando forçar os pulmões a se encherem de ar, apertando os olhos enquanto tentava fazer com que a névoa vermelha fosse embora mais uma vez.

Desta vez, porém, não estava dando certo.

O riso, a música, os rostos sorridentes que a cercavam, tudo fazia com que ela tivesse vontade de gritar.

Como ousavam continuar vivendo quando Altan estava morto? Parecia absurdamente injusto que a vida seguisse em frente e que essas pessoas estivessem celebrando uma guerra que não haviam vencido por conta própria, sem nem mesmo terem sofrido...

O calor em suas mãos se intensificou.

Unegen a segurou pelos ombros.

— Pensei que você estivesse se controlando.

Em um salto, ela se voltou para ele.

— *Eu estou!* — sibilou ela.

Alto demais.

As pessoas ao redor recuaram, afastando-se de Rin.

Unegen a puxou para longe da multidão, levando-a para a segurança das sombras nas ruínas de Adlaga.

— Você está chamando atenção.

— *Estou bem*, Unegen, me solta...

Ele não a soltou.

— Você precisa se acalmar.

— Eu sei...

— Não, estou dizendo que precisa se acalmar *agora*. — Ele indicou com a cabeça um ponto atrás de Rin. — Ela está aqui.

Rin se virou para olhar.

E lá estava a Imperatriz, portando-se como uma noiva em uma liteira de seda vermelha.

CAPÍTULO 2

Em seu último encontro com a Imperatriz Su Daji, Rin estivera ardendo em febre, delirando demais para enxergar algo além do rosto da mulher — adorável, hipnotizante, com pele de porcelana e olhos marcantes como os padrões na asa de uma mariposa.

A Imperatriz estava deslumbrante como sempre. Todos que Rin conhecia pareciam ter envelhecido dez anos com a invasão mugenesa, exaustos e devastados, mas a Imperatriz estava tão pálida, jovem e imaculada quanto antes, como se existisse em um plano transcendental intocado pelos mortais.

O coração de Rin disparou.

Daji não deveria estar ali.

Não deveria acontecer daquela forma.

Lampejos do corpo sem vida de Daji invadiram a mente de Rin. Sua cabeça amassada contra o mármore branco. O pescoço pálido rasgado. O corpo chamuscado, reduzido a cinzas — mas ela não faria isso imediatamente. Rin queria fazer isso devagar, queria desfrutar o momento.

Os ânimos cresceram lentamente na multidão.

A Imperatriz se curvou através da cortina e ergueu uma mão tão branca que quase refletiu a luz do sol. Ela sorriu.

— Somos vitoriosos! — bradou ela. — Nós sobrevivemos.

A fúria despontou no peito de Rin, tão densa que quase a engasgou. Ela sentia que seu corpo estava repleto de picadas de formiga que ela não poderia coçar — era como uma frustração borbulhando dentro de si, implorando para explodir.

Como era possível que a Imperatriz estivesse viva? O absurdo daquela contradição a enfurecia, o fato de que Altan, Mestre Irjah e tantos outros estavam mortos enquanto Daji aparentava nunca ter sofrido um ferimento sequer. Ela era a líder de uma nação que perdera milhões de vidas para uma invasão sem sentido — uma invasão que *ela* causara — e parecia ter acabado de chegar para um banquete.

Rin avançou.

Unegen a puxou de volta no mesmo instante.

— O que está fazendo?

— O que você acha? — Com violência, Rin desvencilhou os braços do aperto dele. — Vou pegá-la. Vá chamar os outros, vou precisar de ajuda...

— Está maluca?

— Ela está *logo ali*! Nunca mais vamos conseguir um ângulo tão bom!

— Então deixe Qara fazer isso.

— Qara não está em um lugar desimpedido — sibilou Rin.

A posição de Qara nas torres arruinadas do sino era alta demais. Ela não conseguiria fazer uma flecha passar — não pelas janelas da carruagem, não pela multidão. Dentro da liteira, Daji estava protegida de todos os lados; qualquer tiro vindo da frente seria bloqueado pelos guardas que vinham logo antes dela.

E Rin estava mais preocupada com a possibilidade de Qara *não querer* atirar. Ela com certeza já havia visto a Imperatriz àquela altura, mas poderia estar com medo de disparar na multidão de civis ou de expor a localização do Cike antes de qualquer um deles ter um ângulo livre. Qara poderia ter decidido ser prudente.

Rin não dava a mínima para prudência. O universo havia lhe proporcionado uma chance. Ela podia terminar tudo aquilo em questão de minutos.

A Fênix a coagia em sua mente, ávida e impaciente. *Vamos, menina... Deixe-me fazer isso...*

Ela fincou as unhas nas palmas das mãos. *Ainda não.*

A distância entre ela e a Imperatriz ainda era muito grande. Se Rin se acendesse, todos na praça morreriam.

Ela desejou desesperadamente que tivesse mais controle sobre seu fogo. Ou qualquer controle, para começo de conversa. Mas a Fênix era a antítese do controle. A Fênix desejava um incêndio caótico e estrondoso que consumisse tudo ao seu redor até onde a vista pudesse alcançar.

E quando ela invocava a deusa, não conseguia distinguir os próprios desejos dos da Fênix; o desejo da Fênix e seu desejo eram a mesma coisa: uma pulsão de morte que demandava mais e mais para alimentar o fogo.

Ela tentou pensar em outra coisa, qualquer coisa que não fosse fúria e vingança. Porém, quando olhou para a Imperatriz, tudo o que viu foram chamas.

Daji ergueu o olhar. Seus olhos encontraram os de Rin. Ela levantou uma mão e acenou.

Rin ficou imóvel. Ela não conseguia desviar o olhar. Os olhos de Daji se tornaram janelas que se tornaram lembranças que se tornaram fumaça, fogo, cadáveres e ossos. Rin se sentia caindo, despencando em um oceano escuro onde tudo o que conseguia ver era Altan feito um farol humano em um píer, queimando como uma tocha.

A boca de Daji se curvou em um sorriso cruel.

Então os fogos de artifício dispararam inesperadamente atrás de Rin — *pow, pow, pow* —, e seu coração quase saiu pela boca.

De repente, ela estava guinchando, pressionando as mãos contra os ouvidos enquanto seu corpo inteiro tremia.

— São fogos de artifício! — chiou Unegen, tirando as mãos de Rin de sua cabeça. — São só fogos de artifício.

Mas isso não significava nada — ela *sabia* que eram fogos de artifício, mas aquela era uma noção racional, e noções racionais não importavam quando ela fechava os olhos e via explosões em alto e bom som irrompendo logo atrás de suas pálpebras, braços e pernas se debatendo, crianças gritando...

Ela viu um homem pendurado nos assoalhos de uma construção que havia sido destroçada, tentando se segurar nas ripas de madeira com enorme esforço para não cair nas lanças de madeira em chamas logo abaixo. Ela viu homens e mulheres colados às paredes, cobertos por um pó esbranquiçado que faria Rin os confundir com estátuas não fosse pela sombra escura de sangue que os contornava...

Pessoas demais. Estava cercada por pessoas demais. Ela caiu de joelhos, segurando o rosto entre as mãos. Da última vez que estivera em meio a uma multidão como aquela, todos estavam correndo em debandada para fugir dos horrores da cidade de Khurdalain. Rin ergueu os olhos e varreu o lugar, buscando rotas de fuga, e não encontrou nenhuma, apenas intermináveis paredes de corpos amontoados.

Era demais. Imagens demais, informações demais — sua mente colapsou; faíscas e pequenas explosões de fogo se acenderam em seus ombros e explodiram no ar, o que só fez com que ela estremecesse com mais intensidade.

E ainda assim havia *tanta gente* — estavam aglomeradas, uma massa fervilhante de braços esticados, uma entidade sem nome e sem rosto que queria despedaçá-la...

Milhares, centenas de milhares — e você aniquilou a existência delas, você as queimou em suas camas...

— Rin, *pare*! — bradou Unegen.

Mas não fez diferença. A massa de pessoas havia aberto uma clareira ao redor dela. Mães arrastavam os filhos para trás. Veteranos apontavam e exclamavam.

Ela olhou para baixo. Havia fumaça subindo de todo o seu corpo.

A liteira de Daji havia desaparecido. Ela certamente havia sido levada para um lugar seguro; a presença de Rin fora um sinal brilhante de alerta. Uma fila de guardas imperiais empurrava a multidão, abrindo caminho até eles com os escudos erguidos e as lanças apontadas diretamente para Rin.

— Merda — xingou Unegen.

Rin recuou, vacilante, com as palmas estendidas diante do corpo como se pertencessem a um estranho, como se fossem os dedos de outra pessoa faiscando com fogo, a vontade de outra pessoa trazendo a Fênix para este mundo.

Queime-os.

O fogo pulsava dentro dela. Rin conseguia sentir as veias se tensionando atrás dos olhos. A pressão causava pequenas pontadas de dor em sua nuca, fazia tremer sua visão.

Mate-os.

O capitão da guarda bradou uma ordem, e o Exército avançou em direção a ela. Nesse momento, seus instintos de defesa entraram em ação, e ela perdeu todo o autocontrole. Rin ouviu um silêncio ensurdecedor em sua mente e depois um barulho alto e estridente, o grasnar vitorioso de uma deusa que sabia que havia vencido.

Quando ela finalmente olhou para Unegen, não viu um homem, mas um cadáver carbonizado, um esqueleto branco despontando sob uma carne que derretia; ela o viu se decompor em cinzas em questão de segundos e se impressionou com quão *limpas* eram aquelas cinzas; tão infinitamente preferíveis à bagunça complicada de ossos e carne de que ele era feito agora...

— Pare!

Não foi um grito o que ela ouviu, mas um gemido suplicante. Por uma fração de segundo, o rosto de Unegen apareceu de relance através das cinzas.

Ela estava o matando. Sabia que o estava matando e não conseguia parar.

Ela nem sequer conseguia mover o próprio corpo. Estava paralisada. O fogo ardia de suas extremidades, mantendo-a imóvel, como se tivesse sido esculpida em pedra.

Queime-o, disse a Fênix.

— Não. Pare...

É o que você quer.

Não era o que ela queria. Mas o fogo não parava. Por que o dom da Fênix compreenderia qualquer indício de controle? Era um apetite que só aumentava; o fogo consumia e queria consumir mais. Mai'rinnen Tearza a advertira sobre isso certa vez, mas ela não tinha dado ouvidos, e agora Unegen ia morrer...

Algo pesado tapou sua boca. Ela sentiu gosto de láudano. Denso, doce e enjoativo. Pânico e alívio duelaram em sua mente conforme ela se engasgava e debatia, mas Chaghan apenas pressionou o pano embebido com mais intensidade sobre seu rosto enquanto seu peito arfava.

O chão afundou sob seus pés. Ela soltou um grito abafado.

— Respire — ordenou Chaghan. — Cale a boca. Apenas respire.

Rin se engasgou com o cheiro doentio e familiar. Enki havia feito o mesmo com ela muitas vezes. Ela se esforçou para não se debater; tentou conter seus instintos naturais. Ela havia ordenado que fizessem aquilo, aquilo *tinha* que acontecer.

Mas isso não tornava a situação mais fácil.

Suas pernas cederam. Seus ombros caíram. Ela desabou ao lado de Chaghan.

Ele a pôs de pé, passou o braço de Rin por cima do próprio ombro e a ajudou a caminhar na direção da escada. O trajeto que percorriam era tomado pela fumaça; a quentura não afetava Rin, mas ela percebeu que o cabelo de Chaghan estava chamuscado e retorcido nas pontas.

— *Merda* — murmurou ele, ofegante.

— Cadê Unegen? — balbuciou Rin.

— Ele está bem, ele vai ficar bem...

Ela queria insistir em vê-lo, mas sua língua parecia pesada demais para formar palavras. Seus joelhos cederam de vez, mas ela não se sentiu cair. O sedativo que corria em suas veias fazia tudo parecer leve e flutuante, como num mundo de fadas. Ela ouviu alguém gritar. Depois sentiu alguém a erguer e a colocar na sampana.

Rin conseguiu olhar uma última vez por cima do ombro.

No horizonte, toda a cidade portuária estava acesa como um farol — havia lâmpadas iluminando todas as docas, sinos e sinais de fumaça subindo pelo ar fulgurante.

Todos os sentinelas imperais veriam aquele aviso.

Rin havia aprendido a decifrar os códigos-padrão do Exército. Ela sabia o que aqueles sinais significavam. Eles anunciavam o início da caça a traidores do trono.

— Parabéns — disse Chaghan. — Você colocou o Exército inteiro no nosso cangote.

— O que vamos...? — A língua de Rin parecia dormente em sua boca. Ela havia perdido a capacidade de formar palavras.

Com uma mão em seu ombro, Chaghan a empurrou para baixo.

— Fique abaixada.

Ela rolou desajeitadamente para baixo dos espaços sob os bancos. Abrindo os olhos o suficiente, ela viu a base de madeira do barco a centímetros do rosto, tão perto que conseguia contar suas fibras. As riscas que marcavam a madeira espiralavam como pinturas em tinta pelos quais ela se deixou levar. Então a tinta ganhou cores e se transformou em um mundo de vermelho, preto e laranja.

O abismo se abriu. Aquele era o único momento em que isso acontecia — quando ela estava drogada a ponto de ficar fora de si, quando perdia o controle a ponto de não conseguir ficar longe da única coisa na qual se recusava a pensar.

Ela sobrevoava a ilha do arco, assistindo à erupção da montanha de fogo. Rios de lava derretida jorravam do pico, correndo em filetes em direção às cidades lá embaixo.

Ela viu vidas serem moídas, queimadas e esmagadas, transformadas em fumaça num instante. Havia sido tão fácil, tanto quanto apagar uma vela ou esmagar uma traça sob a unha; era o que ela queria e aconteceu; ela havia provocado aquilo como um deus.

Contanto que se lembrasse do ocorrido a partir daquela perspectiva distante e panorâmica, não sentiria culpa. Em vez disso, sentia uma curiosidade remota, como se tivesse ateado fogo a um formigueiro, como se tivesse empalado um besouro na ponta da faca.

Não havia culpa em matar insetos, apenas uma curiosidade adorável e infantil em vê-los estrebuchar em espasmos moribundos.

Aquela não era uma lembrança ou uma visão; era uma ideia ilusória que havia conjurado para si mesma, a ilusão à qual retornava toda vez que perdia o controle e era sedada pelos outros.

Ela queria vê-la — ela *precisava* dançar à margem daquela lembrança que não possuía, rodopiando entre a fria indiferença divina de um homicida e a culpa paralisante proveniente daquele feito. Brincava com a própria culpa da mesma forma como uma criança pousa a palma da mão sobre a chama de uma vela, arriscando chegar apenas perto o bastante para sentir as lambidas dolorosas do fogo.

Era uma autoflagelação mental, algo semelhante a fincar um prego em uma ferida aberta. Ela sabia a resposta, é claro, só não podia admitir isso a ninguém: no momento em que afundou a ilha, no momento em que se tornou uma assassina, era o que havia desejado.

— Ela está bem? — Era a voz de Ramsa. — Por que ela está rindo?

Veio a voz de Chaghan.

— Ela vai ficar bem.

Sim, Rin queria gritar. Sim, ela estava bem; apenas sonhando, apenas transitando entre este mundo e o outro, apenas imersa nas ilusões do que havia feito. Ela rolou pelo fundo da sampana e riu até a risada se transformar em soluços violentos e agressivos. Depois, chorou até não conseguir enxergar mais nada.

CAPÍTULO 3

— Acorde.

Alguém beliscou seu braço com força. Rin se levantou em um salto. Sua mão direita tateou um cinto que não estava lá, em busca de uma faca que estava em outro cômodo, e, com um golpe lateral, sua mão esquerda bateu cegamente em...

— Merda! — gritou Chaghan.

Com dificuldade, Rin focou o olhar no rosto dele. O homem recuava com as mãos estendidas para mostrar que não carregava armas, apenas um pedaço de pano.

Os dedos dela se moveram freneticamente sobre o próprio pescoço e pulsos. Não estava amarrada, *sabia* disso, mas mesmo assim precisava verificar.

Chaghan esfregava a bochecha com um ar infeliz, um hematoma se formando rapidamente em sua pele.

Rin não pediu desculpas. Ele sabia que não deveria fazer aquilo. Todos eles sabiam que não deviam tocá-la sem permissão. Não deviam se aproximar dela por trás. Não deviam fazer movimentos ou sons bruscos perto dela, a menos que quisessem ser transformados em pedaços de carvão no fundo da baía Omonod.

— Por quanto tempo fiquei apagada? — perguntou ela, com dificuldade.

Sentia um gosto ruim na boca, como se algo tivesse morrido lá dentro. Sua língua estava seca como se tivesse passado horas lambendo uma tábua de madeira.

— Alguns dias — respondeu Chaghan. — Que bom que saiu da cama.

— *Dias?*

Ele deu de ombros.

— Acho que pesei a mão na dosagem. Pelo menos você não morreu.

Rin esfregou os olhos secos. Havia remela acumulada nos cantos. Ela viu a própria imagem de relance no espelho ao lado da cama. Suas pupilas não estavam vermelhas — levavam um tempo para voltar ao normal toda vez que ela ingeria qualquer tipo de opioide —, mas suas escleras sim, repletas de veias vívidas que se desenhavam como teias de aranha.

Devagar, lembranças infestaram sua mente, lutando contra a névoa de láudano para encontrar alguma ordem. Ela fechou os olhos com força, tentando distinguir o que ela tinha sonhado do que havia acontecido. Um mal-estar tomou conta de suas entranhas à medida que, lentamente, seus pensamentos se transformavam em perguntas.

— Onde está Unegen...?

— Você queimou metade do corpo dele. Quase o matou. — Não havia comiseração no tom de voz de Chaghan. — Não podíamos trazê-lo conosco, então Enki ficou lá para cuidar dele. E eles... bom, eles não vão voltar.

Estarrecida, Rin piscou diversas vezes, tentando fazer com que o mundo ao seu redor ficasse mais nítido. Sua mente estava confusa e a deixava mais desorientada a cada movimento que fazia.

— O quê? Por quê?

— Eles saíram do Cike.

Ela levou vários segundos para processar a informação.

— Mas... Mas eles *não podem*.

Um pânico denso e sufocante tomou conta de seu peito. Enki era o único médico entre eles; Unegen, o melhor espião. Sem eles, o Cike ficava reduzido a seis membros.

Ela não conseguiria assassinar a Imperatriz com seis pessoas.

— Você não pode julgá-los por terem feito isso — argumentou Chaghan.

— Mas eles fizeram *um juramento*!

— Fizeram um juramento para Tyr. Para Altan. Não têm obrigação nenhuma com uma incompetente como você. — Chaghan curvou a cabeça. — Acho que não preciso dizer que Daji escapou.

Rin olhou para ele, rancorosa.

— Pensei que estivesse do meu lado.

— Eu disse que ajudaria a matar Su Daji — retrucou ele. — Não disse que ia segurar sua mão enquanto você ameaça a vida de todos neste navio.

— Mas os outros... — Um medo repentino tomou conta dela. — Eles ainda estão comigo, não estão? Ainda são leais?

— Não tem nada a ver com lealdade — rebateu Chaghan. — Eles estão morrendo de medo.

— De mim?

— Você realmente não consegue tirar a cabeça do próprio umbigo, não é? — disse Chaghan com uma expressão de asco. — Estão morrendo de medo deles mesmos. É muito solitário ser um xamã neste Império, especialmente quando não dá para saber quando se está prestes a perder a cabeça.

— Eu sei. Eu entendo isso.

— Você não entende *nada*. Eles não estão com medo de enlouquecer. Eles *sabem* que vai acontecer. Eles sabem que, em breve, serão como Feylen. Presos nos próprios corpos. E, quando esse dia chegar, querem estar perto das únicas outras pessoas que podem colocar um fim nisso. *Por isso* ainda estão aqui.

O Cike abate o Cike, foi o que Altan lhe disse certa vez. *O Cike cuida dos seus*.

Isso significava que eles defendiam uns aos outros. Também significava que protegiam o mundo de si mesmos. O Cike era como um grupo de crianças fazendo acrobacias, uma escorada perigosamente na outra, confiando nas demais para que a impedissem de despencar no abismo.

— Seu dever como comandante é protegê-los — declarou Chaghan. — Estão com você porque estão com medo e não sabem para onde mais poderiam ir. Mas você está colocando o grupo em perigo com as inúmeras decisões idiotas que toma e com seu descontrole.

Rin gemeu, segurando a cabeça entre as mãos. Cada uma daquelas palavras era como uma lâmina em seus ouvidos. Ela sabia que havia posto tudo a perder, mas Chaghan parecia sentir muito prazer em torturá-la.

— Só me deixe em paz.

— Não. Saia da cama e pare de ser tão birrenta.

— Chaghan, por favor...

— Olha a merda do seu estado.

— Eu sei, estou vendo.

— Sim, você sabe desde Speer, mas não está melhorando, muito pelo contrário. Está tentando consertar tudo com ópio, e isso está acabando com você.

— *Eu sei* — sussurrou ela. — É que... está sempre *aqui*, gritando dentro da minha cabeça...

— Então assuma o controle.

— *Não consigo.*

— Por que não? — Ele emitiu um ruído de aversão. — Altan conseguia.

— Mas eu não sou Altan. — Ela não conseguiu conter as lágrimas. — É isso que você queria me dizer? Não sou tão forte quanto ele, não sou tão sagaz quanto ele, não consigo fazer o que ele conseguia...

Ele soltou um riso cruel.

— Ah, mas isso é óbvio.

— Seja *você* o comandante, então. Você já age como se mandasse em tudo, então por que não assume o posto? Eu não dou a mínima.

— Porque Altan nomeou você — respondeu Chaghan, sucinto. — E eu pelo menos sei como respeitar o legado dele.

Isso fez com que ela se calasse.

Ele se inclinou para perto.

— Esse fardo é seu. Por isso vai aprender a se controlar e vai começar a protegê-los.

— Mas e se isso não for possível? — perguntou ela.

Os olhos claros de Chaghan não piscaram.

— Quer saber? Então nesse caso você deveria se matar.

Rin não tinha a mínima ideia de como responder àquilo.

— Se acha que não dá conta, então é melhor morrer — continuou Chaghan. — Porque isso vai corroer você. Vai transformar seu corpo em um canal e vai queimar tudo, até que não sejam apenas civis, apenas Unegen, mas todos ao seu redor, tudo que você já amou ou que já foi importante para você. E, depois que tiver transformado o mundo em cinzas, você vai *desejar* poder morrer.

Quando finalmente se recuperou o suficiente para atravessar o vestíbulo sem tropeçar, Rin encontrou os outros em meio a um alvoroço.

— O que é isso? — indagou Ramsa, cuspindo algo na mesa. — Cocô de pombo?

— Goji desidratado — respondeu Baji. — Não gosta de colocar no mingau?

— Estão emboloradas.

— Tudo está embolorado.

— Mas pensei que fôssemos receber mais suprimentos — choramingou Ramsa.

— Com que dinheiro? — perguntou Suni.

— Somos o *Cike*! — exclamou Ramsa. — Podíamos ter roubado alguma coisa!

— Ah, mas é que...

Baji parou a frase no meio quando viu Rin parada à porta. Ramsa e Suni seguiram o olhar do amigo e também ficaram em silêncio.

Ela os encarava sem saber o que dizer. Achava que saberia o que dizer, mas, naquele momento, só sentia vontade de chorar.

— Olha quem acordou — disse Ramsa, por fim, empurrando uma cadeira para que Rin pudesse se sentar. — Está com fome? Sua cara está horrível.

Ela o fitou em silêncio. As palavras saíram em um sussurro rouco.

— Só queria dizer que...

— Não diga nada — interrompeu Baji.

— Mas é que...

— *Não* — repetiu Baji. — Sei que é difícil. Uma hora você pega o jeito. Altan pegou.

Suni assentiu, concordando em silêncio.

A vontade de chorar de Rin se intensificou.

— Senta aí — convidou Ramsa, gentil. — Come alguma coisa.

Ela arrastou os pés até o balcão e tentou encher uma tigela, desajeitada. O mingau escorreu da concha para o convés. Rin caminhou em direção à mesa, mas o chão continuava inconstante sob seus pés. Ela soltou o peso sobre a cadeira, arquejando.

Ninguém disse nada.

Ela olhou pela escotilha. Estavam se movendo surpreendentemente rápido sobre águas agitadas. Não havia terra à vista. Uma onda se chocou contra as tábuas, e ela reprimiu a náusea que a acompanhava.

— Pelo menos conseguimos pegar Yang Yuanfu? — perguntou ela após uma pausa.

Baji acenou com a cabeça.

— Suni pegou ele em meio ao tumulto. Bateu a cabeça dele na parede e jogou o corpo no mar enquanto os guardas estavam ocupados demais com Daji para nos impedir. No fim das contas, acho que a tática da distração funcionou. A gente ia te contar, mas você estava... hum... sem condições.

— Muito chapada — complementou Ramsa. — Rindo sozinha.

— Já entendi — disse Rin. — E agora estamos voltando para Ankhiluun?

— A toda velocidade. A Guarda Imperial inteira está atrás da gente, mas duvido que eles nos sigam até o território de Moag.

— Faz sentido — murmurou Rin.

Ela mexeu o mingau com a colher. Ramsa tinha razão sobre o bolor. As manchas de cor preta-esverdeada eram tão grandes que quase deixavam a coisa toda intragável. Rin sentiu o estômago embrulhar e afastou a tigela.

Os outros estavam ao redor da mesa, mexendo nas próprias mãos, olhando para o nada, fazendo contato visual com qualquer coisa que não fosse ela.

— Fiquei sabendo que Enki e Unegen foram embora — comentou ela.

A observação foi recebida com olhares inexpressivos e movimentos evasivos.

Ela respirou fundo.

— Então acho que... O que eu queria dizer...

Baji a interrompeu.

— Não vamos a lugar algum.

— Mas vocês...

— Não gosto que mintam para mim — declarou ele. — E, mais do que isso, odeio ser vendido. Daji merece o que vai acontecer com ela. Vou até o fim, pequena speerliesa. Não precisa se preocupar com deserção da minha parte.

Rin olhou para os outros em volta da mesa.

— E vocês?

— Altan merecia um final melhor — disparou Suni, como se aquilo bastasse.

— Mas você não tem que ficar aqui. — Rin se virou para Ramsa.

Ramsa, tão jovem, inocente, pequeno, brilhante e perigoso. Ela queria ter certeza de que o garoto ficaria com ela e sabia que seria egoísta pedir.

— Quer dizer, não deveria.

Ramsa raspava o fundo da tigela com a colher, parecendo profundamente desinteressado na conversa.

— Acho que qualquer outro lugar seria meio entediante.

— Mas você é só um garoto.

— Ah, vai à merda. — Ele enfiou o dedo mindinho na boca, tentando tirar alguma coisa presa nos dentes. — Você precisa entender que somos assassinos. Se você passa a vida inteira fazendo uma coisa, é muito difícil parar.

— Além disso, nossa única opção é a prisão em Baghra — acrescentou Baji.

Ramsa concordou com a cabeça.

— Eu odiava Baghra.

Rin lembrou que nenhum membro do Cike tinha bons antecedentes com a polícia nikara. Ou com a sociedade civilizada, para falar a verdade.

Aratsha era de um pequeno vilarejo na Província da Serpente cujos habitantes adoravam a um deus local dos rios que supostamente os protegia de inundações. Aratsha, um noviço iniciado na adoração do deus do rio, tornou-se o primeiro xamã em gerações a fazer o que seus antecessores haviam prometido. Ele afogou duas meninas por acidente no processo. Estava prestes a ser apedrejado até a morte pelos mesmos aldeões que exaltavam seus professores charlatões quando Tyr, o antigo comandante do Cike, o recrutou para o Castelo da Noite.

Ramsa vinha de uma família de alquimistas que produzia pólvora para o Exército. Quando uma explosão acidental perto do palácio matou seus pais e lhe custou um olho, o menino foi mandado para a famosa prisão de Baghra sob a acusação de conspiração para assassinar a Imperatriz. Foi Tyr quem o tirou da prisão para projetar armas para o Cike.

Rin não sabia muito sobre Baji e Suni. Sabia que ambos já haviam estudado em Sinegard, frequentado as aulas de Folclore, e que haviam sido expulsos quando algo acabou terrivelmente mal. Ela sabia também que já tinham passado certo tempo em Baghra. Nenhum dos dois contava muito mais do que isso.

Chaghan e Qara, os gêmeos, eram igualmente misteriosos. Eles não eram do Império e falavam nikara com um cadenciado sotaque terra-remotense. Porém, quando alguém perguntava de onde vinham, as respostas eram muito vagas. *De muito longe. Do Castelo da Noite.*

Rin entendia o que queriam dizer. Assim como os outros, eles simplesmente não tinham outro lugar para ir.

— Qual é o problema? — perguntou Baji. — Parece que você quer que a gente vá embora.

— Não é isso — respondeu Rin. — Eu só... não consigo impedir isso. Estou com medo.

— De quê?

— De machucar vocês. Não vai acabar em Adlaga. Não consigo fazer a Fênix desaparecer e não consigo fazer com que ela pare e...

— Porque isso é novo para você — interrompeu Baji. Ele falava de maneira tão gentil. Como conseguia? — Todos nós já passamos por isso. Eles querem usar seu corpo o tempo todo. E você sente que está à beira da loucura, parece que vai pirar, mas não vai.

— Como você tem tanta certeza?

— Porque vai ficando mais fácil. Chega uma hora em que se aprende a viver no limite da insanidade.

— Mas não posso prometer que não vou...

— Você não vai. E nós vamos atrás de Daji outra vez. E vamos fazer isso quantas vezes forem necessárias, até que ela esteja morta. Tyr não desistiu de nós e nós não vamos desistir de você. É por isso que o Cike existe.

Rin o encarava, desnorteada. Ela não merecia aquilo, o que quer que aquilo fosse. Não era amizade. Ela não merecia amizade. Também não era lealdade, o que merecia ainda menos. Mas era camaradagem, um vínculo formado por uma traição em comum. A Imperatriz os havia vendido à Federação por alguns trocados, e nenhum deles ficaria em paz até que os rios fossem tingidos de vermelho com o sangue de Daji.

— Não sei o que dizer.

— Então só cale a boca e pare de encher o saco. — Ramsa empurrou a tigela de Rin de volta para ela. — Coma seu mingau. Bolor é nutritivo.

A noite chegou na baía Omonod. O *Petrel* desceu a costa camuflado pela escuridão, impulsionado por uma força xamânica tão poderosa que havia despistado os guardas do Império em questão de horas. Os membros do Cike se dispersaram — Qara e Chaghan para a cabine que dividiam, onde passavam a maior parte do tempo, isolados dos outros; Suni e

Ramsa para o convés de proa para assumir a vigília da noite e Baji para sua rede nos dormitórios.

Rin se trancou em sua cabine para travar uma batalha mental com um deus.

Não restava muito tempo. O efeito do láudano havia praticamente acabado. Ela posicionou uma cadeira debaixo da maçaneta da porta, sentou-se no chão, colocou a cabeça entre os joelhos e esperou até que ouvisse a voz de um deus.

Esperou até que voltasse ao estado em que a Fênix exigia comando absoluto e bradava até afogar seus pensamentos, até que ela obedecesse.

Dessa vez, ela gritaria de volta.

Rin esperava com uma pequena faca de caça próxima ao joelho. Fechando os olhos com força, sentiu quando os resquícios de láudano atravessaram sua corrente sanguínea e a nuvem entorpecente e nebulosa deixou sua mente. Sentiu o aperto da náusea no estômago e no intestino que nunca desaparecia. Sentiu-se, além de aterrorizada com a possibilidade de sobriedade, *alerta*.

Rin sempre voltava para a mesma lembrança, meses atrás, de joelhos no templo na ilha de Speer. Aquele momento era um deleite para a Fênix porque, para a deusa, ele representava o ápice do poder de destruição. Ela fazia Rin revivê-lo porque queria convencê-la de que a única maneira de se reconciliar com aquele horror era terminar o que havia começado.

A deusa queria que Rin incendiasse o navio, que matasse todos a seu redor. Depois disso, queria que retornasse à terra firme e se pusesse a incendiá-la também. Como uma pequena chama queimando o canto de uma folha de papel, ela deveria seguir continente adentro e queimar tudo em seu caminho até que não restasse mais nada além de um lençol branco de cinzas.

Então ela seria pura.

Rin ouviu uma sinfonia de gritos, vozes em grupo e isoladas, vozes de speerlieses ou mugeneses — nunca fazia diferença, porque a agonia muda não tinha idioma.

Era insuportável perceber como eram numerosas e, ao mesmo tempo, não eram. Essa noção entrava e saía de foco, e o horror vinha da constatação de que, enquanto elas fossem números, não era tão ruim; se fossem *vidas*, porém, a multiplicação era devastadora...

Então os gritos tomaram a forma de Altan.

Seu rosto se desfazia em fissuras de pele chamuscada. Os olhos eram de um laranja incandescente, e lágrimas negras rolavam e marcavam suas bochechas enquanto o fogo o dilacerava por dentro — e não havia nada que ela pudesse fazer.

— Desculpe — sussurrou ela. — Desculpe, desculpe, eu *tentei*...

— Deveria ter sido você — disse ele. Seus lábios estavam cobertos por bolhas e rachaduras, que estouravam e deixavam osso exposto. — Você deveria ter morrido. Deveria ter ardido em chamas.

Seu rosto se reduziu a cinzas e depois a um crânio, pressionado contra o de Rin; dedos ossudos apertavam seu pescoço.

— Deveria ter sido você.

De repente, ela não sabia se os pensamentos em sua cabeça eram dele ou dela, apenas que ressoavam tão alto que calavam todo o resto.

Quero que sinta dor.

Quero que morra.

Quero que arda em chamas.

— Não!

Rin enterrou a lâmina da faca na coxa. A dor era apenas uma trégua temporária, uma brancura cega que reiniciava sua mente, mas o fogo voltaria.

Ela havia fracassado.

Como na última vez e na vez anterior. Havia fracassado em todas as tentativas. Àquela altura, Rin não sabia por que ainda tentava, a não ser para se torturar com a noção de que não conseguia controlar o fogo que ardia em sua mente.

O novo corte se uniu a outras feridas abertas em seus braços e pernas, feitas semanas antes — e mantidas abertas —, porque, embora fosse apenas temporária, a dor ainda era a única alternativa além do ópio que Rin conseguia encontrar.

Então ela não conseguia mais pensar.

Os movimentos passaram a ser automáticos, e tudo acontecia com muita facilidade — a pepita de ópio rolando entre suas palmas, a centelha da primeira faísca de chama; depois, o cheiro de doce cristalizado que escondia algo podre.

O bom do ópio era que, depois de inalado, nada mais importava; por horas e horas, imersa em seu mundo, ela podia deixar de lidar com a responsabilidade da existência.

Ela puxou o ar.

As chamas recuaram. As lembranças desapareceram. O mundo parou de feri-la e até mesmo a frustração da rendição desvaneceu até se transformar em um vazio opaco. Não restou nada além de fumaça, doce e prazerosa.

CAPÍTULO 4

— Sabiam que Ankhiluun tem um departamento governamental dedicado a descobrir quanto peso a cidade aguenta? — perguntou Ramsa, alegre.

Ramsa era o único entre eles que conseguia explorar a Cidade Flutuante com tranquilidade. Ele saltava adiante dos demais, percorrendo sem esforço as passarelas estreitas que revestiam os canais lodosos, enquanto os outros avançavam com cuidado ao longo das tábuas oscilantes.

— E quanto ela aguenta? — perguntou Baji para agradá-lo.

— Acho que está chegando perto da capacidade máxima — contou Ramsa. — Alguém tem que fazer alguma coisa em relação à população, ou Ankhiluun vai começar a afundar.

— Poderiam mandar todo mundo para o interior — observou Baji. — Aposto que perdemos milhares de pessoas nos últimos meses.

— Ou simplesmente mandar todo mundo para outra guerra. É um jeito excelente de matar pessoas.

Ramsa pulou em direção à ponte seguinte.

Rin vinha logo atrás, desajeitada, piscando pesadamente sob o implacável sol do sul.

Ela havia passado dias na cabine do navio ingerindo a menor dose de ópio possível por dia para manter a mente tranquila e continuar funcional. Mas mesmo aquela quantidade dificultava tanto seu senso de equilíbrio que Rin precisou se agarrar ao braço de Baji enquanto seguiam.

Rin detestava Ankhiluun. Detestava o odor salgado e penetrante do oceano que a seguia para onde quer que fosse; detestava a algazarra da cidade, os piratas e comerciantes gritando entre si no pidgin de Ankhiluun, uma mistura ininteligível de nikara e línguas ocidentais. Detestava o fato de que a Cidade Flutuante oscilava sobre a água, balançando para a frente e para trás a cada onda, de modo que, mesmo parada, Rin sentia que estava prestes a cair.

Ela não estaria ali não fosse por extrema necessidade. Ankhiluun era o único lugar no Império em que chegava perto de estar segura. E era onde estavam as únicas pessoas das quais podia comprar armas.

E ópio.

Quando a Primeira Guerra da Papoula chegou ao fim, a República de Hesperia se reuniu com representantes da Federação de Mugen para assinar um tratado que estabeleceu duas zonas neutras no litoral nikara. A primeira foi no porto internacional de Khurdalain; a segunda, em Ankhiluun, a Cidade Flutuante.

Naquela época, Ankhiluun era um porto modesto — apenas um punhado de construções discretas de um único andar e nenhum porão, já que as frágeis areias da costa não conseguiam sustentar arquitetura maior.

Então a Trindade ganhou a Segunda Guerra da Papoula, e o Imperador Dragão bombardeou e aniquilou metade da frota hesperiana no mar do Sul de Nikan.

Sem estrangeiros, Ankhiluun floresceu. Os locais ocuparam os navios meio destruídos como parasitas oceânicos, construindo pontes entre eles para enfim formar a Cidade Flutuante. Agora, Ankhiluun se estendia precariamente a partir da costa como uma aranha gigante, uma série de placas de madeira que formavam uma teia de passarelas entre os muitos navios ancorados à costa.

Ankhiluun era o canal por meio do qual a papoula, em todos os seus estados, chegava ao Império. Os veleiros de ópio de Moag chegavam do hemisfério ocidental e guardavam a carga em cascos vazios de navios enormes. Longas e estreitas embarcações de contrabando recolhiam a carga nesses depósitos e a distribuíam por afluentes que se espalhavam a partir do rio Murui, injetando-a na corrente sanguínea do Império como um veneno que se infiltra.

Ankhiluun era sinônimo de ópio barato e abundante, o que, por sua vez, significava um torpor glorioso e sereno, horas em que ela não precisava pensar ou se lembrar de nada.

E era em grande parte por isso que Rin detestava Ankhiluun. Ela se sentia apavorada. Quanto mais tempo passava ali, trancada sozinha em sua cabine, viajando com as drogas de Moag, menos se sentia capaz de ir embora.

— Que estranho — comentou Baji. — Esperava uma recepção melhor.

Para chegar ao centro da cidade, eles haviam passado por mercados flutuantes, montes de lixo empilhados ao longo dos canais e uma série de bares típicos de Ankhiluun, sem bancos ou cadeiras, apenas cordas amarradas nas paredes onde os clientes embriagados podiam ficar pendurados pelas axilas.

No entanto, o Cike já estava andando havia mais de meia hora. Já estavam bem no coração da cidade, em plena vista dos moradores, e ninguém os havia abordado.

Moag devia saber que eles estavam de volta. Moag sabia *de tudo* que acontecia na Cidade Flutuante.

— É só um joguinho de poder de Moag. — Rin parou de andar para recuperar o fôlego. As tábuas em movimento a deixavam com vontade de vomitar. — Ela não nos procura. Nós é que a procuramos.

Conseguir se reunir com Chiang Moag não era fácil. A Rainha Pirata se protegia com tantas camadas de segurança que ninguém nunca sabia onde ela estava. Somente as Lírios Negros, sua trupe de espiãs e assistentes, era capaz de transmitir mensagens para ela, e o grupo só era encontrado em uma barca de passeio cafona que flutuava no centro do canal principal da cidade.

Rin olhou para cima, protegendo os olhos do sol.

— Ali.

A *Orquídea Negra* era mais uma mansão flutuante de três andares do que um navio propriamente dito. Lanternas coloridas e espalhafatosas pendiam dos tetos curvados de pagode, e uma música barulhenta e alegre se fazia ouvir atrás das janelas de papel. Todos os dias, a partir do meio-dia, a *Orquídea Negra* percorria o canal do começo ao fim, pegando clientes que remavam até o convés em sampanas de um vermelho-vivo.

Rin vasculhou os bolsos.

— Alguém tem um cobre?

— Eu tenho.

Baji atirou uma moeda para o barqueiro da sampana, que se pôs a guiar sua embarcação rumo à margem para transportar o Cike até a barca.

Um grupo de Lírios, casualmente empoleiradas no corrimão do segundo andar, acenava alegremente enquanto eles se aproximavam. Baji assobiou de volta.

— Pare com isso — murmurou Rin.

— Por quê? — perguntou Baji. — Deixa elas felizes. Olhe, estão sorrindo.

— Não, faz com que pensem que você é um alvo fácil.

As Lírios, o exército privado de Moag, eram mulheres extremamente atraentes. Todas tinham seios redondos e cinturas tão finas que poderiam ser partidas ao meio como gravetos. Eram artistas marciais treinadas e linguistas, e o grupo de mulheres mais detestável que Rin já havia conhecido.

Uma Lírio os deteve na entrada da prancha, exibindo a palma da mão minúscula como se pudesse fisicamente impedi-los de subir a bordo.

— Vocês não têm hora marcada.

Ela obviamente era nova ali. Não devia ter mais de quinze anos. Seu batom era discreto, seus seios eram apenas pequenos botões despontando sob a camisa, e ela parecia não se dar conta de que estava diante de algumas das pessoas mais perigosas do Império.

— Sou Fang Runin — disse Rin.

A garota piscou, parecendo não entender.

— Quem?

Rin ouviu quando Ramsa fingiu tossir para disfarçar uma risada.

— *Fang Runin* — repetiu ela. — Não preciso de hora marcada.

— Ah, meu bem, as coisas não funcionam assim por aqui. — A garota tamborilava com os dedos magros na cintura assustadoramente fina. — Você precisa agendar um horário com vários dias de antecedência. — Ela olhou para Baji, Suni e Ramsa por cima do ombro de Rin. — Além disso, grupos com mais de quatro pessoas pagam extra. As meninas não gostam dessa história de dividir.

Rin pegou sua lâmina.

— Escute aqui, sua imbecil...

— *Para trás*. — De repente a garota brandiu um punhado de agulhas que provavelmente estavam escondidas em sua manga. Havia veneno arroxeado nas extremidades. — Ninguém encosta em uma Lírio.

Rin se esforçou para conter a súbita vontade de estapear o rosto da garota.

— Se não sair da frente *agora*, vou enfiar essa faca no seu...

— Mas que surpresa.

As cortinas de seda da entrada principal se agitaram, e uma figura voluptuosa saiu para o convés. Riu abafou um grunhido.

Era Sarana, Lírio Negro da mais alta distinção e a favorita de Moag. Ela vinha intermediando as interações de Moag com o Cike desde que eles desembarcaram em Ankhiluun, três meses antes. Tinha uma língua insuportavelmente afiada, uma obsessão por comentários sugestivos e, de acordo com Baji, os seios mais perfeitos de todos ao sul do Murui.

Rin a odiava.

— Que interessante ver você aqui. — Sarana se aproximou, inclinando o pescoço. — Achávamos que você não se interessava por mulheres.

Ela tinha certo gingado ao falar, pontuando cada uma de suas palavras com um balançar de quadris. Baji emitiu um ruído engasgado. Ramsa encarava os peitos de Sarana sem pudor algum.

— Preciso falar com Moag — declarou Rin.

— Moag está ocupada — rebateu Sarana.

— Acho que Moag não gostaria de me fazer esperar.

Sarana ergueu as sobrancelhas bem desenhadas.

— Ela também não gostaria de ser desrespeitada.

— Que tal irmos direto ao ponto? — retorquiu Rin, exaltada. — A menos que queira ver este barco pegando fogo, vá buscar sua patroa e diga que desejo falar com ela.

Sarana fingiu bocejar.

— Seja gentil comigo, speerliesa. Ou vou dedurar você.

— Posso afundar sua barca em questão de minutos.

— E Moag faria seu corpo ser atravessado por múltiplas flechas antes mesmo de conseguir sair do barco. — Sarana acenou na direção de Rin com desdém. — Dê meia-volta, speerliesa. Mandamos chamar você quando Moag estiver pronta.

Rin ficou furiosa.

A audácia.

Sarana podia considerar aquilo um insulto, mas Rin *era* speerliesa. Ela havia vencido sozinha a Terceira Guerra da Papoula, havia afundado a droga de um *país inteiro*. Rin não havia chegado até ali para ficar de lenga-lenga com uma idiota qualquer das Lírios.

Ela se esticou em um movimento ágil e agarrou Sarana pelo colarinho. Sarana tentou pegar o adorno de cabelo, que sem dúvida estaria envenenado, mas Rin a jogou contra a parede, pressionou um cotovelo sobre sua garganta e prendeu seu pulso direito com o outro.

Inclinando-se mais para perto, ela pressionou os lábios contra o ouvido de Sarana.

— Talvez você pense que está a salvo agora. Talvez eu vire as costas e vá embora. Você vai se gabar para as outras vagabundas sobre como assustou a speerliesa! Que sorte a sua! Então, numa noite qualquer, quando já tiver apagado as luzes e recolhido a prancha, vai sentir cheiro de fumaça em seu quarto. Vai correr para o convés, mas a essa altura as chamas estarão tão altas que já não vai conseguir enxergar dois dedos à sua frente. Você vai saber que fui eu, mas nunca vai poder contar a Moag, porque uma cortina de fogo vai queimar toda essa sua pele bonitinha, e meu rosto sorridente vai ser a última coisa que vai ver antes de mergulhar direto na água fervente. — Rin afundou o cotovelo com mais força no pescoço pálido de Sarana. — Não brinque comigo, Sarana.

A mulher se debatia freneticamente, tentando se livrar de Rin.

A garota inclinou a cabeça.

— Quer dizer alguma coisa?

A voz de Sarana saiu em um sussurro estrangulado.

— Talvez... Moag abra uma exceção.

Rin a soltou. Sarana escorregou contra a parede, abanando desesperadamente o próprio rosto com a mão.

A fúria vermelha se dissipou na mente de Rin. Ela fechou a mão em um punho e depois voltou a abri-la, então respirou fundo e enxugou a palma na túnica.

— Agora sim.

— Chegamos — anunciou Sarana.

Rin levou a mão ao rosto para tirar a venda dos olhos. Sarana fez com que viesse sozinha — os outros ficaram mais do que contentes em ficar na barca —, e sua vulnerabilidade fez com que tremesse e suasse frio durante todo o trajeto pelos canais.

Num primeiro momento, Rin não conseguiu ver nada além de escuridão. Quando seus olhos se ajustaram à luz fraca, ela percebeu que o ambiente era iluminado apenas por pequenas lanternas e que não havia janelas ou sinal de luz solar. Rin não sabia se estavam em um navio ou em terra firme, se era noite ou se a sala estava tão bem fechada que nenhuma luz externa conseguia entrar. O ar lá dentro era muito mais frio do que no lado de fora. Ela teve a impressão de que ainda podia sentir o mar balançando sob seus pés, mas apenas de forma vaga, e era difícil dizer se a sensação era real ou imaginária.

Onde quer que estivesse, o lugar era enorme. Um navio de guerra em terra? Um depósito?

Ela viu móveis quadrados com pernas curvas que só podiam ser de origem estrangeira; não se faziam mesas como aquelas no Império. Havia retratos nas paredes, embora certamente não fossem de homens nikaras; os homens das fotografias tinham pele pálida, eram sisudos e usavam perucas brancas com penteados ridículos. No centro da sala havia uma mesa imensa, grande o bastante para acomodar vinte pessoas.

Na outra extremidade, cercada por um esquadrão de Lírios arqueiras, estava a Rainha Pirata em pessoa.

— Runin. — A voz de Moag, arrastada e rouca, era grave e estranhamente envolvente. — É sempre um prazer vê-la.

Nas ruas de Ankhiluun, Moag era conhecida como Viúva de Pedra. Era uma mulher alta, de ombros largos, mais charmosa do que bonita. Diziam que ela havia sido prostituta na baía antes de se casar com um dos muitos capitães piratas de Ankhiluun. Mais tarde, ele morreu em circunstâncias que nunca foram devidamente investigadas, e Moag escalou a hierarquia pirata de Ankhiluun, estruturando uma frota de força sem precedentes. Ela foi a primeira a unir as facções piratas de Ankhiluun sob uma só bandeira. Antes de seu reinado, os diferentes bandidos de Ankhiluun estavam em guerra uns com os outros da mesma forma que as doze províncias de Nikan estavam em guerra desde a morte do Imperador Vermelho. De certa forma, ela teve êxito onde Daji havia falhado. Havia convencido as diferentes facções de soldados a servir a uma única causa: ela mesma.

— Acho que você nunca visitou meu escritório particular. — Moag gesticulou ao redor. — Bonito, não é? Os hesperianos eram insuportáveis, mas entendiam de decoração.

— O que aconteceu com os donos originais? — perguntou Rin.

— Depende. Presumo que a Marinha hesperiana tenha oferecido aulas de natação a seus marinheiros. — Moag apontou para a cadeira diante dela. — Sente-se.

— Não, obrigada.

Rin não suportava mais se sentar em cadeiras. Ela detestava ter as pernas bloqueadas por mesas: se saltasse ou tentasse sair correndo, a madeira seria um obstáculo para seus joelhos, o que custaria um precioso tempo de fuga.

— Como quiser, então. — Moag inclinou a cabeça. — Ouvi dizer que as coisas não correram bem em Adlaga.

— As coisas desandaram — contou Rin. — Tivemos um encontro inesperado com Daji.

— Ah, sim, eu sei — disse Moag. — Todo o litoral ficou sabendo disso. Sabe qual foi a posição de Sinegard em relação ao ocorrido? Você é a speerliesa que deu errado, a traidora da Coroa. Seus captores mugeneses a fizeram enlouquecer e agora você é uma ameaça. A recompensa por sua cabeça subiu para seis mil pratas imperiais. O dobro se pegarem você viva.

— Bom saber — respondeu Rin.

— Não parece preocupada.

— Eles não estão errados. — Rin se inclinou para a frente. — Olhe, Yang Yuanfu está morto. Não conseguimos trazer a cabeça, mas seus capangas poderão confirmar tudo assim que chegarem a Adlaga. Hora do pagamento.

Moag a ignorou e descansou o queixo na ponta dos dedos.

— Não entendo. Por que faz tudo isso?

— Moag, olhe...

Moag fez um gesto para interrompê-la.

— Quero entender. Você tem um poder inimaginável. Poderia fazer o que quisesse. Liderar uma província, ser uma pirata. Até mesmo capitã de um de meus navios, se quisesse. Por que continuar nessa luta?

— Porque Daji começou esta guerra — respondeu Rin. — Porque ela matou meus amigos. Porque ela continua no trono e não deveria estar. Porque *alguém* precisa matá-la, e prefiro que seja eu.

— Mas *por quê*? — insistiu Moag. — Ninguém odeia nossa Imperatriz tanto quanto eu. Mas entenda isto, menina: você não vai encontrar aliados. A revolução é muito interessante na teoria, mas ninguém quer morrer.

— Não estou obrigando ninguém a se arriscar. Apenas me dê as armas.

— E se você fracassar? Não acha que o Exército vai procurar a origem de seus recursos?

— Matei trinta homens para você — disparou Rin. — Você me deve os recursos que eu quiser. Esse era o acordo. Não pode simplesmente...

— Não posso o quê? — Moag se inclinou para a frente, segurando o punho de sua adaga com os dedos cheios de anéis. Ela parecia estar achando a situação muito fascinante. — Acha que estou *em dívida* com você? Com base em que contrato? Em que leis? O que vai fazer, me levar ao tribunal?

Rin pestanejou, perplexa.

— Mas você disse...

— "Mas você disse" — arremedou Moag, zombando de Rin com uma voz esganiçada. — As pessoas prometem coisas que não têm a intenção de cumprir o tempo todo, jovem speerliesa.

— Mas tínhamos um acordo! — Rin ergueu a voz, mas suas palavras soaram suplicantes, não imperativas. Ela soou infantil até para si mesma.

As Lírios começaram a rir atrás de seus leques.

As mãos de Rin se fecharam em punhos. O ópio residual a impedia de entrar em erupção. Ainda assim, uma névoa escarlate anuviava sua visão.

Ela respirou fundo. *Calma.*

Assassinar Moag poderia resultar em satisfação momentânea, mas Rin suspeitava que mesmo ela não conseguiria sair viva de Ankhiluun.

— Sabe, para alguém com suas qualidades, você é tola demais — disse Moag. — Habilidades speerliesas, educação sinegardiana, histórico no Exército, e mesmo assim ainda não entende como o mundo funciona. Se quer que algo aconteça, você precisa de força bruta. Eu preciso de você e sou a única que pode pagar o que deseja; isso significa que você precisa de mim. Pode reclamar à vontade, mas não vai a lugar algum.

— Só que você *não está* me pagando. — Rin não conseguiu se conter.

— Então vá para o inferno.

Onze flechas estavam apontadas para o rosto dela antes que pudesse mover um músculo.

— *Abaixem os arcos* — chiou Sarana.

— Não seja tão dramática. — Moag examinava com atenção as unhas pintadas. — Não vê que estou tentando ajudar? Você é jovem. Tem uma vida inteira pela frente. Por que desperdiçá-la buscando vingança?

— Preciso chegar até a capital — teimou Rin. — Se não vai me dar o que preciso, vou procurar em outro lugar.

Moag soltou um suspiro teatral, pressionou a têmpora com os dedos e em seguida cruzou os braços sobre a mesa.

— Quero propor um acordo. Mais um serviço e terá o que você quiser. O que me diz?

— Espera que eu confie em você agora?

— Você tem escolha?

Rin ponderou a proposta.

— Que tipo de serviço?

— O que acha de batalhas navais?

— Detesto.

Rin não gostava de estar em alto-mar. Ela havia aceitado apenas serviços em terra firme até aquele momento, e Moag sabia disso. No oceano, Rin poderia ser facilmente neutralizada.

Água e fogo não se misturam.

— Ah, mas uma recompensa generosa vai mudar sua opinião.

Moag vasculhou a mesa até encontrar um esboço em carvão de um navio, que empurrou em direção a Rin.

— Este é o *Garça*. Embarcação padrão de ópio. Velas vermelhas, bandeira de Ankhiluun, a menos que o capitão a tenha trocado. Ele vem apresentando resultados decepcionantes há alguns meses.

Rin a encarava.

— Quer que eu mate alguém com base em erros contábeis?

— Ele está ficando com mais do que foi combinado como parte de seus lucros. Foi muito espertinho e arranjou um contador para alterar as informações a seu favor, de modo que demorei semanas para perceber. Mas temos cópias triplas de tudo. Os números não mentem. Quero que você afunde o navio dele.

Rin observou o desenho. Ela reconheceu a estrutura do navio. Moag tinha pelo menos uma dúzia de embarcações como aquela no porto de Ankhiluun.

— Ele ainda está na cidade?

— Não. Mas deve voltar ao porto dentro de alguns dias. Acha que não sei o que fez.

— Então por que você mesma não se livra dele?

— Em circunstâncias normais eu faria isso — explicou Moag. — Mas nesse caso teria que ser com base na justiça pirata.

— Desde quando Ankhiluun dá a mínima para *justiça*?

— O fato de sermos independentes do Império não faz de nós uma anarquia, querida. Teríamos um julgamento. É um procedimento padrão em casos de desvio de fundos. Mas não quero que ele tenha um julgamento justo. Ele é muito benquisto e tem muitos amigos nesta cidade. Uma punição vinda de mim certamente resultaria em retaliação. Não quero lidar com isso. Eu o quero no fundo do mar.

— Sem prisioneiros?

Moag sorriu.

— Não é uma grande prioridade.

— Então vou precisar de um barco emprestado — anunciou Rin.

O sorriso de Moag cresceu.

— Faça isso para mim e poderá ficar com o barco para você.

Não era o ideal. Rin precisava de um navio com as cores do Exército, não de uma embarcação de contrabando, e Moag ainda poderia se recusar a fornecer as armas e o dinheiro. Não. Ela tinha que se preparar para uma traição de Moag, de uma forma ou de outra.

Mas ela não tinha vantagem alguma. Moag tinha os navios e os soldados, então podia dar as cartas. Tudo o que Rin tinha era a capacidade de matar pessoas, e não havia mais ninguém para quem pudesse oferecer seus serviços.

Não havia opções melhores. Estrategicamente, ela estava encurralada e não conseguia enxergar uma saída.

Mas conhecia alguém que enxergaria.

— Tem mais uma coisa — acrescentou Rin. — Quero o endereço de Kitay.

— Kitay?

Moag semicerrou os olhos.

Rin podia ver os pensamentos fervilhando na cabeça de Moag enquanto ela avaliava os riscos e decidia se a caridade valia a pena.

— Somos amigos — explicou Rin da maneira mais serena que pôde. — Estudávamos juntos. Gosto dele. Só isso.

— E só agora está perguntando por ele?

— Não vamos fugir da cidade, se está preocupada com isso.

— Ah, vocês jamais conseguiriam. — Moag a encarou com piedade. — Mas ele me pediu para não dizer a você onde encontrá-lo.

Rin supôs que não deveria ficar surpresa. Doeu mesmo assim.

— Não importa — retrucou ela. — Continuo querendo o endereço.

— Dei minha palavra de que guardaria segredo.

— Sua palavra não vale nada, sua velha senil. — Rin não conseguiu controlar a impaciência. — Está enrolando só por diversão.

Moag riu.

— Está bem. Ele está no antigo distrito estrangeiro. É um esconderijo no final da passarela. Você vai ver os símbolos da frota do Junco Carmesim nos batentes das portas. Há um guarda meu lá, mas direi a ele para dar passagem a você. Devo avisá-lo de que está indo?

— Não, por favor — pediu Rin. — Quero fazer uma surpresa.

O antigo distrito estrangeiro era parado e silencioso, um raro oásis de calma na cacofonia sem fim que era Ankhiluun. Metade das casas estava abandonada — ninguém vivia lá desde a partida dos hesperianos, e as construções que restavam eram usadas apenas para fins de armazenamento. As luzes brilhantes que enchiam o resto de Ankhiluun estavam ausentes. O lugar ficava bastante longe da praça central, à qual os guardas de Moag tinham fácil acesso.

Rin não gostou disso.

Mas Kitay tinha que estar a salvo. Taticamente, seria uma péssima ideia permitir que ele fosse ferido. Era uma fonte importante de conhecimento, lia tudo e não se esquecia de nada. Era melhor mantê-lo vivo como um recurso, e Moag certamente havia percebido isso, já que o havia colocado sob prisão domiciliar.

A casa solitária no final da rua flutuava um pouco longe das demais, presa apenas por duas correntes longas ao fim de uma perigosa passarela flutuante construída com tábuas irregulares.

Rin atravessou a passarela com cuidado e bateu à porta. Não houve resposta.

Ela inspecionou a maçaneta. Não havia sequer uma fechadura — ela não conseguiu ver um buraco de chave. Fizeram com que fosse impossível para Kitay evitar visitantes.

Ela empurrou a porta.

A primeira coisa que notou foi a bagunça — livros amarelados, mapas e livros de registro espalhados por todas as superfícies visíveis. Quando sua visão se ajustou à luz do lampião, Rin viu Kitay sentado num canto com um calhamaço no colo, quase soterrado sob pilhas de livros encadernados em couro.

— Já comi — anunciou ele sem olhar para cima. — Volte amanhã cedo.

Ela pigarreou.

— Kitay.

Ele ergueu a cabeça e arregalou os olhos.

— Olá — disse ela.

Devagar, ele deixou o livro de lado.

— Posso entrar? — perguntou Rin.

Kitay olhou para ela por um longo momento antes de acenar para que se aproximasse.

— Tudo bem.

Rin fechou a porta. Kitay não deu sinal de que pretendia se levantar, então ela abriu caminho através da papelada em direção ao amigo, tomando cuidado para não pisar em nada. Kitay odiava quando alguém perturbava suas bagunças cuidadosamente ordenadas. Em época de provas em Sinegard, ele tinha acessos de raiva sempre que mexiam em seus tinteiros.

O lugar estava tão abarrotado que o único espaço vazio era um quadrado de chão perto da parede, ao lado dele. Tomando cuidado para não encostar no amigo, Rin escorregou até o chão, cruzou as pernas e pousou as mãos sobre os joelhos.

Por um momento, os dois simplesmente se encararam.

Rin queria muito estender a mão e tocar no rosto de Kitay. Ele parecia fraco e estava muito magro. Havia se recuperado um pouco desde Golyn Niis, mas o osso de sua clavícula estava saliente de maneira preocupante, e seus pulsos pareciam tão frágeis que ela conseguiria quebrá-los com uma só mão. Seu cabelo havia crescido e estava longo e bagunçado. Estava preso atrás da cabeça, o que repuxava a pele de seu rosto e fazia com que suas maçãs do rosto se destacassem mais do que o normal.

Ele não se parecia nem de longe com o rapaz que ela havia conhecido em Sinegard.

A diferença estava em seus olhos. Antes tão brilhantes e iluminados por uma curiosidade febril sobre tudo, estavam agora opacos e vazios.

— Posso ficar? — quis saber Rin.

— Deixei você entrar, não deixei?

— Você disse para Moag não me passar seu endereço.

— Ah. — Ele hesitou. — É, eu disse.

Kitay evitava o olhar de Rin. Ela o conhecia bem o bastante para saber que isso era sinal de que o amigo estava furioso com ela, mas, depois de todos aqueles meses, ela ainda não sabia exatamente por quê.

Não. Na verdade, ela sabia, só não queria admitir que estava errada. A única vez em que haviam brigado, brigado *de verdade*, Kitay havia fechado a porta na cara de Rin e ficado sem falar com ela até chegarem a terra firme.

Ela havia evitado pensar no assunto desde então. Havia guardado a lembrança no abismo, como todas as outras que a faziam ansiar por seu cachimbo.

— Como estão as coisas? — perguntou ela.

— Estou em prisão domiciliar. Como acha que estão?

Rin olhou ao redor, observando os papéis bagunçados na mesa, que se espalhavam também pelo chão, sob o peso de tinteiros.

Os olhos de Rin pousaram sobre o livro de registro no qual o amigo estava escrevendo.

— Pelo menos ela lhe deu algo para fazer?

— "Algo para fazer" — repetiu ele, fechando o livro com força. — Estou trabalhando para uma das criminosas mais procuradas do Império e ela me colocou para *conferir impostos*.

— Ankhiluun não paga impostos.

— Não os impostos para o Império. Para Moag. — Kitay girou o pincel de tinta entre os dedos. — Moag está comandando uma gigantesca organização criminosa com um esquema de impostos tão complicado quanto o da administração de qualquer cidade. Mas a maneira como eles têm registrado tudo até agora... Vamos dizer que quem projetou isso não sabe como números funcionam.

Que genial da parte de Moag, pensou Rin. Kitay tinha a destreza mental de vinte acadêmicos juntos. Ele fazia contas complexas de cabeça sem pestanejar e tinha uma mente estratégica que havia rivalizado com a de Mestre Irjah. Ele podia estar mal-humorado devido à prisão domiciliar, mas não conseguia resistir a um quebra-cabeça quando recebia um. Para ele, os impostos eram como um balde de brinquedos.

— Estão tratando você bem? — perguntou ela.

— Bem o suficiente. Faço duas refeições por dia. Às vezes mais, se me comportar.

— Você está magro.

— A comida não é muito boa.

Ele ainda não olhava para ela. Em um movimento ousado, Rin pousou a mão no braço de Kitay.

— Sinto muito por Moag ter prendido você aqui.

Ele se desvencilhou do toque.

— Você não teve nada a ver com isso. Eu faria a mesma coisa se me tivesse como prisioneiro.

— Moag não é tão ruim assim. Ela trata bem aqueles que estão ao seu lado.

— E faz uso de violência e extorsão para governar uma cidade completamente ilegal que mente para Sinegard há vinte anos — completou Kitay. — Parece que você começou a perder a noção da realidade, Rin.

Ela se irritou com o comentário.

— Mesmo assim, o povo de Moag está melhor do que os súditos da Imperatriz.

— Os súditos da Imperatriz estariam bem se os generais não estivessem por aí traindo a Coroa.

— Por que você é tão leal a Sinegard? — questionou Rin. — Que eu saiba a Imperatriz nunca fez nada por você.

— Minha família serve à Coroa de Sinegard há dez gerações — explicou Kitay. — E não, não vou ajudar você com sua vingança pessoal só porque suspeita que a Imperatriz tenha matado o idiota do seu comandante. Então pode parar de fingir ser minha amiga, Rin, porque sei que veio só por isso.

— Eu não *suspeito*, eu tenho certeza disso — afirmou ela. — E eu sei que a Imperatriz levou a Federação para o território nikara. Ela queria esta guerra, ela começou a invasão, e tudo que você viu acontecer em Golyn Niis foi culpa de Daji.

— Acusações falsas.

— Ouvi isso da boca de Shiro!

— E por acaso Shiro não tinha motivos para mentir para você?

— E por acaso Daji não tem motivos para mentir *para você*?

— Ela é a Imperatriz — respondeu Kitay. — A Imperatriz não trai seu próprio povo. Não vê como isso é absurdo? Há literalmente zero vantagem política...

— Você devia querer isso também! — gritou Rin.

Ela queria sacudi-lo, golpeá-lo, fazer qualquer coisa para que aquela inexpressividade enlouquecedora desaparecesse do rosto de Kitay.

— Por que não quer? Por que não está furioso? Não viu o que aconteceu em Golyn Niis?

Kitay enrijeceu.

— O que eu quero é que você vá embora.

— Kitay, por favor...

— *Agora*.

— Sou sua amiga!

— Não, não é. Fang Runin era minha amiga. Não sei quem você é, mas não quero ter conexão alguma com você.

— Por que fica repetindo isso? O que eu fiz para você?

— Já pensou no que fez com *eles*?

Kitay agarrou a mão de Rin, que, em meio à surpresa, permitiu. O garoto abriu a mão dela e pressionou a palma ao lampião ao lado, forçando-a a ficar diretamente sobre o fogo. Rin deixou escapar um grito curto com a dor repentina — era como se mil agulhas penetrassem cada vez mais fundo sua carne.

— Já foi queimada? — sussurrou ele.

Pela primeira vez, Rin notou pequenas cicatrizes de queimadura nas palmas das mãos e nos antebraços de Kitay. Algumas eram recentes, algumas pareciam ter aparecido no dia anterior.

A dor aumentou.

— Merda! — Ela se afastou com um puxão.

Com o movimento, ela esbarrou no lampião, derramando óleo sobre os papéis. O fogo se espalhou em um piscar de olhos. Por um segundo, ela viu uma expressão de completo pavor no rosto iluminado de Kitay; então ele pegou um cobertor do chão e o jogou sobre o fogo.

Tudo ficou escuro.

— Que merda foi essa? — gritou ela.

Ela não fez nenhum gesto ameaçador, mas Kitay recuou como se tivesse feito. Seu ombro se chocou contra a parede, e ele se deixou escorregar até o chão com a cabeça sob os braços, chorando e tremendo violentamente.

— Sinto muito — sussurrou ele. — Não sei o que...

A dor pulsante na mão de Rin havia a deixado sem fôlego, quase tonta. Fora quase tão boa quanto a sensação que tinha ao se drogar. Se pensasse muito nisso, começaria a chorar, e se começasse a chorar poderia se partir em mil pedaços. Assim, em vez disso, ela se esforçou para rir, mas seu riso se transformou em soluços atormentados que faziam seu corpo inteiro estremecer.

— Por quê? — perguntou ela, por fim.

— Queria ver como era — respondeu Kitay.

— O quê?

— Queria saber como se sentiram. Quando aconteceu. Nos últimos segundos. Queria saber como eles se sentiram quando tudo acabou.

— Eles não sentiram nada — afirmou ela.

Uma onda de agonia percorreu seu braço outra vez, e Rin golpeou o chão na tentativa de entorpecer a dor. Ela cerrou os dentes até que passasse.

— Altan me contou uma vez — continuou Rin. — Depois de um tempo, você não consegue mais respirar. Você fica tão ofegante que não consegue mais sentir dor. Você não morre pelas queimaduras, e sim por falta de ar. Você sufoca, Kitay. É assim que acaba.

CAPÍTULO 5

— Tente mastigar balinhas de gengibre — sugeriu Ramsa.

Rin escarrou e cuspiu até ter certeza de que seu estômago não expeliria mais nada, depois endireitou o corpo, voltando para o convés. Os restos de seu café da manhã, uma gosma gelatinosa, boiavam nas ondas verdes lá embaixo.

Ela pegou as balas da palma de Ramsa e as mastigou enquanto lutava contra a ânsia de vômito. Depois de todas aquelas semanas no mar, Rin ainda não havia se acostumado à sensação constante de que o chão estava oscilando sob seus pés.

— A previsão é de ondas ainda mais agitadas hoje à noite — informou Baji. — A estação de chuvas está dando as caras em Omonod. É melhor não velejarmos contra o vento se continuar assim, mas acho que não teremos problemas enquanto tivermos a costa como quebra-mar.

Baji era o único dentre eles que tinha experiência náutica real. Ele já havia trabalhado em um navio de transporte como parte de sua sentença, pouco antes de ser mandado para Baghra, e gostava de se gabar disso.

— Ah, cala a boca — disse Ramsa. — Pare de fingir que entende do assunto.

— Eu sou o navegador!

— O navegador é *Aratsha*, você só gosta de se exibir no leme.

Rin se sentia grata por não terem que fazer muitas manobras sozinhos. Isso significava que não precisavam recorrer à ajuda de Moag para conseguir uma tripulação. Apenas os seis bastavam para navegar pelo mar do Sul de Nikan, fazendo uma manutenção mínima do navio enquanto o abençoado Aratsha seguia ao lado do casco, guiando o navio para onde precisassem ir.

Moag havia lhes emprestado uma embarcação de ópio de nome *Caracel*, um navio elegante e afilado que, de alguma forma, comportava seis canhões de cada lado. Eles não tinham o número necessário de homens para operar todos os canhões, mas Ramsa havia desenvolvido uma solução inteligente. Ele conectou os doze fusíveis ao mesmo fio para que assim pudessem disparar todos de uma só vez.

Entretanto, o artifício seria usado apenas em último caso. Rin não tinha a intenção de sair vitoriosa daquele conflito com o uso de canhões. Se Moag não queria sobreviventes, Rin só precisava chegar perto o suficiente para conseguir embarcar.

Ela cruzou os braços sobre a balaustrada e descansou o queixo sobre eles, olhando para a água. Navegar era muito menos interessante do que vigiar territórios inimigos. Os campos de batalha eram infinitamente mais divertidos. O oceano não trazia nada além de solidão. Ela havia passado a manhã observando o horizonte cinza e monótono, tentando manter os olhos abertos. Moag não sabia dizer ao certo quando o capitão sonegador de impostos voltaria ao porto. Poderia ser naquele momento, poderia ser só após a meia-noite.

Rin não conseguia entender como os marinheiros aguentavam o horror da falta de orientação quando estavam no mar. Para ela, todos os trechos do oceano pareciam iguais. Sem a costa para ajudá-la a se localizar, era impossível distinguir um horizonte do outro. Ela conseguia entender mapas estelares se tentasse, mas a olho nu cada pedaço de azul-esverdeado era o mesmo.

Eles podiam estar em qualquer lugar da baía Omonod. A ilha de Speer provavelmente estava em algum ponto bem longe. Em outro, a Federação.

Certa vez, Moag se ofereceu para levá-la de volta a Mugen para analisar os danos, mas Rin recusou a oferta. Ela sabia o que encontraria lá. Milhões de cadáveres cobertos por rocha endurecida, esqueletos carbonizados, eternamente paralisados em suas últimas ações em vida.

Qual seria a posição em que estariam? Mães tentando carregar os filhos? Maridos abraçando as esposas? Talvez suas mãos estivessem estendidas em direção ao mar, como se pudessem escapar das nuvens sulfurosas e letais que retumbavam pela encosta da montanha, se ao menos conseguissem chegar até a água.

Ela havia imaginado isso muitas vezes, criado uma imagem provavelmente muito mais vívida do que a realidade. Quando fechava os olhos, Rin via Mugen e Speer; as duas ilhas se confundiam em sua mente, já que em ambos os casos a história era a mesma: crianças ardendo em chamas, suas peles caindo dos corpos em grandes porções chamuscadas, expondo ossos cintilantes.

Elas haviam sido queimadas na guerra de outras pessoas, pelos erros de outras pessoas; alguém que nunca haviam conhecido decidira que deveriam morrer. Em seus últimos momentos, elas nem ao menos tinham ideia de por que estavam sendo queimadas vivas.

Rin balançou a cabeça na tentativa de esvaziar a mente. Continuava se perdendo em devaneios. Havia tomado uma pequena dose de láudano na noite anterior porque a palma queimada da mão doía tanto que não conseguia dormir, o que em retrospecto fora uma péssima ideia, já que o láudano a deixava mais exausta do que o ópio e não proporcionava nem metade da diversão.

Ela examinou a mão. A pele estava inchada e muito vermelha, embora ela houvesse aplicado babosa e deixado a substância por horas no local. Ela não conseguia fechar a mão sem gemer de dor. Estava aliviada por ter queimado a mão esquerda, não a mão da espada, e estremeceu diante da ideia de segurar um punhal com a pele sensível.

Ela fincou com força a unha do polegar na ferida aberta na palma da mão. A onda de dor percorreu seu braço e a fez lacrimejar, mas isso a despertou.

— Não deveria ter tomado aquele láudano — disse Chaghan.

Ela endireitou a postura de repente.

— Estou acordada.

Ele se aproximou e se juntou a Rin na balaustrada.

— Claro que está.

Rin olhou para ele, irritada, ponderando quanto esforço seria necessário para jogá-lo ao mar. Não muito, deduziu. Chaghan era tão frágil. Ela conseguiria. Nem sentiriam falta dele. Provavelmente.

— Estão vendo aquelas rochas?

Baji, que parecia ter pressentido uma troca de ofensas iminente entre os dois, se pôs entre eles e apontou para um grupo de penhascos na costa de Ankhiluun ao longe.

— Com o que elas se parecem? — perguntou ele.

Rin estreitou os olhos.

— Com um homem?

Baji assentiu.

— Um homem afogado. Se você navega para a costa durante o pôr do sol, parece que ele está engolindo o sol. É assim que você sabe que encontrou Ankhiluun.

— Quantas vezes já esteve aqui? — perguntou Rin.

— Várias. Vim aqui com Altan uma vez, dois anos atrás.

— Para quê?

— Tyr queria que matássemos Moag.

Rin soltou um riso de deboche.

— Parece que falharam.

— Para ser justo, foi *a única vez* em que Altan falhou.

— Ah, claro — disse Rin. — Altan era incrível. Altan era perfeito. O melhor comandante que já tiveram. Fazia tudo certo.

— Exceto Chuluu Korikh — contribuiu Ramsa. — Aquilo foi um desastre de proporções gigantescas.

— Justiça seja feita, Altan tomava decisões táticas muito boas. — Baji coçou o queixo. — Bom, antes de todas aquelas que foram péssimas.

Ramsa soltou um assobio curto.

— Deu uma enlouquecida lá pelo fim.

— É, ficou meio doido.

— Calem a boca — disse Chaghan.

— É triste como os melhores acabam pirando — continuou Baji, ignorando-o. — Tipo Feylen. Huleinin também. Vocês se lembram de Altan sonâmbulo em Khurdalain? Juro, uma vez fui mijar à noite e quando voltei...

— *Mandei calarem a boca*! — Chaghan bateu com as duas mãos contra a balaustrada.

Rin sentiu um calafrio varrer o convés; os pelos de seus braços se arrepiaram. Havia uma quietude no ar, como o intervalo entre um relâmpago e um trovão. Os cabelos brancos de Chaghan haviam começado a encaracolar nas pontas.

Seu rosto não correspondia à sua aura. Ele parecia prestes a chorar.

Baji ergueu as palmas das mãos.

— Tudo bem. Pelas tetas da tigresa. Desculpe.

— Vocês não têm o direito de fazer isso — rosnou Chaghan. Ele apontou o dedo para Rin. — *Especialmente você*.

Rin se irritou.

— O que quer dizer com isso?

— Foi por sua causa que...

— Por minha causa o *quê?* — vociferou ela. — Diga. Estou esperando.

— Pessoal. *Pessoal*. — Ramsa se meteu entre eles. — Grande Tartaruga, vamos pegar leve. Altan morreu, certo? Morreu. Brigar por causa disso não vai trazê-lo de volta.

— Dê uma olhada. — Baji entregou a luneta para Rin, chamando sua atenção para um pontinho preto no horizonte. — Acha que é um navio do Junco Carmesim?

Rin olhou pela luneta.

A frota do Junco Carmesim de Moag era composta por embarcações de ópio especiais, construídas de modo que pudessem atingir velocidade suficiente para fugir de outros piratas e da Marinha Imperial. Além disso, tinham cascos profundos para transportar grandes quantidades de ópio e velas características que se pareciam com barbatanas de carpa. Em mar aberto, disfarçavam tudo o que pudesse identificá-los, mas hasteavam a bandeira carmesim de Ankhiluun quando estavam no mar do Sul de Nikan.

Aquele navio, no entanto, era algo volumoso, grande e achatado, muito mais amplo que uma embarcação de ópio. Tinha velas brancas em vez de vermelhas, sem nenhuma bandeira à vista. Rin observava o navio quando ele fez uma curva surpreendentemente brusca na direção deles, algo impossível sem a ajuda de um xamã.

— Não é de Moag — constatou Rin.

— Mas também não significa que seja um navio inimigo — contrapôs Ramsa. Ele espiava o navio com a própria luneta. — Pode ser um navio amigo.

Baji riu com desdém.

— Somos fugitivos trabalhando para uma rainha pirata. Acha que temos muitos amigos neste momento?

— É, faz sentido. — Ramsa fechou a luneta e a enfiou no bolso.

— Vamos atacar logo — sugeriu Chaghan.

Baji olhou para ele, incrédulo.

— Escute, não sei quanto tempo você já passou no mar, mas a ação mais indicada não costuma ser "atacar logo" quando se vê um navio de guerra sem nada que o identifique e sem ter como saber se ele está acompanhado de uma frota de apoio.

— Por que não? — perguntou Chaghan. — Você mesmo disse que não deve ser um navio amigo.

— Não quer dizer que esteja procurando briga.

Ramsa tentava acompanhar a conversa de Baji e Chaghan, olhando de um para o outro conforme falavam. Era como se ele fosse um filhote de pássaro muito confuso.

— Não vamos atacar — decidiu Rin. — Pelo menos não até que saibamos quem são.

O navio já estava perto o suficiente para que ela conseguisse enxergar algumas letras gravadas nas laterais. *Cormorão*. Ela havia estudado a lista de navios do Junco Carmesim ancorados em Ankhiluun. Aquele não era um deles.

— Está vendo isso? — Ramsa estava olhando pela luneta outra vez. — Que merda é essa?

— O quê?

Rin não sabia o que estava preocupando Ramsa. Ela não via nenhuma tropa armada, nem mesmo qualquer sinal de tripulação.

Então ela percebeu exatamente o que havia de errado.

Não havia ninguém a bordo.

Ninguém estava na proa, ninguém manuseava os remos. O *Cormorão* estava perto o suficiente agora para que pudessem ver que o convés estava deserto.

— Impossível — disse Ramsa. — Como ele está navegando?

Rin se debruçou sobre a lateral do navio e gritou.

— Aratsha! Curva fechada à direita.

Aratsha obedeceu, mudando de direção mais rápido do que qualquer outro navio seria capaz. Mas o navio desconhecido imitou o movimento e se virou imediatamente para segui-los, fazendo uma curva cirúrgica e precisa. O navio também era veloz. Ainda que o *Caracel* tivesse Aratsha o impulsionando, o *Cormorão* não teve problemas para seguir seu ritmo.

Segundos mais tarde, ele quase os alcançava, navegando praticamente em paralelo. Quem quer que estivesse naquele navio pretendia embarcar.

— Isso aí é um navio fantasma — disse Ramsa, temeroso.

— Deixe de ser idiota — retrucou Baji.

— Então eles têm um xamã. Chaghan tem razão, devíamos atacar.

Sem saber o que fazer, eles fitaram Rin, à espera da ordem. Quando ela abriu a boca para responder, um estrondo rasgou o silêncio, e o *Caracel* tremeu sob os pés de sua tripulação.

— Ainda acham que não são inimigos? — perguntou Chaghan.

— Atacar! — ordenou Rin.

Ramsa desceu em disparada para acender o fusível. Momentos mais tarde, uma sequência de estrondos balançou o *Caracel* quando seus canhões de estibordo explodiram um a um. Bolas de metal em chamas voaram sobre a água, deixando um rastro de fogo alaranjado atrás delas — porém, em vez de abrir buracos nas laterais do *Cormorão*, elas ricochetearam nas chapas de metal que o revestiam. O navio de guerra mal sentiu o impacto.

Enquanto isso, o *Caracel* arqueou de forma preocupante a estibordo. Rin deu uma olhada de cima — o casco estava danificado e, embora ela não entendesse quase nada de navios, aquilo não parecia contornável.

Ela xingou baixinho. Eles teriam que voltar para a margem usando um dos botes salva-vidas. Se o *Cormorão* não acabasse com eles antes.

Era possível ouvir os passos alucinados de Ramsa sob o convés tentando recarregar os canhões. Flechas assobiavam sobre a cabeça de Rin, cortesia de Qara, mas elas apenas cabeceavam inutilmente as laterais do navio de guerra. Qara não tinha um alvo. Não havia tripulação no convés do navio, nem arqueiros. Quem quer que estivesse lá não precisava disso, já que tinha uma fileira de canhões tão pesados que provavelmente poderiam estraçalhar o *Caracel* em questão de minutos.

— Chegue mais perto! — bradou Rin.

Eles estavam em desvantagem em termos de armas e estratégias. A única chance de vencer era subir a bordo do navio e incendiá-lo.

— Aratsha! Quero subir naquele navio!

Mas eles estavam parados. O *Caracel* balançava passivamente na água.

— *Aratsha!*

Não houve resposta. Rin subiu na balaustrada e se curvou olhando para baixo. Nesse momento, viu uma estranha rajada preta na água, como uma nuvem de fumaça se formando sob a superfície. Sangue? Mas Aratsha não sangrava, não quando estava em sua forma aquática. E a nuvem era escura demais para ser sangue.

Não. Parecia ser tinta.

Um projétil zuniu acima dela. Rin se abaixou e viu quando o objeto caiu na água. Outra explosão preta se originou no lugar do impacto.

Era tinta.

Estavam disparando cápsulas de tinta na água. Era intencional. Quem quer que estivesse atacando, sabia que o Cike tinha um xamã de água e estava cegando Aratsha de propósito *porque sabiam quem ele era.*

Rin sentiu um aperto no peito. Aquele não era um ataque qualquer. Eles eram o alvo do navio de guerra, que havia se preparado para aquele momento. A emboscada havia sido planejada com antecedência.

Eles tinham sido traídos por Moag.

Outra sequência de mísseis voou pelos ares, desta vez mirando o convés. Rin se agachou e se preparou para a explosão, mas não houve impacto. Ela abriu os olhos. Seria um explosivo de ação tardia?

Mas o *Caracel* não foi sacudido por uma explosão violenta. Em vez disso, o projétil disparou uma nuvem de fumaça preta que cresceu e se espalhou com rapidez assustadora. Rin não se deu ao trabalho de tentar correr. A fumaça tomou todo o convés em segundos.

Não era apenas uma cortina de fumaça, era algo asfixiante — ela tentou respirar, mas não conseguiu; era como se sua garganta tivesse se fechado, como se alguém estivesse pisando em seu pescoço. Rin cambaleou, sentindo que ia vomitar, então notou um sabor no ar — algo doce, doentio e muito familiar.

Ópio.

Eles sabem o que somos. Sabem o que nos enfraquece.

Suni e Baji caíram de joelhos, completamente vencidos. Onde quer que Qara estivesse, seus disparos também cessaram. Rin só conseguia enxergar as silhuetas lânguidas de Chaghan e Ramsa em meio à fumaça. Ela era a única que continuava de pé, tossindo violentamente, segurando o pescoço, cambaleante.

Ela já havia fumado ópio tantas vezes que conhecia de cor as fases dos efeitos. Era só uma questão de tempo.

Primeiro vinha a sensação vertiginosa de estar flutuando, acompanhada de uma euforia irracional.

Depois o torpor, que era quase tão bom quanto.

E depois não havia mais nada.

Os braços de Rin ardiam como se ela os tivesse mergulhado em uma colmeia. Ela sentia gosto de carvão na boca. Tentou juntar saliva para molhar a garganta, mas só conseguiu engolir uma quantidade repugnante de catarro. Forçou-se a abrir os olhos; a luz repentina a fez lacrimejar. Precisou piscar repetidas vezes antes de conseguir olhar para cima.

Ela estava presa em um mastro com os braços esticados acima da cabeça. Ao mexer os dedos, percebeu que não conseguia senti-los. Suas pernas também estavam presas, amarradas com tanta força que ela mal conseguia se mexer.

— Olha só quem acordou. — Era a voz de Baji.

Rin esticou o pescoço, mas não conseguiu vê-lo. Quando girou a cabeça, sentiu uma onda violenta de vertigem. Mesmo amarrada, parecia que estava flutuando, e olhar para cima ou para baixo trazia uma sensação horrível de estar caindo. Ela fechou os olhos.

— Baji? Cadê você?

— Atrás de você — respondeu ele. — Do outro lado do... do mastro.

Sua fala era arrastada e quase incompreensível.

— E os outros? — perguntou ela.

— Todo mundo aqui — disse Ramsa, do outro lado. — Aratsha está naquele barril.

Rin se endireitou.

— Espere, e se ele...?

— Sem chance, lacraram a tampa. Ainda bem que ele não precisa respirar.

Ramsa devia estar mexendo os braços, o que fez com que a corda apertasse dolorosamente os pulsos de Rin.

— Pare com isso — disse ela.

— Foi mal.

— De quem é o navio?

— Não querem nos contar — respondeu Baji.

— Quem? Quem não quer?

— Não sabemos. Estou deduzindo que são nikaras, mas não falaram conosco. — Baji ergueu a voz para perguntar a um guarda que deveria estar atrás de Rin, já que ela não via ninguém. — Ei. Ei, você. Você é nikara?

Não houve resposta.

— Não falei? — disse Baji.

— Talvez sejam mudos — sugeriu Ramsa. — Todos eles.

— Deixe de ser imbecil — respondeu Baji.

— Eles podem ser! Você não sabe!

A situação não era nem um pouco engraçada, mas Ramsa começou a dar risadinhas e a se agitar, de modo que a corda ficou mais apertada ao redor dos braços de todos os outros.

— Será que dá para calarem a boca?

Era a voz de Chaghan. Estava a alguns metros de distância.

Rin abriu os olhos para espiar por uma fração de segundo, o suficiente para enxergar Chaghan, Qara e Suni amarrados ao mastro do outro lado.

Chaghan estava caído em cima da irmã. Suni ainda estava inconsciente. Sua cabeça pendia para a frente e havia uma poça de saliva em seu queixo.

— Olha só. Bom dia — disse Ramsa. — Não vai dar bom-dia? Por acaso dormimos juntos, é?

— Cala a boca, porra — grunhiu Chaghan antes de disparar uma série de ofensas que terminou com "maldito verme nikara".

— Você está drogado? — grasnou Ramsa, rindo. — Pelas tetas da tigresa, Chaghan está drogado!

— Não... estou...

— Depressa, vamos perguntar se ele está sempre constipado ou se a cara dele é assim mesmo.

— Pelo menos tenho dois olhos — retrucou Chaghan.

— "Tenho dois olhos", ai-ai, ui-ui. Pelo menos eu não sou tão magrelo que levaria uma surra de um pombo, e...

— Calem a boca — ralhou Rin.

Ela voltou a abrir os olhos, tentando avaliar o lugar onde estavam, mas tudo que conseguia enxergar era o oceano atrás deles.

— Ramsa, o que você consegue ver?
— Só a lateral do navio. Um pedacinho de água.
— Baji?
Silêncio. Teria ele pegado no sono outra vez?
— *Baji!* — gritou ela.
— Hum? Que foi?
— O que consegue ver?
— Hã. Meus pés. Uma antepara. O céu.
— Não, seu idiota. Para onde estamos indo?
— Como eu vou saber? Ah, espere aí. Tem algo lá longe. Uma ilha, talvez?

O coração de Rin disparou. Speer? Mugen? Mas ambas estavam a semanas de distância; não poderiam estar perto. Ela não se lembrava de nenhuma ilha próxima a Ankhiluun. Poderiam ser as antigas bases navais hesperianas? Mas elas estavam abandonadas havia muito tempo. Se os hesperianos haviam retornado, as relações exteriores de Nikan tinham mudado drasticamente desde a última vez em que Rin tivera notícias.

— Tem certeza? — perguntou ela.
— Não muita. Espere. — Baji ficou em silêncio por um instante. — Grande Tartaruga. Que navio bonito.
— Como assim, "que navio bonito"?
— Se esse navio fosse uma pessoa, eu transaria com ele.

Rin percebeu que Baji não seria de muita ajuda até que cessasse o efeito do ópio. De repente, a embarcação fez uma curva brusca a bombordo, e ela teve uma visão ampla do que era de fato um navio *muito* bonito. Eles estavam se aproximando da sombra gigantesca da maior embarcação de guerra que Rin já havia visto: era monstruosa, um trambolho de vários conveses com diversas camadas de catapultas e escotilhas, além de um trabuco enorme fixado no topo de uma torre no convés.

Em Sinegard, Rin havia estudado combate naval, mas nunca a fundo. A frota da Marinha Imperial estava em decadência, e apenas os casos perdidos de cada sala eram enviados para postos navais. Ainda assim, tinham aprendido o suficiente sobre a Marinha para que Rin soubesse que aquele navio não era do Império.

Os nikaras não sabiam construir embarcações como aquela. Devia ser um navio de batalha estrangeiro.

Ela tentou listar mentalmente as possibilidades. Os hesperianos não haviam tomado partido na Terceira Guerra da Papoula, mas, se tivessem feito isso, teriam se aliado ao Império, o que significava que...

Então ela ouviu a tripulação gritando ordens uns aos outros em nikara fluente. "Parar. Preparar para embarcar."

Que tipo de general nikara teria acesso a um navio hesperiano?

Rin ouviu gritos, madeira rangendo e passos pesados se movendo pelo convés. Ela se mexeu sob as cordas, mas isso só serviu para ferir seus pulsos; sua pele ardia como se estivesse em carne viva.

— O que está acontecendo? — gritou ela. — Quem são vocês?

Ela ouviu alguém ordenar aos tripulantes que entrassem em formação para saudar o recém-chegado, o que significava que o navio estava recebendo uma pessoa de nível superior. Um líder regional? Um *hesperiano*?

— Acho que estamos prestes a ser vendidos — concluiu Baji. — Foi bom conhecer vocês. Menos você, Chaghan. Você é esquisito.

— Vai à merda — respondeu Chaghan.

— Espere, ainda tenho um osso de baleia no meu bolso de trás — disse Ramsa. — Rin, você pode tentar acender um pouquinho, para queimar as cordas? Aí eu saio...

Ramsa continuou a falar, mas Rin mal ouvia o que ele dizia.

Um homem havia acabado de entrar em seu campo de visão. Um general, a julgar pelo uniforme. Metade de seu rosto estava coberto por uma máscara de ópera sinegardiana de cerâmica azul-cerúlea. Porém, foi seu porte alto e esguio que chamou a atenção de Rin, além do jeito como andava: confiante, arrogante, como se esperasse que todos à sua volta se curvassem diante dele.

Aquele jeito de andar era familiar.

— Suni consegue dar conta da guarda principal. Eu fico responsável pelos canhões, implodir o navio ou sei lá...

— Ramsa — vociferou Rin. — *Cala. A. Boca.*

O general atravessou o convés e parou diante deles.

— Por que estão amarrados? — perguntou ele.

Rin retesou o corpo. Ela conhecia aquela voz.

Alguém da tripulação se apressou em responder.

— Senhor, recebemos ordens para não perder as mãos deles de vista.

— Eles são aliados, não prisioneiros. Soltem todos.

— Senhor, mas eles...

— Não gosto de me repetir.

Só podia ser ele. Ela só havia conhecido uma pessoa que conseguia expressar tanto desdém em tão poucas palavras.

— Vocês amarraram tanto as cordas que seus membros ficarão sem circulação — observou o general. — Se os entregarem feridos a meu pai, ele vai ficar muito, *muito* insatisfeito.

— Senhor, acho que não entende o nível de ameaça que...

— Ah, sim, eu entendo. Nós estudávamos juntos. Não é, Rin?

O general se ajoelhou diante de Rin e tirou a máscara.

Rin estremeceu.

O garoto de quem se lembrava era muito bonito. Sua pele era como porcelana e seus traços pareciam ter sido desenhados pelo mais habilidoso dos artistas. Suas sobrancelhas eram levemente arqueadas e transmitiam a mistura exata de condescendência e vulnerabilidade que poetas nikaras vinham tentando descrever havia séculos.

Nezha já não era mais bonito.

De alguma forma, o lado esquerdo de seu rosto ainda estava perfeito; ainda era liso como cerâmica brilhante. O lado direito, no entanto... Ali, seu rosto estava coberto de cicatrizes que se cruzavam sobre a bochecha como os vincos dos cascos de uma tartaruga.

Aquelas cicatrizes não eram naturais, não se pareciam em nada com as que Rin já havia visto em cadáveres destruídos por gases. O rosto de Nezha deveria estar retorcido, deformado, para não dizer chamuscado por inteiro. Mas sua pele era clara como sempre fora. Seu rosto de porcelana não havia escurecido, mas agora era como se o vidro tivesse se estilhaçado e sido colado de volta. As cicatrizes estranhamente geométricas poderiam ter sido pintadas em seu rosto com um pincel fino.

Sua boca era repuxada em um permanente riso cruel do lado esquerdo, exibindo seus dentes em uma máscara de prepotência que ele jamais poderia tirar.

Quando fitou seus olhos, Rin viu nuvens de fumaça tóxica e amarelada pairando sobre a grama seca. Ouviu guinchos que evoluíram para arfadas engasgadas. E ouviu alguém gritando seu nome, várias e várias vezes, sem parar.

Rin não conseguia respirar. Um chiado contínuo invadiu seus ouvidos, e as laterais de sua visão escureciam como um papel que recebia gotas de tinta escura.

— Você morreu — disse ela. — Eu vi você morrer.

Nezha pareceu achar graça.

— Era para você ser a mais inteligente de todos nós.

CAPÍTULO 6

— *Que merda é essa?* — gritou Rin.

— Oi para você também — disse Nezha. — Pensei que ficaria feliz em me ver.

Ela não conseguia fazer nada além de encará-lo. Parecia impossível, impensável, que ele estivesse realmente vivo, de pé diante dela, falando, *respirando*.

— Capitão — chamou Nezha. — As cordas.

Rin sentiu a pressão em seus pulsos aumentar brevemente e depois desaparecer. Seus braços se deixaram cair ao lado do corpo, e o sangue voltou a correr para suas extremidades, enviando um milhão de agulhadas para as pontas de seus dedos. Ela massageou os pulsos e estremeceu quando a pele descascada saiu em suas mãos.

— Consegue ficar de pé? — perguntou Nezha.

Ela acenou com a cabeça, e Nezha a ajudou a se levantar. Rin deu um passo à frente, e uma vertigem a atingiu como uma onda.

— Devagar.

Nezha a segurou pelo braço quando ela chegou mais perto.

Rin se endireitou.

— Não encoste em mim.

— Sei que está confusa, mas eu...

— Falei para *não encostar em mim*.

Ele recuou, mostrando as palmas das mãos.

— Tudo vai fazer sentido em breve. Você está segura. Confie em mim.

— Confiar em você? — repetiu Rin. — Você bombardeou meu navio!

— Bom, tecnicamente não é seu navio.

— Podia ter nos matado! — gritou ela. Seu cérebro estava lento, mas esse fato parecia de extrema importância. — Você disparou ópio para dentro do meu navio!

— Preferia que tivessem sido mísseis de verdade? Estávamos tentando não machucar vocês.

— Seus homens nos deixaram amarrados no mastro por horas!

— Porque não queriam morrer! — Nezha baixou a voz. — Olhe, sinto muito que tenha chegado a isso. Precisávamos tirá-los de Ankhiluun. Não queríamos machucar ninguém.

Seu tom apaziguador só a deixava mais furiosa. Rin não era a droga de uma criança; ele não a acalmaria falando manso.

— Você me fez acreditar que estava morto — disse ela.

— Você queria o quê, uma carta? Também não foi moleza encontrar você.

— Uma carta teria sido melhor do que *bombardear meu navio*!

— Quando você vai parar de repetir isso?

— É uma coisa bem marcante para se deixar de lado!

— Posso explicar tudo se vier comigo — propôs ele. — Você consegue andar? Por favor? Meu pai está nos esperando.

— Seu pai? — repetiu ela sem entender.

— É, Rin. Meu pai. Você sabe.

Então ela entendeu.

Ah.

Das duas, uma: ou ela havia tirado a sorte grande, ou estava prestes a morrer.

— Só eu? — perguntou ela.

Nezha olhou em direção ao Cike, examinando Chaghan com um pouco mais de cuidado.

— Ouvi dizer que agora você é a comandante.

Rin hesitou. Não vinha agindo como uma comandante, mas o título era dela, ainda que apenas em nome.

— Sou.

— Então só você.

— Não vou a lugar algum sem meus homens.

— Desculpe, mas não posso permitir.

Ela ergueu o queixo.

— Que pena, então.

— Acha mesmo que algum deles está em condições de ir a uma reunião com um líder regional? — Nezha fez um gesto em direção ao Cike.

Suni ainda estava dormindo sobre uma poça de saliva, Chaghan olhava de boca aberta para o céu, fascinado, e Ramsa ria sem motivo algum, de olhos fechados.

Foi a primeira vez que Rin ficou feliz por ter desenvolvido uma tolerância tão alta ao ópio.

— Preciso que me garanta que eles não serão feridos — barganhou ela.

Nezha pareceu se ofender.

— Por favor. Vocês não são prisioneiros.

— Então somos o quê?

— Mercenários — respondeu ele, cuidadoso. — Pense assim: são mercenários sem trabalho, e meu pai tem uma proposta muito generosa a fazer.

— E se nós não gostarmos?

— Acho que vão gostar.

Nezha fez um gesto para que Rin o seguisse pelo convés, mas ela permaneceu onde estava.

— Alimente meus homens enquanto estivermos fora, então. Comida de verdade, não sobras.

— Rin, por favor...

— Deixem que tomem banho também. E depois arranje quartos para eles. Essas são as minhas condições. Ah, mais uma coisa: Ramsa não gosta de peixe.

— Vocês agem no litoral e ele não gosta de *peixe*?

— Ele é fresco para comida.

Nezha murmurou algo para o capitão, que fez uma careta.

— Pronto — disse Nezha. — Agora você vem?

Ela deu um passo e tropeçou. Nezha estendeu o braço para Rin, e ela permitiu que ele a ajudasse até a borda do navio.

— Valeu, comandante! — gritou Ramsa atrás deles. — Vê se não morre.

O navio de guerra hesperiano *Soturno do Mar* se erguia gigantesco acima do bote, engolindo-os completamente em sua sombra. Rin não podia deixar de encará-lo, deslumbrada com seu tamanho. Metade de Tikany caberia dentro daquele navio de guerra, inclusive o templo.

Como uma monstruosidade daquelas boiava? Como se movia? Ela não via nenhum remo. O *Soturno do Mar* parecia ser exatamente como o *Cormorão*, um navio fantasma sem tripulação visível.

— Não me diga que tem um xamã guiando aquela coisa — comentou ela.

— Quem me dera. Não, é um barco com rodas de pás.

— Como assim?

Ele sorriu.

— Conhece a lenda do Velho Sábio de Arlong?

Rin revirou os olhos.

— Quem é esse? Seu avô?

— Bisavô. Reza a lenda que o velho sábio estava observando uma roda d'água que regava os campos e pensou em inverter as circunstâncias; se ele movesse a roda, então a água deveria se mover. Princípio bastante óbvio, não é? É incrível que tenha demorado tanto para que alguém o aplicasse a navios.

"Pense bem, os antigos navios imperiais foram projetados de maneira estúpida, impulsionados por lemes de esparrela no convés superior. O problema é que, se seus remadores forem atingidos, já era. Mas, neste caso, as rodas de pás ficam no convés inferior, totalmente protegidas da artilharia inimiga pelo casco. Melhorou bastante em relação aos modelos antigos, não acha?"

Nezha parecia gostar de falar sobre navios. Rin percebeu uma nota distinta de orgulho em sua voz enquanto apontava para o fundo do navio.

— Está vendo? As pás ficam ali.

Ela não conseguia desviar o olhar do rosto de Nezha enquanto ele falava. De perto, suas cicatrizes não causavam tanta aflição, mas um estranho interesse. Rin se perguntou se ele sentia dor ao falar.

— O que foi? — perguntou Nezha. Ele tocou a bochecha. — É feio, não é? Posso colocar a máscara, se as cicatrizes estiverem incomodando você.

— Não é isso — rebateu Rin, depressa.

— O que foi, então?

Ela titubeou.

— Só... Sinto muito.

Ele franziu a testa.

— Pelo quê?

Ela olhou para Nezha, procurando por sinais de sarcasmo, mas sua expressão era de preocupação.

— Foi culpa minha — respondeu Rin.

Ele se deteve.

— Não foi culpa sua.

— Foi, sim. — Ela engoliu em seco. — Eu podia ter puxado você para fora. Eu ouvi você me chamando. Você me *viu*.

— Não me lembro disso.

— Claro que se lembra. Pare de mentir.

— Rin, não faça isso. — Nezha parou de remar e segurou a mão de Rin. — A culpa não foi sua. Eu não culpo você.

— Pois deveria.

— Não deveria.

— Eu podia ter puxado você para fora — repetiu Rin. — Eu queria, eu ia fazer isso, mas Altan não deixou e...

— Então culpe Altan — interrompeu Nezha, resoluto, voltando a remar. — A Federação não ia me matar. Os mugeneses gostam de manter prisioneiros. Alguém descobriu que eu era filho de um líder regional, então eles me pouparam para exigir resgate. Pensaram que poderiam me usar para uma rendição da Província do Dragão.

— Como você escapou?

— Não escapei. Eu estava no acampamento quando souberam que o Imperador Ryohai havia morrido. Os soldados que me capturaram me devolveram para meu pai em troca de uma saída segura do país.

— Eles conseguiram? — perguntou ela.

Nezha fez uma careta.

— Vamos dizer que saíram deste país e também de todos os outros.

Quando chegaram ao casco do navio, Nezha prendeu quatro cordas nas extremidades do bote e assobiou para o alto. Momentos depois, o bote começou a balançar ao ser içado pelos marinheiros.

O convés principal não era visível de onde estavam, mas agora Rin reparava que havia soldados em cada canto do navio. Tinham traços nikaras, provavelmente da Província do Dragão, mas Rin notou que eles não usavam uniformes do Exército.

Os soldados da Sétima Divisão que ela havia visto em Khurdalain usavam trajes verdes do Exército Imperial com a insígnia de um dragão costurada nas braçadeiras. Os de agora, porém, vestiam azul-escuro com um padrão de dragão prateado no peito.

— Por aqui.

Nezha a conduziu pelas escadas até a segunda coberta. Depois, atravessaram um corredor e pararam diante de portas de madeira guardadas por um homem alto e magro que segurava uma alabarda com uma fita azul.

— Capitão Eriden. — Nezha parou e o saudou, embora, de acordo com seu uniforme, ele devesse estar mais alto na hierarquia.

— General.

O Capitão Eriden parecia nunca ter sorrido na vida. Havia linhas profundas em sua testa, marcas permanentemente gravadas em seu rosto fino. Ele baixou a cabeça para cumprimentar Nezha, depois se virou para Rin.

— Estenda os braços.

— Não é necessário — interveio Nezha.

— Com todo o respeito, general, não foi o senhor quem jurou proteger a vida de seu pai — disse Eriden. — Estenda os braços.

Rin obedeceu.

— Não vai encontrar nada.

Normalmente, ela carregava punhais nas botas e na camisa, mas sentia que não estavam mais lá; a tripulação do *Cormorão* já devia tê-los retirado.

— Ainda assim, preciso verificar. — Eriden inspecionou as mangas das vestes de Rin. — Devo avisá-la de que, se ousar apontar um dedo na direção do Líder do Dragão, será atingida por virotes de balestra antes que possa se dar conta.

As mãos dele se moveram sobre a camisa de Rin.

— Não se esqueça de que temos seus homens como reféns.

Rin se virou para Nezha com um olhar acusador.

— Você disse que não éramos reféns.

— Não são — disse Nezha. Ele se virou para Eriden com uma expressão severa. — Eles *não são*. São nossos convidados, capitão.

— Pode chamá-los do que quiser. — Eriden deu de ombros, indiferente. — Mas tente qualquer coisa e eles morrem.

Rin se virou para que ele pudesse revistar suas costas.

— Não estava nos meus planos.

Quando terminou, Eriden esfregou as mãos no uniforme, virou-se e segurou as maçanetas da porta.

— Sendo assim, posso dar as boas-vindas em nome do Líder do Dragão.

— Fang Runin, não é? Bem-vinda ao *Soturno do Mar*.

Por um momento, Rin não conseguiu fazer nada além de encará-lo, boquiaberta. Era impossível olhar para o Líder do Dragão e não ver Nezha. Yin Vaisra era uma versão mais velha e sem cicatrizes do filho. Ele tinha toda a beleza exasperante da Casa de Yin: pele clara, cabelo preto sem nenhum vestígio de fios brancos e traços delicados que pareciam ter sido esculpidos em mármore, frios, arrogantes e intimidadores.

Rin já havia ouvido mil e um boatos sobre o Líder do Dragão em seus anos em Sinegard. Ele governava a província mais rica do Império e havia liderado sozinho a defesa dos Penhascos Vermelhos na Segunda Guerra da Papoula, obliterando uma frota da Federação com apenas um pequeno grupo de barcos nikaras de pesca.

Vaisra vinha tendo atritos com o governo de Daji havia anos. Quando não apareceu no desfile de verão da Imperatriz pelo terceiro ano consecutivo, os aprendizes especularam tão abertamente sobre uma possível traição que Nezha perdeu a calma e mandou um deles para a enfermaria.

— Pode me chamar de Rin.

Ela soou frágil e pequena, engolida pela vasta sala suntuosa.

— Um reles apelido — observou Vaisra. Até mesmo sua voz era uma versão mais grave da de Nezha, arrastada e firme, revestida de condescendência. — Gostam disso no sul. Mas vou chamá-la de Runin. Sente-se, por favor.

Ela olhou de relance para a mesa de carvalho entre eles. Era um móvel baixo, cercado por cadeiras de encosto alto que pareciam muito pesadas. Se Rin se sentasse, seus joelhos ficariam presos.

— Vou ficar de pé.

Vaisra arqueou uma sobrancelha.

— Eu a deixei desconfortável?

— Você bombardeou meu navio — respondeu Rin. — Então sim, um pouco.

— Ah, menina, se eu quisesse você morta, seu corpo já estaria no fundo da baía Omonod.

— E por que não está?

— Porque precisamos de você. — Vaisra puxou a própria cadeira e se sentou, gesticulando para que Nezha fizesse o mesmo. — Não foi fácil encontrar você, sabia disso? Passamos semanas navegando pela costa da Província da Serpente. Procuramos até em Mugen.

Ele disse isso como se quisesse assustá-la, e funcionou. Rin estremeceu. Ele a observava, paciente.

Ela mordeu a isca.

— O que encontraram?

— Apenas algumas ilhas periféricas. Claro que não faziam ideia de seu paradeiro, mas ficamos lá por cerca de uma semana para ter certeza. As pessoas confessam qualquer coisa sob tortura.

Ela fechou as mãos com força.

— Ainda estão *vivas*?

Foi como se ela tivesse levado um golpe no peito. Rin sabia que os soldados da Federação haviam permanecido no continente, mas não que *os civis* ainda estavam vivos. Ela acreditava ter destruído o país de vez.

E se não fosse o caso? O grande estrategista Sunzi dizia que era preciso aniquilar completamente um inimigo para que ele não voltasse mais forte. O que aconteceria quando os civis da Federação se reagrupassem? E se ela ainda tivesse uma guerra a travar?

— A invasão acabou — garantiu Vaisra. — Graças a você. As ilhas principais foram destruídas, o Imperador Ryohai e seus conselheiros estão mortos. Algumas cidades nas margens do arquipélago continuam de pé, mas a Federação se desestabilizou completamente, como formigas abandonando o formigueiro após a morte da rainha. Alguns civis estão fugindo em massa das ilhas, procurando refúgio nas costas de Nikan, mas... bem. Estamos nos livrando deles à medida que chegam.

— Como?

— Do jeito de sempre. — Seus lábios se curvaram em um sorriso. — Por que não se senta?

Relutante, Rin puxou a cadeira para o mais longe possível da mesa e se acomodou de joelhos fechados na beirada do assento.

— Muito bem — disse Vaisra. — Agora somos amigos.

Rin decidiu ir direto ao ponto.

— Está aqui para me levar de volta para a capital?

— Não seja tola.

— Então o que quer de mim?

— Seus serviços.

— Não vou matar ninguém para você.

— Precisa sonhar mais alto, minha querida. — Vaisra se inclinou para mais perto. — Quero derrubar o Império. Gostaria de sua ajuda.

Um silêncio pairou entre eles. Rin encarava Vaisra, esperando que começasse a rir, mas ele parecia tão sincero — assim como Nezha — que ela não conseguiu reprimir uma gargalhada.

— Eu disse algo engraçado? — perguntou Vaisra.

— Você é louco?

— Acho que a palavra é "visionário". O Império está prestes a cair. Uma revolução é a única alternativa a décadas de guerra civil, e alguém tem que dar o primeiro passo.

— E acha que tem chances contra o Exército? — Rin riu outra vez. — É uma província contra onze. Vai ser um massacre.

— Eu não estaria tão certo disso — disse Vaisra. — As províncias estão infelizes. Estão sofrendo. E, pela primeira vez desde que qualquer um dos líderes regionais consegue se lembrar, o fantasma da Federação desapareceu. Antes, o medo era uma força unificadora. Agora, as rachaduras no alicerce crescem a cada dia. Sabe quantas revoltas locais estouraram no último mês? Daji está fazendo tudo o que pode para manter o Império unido, mas ele é um navio podre prestes a afundar. Pode navegar à deriva por um tempo, mas no fim das contas se despedaçará contra as rochas.

— E você acha que pode destruí-lo e construir um novo.

— Não é exatamente isso que você deseja?

— Assassinar uma mulher não é a mesma coisa que derrubar um regime.

— Mas não se pode considerar esses eventos de maneira isolada — argumentou Vaisra. — O que acha que vai acontecer se tiver êxito? Quem ficará no lugar de Daji? Seja lá quem for essa pessoa, você confiaria nela para governar as Doze Províncias? Para ser mais piedosa com pessoas como você do que Daji foi?

As conjecturas de Rin não haviam ido tão longe. Ela nunca pensara muito no que aconteceria depois de ter matado Daji. Uma vez que tivesse conseguido vingar Altan, não sabia nem se queria continuar vivendo.

— Eu não dou a mínima — respondeu Rin.

— Então vou reformular — insistiu Vaisra. — Posso lhe oferecer uma chance de se vingar com total apoio de um exército de milhares de soldados.

— Eu teria que seguir ordens? — perguntou ela.

— Rin... — interveio Nezha.

— *Eu teria que seguir ordens?*

— Sim — disse Vaisra. — É claro.

— Então vai pro inferno.

Vaisra pareceu não entender.

— Todos os soldados seguem ordens.

— Não sou mais um soldado — declarou ela. — Cumpri com meus deveres, fui leal ao Império, e isso me fez acabar amarrada a uma mesa em um laboratório de pesquisa mugenês. Já cansei de seguir ordens.

— Não somos o Império.

Ela deu de ombros.

— Mas querem ser.

— Menina tola. — Vaisra bateu a mão na mesa. Rin recuou. — Pare de olhar para o próprio umbigo por um momento. Isso não afeta só você. Trata-se do futuro de nosso povo.

— *Seu* povo — corrigiu ela. — Sou speerliesa.

— Você é uma menina assustada, reagindo ao luto com raiva, e da maneira mais equivocada possível. Só pensa em conseguir sua vingança, mas poderia ter muito mais. *Fazer* muito mais. *Ouça o que estou dizendo*. Você poderia mudar o rumo da história.

— Já não fiz isso o suficiente? — retrucou Rin, falando baixo.

Ela não se importava com as visões de ninguém sobre o futuro. Havia muito tempo que desistira de ser grande, de gravar seu nome na história. Ela já sabia o preço disso.

Rin não sabia como dizer que só estava *exausta*.

Tudo que queria era vingar Altan. Lacerar o coração de Daji com uma lâmina.

E depois desaparecer.

— Seu povo não morreu por causa de Daji, mas por causa do Império — disse Vaisra. — As províncias ficaram fracas, isoladas, tecnologicamente ineptas. Comparadas com a Federação, com Hesperia, não estamos apenas décadas, mas séculos atrás. E o problema não é nosso povo, mas nossos governantes. A divisão em doze províncias é um sistema de opressão antiquado e ineficiente que está atrasando os nikaras. Pense em como seria um país verdadeiramente unido, um exército cujas facções não estivessem constantemente em guerra umas com as outras. Quem poderia nos derrotar?

Vaisra abriu os braços. Seus olhos brilhavam.

— Vou transformar o Império em uma república. Uma grande república fundada com base na liberdade individual dos homens. Em vez de líderes regionais, oficiais eleitos. Em vez de uma Imperatriz, teríamos um parlamento, supervisionado por um presidente eleito. Eu farei com que seja impossível para uma única pessoa como Su Daji arruinar este reino. O que acha disso?

Seria um belo discurso, pensou Rin, se Vaisra estivesse falando com alguém mais ingênuo.

Talvez o Império de fato precisasse de um novo governo. Era possível que uma democracia pudesse inaugurar a paz e a estabilidade. Mas Vaisra não conseguia perceber que ela simplesmente não se importava.

— Acabei de lutar em uma guerra — disse ela. — Não estou ansiosa para lutar em outra.

— Então qual é sua estratégia? Vagar pela costa matando os únicos oficiais que tiveram coragem de manter o ópio fora de suas fronteiras? — Vaisra emitiu um ruído de repugnância. — Se esse é seu objetivo, você é tão má quanto os mugeneses.

Rin começou a se irritar.

— Vou matar Daji mais cedo ou mais tarde.

— Como? Estou muito interessado em saber.

— Não preciso dar satisfações para *você*...

— Alugando um navio pirata? — zombou ele. — Firmando acordos fajutos e sendo enganada pela rainha pirata?

— Nós *íamos* receber suprimentos de Moag. — Rin sentiu o rosto esquentar. — E o dinheiro também, até que você e esse bando de imbecis apareceram.

— Você é muito ingênua. Não consegue enxergar? O plano de Moag sempre foi entregar vocês. Acha mesmo que ela ia dispensar aquela recompensa? Você tem sorte por nossa oferta ter sido melhor.

— Moag não faria isso — disse Rin. — Ela sabe que sou valiosa.

— Você está partindo do pressuposto de que Moag é uma mulher racional. E ela de fato é, mas só até que a situação envolva muito dinheiro. É possível comprá-la com qualquer quantidade de prata, e isso eu tenho em abundância. — Vaisra balançou a cabeça como se fosse um professor decepcionado com seu aluno. — Não entende? Moag só cresce porque Daji está no trono, porque as políticas isolacionistas de Daji criam uma vantagem competitiva para Ankhiluun. Moag só se beneficia enquanto estiver operando fora da lei, enquanto o resto do país estiver enfiado na merda até o pescoço a ponto de ser mais lucrativo operar dentro dos limites dela do que fora. Uma vez que o comércio for legitimado, ela perde seu império. E isso significa que a última coisa que deseja é que você tenha êxito.

Rin abriu a boca, mas a fechou logo em seguida, percebendo que não tinha nada a dizer. Pela primeira vez, não soube o que responder.

— Por favor, Rin — interveio Nezha outra vez. — Pense bem. Não pode travar uma guerra por conta própria. *Vocês estão em seis pessoas.* A Víbora vive escoltada por um grupo de soldados de elite que você nunca enfrentou, sem falar nas habilidades em artes marciais que ela tem e que você desconhece.

— E você já não possui mais o elemento surpresa — acrescentou Vaisra. — Daji sabe que está atrás dela, o que significa que você precisa encontrar um jeito de se aproximar da imperatriz. Você precisa *de mim*.

Ele fez um gesto para as paredes ao redor.

— Veja este navio. Isto é o melhor que a tecnologia naval hesperiana pode oferecer. Temos doze canhões alinhados em cada lado.

Rin revirou os olhos.

— Quer um tapinha nas costas?

— Tenho mais dez navios como este.

Isso fez com que ela se calasse.

Vaisra se inclinou para a frente.

— Agora você entendeu. Você é uma garota inteligente, pode fazer os cálculos sozinha. O Império não tem uma marinha operante. Eu tenho.

Nós controlaremos as vias navegáveis deste Império. A guerra terminará em seis meses *na pior das hipóteses*.

Rin tamborilou na mesa, ponderando. Será que conseguiriam sair vitoriosos daquela guerra? E se conseguissem?

Ela não podia deixar de pensar nas possibilidades — fora muito bem treinada em Sinegard para não fazer isso.

Se Vaisra estivesse falando a verdade, então Rin precisava admitir que aquele era *de fato* o momento perfeito para um golpe. O Exército estava fragmentado e fraco. As províncias haviam sido dizimadas pelos batalhões da Federação e poderiam mudar de lado rapidamente se soubessem a verdade sobre Daji.

Os benefícios de se juntar a um exército também eram evidentes. Ela nunca teria que se preocupar com suprimentos, teria acesso a informações que não conseguiria por conta própria e transporte gratuito para onde quisesse ir.

Mesmo assim...

— O que acontece se eu disser não? — perguntou ela. — Vai me obrigar? Vai me transformar numa escrava speerliesa?

Vaisra não mordeu a isca.

— A República será fundada com base na liberdade de escolha. Se não quiser aceitar, não podemos obrigá-la.

— Então talvez eu vá embora — lançou ela, tentando sondar a reação dele. — Para me esconder. Dar um tempo. Ficar mais forte.

— Pode fazer isso. — Vaisra parecia entediado, como se soubesse que ela estava inventando objeções. — Ou pode lutar a meu lado e conseguir a vingança que deseja. É muito simples, Runin. Você não está pensando em dizer não de verdade, só está fingindo fazer isso porque gosta de fazer birra.

Rin o encarava.

Aquela era uma alternativa muito racional, e ela *detestava* ter que admitir isso. Detestava ainda mais que Vaisra soubesse disso e soubesse que ela chegaria à mesma conclusão. Era nítido que agora ele estava simplesmente fazendo chacota dela até que Rin chegasse à mesma página em que ele estava.

— Tenho mais dinheiro e recursos à minha disposição do que qualquer um — disse Vaisra. — Armas, homens, informações. Posso proporcionar tudo de que precisa. Trabalhe para mim e não faltará nada para você.

— Não vou colocar minha vida nas suas mãos — disse ela.

Da última vez em que jurara lealdade a alguém, havia sido traída. Altan havia morrido.

— Nunca mentirei para você — disse Vaisra.

— Todo mundo mente para mim.

Vaisra deu de ombros.

— Então não confie em mim. Aja apenas de acordo com seus interesses. Mas acho que em breve vai se dar conta de que não tem muitas opções.

A cabeça de Rin latejava. Ansiosa, ela esfregou os olhos enquanto tentava considerar as possibilidades. Tinha que haver um porém. Ela sabia que não podia aceitar ofertas como aquela sem pensar muito bem. Havia aprendido a lição com Moag: nunca confie em alguém que está em posição de vantagem.

Ela precisava ganhar tempo.

— Não posso tomar uma decisão sem falar com os meus.

— Como quiser — consentiu Vaisra. — Mas quero uma resposta até o amanhecer.

— E se eu não tiver?

— Terá que voltar para a costa sozinha — respondeu ele. — E é um longo caminho a nado.

— Só para esclarecer, o Líder do Dragão *não* quer nos matar? — perguntou Ramsa.

— Não — disse Rin. — Ele quer que façamos parte do exército dele.

Ramsa fez uma careta.

— Mas por quê? A Federação caiu.

— Justamente. Ele acha que tem chance de derrubar o Império.

— Isso é bem inteligente, na verdade — observou Baji. — Pense bem. Quando os gatos saem, os ratos comem o queijo. Sei lá qual é o ditado.

— Acho que não é esse aí — comentou Ramsa.

— É um pouco mais nobre do que isso — disse Rin. — Ele quer instaurar uma república. Derrubar o sistema de líderes regionais, criar um parlamento, nomear funcionários eleitos, reestruturar a governança em todo o Império.

Baji riu.

— Democracia? Tá falando sério?

— Deu certo com os hesperianos — disse Qara.

— Deu mesmo? — perguntou Baji. — O continente ocidental não está em guerra há dez anos?

— A questão não é se a democracia funcionaria ou não — argumentou Rin. — Isso não importa. Quero saber se devemos nos alistar.

— Pode ser uma armadilha — apontou Ramsa. — Ele pode estar querendo entregar você para Daji.

— Nesse caso, ele poderia simplesmente ter matado todos nós quando estávamos drogados. Somos passageiros perigosos para se ter a bordo. Não valeria a pena o risco, a menos que Vaisra realmente acreditasse que poderia nos convencer a nos juntarmos a ele.

— E aí? — perguntou Ramsa. — Ele nos convenceu?

— Não sei — admitiu Rin. — Talvez.

Quanto mais Rin pensava sobre a proposta, mais parecia uma boa ideia. Ela queria os navios de Vaisra. Queria suas armas, seus soldados, seu poder.

Porém, se as coisas degringolassem, se Vaisra prejudicasse o Cike, isso cairia sobre seus ombros. E ela não podia desapontar o Cike outra vez.

— Ainda existe uma vantagem em seguirmos por conta própria — disse Baji. — Não teríamos que seguir ordens.

Rin balançou a cabeça.

— Ainda seremos seis pessoas. Não dá para assassinar um chefe de estado com seis pessoas — argumentou Rin, embora estivesse disposta a fazer isso apenas algumas horas antes.

— E se ele nos trair? — perguntou Aratsha.

Baji deu de ombros.

— Poderíamos sempre meter o pé e correr de volta para Ankhiluun.

— Não podemos fugir para Ankhiluun — disse Rin.

— Por que não?

Ela contou a eles sobre os planos de Moag.

— Ela nos teria vendido a Daji se Vaisra não tivesse oferecido algo melhor. Ele afundou nosso navio para que ela pensasse que estamos mortos.

— Então é Vaisra ou nada — concluiu Ramsa. — Que maravilha.

— Esse tal de Yin Vaisra é tão ruim assim? — perguntou Suni. — É só um cara.

— É verdade — concordou Baji. — Ele não deve meter mais medo do que os outros líderes. Os Líderes do Boi e do Carneiro não eram nada de mais. Nepotismo e endogamia puros.

— Você se identificou? — brincou Ramsa.

— Olhe aqui, seu bostinha...

— Junte-se a eles — disse Chaghan.

Sua voz não era mais do que um sussurro, mas todos ficaram em silêncio. Era a primeira vez que ele se manifestava naquela noite.

— Você fala sobre isso como se tivesse escolha — continuou ele. — Mas não tem. Acha mesmo que Vaisra vai deixar você ir embora se disser não? Ele é esperto demais para isso. Ele acabou de contar que pretende trair a Coroa. Vai matá-la ao menor indício de perder você para outra pessoa. — Ele olhou para Rin com uma expressão sombria. — Aceite os fatos, speerliesa. É topar ou morrer.

— Está se vangloriando — acusou Rin.

— Eu jamais faria isso — disse Nezha. Ele estava mostrando o navio para Rin, sorrindo como um guia efusivo. — Mas estou feliz por ter você a bordo.

— Cala a boca.

— Não posso ficar feliz? Estava com saudades de você. — Nezha parou diante de uma porta na primeira coberta. — Você primeiro.

— O que é isso?

— Seu novo quarto. — Ele abriu a porta. — Olha, dá para trancar por dentro de quatro jeitos diferentes. Achei que você gostaria disso.

Ela de fato gostou. O quarto tinha o dobro do tamanho do cômodo que ocupava em seu antigo navio, e a cama era *de verdade*, não uma pilha de lençóis infestados de piolhos.

Rin entrou.

— Isso tudo é meu?

— Não falei? — disse Nezha, soando presunçoso. — O Exército do Dragão tem suas vantagens.

— Ah, é assim que vocês se chamam?

— Tecnicamente é o Exército da República. Nada provincial e tal.

— Precisariam de aliados para isso.

— É o plano.

Rin olhou pela escotilha. Mesmo no breu conseguia ver quão rápido o *Soturno do Mar* avançava, cortando as ondas escuras em uma velocidade que Aratsha jamais havia atingido. Pela manhã já estariam a dezenas de quilômetros de distância de Moag e de sua frota.

Mas Rin não podia ir embora de Ankhiluun daquela maneira. Ainda havia algo que precisava recuperar.

— Então Moag acha que estamos mortos? — perguntou ela.

— Seria uma surpresa se não achasse. Até jogamos uns corpos carbonizados na água.

— De quem eram os corpos?

Nezha abriu os braços.

— Faz diferença?

— Acho que não.

O sol havia acabado de se pôr sobre a água. Em breve a patrulha pirata de Ankhiluun começaria a fazer as rondas pela costa.

— Vocês têm um barco menor? Um que possa passar despercebido pelos navios de Moag?

— Claro — respondeu Nezha, como se fosse óbvio. — Por quê? Você precisa voltar?

— *Eu*, não — disse ela. — Mas você se esqueceu de alguém.

Ao que tudo indica, a reunião de Kitay e Vaisra fora um desastre completo. O Capitão Eriden não permitiu que Rin fosse até a segunda coberta, então ela não pôde bisbilhotar, mas cerca de uma hora depois de trazerem Kitay a bordo, ela viu Nezha e dois soldados o arrastando para o andar inferior. Rin correu para alcançá-los.

—... e pouco me importa se não está contente, não pode *jogar comida* no *Líder do Dragão* — ralhava Nezha.

Kitay estava roxo de raiva. Se estava sentindo qualquer tipo de alívio em ver Nezha vivo, não deixava transparecer.

— Seus homens tentaram explodir minha casa! — bradou ele.

— É, eles fazem isso — concordou Rin.

— Precisávamos fazer parecer que você estava morto — explicou Nezha.

— Eu ainda estava lá dentro! — vociferou Kitay. — E meus livros de registro também!

Nezha reagiu com surpresa.

— Quem se importa com a merda dos seus livros de registro?
— Eu estava cuidando dos impostos da cidade.
— *Quê?*
Kitay fez um beicinho.
— E estava quase terminando.
— Nossa... — Nezha desistiu. — Sei lá. Rin, venha você falar com esse idiota.
— O idiota sou eu? *Eu? Vocês* é que acham que seria uma boa ideia iniciar uma carnificina em forma de guerra civil...
— O Império precisa disso — insistiu Nezha. — Daji é a razão por trás das invasões da Federação. Ela é a razão pela qual Golyn Niis...
— Você não estava em Golyn Niis! — vociferou Kitay. — Não fale sobre Golyn Niis.
— Tudo bem, me desculpe. Mas essa não seria uma razão para uma mudança de regime? Ela ferrou com o Exército, arruinou nossas relações exteriores, não está apta a governar...
— Você não tem provas disso.
— Temos provas, sim. — Nezha parou. — Olhe para suas cicatrizes. Olhe *para mim*. A prova está em nossa pele.
— Não me importa — retrucou Kitay. — Estou me lixando para sua política. Quero ir para casa.
— E fazer o quê? — perguntou Nezha. — Lutar *por quem*? Uma guerra está prestes a estourar, Kitay, e quando isso acontecer não vai poder ficar em cima do muro.
— Não concordo. Vou me isolar e viver em paz como um eremita erudito — disse Kitay com firmeza.
— Chega — interveio Rin. — Nezha está certo. Agora você só está sendo teimoso.
Kitay revirou os olhos para Rin.
— É claro que você comprou essa maluquice. Por que estou surpreso?
— Talvez seja maluquice — disse Rin —, mas é melhor do que lutar pelo Exército. Por favor, Kitay. Sabe que não pode voltar para o *status quo*.
Rin via na expressão do amigo como ele desejava resolver a contradição entre lealdade e justiça. Kitay, o pobre Kitay, tão íntegro e moral, sempre tão preocupado em fazer o que era certo, não conseguia aceitar o fato de que um golpe militar poderia ser justificado.

Ele jogou as mãos para o alto.

— Mesmo assim, acha que estou em condições de me juntar à sua república? Meu pai é o *ministro da Defesa* do Império.

— Então ele está servindo ao governante errado — disse Nezha.

— Você não entende! Minha família inteira está no coração da capital. Poderiam usá-la contra mim. Minha mãe, minha irmã...

— Podemos buscá-las — sugeriu Nezha.

— Ah, da mesma maneira que foram me buscar? Maravilha, tenho certeza de que vão *adorar* ser sequestradas no meio da noite enquanto a casa pega fogo.

— Fique calmo — pediu Rin. — Elas ficariam vivas. Você não teria que se preocupar.

— Como se você soubesse qual é a sensação! — vociferou Kitay, exaltado. — A coisa mais próxima que já teve de uma família foi um maníaco suicida que se matou em uma missão quase tão imbecil quanto esta.

Rin sabia que ele percebeu ter passado dos limites. Nezha parecia não saber o que fazer. Kitay piscava sem parar, evitando o olhar de Rin. Por um momento, ela achou que ele pudesse ceder, que pediria desculpas, mas o garoto simplesmente desviou o rosto.

Rin sentiu uma pontada no peito. O Kitay que ela conhecia teria se desculpado.

Um longo silêncio se seguiu. Nezha encarava a parede, Kitay encarava o chão, e nenhum deles ousava olhar Rin nos olhos.

Por fim, Kitay juntou as mãos diante do corpo, como esperasse que alguém fosse amarrá-las.

— Melhor me levar para a cela — disse ele. — Vocês não vão querer seus prisioneiros andando soltos pelo convés.

CAPÍTULO 7

Quando Rin voltou para sua cabine, trancou a porta por dentro com cuidado, fechou as quatro trancas e apoiou uma cadeira contra a porta para garantir. Depois se deitou na cama. Fechou os olhos e tentou relaxar, internalizar a breve sensação de segurança. Ela estava em segurança. Tinha aliados. Ninguém viria pegá-la.

O sono não veio. Faltava alguma coisa.

Ela demorou um momento para perceber o que era. Então se deu conta de que esperava pela sensação do balanço da cama ao sabor do mar, mas ali ela não existia. O *Soturno do Mar* era um navio de guerra tão grande que estar dentro dele era como estar em terra firme. Dessa vez, Rin estava em chão estável.

Era o que ela queria, não era? Tinha um lugar para ficar e um lugar para onde ir. Não estava mais à deriva, não estava mais se desdobrando para elaborar planos que provavelmente não dariam certo.

Rin olhava fixamente para o teto, tentando acalmar os batimentos cardíacos, mas não conseguia afastar a sensação de que algo estava errado — era um desconforto profundo que não vinha apenas da ausência do balanço causado pelas ondas.

Começou com uma sensação de formigamento na ponta de seus dedos. Depois, uma onda de calor começou nas palmas de suas mãos e correu pelos braços até chegar ao peito. A dor de cabeça começou um minuto depois disso, com fisgadas de dor que a fizeram ranger os dentes.

Então o fogo começou a arder dentro de suas pálpebras.

Rin viu Speer e a Federação. Viu cinzas e ossos misturados e derretidos e uma figura solitária caminhando em sua direção, esguia e bonita, com um tridente na mão.

— Sua vagabunda idiota — sussurrou Altan.

Ele segurou o pescoço de Rin, usando os dedos como um colar em torno de sua garganta.

Rin abriu os olhos, assustada. Ela se sentou e respirou fundo, enchendo aos poucos os pulmões de ar e tentando acalmar a súbita onda de pânico.

Então percebeu o que havia de errado.

Ela não tinha acesso a ópio naquele navio.

Não. Calma. Fique calma.

Certa vez, em Sinegard, quando tentava ajudá-la a fechar a mente para a Fênix, o Mestre Jiang lhe ensinou técnicas para esvaziar os pensamentos e desaparecer em um vazio parecido com a não existência. Ele havia lhe ensinado a pensar como se estivesse morta.

Ela tinha se esquivado das aulas na época, mas tentou se lembrar delas naquele momento. Forçou a mente a voltar aos mantras que ele a fizera repetir por horas. *Nada. Eu não sou nada. Eu não existo. Não sinto nada, não me arrependo de nada... Eu sou areia, sou pó, sou cinzas.*

Não funcionou. Ondas de pânico continuavam a interromper a calmaria. O formigamento em seus dedos se intensificou e se transformou em pontadas doloridas. Ela estava em chamas; cada parte de seu corpo ardia dolorosamente, e a voz de Altan vinha de todos os lados.

Deveria ter sido você.

Ela foi até a porta, afastou a cadeira com um pontapé, abriu as fechaduras e correu descalça para fora. Sentia ferroadas de dor nos olhos e sua visão faiscava.

Semicerrou os olhos em um esforço para enxergar na luz fraca. Nezha havia dito que sua cabine ficava no final do corredor, então aquela tinha que ser... Ela bateu desesperadamente à porta, até que ela se abriu e ele apareceu na fresta.

— Rin? O que está...?

Ela agarrou a camisa dele.

— Cadê o médico?

Os olhos do rapaz se arregalaram na mesma hora.

— Está machucada?

— *Cadê ele?*

— Primeira coberta, terceira porta à direita, mas...

Rin não o deixou terminar e disparou em direção às escadas. Ela o ouviu correndo atrás dela, mas não ligou; o que importava era que conseguisse ópio, láudano ou o que quer que estivesse disponível a bordo.

Mas o médico não a deixou entrar em seu consultório. Seu corpo bloqueava a porta, com uma das mãos no batente de madeira e a outra na maçaneta.

— Ordens do Líder do Dragão. — O homem parecia já saber que ela viria. — Não posso dar nada para você.

— Mas eu preciso... Não consigo aguentar a dor. Eu preciso...

Ele começou a fechar a porta.

— Vai ter que aguentar.

Rin travou a porta com o pé.

— Só um pouco — implorou, sem se importar com quão patética devia soar. Ela só precisava de alguma coisa. Qualquer coisa. — *Por favor*.

— Estou cumprindo ordens — disse ele. — Não há nada que eu possa fazer.

— Que merda! — vociferou Rin.

O médico recuou e fechou a porta, mas ela já estava correndo na direção oposta, batendo os pés enquanto se aproximava da escada.

Precisava chegar ao convés superior, onde estaria longe de todos. Rin podia sentir os fragmentos cruéis das lembranças cortando sua mente como estilhaços de vidro; partes e partes de memórias reprimidas que flutuavam vividamente diante de seus olhos — corpos em Golyn Niis, corpos nas unidades de pesquisa, corpos em Speer, e os soldados, todos com o rosto de Shiro, zombando e apontando e *rindo*, e isso a deixava tão furiosa, fazia com que sua raiva se dilatasse e aumentasse...

— Rin!

Nezha conseguiu alcançá-la. Sua mão agarrou o ombro dela.

— Mas o que...?

Ela se virou para ele.

— Cadê o seu pai?

— Acho que ele está com os almirantes — gaguejou ele. — Mas eu não...

Ela zuniu por ele. Nezha tentou segurar seu braço, mas ela se desvencilhou e disparou pelo corredor, descendo as escadas até o gabinete de

Vaisra. Ela tentou as maçanetas — trancadas —, depois chutou a porta ferozmente até que alguém as abriu.

Vaisra não pareceu nem remotamente surpreso ao vê-la.

— Prezados — disse ele —, podem nos dar licença? Precisamos de um momento a sós.

Os homens que ali estavam se levantaram sem uma palavra. Nenhum deles olhou para Rin. Vaisra fechou as portas, trancou-as e se voltou para Rin.

— Como posso ajudar?

— Você falou para o médico não me dar ópio — acusou Rin.

— Correto.

Sua voz tremia.

— Olha só, seu idiota, *preciso do meu*...

— Não, Runin. — Vaisra ergueu um dedo e gesticulou como se estivesse falando com uma criancinha. — Esqueci de mencionar. Uma última condição para seu alistamento: não aceito viciados em ópio no meu exército.

— Não sou viciada, só... — Uma nova onda de dor atingiu sua cabeça em cheio, e ela interrompeu a frase, estremecendo.

— Você não me serve de nada se estiver drogada. Preciso de você alerta. Preciso de alguém capaz de se infiltrar no Palácio de Outono e matar a Imperatriz, não de um saco de bosta cheio de ópio.

— Você não está entendendo — disse ela. — Se não me drogar, vou queimar todos neste navio.

Ele deu de ombros.

— Aí jogamos você ao mar.

Ela não conseguia fazer nada além de encará-lo. Não fazia sentido. Como ele estava tão calmo? Era enlouquecedor. Por que não estava cedendo, amedrontado? Não era assim que funcionava? Ele deveria fazer o que ela queria depois da ameaça, sempre havia sido assim...

Por que ela não o assustava?

Agoniada, Rin apelou para a súplica.

— Não sabe como isso dói. Está dentro da minha cabeça. A deusa está sempre na minha cabeça, *e dói*...

— Não é a deusa. — Vaisra se pôs de pé e atravessou a sala em direção a ela. — É a raiva. É o seu medo. Você testemunhou uma batalha pela primeira vez e não consegue se desligar. Sente-se assustada o tempo todo. Acha que as pessoas estão tramando contra você, e *quer* que estejam, porque isso lhe dá uma desculpa para feri-las. Isso não é um problema speerliês, é uma vivência universal dos soldados. E não pode curá-la com ópio. Não há como fugir disso.

— Então o que...?

Ele colocou as mãos nos ombros de Rin.

— Você enfrenta isso. Você aceita que agora essa é a sua realidade e luta contra isso.

Será que Vaisra não conseguia entender que ela já havia tentado? Ele pensava que era fácil?

— Não — teimou ela. — Eu preciso...

Ele inclinou a cabeça.

— O que disse? "Não"?

A língua de Rin parecia pesar dentro de sua boca. Ela começou a transpirar; gotas de suor se acumulavam em suas mãos.

Ele levantou a voz.

— Está contradizendo minhas ordens?

A respiração de Rin estava trêmula.

— Eu... eu não consigo. Não consigo lutar contra isso.

— Runin, não está entendendo. É minha soldada agora. Seguirá minhas ordens. Se eu mandar você pular, você pergunta de onde.

— Mas *não consigo* — repetiu ela, frustrada.

Vaisra ergueu a mão esquerda, examinou brevemente os nós dos dedos, depois golpeou o rosto de Rin com as costas da mão.

Ela cambaleou para trás, mais pelo choque do que pela força do golpe. Seu rosto não registrou dor, apenas uma forte ferroada, como se tivesse levado um choque. Ela levou um dedo aos lábios, e ele voltou molhado de sangue.

— Você me bateu — disse ela, atordoada.

Vaisra segurou o queixo de Rin com firmeza e obrigou a jovem a encará-lo. Ela estava perplexa demais para sentir raiva. Na verdade, não estava com raiva, apenas com medo. Ninguém se atrevia a tocá-la assim. Ninguém fazia isso havia muito tempo.

Ninguém desde Altan.

— Já lidei com speerlieses antes. — Vaisra correu o polegar pela bochecha de Rin. — Você não é a primeira. Pele pálida. Olhos fundos. Está desperdiçando sua vida ao fumar. Dá para sentir o cheiro de longe. Sabe por que os speerlieses morreram jovens? Não foi por serem propensos à guerra constante ou por causa de sua deusa. Eles fumaram até morrer. Nesse momento, eu não te dou mais do que seis meses.

Ele fincou as unhas na pele de Rin com tanta força que ela perdeu o ar por um instante.

— Isso termina aqui. Você vai parar. Pode fumar até morrer depois de ter feito o que eu preciso, mas só depois.

Rin olhou para ele em estado de choque. A dor começava a surgir, primeiro como uma ferroada, depois pulsando em todo seu rosto. Um soluço se formou em sua garganta.

— Mas dói tanto...

— Ah, Runin... Coitadinha... — Ele afastou o cabelo de Rin de seus olhos e se inclinou para perto. — *Dane-se* a sua dor. Isso não é nada que um pouco de disciplina não possa resolver. Você é capaz de bloquear a Fênix. Sua mente pode construir as próprias defesas, e você simplesmente não fez isso porque está usando o ópio como escape.

— Porque eu preciso...

— Você precisa de *disciplina*. — Vaisra levantou a cabeça de Rin. — Precisa se concentrar. Fortalecer a mente. Eu sei que você ouve os gritos. Aprenda a viver com isso. Altan aprendeu.

Rin sentia o gosto de sangue quando respondeu:

— Não sou Altan.

— Então aprenda a ser — respondeu ele.

Então Rin sofreu sozinha em sua cabine. Sua porta ficou trancada, com três soltados plantados do lado de fora a seu pedido.

Ela não suportava ficar deitada na cama. Os lençóis arranhavam sua pele e faziam piorar o formigamento torturante que sentia pelo corpo todo. Rin foi parar no chão, balançando o corpo para a frente e para trás, encolhida e com a cabeça entre os joelhos. Ela mordia os nós dos dedos para não gritar. Seu corpo inteiro tremia e se contorcia, agitando-se repetidamente ao sentir o que parecia ser alguém pisoteando devagar cada um de seus órgãos internos.

O médico do navio se recusou a receitar sedativos com o argumento de que ela apenas trocaria o vício em ópio por um em uma substância mais leve. Então, ela não tinha nada que silenciasse sua mente, nada para asfixiar as imagens que dançavam diante de seus olhos toda vez que Rin os fechava, uma combinação do interminável tour visual de horrores da Fênix e de suas alucinações provocadas por opiáceos.

E, é claro, Altan. Seus delírios sempre voltavam para Altan. Às vezes ele estava queimando no cais; às vezes, estava amarrado a uma mesa de cirurgia, gemendo de dor, e às vezes não estava machucado, mas essas visões eram as mais dolorosas, pois nelas os dois conversavam...

Sua bochecha ainda ardia pela força do golpe de Vaisra, mas em suas visões era Altan quem a agredia, sorrindo cruelmente enquanto ela o encarava, aturdida.

— Você me bateu — disse ela.

— Eu precisava fazer isso — respondeu Altan. — *Alguém* precisava fazer isso. Você mereceu.

Merecia *mesmo*? Rin não sabia. A única versão da verdade que importava era a de Altan, e, em suas visões, ele achava que a garota merecia morrer.

— Você é um fracasso — disse ele.

— Nunca vai chegar aos pés do que eu fui — disse ele.

— Deveria ter sido você — disse ele.

E, ao fundo, o comando implícito: *Vingança, vingança, vingança...*

Às vezes, por um instante, as visões se transformavam em situações perversas em que Altan não a feria. Era uma versão em que ele, na verdade, a amava, e seus golpes eram carícias. Mas aquilo não condizia com a realidade, porque a natureza de Altan era a mesma natureza do fogo que o havia devorado: se não queimasse todos à sua volta, não seria ele.

Ela foi vencida pela exaustão, e o sono enfim veio, mas apenas em breves intervalos descontinuados; Rin acordava aos gritos toda vez que adormecia, e só conseguia ficar em silêncio ao longo da noite se mordesse os nós dos dedos e pressionasse o corpo contra a parede.

— Vai se foder, Vaisra — sussurrava ela. — Merda. Merda. *Merda*.

Mas ela não odiava Vaisra, não de verdade. Podia ter sido apenas a exaustão. Rin estava tão atormentada por medo, pesar e fúria que aquela era uma tentativa de sentir algo além disso. Mas ela sabia que precisava daquilo. Sabia havia meses que estava matando a si mesma e que não tinha autocontrole para parar, que a única pessoa que poderia tê-la impedido estava morta.

Ela precisava de alguém que conseguisse controlá-la como ninguém havia conseguido além de Altan. Rin não gostava de admitir, mas sabia que era possível que tivesse encontrado um salvador em Vaisra.

Era pior durante o dia. A luz do sol era como um martelo ininterrupto no crânio de Rin, mas se ela ficasse presa por mais tempo em seu quarto enlouqueceria de vez; então saiu acompanhada de Nezha, que segurava seu braço com firmeza enquanto andavam pelo convés superior.

— Como você está? — perguntou ele.

Era uma pergunta idiota feita mais para interromper o silêncio do que por qualquer outra razão. O estado dela era *óbvio*: Rin não havia dormido, tremia sem parar tanto de exaustão quanto de abstinência e, uma hora ou outra, ao menos era o que ela esperava, chegaria a um ponto em que simplesmente cairia inconsciente.

— Fale alguma coisa — pediu ela.

— O quê?

— Qualquer coisa. Literalmente qualquer coisa.

Então Nezha se pôs a narrar histórias da corte em um murmúrio baixo que não fazia a cabeça de Rin doer; histórias bobas, fofocas sobre quem estava transando com a mulher de tal líder regional, quem era o pai verdadeiro do filho de um outro.

Rin observava Nezha enquanto ele falava. Ela conseguia se distrair da dor quando se concentrava nos pequenos detalhes de seu rosto, mas só um pouco. A maneira como ele agora abria um pouco mais o olho esquerdo do que o direito. Como suas sobrancelhas se arqueavam. Como suas cicatrizes desciam pela bochecha direita à semelhança de uma flor de papoula.

Nezha era bem mais alto do que ela. Rin tinha que erguer a cabeça para olhá-lo. Quando ele havia ficado tão alto? Em Sinegard, tinham mais ou menos a mesma altura, quase a mesma estrutura corporal, até o segundo ano, quando ele começou a ficar mais forte numa velocidade absurda. Mas em Sinegard eram apenas *crianças*, crianças bobas e ingênuas, brincando de guerra sem nunca imaginar que ela se tornaria a realidade.

Rin olhou para o rio. O *Soturno do Mar* não estava mais em alto-mar e agora viajava rio Murui acima. Ele navegava a passo de tartaruga enquanto os homens nos remos trabalhavam sofregamente para mover o navio pela água lamacenta.

Ela estreitou os olhos para enxergar as margens. Quanto mais perto chegavam, mais nitidamente ela via pequenas formas se movendo ao longe, como formigas rastejando pelas árvores. Talvez ela fosse apenas uma alucinação.

— Aquilo são pessoas? — perguntou ela.

Eram pessoas. Ela as via com clareza agora — homens e mulheres arqueados sob os sacos que carregavam nos ombros, crianças pequenas andando descalças perto do rio e bebezinhos presos em cestas de bambu às costas dos pais.

— O que estão fazendo?

Nezha pareceu um pouco surpreso com a pergunta.

— São refugiados.

— De onde?

— De vários lugares. Golyn Niis não foi a única cidade que a Federação saqueou. Eles destruíram todo o interior. Enquanto estávamos perdendo tempo em Khurdalain, eles marcharam para o sul, incendiando vilarejos depois de tê-los virado do avesso em busca de mantimentos.

Rin ainda estava presa na primeira coisa que ele dissera.

— Então Golyn Niis não foi a úni...?

— Não. De jeito nenhum.

Com base naquela informação, ela não conseguia sequer imaginar o número total de mortos. Quantos eram os moradores de Golyn Niis? Ela multiplicou aquilo pelo número de províncias e chegou a um resultado próximo de um milhão.

Agora, em todo o país, os refugiados nikaras voltavam para suas casas. A maré de corpos que havia partido das cidades devastadas pela guerra rumo ao noroeste árido havia começado a virar.

— "Pergunta-me a dimensão de minha tristeza" — recitou Nezha. Rin reconheceu o verso: era de um poema que ela havia estudado eras antes, o lamento de um imperador cujas últimas palavras se tornaram conteúdo de prova para gerações futuras. — "E eu respondo: é como um rio na primavera que corre para o leste."

Conforme passavam navegando pelo Murui, grupos de pessoas se apinhavam nas margens com os braços estendidos, gritando para o *Soturno do Mar*.

"Por favor, só até o limite da província..."

"Levem minhas meninas; podem me deixar, mas levem as meninas..."

"Vocês têm espaço! Tem espaço aí, seus malditos..."

Nezha puxou Rin pelo pulso suavemente.

— Vamos lá para baixo.

Rin negou com um gesto de cabeça. Ela queria ver.

— Por que ninguém manda um barco? — perguntou ela. — Por que não podemos levá-los para casa?

— Não estão indo para casa, Rin. Estão fugindo.

Ela sentiu um temor na boca do estômago.

— Quantos ainda estão por aí?

— Os mugeneses? — Nezha suspirou. — Não são um único exército, são brigadas individuais. Estão passando frio e fome, estão frustrados e não têm para onde ir. São ladrões e criminosos agora.

— Quantos? — repetiu Rin.

— O bastante.

Ela fechou a mão com força.

— Achei que eu tinha trazido a paz.

— Você trouxe *a vitória* — corrigiu ele. — Isso é o que vem depois. Os líderes regionais mal conseguem manter o controle sobre suas províncias de origem. Falta de alimentos, crime desenfreado. E os bandidos não vêm apenas da Federação. Os nikaras estão sempre brigando. A escassez faz isso com as pessoas.

— Então é claro que esse parece um bom momento para outra guerra.

— Isso é inevitável. Mas talvez possamos evitar a próxima grande guerra. Claro que vai haver pequenos problemas na República, mas, se conseguirmos consertar a base, se conseguirmos instituir estruturas que tornem a próxima invasão menos provável e garantam segurança para as próximas gerações, então teremos conquistado êxito.

Consertar a base. Pequenos problemas. Gerações futuras. Que conceitos abstratos, pensou Rin; conceitos que não fariam sentido para o camponês médio. Quem se importava com quem estava no trono em Sinegard quando vários lugares do Império estavam debaixo d'água?

O pranto das crianças de repente ficou insuportável.

— Não podemos dar algo para elas? — perguntou Rin. — Tipo dinheiro? Você não tem um monte de prata?

— Para que gastem onde? — retrucou Nezha. — Ainda que eu desse todo o dinheiro do mundo, elas não teriam onde gastá-lo. Não há suprimentos.

— Então comida?

— Tentamos fazer isso. Causa brigas colossais. Não é legal de se ver.

Rin apoiou o queixo sobre os cotovelos. O rebanho de humanos ficava para trás; ignorados, irrelevantes, traídos.

— Quer ouvir uma piada? — ofereceu Nezha.

Ela deu de ombros.

— Um missionário hesperiano disse certa vez que o estado do camponês nikara médio é o de um homem de pé em uma lagoa com água batendo no queixo — disse Nezha. — Basta a menor das ondinhas para que ele fique debaixo d'água.

Observando o rio Murui, Rin não achou aquilo nem um pouco engraçado.

Naquela noite, Rin decidiu se afogar.

Não foi uma decisão premeditada, mas um ato de puro desespero. A dor era tanta que ela batia na porta do quarto, implorando por ajuda; quando os guardas abriram, ela escorregou por baixo deles e correu pelas escadas, saindo pela escotilha rumo ao convés principal.

Os guardas correram atrás dela, gritando por reforços, mas ela apertou o passo, correndo com os pés descalços pela madeira. Pontadas de dor penetravam sua pele — mas essa dor era *boa* porque a distraía da tortura em sua mente atordoante, ainda que apenas por meio segundo.

A balaustrada na proa batia em seu peito. Rin a segurou e tentou içar o próprio corpo, mas seus braços estavam fracos, fracos demais. Ela não sabia quando havia ficado tão fraca — e ela pendeu para o lado. Tentou outra vez, erguendo-se o bastante para que a parte superior do corpo cobrisse a balaustrada. Por um momento ela ficou ali, pendurada, olhando para baixo, para as ondas escuras que o *Soturno do Mar* produzia.

Dois braços a agarraram pela cintura. Ela se debateu e distribuiu socos, mas o aperto se intensificou enquanto ela era puxada de volta. Ela virou o rosto.

— *Suni?*

Ele se afastou da balaustrada para o meio, carregando Rin pela cintura como se ela fosse uma criança.

— Me solta — bradou ela. — *Me solta!*

Suni a colocou no chão. Ela tentou sair correndo, mas ele a segurou pelos pulsos, torceu seus braços para trás das costas e a forçou a se abaixar até que estivesse sentada.

— Respire — mandou ele. — Apenas respire.

Ela obedeceu. A dor não cedia. Os gritos não cessavam. Rin começou a tremer, mas Suni não soltava seus braços.

— Se continuar respirando, vou te contar uma história.

— Não quero ouvir merda de história nenhuma — respondeu ela, arfando.

— Não queira. *Não pense.* Apenas respire. — A voz de Suni era serena, calmante. — Já ouviu a história da lua e do Rei Macaco?

— Não — choramingou Rin.

— Então preste atenção. — Ele relaxou o aperto de leve, apenas o bastante para que os braços de Rin não doessem. — Certo dia, o Rei Macaco viu a Deusa Lua pela primeira vez.

Rin fechou os olhos e tentou se concentrar na voz de Suni. Ela nunca o havia ouvido falar tanto assim. Ele era sempre muito calado, introspectivo, como se não estivesse acostumado a estar sozinho em sua própria mente e por isso quisesse saborear a experiência o máximo que podia. Ela havia se esquecido de como ele era gentil ao falar.

Suni continuou.

— A Deusa Lua havia acabado de subir aos céus; estava tão perto da Terra que ainda dava para ver seu rosto da superfície da água. Ela era encantadora.

Uma lembrança antiga despontou na mente de Rin. Ela conhecia a história no fim das contas. Era contada às crianças da Província do Galo no Festival da Lua. Era outono, e elas comiam bolo da lua, resolviam charadas escritas em papel de arroz e soltavam lanternas no céu.

— Então ele se apaixonou — sussurrou ela.

— Isso mesmo. O Rei Macaco foi arrebatado por uma paixão louca. Sentiu que precisava tê-la ou morreria. Então enviou os melhores soldados que tinha para resgatá-la do oceano. Mas eles fracassaram, já que a lua não morava no oceano, e sim no céu, e se afogaram.

— Por quê? — perguntou Rin.

— Por que eles se afogaram? Por que a lua os matou? Porque não estavam indo até o céu para buscá-la, estavam mergulhando na água tentando alcançar seu reflexo. Então eles pegaram a droga de uma ilusão, não a lua de verdade. — A voz de Suni endureceu. Ainda não passava de um sussurro, mas ele poderia muito bem estar gritando. — Você passa a vida inteira correndo atrás de uma ilusão que parece real, mas uma hora percebe que está sendo idiota e que vai acabar se afogando se continuar.

Suni soltou os braços de Rin, que se virou para encará-lo.

— Suni...

— Altan gostava dessa história — disse ele. — Foi ele quem me contou pela primeira vez. Repetia a história sempre que precisava me acalmar, dizia que ajudaria se eu visse o Rei Macaco como uma pessoa comum, alguém ingênuo e tolo, e não um deus.

— O Rei Macaco é um babaca — disse Rin.

— E a Deusa Lua é uma desgraçada — continuou ele. — Ficou lá no céu assistindo aos macacos se afogando por causa dela. Isso diz muito sobre ela.

Aquilo a fez rir. Por um momento, ambos ficaram olhando para a lua, que estava na fase minguante e se escondia atrás de uma nuvem escura. Rin conseguia imaginá-la como uma mulher evasiva e ardilosa, esperando para atrair homens tolos para a morte.

Ela pousou a mão sobre a de Suni. A mão dele era enorme, mais áspera que uma casca de árvore e repleta de calos. Havia mil e uma perguntas sem respostas na mente de Rin.

Quem fez de você o que é hoje?

E, mais importante: *você se arrepende?*

— Não precisa sofrer sozinha, sabe? — Suni exibiu um de seus raros e preguiçosos sorrisos. — Você não é a única.

Rin teria retribuído o sorriso, mas de repente foi atingida por uma onda de náusea e baixou a cabeça. Um jorro de vômito lavou o chão do convés.

Suni fez movimentos circulares nas costas de Rin enquanto ela escarrava catarro salpicado de sangue no chão de madeira. Quando acabou, Suni afastou o cabelo sujo de vômito de seus olhos enquanto ela sugava o ar em golfadas trêmulas e exageradas.

— Você é muito forte — disse ele. — O que quer que esteja vendo, o que quer que esteja sentindo, você é mais forte do que isso.

Mas ela não queria ser forte. Se fosse forte, ficaria sóbria; se ficasse sóbria, teria que lidar com as consequências do que havia feito. Teria que olhar para o abismo. Então a Federação de Mugen deixaria de ser um borrão disforme e suas vítimas deixariam de ser números sem sentido. Então Rin compreenderia uma morte, seu significado, e depois outra, e depois outra e outra e...

Se ela quisesse fazer isso, teria que se transformar em outra coisa, *sentir* outra coisa além de raiva, mas Rin temia que, se parasse de sentir raiva, não suportaria e se partiria em mil pedaços.

Ela começou a chorar.

Suni afastou os cabelos de Rin da testa.

— É só respirar — murmurava ele. — Respire comigo. Consegue fazer isso? Respire cinco vezes.

Uma. Duas. Três.

Suni continuava a afagar as costas de Rin.

— Só tem que suportar os próximos cinco segundos. Depois os próximos cinco. E assim por diante.

Quatro. Cinco.

E depois outros cinco. E esses cinco foram estranhamente menos penosos do que os anteriores.

— Viu só? — disse Suni, depois de mais ou menos umas dez contagens até cinco. Sua voz não passava de um sussurro. — Viu? Você conseguiu.

Ela respirava, e contava, e se perguntava como Suni sabia exatamente o que dizer.

Rin se perguntou se ele já havia feito aquilo antes, se já tinha passado por aquilo com Altan.

— Ela vai ficar bem — declarou Suni.

Rin ergueu o olhar para ver com quem ele estava falando e encontrou Vaisra parado na sombra.

Ele provavelmente não havia demorado muito para responder ao chamado dos soldados. Será que Vaisra havia estado lá aquele tempo todo, observando sem dizer nada?

— Soube que você saiu para tomar um ar — comentou ele.

Rin limpou vômito da bochecha com as costas da mão. O olhar de Vaisra pulou para suas roupas sujas e voltou depressa para seu rosto. Rin não conseguiu decifrar a expressão dele.

— Vou ficar bem — garantiu ela em voz baixa.

— Vai mesmo?

— Eu cuido dela — ofereceu Suni.

Uma breve pausa. Vaisra deu a Suni um aceno curto de cabeça.

Pouco depois, Suni ajudou Rin a se levantar e a acompanhou de volta ao quarto. Ele manteve um braço em volta de seus ombros, acolhedor, firme e reconfortante. Uma onda particularmente violenta balançou o navio, e ela cambaleou para cima de Suni.

— Desculpe — disse Rin.

— Não precisa pedir desculpas — respondeu Suni. — E não se preocupe. Estou do seu lado.

Cinco dias depois, o *Soturno do Mar* navegou sobre uma cidade submersa. Em um primeiro momento, quando Rin viu os topos das construções emergindo do rio, pensou que fossem pedaços de madeira ou rochas. Ao se aproximarem, ela conseguiu enxergar os telhados curvos de pagodes afogados, casas de sapê sob a superfície. Um vilarejo inteiro despontava da lama no fundo do rio.

Então ela viu os cadáveres — meio comidos, inchados e sem cor, todos com as órbitas oculares vazias porque os olhos gelatinosos já haviam sido mordiscados. Eles bloqueavam o rio, e seu estado de decomposição era tão avançado que a tripulação teve que varrer as larvas que ameaçavam subir a bordo.

Munidos de varas compridas, os marinheiros se alinharam na proa para afastar os cadáveres e abrir caminho para o navio. Os corpos começaram a se amontoar nas margens do rio.

De tempos em tempos, os marinheiros tinham que descer e afastá-los outra vez para que o *Soturno do Mar* passasse, tarefa da qual a tripulação tinha pavor.

— O que aconteceu aqui? — perguntou Rin. — O Murui destruiu a costa?

— Não. Rompimento de barragem. — Nezha estava lívido de fúria. — Daji mandou destruir a barragem para inundar o vale do rio Murui.

Não fora Daji. Rin sabia de quem era aquele feito.

Será que alguém mais sabia?

— Deu certo? — questionou ela.

— Claro. Arrasou os contingentes da Federação no norte. Atrasou eles por tempo suficiente para que fossem transformados em picadinho pelas Divisões do norte. Mas aí as cheias tomaram centenas de vilarejos, o que significa que milhares de pessoas não têm mais casa. — Nezha fechou a mão com força. — Como um governante faz isso *com o próprio povo*?

— Como sabem que foi ela? — perguntou Rin, cautelosa.

— Quem mais poderia ter sido? Uma ordem tão grande assim tem que ter vindo de cima. Não acha?

— Claro — concordou ela. — Quem mais poderia ter sido?

Rin encontrou os gêmeos sentados juntos na popa do navio. Haviam subido na balaustrada e olhavam para os destroços que ficavam para trás. Quando viram Rin se aproximando, desceram e se viraram para ela, desconfiados, como se soubessem exatamente por que ela estava ali.

— Qual é a sensação? — perguntou Rin.

— Não sei do que está falando — respondeu Chaghan.

— Você também fez isso — continuou ela, num tom de zombaria. — Não fui só eu.

— Volte a dormir — disse Chaghan.

— Milhares de pessoas! — gritou ela. — Afogadas como se fossem formigas! Está orgulhoso?

Qara virou o rosto, mas Chaghan levantou o queixo, indignado.

— Fiz o que Altan mandou.

Rin soltou uma gargalhada estridente.

— Eu também! Eu só estava obedecendo a ordens! Ele disse que eu tinha que me vingar pelos speerlieses e foi o que fiz, então não é minha culpa, porque Altan *mandou*...

— Cala a boca! — explodiu Chaghan. — Escuta aqui, Vaisra acha que Daji ordenou a abertura das barragens.

Rin ainda estava rindo.

— Nezha também.

Ele pareceu alarmado.

— O que disse a ele?

— Nada, é lógico. Não sou idiota.

— Não pode dizer a verdade a ninguém — interveio Qara. — Ninguém na República do Dragão pode saber.

É claro que Rin sabia disso. Ela sabia como seria perigoso dar ao Exército do Dragão um motivo para se voltar contra o Cike. Mas naquele momento só conseguia pensar em como era engraçado saber que não era a única com as mãos sujas de sangue por uma carnificina.

— Não esquenta — disse ela. — Não vou contar. Serei o único monstro. Só eu.

Os gêmeos pareciam atordoados, mas ela não conseguia parar de rir. Rin pensou em como era o lugar, no que estava acontecendo lá antes da onda. Os civis podiam estar fazendo o jantar, brincando no quintal, colocando os filhos para dormir, contando histórias, fazendo amor; de repente, uma força esmagadora de água atingiu suas casas, destruiu seus vilarejos e exterminou suas vidas.

Aquela era a balança do poder. Pessoas como ela faziam um gesto e milhões eram esmagados por algum desastre natural, retirados do tabuleiro de xadrez do mundo como peças irrelevantes. Pessoas como ela — xamãs, todos elas — eram como crianças pisoteando cidades inteiras como se fossem castelos de areia, casinhas de lama, elementos descartáveis que podiam ser transformados em alvos e destruídos.

Sete dias depois de terem saído de Ankhiluun, a dor diminuiu.

Rin acordou sem febre e sem dor de cabeça. Ela deu um passo hesitante rumo à porta e ficou feliz e surpresa com a estabilidade de seus pés sobre o chão, com a forma como o mundo não estava mais girando ao seu redor. Abriu a porta, caminhou até o convés superior e ficou maravilhada com a sensação agradável das gotículas de água do rio que espirravam em seu rosto.

Seus sentidos estavam mais aguçados, as cores pareciam mais vibrantes. Ela sentia cheiros que não conseguia sentir antes. O mundo parecia existir em uma frequência que ela não conhecia.

Então Rin percebeu *que tinha sua mente só para si.*

A Fênix não havia ido embora. Ela sentia a deusa ainda na vanguarda de sua mente, sussurrando palavras de destruição, tentando controlar seus desejos.

Mas agora Rin sabia o que queria.

Ela queria estar no controle.

Havia sido vítima dos impulsos da deusa porque sua mente estivera fraca, abafando as chamas com uma solução temporária e insustentável. Mas sua cabeça estava límpida agora, sua mente estava presente — e, quando a Fênix gritava, Rin conseguia calá-la.

Ela pediu para ver Vaisra, e ele mandou chamá-la depois de alguns minutos.

Estava sozinho em seu gabinete quando ela chegou.

— Não tem medo de mim? — perguntou a garota.

— Confio em você — respondeu Vaisra.

— Não deveria.

— Parece que confio em você mais do que confia em si mesma.

Ele estava agindo como uma pessoa completamente diferente. A faceta cruel havia desaparecido. Sua voz era tão suave, tão encorajadora, que de repente Rin se lembrou do Tutor Feyrik.

Ela não pensava no Tutor Feyrik havia muito tempo.

Não se sentia *segura* havia muito tempo.

Vaisra se acomodou na cadeira.

— Vamos lá, então. Tente invocar o fogo para mim. Com calma.

Rin abriu a mão e olhou com atenção para suas palmas. Ela se lembrou da raiva, sentiu o calor na boca do estômago. Dessa vez, no entanto, ele não a atingiu em cheio em uma torrente incontrolável, mas se manifestou como um ardor lento e agressivo.

Uma pequena chama surgiu na palma de sua mão. E foi apenas aquela chama; nem mais, nem menos, embora Rin pudesse fazê-la aumentar de tamanho ou, se quisesse, forçá-la a ficar ainda menor.

Rin fechou os olhos, respirando devagar. Com cuidado, ela esticou a chama no ar, cada vez mais alto, como uma fita de fogo balançando sobre sua mão, até que Vaisra ordenou:

— Pare.

Ela fechou a mão. O fogo cessou.

Só depois Rin percebeu como seu coração estava disparado.

— Tudo bem? — perguntou Vaisra.

Ela assentiu.

Um sorriso surgiu no rosto de Vaisra. Ele parecia mais do que satisfeito; parecia orgulhoso.

— Faça de novo. Agora faça maior, mais forte, em formas diferentes.

Rin hesitou.

— Não consigo. Não tenho tanto controle.

— *Consegue*. Não pense na Fênix. Olhe para mim.

Ela olhou para Vaisra. Seu olhar era como uma âncora.

O fogo se ergueu de sua mão. Rin o moldou com mãos trêmulas até a chama formar a imagem de um dragão, serpenteando no espaço entre Vaisra e ela, fazendo o ar oscilar como numa miragem com o calor do fogo.

Mais, disse a Fênix. *Maior. Mais alto.*

Seus gritos ecoavam no fundo da mente de Rin. Ela tentou reprimi-los.

O fogo não recuou.

Rin começou a tremer.

— Não, não consigo... Não consigo, precisa sair daqui.

— Não pense — sussurrou Vaisra. — *Olhe para mim.*

Devagar, de maneira tão suave que Rin temeu ser fruto de sua imaginação, o vermelho atrás de suas pálpebras diminuiu.

O fogo desapareceu.

Rin desabou no chão de joelhos.

— Isso. Muito bem — disse Vaisra, com ternura.

Ela passou os braços ao redor do corpo e se pôs a balançar para a frente e para trás, tentando se lembrar de como respirar.

— Posso mostrar uma coisa para você? — perguntou Vaisra.

Rin olhou para cima. Ele foi até o armário do outro lado da sala, abriu uma gaveta e de lá tirou um pacote coberto por um pano. Ela recuou quando Vaisra retirou o pano com um puxão, mas tudo que viu foi um brilho sutil de metal.

— O que é isso? — perguntou.

Mas Rin já sabia. Ela reconheceria aquela arma em qualquer lugar. Havia passado horas contemplando aquele aço, o metal gasto com evidências de incontáveis batalhas. Era inteira de metal, mesmo no punho, que normalmente seria feito de madeira, porque os speerlieses precisavam de armas que não queimassem quando empunhadas por eles.

Rin sentiu uma tontura repentina que nada tinha a ver com a abstinência de ópio, e sim com a súbita, terrível e vívida lembrança de Altan Trengsin caminhando pelo cais rumo à própria morte.

Com um soluço, ela perguntou:

— Onde conseguiu isso?

— Meus homens a recuperaram em Chuluu Korikh. — Vaisra se abaixou e segurou o tridente diante de Rin. — Pensei que talvez você o quisesse.

Ela piscou, atordoada.

— Você... Por que esteve lá?

— Precisa parar de pensar que eu sei menos do que sei. Estávamos procurando por Altan. Ele teria sido... Bem, teria sido útil.

Rin soltou um riso debochado em meio às lágrimas.

— Acha que Altan teria se juntado a você?

— Acho que Altan teria aceitado qualquer oportunidade de reconstruir este Império.

— Então você não o conhecia.

— Eu conhecia o povo dele — disse Vaisra. — Eu liderei os soldados que libertaram Altan dos centros de pesquisas e ajudei a treiná-lo quando atingiu idade suficiente para lutar. Ele teria lutado por esta república.

Rin balançou a cabeça.

— Não, Altan só queria que tudo queimasse.

Ela estendeu o braço e pegou o tridente, girando-o nas mãos. A sensação era estranha; ele era muito pesado na extremidade da frente e estranhamente leve na extremidade de trás. Altan era bem mais alto do que ela, e o tridente parecia muito longo para que Rin o empunhasse de modo confortável.

Não funcionaria como uma espada. Não servia para golpes laterais. O tridente tinha que ser empunhado de maneira cirúrgica, apenas golpes fatais.

Ela afastou a arma.

— Não posso ficar com isso.

— Por que não?

Ela chorava copiosamente; mal conseguiu formar as palavras.

— Porque não sou ele.
Porque eu deveria ter morrido e ele deveria estar aqui.
— Não, não é. — Vaisra continuou a acariciar o cabelo de Rin. Ele pousou a mão livre sobre a que ela usava para segurar o tridente, apertando-a com mais força ao redor do metal frio. — Você será melhor.

Quando Rin teve certeza de que conseguiria ingerir comida sólida sem vomitar, ela se juntou a Nezha para fazer sua primeira refeição de verdade em mais de uma semana.

— Vai com calma, a comida não vai fugir. — Nezha parecia estar se divertindo.

Rin estava ocupada demais com um pãozinho para responder. Não sabia se a comida do navio era espetacular ou se só parecia ser a melhor que já havia provado porque estava morrendo de fome.

— Hoje está um dia bonito — observou ele.

Ela grunhiu em acordo. Nos primeiros dias, não conseguira suportar ficar lá fora sob a luz direta do sol. Agora que seus olhos não ardiam mais, conseguia contemplar a água brilhante sem estremecer.

— Kitay ainda está emburrado? — perguntou ela.
— Vai passar — respondeu Nezha. — Ele sempre foi teimoso.
— Para dizer o mínimo.
— Você tem que entender o lado dele. Kitay nunca quis ser soldado. Passou metade da vida desejando ter ido para a montanha Yuelu, não para Sinegard. Ele é um estudioso, não um guerreiro.

Rin se lembrava disso. Ir para a montanha Yuelu era tudo que Kitay sempre quisera. Estudar ciências, astronomia ou o que quer que lhe parecesse mais interessante no momento. Mas ele era o único filho do ministro da Defesa da Imperatriz, então seu destino havia sido decidido antes mesmo de ele nascer.

— É muito triste — murmurou ela. — Ninguém deveria ter que se tornar um soldado a menos que quisesse.

Nezha apoiou o queixo na palma da mão.
— Era o que você queria?

Ela hesitou.

Sim. Não. Ela não havia pensado que existia outra opção para ela, ou que faria diferença se quisesse ou não.

— Antes, eu tinha medo da guerra — disse Rin por fim. — Aí percebi que eu era muito boa nisso. Não sei se eu seria boa em qualquer outra coisa.

Nezha assentiu em silêncio, olhando para o rio e brincando distraidamente com seu pão em vez de comê-lo.

— Como está... Hum... — Ele fez um gesto em direção às próprias têmporas.

— Bem. Estou bem.

Pela primeira vez Rin sentiu que estava conseguindo controlar sua raiva. Ela conseguia pensar. Conseguia respirar. A Fênix ainda estava lá, pairando, pronta para irromper em chamas se fosse invocada, mas *somente* se fosse invocada.

Rin olhou para baixo e viu que seu pãozinho tinha acabado; não havia nada em suas mãos. Seu estômago reagiu com um ronco.

— Pegue — disse Nezha, oferecendo seu pãozinho amassado. — Pode comer o meu.

— Não está com fome?

— Estou meio sem apetite. E você está muito magra.

— Não posso pegar sua comida.

— Pode comer — insistiu ele.

Rin deu uma mordida. O pão escorregou por sua garganta e se instalou em seu estômago com um peso agradável. Ela não se sentia tão cheia fazia muito tempo.

— Como está seu rosto? — perguntou Nezha.

Rin tocou a bochecha. Ela sentia pontadas doloridas na parte inferior do rosto sempre que falava. O hematoma havia florescido enquanto o ópio saía de seu organismo, como se um espantasse o outro.

— Parece que está piorando — comentou ela.

— Que nada. Vai melhorar. Meu pai não bate com força suficiente para machucar.

Eles ficaram em silêncio. Rin observava os peixes pulando para fora d'água, saltando e fazendo acrobacias no ar, como se estivessem implorando para serem pegos.

— E seu rosto? — perguntou ela. — Ainda dói?

Dependendo da iluminação, as cicatrizes de Nezha pareciam riscas de um vermelho gritante que alguém havia entalhado em seu rosto. Em certas luzes, porém, pareciam traços delicados pintados com tinta.

— Doeu por muito tempo, mas agora não sinto nada.

— E se eu tocasse?

Rin ficou surpresa com a vontade de passar o polegar sobre as cicatrizes dele. De acariciá-las.

— Também não sentiria nada. — Nezha tocou a bochecha. — Mas acho que assusta as pessoas. Meu pai me faz usar a máscara sempre que estou entre civis.

— Pensei que você só estivesse sendo vaidoso.

Nezha exibiu um sorriso, mas não riu.

— Também.

Rin arrancava pedaços grandes do pão e os engolia praticamente sem mastigar.

Nezha esticou o braço e tocou seu cabelo.

— Ficou bonito. É bom ver seus olhos outra vez.

Rin havia cortado o cabelo bem curto. Não havia percebido como ele estava nojento até vê-lo descartado no chão, as madeixas oleosas e embaraçadas que eram solo fértil para piolhos. Seu cabelo estava mais curto do que o de Nezha agora, controlado e limpo. Isso fazia Rin se sentir uma estudante outra vez.

— Kitay comeu? — perguntou ela.

Nezha se mexeu, parecendo incomodado.

— Não. Ainda está enfiado no quarto. Não está trancado, mas não quer sair.

Ela franziu as sobrancelhas.

— Se ele está tão furioso, por que não o deixa ir? — perguntou Rin.

— Porque preferimos tê-lo do nosso lado.

— Então por que não usamos Kitay contra o pai dele? Não podemos trocá-lo como refém?

— Porque Kitay é um recurso — explicou Nezha. — Você sabe como a mente dele funciona. Não é um segredo. Ele sabe muita coisa e se lembra de tudo. Tem um domínio melhor de estratégia do que qualquer um deveria. Meu pai gosta de manter suas melhores peças por perto pelo máximo de tempo possível. Além disso, o pai dele estava em Sinegard antes de a cidade ser abandonada. Nada garante que esteja vivo.

— Ah. — Foi tudo o que ela disse.

Ela olhou para baixo e viu que o pão de Nezha também havia acabado.

Ele riu.

— Acha que consegue comer algo que não seja pão?

Rin assentiu.

Nezha fez sinal para um criado, que desapareceu e voltou minutos depois carregando uma tigela com um cheiro tão bom que a boca de Rin se encheu com uma quantidade nojenta de saliva.

— Esta é uma iguaria litorânea — disse Nezha. — Chamamos de peixe unhé.

— Por quê? — perguntou Rin.

Nezha manuseou os palitinhos com habilidade, separando os espinhos da carne branca.

— Por causa dos gritos que dão. Eles se debatem e choramingam feito um bebê com cólica. Às vezes os cozinheiros os fervem até a morte só por diversão. Não ouviu o barulho vindo da cozinha?

Riu sentiu o estômago revirar.

— Achei que talvez houvesse um bebê a bordo.

— Não são engraçados? — Nezha pegou uma fatia e a colocou na tigela de Rin. — Experimente. Meu pai adora.

CAPÍTULO 8

— Se tiver visão livre para atirar em Daji, atire. — O Capitão Eriden espetava a ponta cega de sua lança na cabeça de Rin enquanto falava. — Não dê a ela uma chance de seduzir você.

A garota se esquivou do primeiro golpe. O segundo a atingiu no nariz. Ela se livrou da dor, se encolheu e reajustou a postura. Semicerrou os olhos e fitou as pernas de Eriden, tentando prever seus movimentos ao observar apenas a parte inferior de seu corpo.

— Ela vai querer conversar — continuou Eriden. — Sempre quer; acha engraçado observar a presa agonizar antes de matá-la. Não a espere comece a falar. Você vai morrer de curiosidade, porque essa é a intenção dela, mas deve atacar antes que sua chance passe.

— Não sou idiota. — Rin bufou.

Eriden direcionou outra enxurrada de golpes em seu torso. Rin conseguiu bloquear cerca de metade deles, e o restante a destruiu.

O homem retraiu a lança, sinalizando uma trégua temporária.

— Você não entende. A Víbora não é uma mera mortal. Você ouviu as histórias. Seu rosto é tão deslumbrante que, quando ela aparece, os pássaros caem do céu e os peixes nadam à superfície.

— É só um rosto — contrapôs Rin.

— Pode ter certeza de que não é *só um rosto*. Vi Daji iludir e enfeitiçar alguns dos homens mais poderosos e racionais que conheço. Ela os colocou de joelhos com apenas algumas palavras. Geralmente, com apenas um olhar.

— Ela já te enfeitiçou? — perguntou Rin.

— Ela enfeitiçou a todos — respondeu Eriden, sem dar mais explicações. Rin não conseguia nada além de respostas curtas e literais do

capitão, que tinha o semblante sério e a personalidade de um cadáver.
— Tome cuidado. E mantenha o olhar baixo.

Rin sabia disso. Fazia dias que ele vinha lhe dizendo aquilo. A arma preferida de Daji eram seus olhos — aqueles olhos de cobra que podiam ludibriar uma alma com um simples olhar, podiam aprisionar o observador em uma visão que ela escolhesse.

A solução era nunca olhar para seu rosto, e Eriden treinava Rin para lutar focando apenas a parte inferior do corpo do oponente.

Isso se mostrou particularmente difícil quando se tratava de combate mano a mano. Muita coisa dependia da direção do olhar do adversário, para onde seu torso apontava. Todo movimento em planos oblíquos vinha da parte superior do corpo, mas Eriden ralhava com Rin toda vez que seu foco vagava demais para cima.

Eriden avançou sem aviso. Rin foi um pouco melhor em bloquear a sequência seguinte de ataques. Ela aprendera a observar não apenas os pés, mas também o quadril — geralmente essa parte girava primeiro, colocava em movimento as pernas e os pés. Ela bloqueou uma série de investidas até que um golpe forte atingiu seu ombro. Não foi doloroso, mas o choque quase a fez soltar o tridente.

Eriden sinalizou outra pausa.

Enquanto Rin se curvava para recuperar o fôlego, ele tirou do bolso um conjunto de longas agulhas.

— A Imperatriz também gosta destas.

Ele jogou três delas na direção de Rin. Ela pulou às pressas para o lado e conseguiu escapar da trajetória das agulhas, mas o tornozelo aterrissou de mau jeito.

Ela se encolheu. As agulhas não cessavam.

Ela agitou o tridente em um círculo, tentando derrubá-las. Quase funcionou. Cinco caíram no chão. Uma a atingiu na parte superior da coxa. Ela a arrancou. Eriden não se dera ao trabalho de cegar as pontas. *Desgraçado.*

— Daji gosta de veneno — disse Eriden. — Você está morta agora.

— Obrigada, já entendi — retrucou Rin.

Ela deixou o tridente cair e se pôs de joelhos, arfando com força. Seus pulmões estavam pegando fogo. Para onde fora sua energia? Em Sinegard, era capaz de lutar por horas.

É, a energia se fora em uma lufada de fumaça de ópio.

Eriden nem sequer havia suado. Ela não queria parecer fraca ao pedir outra pausa, então tentou distraí-lo com perguntas.

— Como você sabe tanto sobre a Imperatriz?

— Lutamos ao lado dela. A Província do Dragão tinha algumas das tropas mais bem treinadas durante a Segunda Guerra da Papoula. Estávamos quase sempre com a Trindade nas linhas de frente.

— Como era a Trindade?

— Brutal. Perigosa. — Erin apontou a lança na direção dela. — Chega de falar. Você deveria...

— Mas preciso saber — insistiu Rin. — Daji lutou no campo de batalha? Você a viu? Como ela era?

— Daji não é uma guerreira. Ela é competente nas artes marciais, todos eram, mas ela nunca dependeu de força bruta. Seus poderes são mais sutis do que os do Guardião ou do Imperador Dragão. Ela entende o desejo. Sabe o que impulsiona os homens e usa seus desejos mais profundos para fazê-los acreditar que ela é a única coisa que pode lhes dar isso.

— Mas eu sou mulher.

— Dá na mesma.

— Mas isso não pode fazer tanta diferença assim — afirmou Rin, mais para se convencer do que qualquer outra coisa. — Isso é só... isso é *desejo*. O que é isso perto de poder bruto?

— Você acha que fogo e aço podem vencer o desejo? Daji sempre foi a mais forte da Trindade.

— Mais forte que o Imperador Dragão? — A memória de um homem de cabelos brancos pairando sobre o chão, rodeado de sombras bestiais, ressurgiu em sua mente. — Mais forte que o Guardião?

— Claro que ela era — retrucou Eriden, baixinho. — Por que você acha que ela é a única que sobrou?

Isso fez Rin parar.

Como Daji havia se tornado a única governante de Nikan? Todos a quem Rin perguntara haviam contado uma história diferente. Todos no Império pareciam ter certeza apenas de que um dia o Imperador Dragão morrera, o Guardião desaparecera e Daji permanecera sozinha no trono.

— Você sabe o que ela fez com os outros dois? — perguntou Rin.

— Eu daria meus braços para descobrir. — Eriden jogou a lança para o lado e desembainhou a espada. — Vamos ver como você se sai lutando contra isso aqui.

A lâmina se moveu num piscar de olhos. Rin cambaleou para trás, tentando acompanhar desesperadamente. Várias vezes o tridente quase escorregou de suas mãos. Ela rangeu os dentes, frustrada.

O tridente de Altan não era apenas longo demais, sem equilíbrio demais, claramente feito para uma estatura maior que a dela. Se esse fosse o problema, ela teria engolido o orgulho e trocado a arma por uma espada.

Era o corpo de Rin. Ela sabia os movimentos e padrões certos, mas seus músculos simplesmente não conseguiam acompanhar. Seus membros pareciam obedecer à mente apenas dois segundos depois do comando.

Em resumo, *ela* não funcionava. Meses deitada no quarto, inalando ópio, haviam atrofiado seus músculos. Só agora estava consciente do quão fraca e dolorosamente magra se tornara, do quão facilmente se cansava.

— Foco.

Eriden se aproximou. Os movimentos de Rin se tornavam cada vez mais desesperados. Ela nem sequer estava tentando atacar; manter a lâmina dele longe de seu rosto consumia toda a sua atenção.

Naquele ritmo, Rin não conseguiria vencer em um embate de armas.

Mas ela não precisava usar o tridente para matar. O tridente só era útil como arma de alcance, mantinha os oponentes a uma distância grande o suficiente para que ela se protegesse.

Mas *Rin* precisava apenas chegar perto o bastante para usar o fogo.

Ela semicerrou os olhos, esperando.

Lá estava. Eriden mirou em seu cabo, um golpe certeiro na parte baixa. Ela deixou que o homem arrancasse a arma de suas mãos. Então aproveitou a abertura, avançou no espaço criado por suas armas entrelaçadas e enfiou o joelho no peito de Eriden.

Ele se curvou. Rin o chutou nos joelhos, o empurrou e espalmou as mãos em seu rosto.

Ela emitiu o menor indício de chama, só o suficiente para fazê-lo sentir o calor na pele.

— Bum — disse Rin. — Agora você está morto.

Eriden cerrou os lábios em algo que quase lembrava um sorriso.

— Como ela está?

Rin se virou para trás.

Vaisra e Nezha emergiram no deque. Eriden ergueu o tronco e endireitou a postura.

— Ela estará pronta — disse ele.

— Ela *estará* pronta? — repetiu Vaisra.

— Me dê alguns dias — pediu Rin, arfando. — Ainda estou pegando o jeito. Mas vou chegar lá.

— Ótimo — disse Vaisra.

— Você está sangrando. — Nezha apontou para a coxa dela.

Mas Rin mal o ouviu. Ainda estava olhando para Vaisra, que abrira o maior sorriso que ela já havia visto. Ele parecia satisfeito. Orgulhoso. E, de alguma forma, a onda de satisfação que isso provocou nela foi melhor do que qualquer coisa que Rin fumara em meses.

— Você acompanhará o Líder do Dragão até o Palácio de Outono para a reunião do meio-dia — informou Eriden. — Lembre-se, você será apresentada como criminosa de guerra. Não aja como se ele fosse seu aliado. Certifique-se de parecer assustada.

Uma dúzia de generais e conselheiros de Vaisra estava na cabine, sentados ao redor de uma série de mapas detalhados do palácio. Rin estava sentada à direita de Vaisra, suando um pouco por conta da atenção ininterrupta. O plano inteiro era centrado nela, não podia falhar.

Eriden ergueu um par de algemas de ferro.

— Você será amarrada e amordaçada. É bom se acostumar com isto aqui.

— Isso não é bom — disse Rin. — Não posso queimar através de metal.

— Elas não são totalmente feitas de metal. — Eriden lançou as algemas pela mesa para que Rin pudesse examinar. — O elo do meio é de barbante. Vai queimar com pouco calor.

Ela estudou as algemas.

— E Daji não vai simplesmente mandar me matar? Quer dizer, ela vai saber o que vim fazer aqui. Já me viu tentar em Adlaga.

— Ah, é provável que ela suspeite de traição assim que aportarmos em Lusan. Não estamos tentando emboscá-la. Daji gosta de brincar com a comida antes de comer. E, principalmente, ela não vai querer se livrar de *você*. Você é interessante demais.

— Daji nunca ataca primeiro — acrescentou Vaisra. — Ela vai querer tirar o máximo de informação que puder de você, de modo que vai tentar te levar a um local privado para conversar. Finja surpresa. Então ela provavelmente fará uma oferta quase tão tentadora quanto a minha.

— E o que será? — indagou Rin.

— Use sua imaginação. Um lugar na Guarda Imperial. Passe livre para vasculhar o Império em busca de quaisquer tropas remanescentes da Federação. Mais glória e riqueza do que você seria capaz de imaginar. Tudo mentira, claro. Daji mantém seu lugar no trono há duas décadas eliminando pessoas antes que se tornem problemas. Se você assumisse uma posição na corte, seria simplesmente a mais nova adição à longa lista de assassinatos políticos da Imperatriz.

— Ou encontrarão seu corpo no esgoto minutos depois de você dizer sim — disse Eriden.

Rin olhou ao redor da mesa.

— Ninguém mais vê a enorme falha nesse plano?

— Faça o favor de nos dizer — pediu Vaisra.

— Por que eu não a mato de uma vez? Antes que ela abra a boca? Por que sequer assumir o risco de deixá-la falar?

Vaisra e Eriden se entreolharam. Eriden hesitou um momento, então disse:

— Você, hã, não vai conseguir.

Rin empalideceu.

— *Como assim*?

— Já falamos disso — respondeu Vaisra. — Quando Daji vir você, saberá que está lá para matá-la. E vai suspeitar muito de minhas intenções. A única forma de fazer você entrar no Palácio Outonal e chegar perto o suficiente de atacar sem colocar o resto de nós em perigo é deixá-la sedada primeiro.

— Sedada — repetiu Rin.

— Daremos a você uma dose de ópio enquanto os guardas de Daji observam — explicou Vaisra. — O suficiente para acalmá-la por uma ou duas horas. Mas Daji não sabe de sua tolerância aumentada, o que nos ajuda. O efeito passará mais rápido do que ela espera.

Rin odiou o plano. Estavam pedindo que ela entrasse no palácio desarmada, drogada e completamente incapaz de invocar o fogo. Porém, não importava o quanto tentasse, não conseguia encontrar uma falha naquela estratégia. Precisaria estar sem presas se quisesse chegar perto o suficiente para dar o bote.

Ela fez o máximo para não demonstrar medo quando falou:

— Então eu estou... Quer dizer, vou estar sozinha?

— Não podemos levar uma guarda maior para o Palácio de Outono sem levantar as suspeitas de Daji. Haverá reforços escondidos, mas mínimos. Podemos colocar soldados aqui, aqui e aqui. — Vaisra tocou em três pontos no mapa do palácio. — Mas lembre-se: nosso objetivo aqui é bastante limitado. Se quiséssemos uma guerra completa, teríamos que levar a armada até Murui. Só estamos aqui para cortar a cabeça da serpente. As batalhas virão depois.

— Então sou a única em risco — constatou Rin. — Legal.

— Não vamos abandonar você. Vamos buscá-la se algo der errado, prometo. Bem-sucedida ou não, você usará uma dessas rotas de fuga para sair do palácio. O Capitão Eriden terá o *Soturno do Mar* pronto para partir de Lusan em segundos se a fuga for necessária.

Rin espiou o mapa. O Palácio de Outono era gigantesco, disposto como um labirinto dentro de uma concha, um complexo espiralado de corredores estreitos e sem saída, com passagens e túneis torcidos em todas as direções.

As rotas de fuga estavam marcadas com linhas verdes. Ela semicerrou os olhos, murmurando os detalhes de cada uma para si mesma. Mais alguns minutos e ela as teria memorizado. Rin sempre fora boa em memorizar coisas; agora que não estava usando ópio, achava cada vez mais fácil focar em tarefas mentais.

Ela se encolheu diante da ideia de abrir mão disso, mesmo que por uma hora.

— Você faz parecer tão fácil — comentou ela. — Por que ninguém tentou matar Daji antes?

— Ela é a Imperatriz — respondeu Vaisra, como se fosse uma explicação suficiente.

— É uma mulher cujo único talento é ser muito bonita — retrucou Rin. — Não entendo.

— Porque você é jovem demais — observou Eriden. — Não era nascida quando a Trindade estava no auge do poder. Você não conhece o medo. Não se podia confiar em ninguém, nem mesmo em sua própria família. Se você sussurrasse uma palavra conspiradora contra o Imperador Riga, a Víbora e o Guardião acabavam com você. Não seria presa, mas destruída.

Vaisra assentiu.

— Naquela época, famílias inteiras foram arruinadas, executadas ou exiladas, e suas linhagens foram varridas da história. Daji comandava tudo sem pestanejar. Os líderes regionais ainda se ajoelham diante dela por um motivo, e não é só porque ela é *bonita*.

Algo na expressão de Vaisra intrigou Rin, e ela percebeu que era a primeira vez que o via assustado.

Ela se perguntou o que Daji havia feito com ele.

Alguém bateu à porta naquele instante. Rin deu um pulo.

— Entre — disse Vaisra.

Um oficial júnior enfiou a cabeça dentro da sala.

— Nezha me enviou para alertá-lo. Acabamos de chegar.

Perto do fim de seu reinado, o Imperador Vermelho construiu o Palácio de Outono na cidade nortenha de Lusan. Nunca esteve nos planos fazer do lugar uma capital ou centro administrativo; era longe demais das províncias centrais para que o Imperador governasse adequadamente. Servia apenas como um refúgio para suas concubinas favoritas e seus filhos, um abrigo para os dias em que Sinegard ficava tão quente que suas peles ameaçavam escurecer assim que deixassem o palácio.

Sob o regime da Imperatriz Su Daji, Lusan havia sido um lugar para os oficiais do Império protegerem suas esposas e famílias, longe dos perigos da corte, até se tornar a capital interina após Sinegard e depois Golyn Niis serem devastadas.

À medida que o *Soturno do Mar* velejava em direção à cidade, o Murui se estreitava em uma corrente cada vez mais fina, o que os forçou a se moverem em um ritmo cada vez mais lento até estarem praticamente se arrastando em direção ao palácio.

Rin enxergava as muralhas da cidade a quilômetros de distância. Lusan parecia estar acesa por dentro com um brilho vespertino sobrenatural. De alguma forma, tudo estava dourado. Era como se o restante do Império tivesse sido tomado por tons de preto, branco e vermelho-sangue durante a guerra e Lusan tivesse absorvido toda a cor ao redor, brilhando mais intensamente que qualquer coisa que ela vira nos últimos meses.

Perto das muralhas da cidade, Rin viu uma mulher descendo a margem do rio com baldes de corante e rolos pesados de tecido amarrados às costas. Rin sabia que o tecido era seda pela forma como brilhava quando desenrolado, tão macio que ela quase podia imaginar a textura de asa de borboleta sob seus dedos.

Como Lusan tinha seda? O resto do país estava vestido em trapos sujos e esfarrapados. Por todo o Murui, Rin havia visto crianças nuas e bebês enrolados em folhas de nenúfares numa tentativa de lhes preservar a dignidade.

Mais adiante, sampanas de pesca deslizavam ao longo dos cursos d'água serpenteantes. Cada barco levava vários pássaros grandes — criaturas brancas com bicos massivos — presos por cordas.

Nezha precisou explicar a Rin para que serviam os pássaros.

— Eles têm uma corda ao redor do pescoço, está vendo? O pássaro engole o peixe; o fazendeiro tira o peixe da garganta do pássaro. O pássaro volta a pescar, sempre faminto, sempre burro demais para perceber que tudo que pesca vai para a cesta de peixes e que tudo que vai conseguir pegar para si é gororoba.

Rin fez uma careta.

— Isso parece ineficiente. Por que simplesmente não usam redes?

— É ineficiente mesmo — concordou Nezha. — Mas eles não estão pescando itens básicos, estão caçando iguarias. Peixe-rei.

— Por quê?

Ele deu de ombros.

Rin já sabia a resposta. Por que *não* caçar iguarias? Lusan claramente estava intocada pela crise de refugiados que assolava o resto do país; podia focar em artigos de luxo.

Talvez fosse o calor, ou talvez o fato de que os nervos de Rin estavam sempre à flor da pele, mas ela sentia cada vez mais raiva à medida que se aproximavam do porto. Odiava aquela cidade, aquela terra de mulheres pálidas e mimadas, homens que não eram soldados, e sim burocratas, e crianças que não sabiam como era sentir medo.

Ela fervia; não de ressentimento, mas de uma fúria sem nome diante da ideia de que, fora das limitações da guerra, a vida podia continuar e *continuava*; que, de alguma forma, em bolsões espalhados pelo Império, ainda havia cidades e cidades de pessoas que tingiam seda e pescavam para jantares refinados, indiferentes à única questão que atormentava a mente de um soldado: quando e de onde o próximo ataque viria.

— Pensei que eu não fosse prisioneiro — disse Kitay.
— Não é — afirmou Nezha. — É um convidado.
— Um convidado que não tem permissão para desembarcar do navio?
— Um convidado que gostaríamos que ficasse conosco um pouco mais — respondeu Nezha delicadamente. — Pode parar de me olhar assim?

Quando o capitão anunciou que haviam ancorado em Lusan, Kitay se aventurou no convés pela primeira vez em semanas. Rin teve esperança de que ele havia subido para tomar ar fresco, mas Kitay estava apenas seguindo Nezha, disposto a antagonizá-lo de todas as maneiras possíveis.

Rin tentou interceder várias vezes. No entanto, Kitay parecia determinado a fingir que ela não existia, ignorando-a sempre que falava, então ela voltou sua atenção para a vista na margem do rio.

Uma discreta multidão se reunira ao redor da base do *Soturno do Mar,* composta principalmente de oficiais do Império, mercadores lusanis e mensageiros de outros líderes regionais. Dos fragmentos de conversa que escutou do topo do convés, Rin deduziu que estavam tentando conseguir uma reunião com Vaisra. Mas Eriden e seus homens estavam parados no fundo da prancha, fazendo todos darem meia-volta.

Vaisra também proibira expressamente que os soldados e tripulantes saíssem do navio. Deveriam continuar vivendo a bordo como se ainda estivessem em mar aberto, e apenas um punhado dos homens de Eriden teve permissão de entrar em Lusan para comprar suprimentos frescos. Nezha explicara que essa medida visava minimizar o risco de alguém delatar o disfarce de Rin. Enquanto isso, ela só tinha permissão de ficar no convés se usasse um lenço para cobrir o rosto.

— Você sabe que não pode me manter aqui para sempre! — bradou Kitay. — Alguém vai descobrir.
— Tipo quem? — perguntou Nezha.
— Meu pai.

— Você acha que seu pai está em Lusan?

— Ele faz parte da guarda da Imperatriz. Comanda o destacamento de segurança. De jeito nenhum ela o deixou para trás.

— Ela deixou todos para trás — rebateu Nezha.

Kitay cruzou os braços.

— Não o meu *pai*.

Nezha olhou para Rin. Por um brevíssimo instante, ele pareceu culpado, como se quisesse dizer algo que não podia, mas ela nem imaginava o quê.

— Aquele é o ministro do Comércio — disse Kitay de repente. — Ele vai saber.

— O quê?

Antes que Nezha ou Rin pudessem entender do que ele estava falando, Kitay disparou pela prancha.

Nezha gritou para que os soldados mais próximos o contivessem. Eles foram lentos demais — Kitay desviou de seus braços, escalou a lateral do navio, agarrou uma corda e desceu até a margem com tanta rapidez que as mãos deviam ter ficado em carne viva.

Rin correu até a prancha para interceptá-lo, mas Nezha a segurou pelo braço.

— Não.

— Mas ele...

Nezha apenas balançou a cabeça.

— Deixa ele.

Eles observaram a distância, em silêncio, enquanto Kitay corria até o ministro do Comércio e lhe agarrava o braço antes de se curvar, ofegante.

Rin os viu do deque. O homem se encolheu por um momento, as mãos erguidas como que para espantar aquele soldado desconhecido, até reconhecer o filho do ministro da Defesa Chen e baixar os braços.

Rin não conseguia entender o que diziam. Só via suas bocas se movendo, as expressões em seus rostos.

Ela viu o ministro colocar as mãos nos ombros de Kitay.

Viu Kitay fazer uma pergunta.

Viu o ministro balançar a cabeça.

Então viu Kitay desabar como se tivesse recebido um golpe na barriga. Foi quando se deu conta de que o ministro da Defesa Chen não sobrevivera à Terceira Guerra da Papoula.

* * *

Kitay não relutou quando os homens de Vaisra o levaram de volta ao barco. Ele estava pálido, de lábios comprimidos, e seus olhos trêmulos pareciam avermelhados nas bordas.

Nezha tentou pôr a mão no ombro dele. Kitay se afastou e foi diretamente ao Líder do Dragão. Soldados trajados de azul imediatamente se moveram para formar uma parede de proteção entre eles, mas Kitay não sacou arma alguma.

— Decidi uma coisa — anunciou ele.

Vaisra agitou a mão no ar. Os guardas se afastaram. Os dois ficaram frente a frente: o majestoso Líder do Dragão e o rapaz furioso e trêmulo.

— Sim? — perguntou Vaisra.

— Quero um cargo — disse Kitay.

— Pensei que quisesse ir para casa.

— Não me provoque! — vociferou Kitay. — Quero um cargo. Me dê um uniforme. Não vou mais usar este.

— Verei o que podemos...

Kitay o interrompeu de novo.

— Não vou ser um soldado raso.

— Kitay...

— Quero um cargo na mesa. Estrategista-chefe.

— Você é jovem demais para isso — disse Vaisra, seco.

— Não, não sou. O senhor promoveu Nezha a general, e sempre fui mais esperto que Nezha. Você sabe que sou brilhante. Sou um gênio. Então me coloque como responsável das operações e não perderá uma única batalha, eu *juro*.

A voz de Kitay falhou no final.

Rin viu sua garganta tremer, viu as veias saltadas em seu maxilar, e soube que ele estava segurando as lágrimas.

— Vou pensar no assunto — declarou Vaisra.

— O senhor sabia, não é? — questionou Kitay. — Faz meses que o senhor sabia.

A expressão de Vaisra suavizou.

— Sinto muito. Não queria ser o encarregado de lhe dar a notícia. Sei quanta dor deve estar sentindo...

— Não. *Não*, cala a merda da boca, eu não quero isso. — Kitay se afastou. — Não preciso da sua empatia falsa.

— Então o que quer de mim?

Kitay ergueu o queixo.

— Quero tropas.

A conferência dos líderes regionais não começaria até depois do desfile da vitória, que se estenderia pelos dois dias seguintes. Em geral, os soldados de Vaisra não participaram. Várias tropas entraram na cidade em trajes civis, definindo os detalhes finais em seus mapas já extensos da cidade, caso algo tivesse mudado. Mas a maioria da tripulação permaneceu a bordo, observando as festividades de longe.

De vez em quando, uma delegação armada embarcava no *Soturno do Mar*, os rostos ocultos sob capuzes para esconder suas identidades. Vaisra os recebia em seu gabinete, de portas trancadas, deixando guardas do lado de fora para desencorajar ouvidos curiosos. Rin presumia que os visitantes eram líderes sulistas — os governantes das Províncias do Javali, do Galo e do Macaco.

Horas se passavam sem notícias. Rin ficava enlouquecida de tédio. Revisara os mapas do palácio mil vezes, e já havia treinado tanto com Eriden naquele dia que os músculos de suas pernas gritavam ao caminhar. Estava prestes a perguntar a Nezha se podiam explorar Lusan disfarçados quando Vaisra a convocou para seu gabinete.

— Tenho uma reunião com o Líder da Serpente — disse ele. — Em terra firme. Você vem comigo.

— Como guarda?

— Não. Como prova.

Vaisra não se estendeu, mas Rin suspeitava que sabia o que ele queria dizer, então apenas pegou o tridente, ajeitou o lenço para que cobrisse todo o rosto, exceto os olhos, e o seguiu em direção à prancha.

— O Líder da Serpente é um aliado? — perguntou ela.

— Ang Tsolin foi meu mestre de Estratégia em Sinegard. Pode ser qualquer coisa entre aliado e inimigo. Hoje, vamos tratá-lo apenas como um velho amigo.

— O que devo dizer a ele?

— Você ficará em silêncio. Tudo que ele precisa fazer é olhar para você.

Rin seguiu Vaisra pela margem até que chegaram a uma fileira de tendas erguidas nas fronteiras da cidade, como se pertencessem a um exército invasor. Quando se aproximaram do perímetro, um grupo de soldados vestidos de verde os parou e exigiu suas armas.

— Vá em frente — murmurou Vaisra quando Rin hesitou em entregar seu tridente.

— Você confia tanto assim nele?

— Não. Mas acredito que você não vai precisar dele.

O Líder da Serpente foi encontrá-los do lado de fora, onde seus ajudantes haviam disposto duas cadeiras e uma mesinha.

A princípio, Rin o confundiu com um servo. Ang Tsolin não se parecia com um líder regional. Era um velho com um rosto longo e triste, tão magro que parecia frágil. Vestia o mesmo uniforme verde-floresta do Exército que seus homens, mas não havia símbolos para anunciar seu cargo, nem arma pendurada em seu quadril.

— Velho mestre. — Vaisra baixou a cabeça. — É bom vê-lo de novo.

Os olhos de Tsolin pousaram no *Soturno do Mar*, visível rio abaixo.

— Então você também não aceitou a oferta da vadia?

— Não foi nada sutil, até mesmo para ela — comentou Vaisra. — Quem está no palácio?

— Chang En. Nosso velho amigo Jun Loran. Nenhum dos líderes do sul.

Vaisra arqueou uma sobrancelha.

— Eles não mencionaram isso. É surpreendente.

— É? São sulistas.

Vaisra se recostou na cadeira.

— Tem razão. Eles têm sido melindrosos há anos.

Ninguém levou uma cadeira para Rin, então ela ficou de pé atrás de Vaisra, de braços cruzados, em uma imitação dos guardas que flanqueavam Tsolin. Pareciam sérios.

— Você demorou muito a chegar aqui — disse Tsolin. — Já estamos acampados há um bom tempo.

— Parei para pegar uma coisa na costa. — Vaisra apontou para Rin. — Sabe quem é ela?

Rin abaixou o lenço.

Tsolin ergueu o olhar. A princípio, pareceu apenas confuso ao examinar o rosto da garota, mas então deve ter assimilado o tom escuro de sua pele, o brilho vermelho em seus olhos, porque seu corpo ficou tenso.

— A recompensa por ela é bastante prata — declarou, por fim. — Algo a respeito de uma tentativa de assassinato em Adlaga.

— Que bom que eu nunca quis prata — disse Vaisra.

Tsolin se levantou de sua cadeira e se aproximou de Rin até que apenas centímetros os separassem. O velho mestre não era muito mais alto que ela, mas seu olhar a deixou extremamente desconfortável. Sentiu-se como um espécime sob seu escrutínio cuidadoso.

— Olá — disse ela. — Sou Rin.

Tsolin a ignorou. Ele emitiu um zumbido baixo e voltou ao seu assento.

— Isso é uma exibição de força bastante direta. Vai simplesmente fazê-la marchar para dentro do Palácio de Outono?

— Ela estará adequadamente contida. Drogada também. Daji insistiu.

— Então Daji sabe que ela está aqui.

— Pensei que seria prudente. Enviei uma mensagem avisando.

— Então não é de se admirar que ela esteja apreensiva — comentou Tsolin. — Daji triplicou a guarda do palácio. Os líderes estão atentos. Seja lá o que estiver planejando, ela está preparada.

— Então seu suporte será útil — disse Vaisra.

Rin percebeu que Vaisra abaixava a cabeça toda vez que falava com Tsolin. De maneira sutil, estava se curvando continuamente ao mais velho, demonstrando consideração e respeito.

Mas Tsolin parecia ignorar a lisonja. Ele suspirou.

— Você nunca se contentou com a paz, não é?

— E o senhor se recusa a reconhecer que a guerra é a única opção — retrucou Vaisra. — O que prefere, Tsolin? O Império pode morrer uma morte lenta ao longo do próximo século, ou podemos colocar o país na direção correta em uma semana, se tivermos sorte.

— Em alguns anos sangrentos, você quer dizer.

— Meses, no máximo.

— Você não se lembra da última vez que alguém se rebelou contra a Trindade? — perguntou Tsolin. — Lembra-se de como os corpos se acumularam nos degraus da Passagem Celestial?

— Não será assim — afirmou Vaisra.

— Por que não?

— Porque temos ela. — Vaisra apontou para Rin.

Tsolin dirigiu um olhar cansado para Rin.

— Pobre criança — disse ele. — Lamento muito.

Ela piscou, sem saber o que aquilo significava.

— E temos a vantagem do tempo — acrescentou Vaisra. — O Exército Imperial está se recuperando do ataque da Federação. Eles precisam se recuperar. Não conseguiram reunir suas defesas rápido o suficiente.

— Ainda assim, na melhor das hipóteses, Daji ainda tem as províncias do norte — disse Tsolin. — Cavalo e Tigre jamais desertariam. Ela tem Chang En e Jun. É só do que precisa.

— Jun sabe que não deve lutar batalhas que não pode ganhar.

— Mas ele pode e vai vencer esta. Ou você achou que derrotaria todos com um pouquinho de intimidação?

— Esta guerra poderia acabar em alguns dias se eu tivesse o seu apoio — disse Vaisra, impaciente. — Juntos, controlaríamos a costa. Os canais são meus. A costa leste é sua. Juntas, nossas frotas...

Tsolin ergueu uma das mãos.

— Meu povo passou por três guerras, cada uma com um governante diferente. Esta pode ser sua primeira chance de ter paz duradoura. E você quer trazer uma guerra civil à sua porta.

— Há uma guerra civil chegando, quer o senhor admita ou não. Só adiantarei o inevitável.

— Não sobreviveremos ao inevitável — afirmou Tsolin. Uma verdadeira tristeza permeava suas palavras. Rin podia vê-la em seus olhos; o homem parecia assombrado. — Perdemos tantos homens em Golyn Niis, Vaisra. Garotos. Sabe o que nossos comandantes obrigaram os soldados a fazer na noite antes do cerco? Escrever cartas para suas famílias. Eles disseram que as amavam. Que não voltariam para casa. E nossos generais escolheram os soldados mais fortes e mais rápidos para levar as mensagens, porque sabiam que não faria diferença se os tivéssemos na muralha.

Ele se levantou.

— Minha resposta é não. Ainda precisamos nos recuperar das cicatrizes das Guerras da Papoula. Você não pode pedir que sangremos outra vez.

Vaisra agarrou o pulso de Tsolin antes que ele pudesse se virar para partir.

— O senhor é neutro, então?

— Vaisra...

— Ou está contra mim? Devo esperar os assassinos de Daji à minha porta?

Tsolin parecia mortificado.

— Não sei de nada. Não ajudo ninguém. Deixemos as coisas assim.

— Vamos simplesmente deixá-lo ir? — perguntou Rin quando estavam fora do alcance dos ouvidos de Tsolin.

A risada áspera de Vaisra a surpreendeu.

— Você acha que ele vai nos delatar à Imperatriz? — indagou o Líder do Dragão.

Rin pensava que isso parecera bastante óbvio.

— Ficou claro que ele não está conosco.

— Mas vai estar. Ele revelou o que o faria pegar em armas. Perigo provincial. Vai escolher um lado bem rápido se isso for a diferença entre guerra e obliteração, então o forçarei. Levarei a luta à sua província. Então ele não terá chance, e suspeito que sabe disso.

Os passos de Vaisra ficavam cada vez mais rápidos conforme caminhavam. Rin tinha que correr para acompanhá-lo.

— Você está com raiva — observou ela.

Não, ele estava *furioso*. Rin podia ver a frieza violenta em seus olhos, a dureza em seu modo de andar. Ela passara tempo demais da infância aprendendo a distinguir quando alguém estava com um humor perigoso.

Vaisra não respondeu.

Ela parou de andar.

— Os outros líderes regionais. Eles negaram, não foi?

Vaisra fez uma pausa antes de responder.

— Eles não se decidiram. É cedo demais para dizer.

— *Eles* o trairiam?

— Eles não sabem o suficiente sobre meus planos para fazer qualquer coisa. Tudo que podem dizer a Daji é que estou descontente com ela, coisa que ela já sabe. Mas duvido que terão coragem de dizer isso à Imperatriz. — A voz de Vaisra se tornou condescendente. — São como ovelhas. Vão observar em silêncio, esperando para ver para que lado pende a balança do poder, e vão se alinhar com quem quer que possa protegê-los. Mas não precisaremos deles até lá.

— Mas você precisa de Tsolin — disse ela.

— O plano será significantemente mais difícil sem Tsolin — admitiu Vaisra. — Ele poderia ter feito a balança pender. Será uma guerra de verdade agora.

Rin não pôde deixar de perguntar:

— Então vamos perder?

Vaisra a observou em silêncio por um momento. Então se ajoelhou diante dela, colocou as mãos em seus ombros e a olhou com uma intensidade que fez Rin querer se contorcer.

— Não — respondeu baixinho. — Temos você.

— Vaisra...

— Você será a lança que derrubará este Império — disse ele, sério. — Você derrotará Daji. Você dará início a esta guerra, e então os líderes sulistas não terão escolha.

A intensidade nos olhos dele fez Rin ficar desesperadamente desconfortável.

— Mas e se eu não conseguir?

— Você vai.

— Mas...

— Você vai, porque estou mandando. — Ele apertou os ombros dela. — Você é minha melhor arma. Não me decepcione.

CAPÍTULO 9

Rin havia imaginado o Palácio de Outono como um lugar de formas abstratas e robustas, do jeito que era representado nos mapas. Mas o verdadeiro palácio era um santuário de beleza perfeitamente preservado, uma visão tirada de uma pintura. Flores desabrochavam por toda parte. Flores de pessegueiro e de ameixeira branca enfeitavam os jardins; lírios e flores de lótus pontilhavam os lagos e cursos d'água. O complexo em si era uma estrutura elegante com portões cerimoniais ornamentados, pilares maciços de mármore e pavilhões extensos.

No entanto, apesar de toda aquela beleza, a quietude que pairava sobre o ambiente deixou Rin muito desconfortável. O calor era opressivo. As estradas que a conduziam até ele pareciam ser varridas de hora em hora por servos invisíveis, mas Rin ainda escutava o som onipresente de moscas zumbindo, como se detectassem algo podre no ar que ninguém enxergava.

Parecia que o palácio escondia certa podridão sob o adorável exterior, Debaixo do cheiro dos lilases em flor, algo estava nos últimos estágios de decomposição.

Talvez Rin estivesse imaginando aquilo. Talvez o palácio fosse mesmo lindo, e ela simplesmente o odiasse porque era um recanto de covardes. Aquilo era um refúgio, e o fato de que qualquer um tivesse se escondido vivo no Palácio de Outono enquanto corpos apodreciam em Golyn Niis a deixava furiosa.

Eriden cutucou a parte baixa de suas costas com a lança.

— Mantenha o olhar baixo.

Rin rapidamente obedeceu. Ela viera disfarçada de prisioneira de Vaisra — com as mãos algemadas nas costas, a boca selada atrás de uma focinheira de ferro que apertava seu maxilar inferior. Mal podia falar, exceto em sussurros.

Rin não precisava se esforçar para parecer assustada. Estava aterrorizada. Os trinta gramas de ópio que circulavam por sua corrente sanguínea não a acalmavam nem um pouco. Aumentavam sua paranoia, mesmo enquanto mantinham sua frequência cardíaca baixa, e a faziam sentir como se flutuasse entre nuvens. Sua mente estava ansiosa e hiperativa, mas seu corpo estava lento e vagaroso — a pior combinação possível.

Ao amanhecer, Rin, Vaisra e o Capitão Eriden passaram sob os portões arqueados dos nove círculos concêntricos do Palácio de Outono. Servos os revistaram à procura de armas em cada portão. No sétimo, haviam sido apalpados tanto que Rin ficou surpresa por não terem pedido que tirassem as roupas.

No oitavo portão, um guarda imperial a parou para checar suas pupilas.

— Ela tomou uma dose diante dos guardas esta manhã — declarou Vaisra.

— Mesmo assim — retrucou o guarda. Ele tocou o queixo de Rin e o inclinou para cima. — Olhos abertos, por favor.

Rin obedeceu e tentou não se encolher enquanto ele puxava suas pálpebras.

Satisfeito, o guarda deu um passo para trás e deixou que passassem.

Rin seguiu Vaisra até a sala do trono, os sapatos ecoando contra um piso de mármore tão liso que se assemelhava à água parada na superfície de um lago.

A câmara interna era uma fúria rica e ornamentada de decorações que borravam e nadavam na visão distorcida pelo ópio de Rin. Ela piscou e tentou focar. Símbolos intricadamente pintados cobriam cada parede, estendendo-se até o teto, onde se encontravam em um círculo.

É o Panteão, Rin se deu conta. Se semicerrasse os olhos, podia distinguir os deuses que aprendera a reconhecer: o Deus Macaco, malicioso e cruel; a Fênix, imponente e voraz...

Aquilo era estranho. O Imperador Vermelho odiava xamãs. Depois de reclamar o trono em Sinegard, ele mandara matar os monges e queimar os monastérios.

Mas talvez não odiasse os deuses. Talvez só odiasse não poder acessar seu poder por conta própria.

O nono portão levava à sala do conselho. A guarda pessoal da Imperatriz, uma fileira de soldados em armaduras douradas, bloqueava o caminho.

— Nada de servos — disse o capitão da guarda. — A Imperatriz decidiu que não quer lotar a sala do conselho com guarda-costas.

Uma breve irritação atravessou o rosto de Vaisra.

— A Imperatriz poderia ter me avisado antes.

— A Imperatriz emitiu um comunicado a todos que residem no palácio — disse o capitão da guarda, com arrogância. — Você recusou o convite dela.

Rin pensou que Vaisra fosse reclamar, mas ele apenas se voltou para Eriden e pediu que esperasse do lado de fora. Eriden se curvou e partiu, deixando os dois sem guardas nem armas no coração do Palácio de Outono.

Mas eles não estavam inteiramente sozinhos. Naquele momento, o Cike nadava nos canais subterrâneos em direção ao coração da cidade. Aratsha construíra bolhas de ar ao redor da cabeça dos outros para que pudessem nadar por quilômetros sem precisar emergir para respirar.

O Cike já havia usado aquele método de infiltração várias vezes. Dessa vez, forneceriam reforço se a coisa desandasse. Baji e Suni assumiriam postos diretamente fora da sala do conselho, prontos para entrar e extrair Vaisra, se necessário. Qara ficaria na parte mais alta do pavilhão fora da sala do conselho, para apoio de alcance. Ramsa entraria onde quer que ele e sua bolsa à prova d'água de tesouros inflamáveis pudessem causar maiores danos.

Rin encontrava um pouco de conforto nisso. Se não pudessem tomar o Palácio de Outono, pelo menos tinham uma boa chance de explodi-lo.

O silêncio tomou a sala do conselho quando Rin e Vaisra entraram.

Os líderes regionais se viraram nos assentos para encará-la, suas expressões variando de surpresa a curiosidade e um ligeiro desagrado. Seus olhos passearam pelo corpo dela, demorando-se em seus braços e pernas, analisando sua altura e porte. Olharam para tudo, exceto para os olhos da garota.

Rin se mexeu, desconfortável. Eles a analisavam como a uma vaca no mercado.

O Líder do Boi falou primeiro. Rin o reconheceu de Khurdalain; estava surpresa por ele ainda estar vivo.

— Esta garotinha o segurou por semanas?

Vaisra deu uma risadinha.

— A busca tomou meu tempo, não a extração. Eu a encontrei perdida em Ankhiluun. Moag chegou até ela primeiro.

O Líder do Boi pareceu surpreso.

— A Rainha Pirata? Como você a pegou?

— Troquei-a com Moag por algo de que ela gosta mais — respondeu Vaisra.

— Por que a trouxe aqui viva? — questionou um homem na outra ponta da mesa.

Rin virou a cabeça e quase deu um pulo, surpresa. Ela não havia reconhecido o Mestre Jun logo de cara. Sua barba havia crescido muito, e seu cabelo fora tomado por mechas prateadas que não estavam lá antes da guerra. Mas Rin encontrou a mesma arrogância entalhada nas rugas do rosto de seu antigo mestre de Combate, assim como o óbvio desgosto por ela.

Ele encarou Vaisra.

— Traição merece pena de morte. E ela é perigosa demais para continuar viva.

— Não seja apressado — disse o Líder do Cavalo. — Ela pode ser útil.

— *Útil?* — repetiu Jun.

— Ela é a última de sua espécie. Seríamos tolos de desperdiçar uma arma dessas.

— Armas só são úteis quando se sabe usá-las — disse o Líder do Boi. — Acho que seria um pouco difícil domar esta fera.

— O que você acha que ela fez de errado? — O Líder do Galo se inclinou à frente para examiná-la melhor.

Em segredo, Rin estivera ansiosa para encontrar o Líder do Galo, Gong Takha. Eles eram da mesma província. Falavam o mesmo dialeto, e a pele dele era quase tão escura quanto a dela. Os boatos no *Soturno do Mar* eram de que Takha era quem estava mais perto de se juntar à República. Mas se os laços provinciais serviam de alguma coisa, Takha não demonstrou. Ele a encarava com o mesmo tipo de curiosidade temerosa que se demonstraria diante de um tigre enjaulado.

— Ela tem uma expressão louca nos olhos — prosseguiu ele. — Acha que os experimentos mugeneses fizeram isso com ela?

Estou aqui, Rin quis gritar. *Parem de falar de mim como se eu não estivesse aqui.*

Mas Vaisra queria que ela fosse dócil. Aja como se fosse burra, dissera. Não pareça inteligente demais.

— Nada assim tão complexo — respondeu Vaisra. — Ela era uma speerliesa lutando contra a coleira. Você lembra como os speerlieses eram.

— Quando meus cães enlouquecem, eu os sacrifico — disse Jun.

À porta, a Imperatriz falou:

— Mas garotinhas não são cães, Loran.

Rin paralisou.

Su Daji trocara as vestes cerimoniais por um uniforme verde de soldado. Suas ombreiras eram incrustadas na armadura, e uma longa espada pendia de sua cintura. Parecia querer passar uma mensagem. Ela não era apenas a Imperatriz; era também o grão-marechal do Exército Imperial Nikara. Havia conquistado o Império uma vez pela força. Ela o faria outra vez.

Rin se esforçou para manter a respiração calma quando Daji esticou o braço e correu as pontas dos dedos por sua focinheira.

— Cuidado — disse Jun. — Ela morde.

— Ah, tenho certeza disso. — A voz de Daji soava lânguida, quase desinteressada. — Ela resistiu?

— Tentou — disse Vaisra.

— Imagino que houve baixas.

— Não tantas quanto o esperado. Ela está fraca. A droga acabou com ela.

— Claro. — Daji sorriu. — Speerlieses sempre tiveram suas predileções.

Ela ergueu a mão para dar tapinhas gentis na cabeça de Rin.

A mão de Rin se fechou com força.

Calma, lembrou a si mesma. O efeito do ópio ainda não havia passado. Quando ela tentou invocar o fogo, sentiu apenas uma sensação dormente e bloqueada no fundo da mente.

Os olhos de Daji permaneceram em Rin por um longo tempo. Rin congelou, aterrorizada com a possibilidade de a Imperatriz levá-la, conforme Vaisra alertara. Era cedo demais. Se ela ficasse sozinha em uma sala com Daji, o melhor que conseguiria fazer seriam socos desorientados na direção da Imperatriz.

Mas Daji apenas sorriu, balançou a cabeça e se voltou para a mesa.

— Temos muito a discutir. Continuemos.

— E a garota? — perguntou Jun. — Ela deve ser colocada em uma cela.

— Eu sei. — Daji lançou um sorriso venenoso para Rin. — Mas gosto de vê-la suar.

As duas horas seguintes foram as mais vagarosas da vida de Rin.

Quando os líderes exauriram sua curiosidade em relação a ela, voltaram sua atenção a uma enorme lista de problemas econômicos, agrícolas e políticos. A Terceira Guerra da Papoula destruíra quase todas as províncias. Soldados da Federação haviam destruído a maior parte da infraestrutura de cada grande cidade que ocuparam, ateado fogo a grandes faixas de campos de grãos e devastado vilas inteiras. Movimentos de refugiados em massa haviam redefinido a densidade populacional do país. Era o tipo de desastre que exigiria o esforço milagroso de uma liderança central unificada para ser mitigado, e o conselho dos doze líderes era tudo, exceto isso.

— Controle a droga do seu povo — disse o Líder do Boi. — Há milhares entrando nas minhas fronteiras agora, e não temos lugar para eles.

— O que devemos fazer? Criar uma guarda de fronteira? — O Líder da Lebre tinha uma voz distintamente lamentosa e irritante que fazia Rin se encolher toda vez que ele falava. — Metade da minha província está alagada, não temos comida estocada para durar o inverno...

— Nem nós — disse o Líder do Boi. — Mande-os para outro lugar ou todos morreremos de fome.

— Estamos dispostos a repatriar os cidadãos da Província da Lebre sob uma quota definida — disse o Líder do Cachorro. — Mas eles teriam que mostrar documentos de registro provinciais.

— Documentos de registro? — repetiu o Líder da Lebre. — Essas pessoas tiveram suas vilas saqueadas e você está pedindo *documentos de registro*? Certo, como se a primeira coisa que pegaram quando suas vilas começaram a pegar fogo fosse...

— Não podemos abrigar todos. Meu povo está carente de recursos do jeito que está...

— Sua província é uma estepe baldia, o espaço é mais do que suficiente.

— Temos espaço, não temos comida. E vai saber o que seu tipo traria para dentro das fronteiras...

Rin tinha dificuldade de acreditar que aquele conselho, se é que dava para chamá-lo disso, era realmente como o Império funcionava. Ela sabia que os líderes regionais vivam entrando em conflito — por recursos, rotas de comércio e, ocasionalmente, os melhores recrutas saídos de Sinegard. E sabia que as fraturas vinham aumentando, que haviam piorado depois da Terceira Guerra da Papoula.

Ela só não sabia que era *tão ruim assim*.

Durante horas os líderes discutiram e brigaram por detalhes tão insignificantes que Rin não conseguia acreditar que alguém de fato se importava com eles. Ficara de pé esperando no canto, suando em suas correntes, esperando que Daji os dispensasse.

Mas a Imperatriz parecia satisfeita em esperar. Eriden tinha razão: ela gostava de brincar com a comida antes de comer. Ela se sentou à cabeceira da mesa com uma expressão vagamente divertida. De vez em quando, encarava Rin e dava uma piscadela.

Qual era o objetivo de Daji? Ela certamente sabia que o efeito do ópio passaria cedo ou tarde. Por que estava deixando o tempo passar?

Daji *queria* aquela briga?

Mergulhada em ansiedade, Rin sentiu os joelhos fracos e a cabeça zonza. Precisou de toda a sua concentração para permanecer de pé.

— E a Província do Tigre? — perguntou alguém.

Todos se voltaram para a criança rechonchuda sentada com os cotovelos sobre a mesa. O jovem Líder do Tigre olhou ao redor com uma expressão igualmente confusa e aterrorizada e se virou para os lados em busca de ajuda.

Seu pai morrera em Khurdalain e agora seu representante e generais governavam a província, o que significava que o poder na região na verdade estava com Jun.

— Fizemos mais do que o suficiente por esta guerra — argumentou Jun. — Sangramos em Khurdalain por meses. Perdemos milhares de homens. Precisamos de tempo para nos recuperar.

— Vamos, Jun. — Um homem alto sentado no canto mais distante da sala cuspiu um bolo de muco na mesa. — A Província do Tigre possui terra cultivável em abundância. Compartilhe um pouco desses bens.

Rin deu um sorriso. Aquele devia ser o novo Líder do Cavalo, o General Carne de Lobo Chang En. Ela havia estudado o homem à exaustão. Chang En era ex-comandante da divisão que escapara de um campo de prisioneiros da Federação pouco antes do começo da Terceira Guerra da Papoula, mergulhando na vida do crime e ganhando rápido controle da região superior da Província do Cavalo enquanto o antigo líder e seu exército estavam ocupados defendendo Khurdalain.

Haviam comido de tudo. Carne de lobo. Cadáveres abandonados nas margens das estradas. Dizia-se que tinham pagado um bom dinheiro por bebês humanos vivos.

Agora, o antigo Líder do Cavalo estava morto, esfolado vivo pelas tropas da Federação. Seus herdeiros eram fracos ou jovens demais para desafiar Chang En, então o bandido assumira o controle *de facto* da província.

Chang En fitou Rin, expôs os dentes e lambeu devagar o lábio superior com a língua grossa e sarapintada de preto.

Ela reprimiu um arrepio e desviou o olhar.

— Grande parte de nossa terra cultivável perto da costa foi destruída por tsunamis ou pela queda de cinzas. — Jun lançou a Rin um olhar de puro nojo. — A speerliesa garantiu isso.

Rin sentiu uma pontada de culpa. Mas era aquilo ou a extinção nas mãos da Federação. Ela havia parado de questionar as consequências daquele ato. Só conseguiria levar uma vida funcional se acreditasse que o que fez havia valido a pena.

— Você não pode ficar empurrando seus refugiados para cima de mim — disse Chang En. — Eles estão lotando as cidades. Não podemos sequer descansar por um momento sem ouvir seus lamentos nas ruas, exigindo acomodação gratuita.

— Então coloque-os para trabalhar — rebateu Jun friamente. — Faça com que reconstruam suas estradas e seus prédios. Assim ganharão o próprio sustento.

— E como vamos alimentá-los? Se eles morrerem de fome nas fronteiras, será culpa sua.

Rin percebeu que eram os líderes do norte — do Boi, do Carneiro e do Cachorro — que mais falavam. Tsolin estava sentado com os dedos presos sob o queixo, calado. Os líderes do sul, reunidos perto dos fundos da sala, em geral permaneciam em silêncio. Foram eles que mais sofreram danos, mais perderam tropas, e portanto tinham a menor vantagem.

Durante toda a discussão, Daji ficou sentada à cabeceira da mesa, observando, raramente falando. Ela assistia aos outros, uma sobrancelha um pouco mais arqueada que a outra, como se supervisionasse um grupo de crianças que insistia em desapontá-la.

Outra hora se passou, e eles não haviam resolvido nada, exceto por um gesto indiferente da Província do Tigre de alocar seis mil cates de comida para ajudar a Província da Cabra em troca de mil libras de sal. Em meio a tanta destruição, com milhares de refugiados morrendo de fome diariamente, aquilo era uma gota no oceano.

— Por que não fazemos uma pausa? — A Imperatriz se levantou. — Não estamos avançando.

— Mas nada foi resolvido ainda — rebateu Tsolin.

— E o Império não vai ruir se fizermos uma pausa para comer. Esfriem as cabeças, cavalheiros. Ouso sugerir que considerem a opção radical de fazerem concessões uns aos outros? — Daji se virou em direção a Rin. — Enquanto isso, devo me retirar por um momento para meus jardins. Runin, é hora de ir para sua cela, não acha?

Rin ficou tensa. Ela tentou se conter, mas acabou lançando um olhar de pânico para Vaisra.

Ele nem sequer se virou para ela, evitando-a, sem revelar nada.

Era isso. Rin endireitou os ombros. Abaixou a cabeça em submissão, e a Imperatriz sorriu.

Rin e a Imperatriz não saíram pela sala do trono, mas por um corredor estreito nos fundos. A saída dos servos. Enquanto caminhavam, Rin podia ouvir o gorgolejo dos canos de irrigação sob o chão.

Horas haviam passado desde que a reunião do conselho começara. O Cike devia estar parado dentro do palácio àquela altura, mas esse pensamento não deixou a garota menos nervosa. Agora, eram apenas ela e a Imperatriz.

Mas Rin ainda não tinha o fogo.

— Já está exausta? — perguntou Daji.

Rin não respondeu.

— Eu queria que você visse os líderes regionais em plena forma. São um grupo bastante problemático, não acha?

Rin continuou fingindo que não ouvia.

— Você não fala muito, não é? — Daji olhou para trás e a fitou. Sua atenção desceu para a focinheira. — Ah, claro. Vamos tirar isso de você.

Ela colocou os dedos finos em cada lado da geringonça e a retirou gentilmente.

— Melhor?

Rin permaneceu em silêncio. *Não interaja com a Imperatriz*, instruíra Vaisra. *Mantenha vigilância constante e a deixe falar.*

Ela só precisava ganhar mais alguns minutos. Já sentia o efeito do ópio passando. Sua visão ficara mais afiada, e seus membros respondiam aos comandos sem atraso. Ela só precisava que Daji continuasse falando até que a Fênix respondesse ao seu chamado. Então poderia transformar o Palácio de Outono em cinzas.

— Altan também era assim — comentou Daji. — Sabe, nos primeiros três anos em que ele esteve conosco, pensamos que ele era mudo.

Rin quase tropeçou em um paralelepípedo. Daji continuou andando, como se não tivesse percebido. Rin a seguiu, lutando para manter a calma.

— Fiquei triste em saber da morte dele — disse Daji. — Era um bom comandante. Um dos nossos melhores.

E você o matou, sua puta velha. Rin esfregou os dedos, ansiando por uma fagulha, mas o caminho para a Fênix ainda estava bloqueado.

Só mais um pouquinho.

Daji a conduziu para a parte de trás do prédio, em direção a um espaço vazio perto das acomodações dos servos.

— O Imperador Vermelho construiu uma série de túneis no Palácio de Outono para que pudesse escapar de qualquer cômodo, se necessário. Era governante de todo um império, mas não se sentia seguro na própria cama. — Daji parou ao lado de um poço e empurrou com força a cobertura, firmando os pés no chão de pedra. A tampa deslizou com um guincho alto. Ela se endireitou e limpou as mãos no uniforme. — Siga-me.

Rin se esgueirou para dentro do poço, que tinha um conjunto de degraus estreitos e em espiral embutidos nas paredes. Daji ergueu as mãos e deslizou a cobertura de pedra sobre elas, deixando-as no breu absoluto. Dedos gelados envolveram a mão de Rin. Ela se sobressaltou, mas Daji apenas firmou seu toque.

— É fácil se perder se nunca esteve aqui antes. — A voz de Daji ecoou pela câmara. — Fique por perto.

Rin tentou contar quantas voltas deram — quinze, dezesseis —, mas logo perdeu a conta de onde estavam, mesmo em seu mapa mental cuidadosamente memorizado. A que distância estavam da sala do conselho? Teria que invocar o fogo nos túneis?

Após vários minutos de caminhada, elas emergiram em um jardim. A súbita explosão de cores era desorientadora. Rin espiou, piscando, a gama resplandecente de lírios, crisântemos e ameixeiras plantados em grupos ao redor de fileiras e fileiras de esculturas.

Aquele não era o Jardim Imperial — a disposição dos muros era diferente. O Jardim Imperial era um círculo; o jardim em que estavam fora erguido dentro de um hexágono. Era um pátio privado.

O lugar não estava no mapa. Rin não fazia ideia de onde estava.

Seus olhos estudaram freneticamente os arredores, buscando possíveis rotas de fuga, mapeando trajetórias úteis e planos de movimento para a luta iminente, tomando nota dos objetos que poderiam ser utilizados como arma se não conseguisse recuperar o fogo a tempo. As mudas pareciam frágeis — ela poderia quebrar um galho para fazer uma clava se ficasse desesperada. O melhor seria prender Daji à parede oposta. Se não tivesse outra opção, poderia usar os paralelepípedos soltos para esmagar a cabeça da Imperatriz.

— Magnífico, não é?

Rin percebeu que Daji estava esperando que ela dissesse algo.

Se ela iniciasse uma conversa com Daji, estaria entrando de cabeça em uma armadilha. Vaisra e Eriden a haviam alertado várias vezes sobre como Daji a manipularia com facilidade, sobre como seria capaz de plantar pensamentos em sua mente.

Mas Daji se cansaria de falar se Rin permanecesse em silêncio. E o interesse de Daji em brincar com a comida era a única coisa que ganhava tempo para Rin. Ela precisava manter a conversa até que recuperasse o fogo.

— Acho que sim — disse a garota. — Não ligo muito para o aspecto estético.

— Claro que não. Foi educada em Sinegard. Eles são todos utilitários cruéis. — Daji pôs as mãos nos ombros de Rin e a virou para o jardim lentamente. — Diga-me uma coisa: o palácio parece novo para você?

Rin olhou ao redor do hexágono. Sim, devia ser novo. Os prédios lustrosos do Palácio de Outono, embora projetados com a arquitetura do Imperador Vermelho, não carregavam as máculas do tempo. As pedras eram lisas e impecáveis, os postes de madeira brilhavam com tinta fresca.

— Suponho que sim — disse ela. — Não é?

— Siga-me. — Daji andou em direção ao pequeno portão construído no muro mais distante, abriu-o e gesticulou para que Rin a seguisse.

O outro lado do jardim parecia ter sido esmagado por um gigante. O meio do muro oposto estava em pedaços, como se tivesse sido atingido por um disparo de canhão. Estátuas estavam espalhadas pela grama crescida, membros quebrados, jogados em ângulos grotescos e desajeitados.

Aquilo não era uma decadência natural. Não era resultado de uma falha de manutenção. Era a ação deliberada de uma força invasora.

— Pensei que a Federação não tivesse alcançado Lusan — comentou Rin.

— Isso não foi obra da Federação — retrucou Daji. — Esses destroços estão aqui há mais de setenta anos.

— Então quem...?

— Os hesperianos. A história gosta de focar na Federação, mas os mestres de Sinegard sempre ignoram os primeiros colonizadores. Ninguém se lembra de quem começou a Primeira Guerra da Papoula. — Daji tocou a cabeça de uma estátua com o pé. — Em um dia de outono setenta anos atrás, um almirante hesperiano navegou pelo Murui e entrou em Lusan à força. Ele saqueou o palácio, destruiu tudo, derramou óleo sobre os destroços e dançou sobre as cinzas. Naquela noite, o Palácio de Outono deixou de existir.

— Então por que você não reconstruiu o jardim?

Os olhos de Rin varriam o lugar enquanto ela falava. Um ancinho jazia na grama a cerca de meio metro de seus pés. Depois de todos aqueles anos, certamente estava sem corte e coberto de ferrugem, mas Rin ainda poderia usá-lo como um bastão.

— Porque precisamos de um lembrete — disse Daji. — Para recordarmos como fomos humilhados. Para lembrar que nada de bom pode vir dos hesperianos.

Rin não podia deixar que seus olhos se demorassem no ancinho. Daji perceberia. Com cuidado, reconstruiu a posição do objeto na memória. A ponta afiada estava em sua direção. Se conseguisse chegar perto o suficiente, podia chutá-lo para cima e agarrá-lo. A não ser que a grama tivesse crescido demais... mas era apenas grama; se chutasse com força, não haveria problema...

— Os hesperianos sempre tiveram a intenção de voltar — prosseguiu Daji. — Os mugeneses enfraqueceram este país usando prata ocidental. Vemos a Federação como a face do opressor, mas os hesperianos e os bolonianos, o Consórcio dos países ocidentais, são os únicos com poder real. São deles que você deve ter medo.

Rin se mexeu um pouco para que sua perna esquerda ficasse posicionada perto o suficiente para chutar o ancinho para cima.

— Por que está me contando isso?

— Não dê uma de burra para cima de mim — disse Daji, a voz afiada. — Sei o que Vaisra pretende. Sei que deseja ir à guerra. Estou tentando mostrar a você que é a guerra errada.

Os batimentos de Rin começaram a acelerar. Era isto — Daji sabia de suas intenções; ela precisava lutar, não importava que ainda não tivesse o fogo. Tinha que pegar o ancinho...

— *Pare com isso* — ordenou Daji.

Rin paralisou de repente, os músculos enrijecendo dolorosamente como se o menor movimento pudesse despedaçá-los. Ela deveria estar pronta para lutar. Deveria ter pelo menos se agachado. Mas de alguma forma seu corpo ficou preso onde estava, como se precisasse da permissão da Imperatriz para respirar.

— Não terminamos de conversar — disse Daji.

— Pois eu terminei de ouvir — sibilou Rin por entre os dentes cerrados.

— Relaxe. Eu não trouxe você aqui para matá-la. Você é um bem, um dos poucos que me restaram. Eu não seria estúpida a ponto de deixá-la partir. — Daji parou diante dela para que ficassem cara a cara. Rin logo desviou o olhar. — Você está lutando contra o inimigo errado, querida. Não percebe?

O suor se acumulava no pescoço de Rin enquanto ela lutava para sair do aperto de Daji.

— O que Vaisra prometeu? Você deve saber que está sendo usada. Vale a pena? Dinheiro? Terras? Não... não acho que você cederia a promessas materiais. — Daji tamborilou as unhas pintadas nos lábios tingidos. — Não... não me diga que *acredita* nele, acredita? Ele disse que instauraria uma democracia? Foi isso que a fez ceder?

— Ele disse que a deporia — sussurrou Rin. — É o suficiente para mim.

— Acredita mesmo nisso? — Daji suspirou. — Com o que me substituiria? O povo nikara não está pronto para uma democracia. Eles são ovelhas. São tolos, grosseiros e sem educação. Eles precisam que alguém lhes diga o que fazer, mesmo que isso signifique tirania. Se Vaisra assumir o controle desta nação, acabará com ela. As pessoas não sabem no que votar. Nem sequer entendem o que significa votar. E certamente não sabem o que é bom para eles.

— Nem você — retrucou Rin. — Você os deixou morrer em hordas. Você mesma convidou os mugeneses e entregou o Cike a eles.

Para a surpresa de Rin, Daji riu.

— É nisso que acredita? Você não pode acreditar em tudo que escuta.

— Shiro não tinha motivo para mentir. Eu sei o que você fez.

— Você não sabe *nada*. Estou lutando há décadas para manter este Império intacto. Acha que eu queria esta guerra?

— Acho que pelo menos metade deste país era descartável para você.

— Fiz um sacrifício calculado. Da última vez que a Federação nos invadiu, os líderes regionais se reuniram sob o Imperador Dragão. O Imperador Dragão está morto, e a Federação estava se preparando para uma terceira invasão. Não importa o que eu fizesse, eles atacariam, e não éramos fortes o suficiente para resistir. Então negociei uma paz. Eles poderiam ter partes do leste se deixassem a área central livre.

— Então estaríamos apenas *parcialmente* ocupados. — zombou Rin. — É isso que chama de diplomacia?

— Ocupado? Não por muito tempo. Às vezes a melhor ofensiva é a falsa aquiescência. Eu tinha um plano. Eu ia me aproximar de Ryohai.

Ganharia sua confiança. Eu o atrairia com uma falsa impressão de complacência. Então o mataria. Mas até lá, enquanto suas forças fossem impenetráveis, eu ficaria no jogo. Faria o necessário para manter esta nação viva.

— Viva apenas para morrer nas mãos dos mugeneses.

A voz de Daji endureceu.

— Não seja tão ingênua. O que fazer quando se sabe que a guerra é inevitável? Quem você salva?

— O que você pensou que *nós* íamos fazer? — questionou Rin. — Pensou que ficaríamos parados e deixaríamos que acabassem com nossas terras?

— Melhor governar um império fragmentado que império nenhum.

— Você sentenciou milhões de nikaras à morte.

— Eu estava tentando *salvá-los*. Sem mim, a violência teria sido dez vezes mais devastadora...

— Sem você, pelo menos teríamos tido uma escolha!

— Aquilo não teria sido escolha. Você acha que os nikaras são tão altruístas a esse ponto? Se pedisse a uma vila para abrir mão de seus lares para que milhares de outros pudessem viver, você acha que eles aceitariam? Os nikaras são egoístas. Este país inteiro é egoísta. As *pessoas* são egoístas. As províncias sempre foram paroquiais *pra cacete*, incapazes de enxergar além de seus interesses para realizar qualquer tipo de ação conjunta. Você ouviu aqueles idiotas lá dentro. Eu a deixei assistir por um motivo. Não posso trabalhar com aqueles líderes. Aqueles tolos não ouvem.

No fim, a voz de Daji estremeceu — só um pouco, e só por um segundo, mas Rin ouviu.

E naquele momento Rin viu através daquela fachada de beleza fria e confiante, viu Su Daji pelo que ela realmente poderia ter sido: não uma Imperatriz invencível, não um monstro traiçoeiro, mas sim uma mulher que havia sido encarregada de um país que não sabia governar.

Ela é fraca, percebeu Rin. *Ela deseja poder controlar os líderes regionais, mas não consegue.*

Porque se Daji pudesse persuadir os líderes a seguir seus desejos, ela o teria feito. Teria acabado com o sistema vigente e substituído a liderança provincial por ramos do governo imperial. Mas havia permitido que eles permanecessem no poder porque não era forte o suficiente para suplantá-los. Ela era uma mulher. Não poderia enfrentar seus exércitos combinados. Mal se mantinha no poder através dos últimos vestígios do legado da Segunda Guerra da Papoula.

Mas agora que a Federação se fora, agora que os líderes não tinham mais motivos para temer, era bem provável que as províncias se dessem conta de que não precisavam de Daji.

Daji não parecia estar mentindo. Na verdade, Rin achava mais provável que ela estivesse dizendo a verdade.

Mas se fosse isso... e então? Não mudava as coisas.

Daji vendera o Cike para a Federação. Daji era o motivo de Altan estar morto. Essas eram as duas únicas coisas que importavam.

— O Império está desmoronando — disse Daji com urgência. — Está enfraquecendo, você viu. Mas e se manipularmos os líderes para seguirem nossa vontade? Imagine o que você poderia fazer sob meu comando. — Ela segurou a bochecha de Rin com as mãos em concha e trouxe seu rosto para perto. — Há tanto que precisa aprender. Posso ensiná-la.

Rin teria arrancado os dedos de Daji com uma mordida se pudesse mexer a cabeça.

— Não há nada que você possa me ensinar — vociferou ela.

— Não seja tola. Você precisa de mim. Você tem sentido o impulso, não é? Está consumindo você. Sua mente não é sua.

Rin se encolheu.

— Eu não... Você não...

— Está com medo de fechar os olhos — murmurou Daji. — Deseja o ópio, porque é a única coisa que faz sua mente ser sua de novo. Está lutando contra sua deusa a todo momento. A cada instante em que não está incinerando tudo ao seu redor, você está morrendo. Mas posso ajudá-la. — A voz de Daji era tão suave, tão terna, tão gentil e reconfortante que Rin queria acreditar nela a qualquer custo. — Posso lhe dar sua mente de volta.

— Eu tenho controle da minha mente — disse Rin, a voz rouca.

— Mentira. Quem teria ensinado isso para você? Altan? Ele não era nem um pouco são. Você acha que não sei como é? Na primeira vez em que chamamos os deuses, eu quis morrer. Todos quisemos. Pensávamos que estávamos enlouquecendo. Queríamos atirar nossos corpos do monte Tianshan para acabar com tudo.

Rin não conseguiu se conter e perguntou:

— Então o que você fez?

Daji tocou os lábios de Rin com um dedo gelado.

— Lealdade primeiro. Depois, respostas.

Ela estalou os dedos.

De repente, Rin podia se mexer de novo; podia respirar com facilidade. Ela apertou os braços trêmulos ao redor do corpo.

— Você não tem mais ninguém — declarou Daji. — É a última speerliesa. Altan se foi. Vaisra não faz ideia do que você está sofrendo. Só eu sei como ajudá-la.

Rin hesitou, pensando.

Ela sabia que jamais poderia confiar em Daji.

Mesmo assim...

Seria melhor servir a uma tirana, consolidando o Império como a verdadeira ditadura que sempre aspirou ser? Ou ela deveria derrubar o Império e tentar instaurar uma democracia?

Não, essa era uma pergunta política, e Rin não tinha interesse na resposta.

Estava interessada apenas na própria sobrevivência. Uma vez, Altan confiara na Imperatriz. Só que Altan estava morto. Ela não cometeria o mesmo erro.

Rin chutou com o pé esquerdo. O ancinho bateu com força em sua mão — a grama ofereceu menos resistência do que imaginara —, e ela pulou à frente, girando o ancinho em um círculo.

Mas atacar Daji era como atacar o ar. A Imperatriz desviou sem esforço, contornando o pátio tão rápido que Rin mal conseguiu rastrear seus movimentos.

— Acha que isso é inteligente? — Daji não soava nem um pouco cansada. — É uma garotinha armada com um graveto.

É uma garotinha armada com fogo, disse a Fênix.

Finalmente.

Rin segurou o ancinho para que pudesse se concentrar em invocar a chama dentro de si, juntando o calor abrasador nas palmas assim que algo prateado passou por seu rosto e atingiu a parede de tijolos.

Agulhas. Daji as arremessava em punhados, tirando-as das mangas em quantidades que pareciam infinitas. O fogo se dissipou. Rin balançou o ancinho em um círculo desesperado diante de si, derrubando as agulhas no ar tão rápido quanto vinham.

— Você é lenta. Desajeitada. — Agora Daji estava atacando, forçando Rin para trás em um recuo constante. — Luta como se nunca tivesse visto uma batalha.

Rin esforçava-se para manter as mãos no ancinho pesado. Não conseguia se concentrar o suficiente para invocar o fogo; estava focada demais em dispersar as agulhas. O pânico embaçava seus sentidos. Naquele ritmo, acabaria exaurida na defensiva.

— Isso a incomoda? — sussurrou Daji. — Ser apenas uma pálida imitação de Altan?

As costas de Rin bateram com força na parede de tijolos. Ela não tinha para onde correr.

— Olhe para mim. — A voz de Daji reverberou no ar, ecoando de novo e de novo na mente de Rin.

A garota fechou os olhos com força. Precisava invocar o fogo naquele instante, nunca teria aquela chance outra vez, mas sua mente lhe escapava. O mundo não estava exatamente escurecendo, mas *mudando*. De repente, tudo parecia brilhante demais, na cor errada e na forma errada, e ela não conseguia distinguir a grama do céu, ou as mãos dos pés...

A voz de Daji parecia vir de todos os lados.

— Olhe nos meus olhos.

Rin não se lembrava de abrir os olhos. Não se lembrava de ter chance de sequer resistir. Tudo que sabia era que em um instante seus olhos estavam fechados e no seguinte ela estava encarando duas esferas amarelas. A princípio, eram totalmente douradas; então pontinhos pretos apareceram e cresceram e cresceram até dominarem todo o campo de visão de Rin.

O mundo havia se tornado inteiramente preto. Ela sentia muito frio. Ouvia uivos e gritos distantes, ruídos guturais que quase soavam como palavras, mas nenhuma que pudesse compreender.

Aquele era o plano espiritual. Era ali que enfrentaria a deusa de Daji.

Mas ela não estava sozinha.

Me ajude, pensou Rin. *Me ajude, por favor*.

E a deusa respondeu. Uma onda de calor brilhante invadiu o plano. Chamas a envolveram como asas protetoras.

— Nüwa, sua puta velha — disse a Fênix.

Uma voz de mulher, tão mais profunda que a de Daji, reverberou pelo plano.

— E você, rude como sempre.

O que era aquela criatura? Rin se esforçou para ver a forma da deusa, mas as chamas da Fênix iluminavam apenas um canto pequeno do espaço psicoespiritual.

— Você jamais poderia me desafiar — declarou Nüwa. — Eu estava lá quando o universo se arrancou da escuridão. Eu costurei os céus quando eles se separaram. Eu dei vida ao homem.

Algo se mexeu na escuridão.

A Fênix gritou quando a cabeça de uma cobra saltou e afundou as presas em seu ombro. A Fênix jogou a cabeça para trás, as chamas girando para o nada. Rin sentiu a dor da deusa com tanta força que era como se a cobra a tivesse mordido também, como se duas lâminas em brasa estivessem presas entre suas escápulas.

— Com o que você sonha? — Era a voz de Daji agora, pesando a mente de Rin com cada palavra. — É isto?

O mundo mudou outra vez.

Cores intensas. Rin corria em uma ilha com um vestido que nunca usara antes, com um colar de lua crescente que só vira em sonhos, em direção a uma vila que não existia mais, onde agora só existiam cinzas e ossos. Ela corria pelas areias de Speer como a ilha era cinquenta anos antes — cheia de vida, cheia de pessoas com pele tão escura quanto a dela, que se levantavam e acenavam e sorriam ao vê-la.

— Você pode ter isso — disse Daji. — Pode ter tudo o que quer.

Rin acreditou que Daji seria bondosa, que a deixaria naquela ilusão até que morresse.

— Ou é isto que você quer?

Speer desapareceu. O mundo ficou escuro outra vez. Rin não conseguia ver nada além de uma figura sombreada. Mas ela conhecia aquela silhueta, aquele porte alto e magro. Jamais poderia esquecer. A memória estava gravada em sua mente desde a última vez em que o vira, caminhando pelo píer. Mas dessa vez ele caminhava na direção dela. Rin estava vendo a morte de Altan de trás para a frente. O tempo estava se desenrolando. Ela podia ter tudo de volta, podia ter *ele* de volta.

Aquilo não podia ser apenas um sonho. Ele estava sólido demais — Rin podia sentir seu peso mortal preenchendo o espaço ao redor; e quando ela tocou seu rosto, era sólido e quente e sangrento e *vivo*...

— Apenas relaxe — sussurrou ele. — Pare de resistir.

— Mas *dói*...

— Só dói quando você resiste.

Ele a beijou, e foi como um soco. Aquilo não era o que ela queria — pareceu errado, tudo estava errado; o toque dele era forte demais ao redor de seus braços, ele a apertava contra o peito como se quisesse esmagá-la. Ele tinha gosto de sangue.

— Isto não é ele.

A voz de Chaghan. Uma fração de segundos depois, Rin o sentiu em sua mente — uma presença brusca no branco ofuscante, um caco de gelo penetrando o plano espiritual. Nunca sentira tanto alívio ao vê-lo.

— É uma ilusão. — A voz de Changhan limpou a mente dela como um banho de água gelada. — Controle-se.

A ilusão se dissipou. Altan se transformou em nada. Então restaram apenas os três, as almas ligadas aos deuses, suspensas em uma escuridão primordial.

— O que é isto? — A voz de Nüwa se misturou à de Daji. — Um naimade? — Uma risada ecoou pelo plano. — Vocês deviam saber que não devem me desafiar. Sorqan Sira não lhes ensinou nada?

— Eu não tenho medo de você — disse Chaghan.

No mundo físico, ele era um esqueleto seco, tão frágil que parecia apenas a sombra de uma pessoa. Mas ali ele emanava poder puro. Sua voz carregava um tom de autoridade, uma gravidade que atraía Rin em sua direção. Naquele momento, Chaghan poderia entrar no centro de sua mente e extrair cada pensamento que ela já tivera tão casualmente quanto se estivesse folheando um livro, e ela deixaria.

— Você vai voltar, Nüwa. — Chaghan ergueu a voz. — Volte à escuridão. Este mundo não pertence mais a você.

A escuridão sibilou em resposta. Rin se preparou para um ataque iminente. Mas Chaghan pronunciou um encantamento em palavras que ela não entendeu, palavras que empurraram a presença de Nüwa para tão longe que Rin mal pôde ver os contornos da serpente.

Luzes intensas invadiram sua visão. Arrancada do reino do etéreo, Rin cambaleou diante da pura solidez, da fisicalidade do mundo sólido.

Chaghan estava curvado diante dela, arfando.

Do outro lado do pátio, Daji limpou a boca com a manga. Ela sorriu. Seus dentes estavam manchados de sangue.

— Você é adorável — disse ela. — E eu achando que os ketreídes eram apenas uma memória querida.

— Para trás — murmurou Chaghan para Rin.

— O que você está...?

— Confie em mim — cortou ele.

Chaghan jogou um caroço escuro e circular no chão, que rolou até parar aos pés da Imperatriz. Rin ouviu um distante som de chiado, seguido por um cheiro horrível, acre e terrivelmente familiar.

Daji olhou para baixo, confusa.

— Vá — disse Chaghan, e eles fugiram bem quando a bomba de bosta de Ramsa detonou dentro do Palácio de Outono.

Uma série de explosões os seguiu enquanto fugiam, estrondos contínuos que não poderiam ter sido desencadeados por uma única bomba. Edifícios desmoronavam ao redor deles, um após o outro, criando uma parede de fogo e escombros por trás da qual ninguém poderia persegui-los.

— Ramsa — explicou Chaghan. — O garoto não deixa barato.

Ele a empurrou para trás de uma mureta. Eles se agacharam, levando as mãos aos ouvidos enquanto o último dos prédios ruía a poucos metros.

Rin limpou a poeira dos olhos.

— Daji morreu?

— Uma coisa daquelas não morre tão facilmente. — Chaghan tossiu e bateu no peito de punho fechado. — Ela logo virá atrás de nós. Devemos ir. Há um poço a um quarteirão daqui; Aratsha sabe que estamos a caminho.

— E Vaisra?

Ainda tossindo, Chaghan se pôs de pé, cambaleando.

— Está maluca? — retrucou ele.

— Ele ainda está lá!

— É provável que esteja morto. Os guardas de Daji já invadiram a sala do conselho a essa altura.

— Não temos como saber.

— E daí? Você vai lá *conferir?* — Chaghan agarrou Rin pelos ombros e a prendeu contra a parede. — Escute. Acabou. Seu golpe está acabado. Daji vai atacar a Província do Dragão e, quando isso acontecer, vamos perder. Vaisra não pode proteger você. Precisa fugir.

— E ir para onde? — perguntou ela. — E fazer o quê?

O que Vaisra prometeu? Você deve saber que está sendo usada.

Rin sabia. Ela sempre soubera. Mas talvez ela *precisasse* ser usada. Talvez precisasse de alguém que lhe dissesse quando e contra quem lutar. Ela precisava de alguém que lhe desse ordens e um propósito.

Vaisra foi a primeira pessoa em muito, muito tempo que a fez se sentir estável o suficiente para ver sentido em continuar viva. Se ele morresse ali, seria culpa dela.

— Você enlouqueceu? — gritou Chaghan. — Se quiser viver, precisa se esconder.

— Então se esconda você. Eu vou lutar.

Rin torceu os pulsos para fugir do aperto dele e o empurrou. Usou mais força do que pretendia. Havia esquecido que ele estava muito magro. Chaghan cambaleou para trás, tropeçou em uma pedra e caiu.

— Você é louca — disse ele.

— Somos todos loucos — murmurou Rin, saltando sobre sua figura esparramada e correndo em direção à sala do conselho.

Guardas imperiais haviam infestado a sala do conselho, pressionando o exército de dois homens que eram Suni e Baji. Os líderes regionais haviam se dispersado. O Líder da Lebre se encolhia contra a parede, o Líder do Galo tremia sob a mesa, e o jovem Líder do Tigre estava encolhido em um canto, a cabeça pressionada entre os joelhos enquanto lâminas colidiam a centímetros de sua cabeça.

Rin hesitou na porta. Não podia invocar o fogo ainda. Não tinha controle suficiente para direcionar as chamas. Se ateasse fogo na sala, mataria todos.

— Tome! — Baji chutou uma espada na direção dela.

Rin agarrou a arma e se juntou ao combate.

Vaisra não estava morto. Ele estava no centro da sala, lutando contra Jun e o General Carne de Lobo. Por um segundo, pareceu que poderia derrotá-los. Ele brandia a espada com força e precisão ferozes em um espetáculo impressionante.

Mas ele ainda era apenas um homem.

— Cuidado! — gritou Rin.

O General Carne de Lobo tentou pegar Vaisra desprevenido. Vaisra girou e o desarmou com um chute selvagem no joelho. Chang En caiu no chão, urrando. Vaisra cambaleou para trás por conta do chute, tentando recuperar o equilíbrio, e Jun aproveitou a abertura para enfiar a espada no ombro de Vaisra.

Baji correu para o lado de Jun e o derrubou no chão. Rin avançou para pegar Vaisra bem quando ele caiu; sangue cobriu os braços dela, quente e úmido e pegajoso, e ela ficou surpresa com a *quantidade*.

— Você está...? Por favor, você está...?

Rin cutucou freneticamente a região de seu peito, tentando estancar o sangue com a palma da mão. Ela mal podia ver a ferida e o torso do homem estava banhado de sangue. Por fim, seus dedos pressionaram o ferimento no ombro direito. Não era um ponto vital.

Ela se atreveu a ter esperança. Se agissem rapidamente, Vaisra poderia sobreviver. Mas primeiro tinham que sair dali.

— Suni! — gritou Rin.

Ele apareceu na mesma hora ao lado dela. Rin empurrou Vaisra para seus braços.

— Leve-o!

Suni pendurou Vaisra sobre o ombro, como alguém carregaria um bezerro, e abriu caminho até a saída às cotoveladas. Baji os seguiu de perto, protegendo a retaguarda.

Rin passou pela figura inerte de Jun. Não sabia se ele estava vivo ou morto, mas isso não importava mais. Ela passou sob o braço de um guarda e seguiu seus homens para fora, cruzando a soleira e se encaminhado para o poço mais próximo.

Ela se debruçou sobre a estrutura e gritou o nome de Aratsha para a superfície escura.

Nada. Não houve tempo para esperar pela resposta de Aratsha. Ele estava ali ou não estava, e os guardas de Daji estavam a poucos metros de distância. Tudo que ela podia fazer era mergulhar, prender a respiração e rezar.

Aratsha respondeu.

Rin lutou contra a vontade de se debater dentro dos canais de irrigação envoltos no breu — isso só tornaria mais difícil para Aratsha impulsioná-la através da água. Em vez disso, concentrou-se em respirar fundo no bolsão de ar que envolvia sua cabeça. Mesmo assim, ela não conseguia afastar o medo de que o ar acabasse. Já podia sentir o calor da própria respiração rançosa.

Ela emergiu na superfície. Abriu caminho até a margem do rio e desmoronou, o peito arfando enquanto sugava o ar fresco. Segundos depois, Suni emergiu da água, depositando Vaisra na margem antes de sair também.

— O que aconteceu? — Nezha veio correndo, seguido por Eriden e sua guarda. Ele pousou os olhos no pai. — Ele está...?

— Vivo — disse Rin. — Se formos rápidos.

Nezha se virou para os dois soldados mais próximos.

— Levem meu pai ao navio.

Eles ergueram Vaisra e saíram correndo em direção ao *Soturno do Mar*. Nezha ajudou Rin a ficar de pé.

— O que...?

— Não temos tempo. — Ela cuspiu água do rio. — Faça sua tripulação levantar âncora. Temos que ir.

Nezha passou o braço dela por seus ombros e a ajudou a andar até o navio.

— O plano falhou?

— Funcionou. — Rin tombou na lateral do corpo dele, tentando manter o ritmo. — Vocês queriam uma guerra. Acabamos de começar uma.

O *Soturno do Mar* já havia começado a sair do ancoradouro. Tripulantes em ambos os lados puxavam as cordas que mantinham o navio atrelado à doca, libertando-o para flutuar com a corrente. Nezha e Rin pularam em um dos botes pendurados no casco. Pouco a pouco, o bote começou a se elevar.

Acima, os marinheiros baixaram as velas do *Soturno do Mar* e as viraram na direção do vento. Abaixo, um ruído alto soou quando a roda de pás começou a bater ritmicamente contra a água, levando-os às pressas para longe da capital.

CAPÍTULO 10

A tripulação do *Soturno do Mar* operava sob um silêncio sombrio. Os boatos diziam que Vaisra estava gravemente ferido. Mas nenhuma notícia emergia do consultório do médico e ninguém ousava se intrometer para perguntar.

O Capitão Eriden havia emitido apenas uma ordem: levar o *Soturno do Mar* para longe de Lusan o mais rápido possível. Qualquer soldado que não estivesse trabalhando em um turno de remo era enviado ao convés superior para operar os trabucos e as bestas, prontos para disparar ao primeiro aviso.

Rin andava de um lado para o outro na popa. Ela não tinha uma besta nem uma luneta, e naquele estado era mais um obstáculo do que um trunfo para a defesa do convés. Estava nervosa demais para segurar uma arma com firmeza, ansiosa demais para compreender ordens rápidas. Mas se recusava a esperar embaixo do convés. Precisava saber o que estava acontecendo.

A garota não parava de olhar para o próprio corpo a fim de verificar se ainda estava lá, se ainda estava funcionando. Parecia-lhe impossível ter escapado ilesa de um encontro com a Víbora. O médico do navio a examinou superficialmente em busca de ossos quebrados, mas não encontrou nada. Com exceção de alguns hematomas, Rin não sentia nenhuma dor séria. No entanto, estava convencida de que algo estava profundamente errado consigo; algo profundo, interno, um veneno que envolvia seus ossos.

Chaghan também parecia muito abalado. Ficara em silêncio, atônito, até que saíram do porto; então desabou sobre Qara e se deixou afundar, os joelhos dobrados contra o peito em uma posição miserável enquanto a irmã se debruçava sobre ele, sussurrando em seu ouvido palavras que ninguém mais podia entender.

A tripulação, claramente nervosa, deu a eles a maior cabine. Rin tentou ignorá-los, até que ouviu sons de engasgo vindos do deque. A princípio, pensou que fosse choro, mas não; Chaghan apenas tentava respirar. Arfares guturais abalavam sua forma frágil.

Rin se ajoelhou ao lado dos gêmeos. Não sabia ao certo se deveria tentar tocar Chaghan.

— Você está bem?

— Estou.

— Tem certeza?

Chaghan ergueu a cabeça e inspirou profundamente, trêmulo. Seus olhos estavam vermelhos.

— Ela estava... Eu nunca... nunca pensei que alguém pudesse ser tão...

— O quê?

Ele balançou a cabeça.

Qara respondeu por ele.

— *Estável.* — Ela sussurrou a palavra como se fosse uma ideia horrorosa. — Ela não deveria ser tão estável.

— O que ela é? — perguntou Rin. — Que deusa é aquela?

— Ela é um poder antigo — respondeu Chaghan. — Algo que existe há mais tempo que o mundo em si. Pensei que estaria enfraquecida, agora que os outros dois se foram, mas ela está... Se aquilo é a Víbora em seu estado mais fraco... — Ele bateu a palma no deque. — Foi tolice nossa tentar.

— Ela não é invencível — disse Rin. — Você a venceu.

— Não, eu a surpreendi. E foi apenas por um instante. Não acho que coisas como ela possam ser *vencidas*. Tivemos sorte.

— Mais um pouco e ela teria dominado a mente de vocês — acrescentou Qara. — Vocês ficariam presos naquelas ilusões para sempre.

Ela havia ficado tão pálida quanto o irmão. Rin se perguntou o quanto Qara havia visto. Qara não estivera presente, mas Rin sabia que os gêmeos estavam ligados por uma estranha magia das Terras Remotas. Quando Chaghan sangrava, Qara sentia a dor. Se Chaghan fora abalado por Daji, então Qara devia ter sentido o mesmo no *Soturno do Mar*, um tremor físico que ameaçava envenenar sua alma.

— Então encontraremos outras formas — insistiu Rin. — Ela ainda é um corpo mortal, ela ainda...

— Ela vai torcer sua alma e transformar você em uma idiota balbuciante — disse Chaghan. — Não estou tentando dissuadir você. Sei que lutará contra ela até o fim. Mas espero que entenda que vai enlouquecer tentando.

Então que assim seja. Rin abraçou os joelhos.

— Você viu? Lá dentro, quando ela me mostrou?

Chaghan lhe lançou um olhar de pena.

— Não pude evitar.

Qara desviou o olhar. Ela também devia ter visto.

Por algum motivo, naquele momento Rin sentiu como se dar uma explicação para os gêmeos fosse a coisa mais importante do mundo. Sentia-se culpada, suja, como se tivesse sido pega numa mentira terrível.

— Não era assim. Com ele. Com Altan, quero dizer...

— Eu sei — declarou Chaghan.

Ela secou os olhos.

— Nunca foi assim. Quer dizer... eu acho que eu queria... mas ele nunca...

— Nós sabemos — disse Qara. — Acredite, nós sabemos.

Rin ficou impressionada quando Chaghan pôs o braço ao redor de seus ombros. Ela teria chorado, mas se sentia muito oca por dentro, como se tivesse sido esvaziada com uma faca de trinchar.

O braço de Chaghan repousava em um ângulo estranho em suas costas; a junta do ombro ossudo estava pressionando dolorosamente o osso de Rin. Depois de um tempo, ela moveu o ombro direito, e Chaghan retraiu o braço.

Horas se passaram antes que Nezha reaparecesse no deque.

Rin buscou pistas em seu rosto. Estava pálido, mas não enlutado; exausto, mas não em pânico, o que significava...

Ela se pôs de pé na mesma hora.

— Seu pai?

— Acho que vai sobreviver. — Ele esfregou as têmporas. — O dr. Sien enfim me pôs para fora. Disse para dar um pouco de espaço ao meu pai.

— Ele está acordado?

— Dormindo, por enquanto. Ficou delirante por um tempo, mas o dr. Sien disse que era um bom sinal. Significava que ele estava falando.

Rin deixou escapar um longo suspiro.

— Que bom.

Nezha se sentou e passou as mãos pelas pernas com um breve suspiro de alívio. Ele devia ter passado horas de pé ao lado da cama do pai.

— De olho em alguma coisa? — perguntou ele.

— Não estou de olho em nada. — Rin semicerrou os olhos para o contorno distante de Lusan. Apenas as torres mais altas do palácio ainda estavam visíveis. — É isso que está me incomodando. Ninguém está vindo atrás de nós.

Ela não conseguia entender por que os cursos d'água estavam tão calmos, tão silenciosos. Por que não havia flechas rasgando o ar? Por que não estavam sendo perseguidos por embarcações do Império? Talvez o Exército estivesse aguardando nos portões na fronteira da província. Talvez o *Soturno do Mar* estivesse navegando diretamente para uma armadilha.

Mas os portões estavam abertos, e nenhum navio os perseguia na escuridão.

— Quem eles enviariam? — perguntou Nezha. — O Palácio de Outono não tem uma frota marítima.

— E ninguém nas outras províncias tem uma?

— Ah. — Nezha sorriu. Por que ele estava *sorrindo*? — Você não entende. Não vamos voltar da mesma maneira. Estamos indo para o mar desta vez. Os navios de Tsolin patrulham a costa Nariin.

— E Tsolin não vai interferir?

— Não. Meu pai o fez escolher. Ele não vai escolher o Império.

Ela não conseguia entender a lógica dele.

— Por quê?

— Porque agora vai haver uma guerra, quer Tsolin goste ou não. E ele não vai apostar contra Vaisra. Então vai nos deixar passar ilesos, e aposto que estará na mesa de nosso conselho em menos de um mês.

Rin estava admirada pela confiança com a qual a Casa de Yin parecia manipular as pessoas.

— Presumindo que ele consiga sair de Lusan.

— Se ele não tiver feito planos de contingência para isso, eu ficaria chocado.

— Você perguntou se ele fez?

Nezha deu uma risadinha.

— É *Tsolin*. Perguntar seria um insulto.

— Ou, sabe, uma precaução decente.

— Ah, estamos prestes a lutar em uma guerra civil. Você terá inúmeras chances de tomar precauções. — Seu tom soava ridiculamente indiferente.

— Acha mesmo que podemos ganhar? — perguntou Rin.

— Ficaremos bem.

— Como você sabe?

Nezha abriu um sorriso malicioso.

— Porque temos a melhor marinha do Império. Porque temos o estrategista mais brilhante que Sinegard já viu. E porque temos você.

— Vai à merda.

— Estou falando sério. Você sabe que é um ativo militar que vale seu peso em prata, e se Kitay está encarregado da estratégia, isso nos dá excelentes chances.

— Kitay...

— Ele está bem. Está lá embaixo. Anda conversando com os almirantes; meu pai deu a ele acesso completo aos nossos arquivos de inteligência, e ele está se atualizando.

— Então ele superou bem rápido.

— Achamos que seria assim. — O tom de Nezha confirmou o que ela já suspeitava.

— Você sabia que o pai dele estava morto.

Ele não se deu ao trabalho de negar.

— Faz semanas que meu pai me contou. Ele disse para não contar a Kitay. Pelo menos não até termos chegado a Lusan.

— Por quê?

— Porque significaria mais se não viesse de nós. Porque ele se sentiria menos manipulado.

— Então você o deixou pensar que o pai estava vivo por *semanas*?

— Não fomos nós que o matamos, fomos? — Nezha não parecia sentir nem um pingo de remorso. — Olha, Rin. Meu pai é muito bom em cultivar talentos. Ele conhece as pessoas. Sabe como mexer os pauzinhos. Isso não significa que não se importa com elas.

— Mas eu não quero que mintam para mim — disse ela.

Ele apertou a mão dela.

— Eu jamais mentiria para você.

Rin queria acreditar naquilo desesperadamente.

— Com licença — interrompeu o Capitão Eriden.

Eles se viraram.

Pela primeira vez, Eriden não parecia imaculadamente alinhado, não exibia uma postura perfeita. O capitão estava pálido e mirrado, com ombros caídos, rugas de preocupação gravadas no rosto. Ele inclinou a cabeça em direção aos dois jovens.

— O Líder do Dragão solicita sua presença.

— Já vou — respondeu Nezha.

— Você não — disse Eriden. Ele apontou para Rin com a cabeça. — Só ela.

Rin ficou surpresa ao encontrar Vaisra sentado atrás da mesa, vestindo um uniforme militar limpo e sem sangue. Quando ele respirou, estremeceu, mas apenas um pouco; não fosse aquilo, era como se nunca tivesse sido ferido.

— Disseram-me que você me arrastou para fora do palácio — disse Vaisra.

Rin se sentou diante dele.

— Meus homens ajudaram.

— E por que você faria isso?

— Não sei — respondeu ela com sinceridade.

Ainda estava tentando entender aquilo. Ela poderia tê-lo deixado na sala do trono. Sozinho, o Cike teria maiores chances de sobrevivência: não precisava se aliar à província que declarara guerra ao Império.

Mas e depois? O que fariam a partir dali?

— Por que ainda está conosco? — perguntou Vaisra. — Nós falhamos. Além disso, pensei que você não estivesse interessada em ser soldado raso.

— E isso importa? Quer que eu vá embora?

— Prefiro saber por que as pessoas servem ao meu exército. Algumas fazem isso por prata. Outras pela pura emoção da batalha. Não acho que esteja aqui por nenhuma dessas coisas.

Ele estava certo. Mas ela não sabia como responder. Como poderia explicar a ele por que ficara quando não conseguia explicar nem para si mesma?

Tudo que ela sabia era que era *bom* fazer parte do exército de Vaisra, agir sob as ordens de Vaisra, ser a arma e a ferramenta de Vaisra.

Se ela não estava tomando as decisões, então nada seria sua culpa.

Rin não podia colocar o Cike em risco se não dissesse a eles o que fazer. E não podia ser culpada por ninguém que matasse se estivesse cumprindo ordens.

Não ansiava apenas pela simples absolvição da responsabilidade. Rin ansiava por *Vaisra*. Ela queria sua aprovação. Precisava dela. Ele fornecia a estrutura, o controle e a direção que ela não tinha desde a morte de Altan, e isso era muito bom.

Desde que lançara a Fênix sobre a ilha do arco, Rin estava perdida, girando em um vazio de culpa e raiva, e pela primeira vez em muito tempo sentia que não estava mais à deriva.

Ela tinha uma razão para viver além da vingança.

— Não sei o que devo fazer — disse Rin por fim. — Ou quem devo ser. Ou de onde vim, ou... ou... — Ela hesitou, tentando entender os sentimentos que giravam em sua mente. — Tudo que sei é que estou sozinha, sou a única que sobrou, e é por causa dela.

Vaisra se inclinou à frente.

— Você quer lutar esta guerra?

— Não. Quer dizer... Eu não... Eu *odeio* a guerra. — Rin respirou fundo. — Pelo menos acho que deveria odiar. Todo mundo deveria odiar a guerra, ou então há algo de errado com você. Certo? Mas sou uma soldada. É tudo que sei ser. Então não é isso o que devo fazer? Quer dizer, às vezes penso que talvez eu possa parar, talvez eu possa fugir. Mas o que vi, o que fiz... não posso voltar atrás.

Rin olhou para ele em súplica, desesperada para que ele discordasse, mas Vaisra apenas balançou a cabeça.

— Não. Não pode.

— É verdade o que os líderes regionais disseram? — perguntou ela numa vozinha assustada.

— O que eles disseram? — indagou ele gentilmente.

— Que sou como um cão. Disseram que seria melhor se eu estivesse morta. Todo mundo me quer morta?

Vaisra tocou suas mãos. O toque era suave. Quase terno.

— Ninguém mais vai lhe dizer isso, então escute com atenção, Runin. Você foi abençoada com um imenso poder. Não se culpe por usá-lo. Eu não vou permitir.

Rin não podia mais segurar as lágrimas. Sua voz falhou.

— Eu só queria...

— Pare de chorar. Você é melhor que isso.

Ela sufocou um soluço.

A voz dele ficou dura.

— Não importa o que você quer. Não entende isso? Você é a criatura mais poderosa neste mundo agora. Você tem uma habilidade que pode começar ou terminar guerras. Pode lançar este Império em uma nova era de glória e união, mas também pode nos destruir. O que você não pode é permanecer neutra. Quando se tem um poder como o seu, sua vida deixa de ser sua.

Ele apertou os dedos dela.

— As pessoas tentarão usá-la ou destruí-la. Se quiser viver, deve escolher um lado. Então não se esquive da guerra, criança. Não fuja do sofrimento. Quando ouvir gritos, corra na direção deles.

ns.

PARTE II

CAPÍTULO 11

Nezha abriu a porta da cabine de Rin.

— Está acordada?

— O que está acontecendo?

Rin bocejou. Ainda estava escuro no lado de fora da escotilha, mas Nezha estava com o uniforme completo. Atrás dele, estava Kitay, sonolento e muito ranzinza.

— Vamos lá para cima — disse Nezha.

— Ele quer nos mostrar a vista — resmungou Kitay. — Venha logo! Assim posso voltar a dormir.

Rin os seguiu pelo corredor, pulando em um pé só enquanto calçava os sapatos.

O *Soturno do Mar* estava coberto por uma névoa azul tão densa que era como se navegassem através das nuvens. Rin não conseguia ver os pontos de referência que os cercavam até que estivessem perto o suficiente para que emergissem em meio à neblina. À esquerda, grandes penhascos guardavam a entrada estreita de Arlong: uma lasca escura de espaço dentro do enorme muro de pedra. Contra a luz do sol nascente, a face da rocha brilhava em carmesim.

Aqueles eram os famosos Penhascos Vermelhos da Província do Dragão. Dizia-se que as paredes do penhasco brilhavam com um vermelho mais forte a cada invasão fracassada contra a fortaleza, pintadas com o sangue de marinheiros cujos navios haviam sido arremessados contra aquelas pedras.

Rin podia distinguir vagamente caracteres enormes gravados nas paredes — palavras que só conseguia enxergar se inclinasse a cabeça do modo correto e se a luz fraca do sol as atingisse de certa maneira.

— O que está escrito ali?

— Não consegue ler? — perguntou Kitay. — É só nikara antigo.

Ela tentou não revirar os olhos.

— Então traduza para mim.

— Na verdade, não dá — disse Nezha. — Todos aqueles caracteres têm camadas e camadas de significado e não obedecem às regras gramaticais modernas do nikara, então qualquer tradução será imperfeita e infiel.

Rin abriu um sorriso inevitável. Aquelas eram palavras citadas diretamente dos textos de Linguística que ambos haviam lido em Sinegard, na época em que sua maior preocupação era a prova de gramática da semana seguinte.

— Então qual tradução você acha que é a certa? — perguntou ela.

— "Nada dura" — respondeu Nezha, ao mesmo tempo em que Kitay disse:

— "O mundo não existe."

Kitay torceu o nariz para Nezha.

— "Nada dura"? Que tipo de tradução é essa?

— Uma historicamente correta — respondeu Nezha. — O último ministro fiel ao Imperador Vermelho entalhou as palavras nos penhascos. Quando o Imperador Vermelho morreu, seu império se fragmentou em províncias. Seus filhos e generais tomaram pedaços de terra como se fossem lobos. Mas o ministro da Província do Dragão não jurou lealdade a nenhum dos estados recém-formados.

— Imagino que isso não tenha terminado bem — disse Rin.

— É como meu pai diz: não existe neutralidade em uma guerra civil — comentou Nezha. — Os Oito Príncipes tomaram a Província do Dragão e dividiram Arlong. Por isso o epigrama do ministro. A maioria pensa que é um clamor niilista, um aviso de que nada dura. Amizades, lealdades e certamente o Império. Pensando bem, é consistente com a sua tradução, Kitay. Este mundo é efêmero. A permanência é uma ilusão.

Enquanto falavam, o *Soturno do Mar* passou por um canal tão estreito entre os penhascos que Rin se admirou de o navio de guerra não ter o casco rompido pelas rochas. A embarcação devia ter sido construída de acordo com as exatas especificações do canal — mesmo assim, foi um feito notável de navegação eles terem passado pelos paredões sem sequer arranharem as rochas.

Conforme penetravam a passagem, os penhascos pareciam se abrir, revelando Arlong como uma pérola escondida dentro de uma concha. A cidade lá dentro era surpreendentemente exuberante, repleta de cachoeiras e riachos e mais verde do que Rin já havia visto em Tikany. Do outro lado do canal, ela traçava os contornos tênues de duas cadeias de montanhas que espreitavam sobre a neblina: a cordilheira Qinling a leste e a cordilheira Daba a oeste.

— Eu costumava escalar esses penhascos o tempo todo. — Nezha apontou para uma escadaria íngreme esculpida nas paredes vermelhas que deixavam Rin tonta só de olhar para elas. — Dá para ver tudo lá de cima: o mar, as montanhas, a província inteira.

— Então você podia ver inimigos vindo de todas as direções a quilômetros de distância — constatou Kitay. — Isso é muito útil.

Agora Rin entendia. Isso explicava por que Vaisra tinha tanta confiança em sua base militar. Arlong podia ser a cidade mais impenetrável do Império. A única maneira de invadi-la era navegar por um canal estreito ou escalar uma gigantesca cadeia de montanhas. Arlong era fácil de defender e tremendamente difícil de atacar — a capital de guerra ideal.

— Costumávamos passar dias nas praias também — prosseguiu Nezha. — Não dá para ver daqui, mas há cavernas escondidas sob as paredes do penhasco, se você souber onde procurá-las. Em Arlong, as margens dos rios são tão vastas que, se você não conhecesse o lugar, pensaria que está no oceano.

Rin estremeceu ao pensar naquilo. Tikany era cercada de terra por todos os lados, e ela não conseguia imaginar como era crescer tão perto de tanta água. Ela teria se sentido tão vulnerável. Qualquer coisa podia atracar naquelas costas. Piratas. Hesperianos. A Federação.

Speer havia sido vulnerável assim.

Nezha lançou a ela um olhar de soslaio.

— Não gosta do mar?

Ela pensou em Altan caindo de costas na água preta. Pensou em um mergulho longo e desesperado e em quase ser dominada pela loucura.

— Não gosto do cheiro — disse Rin.

— Mas tem cheiro de sal — retrucou ele.

— Não. Tem cheiro de sangue.

Assim que o *Soturno do Mar* lançou a âncora, um grupo de soldados escoltou Vaisra para fora do navio e o alojou dentro de uma liteira com cortina para ser levado até o palácio. Rin não via o Líder do Dragão havia mais de uma semana, mas ouvira rumores de que sua condição tinha piorado. Ela supôs que a última coisa que ele queria era que a notícia se espalhasse.

— Devemos nos preocupar? — perguntou Rin, observando enquanto a liteira descia o píer.

— Ele só precisa de descanso. — As palavras de Nezha não soavam forçadas, o que Rin tomou como um bom sinal. — Ele vai se recuperar.

— A tempo de liderar uma campanha ao norte? — indagou Kitay.

— Com certeza. E se meu pai não puder, então meu irmão assumirá o comando. Vamos até o quartel. — Nezha gesticulou para a prancha. — Venha. Vou apresentar vocês aos escalões.

Arlong era uma cidade anfíbia composta por uma série de ilhas interconectadas espalhadas dentro de uma ampla faixa do Murui do oeste. Nezha levou Rin, Kitay e o Cike para uma das sampanas finas e onipresentes que navegavam pelo interior de Arlong. Enquanto Nezha guiava o barco para o centro da cidade, Rin engoliu uma onda de náusea. A cidade a lembrava Ankhiluun; era bem menos pobre, mas igualmente desorientadora em sua dependência de vias navegáveis. Ela odiava isso. *O que havia de tão errado com a terra seca?*

— Sem pontes? — perguntou ela. — Sem estradas?

— Não há necessidade. Ilhas inteiras são ligadas por canais. — Nezha ficou de pé na popa, guiando a sampana à frente com movimentos gentis do leme. — A cidade tem a forma de uma grade circular, como uma concha.

— Sua cidade parece prestes a afundar — declarou Rin.

— Isso é proposital. É quase impossível realizar uma invasão por terra em Arlong. — Ele guiou a sampana por uma esquina. — Esta foi a primeira capital do Imperador Vermelho. Na época das guerras contra os speerlieses, ele se cercou de água. Ele nunca se sentia seguro sem ela; escolheu construir uma cidade em Arlong exatamente por esse motivo. Ao menos é o que diz o mito.

— Por que ele era obcecado com água?

— De que outra forma você se protege de seres que controlam fogo? Ele morria de medo de Tearza e seu exército.

— Pensei que ele fosse apaixonado por Tearza — retrucou Rin.

— Ele a amava *e* a temia — rebateu Nezha. — Não são sentimentos excludentes.

Rin ficou feliz quando eles enfim pararam em uma calçada sólida. Ela se sentia muito mais confortável em terra, onde as tábuas não se moveriam sob seus pés, onde não corria o risco de cair na água.

Nezha, por outro lado, parecia mais feliz sobre a água. O leme era uma extensão natural de seu corpo, e ele saltou levemente da borda da sampana para a passarela como se estivesse caminhando por um campo.

Ele os levou ao coração do distrito militar de Arlong. Enquanto caminhavam, Rin viu uma série de navios-torre, embarcações que podiam transportar vilarejos inteiros, equipadas com catapultas enormes e cravejadas com fileiras e fileiras de canhões de ferro em forma de cabeças de dragões, bocas curvadas em uma expressão de zombaria maligna, esperando para cuspir fogo e ferro.

— Esses navios são estupidamente altos — comentou ela.

— Isso é porque foram feitos para conquistar cidades muradas — explicou Nezha. — A guerra naval se resume a colecionar cidades como fichas de jogo. Essas estruturas são destinadas a superar muralhas ao longo das principais vias navegáveis. Estrategicamente falando, províncias são, em sua maioria, espaços vazios. As grandes cidades controlam as alavancas econômicas e políticas, as rotas de transporte e comunicação. Então quem controla a cidade também controla a província.

— Sei disso — afirmou Rin, um tanto irritada por Nezha pensar que ela era leiga em estratégia de invasão básica. — Só quero saber se conseguimos manobrar com facilidade ou não. Quanta agilidade você consegue em águas rasas?

— Não muita, mas isso não importa. A maior parte da guerra naval ainda é decidida em combate mano a mano — explicou Nezha. — Os navios-torre derrubam as muralhas. Nós entramos e recolhemos os destroços.

Ramsa saltou atrás deles.

— Não entendo por que não pudemos pegar esta linda e enorme frota e acabar com o Palácio de Outono.

— Porque estamos tentando um golpe sem sangue — respondeu Nezha. — Meu pai queria evitar a guerra, se possível. Enviar uma frota gigantesca a Lusan poderia ter enviado a mensagem errada.

— Então o que estou ouvindo é que é tudo culpa da Rin — disse Ramsa. — Clássico.

Nezha deu um passo para trás para poder fitá-los enquanto falava. Ele parecia convencido ao gesticular para os navios ao redor.

— Há alguns anos, adicionamos vigas-mestras para aumentar a integridade estrutural nos cascos. Também redesenhamos os lemes. Eles têm mais mobilidade agora, então podem operar em uma maior variedade de profundidade de água...

— E o seu leme? — perguntou Kitay. — Ainda mergulhando nessas profundezas?

Nezha o ignorou.

— Também melhoramos nossas âncoras.

— Como? — perguntou Rin, em grande parte porque sabia que ele queria se gabar de seus conhecimentos.

— Os dentes. São organizados em círculo em vez de em uma única direção. Significa que raramente quebram.

Rin achou aquilo muito engraçado.

— Isso acontece com frequência?

— Você ficaria surpresa — respondeu Nezha. — Durante a Segunda Guerra da Papoula, perdemos um combate naval crucial porque o navio ficou à deriva no mar sem sua tripulação durante um turbilhão. Aprendemos com esse erro.

Ele continuou a elucidar as inovações mais recentes enquanto andavam, gesticulando com o orgulho do pai de um recém-nascido.

— Começamos a construir os cascos com o feixe mais amplo à popa. Isso facilita a condução em velocidades lentas. Os navios têm velas divididas em painéis horizontais por ripas de bambu que as tornam mais aerodinâmicas.

— Você sabe muita coisa sobre navios — comentou Rin.

— Passei a infância ao lado de um porto. Seria constrangedor se eu não soubesse.

Rin parou de andar, deixando os outros passarem até que estivesse sozinho com Nezha. Ela baixou a voz.

— Seja sincero comigo: há quanto tempo está se preparando para esta guerra?

Ele não hesitou. Nem sequer piscou.

— Desde sempre.

Então Nezha passara a infância inteira se preparando para trair o Império. Então ele sabia, quando chegou a Sinegard, que um dia comandaria uma frota contra seus colegas de classe.

— Você é um traidor desde que nasceu — declarou ela.

— Depende da sua perspectiva.

— Mas eu estava lutando pelo Exército até agora. Poderíamos ter sido inimigos.

— Eu sei. — Nezha sorriu. — Você não está feliz que não somos?

O Exército do Dragão absorveu o Cike em seus escalões com eficiência impressionante. Uma jovem chamada Oficial Sola os recebeu no quartel. Não devia ser muito mais velha que Rin, e usava a braçadeira verde que indicava que havia se formado em Estratégia em Sinegard.

— Você treinou com Irjah? — perguntou Kitay.

Sola deu uma olhada rápida para a braçadeira desbotada do rapaz.

— Qual divisão?

— Segunda. Estava com ele em Golyn Niis.

— Ah. — Sola cerrou os lábios em uma linha fina. — Como ele morreu?

Esfolado vivo e pendurado sobre o muro da cidade, pensou Rin.

— Com honra — respondeu Kitay.

— Ele estaria orgulhoso de você — disse Sola.

— Bem, tenho certeza de que ele teria nos chamado de traidores.

— Irjah se importava com justiça — disse Sola, com um tom de voz duro. — Ele teria ficado do nosso lado.

Dentro de uma hora, Sola os colocou em beliches no quartel, os levou em uma excursão a pé pela extensa base que ocupava três mini-ilhas e os canais entre elas, e os equipou com novos uniformes, feitos de material mais quente e resistente do que qualquer traje do Exército que Rin já vira. A base de tecido veio com um conjunto de armadura lamelar composta de couro sobreposto e placas de metal tão confusas que Sola teve que demonstrar em detalhes onde cada peça se encaixava.

Sola não lhes mostrou nenhum vestiário, então Rin se despiu junto com seus homens, vestiu o novo uniforme e alongou os braços e as pernas. Ficou surpresa com a flexibilidade. A armadura lamelar era muito mais sofisticada do que os uniformes frágeis que o Exército fornecia, e provavelmente custava três vezes mais.

— Termos ferreiros melhores que eles no norte. — Sola entregou a Rin um peitoral. — Nossa armadura é mais leve. Bloqueia mais.

— O que devemos fazer com isto? — Ramsa ergueu as antigas vestes. Sola torceu o nariz.

— Queime.

Os quartéis e arsenais eram mais limpos, maiores e mais bem supridos que qualquer instalação do Exército que Rin um dia visitara. Kitay mexeu nas fileiras brilhantes de espadas e facas até encontrar um conjunto que lhe fosse apropriado; o resto do grupo entregou as armas ao ferreiro para consertos e aperfeiçoamentos.

— Fiquei sabendo que vocês têm um especialista em detonações em seu esquadrão.

Sola puxou a cortina de lado para revelar o estoque completo de explosivos do Primeiro Pelotão. Pilhas e pilhas de mísseis, foguetes e lanças de fogo estavam organizadas perfeitamente em forma de pirâmide, esperando na escuridão fria para serem carregadas até os navios de guerra.

Ramsa soltou um gemido altamente sugestivo. Ele ergueu um míssil em forma de cabeça de dragão da pilha e o girou nas mãos.

— É o que eu acho que é?

Sola assentiu.

— É um foguete de duas etapas. O recipiente principal contém o intensificador. O resto detona no ar. Dá um pouco mais de empuxo.

— Como você conseguiu isso? — questionou Ramsa. — Estou trabalhando nisso há pelo menos dois anos.

— E nós estamos trabalhando há cinco.

Ramsa apontou para outra pilha de explosivos.

— O que *esses* fazem?

— São foguetes alados montados em barbatanas. — Sola parecia estar se divertindo. — As barbatanas são para voo guiado. Temos uma precisão maior com esses do que com foguetes de duas etapas.

Alguém com um senso de humor lamentável havia esculpido a cabeça para parecer um peixe com uma expressão de desânimo. Ramsa passou os dedos pelas barbatanas.

— Qual é o alcance desses?

— Depende — respondeu Sola. — Em um dia claro, cem quilômetros. Em dias chuvosos, até onde dá.

Ramsa pesou o míssil nas mãos, parecendo tão encantado que Rin suspeitou que ele estivesse tendo uma ereção.

— Ah, nós vamos nos divertir com isso aqui.

— Está com fome? — perguntou Nezha, com uma batidinha no batente da porta.

Rin ergueu o olhar.

Estava sozinha no quartel. Kitay saíra para procurar os arquivos da Província do Dragão, e a prioridade dos outros membros do Cike havia sido encontrar o refeitório.

— Não muito — respondeu ela.

— Que bom. Quer ver uma coisa muito legal?

— É outro navio?

— Sim, mas você vai gostar muito desse. Uniforme bonito, a propósito.

Rin bateu no braço dele.

— Olha para cima, general.

— Só estou dizendo que as cores ficam boas em você. Você fica bem de Dragão.

Rin escutou o estaleiro bem antes que o alcançassem. Em meio à cacofonia desagradável de guinchos e marteladas, eles tiveram que gritar para escutar um ao outro. Ela havia presumido que o que vira no porto era uma frota completa, mas aparentemente vários outros navios ainda estavam em construção.

Seus olhos pousaram imediatamente no navio na ponta mais distante. Ainda estava nos estágios iniciais — era apenas um esqueleto. Mas se Rin parasse para imaginar a estrutura a ser construída ao redor, concluiria que era uma embarcação gigantesca. Parecia impossível que aquela coisa pudesse flutuar, muito menos passar pelo canal entre os Penhascos Vermelhos.

— Vamos embarcar *naquilo* para a capital? — perguntou ela.

— Aquele não está pronto. Fica sendo atualizado com esboços do ocidente. É o projeto de estimação de Jinzha; ele é perfeccionista com coisas assim.

— Um projeto de estimação — repetiu Rin. — Seus irmãos constroem barcos gigantescos como *projetos de estimação*.

Nezha balançou a cabeça.

— Deveria ter ficado pronto para a campanha ao norte, seja lá quando ela saísse do papel, mas vai demorar muito mais. Eles mudaram o projeto para um navio de guerra de defesa. Agora o objetivo é proteger Arlong, não liderar a frota.

— Por que está atrasado?

— Houve um incêndio no estaleiro durante a noite. Algum idiota de guarda chutou a lamparina. Isso atrasou a construção em meses. Tiveram que importar a madeira da Província do Cachorro. Meu pai teve que ser muito criativo. É difícil comprar enormes quantidades de madeira e esconder o fato de que você está construindo uma frota. Foram necessárias algumas semanas de negociação com contrabandistas de Moag.

Rin via bordas enegrecidas em algumas das placas externas do esqueleto. Mas o resto fora substituído por madeira nova, lisa a ponto de brilhar.

— A coisa toda causou uma grande comoção na cidade — prosseguiu Nezha. — Algumas pessoas insistiam que era um sinal dos deuses de que a rebelião falharia.

— E Vaisra?

— Meu pai encarou como um sinal de que ele devia sair e arrumar um speerliês para si.

Em vez de pegar uma sampana de rio nos quartéis militares, Nezha a conduziu escada abaixo até a base do píer, onde Rin ainda podia ouvir o barulho do estaleiro sobre a água batendo gentilmente contra os postes que mantinham o píer de pé. A princípio, ela pensou que haviam entrado em um beco sem saída, até que Nezha saiu da areia vítrea e entrou no rio.

— Espera um pouco?

Depois de um segundo, Rin percebeu que ele estava de pé não na água, mas em uma superfície achatada, enorme e circular que quase igualava o tom azul-esverdeado do rio.

— Nenúfares — explicou Nezha antes que ela pudesse perguntar.

De braços abertos para se equilibrar, ele se mexeu de modo que as ondas erguessem o nenúfar sob seus pés.

— Exibido — disse Rin.

— Você nunca viu isso antes?

— Sim, mas apenas em pinturas. — Rin franziu o cenho diante dos nenúfares. Seu equilíbrio não era bom como o de Nezha, e ela não estava a fim de cair no rio. — Não sabia que cresciam tanto.

— Geralmente não crescem. Estes vão durar só um mês ou dois antes de afundarem. Eles crescem naturalmente em lagoas de água fresca montanha acima, mas nossos botânicos encontraram uma forma de militarizá-los. Estão pelo porto todo. Os melhores navegadores não precisam de barcos a remo para chegar aos navios; podem simplesmente correr pelos nenúfares.

— Não é pra tanto — disse ela. — São só apoios para os pés.

— São nenúfares militarizados. Não é incrível?

— Acho que você só gosta de usar a palavra "militarizado".

Nezha abriu a boca para responder, mas uma voz vinda do píer o interrompeu.

— Cansou de brincar de guia?

Um homem desceu os degraus na direção deles. Vestia um uniforme azul de soldado, e as listras pretas no braço esquerdo diziam que era general.

Nezha rapidamente pulou dos nenúfares para a areia molhada e se apoiou em um joelho.

— Irmão. Que bom vê-lo de novo.

Mais tarde, Rin perceberia que também devia ter se ajoelhado, mas estava ocupada demais encarando o irmão de Nezha. Yin Jinzha. Ela o vira uma vez, brevemente, três anos antes, em seu primeiro Festival de Verão em Sinegard. Na época, ela pensara que Jinzha e Nezha talvez fossem gêmeos, mas, olhando melhor, as similaridades não eram tão fortes. Jinzha era mais alto, mais corpulento, e andava com um ar de primogênito — um filho que se sabia herdeiro de toda a propriedade do pai, enquanto a seus jovens irmãos caberia um destino de disputas pelo resto.

— Ouvi dizer que você ferrou tudo no Palácio de Outono. — A voz de Jinzha era mais grave que a de Nezha. Mais arrogante, se é que era possível. Soava estranhamente familiar para Rin, mas ela não conseguia entender bem como. — O que aconteceu?

Nezha se pôs de pé.

— O Capitão Eriden não explicou?

— Eriden não viu tudo. Até que nosso pai se recupere, sou o general sênior em Arlong, e gostaria de saber dos detalhes.

É Altan, percebeu Rin com um sobressalto. Jinzha falava com uma precisão militar contida que a lembrava de Altan em sua melhor forma. Aquele era um homem acostumado à competência e à obediência imediatas.

— Não tenho nada a acrescentar — disse Nezha. — Eu estava no *Soturno do Mar.*

Jinzha franziu os lábios.

— Longe do perigo. Típico.

Rin esperava que Nezha se irritasse com aquilo, mas ele ficou calado.

— Como está nosso pai?

— Melhor do que ontem à noite — respondeu Jinzha. — Ele vinha se esforçando muito. Nosso médico não entendeu como ele ainda estava vivo.

— Mas meu pai disse que era apenas uma ferida superficial.

— Você chegou a dar uma boa olhada nele? A lâmina entrou quase até o osso do ombro. Ele estava mentindo para todos. É incrível ele sequer estar consciente.

— Ele perguntou por mim? — questionou Nezha.

— Por que perguntaria? — Jinzha deu ao irmão um olhar condescendente. — Vou informá-lo quando precisarmos de você.

— Sim, senhor.

Nezha abaixou a cabeça e assentiu. Rin observou a conversa com fascínio. Nunca havia visto alguém implicar com Nezha da forma que Nezha costumava implicar com todos.

— Você é a speerliesa.

Jinzha olhou de repente para Rin, como se tivesse acabado de lembrar que ela estava ali.

— Sim. — Por algum motivo, a voz de Rin saiu estrangulada, infantil. Ela pigarreou. — Sou eu.

— Então faça — ordenou Jinzha. — Vamos ver.

— Ver o quê?

— Mostre para mim o que é capaz de fazer — respondeu Jinzha bem devagar, como se falasse com uma criança pequena. — Faça algo bem grande.

Rin lançou a Nezha um olhar confuso.

— Não entendo.

— Dizem que você pode invocar fogo — comentou Jinzha.

— Bem, sim...

— Quanto? A que temperatura? A que nível? Vem do seu corpo ou pode invocá-lo de outros lugares? O que é necessário para você provocar um vulcão?

Jinzha falava num ritmo tão intenso que Rin teve dificuldade em decifrar seu curto sotaque sinegardiano. Fazia anos que isso não acontecia.

Ela piscou, sentindo-se bastante burra, e quando falou teve dificuldade com as palavras.

— Quer dizer, apenas *acontece*...

— Apenas acontece — repetiu ele. — O quê, tipo um espirro? De que serve isso? Explique-me como usá-la.

— Não sou uma coisa para ser usada.

— Veja você, um soldado que não aceita ordens.

— Rin teve uma longa jornada. — Nezha se apressou para interromper a conversa. — Tenho certeza de que ela ficará feliz em demonstrar para você de manhã, quando estiver descansada...

— Soldados se cansam, é parte do trabalho — rebateu Jinzha. — Ande, speerliesa. Mostre-nos do que é capaz.

Nezha colocou uma mão apaziguadora no braço de Rin.

— Jinzha, sério...

O irmão fez um som de nojo.

— Você devia ver a forma como o pai fala deles. Speerlieses isso, speerlieses aquilo. Eu disse a ele que seria melhor lançar uma invasão a partir de Arlong, mas não, ele pensou que podia executar um golpe sem sangue se tivesse você — disse ele, olhando para Rin. — Olhe só o que aconteceu.

— Ela é mais forte do que você pode imaginar — afirmou Nezha.

— Sabe, se os speerlieses eram assim tão fortes, por que estão mortos? — Jinzha franziu os lábios. — Passei a infância inteira ouvindo como seu precioso Altan era maravilhoso. No fim das contas, ele era só outro idiota de pele suja que se explodiu por nada.

A visão de Rin ficou vermelha. Quando ela olhou para Jinzha, não viu carne, mas um cotoco torrado, cinzas caindo do que costumava ser um homem — ela o queria morrendo, morto, sofrendo. Ela queria que ele gritasse.

— Quer ver o que posso fazer? — perguntou Rin.

Sua voz soava muito distante, como se alguém estivesse falando com ela de muito longe.

— Rin... — alertou Nezha.

— Não, me deixa. — Rin tirou a mão dele de seu braço. — Ele quer ver o que posso fazer.

— Não acho que seja uma boa ideia.

— Saia da frente.

Ela estendeu as palmas para Jinzha. Não foi preciso nada para invocar a fúria. Já estava ali, esperando, como água jorrando de uma barragem — *eu odeio, eu odeio, eu odeio...*

Nada aconteceu.

Jinzha ergueu as sobrancelhas.

Rin sentiu uma pontada de dor nas têmporas. Ela levou os dedos aos olhos.

A dor se transformou em um raio fumegante de agonia. Ela viu uma explosão de cores atrás das pálpebras: vermelhos e amarelos, chamas piscando sobre uma vila em chamas, as silhuetas das pessoas se retorcendo lá dentro, uma grande nuvem em forma de cogumelo sobre a ilha do arco em miniatura.

Por um momento, ela viu um caractere que não conseguia reconhecer, nadando até tomar formar um ninho de serpentes, demorando-se bem diante de seus olhos até desaparecer. Ela flutuou em um momento entre o mundo em sua mente e o mundo material. Não conseguia respirar, não conseguia ver...

Rin caiu de joelhos. Ela sentiu os braços de Nezha a erguendo, ouviu-o gritando por ajuda. Ela lutou para abrir os olhos. Jinzha estava sobre ela, encarando-a com óbvio desprezo.

— Meu pai tinha razão — disse ele. — Devíamos ter tentado salvar o outro.

* * *

Chaghan fechou a porta com força atrás de si.

— O que aconteceu?

— Não sei.

Os dedos de Rin apertaram e soltaram os lençóis enquanto Chaghan desfazia a bolsa ao lado dela. A voz de Rin tremia; ela havia passado a última meia hora tentando simplesmente respirar normalmente. Mesmo assim, seu coração batia com tanta fúria que ela mal podia ouvir os próprios pensamentos.

— Eu me descuidei — explicou Rin. — Ia chamar o fogo. Só um pouco, não queria machucá-lo de verdade, e aí...

Chaghan agarrou os pulsos dela.

— Por que está tremendo?

Rin não havia percebido nada. Não podia evitar que as mãos tremessem, mas pensar no assunto só a fazia tremer ainda mais.

— Ele não vai me querer mais — sussurrou ela.

— Quem?

— Vaisra.

Rin estava aterrorizada. Se não pudesse invocar o fogo, então Vaisra recrutara uma speerliesa em vão. Sem o fogo, ela podia ser descartada.

Rin estava tentando invocar o fogo desde que recuperara a consciência, mas o resultado era sempre o mesmo: uma dor lancinante nas têmporas, uma explosão de cores, e lampejos de visões que ela nunca mais queria ter. Rin não conseguia dizer o que estava errado, só que o fogo permanecia fora de alcance, e sem o fogo ela era inútil.

Outro tremor a acometeu.

— Apenas se acalme — disse Chaghan. Ele colocou a bolsa no chão e se ajoelhou ao lado dela. — Foque em mim. Olhe nos meus olhos.

Rin obedeceu.

Os olhos de Chaghan, pálidos e sem pupilas ou íris, eram perturbadores. De perto, porém, exerciam certo fascínio, dois cacos de uma paisagem enevoada cravados em seu rosto fino que a atraíam Rin como a uma presa hipnotizada.

— O que tem de errado comigo? — sussurrou Rin.

— Não sei. Por que não descobrimos?

Chaghan vasculhou a bolsa, pegou algo lá dentro e ofereceu a ela um punhado de pó azul brilhante.

Rin reconheceu a droga. Era a poeira moída de algum fungo do norte. Ela já a ingerira antes com Chaghan em Khurdalain, onde ela o levara para o reino imaterial onde Mai'rinnen Tearza a assombrava.

Chaghan queria acompanhá-la às reentrâncias internas da mente dela, o ponto onde sua alma ascendia ao plano dos deuses.

— Assustada? — perguntou ele quando Rin hesitou.

Assustada, não. Envergonhada. Rin não *queria* levar Chaghan para dentro de sua mente. Estava com medo do que ele poderia ver.

— Você precisa vir? — perguntou ela.

— Você não pode fazer isso sozinha. Sou tudo que tem. Precisa confiar em mim.

— Você promete parar se eu pedir?

Chaghan fez um som de zombaria, tomou sua mão e pressionou seu dedo no pó.

— Vamos parar quando eu disser que podemos parar.

— Chaghan.

Ele encarou Rin com franqueza.

— Você tem outra opção?

A droga começou a agir quase no momento em que tocou a língua dela. Rin ficou surpresa com a rapidez e a limpeza do efeito. Sementes de papoula eram frustrantes de tão lentas, um rastejar gradual no reino do espírito que funcionava apenas se ela se concentrasse. Aquela droga, porém, era como um chute na porta entre aquele mundo e o próximo.

Chaghan segurou a mão dela pouco antes que a enfermaria desaparecesse de sua visão. Eles partiram do plano mortal em um redemoinho de cores. Então eram apenas os dois em uma extensão de preto. À deriva. À procura.

Rin sabia o que tinha que fazer. Ela se concentrou em sua raiva e criou o vínculo com a Fênix que puxava suas almas do abismo em direção ao Panteão. Ela quase podia sentir a Fênix, o calor abrasador da divindade tomando conta de si, quase podia ouvir sua gargalhada maliciosa...

Então algo interrompeu Rin e obscureceu a presença da deusa.

Algo enorme se materializou diante deles. Não havia outra maneira de descrevê-lo a não ser uma palavra gigante, talhada no espaço vazio. Doze traços pairavam no ar, um grande pictograma num tom cintilante de pele de cobra azul-esverdeada, brilhando na luz artificial como sangue recém-derramado.

— Isso é impossível — disse Chaghan. — Ela não deveria conseguir fazer isso.

O pictograma parecia ao mesmo tempo muito familiar e muito estranho. Rin não conseguia lê-lo, embora devesse estar escrito em nikara. Chegava perto de lembrar vários caracteres que ela conhecia, mas as diferenças eram significativas.

Então era algo ancestral. Algo antigo. Algo anterior ao Imperador Vermelho.

— O que é isso?

— O que parece? — Chaghan estendeu a mão incorpórea como se fosse tocá-lo, então rapidamente a recolheu. — É um Selo.

Um Selo? Rin já tinha ouvido aquele termo antes. Ela se lembrou de fragmentos de uma batalha. Um homem de cabelos brancos flutuando no ar, uma luz emanando da ponta de seu cajado, abrindo um vazio para um reino de coisas não mortais, coisas que não pertenciam ao mundo deles.

Você foi Selado.

Fui?

— Como o Guardião? — perguntou ela.

— O Guardião estava *Selado*? — Chaghan parecia chocado. — Por que você não me contou?

— Eu não fazia ideia!

— Mas isso explica muita coisa! Por que ele estava perdido, por que ele não se lembra...

— Do que está falando?

— O Selo bloqueia seu acesso ao mundo dos espíritos — explicou Chaghan. — A Víbora deixou seu veneno dentro de você. É disso que ele é feito. Vai impedi-la de acessar o Panteão. E com o tempo vai ficar cada vez mais forte, devorando sua mente até que você perca as memórias associadas à Fênix. Vai transformá-la em uma casca de si mesma.

— Por favor, diga que você pode me livrar disso.

— Posso tentar. Você terá que me levar para dentro.

— Para dentro?

— O Selo é também um portão. Veja. — Changhan apontou para o coração do caractere, onde o sangue de cobra brilhante formava um círculo que girava. Quando Rin o fitava, ele parecia de fato chamá-la, atraindo-a para alguma dimensão desconhecida. — Entre. Aposto que é onde Daji deixou o veneno. Ele existe aqui na forma de memória. O poder de Daji reside no desejo. Ela conjurou as coisas que você mais quer para impedi-la de invocar o fogo.

— Veneno. Memória. Desejo. — Pouco disso fazia sentido para Rin. — Olha... só me diz que diabos eu preciso fazer com isso.

— Destrua-o da forma que puder.

— Destruir o *quê*?

— Acho que você saberá quando o vir.

Rin não precisou perguntar como passar pelo portão. Ele a puxou para dentro assim que a garota se aproximou. O Selo parecia se dobrar sobre eles, ficando cada vez maior até envolvê-los. Redemoinhos de sangue flutuavam ao redor de Rin, ondulando, como se estivessem tentando decidir que forma tomar, que ilusão criar.

— Ela vai mostrar o futuro que você deseja — disse Chaghan.

Mas Rin não via como isso poderia funcionar para ela, porque seus maiores desejos não existiam no futuro. Todos ficaram no passado. Ela queria os últimos cinco anos de volta. Queria dias preguiçosos no campus da Academia. Queria passeios despreocupados no jardim de Jiang, queria férias de verão na propriedade de Kitay, queria, *queria*...

Rin estava nas areias da Ilha de Speer outra vez — na vibrante e bela Speer, exuberante e vívida. E lá estava Altan, saudável e inteiro, sorrindo como ela nunca o vira sorrir.

— Olá — disse ele. — Está pronta para ir para casa?

— Mate-o — ordenou Chaghan com urgência.

Mas ela já não o havia matado? Em Khurdalain, Rin lutara contra uma fera com o rosto de Altan e a matara. Depois, no centro de pesquisa, ela o deixou sair no píer e o deixou se sacrificar para salvá-la.

Ela já havia matado Altan, de novo e de novo, e ele continuava voltando.

Como ela poderia feri-lo *agora*? Ele parecia tão feliz. Tão livre da dor. Ela sabia muito mais sobre ele agora, sabia o que ele havia sofrido, e não podia tocá-lo. Não assim.

Altan se aproximou.

— O que está fazendo aqui? Venha comigo.

Rin queria ir com ele mais do que qualquer outra coisa. Ela nem sabia para onde a levaria, apenas que ele estaria lá. Esquecimento. Algum paraíso escuro.

Altan estendeu a mão na direção dela.

— *Venha*.

Ela se preparou.

— Pare com isso — conseguiu dizer. — Chaghan, eu não consigo... Pare... Eu quero voltar...

— Você só pode estar brincando — desdenhou Chaghan. — Não consegue fazer nem isso?

Altan tocou os dedos dela.

— Vamos.

— *Pare com isso!*

Rin não tinha certeza do *que* fez, mas sentiu uma explosão de energia, viu o Selo se contorcer e se debater ao redor de Chaghan, como um predador que fareja uma presa nova e interessante, e viu a boca dele se abrir em algum grito silencioso de agonia.

Então não estavam mais em Speer.

Ela nunca havia visto aquele lugar.

Estavam em algum ponto no alto de uma montanha, frio e escuro. Uma série de cavernas havia sido esculpida em pedra, todas brilhando com o fogo das velas lá dentro. Sentados na saliência, os ombros se tocando, estavam dois meninos: um de cabelos escuros e um de cabelos claros.

Rin era uma estranha naquela memória, mas, no momento em que se aproximou, sua perspectiva mudou e ela não era mais a observadora, mas o sujeito. Ela viu Altan de perto e percebeu que estava olhando para ele da mesma forma que Chaghan olhara um dia.

O rosto de Altan estava perto demais. Ela conseguia distinguir todos os detalhes terríveis e maravilhosos: a cicatriz que subia pela bochecha direita, o cabelo amarrado de qualquer jeito, as pálpebras escuras sobre os olhos vermelhos.

Altan era horrível. Altan era lindo. E quando Rin olhou em seus olhos, percebeu que o sentimento que a dominou não era amor; era um medo total e paralisante. Era o terror de uma mariposa atraída pela chama.

Rin não havia pensado que mais ninguém se sentia assim. Era uma sensação tão familiar que ela quase chorou.

— Eu poderia matar você — disse Altan, murmurando a ameaça de morte como uma canção de amor.

Quando ela, na forma de Chaghan, recuou, ele pressionou mais o corpo.

— Poderia mesmo — disse Chaghan, e aquela era uma voz tão familiar, uma voz tímida, firme.

Rin sempre se impressionara diante da forma casual com que Chaghan falava com Altan. Mas Chaghan não estava brincando, percebeu Rin. Ele estava com medo; estivera constantemente aterrorizado toda vez que estava perto de Altan.

— E daí? — retrucou Chaghan.

Os dedos de Altan se fecharam sobre os dele, quentes demais, esmagadores demais, uma tentativa de contato humano com absoluto desprezo pelo objeto de sua afeição.

Seus lábios roçaram a orelha de Chaghan. Rin estremeceu involuntariamente; pensou que ele poderia mordê-la, mover a boca mais para baixo em seu pescoço e rasgar suas artérias.

Ela percebeu que Chaghan sentia aquele medo com frequência.

Ela percebeu que Chaghan provavelmente gostava daquilo.

— Não — disse Chaghan.

Rin não ouviu; ela queria ficar naquela visão, tinha o desejo doentio de vê-la se desenrolar até o fim.

— Já *chega*.

Uma onda de escuridão caiu sobre eles. Quando abriu os olhos, ela estava de volta à enfermaria, esparramada na cama. Chaghan se sentou ereto no chão, de olhos bem abertos, a expressão vazia.

Ela o agarrou pelo colarinho.

— O que foi aquilo?

Chaghan se mexeu, despertando. Suas feições se fixaram em algo parecido com desdém.

— Por que não pergunta a si mesma? — retrucou ele.

— Seu *hipócrita* — disse Rin. — Você está tão obcecado com ele quanto...

— Tem certeza de que não foi você?

— Não minta para mim! — gritou ela. — Eu sei o que vi, eu sei o que você estava fazendo. Aposto que você só queria entrar na minha mente porque queria vê-lo de outro ângulo.

Chaghan se encolheu.

Rin não esperava que ele se encolhesse. Ele parecia tão pequeno. Tão *vulnerável*.

De alguma forma, isso a deixou mais furiosa.

Ela apertou o colarinho dele com mais força.

— Ele está morto. Está bem? Não consegue enfiar isso na droga da sua cabeça?

— Rin...

— Ele está morto, ele se foi, e não podemos trazê-lo de volta. E talvez ele tenha amado você, talvez ele tenha amado a mim, mas essa merda não importa mais, importa? Ele se foi.

Rin se perguntou se Chaghan avançaria nela.

Mas ele apenas se inclinou à frente, os ombros caídos sobre os joelhos, e pressionou o rosto nas mãos. Quando falou, parecia à beira das lágrimas.

— Achei que pudesse pegá-lo — contou ele.

— O *quê*?

— Às vezes, antes de os mortos seguirem seu caminho, eles se demoram — sussurrou Chaghan. — Principalmente o seu povo. A raiva depende do ressentimento, e seus mortos existem no ressentimento. E acho que ele ainda está por aí, vagando entre este mundo e o próximo. Só que, cada vez que tento, tudo que consigo são fragmentos de memórias. Conforme o tempo passa, não consigo nem me lembrar das coisas bonitas, e pensei que talvez... com o veneno...

— Você não sabe como me consertar, não é? — perguntou ela. — Nunca soube.

Chaghan não respondeu.

Ela soltou seu colarinho.

— Saia.

Ele arrumou a bolsa e saiu sem dizer uma palavra. Ela quase o chamou de volta, mas não conseguiu pensar em nada para dizer antes que ele fechasse a porta.

Quando Chaghan foi embora, Rin gritou pelo corredor até chamar a atenção de um médico, que ela repreendeu até obter uma dose de remédio para dormir na dosagem duas vezes maior que a recomendada. Ela engoliu o líquido em dois goles grandes, subiu na cama e caiu no sono mais profundo que teve em muito tempo.

Quando acordou, o médico se recusou a fornecer outra dose por outras seis horas. Rin esperou com apreensão temerosa, antecipando a visita de Jinzha ou Nezha ou até do próprio Vaisra. Ela não sabia o que esperar, apenas que não poderia ser nada de bom. Que utilidade tinha uma speerliesa que não conseguia invocar o fogo?

Mas o único visitante foi o Capitão Eriden, que instruiu Rin a continuar agindo como se tivesse pleno controle de suas habilidades. Ela ainda era o trunfo de Vaisra, sua arma secreta, e ainda devia aparecer a seu lado, mesmo que apenas como uma ferramenta de pressão psicológica.

Ele não comunicou a decepção de Vaisra. Não precisava. A ausência do Líder do Dragão doía mais do que qualquer coisa.

Rin engoliu a nova dose que lhe deram. O sol já havia se posto quando acordou outra vez. Estava faminta. Ela se levantou, destrancou a porta e atravessou o corredor, de pés descalços e grogue, com a vaga intenção de exigir comida da primeira pessoa que visse.

— Bem, vai se foder também!

Rin parou de andar.

A voz vinha de uma porta perto do fim do corredor.

— O que eu deveria fazer? Me enforcar como as mulheres de Lü? Aposto que o senhor ia adorar.

Rin reconheceu aquela voz — estridente, petulante e furiosa. Ela seguiu na ponta dos pés e parou atrás da porta.

— As mulheres de Lü preservaram sua dignidade.

Dessa vez, uma voz masculina, muito mais velha e profunda.

— E quem colocou minha dignidade na minha boceta?

Rin parou de respirar. Venka. Tinha que ser.

— Você preferiria que eu fosse um corpo sem vida? — gritou Venka. — Preferiria que minha coluna estivesse quebrada, meu corpo esmagado, desde que tudo entre minhas pernas estivesse intacto?

Aquela voz masculina outra vez:

— Eu queria que você nunca tivesse sido levada. Você sabe disso.

— O senhor não respondeu à pergunta. — Um barulho engasgado. Venka estava chorando? — Olhe para mim, pai. *Olhe para mim*.

O pai de Venka disse algo em resposta, tão baixinho que Rin não ouviu. Um momento depois, a porta se abriu com um estrondo. Rin mergulhou na esquina e ficou paralisada até ouvir os passos se afastando no corredor na direção oposta.

Aliviada, Rin soltou o ar. Refletiu por um momento, então se aproximou da porta. Estava um pouco entreaberta. Ela colocou as pontas dos dedos na madeira e empurrou.

Era Venka. Ela havia raspado todo o cabelo — e claramente fazia algum tempo, pois os fios já começavam a crescer outra vez em pequenos tufos escuros. Mas o rosto era o mesmo: ridiculamente bonito, feito de ângulos afiados e olhos perfurantes.

— Que diabos você quer? — exigiu Venka. — Posso ajudar?

— Você estava falando alto — comentou Rin.

— Ah, *mil desculpas*. Da próxima vez que meu pai me renegar, vou falar baixinho.

— Você foi renegada?

— Bem. Provavelmente não. Não é como se ele tivesse outros herdeiros. — Os olhos de Venka estavam vermelhos nas bordas. — Queria que ele tivesse. Seria melhor do que ouvi-lo me dizendo o que fazer com meu corpo. Quando eu estava grávida...

— Você está *grávida*?

— *Estava*. — Venka fechou a cara. — Não graças àquele médico maldito. Ele ficou dizendo que aquela infeliz da Saikhara não permite abortos.

— Saikhara?

— A mãe de Nezha. Ela tem umas ideias curiosas sobre religião. Cresceu em Hesperia, sabia? Ela venera aquela merda estúpida do Criador deles. E não está fingindo por motivos diplomáticos, ela realmente *acredita* naquela merda. E sai por aí obedecendo a tudo que ele escreveu naquele livrinho, que aparentemente inclui forçar mulheres a gerar os filhos de seus estupradores.

— E você fez o quê?

A garganta de Venka pulsou.

— Fui criativa.

— Ah.

As duas encararam o chão por um minuto. Venka interrompeu o silêncio.

— Quer dizer, só doeu um pouquinho. Não foi tão ruim quanto... Você sabe.

— Sei.

— Foi nisso que pensei quando fiz aquilo. Fiquei pensando nos rostinhos de porco deles, então não foi tão difícil. E Saikhara que se exploda.

Rin se sentou na beira da cama. Era bom estar perto de Venka, a raivosa, impaciente e abrasiva Venka. Ela dava voz à fúria crua que todos pareciam encobrir, e Rin era grata por isso.

— Como estão seus braços? — perguntou ela.

Da última vez que vira a garota, seus braços estavam embrulhados com tantas bandagens que Rin não sabia ao certo se ela voltaria a usá-los. Mas as bandagens não estavam mais presentes, e seus braços não estavam pendurados sem utilidade na lateral do corpo.

Venka flexionou os dedos.

— O direito está curado. O esquerdo nunca vai curar. Foi torcido demais, e não consigo mexer três dedos da minha mão esquerda.

— Você ainda consegue atirar?

— Funciona bem, desde que eu consiga segurar o arco. Fizeram uma luva para mim. Ela mantém os três dedos dobrados para trás para que eu não precise fazer isso. Eu me sairia bem com um pouco de prática. Não que alguém acredite em mim. — Venka se mexeu na cama. — Mas o que *você* está fazendo aqui? Nezha a convenceu com as palavras bonitas dele?

Rin se mexeu.

— Algo assim.

Venka estava olhando para Rin com algo que poderia ser inveja.

— Então você ainda é uma soldada. Sortuda.

— Não tenho certeza disso — disse Rin.

— Por que não?

Por um momento, Rin pensou em contar tudo a Venka — a respeito da Víbora, do Selo, daquilo que havia visto com Chaghan. Mas Venka não tinha paciência para detalhes. Não se importava tanto assim.

— Eu só... não consigo mais fazer o que fazia. Não daquela forma. — Rin abraçou o corpo. — Acho que nunca mais vou fazer.

Venka apontou para os olhos dela.

— É por isso que estava chorando?

— Não. Eu só... — Rin inspirou, trêmula. — Não sei se ainda sou útil.

Venka bufou.

— Bem, você ainda consegue segurar uma espada, não consegue?

CAPÍTULO 12

Na semana seguinte, mais três províncias anunciaram sua independência do Império.

Como Nezha previra, os líderes do sul foram os primeiros a ceder. Afinal, a região não tinha motivos para permanecer leal ao Império ou a Daji. A Terceira Guerra da Papoula os atingira com mais força. Seus refugiados estavam morrendo de fome, a epidemia de crimes explodira e o ataque ao Palácio de Outono destruíra qualquer chance de que pudessem ganhar concessões ou promessas de ajuda na cúpula de Lusan.

Os líderes do sul notificaram Arlong de suas intenções de se separar por meio de representantes sem fôlego que viajavam por terra se estivessem perto o suficiente e por pombo mensageiro se não estivessem. Dias depois, os próprios líderes chegaram aos portões da cidade.

— Galo, Macaco e Javali. — Nezha contou as províncias enquanto observavam os guardas de Eriden escoltarem o corpulento Líder do Javali para dentro do palácio. — Nada mau.

— Isso nos deixa com quatro províncias contra oito — disse Rin. — Não é tão bom assim.

— Cinco contra sete. E eles são bons generais.

Isso era verdade. Nenhum dos líderes do sul havia nascido no cargo; todos o assumiram nos banhos de sangue da Segunda e Terceira Guerras da Papoula.

— E Tsolin vai mudar de ideia — acrescentou ele.

— Como tem tanta certeza?

— Tsolin sabe escolher lados. Cedo ou tarde vai aparecer. Anime-se, isso é tão bom quanto esperávamos.

Rin havia imaginado que, quando a aliança das quatro províncias se solidificasse, eles marchariam para o norte imediatamente. Mas a política logo acabou com suas esperanças de ação rápida. Os líderes do sul não levaram seus exércitos para Arlong. Suas forças militares permaneceram nas respectivas capitais, sem se comprometer, observando antes de entrar na briga. O sul jogava um jogo de espera. Ao se separarem, haviam desviado da ira de Vaisra, mas desde que não enviassem tropas contra o Império, ainda havia a chance de que Daji os recebesse de braços abertos, perdoando-lhes de todos os pecados.

Dias se passaram. A ordem de zarpar não veio. A aliança das quatro províncias passava horas e horas debatendo estratégias em uma série interminável de conselhos de guerra. Rin, Nezha e Kitay estavam presentes; Nezha porque era general, Kitay porque, em uma reviravolta bizarra, agora era considerado um estrategista competente, se não especialmente querido, e Rin apenas porque Vaisra a queria lá.

Ela suspeitava que seu objetivo era intimidar, oferecer alguma garantia de que, se a speerliesa destruidora de ilhas estivesse firme e forte em Arlong, então a guerra não seria tão difícil de vencer.

Ela se esforçava ao máximo para agir como se aquilo não fosse uma mentira.

— Precisamos de esquadrões de divisão cruzada. Do contrário, esta aliança será apenas um pacto suicida. — O General Hu, estrategista sênior de Vaisra, já havia desistido de mascarar sua frustração fazia muito tempo. — O Exército Republicano precisa agir como um todo coeso. Os homens não podem pensar que ainda são esquadrões da antiga província.

— Não vou colocar meus homens sob o comando de soldados que nunca conheci — disse o Líder do Javali.

Rin detestava Cao Charouk. Ele parecia não fazer nada além de reclamar sobre tudo que o grupo de Vaisra sugeria, com uma veemência tão grande que Rin se perguntava por que havia ido até Arlong, para começo de conversa.

— E esses esquadrões não vão funcionar. Você está pedindo a homens que nunca se conheceram para lutarem juntos. Eles não sabem os mesmos sinais de comando, não usam os mesmos códigos e não têm tempo para aprender.

— Bem, seu povo não parece disposto a atacar o norte por enquanto, então imagino que eles terão pelo menos alguns meses — murmurou Kitay.

Nezha fez um som de engasgo que soou como uma risada.

Charouk estava com uma expressão de quem adoraria espetar Kitay em um mastro se tivesse chance.

— Não podemos derrotar Daji se lutarmos como quatro exércitos separados — disparou o General Hu. — Nossos olheiros relatam que ela está reunindo uma coalizão no norte neste momento.

— Se eles não tiverem uma frota, isso não importa — disse o Líder do Macaco, Liu Gurubai.

Era o que mais cooperava entre os líderes do sul. De língua afiada e olhos atentos, passava a maior parte das reuniões cofiando os bigodes grossos e escuros enquanto debatia com os dois lados da mesa.

Se estivessem lidando apenas com Gurubai, pensou Rin, talvez já tivessem avançado para o norte. O Líder do Macaco era cauteloso, mas pelo menos era racional. Os Líderes do Javali e do Galo, porém, pareciam determinados a se esconder em Arlong atrás do exército de Vaisra. Gong Takha havia passado os últimos dias taciturno e mal-humorado, enquanto Charouk alardeava suas suspeitas a respeito de todos os outros na sala.

— Mas eles terão uma frota. Daji encomendou navios de centros civis para restaurar a Marinha Imperial. Estão convertendo navios de transporte de grãos em galés de guerra e construíram estaleiros navais em vários locais na Província do Tigre. — O General Hu tocou o mapa. — Quanto mais esperarmos, mais tempo eles terão para se preparar.

— Quem está liderando a frota deles? — perguntou Gurubai.

— Chang En.

— Surpreendente — comentou Charouk. — Não é Jun?

— Jun não quis o trabalho — respondeu o General Hu.

Charouk ergueu a sobrancelha.

— Isso é inédito.

— Foi sábio da parte dele — comentou Vaisra. — Ninguém quer ter que dar ordens a Chang En. Quando os oficiais o questionam, perdem as cabeças.

— Isso certamente é um sinal de declínio do Império — murmurou Takha. — Aquele homem é perverso e perdulário.

O General Carne de Lobo era famoso por sua brutalidade. Quando Chang En planejou sua revolta contra o antigo Líder do Cavalo, suas tropas partiram crânios ao meio e penduraram cordões de cabeças cortadas nos muros da capital.

— Ou só significa que todos os bons generais estão mortos — declarou Jinzha, arrastando as palavras.

Ele se mantivera contido no conselho até então, embora Rin estivesse observando o desgosto desenhado em seu rosto havia horas.

— Você saberia — disse Charouk. — Fez seu treinamento com ele, não foi?

Jinzha se irritou.

— Isso foi há cinco anos.

— Não é muito tempo para uma carreira tão curta.

Jinzha abriu a boca para retrucar, mas Vaisra o interrompeu, erguendo a mão.

— Se vai acusar meu filho mais velho de traição...

— Ninguém está acusando Jinzha de nada — disse Charouk. — De novo, Vaisra, só não achamos que Jinzha seja a escolha certa para liderar sua frota.

— Seus homens não poderiam estar em mãos melhores. Jinzha estudou estratégias de guerra em Sinegard, comandou tropas na Terceira Guerra da Papoula...

— Como todos nós — retrucou Gurubai. — Por que não dar o trabalho a um de nossos generais? Ou a um de nós?

— Porque vocês três são importantes demais para arriscarmos.

Nem Rin conseguiu evitar o constrangimento diante da bajulação deslavada. Os líderes do sul trocaram olhares sarcásticos. Gurubai revirou os olhos dramaticamente.

— Tudo bem, então é porque os homens da Província do Dragão não estão preparados para lutar sob o comando de mais ninguém — prosseguiu Vaisra. — Acreditem ou não, *estou* tentando encontrar a solução que melhor os protegerá.

— Mesmo assim, são as *nossas* tropas que você quer nas linhas de frente — rebateu Charouk.

— A Província do Dragão está comprometendo mais tropas do que qualquer um de vocês, babaca — vociferou Rin.

Ela não conseguiu se conter. Sabia que Vaisra queria que ela apenas observasse, mas não aguentava mais assistir àquela bagunça de passividade e brigas mesquinhas. Os líderes regionais estavam agindo como crianças, discutindo como se outra pessoa fosse ganhar a guerra por eles caso procrastinassem por tempo suficiente.

Todos a encararam como se ela tivesse ganhado asas. Quando Vaisra não a interrompeu, Rin continuou.

— Faz três dias, droga. Por que diabos estamos discutindo o formato da divisão? O Império está enfraquecido *agora*. Precisamos enviar uma força para o norte *agora*.

— Então que tal mandarmos apenas você? — sugeriu Takha. — Você afundou a ilha do arco, não foi?

Rin nem pestanejou.

— Quer que eu mate metade do país? Meus poderes não fazem distinção.

Takha olhou para Vaisra.

— O que ela está fazendo aqui, para início de conversa?

— Sou a comandante do Cike — respondeu Rin. — E estou bem na sua frente.

— Você é uma garotinha sem experiência de comando que mal tem um ano de combate — retrucou Gurubai. — Não pense que pode nos dizer como lutar uma guerra.

— Eu *ganhei* a última guerra. Você nem sequer estaria aqui sem mim.

Vaisra colocou a mão em seu ombro.

— Runin, silêncio.

— Mas ele...

— *Silêncio* — ordenou ele, sério. — Esta discussão está além de você. Deixe os generais falarem.

Rin engoliu sua reclamação.

A porta se abriu com um rangido. A cabeça de um ajudante do palácio surgiu na abertura.

— O Líder da Serpente está aqui para vê-lo, senhor.

— Deixe-o entrar — disse Vaisra.

O ajudante entrou para manter a porta aberta.

Ang Tsolin entrou, desacompanhado e desarmado. Jinzha se moveu à direita para deixar Tsolin ficar ao lado do pai. Nezha lançou a Rin um olhar convencido, como se dissesse *eu avisei*.

Vaisra parecia igualmente satisfeito.

— Estou feliz em ver que se juntou a nós, mestre.

Tsolin zombou.

— Você não precisava navegar pela minha frota.

— Ir pelo outro lado demoraria mais.

— Eles vieram atrás da minha família primeiro.

— Suponho que você teve a prudência de libertá-los a tempo.

Tsolin cruzou os braços.

— Minha mulher e filhos chegarão amanhã de manhã. Quero que eles sejam acomodados em seus aposentos mais seguros. Se eu encontrar qualquer sinal de um espião por perto, entregarei minha frota inteira para uso do Império.

Vaisra abaixou a cabeça.

— Como quiser.

— Ótimo. — Tsolin se inclinou à frente para examinar os mapas. — Está tudo errado.

— Como? — perguntou Jinzha.

— A Província do Cavalo não permaneceu inativa. Estão reunindo as tropas na base Yinshan. — Tsolin apontou para um ponto logo acima da Província da Lebre. — E a Província do Tigre está levando sua frota em direção ao Palácio de Outono. Estão fechando suas rotas de ataque. Você não tem muito tempo.

— Então me diga o que devo fazer — pediu Vaisra.

Rin ficou impressionada com a mudança no tom de voz dele: antes dominante, depois reverente e submisso, um estudante que busca a ajuda do professor.

Tsolin lançou ao pai de Nezha um olhar desconfiado.

— Homens bons morreram por sua causa. Espero que saiba disso.

— Então morreram por uma boa causa — disse Vaisra. — Suspeito que você também saiba disso.

Tsolin não respondeu. Ele apenas se sentou, puxou os mapas em sua direção e começou a examinar as linhas de ataque com o ar cansado e experiente de um homem que passara a vida inteira lutando guerras.

Conforme os dias se arrastavam e a ofensiva ao norte levava mais tempo do que o necessário para ser organizada, Arlong continuava a se mobilizar para a guerra. Os preparativos estavam integrados a quase todas as facetas da vida civil. Crianças de olhar severo trabalhavam nas fornalhas do arsenal e carregavam mensagens de um lado a outro da cidade. Suas mães produziam uniformes imaculadamente costurados a uma velocidade espantosa. No refeitório, as avós mexiam mingau de arroz em panelas gigantes enquanto os netos transportavam tigelas para os soldados.

Outra semana se passou. Os líderes continuavam a gritar uns com os outros na sala do conselho. Rin não suportava a espera constante, então gastava a adrenalina com Nezha.

A luta mano a mano era um exercício bem-vindo. O combate em Lusan havia deixado bem claro que Rin vinha confiando demais na invocação do fogo. Seus reflexos haviam piorado, seus músculos tinham se atrofiado e sua resistência era patética.

Então, pelo menos uma vez por dia, ela e Nezha pegavam as armas e caminhavam até clareiras vazias no alto dos penhascos. Ela se perdia na pura e insensata fisicalidade das lutas. Quando estavam treinando, sua mente não conseguia permanecer em nenhum pensamento por muito tempo. Ela ficava muito ocupada calculando ângulos, manobrando aço contra aço. O imediatismo da luta era um tipo de droga, uma que poderia entorpecer qualquer outra coisa que ela pudesse sentir por acidente.

Altan não poderia torturá-la se Rin não conseguisse pensar.

Golpe a golpe, hematoma a hematoma, ela reaprendeu a memória muscular que havia perdido, e gostou. Ali ela podia canalizar a energia e o medo que a mantinham vibrando de ansiedade diariamente.

Os primeiros dias a deixaram exausta e dolorida. Os seguintes foram melhores. Rin ganhou corpo. Perdeu a aparência oca e esquelética. Esta era a única razão pela qual ficara grata pela lenta deliberação do conselho: isso lhe dava tempo para se tornar a soldada que costumava ser.

Nezha não era um parceiro de treino indulgente, e ela não queria que fosse. Na primeira vez em que ele se conteve por medo de machucá-la, Rin estendeu uma perna e o derrubou no chão.

Ele se apoiou nos cotovelos.

— Se você queria rolar no chão comigo, podia ter pedido.

— Não seja nojento — disse Rin.

Quando ela parou de perder lutas mano a mano em menos de trinta segundos, eles passaram a usar armas acolchoadas.

— Não entendo por que insiste em usar essa coisa — disse ele depois de lhe tirar o tridente pela terceira vez. — É desajeitada demais. Meu pai fica me dizendo para te convencer a usar uma espada.

Rin sabia o que Vaisra queria. Ela estava cansada daquela conversa.

— Alcance importa mais que manobrabilidade. — Ela enfiou os pés sob o tridente e o chutou para cima, em direção às mãos.

Nezha se aproximou dela pela direita.

— Alcance?

Ela atacou.

— Quando você invoca o fogo, ninguém quer ficar perto de você.

Ele cambaleou para trás.

— Sem querer dizer o óbvio, mas você não consegue mais fazer isso.

Rin fez cara feia.

— Vou consertar isso.

— E se não conseguir?

— E se você parar de me subestimar?

Rin não queria contar a ele que estava tentando. Que todas as noites subia até aquela mesma clareira onde ninguém a veria, tomava uma dose do estúpido pó azul de Chaghan, aproximava-se do Selo e tentava exorcizar o fantasma de Altan de sua mente.

Nunca funcionava. Rin nunca poderia machucá-lo, não aquela versão maravilhosa de Altan que ela nunca conhecera. Quando tentava lutar com ele, Altan ficava com raiva, lembrando à jovem por que ela sempre tivera medo do antigo comandante.

A pior parte era que Altan parecia ficar cada vez mais forte. Seus olhos ardiam mais vividamente no escuro, sua risada soava mais alta, e em várias noites ele quase a sufocou antes que Rin recuperasse os sentidos. Não importava que ele fosse apenas uma visão. O medo de Rin fazia Altan mais presente do que qualquer outra coisa.

— Acorda. — Rin atacou a lateral de Nezha, esperando pegá-lo desprevenido, mas ele desembainhou a espada e revidou bem a tempo.

Eles lutaram por mais alguns segundos, mas ela parou de acreditar que conseguiria. O tridente de repente parecia ter o dobro do peso; Rin sentia que estava lutando com um terço de sua velocidade normal. Seu jogo de pés estava desleixado, sem forma nem técnica, e seus golpes estavam ficando cada vez mais caóticos e imprudentes.

— Não é a pior coisa do mundo — disse Nezha. Ele desviou um golpe forte para longe da cabeça. — Não está feliz?

Ela ficou tensa.

— Por que eu ficaria *feliz*?

— Quer dizer, só pensei que... — Ele levou a mão à têmpora. — Não é ao menos legal ter sua mente de volta?

Rin bateu o cabo do tridente no chão.

— Você acha que eu estava perdendo a cabeça?

Nezha rapidamente voltou atrás.

— Não, quer dizer, eu pensei... Vi como você estava sofrendo. Aquilo parecia tortura. Imaginei que pudesse estar um pouco aliviada.

— Não é um alívio ser inútil — disse ela.

Rin girou o tridente sobre a cabeça e o movimentou ao redor para gerar impulso. Não era um cajado — e ela devia saber que não era bom usá-lo com técnicas de cajado —, mas Rin estava com raiva agora, não estava pensando, e os músculos se acomodavam em padrões familiares, mas errados.

Aquilo era evidente. Era como se Nezha estivesse lutando contra uma criança. Em segundos, tirou o tridente das mãos dela.

— Eu disse — alardeou ele. — Não tem flexibilidade.

Rin arrancou o tridente do chão.

— Mas ainda tem um alcance maior que sua espada.

— Então o que acontece se eu chegar perto?

Nezha girou sua lâmina entre os espaços do tridente e acabou com a distância entre eles. Ela tentou se livrar dele, mas Nezha tinha razão: estava fora do alcance do tridente.

Ele levou a adaga ao queixo de Rin com a outra mão. Ela o chutou com força na canela. Ele caiu.

— Imbecil — disse ele.

— Você mereceu.

— Vai à merda. — Nezha rolou de um lado para o outro na grama, agarrando a perna. — Me ajude a levantar.

— Vamos fazer uma pausa.

Rin largou o tridente e se sentou na grama ao lado dele. A capacidade de seus pulmões não voltara. Ela ainda se cansava rápido demais. Não conseguia aguentar mais que duas horas lutando, muito menos um dia inteiro no campo.

Nezha nem havia suado.

— Você é bem melhor com a espada. Por favor, me diga que sabe disso — comentou ele.

— Não seja indulgente comigo.

— Aquela coisa é inútil! É pesada demais para você! Mas já vi você com uma espada, e...

— Vou me acostumar.

— Só acho que não deve tomar decisões de vida ou morte com base em sentimentalismos.

Rin o encarou.

— O que *isso* quer dizer?

Ele arrancou um punhado de grama do chão.

— Esquece.

— Não, fala.

— Tá. Você não quer trocar porque é a arma *dele*, não é?

O estômago de Rin revirou.

— Isso é idiotice.

— Ah, vamos. Você sempre fala de Altan como se ele tivesse sido um grande herói. Mas ele não foi. Eu o vi em Khurdalain, vi a maneira como falava com as pessoas...

— E como ele falava com as pessoas? — perguntou ela, a voz afiada.

— Como se fossem objetos, como se fosse dono delas. Ele não se importava com elas, só queria saber como podiam servi-lo. — O tom de Nezha se tornou venenoso. — Altan era uma pessoa de merda e um comandante ainda mais merda. Ele teria me deixado morrer, e você *sabe* disso, mas aqui está você, correndo por aí com o tridente dele, resmungando sobre vingança em nome de uma pessoa que você deveria odiar.

De repente, o tridente ficou terrivelmente pesado nas mãos de Rin.

— Isso não é justo. — Ela ouviu um zumbido distante nos ouvidos. — Ele está morto... Você não pode... Não é justo.

— Eu sei — disse Nezha baixinho. A raiva o deixara tão rapidamente quanto aparecera. Ele soava exausto. Ele se sentou, os ombros caídos, e começou a picar folhas de grama com os dedos, distraído. — Sinto muito. Não sei por que falei isso. Sei o quanto você se importava com ele.

— Não vou falar de Altan — afirmou Rin. — Não com você. Não agora. Nunca.

— Está bem — disse ele. Nezha lançou a ela um olhar que Rin não entendeu, um olhar que podia ser igualmente pena e decepção, e que a deixou desesperadamente desconfortável. — Está bem.

Três dias depois, o conselho enfim chegou a uma decisão. Vaisra e Tsolin arranjaram uma solução sem ação militar imediata, depois convenceram os outros a se submeterem.

— Vamos fazê-los passar fome — anunciou Vaisra. — O sul é o maior produtor agrícola do Império. Se as províncias do norte não se separarem, então simplesmente vamos parar de alimentá-los.

Takha hesitou.

— Está pedindo que reduzamos nossas exportações em pelo menos um terço.

— Certo, você perderá renda por um ou dois anos — disse Vaisra. — Mas os preços subirão no ano seguinte. O norte não tem condições de se tornar autossuficiente na agricultura agora. Se fizer esse sacrifício único, é provável que também seja o fim das tarifas. Eles não poderão reclamar.

— E as rotas costeiras? — perguntou Charouk.

Rin tinha que admitir que era uma pergunta justa. O Murui do oeste e o rio Golyn não eram os únicos rios que cruzavam as províncias do norte. Elas poderiam facilmente contrabandear comida pela costa; bastava enviar mercadores disfarçados de sulistas para comprar estoques inteiros. Prata não seria problema; elas tinham mais do que o suficiente.

— Moag vai cuidar delas — disse Vaisra.

Charouk pareceu impressionado.

— Você vai confiar na *Rainha Pirata*?

— É do interesse dela — afirmou Vaisra. — Para cada navio que ela apreender em uma tentativa de furar o bloqueio, sua frota receberá setenta por cento dos lucros. Ela seria burra em nos trair.

— Mas o norte tem outras fontes de grãos — observou Gurubai. — A Província da Lebre tem terra arável, por exemplo...

— Não, não tem. — Jinzha parecia convencido. — Ano passado a Província da Lebre foi atingida por uma praga e ficou sem grãos. Nós vendemos a eles várias caixas de sementes de alto rendimento.

— Eu lembro — comentou Tsolin. — Se vocês estavam tentando agradá-los em troca de favores, não funcionou.

Jinzha abriu um sorriso perverso.

— Não estávamos. Vendemos a eles sementes danificadas, o que os fez consumir suas reservas de emergência. Se cortarmos o fornecimento externo, a fome deve atingi-los em cerca de seis meses.

Pela primeira vez, os líderes regionais pareceram impressionados. Rin viu cabeças assentindo com relutância ao redor da mesa.

Apenas Kitay parecia insatisfeito.

— Seis meses? — repetiu ele. — Pensei que estivéssemos tentando sair daqui no próximo mês.

— Em um mês, eles ainda não terão sentido o bloqueio — disse Jinzha.

— Não importa! É só a ameaça do bloqueio que importa. Não precisamos fazê-los passar *fome* de verdade...

— Por que não? — perguntou Jinzha.

Kitay parecia horrorizado.

— Porque assim estaríamos punindo milhares de pessoas inocentes. E porque não foi isso que você me disse quando me pediu para fazer as contas...

— Não importa o que eu disse — retrucou Jinzha. — Saiba o seu lugar.

Kitay continuou falando.

— Por que fazê-los morrer de fome lentamente? Por que esperar, para começo de conversa? Se montarmos uma ofensiva agora, podemos terminar esta guerra antes que o inverno chegue. Se esperarmos, ficaremos presos no norte quando os rios congelarem.

O General Hu riu.

— O garoto acha que sabe lutar uma guerra melhor que nós.

Kitay estava lívido.

— Eu li Sunzi de verdade, então sim.

— Você não é o único estudante de Sinegard aqui — disse o General Hu.

— Certo, mas eu entrei durante uma era em que a admissão de fato exigia inteligência, então sua opinião não conta.

— Vaisra! — gritou o General Hu. — Discipline este garoto!
— "Discipline este garoto" — repetiu Kitay. — "Cale a única pessoa que tem uma estratégia razoavelmente viável, porque meu ego não aguenta."
— Chega — interrompeu Vaisra. — Você passou dos limites.
— Este plano passou dos limites — retrucou Kitay.
— Está dispensado — disse Vaisra. — Suma até que alguém o chame.
Por um breve e aterrorizante momento, Rin pensou que Kitay começaria a zombar de Vaisra também, mas ele apenas jogou seus papéis na mesa, derrubando tinteiros, e marchou rumo à porta.

— Continue dando chiliques assim e o pai não vai mais deixá-lo participar dos conselhos — disse Nezha.
Ele e Rin haviam saído atrás de Kitay, o que a jovem pensou ser uma atitude bastante perigosa da parte de Nezha, mas Kitay estava furioso demais para ficar grato pelo gesto.
— Continue me ignorando e não teremos um palácio onde *fazer* os conselhos — retrucou Kitay. — Um bloqueio? A merda de um *bloqueio*?
— É nossa melhor opção por enquanto — afirmou Nezha. — Não temos a capacidade militar de navegar para o norte sozinhos, mas podemos esperar que eles saiam.
— Mas isso pode levar anos! — gritou Kitay. — E o que acontece enquanto isso? Deixamos as pessoas morrerem?
— Ameaças precisam ser críveis para funcionar — disse Nezha.
Kitay o encarou com desdém.
— Então tente lidar com um país em crise de fome. Não se une um país fazendo pessoas inocentes morrerem de fome.
— Eles não vão morrer de fome...
— Não? Vão comer casca de árvore? Folhas? Estrume? Consigo pensar em um milhão de estratégias melhores que assassinato.
— Então tente ser diplomático — retrucou Nezha, irritado. — Você não pode desrespeitar a velha guarda.
— Por que não? A velha guarda não faz ideia do que está fazendo! — gritou Kitay. — Eles conseguiram seus cargos porque são bons em manobras faccionárias! Formaram-se em Sinegard, claro, mas isso foi quando o currículo era só treinamento básico emergencial. Eles não têm

uma base sólida em ciência ou tecnologia militar e nunca se deram ao trabalho de aprender, porque sabem que nunca perderão os empregos!

— Acho que você está subestimando alguns homens bastante qualificados — disse Nezha secamente.

— Não, seu pai está em uma dupla enrascada — rebateu Kitay. — Não, espere, eu entendi. É assim: os homens em que ele pode confiar não são competentes, mas os homens que são competentes ele precisa manter em uma coleira apertada, porque talvez planejem desertar.

— E em vez disso ele deve confiar em você?

— Eu sou o único que sabe o que está fazendo.

— E você basicamente só se juntou a nós ontem, então não fique tão surpreso por meu pai confiar menos em você do que nos homens que o servem há décadas.

Kitay saiu pisando duro, resmungando baixinho. Rin suspeitou que não o veriam sair da biblioteca por dias.

— Babaca — grunhiu Nezha quando Kitay não podia mais ouvi-lo.

— Não olhe para mim — disse Rin. — Estou do lado dele.

Ela não se importava muito com o bloqueio. Se as províncias do norte estavam hesitando, então mereciam morrer de fome. Mas Rin não suportava a ideia de que estavam prestes a mexer em um vespeiro — porque então a única estratégia seria esperar, se esconder e torcer para que as vespas não atacassem primeiro.

Ela não suportava a incerteza. Queria atacar.

— Pessoas inocentes *não* vão morrer — insistiu Nezha, embora soasse mais como se estivesse tentando convencer a si mesmo. — Eles vão se render antes que as coisas cheguem a esse ponto. Eles terão que se render.

— E se não se renderem? — perguntou ela. — Então atacamos?

— Nós atacamos ou eles morrem de fome — disse Nezha. — É ganhar ou ganhar.

As operações militares de Arlong se voltaram para dentro. As tropas deixaram de preparar os navios para navegar e se concentraram em estruturas de defesa para tornar Arlong completamente invulnerável a uma invasão do Exército Imperial.

Uma guerra defensiva começava a parecer cada vez mais provável. Se a República não lançasse seu ataque ao norte logo, as tropas ficariam confinadas em Arlong até a primavera seguinte. Já haviam passado da metade do outono, e Rin lembrou como os invernos sinegardianos eram cruéis. À medida que os dias ficassem mais frios, seria mais difícil ferver água e preparar comida quente. Doenças e geladuras se espalhariam rapidamente pelos acampamentos. As tropas ficariam desoladas.

Mas o sul permaneceria quente, hospitaleiro e pronto para a colheita. Quanto mais esperassem, maior seria a probabilidade de o Exército navegar rio abaixo em direção a Arlong.

Rin não queria travar uma batalha defensiva. Todos os grandes tratados de estratégia militar concordavam que as batalhas defensivas eram um pesadelo. E Arlong, por mais impenetrável que fosse, ainda sofreria com as forças combinadas do norte. Certamente Vaisra também sabia disso; era competente demais para acreditar no contrário. Entretanto, reunião após reunião, repreendia Kitay por falar, apaziguava os líderes e não fazia nada para incitar a aliança a entrar em ação.

Rin estava começando a pensar que uma ação independente da Província do Dragão seria melhor do que nada, mas as ordens não vieram.

— Meu pai está de mãos atadas — dizia Nezha.

Kitay permanecia entocado na biblioteca, elaborando planos de guerra que nunca seriam usados, com frustração crescente.

— Eu sabia que me juntar a vocês seria traição! — vociferou ele para Nezha. — Mas não sabia que seria *suicídio*.

— Os líderes vão mudar de ideia — garantiu Nezha.

— Até parece. Charouk é um porco preguiçoso que quer se esconder atrás de espadas republicanas, Takha não tem coragem de fazer nada além de se esconder atrás de Charouk, e Gurubai talvez seja o mais esperto do grupo, mas não vai agir se os outros dois não o fizerem.

Deve haver outra coisa, pensou Rin. *Algo de que não sabemos*. Vaisra jamais deixaria o inverno chegar sem tomar a iniciativa. O que ele estava esperando?

Por falta de opções melhores, ela depositava fé absoluta em Vaisra. Engolia em seco quando seus homens lhe perguntavam sobre o atraso. Ignorava os rumores de que Vaisra estaria considerando um acordo de paz com a Imperatriz. Ela percebeu que não podia influenciar a política, então se concentrava nas únicas coisas que podia controlar.

Rin seguia treinando com Nezha. Parou de empunhar o tridente como um cajado. Familiarizou-se com os generais e tenentes do Exército Republicano. Fez o possível para integrar o Cike ao ecossistema militar da Província do Dragão, embora Baji e Ramsa se irritassem com a proibição estrita de álcool. Ela aprendeu os códigos de comando do Exército Republicano, os canais de comunicação e as formações de ataque anfíbio. Ela se preparou para a guerra, fosse lá quando chegasse.

Até que chegou o dia em que gongos soaram freneticamente pelo porto, e mensageiros correram pelas docas, e toda a Arlong se acendeu com a notícia de que navios estavam a caminho da Província do Dragão. Grandes navios brancos do ocidente.

Então Rin entendeu o motivo da demora.

No fim das contas, Vaisra não estava reconsiderando a expedição ao norte.

Estava esperando por reforços.

CAPÍTULO 13

Rin se espremeu entre a multidão atrás de Nezha, que abriu caminho para levá-los até a frente do porto. O cais já estava tomado de civis curiosos e soldados, todos querendo ver o navio hesperiano. Mas ninguém estava olhando para o porto. Todas as cabeças estavam inclinadas para o céu.

Três embarcações grandes como baleias navegavam em meio às nuvens. Cada uma tinha uma cesta longa e retangular amarrada à parte de baixo, com bandeiras cerúleas costuradas nas laterais. Rin observava tudo perplexa.

Como estruturas tão colossais podiam permanecer no ar?

Elas pareciam absurdas e totalmente antinaturais, como se algum deus as estivesse movendo pelo céu à sua vontade. Mas aquilo não podia ser obra dos deuses. Os hesperianos não acreditavam no Panteão.

Seria uma obra do Criador deles? A possibilidade fez Rin estremecer. Ela sempre fora ensinada que o Santo Criador dos hesperianos era uma construção, uma ficção para controlar uma população ansiosa. A divindade singular, antropomorfizada e onipotente na qual os hesperianos acreditavam não era capaz de explicar a complexidade do universo. Porém, se o Criador era real, então tudo que ela sabia sobre as sessenta e quatro divindades, sobre o Panteão, estava errado.

E *se* os deuses dela não fossem os únicos no universo? E se existisse de fato um poder superior — um ao qual apenas os hesperianos tivessem acesso? Era por isso que eles eram tão infinitamente mais avançados?

O céu se encheu de um som como o zumbido de um milhão de abelhas, amplificado cem vezes conforme as naves voadoras se aproximavam.

Rin viu pessoas de pé nas bordas das cestas penduradas. Do chão, pareciam brinquedinhos. As baleias voadoras começaram a se aproximar do porto para pousar, ficando cada vez maiores no céu até que suas sombras cobrissem todos lá embaixo. As pessoas dentro das cestas acenavam, e suas bocas se abriam — estavam gritando alguma coisa, mas ninguém podia ouvi-las com todo aquele barulho.

Nezha puxou Rin.

— Para trás! — gritou ele em seu ouvido.

Houve um breve período de caos enquanto a guarda da cidade enxotava a multidão para fora da área de pouso. Uma a uma, as naves voadoras pousaram no chão. O porto inteiro tremeu com o impacto.

Por fim, o zumbido cessou. As baleias de metal murcharam e tombaram para o lado ao desinflarem sobre as cestas. O ar ficou silencioso.

Rin observava, curiosa.

— Cuidado para os olhos não saltarem da cara — disse Nezha. — São só estrangeiros.

— Só estrangeiros para você. Criaturas exóticas para mim.

— Não havia missionários na Província do Galo?

— Apenas na costa.

Os missionários hesperianos haviam sido banidos do Império após a Segunda Guerra da Papoula. Vários ousaram continuar visitando cidades afastadas do controle de Sinegard, mas a maioria manteve distância de lugares rurais como Tikany.

— Só ouvi histórias — acrescentou Rin.

— Como o quê?

— Os hesperianos são gigantes. São cobertos de pelos vermelhos. Cozinham bebês para colocar na sopa.

— Você sabe que isso nunca aconteceu, certo?

— De onde eu vim, as pessoas tinham bastante certeza disso.

Nezha deu uma risadinha.

— São águas passadas. Eles agora vieram como amigos.

O Império tinha uma história conturbada com a República de Hesperia. Durante a Primeira Guerra da Papoula, os hesperianos ofereceram ajuda militar e econômica à Federação de Mugen. Depois que os mugeneses obliteraram qualquer noção de soberania nikara, os hesperianos povoaram as regiões costeiras com missionários e escolas religiosas, determinados a acabar com as religiões supersticiosas locais.

Por um breve período, os missionários hesperianos até proibiram visitas aos templos. Se ainda existiam cultos xamânicos após a guerra do Imperador Vermelho contra a religião, os hesperianos fizeram com que ficassem ainda mais secretos.

Durante a Segunda Guerra da Papoula, os hesperianos se tornaram os libertadores. A Federação cometera atrocidades demais para os hesperianos, que sempre alegaram que sua ocupação beneficiava os nativos, para fingir que a neutralidade era moralmente defensável. Depois que Speer queimou, os hesperianos enviaram suas frotas para o mar de Nariin, uniram forças com as tropas da Trindade, expulsaram a Federação de volta para sua ilha em forma de arco e orquestraram um acordo de paz com o recém-reformado Império Nikara em Sinegard.

Então a Trindade assumiu o controle ditatorial do país e expulsou os estrangeiros. Os hesperianos que permaneceram eram contrabandistas e missionários, escondidos em portos internacionais como Ankhiluun e Khurdalain, pregando sua palavra a qualquer um que se desse ao trabalho de entretê-los.

Quando a Terceira Guerra da Papoula começou, esses últimos hesperianos zarparam em navios de resgate tão rápido que, quando o contingente de Rin chegou a Khurdalain, era como se nunca tivessem estado lá. Conforme a guerra avançava, os hesperianos se mantiveram espectadores obstinados, assistindo a tudo do outro lado do grande mar enquanto os cidadãos de Nikan queimavam em suas casas.

— Eles podiam ter chegado um pouco antes — reclamou Rin.

— Uma guerra devastou todo o continente ocidental ao longo das últimas duas décadas — contou Nezha. — Eles andaram um pouco distraídos.

Aquilo era novidade para Rin. Até então, as notícias do continente ocidental haviam sido tão irrelevantes para ela que era como se o lugar não existisse.

— Eles ganharam?

— Pode-se dizer que sim. Milhões morreram. Outros milhões estão sem casa ou país. Mas o Consórcio saiu poderoso, então eles consideram isso uma vitória. Embora eu não...

Rin segurou o braço dele.

— Estão saindo.

Portas se abriram nas laterais de cada cesta. Um a um, os hesperianos desceram para a doca.

Rin recuou ao vê-los.

A pele deles era terrivelmente pálida, não o tom branco de porcelana impecável que os sinegardianos apreciavam. Era mais como o tom de um peixe recém-estripado. Seus cabelos tinham cores feias — tons berrantes de cobre, ouro e bronze, nada como o preto profundo do cabelo nikara. Tudo neles — sua coloração, suas feições, suas proporções — parecia *errado*.

Eles não pareciam pessoas, pareciam coisas saídas de histórias de terror. Poderiam ter sido monstros possuídos por demônios conjurados para que os heróis do folclore nikara lutassem. E, embora Rin fosse velha demais para histórias folclóricas, tudo naquelas criaturas de olhos claros a fazia querer correr.

— Como está seu hesperiano? — perguntou Nezha.

— Enferrujado — admitiu ela. — Odeio essa língua.

Todos haviam sido forçados a estudar vários anos de hesperiano formal em Sinegard. As regras de pronúncia eram no mínimo aleatórias, e o sistema gramatical era tão cheio de exceções que era como se não existisse.

Nenhum dos colegas de Rin prestava muita atenção às aulas de gramática hesperiana. Todos pensavam que, como a Federação era a principal ameaça, era mais importante aprender mugenês.

Rin supunha que as coisas seriam muito diferentes agora.

Uma coluna de marinheiros hesperianos, idênticos com seus cabelos curtos e uniformes cinza-escuros, saiu das cestas e formou duas fileiras organizadas na frente da multidão. Rin contou vinte deles.

Ela examinou seus rostos, mas não conseguiu distinguir um do outro. Todos pareciam ter os mesmos olhos claros, narizes largos e mandíbulas quadradas. Eram todos homens, e cada um segurava contra o peito uma arma de aparência estranha, cujo propósito Rin achou difícil determinar. Parecia uma série de tubos de diferentes comprimentos, unidos na parte de trás com algo que parecia uma alça.

Um último soldado emergiu da porta do cesto. Rin presumiu ser o general por conta do uniforme, que tinha fitas multicoloridas no lado esquerdo do peito, onde os outros nada tinham. Rin imediatamente o viu como perigoso. O homem era pelo menos meia cabeça mais alto que Vaisra e ostentava um peito tão largo quanto o de Baji. Seu rosto envelhecido era enrugado e emanava um ar de inteligência.

Atrás do general caminhava uma fileira de hesperianos encapuzados e vestidos com sotainas cinzentas.

— Quem são? — perguntou Rin a Nezha.

Não podiam ser soldados; não usavam armadura e não carregavam armas.

— A Companhia Cinzenta — respondeu ele. — Representantes da Igreja do Arquiteto Divino.

— São missionários?

— Missionários que podem falar pela igreja central. São altamente treinados e educados. Pense neles como graduados da Academia Sinegardiana de religião.

— É o quê? Eles foram para uma escola de padres?

— Mais ou menos. São cientistas também. Na religião deles, cientistas e padres são a mesma coisa.

Rin estava prestes a perguntar o que aquilo queria dizer quando uma última figura emergiu da cesta central. Era uma mulher, esbelta e pequenina, vestindo um casaco preto abotoado com gola alta que cobria o pescoço. Ela parecia séria, estrangeira e elegante ao mesmo tempo. Seu traje certamente não era nikara, mas seu rosto não era hesperiano. Parecia estranhamente familiar.

— *Olá* — disse Baji atrás de Rin, assobiando. — Quem é aquela?

— Yin Saikhara — respondeu Nezha.

— Ela é casada?

Nezha lançou a ele um olhar enojado.

— É a minha *mãe*.

Por isso Rin reconheceu o rosto da mulher. Ela encontrara a Senhora da Província do Dragão uma vez, anos antes, em seu primeiro dia em Sinegard. A mulher havia confundido o responsável de Rin, o Tutor Feyrik, com um porteiro, e descartado Rin como lixo sulista.

Talvez os últimos quatro anos tivessem feito maravilhas pela atitude da sra. Saikhara, mas Rin estava bastante inclinada a não gostar dela.

A mulher parou diante da multidão, os olhos vagando pelo porto como se examinasse seu reino. Então avistou Rin. Ela franziu a testa — em reconhecimento, pensou Rin; talvez Saikhara também se lembrasse dela —, mas então segurou o braço do general hesperiano e apontou, seu rosto contorcido no que parecia ser medo.

O general assentiu e deu uma ordem. Imediatamente, todos os vinte soldados hesperianos apontaram suas armas de tubo para Rin.

Um silêncio recaiu sobre a multidão enquanto os civis recuavam apressadamente.

Vários estalos rasgaram o ar. Rin se jogou no chão por instinto. Oito buracos pontilharam a terra diante dela. Ela ergueu os olhos.

O ar cheirava a fumaça. Espirais cinzentas se desenrolavam das pontas dos tubos do cano.

— Merda — murmurou Nezha.

O general gritou algo que Rin não conseguiu entender, mas não foi preciso traduzir. Não havia como interpretar suas palavras de outro modo que não uma ameaça.

Ela tinha duas respostas padrão para ameaças. E não podia fugir, não naquela multidão, então sua única escolha era lutar.

Dois dos soldados hesperianos vieram correndo em sua direção. Rin bateu o tridente nas canelas do mais próximo. Ele se curvou, apenas por um instante. Ela enfiou um cotovelo na lateral de sua cabeça, agarrou-o pelos ombros e avançou, usando-o como um escudo humano para bloquear mais disparos.

Funcionou até que algo pousou sobre os ombros de Rin. Uma rede de pesca. Ela se debateu, tentando se livrar, mas a rede apenas se apertou em torno de seus braços. A pessoa que a segurava puxou com força, fazendo-a cair.

O general hesperiano se assomava sobre ela, a arma apontada diretamente para seu rosto. Rin olhou para o cano. O cheiro de pólvora era tão forte que ela quase engasgou.

— Vaisra! — gritou ela. — Me aju...

Soldados se aglomeraram ao redor de Rin. Braços fortes prenderam seus braços sobre a cabeça, outros agarraram seus tornozelos, deixando-a imóvel. Rin ouviu o tinido de aço ao lado de sua cabeça. Ela se virou e viu uma bandeja de madeira no chão ao seu lado, sobre a qual havia uma variedade de dispositivos finos que pareciam instrumentos de tortura.

Ela já havia visto dispositivos assim antes.

Alguém puxou sua cabeça para trás e abriu sua boca com força. Uma pessoa da Companhia Cinzenta, uma mulher com pele de alabastro, ajoelhou-se sobre Rin. Ela pressionou algo duro e metálico na língua de Rin.

Rin mordeu os dedos.

A mulher tirou a mão.

Rin lutou mais. Por milagre, as mãos em seus ombros afrouxaram. Ela se debateu e atingiu a bandeja, espalhando os instrumentos pelo chão. Por um único momento desesperado, ela pensou que conseguiria se libertar.

Então o general bateu a coronha da arma na cabeça dela, e a visão de Rin explodiu em estrelas que apagaram no nada.

— Ah, que bom — disse Nezha. — Você acordou.

Rin se viu caída em um chão de pedra. Ela lutou para se pôr de pé. Não estava amarrada. Ótimo. Suas mãos saltaram à procura de uma arma que não estava ali e, quando não conseguiu encontrar o tridente, elas se fecharam com força.

— O que...?

— Foi um mal-entendido. — Nezha a segurou pelos ombros. — Você está segura, estamos sozinhos. O que aconteceu lá foi um engano.

— Um *engano*?

— Pensaram que você fosse uma ameaça. Minha mãe disse a eles para atacar assim que desembarcaram.

A testa de Rin latejava. Ela tocou o ponto onde sabia que um grande galo estava se formando.

— Sua mãe é uma desgraçada, então.

— Ela costuma ser. Mas você não está em perigo. Meu pai está acalmando todo mundo.

— E se ele não conseguir?

— Ele vai. Eles não são idiotas. — Nezha segurou a mão dela. — Quer parar com isso?

Rin havia começado a andar de um lado para o outro na pequena câmara como um animal enjaulado, rangendo os dentes, esfregando os braços, agitada. Não podia ficar parada; a mente estava em um pânico febril. Se parasse de se mexer, começaria a tremer descontroladamente.

— Por que pensaram que eu era uma ameaça? — questionou ela.

— É, hã, um tanto complicado — respondeu Nezha, sem jeito. — Acho que a maneira mais simples de explicar é que eles querem estudar você.

— *Estudar*?

— Eles sabem o que você fez na ilha do arco. Eles sabem o que *pode* fazer, e, sendo o país mais poderoso no momento atual, é claro que vão investigar. Os termos do tratado propostos, eu acho, foram que eles poderiam examiná-la em troca de ajuda militar. Minha mãe enfiou na cabeça deles que você não viria de boa vontade.

— Então Vaisra está me vendendo em troca de ajuda?

— Não é assim. Minha mãe... — Nezha continuou falando, mas Rin não estava ouvindo.

Ela o analisou, pensando.

Tinha que sair dali. Tinha que reunir o Cike e tirá-los de Arlong. Nezha era mais alto, mais pesado e mais forte do que ela, mas ainda podia dar conta dele. Focaria em seus olhos e cicatrizes, cravaria as unhas em sua pele e enfiaria o joelho em suas bolas repetidamente até que ele baixasse a guarda.

Mas talvez ainda estivesse presa. As portas podiam estar trancadas pelo lado de fora. E se ela arrombasse a porta, poderia haver... Não, certamente havia guardas do lado de fora. E a janela? Rin pôde notar de relance que estavam no segundo, talvez terceiro andar, mas talvez ela pudesse descer de alguma forma, se conseguisse deixar Nezha inconsciente. Ela só precisava de uma arma — as pernas da cadeira serviriam, ou um caco de porcelana.

Ela se lançou para o vaso de flores.

— Não. — Nezha estendeu a mão e a segurou pelo pulso. Rin se debateu. Ele torceu o braço dela para trás das costas, forçou-a a se abaixar e pressionou o joelho contra a parte inferior de suas costas. — Vamos, Rin. Não seja burra.

— Não faça isso — pediu ela, arfando. — Nezha, por favor, eu não posso ficar aqui...

— Você não tem permissão para sair da sala.

— Então agora sou uma prisioneira?

— Rin, por favor...

— Me solte!

Ela tentou se libertar. Ele a apertou com mais firmeza.

— Você não está em perigo.

— Então *me solte*!

— Você vai estragar negociações que estão sendo feitas há anos...

— Negociações? — guinchou ela. — Você acha que eu ligo para a droga dessas negociações? Eles querem me dissecar!

— E meu pai não vai deixar isso acontecer! Você acha que ele a entregaria? Você acha que *eu* deixaria isso acontecer? Eu morreria antes de deixar qualquer um machucar você, Rin. Acalme-se...

Aquilo não a ajudou a se acalmar. Cada segundo em que estava parada se parecia com um torno se fechando em seu pescoço.

— Minha família vem planejando esta guerra há mais de uma década — disse Nezha. — Minha mãe vem se dedicando a essa missão diplomática há anos. Ela foi educada em Hesperia, tem laços fortes com o ocidente. Assim que a Terceira Guerra acabou, meu pai a enviou ao exterior para solidificar o suporte militar hesperiano.

Rin deixou escapar uma risada.

— Bem, então ela arranjou um acordo de merda.

— Não vamos aceitar. Os hesperianos são gananciosos e maleáveis. Eles querem recursos que apenas o Império pode oferecer. Meu pai pode tranquilizá-los. Mas não podemos deixá-los com raiva. *Precisamos* das armas deles. — Nezha soltou um dos braços dela quando ficou claro que Rin havia parado de se debater. — Você esteve nos conselhos. Não ganharemos esta guerra sem eles.

Rin se virou para encará-lo.

— Você quer aquelas coisas com canos, não é?

— São chamados de arcabuzes. São como canhões de mão, só que mais leves que bestas, e seus disparos podem penetrar placas de madeira e chegam mais longe.

— Ah, tenho certeza de que Vaisra quer caixas e caixas disso.

Nezha lançou a ela um olhar sério.

— Precisamos de tudo que pudermos conseguir.

— Mas imagine que vocês vençam essa guerra e os hesperianos não queiram ir embora — disse ela. — Imagine a Primeira Guerra da Papoula de novo.

— Eles não têm interesse em ficar — disse ele, dispensando o assunto. — Cansaram disso. Descobriram que suas colônias são difíceis de defender, e a guerra os enfraqueceu demais para comprometer o tipo de recurso que podiam ter antes. Tudo que querem são acordos comerciais e permissão para colocar missionários onde quiserem. No final da guerra, nós os levaremos para a costa o mais breve possível.

— E se eles não quiserem partir?

— Espero que encontremos um jeito — respondeu Nezha. — Assim como fizemos antes. Mas, no momento, meu pai vai escolher o menor de dois males. E você deveria fazer o mesmo.

As portas se abriram. O Capitão Eriden entrou.

— Eles estão prontos para ver você — anunciou ele.

— "Eles"? — repetiu Rin.

— O Líder do Dragão está recebendo os representantes hesperianos no grande salão. Eles gostariam de falar com você.

— Não — disse Rin.

— Você vai ficar bem — afirmou Nezha. — Só não faça nenhuma besteira.

— Nós temos ideias bem diferentes sobre a definição de "besteira" — retrucou ela.

— O Líder do Dragão prefere não ter que esperar.

Eriden gesticulou. Dois de seus guardas avançaram e pegaram Rin pelos braços. Ela conseguiu lançar um último olhar de pânico para Nezha antes que a levassem porta afora.

Os guardas depositaram Rin na pequena passagem que levava ao grande salão do palácio e fecharam as portas.

Ela deu um passo hesitante à frente. Viu os hesperianos sentados em cadeiras douradas ao redor da mesa ao centro. Jinzha estava à direita do pai. Os líderes do sul haviam sido relegados à extremidade da mesa, parecendo confusos e desconfortáveis.

Rin sabia que entrara no meio de uma discussão acalorada. Uma tensão espessa crepitava no ar, e todas as partes pareciam nervosas, com rostos vermelhos e furiosos, como se estivessem prestes a atacar.

Ela ficou na parte de trás do corredor por um momento, escondida pela parede do canto, e escutou.

— O Consórcio ainda está se recuperando de sua própria guerra — dizia o general hesperiano. Rin teve dificuldade para entendê-lo a princípio, mas aos poucos foi recordando o idioma. Ela se sentiu outra vez uma estudante, sentada nos fundos da sala de aula de Jima, memorizando tempos verbais. — Não estamos em condições de especular.

— Isso não é especulação — rebateu Vaisra, com urgência. Ele falava hesperiano como se fosse sua língua nativa. — Poderíamos retomar este país em dias, basta que vocês...

— Então façam isso sozinhos — disparou o general. — Estamos aqui para fazer negócios, não alquimia. Não estamos interessados em transformar fraudes em reis.

Vaisra se recostou.

— Então você vai conduzir meu país como um experimento antes de escolher intervir.

— Um experimento necessário. Não viemos aqui para emprestar navios a seu bel-prazer, Vaisra. Isto é uma investigação.

— Sobre o quê?

— Precisamos saber se os nikaras estão prontos para a civilização. Não distribuímos ajuda sem cuidado. Cometemos esse erro antes. Os mugeneses pareciam mais preparados para o avanço que vocês. Não tinham lutas internas entre facções, e sua governança era muito mais sofisticada. E veja no que deu.

— Se somos subdesenvolvidos, é por conta dos anos de ocupação estrangeira — argumentou Vaisra. — Isso é culpa sua, não nossa.

O general deu de ombros, indiferente.

— Mesmo assim.

Vaisra soava exasperado.

— Então o que estão procurando?

— Bem, seria trapaça se contássemos, não é? — O general hesperiano abriu um sorrisinho. — Mas tudo isso é irrelevante. Nosso objetivo primário aqui é a speerliesa. Ela supostamente devastou um país inteiro. Gostaríamos de saber como ela fez isso.

— Vocês não podem ficar com a speerliesa — disse Vaisra.

— Ah, acho que isso não é decisão sua.

Rin entrou na sala.

— Estou bem aqui.

— Runin. — Se Vaisra pareceu surpreso, ele logo se recuperou. O homem se levantou e gesticulou para o general hesperiano. — Por favor, conheça o General Josephus Tarcquet.

Nome idiota, pensou Rin. Uma coleção rebuscada de sílabas que ela mal conseguia pronunciar.

Tarcquet se pôs de pé.

— Acho que lhe devo um pedido de desculpas. A sra. Saikhara nos convenceu de que estávamos lidando com um animal selvagem. Não imaginávamos que você seria tão... humana.

Rin pestanejou. Era mesmo para ser um pedido de desculpas?

— Ela entende o que estou dizendo? — perguntou Tarcquet a Vaisra em um nikara picado e feio.

— Entendo hesperiano — disse Rin, irritada. Ela desejou muito ter aprendido os palavrões da língua em Sinegard. Não tinha todo o vocabulário para expressar o que queria dizer, mas tinha o suficiente. — Só não estou a fim de dialogar com tolos que me querem morta.

— Por que estamos falando com ela? — bradou a sra. Saikhara.

Sua voz estava aguda e frágil, como se ela tivesse chorado. O puro veneno em seu olhar assustou Rin. Era mais que desprezo. Era um ódio venenoso e assassino.

— Ela é uma abominação profana — rosnou Saikhara. — É uma marca contra o Criador, e deve ser levada até as Torres Cinzentas o quanto antes.

— Não vamos levar ninguém. — Vaisra parecia exasperado. — Runin, por favor, sente-se...

— Mas você *prometeu* — sibilou Saikhara para ele. — Você disse que encontrariam uma forma de consertá-lo...

Vaisra agarrou o pulso da esposa.

— Agora não é hora.

Saikhara puxou a mão e bateu na mesa. Sua xícara tombou, espalhando chá quente pelo tecido bordado.

— Você jurou para mim. Disse que consertaria isso, que encontraria um jeito de consertá-lo se eu os trouxesse de volta, *prometeu*...

— Silêncio, mulher. — Vaisra apontou para a porta. — Se não pode se acalmar, então é melhor sair.

Saikhara lançou a Rin um olhar de fúria, murmurou algo baixinho e saiu da sala.

Um longo silêncio pairou sobre sua ausência. Tarcquet parecia um tanto entretido. Vaisra se recostou na cadeira, tomou um gole de chá e suspirou.

— Espero que perdoem minha esposa. Ela tende a ficar mal-humorada depois de viagens.

— Ela está desesperada por respostas. — Uma mulher em uma sotaina cinza, a mesma que se aproximara de Rin na doca, pousou a mão na de Vaisra. — Nós entendemos. Também gostaríamos de encontrar uma cura.

Rin a estudou, intrigada. O nikara da mulher era muito bom — ela poderia se passar por uma falante nativa se o tom de sua voz não fosse tão excêntrico e sem emoção. Seu cabelo era da cor do trigo, liso e trançado em uma espiral, feito uma serpente que descansava logo acima de seu ombro. Os olhos eram cinzentos como muros de castelos. A pele, pálida como papel, era tão fina que dava para ver as veias azuis. Rin sentiu uma estranha vontade de tocá-la, só para ver se parecia humana.

— Ela é uma criatura fascinante — comentou a mulher. — É raro encontrar alguém possuído pelo Caos que permaneça tão lúcido. Nenhum de nossos loucos hesperianos se saiu tão bem em enganar seus observadores.

— Estou bem aqui — rebateu Rin.

— Eu gostaria de colocá-la em uma câmara de isolamento — prosseguiu a mulher, como se Rin não tivesse falado. — Estamos perto de desenvolver instrumentos que podem detectar Caos puro em ambientes estéreis. Se pudéssemos levá-la para as Torres Cinzentas...

— Não vou a lugar nenhum com você — disse Rin.

O General Tarcquet acariciou o arcabuz que estava à sua frente.

— Você não tem escolha, querida.

A mulher ergueu a mão.

— Espere, Josephus. O Arquiteto Divino valoriza a liberdade de pensamento. A cooperação voluntária é um sinal de que razão e ordem prevalecem na mente. A garota irá de espontânea vontade?

Rin encarou os dois, chocada. Vaisra achava mesmo que ela aceitaria?

— Você conseguiria mantê-la em campanha — disse a mulher para Vaisra, como se estivessem discutindo algo simples como os preparativos do jantar. — Eu só precisaria de reuniões regulares, talvez uma vez por semana. Elas seriam minimamente invasivas.

— Defina "minimamente" — pediu Vaisra.

— Eu apenas a observaria, na maior parte do tempo. Talvez eu conduzisse alguns poucos experimentos. Nada que vá afetá-la permanentemente, e com certeza nada que vá afetar sua habilidade de lutar. Eu só gostaria de ver como ela reage a diferentes estímulos...

Um som tilintante ficou cada vez mais alto aos ouvidos de Rin. As vozes de todos se tornaram ao mesmo tempo arrastadas e amplificadas. A conversa prosseguiu, mas ela conseguia decifrar apenas fragmentos.

— ... criatura fascinante...

— ... uma soldada valiosa...

— ... pesar a balança...

Rin se viu cambaleando.

Viu em sua mente um rosto que não se permitia imaginar havia muito tempo. Olhos escuros e inteligentes. Nariz estreito. Lábios finos e um sorriso cruel e animado.

Ela viu o dr. Shiro.

Sentiu as mãos dele sobre seu corpo, verificando suas amarras, certificando-se de que ela não se moveria um centímetro na cama em que ele a havia atado. Ela sentiu seus dedos apalpando sua boca, contando seus dentes, descendo pela mandíbula até o pescoço para localizar sua artéria.

Ela sentiu suas mãos a segurando enquanto ele enfiava uma agulha em sua veia.

Rin sentiu pânico, medo e raiva de uma só vez e queria queimar, mas *não conseguia*, e o calor e o fogo apenas borbulhavam em seu peito e se acumulavam ali dentro porque o maldito Selo havia entrado no caminho, mas o calor continuava aumentando, e Rin pensou que talvez fosse implodir...

— Runin. — A voz de Vaisra penetrou a névoa.

Com dificuldade, ela focou o rosto dele.

— Não — sussurrou ela. — Não, eu não posso...

Ele se levantou.

— Não é a mesma coisa que o laboratório mugenês.

Rin se afastou dele.

— Não me importo. Não consigo fazer isso...

— O que estamos debatendo? — questionou o Líder do Javali. — Entregue a garota a eles e acabe com isso.

— Silêncio, Charouk. — Vaisra levou Rin às pressas para o canto da sala, longe de onde os hesperianos podiam ouvir. Baixou o tom de voz. — Eles vão forçá-la de qualquer jeito. Se você cooperar, conseguirá simpatia para nossa causa.

— Você está me trocando por navios — acusou ela.

— Ninguém está trocando você. Estou pedindo um favor. Faça isso por mim. Você não está em perigo. Você não é um monstro, e eles logo vão descobrir isso.

Então ela entendeu. Os hesperianos não encontrariam nada. Não *conseguiriam* encontrar, porque Rin não podia mais invocar o fogo. Eles podiam fazer todos os experimentos que quisessem, mas não encontrariam nada. Daji garantiu que não houvesse nada a encontrar.

— Runin, por favor — murmurou Vaisra. — Não temos escolha.

Ele tinha razão. Os hesperianos haviam deixado claro que a estudariam à força, se necessário. Ela poderia tentar lutar, mas não chegaria muito longe.

Parte dela queria desesperadamente dizer não. Dizer que se dane, arriscar-se e tentar seu melhor para escapar e fugir. Claro, eles a perseguiriam, mas ela tinha uma pequena chance de sair viva.

Mas sua vida não era a única em jogo.

O destino do Império estava por um fio. Se ela realmente queria a Imperatriz morta, então as aeronaves e os arcabuzes hesperianos eram a melhor maneira de fazê-lo. A única maneira de conseguir que eles cooperassem era ir voluntariamente.

Quando ouvir gritos, Vaisra dissera a ela, *corra na direção deles*.

Rin falhara em Lusan. Não conseguia mais chamar o fogo. Aquela poderia ser a única maneira de expiar os erros colossais que cometera. Sua única chance de consertar as coisas.

Altan havia morrido pela libertação. Ela sabia o que ele lhe diria agora.

Pare de ser tão egoísta, porra.

Rin se preparou, respirou fundo e assentiu.

— Eu vou.

— Obrigado. — O alívio tomou conta do rosto de Vaisra. Ele se voltou para a mesa. — Ela concorda.

— Uma hora — disse Rin em seu melhor hesperiano. — Uma vez por semana. E só. Tenho a liberdade de ir embora se me sentir desconfortável, e vocês não me tocarão sem minha permissão expressa.

O General Tarcquet tirou a mão do arcabuz.

— Justo.

Os hesperianos pareciam satisfeitos demais. Rin sentiu o estômago revirar.

Ah, céus. Com o que ela havia concordado?

— Excelente. — A mulher de olhos cinza se levantou. — Venha comigo. Começaremos agora.

Os hesperianos já haviam ocupado todo o bloco de prédios a oeste do palácio, residências mobiliadas que Rin suspeitava terem sido preparadas por Vaisra havia muito tempo. Bandeiras azuis com uma insígnia que lembrava as engrenagens de um relógio pendiam das janelas. A mulher de olhos cinza fez sinal para que Rin a seguisse até uma salinha quadrada e sem janelas no primeiro andar do prédio central.

— Como você se chama? — perguntou a mulher. — Fang Runin, foi o que disseram?

— Só Rin — murmurou a jovem, olhando ao redor.

A sala estava vazia, exceto por duas longas e estreitas mesas de pedra que haviam sido recentemente arrastadas para lá, a julgar pelas marcas de derrapagem no chão de pedra. Uma delas estava vazia. A outra, coberta com uma série de instrumentos, alguns feitos de aço e outros de madeira, que Rin mal reconhecia ou conseguia adivinhar a função.

Os hesperianos vinham preparando aquela sala desde que chegaram ali.

Um soldado hesperiano estava no canto, o arcabuz pendurado no ombro. Seus olhos rastreavam Rin a cada vez que ela se movia. Ela o olhou feio. Ele não reagiu.

— Você pode me chamar de Irmã Petra — disse a mulher. — Por que não vem até aqui?

Seu nikara era excelente. Rin teria ficado impressionada, mas algo parecia estranho. As frases de Petra eram fluidas e fluentes, talvez mais gramaticalmente perfeitas do que as da maioria dos falantes nativos, mas suas palavras soavam erradas. Os tons eram um pouco desconjuntados, e ela pronunciava tudo com o mesmo corte plano que a fazia parecer totalmente inumana.

Petra pegou uma xícara na beirada da mesa e ofereceu a ela.

— Láudano?

Rin se encolheu, surpresa.

— Para quê?

— Pode acalmá-la. Disseram-nos que você reage mal a ambientes de laboratório. — Petra franziu os lábios. — Eu sei que opioides atenuam os fenômenos que você manifesta, mas para uma primeira observação isso não importa. Hoje estou interessada apenas em medições básicas.

Rin olhou para o copo, considerando ingerir seu conteúdo. A última coisa que queria era baixar a guarda por uma hora inteira com os hesperianos. Mas sabia que não tinha escolha a não ser acatar o que Petra lhe pedisse. Tinha razões para acreditar que não a matariam. Não tinha controle sobre o resto. A única coisa que ela podia controlar era o próprio desconforto.

Ela pegou a xícara e a esvaziou.

— Excelente. — Petra apontou para a cama. — Lá em cima, por favor.

Rin respirou fundo e se sentou na beirada.

Uma hora. Era isso. Tudo que precisava fazer era sobreviver aos sessenta minutos seguintes.

Petra começou fazendo uma série interminável de medições. Com uma corda entalhada, ela registrou a altura e a envergadura de Rin e o comprimento de seus pés. Mediu a circunferência ao redor da cintura, dos pulsos, dos tornozelos e das coxas de Rin. Então, com um barbante menor, ela fez uma série de medidas menores que pareciam totalmente inúteis. A largura dos olhos de Rin. A distância entre eles e seu nariz. O comprimento de cada uma de suas unhas.

Aquilo se arrastou por uma eternidade. Rin conseguiu não se encolher muito com o toque de Petra. O láudano estava funcionando bem; um peso de chumbo se instalara confortavelmente em sua corrente sanguínea e a mantinha anestesiada, entorpecida e dócil.

Petra enrolou o barbante na base do polegar de Rin.

— Conte-me sobre a primeira vez em que comungou com, hã, essa entidade que você alega ser seu deus. Como descreveria a experiência?

Rin não disse nada. Ela tinha que deixar seu corpo ser examinado. Não significava que precisava se envolver em conversa fiada.

Petra repetiu a pergunta. De novo, Rin ficou em silêncio.

— Você deveria saber — disse Petra enquanto deixava a fita de lado — que cooperação verbal é uma condição do nosso acordo.

Rin a olhou com cautela.

— O que quer de mim?

— Apenas respostas sinceras. Não estou apenas interessada na construção do seu corpo. Estou curiosa com as possibilidades de redenção de sua alma.

Se a mente de Rin estivesse funcionando mais rápido, ela teria dado uma resposta esperta. Em vez disso, revirou os olhos.

— Você parece ter certeza de que nossa religião é falsa — disse Petra.

— Sei que é falsa. — O láudano soltara a língua de Rin, e ela se viu despejando os primeiros pensamentos que vinham à sua mente. — Eu vi evidência dos meus deuses.

— Viu?

— Sim, e sei que o universo não é obra de um único homem.

— Um único homem? É nisso que acha que acreditamos? — Petra inclinou a cabeça. — O que você sabe sobre nossa teologia?

— Que é besteira — respondeu Rin, o que era tudo que haviam lhe ensinado.

Haviam estudado a religião hesperiana — Criação, como a chamavam — brevemente em Sinegard, quando nenhum deles pensava que os hesperianos retornariam às costas do Império durante sua vida. Nenhum deles levava a sério os estudos da cultura hesperiana, nem mesmo os tutores. A Criação era apenas uma nota de rodapé. Uma piada. Aqueles ocidentais tolos.

Rin se lembrou de caminhadas idílicas pela encosta da montanha com Jiang durante o primeiro ano de seu aprendizado, quando ele a fez pesquisar sobre as diferenças entre as religiões do Leste e do Oeste e levantar hipóteses sobre as razões pelas quais existiam. Ela se lembrava de passar horas na biblioteca refletindo sobre a pergunta. Descobrira que as vastas e variadas religiões do Império tendiam a ser politeístas, desordenadas e irregulares, sem consistência mesmo entre as aldeias. Mas os hesperianos gostavam de investir sua adoração em uma única entidade, tipicamente representada como um homem.

— Por que você acha que é assim? — perguntara Rin a Jiang.

— Húbris — respondera ele. — Eles já pensam que são os senhores do mundo. Gostam de pensar que algo à sua própria imagem criou o mundo.

A questão que Rin nunca havia considerado, é claro, era como os hesperianos haviam desenvolvido tecnologias tão avançadas se sua abordagem da religião era tão ridiculamente errada. Até agora, isso nunca havia sido relevante.

Petra pegou da mesa um dispositivo redondo de metal do tamanho de sua palma e o segurou diante de Rin. Ela clicou em um botão ao lado, e sua tampa se soltou.

— Você sabe o que é isto?

Era algum tipo de relógio. Ela reconheceu os números hesperianos, doze em um círculo, com duas agulhas se movendo lentamente em rotação. Mas os relógios nikaras, movidos a gotas d'água, eram instalações que ocupavam cantos inteiros de salas. Aquela coisa era tão pequena que poderia caber em seu bolso.

— É um relógio?

— Muito bem — disse Petra. — Aprecie o desenho. Veja as engrenagens intrincadas, perfeitamente moldadas à forma, que o mantêm funcionando sozinho. Agora imagine que encontrou isto no chão. Você não sabe o que é. Não sabe quem o colocou ali. Qual é a sua conclusão? Foi feito por alguém ou é um acidente da natureza, como uma pedra?

A mente de Rin se moveu devagar ao redor das perguntas de Petra, mas ela sabia onde a hesperiana queria chegar.

— Existe um criador — disse ela depois de uma pausa.

— Muito bem — repetiu Petra. — Agora imagine o mundo como um relógio. Considere o mar, as nuvens, os céus, as estrelas, todos trabalhando em perfeita harmonia para manter nosso mundo girando e respirando. Pense nos ciclos de vida das florestas e dos animais que vivem nelas. Isso não é um acidente. Isso não poderia ter sido forjado pelo caos primordial, como sua teologia tende a argumentar. Esta foi a criação deliberada de uma entidade maior, perfeitamente benevolente e racional.

"Nós o chamamos de nosso Arquiteto Divino, ou Criador, como vocês o conhecem. Ele busca criar ordem e beleza. Isso não é loucura. É a explicação mais simples possível para a beleza e a complexidade do mundo natural.

Rin ficou em silêncio, repassando aqueles pensamentos em sua mente cansada.

A ideia de fato era muito atraente. Ela gostava da teoria de que o mundo natural era fundamentalmente cognoscível e redutível a um conjunto de princípios objetivos impostos por uma divindade benevolente e racional. Era muito mais simples e direto do que aquilo que sabia sobre os sessenta e quatro deuses, criaturas caóticas sonhando com um redemoinho interminável de forças que criava o universo subjetivo, onde tudo estava em fluxo e nada estava escrito. Era mais fácil pensar que o mundo natural era um presente perfeito, objetivo e estático embrulhado e entregue por um arquiteto todo-poderoso.

Havia apenas um descuido escancarado.

— Então por que as coisas dão errado? — perguntou Rin. — Se esse Criador colocou tudo em movimento, então...

— ... por que o Criador não impede a morte? — completou Petra. — Por que as coisas dão errado se foram feitas para dar certo?

— Sim. Como sabia o que eu ia perguntar?

Petra abriu um sorrisinho.

— Não fique tão surpresa. Essa é a pergunta mais comum de todo recém-convertido. A resposta é Caos.

— Caos — repetiu Rin devagar. Ela ouvira Petra usar a palavra no conselho. Era um termo hesperiano; não havia equivalente em nikara. Contrariada, ela perguntou: — O que é Caos?

— A raiz do mal — respondeu Petra. — Nosso Arquiteto Divino não é onipotente. Ele é poderoso, sim, mas lidera uma luta constante para moldar a ordem de um universo que tende a um estado inevitável de dissolução e desordem. Chamamos essa força de Caos. O Caos é a antítese da ordem, a força cruel que tenta o tempo todo desfazer as criações do Arquiteto. O Caos é a velhice, a doença, a morte e a guerra. O Caos se manifesta no que há de pior na humanidade: maldade, ciúme, ganância e traição. É nossa tarefa mantê-lo sob controle.

Petra fechou o relógio e o colocou de volta na mesa. Seus dedos pairaram sobre os instrumentos, escolhendo, e então selecionaram um dispositivo com o que pareciam ser dois acessórios de ouvido e um círculo plano preso a um fio de metal.

— Não sabemos como o Caos se manifesta — disse ela. — Mas tende a aparecer com mais frequência em lugares como o seu: subdesenvolvidos, incivilizados e bárbaros. E casos como o seu são as piores manifestações de Caos individual que a Companhia já viu.

— Você está se referindo ao xamanismo — concluiu Rin.

Petra se virou para encará-la.

— É isso que a Companhia Cinzenta investiga. Criaturas como você são uma ameaça terrível à ordem terrena.

Ela inseriu o círculo plano sob a camisa de Rin, repousando-o sobre seu peito. Era gelado. Rin não conseguiu não se encolher.

— Não tenha medo — disse Petra. — Percebe que estamos tentando ajudá-la?

— Não entendo por que você sequer me manteria viva — murmurou Rin.

— Pergunta justa. Alguns acham que seria mais fácil matá-la. Mas então não chegaríamos perto de entender o mal do Caos. E ele apenas encontraria outro avatar para conduzir sua destruição. Então, contra o melhor julgamento da Companhia Cinzenta, estou a mantendo viva para que pelo menos encontremos uma forma de consertá-lo.

— Consertar — repetiu Rin. — Você acha que pode me consertar.

— Eu *sei* que posso consertá-la.

Havia uma intensidade fanática na expressão de Petra que deixou Rin profundamente desconfortável. Seus olhos cinza brilharam como prata metálica quando ela falou.

— Sou a estudiosa mais inteligente da Companhia Cinzenta em gerações. Faz décadas que faço contatos para estudar os nikaras. Vou descobrir o que está atormentando seu país.

Ela pressionou o disco de metal com força entre os seios de Rin.

— E então vou expulsá-lo de você.

Enfim a hora acabou. Petra colocou seus instrumentos de volta na mesa e dispensou Rin da sala de exames.

O resto do láudano passou assim que Rin voltou para o quartel. Todos os sentimentos que a droga havia mantido sob controle — desconforto, ansiedade, nojo e terror absoluto — voltaram a ela de uma vez, uma onda nauseante tão abrupta que a fez cair de joelhos.

Rin tentou chegar ao banheiro. Não deu dois passos antes de cair e vomitar.

Não conseguiu evitar. Ela se curvou sobre a poça de seu enjoo e chorou.

O toque de Petra, que parecera tão leve, tão pouco invasivo sob o efeito do láudano, agora parecia uma mancha escura, feito insetos cavando seu caminho sob a pele dela, não importando o quanto tentasse arrancá-los. Suas memórias se misturaram; confusas, indistinguíveis As mãos de Petra se tornaram as mãos de Shiro. A sala de Petra se tornou o laboratório de Shiro.

O pior de tudo foi a violação, a *maldita* violação, e o puro desamparo de saber que seu corpo não era dela e que precisaria ficar quieta e aceitar, dessa vez não por qualquer restrição, mas pelo simples fato de que havia escolhido estar lá.

Aquela foi a única coisa que a impediu de arrumar seus pertences e sair imediatamente de Arlong.

Rin precisava fazer aquilo porque merecia. De alguma forma horrível que fazia todo o sentido, aquilo era expiação. Ela sabia que era monstruosa. Não podia continuar negando. Aquilo era uma autoflagelação pelo que se tornara.

Deveria ter sido você, dissera Altan.

Era ela quem deveria ter morrido.

Aquilo chegava perto.

Depois de ter chorado tanto que a dor em seu peito diminuiu, Rin se levantou e enxugou as lágrimas e o muco do rosto. Ela ficou na frente de um espelho no banheiro e esperou até que a vermelhidão desaparecesse de seus olhos para sair.

Quando os outros lhe perguntaram o que havia acontecido, ela não disse nada.

CAPÍTULO 14

A guerra começou na água.

Rin despertou com gritos do lado de fora das barracas. Afoita, vestiu o uniforme em um frenesi, tentou cegamente enfiar o pé direito no sapato esquerdo e por fim desistiu, saindo descalça com o tridente em mãos.

Lá fora, enquanto os comandantes bradavam ordens contraditórias, soldados que também pareciam ter se vestido às pressas corriam e esbarravam uns nos outros como uma manada desenfreada. Só que nenhum deles empunhava armas, não havia projéteis rasgando o ar e Rin não ouvia disparos de canhão.

Por fim, ela percebeu que a maioria deles corria rumo à praia. Rin os seguiu.

Em um primeiro momento não conseguiu entender o que via. A água estava salpicada de pontos brancos, como se um gigante houvesse soprado dentes-de-leão sobre a superfície. Então, aproximando-se da margem do píer, Rin foi capaz de discernir com mais clareza as formas prateadas que boiavam na água. Os pontos brancos eram, na verdade, peixes inchados de barriga para cima.

E não apenas peixes. Ao se agachar para olhar mais de perto, ela viu também corpos estufados e desbotados de sapos, salamandras e tartarugas. Alguma coisa havia matado todos os seres vivos na água.

A única explicação era envenenamento. Nada mais seria capaz de matar tantos animais tão rapidamente. Isso significava que o veneno estava na água — e todos os canais em Arlong eram interligados —, o que por sua vez queria dizer que talvez todas as fontes de água em Arlong estivessem contaminadas...

Mas por que alguém da Província do Dragão envenenaria a água? Rin ficou imóvel por um minuto, atordoada, pensando, *deduzindo* que aquilo devia ter sido obra de alguém da província. Não queria considerar a alternativa de o veneno ter descido pelo rio, porque isso significaria...

— Rin! Merda... *Rin!*

Ramsa a puxou pelo braço.

— Você precisa vir comigo.

Os dois dispararam até o fim do píer, onde encontraram o restante do Cike ao redor de uma massa escura sobre as tábuas. Seria um peixe enorme? Um amontoado de roupas? Não. Rin percebeu que era um homem, mas a figura mal parecia humana.

Ele esticou a mão esquelética e pálida em direção à garota.

— Altan... — grunhiu.

Rin sentiu o sangue gelar nas veias.

— *Aratsha?*

Ela nunca o havia visto em sua forma humana. Aratsha era um homem macilento e estava coberto da cabeça aos pés por crustáceos incrustados em uma pele branco-azulada. Uma barba irregular cobria a metade inferior de seu rosto e estava tão cheia de vermes aquáticos e pequenos peixes que era difícil distinguir as partes humanas.

Rin tentou passar os braços por baixo dele para ajudá-lo a se levantar, mas porções do corpo do homem se desfizeram em suas mãos. Um punhado de conchas, um pedaço de osso, e depois algo quebradiço e arenoso que se desmanchou completamente ao toque. Ela se esforçou para conter a repugnância e o impulso de afastá-lo.

— Consegue falar?

Aratsha emitiu um ruído engasgado. Rin pensou que ele estivesse se afogando com a própria saliva, mas de repente um líquido espumoso e amarelado começou a escorrer pelos cantos de sua boca.

— Altan — repetiu Aratsha.

— Não sou Altan.

Ela segurou a mão de Aratsha. Era o que deveria fazer? Talvez fosse. Um gesto reconfortante e gentil. Algo que um comandante faria.

Mas Aratsha não pareceu notar. Em questão de segundos, o branco-azulado de sua pele deu lugar a um horrendo tom violeta. Rin conseguia ver as veias de Aratsha pulsando sob a pele, escuras e grossas.

— Ahh, Altan — gemeu Aratsha. — Eu devia ter contado.

Ele cheirava a água salgada e podridão. Rin teve ânsia de vômito.

— O quê? — sussurrou ela.

Aratsha olhou para Rin. Seus olhos eram leitosos, opacos como os de peixes vendidos no mercado, e estranhamente desfocados. Fitavam dois lados diferentes, como se ele tivesse passado tanto tempo debaixo d'água que não soubesse mais o que pensar das coisas na terra.

Ele murmurou algo incompreensível que Rin não conseguiu entender. Pensou ter ouvido a palavra "sofrimento" entre os sussurros. Então Aratsha se desintegrou em suas mãos, a carne borbulhando e se transformando em água, até que tudo que restou foi areia, conchas e um colar de pérolas.

— Que nojo — disse Ramsa.

— Cale a boca — disse Baji.

Com um uivo, Suni enterrou o rosto entre as mãos. Ninguém o consolou.

Rin encarava o colar, atônita.

Devíamos enterrá-lo, pensou. Era o certo a se fazer, não era?

Ela deveria lamentar a morte de Aratsha? Rin não se sentia triste. Esperou que o sentimento chegasse, mas não veio e jamais viria. Aquela não era uma perda grave, não do tipo que a deixaria catatônica, como a de Altan. Ela mal conhecia Aratsha; só havia lhe dado ordens, que ele obedecera sem questionar, leal ao Cike até o fim.

Não. O que a afligia era um sentimento de *frustração*. Estava irritada porque agora não teriam um xamã para controlar o rio. Para Rin, o homem não passara de uma peça de xadrez extremamente útil que ela não poderia mais usar.

— O que está acontecendo? — Nezha estava ofegante. Havia acabado de alcançá-los.

Rin se levantou e esfregou as mãos para se livrar da areia.

— Perdemos um homem.

Ele olhou para os restos no píer, nitidamente confuso.

— Quem?

— Ele era do Cike. Aratsha. Estava sempre na água. O que quer que tenha matado os peixes deve ter matado ele também.

— Merda — disse Nezha. — Acha que ele era o alvo?

— Acho que não — respondeu ela, devagar. — Seria muito trabalho só por um xamã.

Aquilo não fora feito para deter um único homem. Havia peixes mortos boiando por todo o porto. Quem quer que tivesse envenenado Aratsha fizera isso com o objetivo de envenenar o rio.

O Cike não era o alvo. Era a Província do Dragão.

Sim, Su Daji era insana àquele ponto. Daji era a mulher que havia permitido que a Federação invadisse seu território apenas para proteger o próprio trono. Ela facilmente envenenaria as províncias do sul e condenaria milhares à fome se esse fosse o preço a se pagar para manter o restante de seu império intacto.

— Quantos soldados? — demandou Vaisra.

Estavam aglomerados no escritório: o Capitão Eriden, os líderes, os hesperianos e um grupo de oficiais de posições quaisquer — todos que estivessem disponíveis. O decoro havia sido deixado de lado. A sala estava tomada por um alvoroço ensurdecedor em que todos falavam ao mesmo tempo.

— Falta contar os homens que ainda não estão na enfermaria...

— Chegou aos aquíferos?

— Precisamos fechar os mercados de peixe...

Vaisra deu um grito que se sobressaiu na algazarra.

— *Quantos foram?*

— Quase toda a Primeira Brigada foi hospitalizada — relatou um dos médicos. — O veneno foi feito para afetar a vida animal. O efeito é mais brando em humanos.

— Não é fatal?

— Acreditamos que não. Contamos com uma recuperação completa em alguns dias.

— Daji ficou louca? — disparou o General Hu. — Isso é suicídio. Não afeta apenas a nós, mata tudo que é tocado pelo Murui.

— O norte não se importa — respondeu Vaisra. — Eles ficam rio acima.

— Mas isso significa que precisam de uma fonte contínua de veneno — observou Eriden. — Eles teriam que introduzir o agente à corrente todos os dias. E não pode ser no Palácio de Outono, ou estariam prejudicando os próprios aliados.

— Província da Lebre? — sugeriu Nezha.

— Impossível — retrucou Jinzha. — O exército deles é patético; mal têm como se defender. Jamais atacariam primeiro.

— Temos certeza de que isso foi coisa de Daji? — perguntou Takha.

— De quem mais teria sido? — indagou Tsolin, virando-se para Vaisra. — Essa é a resposta para seu bloqueio. Daji está enfraquecendo você antes de atacar. Se eu fosse você, não ficaria aqui esperando para ver o que ela vai fazer em seguida.

Jinzha deu um soco na mesa.

— *Eu avisei* que devíamos ter partido uma semana atrás.

— Com que tropas? — perguntou Vaisra friamente.

As bochechas de Jinzha ganharam um tom vermelho-vivo. No entanto, Vaisra não olhava para o filho. Rin percebeu que seus comentários eram dirigidos ao General Tarcquet.

Os hesperianos assistiam em silêncio no fundo da sala. Estavam de braços cruzados, impassíveis, a desaprovação estampada no rosto, como professores diante de alunos indisciplinados. De vez em quando, a Irmã Petra rabiscava algo no caderninho que carregava para cima e para baixo, os lábios curvados como se estivesse achando tudo aquilo divertido. Rin sentia vontade de agredi-la.

— Isso neutraliza nosso bloqueio — disse Tsolin. — Não podemos esperar mais.

— Mas a água vai correr rumo ao mar — argumentou a sra. Saikhara. — Nunca se pisa no mesmo rio duas vezes. Em questão de dias o agente tóxico provavelmente já terá ido parar na baía Omonod e tudo ficará bem.

Ela olhou em volta, suplicante, esperando que alguém concordasse.

— Não é?

— Mas o veneno não afeta somente os peixes. — A voz de Kitay era como um sussurro preso na garganta. Quando ele voltou a falar, todos ficaram em silêncio. — Não afeta somente os peixes. Afeta o país inteiro. O Murui abastece afluentes nas principais regiões do sul. E, quando falo isso, me refiro a todos os canais de irrigação agrícola. Arrozais. A água não para de fluir nesses lugares; ela fica lá. Estamos falando de um dano imenso às colheitas.

— E quanto aos silos e armazéns? — perguntou a sra. Saikhara. — Todas as províncias guardam grãos para os anos de escassez, não? Podemos solicitá-los.

— E o sul vai se alimentar de quê? — rebateu Kitay. — Se obrigarmos o sul a abrir mão de seu estoque de grãos, vamos começar a perder aliados. Não temos comida, nem sequer temos *água*...

— Temos água, sim — corrigiu Saikhara. — Testamos os aquíferos, estão intactos. Os poços não foram atingidos.

— Tudo bem, então — disse Kitay. — Vamos só morrer de fome.

— E eles? — Charouk apontou para Tarcquet com o dedo em riste. — Eles não podem nos ajudar com comida?

O hesperiano ergueu a sobrancelha e olhou com expectativa para o Líder do Dragão.

Vaisra suspirou.

— O Consórcio não vai investir até que sintam mais firmeza em nossas chances de vitória.

Silêncio. As atenções se voltaram para o General Tarcquet, todos os líderes com a mesma expressão patética, desesperada e suplicante. A Irmã Petra continuava a rabiscar em seu caderno.

Nezha quebrou o silêncio. Falou em hesperiano, sem sotaque e de maneira assertiva.

— Milhões de pessoas vão morrer, senhor.

Tarcquet deu de ombros.

— Então é melhor começar logo essa campanha, não acha?

A armadilha da Imperatriz foi como a centelha que deu início a um incêndio no formigueiro. Arlong explodiu em um furor de atividades, finalmente colocando em ação estratégias de batalha que estavam prontas para serem executadas havia meses.

Uma guerra de ideologias de repente se transformara em uma guerra de recursos. Agora que esperar claramente não era mais uma opção, os líderes do sul não tinham escolha além de oferecer suas tropas à campanha nortenha de Vaisra.

Ordens executivas eram passadas de generais para comandantes e para chefes de esquadrão e então para soldados. Dentro de minutos, Rin recebeu ordens para se apresentar à Décima Quarta Brigada no *Andorinha*, que partiria em duas horas do Cais Três.

— Que bom, você está na primeira frota — disse Nezha. — Junto comigo.

— Que alegria.

Rin enfiou uma muda de uniforme em uma bolsa e a arremessou no ombro.

— Mais animação, soldadinha — brincou Nezha, balançando o cabelo dela. — Finalmente vai conseguir o que queria.

A caminho do cais, os dois atravessaram um labirinto de carroças cheias de cânhamo, juta, calcário para calafetagem, óleo de tungstênio e panos para velas. A cidade inteira soava e cheirava como um estaleiro; por todo canto ecoava o mesmo ronco tênue e difuso, o som de dezenas de grandes navios subindo suas âncoras e de rodas de pás começando a girar.

— Saiam da frente!

Uma carroça conduzida por soldados hesperianos não os atropelou por um triz. Nezha puxou Rin para fora do caminho.

— Que imbecil — murmurou ele.

Rin seguiu os hesperianos com os olhos até os navios de guerra.

— Acho que finalmente vamos ver as tropas douradas de Tarcquet em ação.

— Na verdade, não. Tarcquet vai levar um número mínimo de homens. O resto vai ficar em Arlong.

— Então por que ir, afinal?

— Porque estão aqui para observar. Querem saber se somos capazes de chegar perto de vencer a guerra. Se formos, querem saber se seremos capazes de governar o país direito. Tarcquet disse a meu pai uma baboseira sobre estágios da evolução humana na noite passada, mas acho que, na verdade, eles só querem saber se valemos a dor de cabeça. Tudo que Jinzha faz é relatado a Tarcquet. Tudo que Tarcquet fica sabendo é levado ao Consórcio. E o Consórcio decide quando emprestar navios.

— Não conseguimos tomar o Império sem eles e eles não vão nos ajudar até que tomemos o Império. — Rin fechou a cara. — É isso?

— Não exatamente. Eles vão intervir antes do fim da guerra, quando tiverem certeza de que não é uma causa perdida. Estão dispostos a interceder, mas primeiro precisamos provar que conseguimos dar conta do recado.

— Então é só mais uma droga de teste — concluiu Rin.

Nezha suspirou.

— É. Mais ou menos.

O *cúmulo da arrogância*, pensou Rin. Devia ser agradável ter tanto poder a ponto de tratar geopolítica como se fosse um jogo de xadrez, ficando à espreita para observar quais países mereciam ajuda e quais não.

— Petra vem conosco? — quis saber Rin.

— Não. Ela vai ficar no navio de Jinzha. — Nezha hesitou. — Mas, hum, meu pai me disse para deixar claro que os encontros de vocês serão retomados quando voltarmos à frota do meu irmão.

— Mesmo em campanha?

— Eles estão interessados em como você vai agir em campanha. Petra garantiu que não tomará muito do seu tempo. Uma hora por semana, como combinado.

— Para vocês não é muito mesmo — murmurou Rin. — Nunca serviram de rato de laboratório para ninguém.

Três frotas se preparavam para zarpar. A primeira, comandada por Jinzha, subiria o Murui por dentro da Província da Lebre, o coração agrícola do norte. A segunda, liderada por Tsolin e o General Hu, subiria a costa em torno da Província da Serpente para destruir os navios da Província do Tigre antes que fossem posicionados para defender a vanguarda principal.

Juntas, elas cercariam as províncias do nordeste entre o interior e a costa. Daji seria forçada a combater o inimigo em duas frentes, ambas na água — terreno com o qual o Exército nunca se sentira confortável.

Em termos de homens, a República ainda estava em menor número; o Exército Imperial tinha dezenas de milhares de homens a mais. No entanto, se a frota de Vaisra fizesse seu trabalho e os hesperianos cumprissem com sua palavra, eles teriam chances consideráveis de vencer a guerra.

— Pessoal! Esperem!

— Que saco — resmungou Nezha.

Rin olhou para trás e viu Venka correndo descalça pelo cais, segurando uma balestra contra o peito.

Nezha pigarreou quando Venka parou diante deles.

— Hum, Venka, agora não é um bom momento.

— Só fique com isso — disse Venka, esbaforida, entregando a balestra a Rin. — Peguei na oficina do meu pai. É o modelo mais moderno. Tem recarregamento automático.

Nezha olhou de soslaio para Rin, desconfortável.

— Não sei se...

— É linda, não é? — disse Venka, correndo os dedos pela arma. — Está vendo isso aqui? É um mecanismo sofisticado de trava de acionamento. Finalmente achamos um jeito de fazer isso funcionar. É só o protótipo, mas acho que está pronto...

— Vamos embarcar em minutos — interrompeu Nezha. — O que você quer?

— Quero ir com vocês — respondeu Venka, sem rodeios.

Rin notou que a garota tinha uma trouxa amarrada às costas, mas não usava uniforme.

— De jeito nenhum — retrucou Nezha.

Venka corou.

— Por que não? Já estou melhor.

— Você não consegue nem dobrar o braço esquerdo.

— E nem precisa — disse Rin. — Não se estiver atirando com uma balestra.

— Ficou maluca? — questionou Nezha. — Ela não pode correr por aí com uma balestra desse tamanho. Vai ficar exausta...

— Então vamos acoplar a arma ao navio — sugeriu Rin. — Assim Venka não fica na linha de fogo da batalha. Ela vai precisar de proteção entre os tiros para recarregar, então vai estar rodeada por uma unidade de arqueiros. Vai ser seguro.

Venka olhou triunfante para Nezha.

— Era o que eu ia dizer.

— *Seguro*? — repetiu Nezha, incrédulo.

— Ela vai estar muito mais segura do que o resto de nós — argumentou Rin.

— Mas ela ainda não terminou de... — Nezha olhou Venka de cima a baixo, hesitante; era evidente que não sabia o que dizer. — Ainda não terminou de... Hum...

— De sarar? — interpelou Venka. — É o que você quer dizer, não é?

— Venka, por favor.

— De quanto tempo você achou que eu precisaria? Não faço droga nenhuma há meses. *Por favor*, estou pronta.

Sem saber o que fazer, Nezha olhou para Rin na esperança de que ela desse um jeito na situação. Mas o que ele queria que Rin dissesse? Ela nem sequer entendia qual era o problema.

— Deve ter espaço nos navios — argumentou Rin. — Não vai ter problema.

— A decisão não é sua. Ela pode morrer.

— Ossos do ofício — retrucou Venka. — Somos soldados.

— *Você* não é.

— Por que não? Por causa de Golyn Niis? — Venka gargalhou. — Acha que uma pessoa não pode mais ser um soldado depois de ser estuprada?

Nezha se mexeu, desconfortável.

— Não foi isso que eu disse.

— Foi, sim. Mesmo que não diga com todas as letras, é o que está pensando! — Venka ergueu a voz. — Acha que, como fui estuprada, nunca mais vou voltar ao normal.

Nezha tocou o ombro de Venka.

— *Meimei*. Por favor.

Meimei. Irmãzinha. Não por um laço de sangue, mas pela proximidade das famílias. Nezha tentava usar seu tom de preocupação para dissuadi-la.

— O que aconteceu com você foi terrível — disse ele. — Ninguém acha que foi culpa sua. Ninguém aqui concorda com seu pai, ou com minha mãe...

— Eu sei! — gritou Venka. — Não estou nem aí para isso!

Nezha parecia magoado.

— Não vou poder proteger você.

— E quando fez isso? — Venka empurrou a mão de Nezha. — Sabe como me senti quando estava naquela casa? Eu tinha esperança de que alguém me resgataria, acreditei *de verdade* que alguém apareceria. E onde você estava? *Você não estava lá*, merda. Então vai pro inferno, Nezha! Não pode me proteger, então é melhor me deixar lutar.

— Posso, sim — disse Nezha. — Eu sou general. Volte ou mando alguém arrastá-la de volta.

Venka arrancou a balestra das mãos de Rin e a apontou para Nezha. Um virote disparou e rasgou o ar com um assovio, passando a milímetros da bochecha do garoto antes de se fincar numa viga metros atrás dele.

— Errou — disse Nezha calmamente.

Venka atirou a balestra no cais e cuspiu nos pés do general.

— Eu nunca erro.

* * *

A Capitã Salkhi do *Andorinha* esperava pelo Cike na base da prancha. Era uma mulher magra e pequenina, com cabelos muito curtos, olhos estreitos e pele marrom-avermelhada — não a tonalidade escura de alguém do sul, mas o tom bronzeado de um nortista de pele clara que havia passado muito tempo ao sol.

— Acredito que devo tratar vocês como trataria qualquer outro soldado — declarou ela. — Conseguem lidar com operações no solo?

— Conseguimos — respondeu Rin. — Posso explicar quais são nossas habilidades especiais.

— Seria ótimo. — Salkhi ficou em silêncio por um momento. — E você? Eriden me contou sobre... hum... suas questões.

— Ainda tenho dois braços e duas pernas.

— E um tridente — complementou Kitay, surgindo atrás dela. — Muito útil para pegar peixes.

Rin se virou, feliz com a surpresa.

— Você vem com a gente?

— É seu navio ou o de Nezha. E, para ser sincero, eu e ele estamos nos estranhando.

— Quase sempre por culpa sua.

— Sem dúvidas — concordou ele. — Mas não ligo. Além disso, gosto mais de você. Não está lisonjeada?

Aquilo era o mais próximo de uma reconciliação que ela conseguiria de Kitay. Rin sorriu. Juntos, os dois embarcaram no *Andorinha*.

Aquele estava longe de ser um navio de guerra de vários andares. Era um modelo elegante e compacto, similar a uma embarcação de ópio em termos de estrutura. Havia uma única fileira de canhões de cada lado, mas nenhuma catapulta em seus conveses. Para Rin, que havia se acostumado com as comodidades do *Soturno do Mar*, o *Andorinha* era apertado demais.

O *Andorinha* fazia parte da primeira frota; era uma das sete embarcações leves e ágeis capazes de realizar manobras táticas precisas. Elas sairiam com duas semanas de antecedência, enquanto a frota mais pesada, comandada por Jinzha, se preparava para partir.

Nesse intervalo de tempo, eles perderiam o contato com a cadeia de comando em Arlong.

Mas isso não importava. As instruções que tinham eram simples e objetivas: encontrar a fonte do veneno, destruí-la e punir cada um dos homens envolvidos. Vaisra não havia especificado como. Ele havia deixado isso por conta dos capitães, razão pela qual todos queriam ser os primeiros a encontrar os culpados.

CAPÍTULO 15

O plano da tripulação do *Andorinha* era navegar rio acima até deixarem para trás a massa de peixes mortos ou até que a fonte do veneno fosse identificada. O lugar provavelmente estaria próximo de uma confluência, perto o suficiente do Murui para que não houvesse chance de o veneno chegar ao oceano ou ficar parado em um trecho sem vazão. Eles viajaram para o norte até os limites da Província da Lebre, onde o rio se ramificava em vários afluentes.

Naquele ponto as embarcações se separaram. O *Andorinha* tomou a rota voltada para oeste, um riacho tranquilo que serpenteava suavemente província adentro. Eles navegavam sem hastear a bandeira, cautelosos, disfarçados de navio mercante a fim de não levantar suspeitas do Império.

O navio da Capitã Salkhi era muito limpo e rigorosamente disciplinado. A Décima Quarta Brigada revezava os turnos no convés, monitorando a costa ou remando. Os soldados e a tripulação aceitaram o Cike em seu meio com cautelosa indiferença. Se tinham alguma curiosidade sobre o que os xamãs conseguiam ou não fazer, não deixavam transparecer.

— Achou alguma coisa?

Rin se juntou a Kitay na balaustrada de estibordo. Suas pernas doíam depois de um longo turno nos remos. Ela deveria ter seguido a programação e ido dormir, mas aquele horário da manhã era o único momento em que seus intervalos coincidiam.

Ela estava aliviada por estar bem com Kitay novamente. A relação deles ainda não havia voltado ao normal — Rin não sabia se um dia voltaria —, mas ao menos Kitay já não lhe dirigia aquele olhar de reprovação implacável.

— Nada ainda.

Ele estava completamente imóvel, os olhos fixos na água, como se pudesse rastrear a fonte do envenenamento apenas com a força da mente. Kitay estava com raiva. Rin identificou com facilidade os sinais — o rosto pálido, a postura muito rígida, a expressão concentrada —, mas estava feliz por dessa vez não ter sido ela a provocar aquele sentimento.

— Olha ali — apontou a garota. — Acho que aquele não é o afluente.

Silhuetas escuras se moviam sob a superfície da água verde-escura, indicando que a vida no rio ainda existia e era saudável, não atingida pelo veneno.

Kitay se inclinou para a frente.

— O que é aquilo?

Rin seguiu seu olhar, mas não sabia o que ele estava vendo.

O amigo puxou uma rede da antepara, jogou-a na água e pescou um pequeno objeto. A princípio, Rin achou que fosse um peixe, mas, quando Kitay o depositou no convés, percebeu que era algo parecido com uma bolsa de couro escuro, mais ou menos do tamanho de uma laranja, atada firmemente em uma das extremidades, lembrando um seio.

Kitay ergueu o objeto com dois dedos em pinça.

— Muito perspicaz — observou ele. — Nojento, mas perspicaz.

— O que é?

— É incrível. Só pode ser coisa de alguém que se formou em Sinegard. Ou em Yuelu. Ninguém mais faria algo tão genial.

Ele estendeu o objeto para Rin, e a garota recuou. O odor era tenebroso, um misto de animal em decomposição e um cheiro pungente e acre de veneno que a fazia lembrar os fetos de porco embalsamados nas aulas de medicina com a Mestra Enro.

Ela franziu o nariz.

— Vai me contar o que é?

— Bexiga de porco. — Kitay a girou na palma da mão e a sacudiu. — Resistente ao ácido, pelo menos até certo ponto. Por isso o veneno não foi diluído antes de chegar a Arlong.

Ele esfregou a extremidade da bexiga entre os dedos.

— Ela fica intacta para que o agente não se dissolva na água até mais à frente. O intuito era que durasse vários dias, no máximo uma semana.

A bexiga estourou quando Kitay a pressionou, deixando escorrer uma substância líquida que fez com que a pele do órgão chiasse e se enrugasse. Uma nuvem amarela se formou no ar, e o cheiro forte se intensificou. Praguejando, Kitay atirou a bexiga de volta ao mar e então se pôs a esfregar a pele com força no uniforme.

— Merda. — Ele examinava a própria mão, onde surgiu uma mancha pálida e dolorida.

Rin puxou Kitay para longe da nuvem de gás com um movimento brusco. Para seu alívio, ela se dissipou em segundos.

— Pelas tetas da tigresa, você está...?

— Estou bem. Não é grave. Acho. — Kitay aninhou a mão no cotovelo. — Vá chamar Salkhi. Acho que estamos chegando perto.

Salkhi dividiu a Décima Quarta Brigada em esquadrões de seis que se dispersaram pela região em uma expedição terrestre. O Cike encontrou a fonte de veneno primeiro. Apareceu no momento em que emergiram das árvores: um edifício maciço de três andares com torres sineiras em ambas as extremidades, construídas no estilo arquitetônico das antigas missões hesperianas.

No muro sul, um único tubo se erguia do rio — um canal destinado a levar o lixo e o esgoto para a água. Em vez disso, lançava cápsulas de veneno com frequência mecânica.

Alguém, ou alguma coisa, atirava as cápsulas lá de dentro.

— Encontramos. — Kitay fez um gesto para que o Cike se abaixasse atrás dos arbustos. — Temos que mandar alguém até lá.

— Mas e a guarda? — sussurrou Rin.

— Que guarda? Não tem ninguém lá.

Ele tinha razão. A missão parecia pouco armada. Rin conseguia contar os soldados nos dedos de uma mão; mesmo depois de meia hora observando o perímetro, eles não viram nenhum outro patrulhando o lugar.

— Não faz sentido — disse ela.

— Talvez eles simplesmente não tenham gente suficiente — especulou Kitay.

— Então por que cutucar o dragão? — perguntou Baji. — Se eles não têm reforços, todo aquele ataque foi idiota. Esta cidade está morta.

— Talvez seja uma emboscada — disse Rin.

Kitay não parecia convencido.

— Mas eles não sabem que estamos aqui.

— Pode ser protocolo. Podem estar escondidos lá dentro.

— Não é assim que se arma uma defesa. Só se faz isso em caso de cerco.

— Então quer que ataquemos um prédio sem saber quase nada sobre ele? E se houver um pelotão lá dentro?

Kitay tirou um foguete sinalizador do bolso.

— Já sei como podemos descobrir.

— Espere — disse Ramsa. — A Capitã Salkhi disse para não fazermos nada.

— Dane-se a Salkhi — respondeu Kitay com uma violência que era completamente inédita nele.

Antes que Rin pudesse detê-lo, o garoto acendeu o rastilho, apontou e soltou o foguete em direção à floresta do outro lado da construção.

Um estrondo sacudiu as árvores. Segundos depois, Rin ouviu gritos de dentro do edifício. De repente, um grupo de homens armados com instrumentos agrícolas saiu correndo pela porta rumo ao local da explosão.

— Aí está sua guarda — disse Kitay.

Rin ergueu o tridente.

— Ah, *vai à merda*.

Kitay observava os homens, contando em voz baixa.

— São cerca de quinze. Somos vinte e quatro. — Ele olhou para Baji e Suni. — Acham que conseguem mantê-los longe da missão até o resto do pessoal chegar?

— Não nos insulte — disse Baji. — Vão logo.

Apenas dois guardas permaneceram à porta. Kitay cuidou de um deles com sua balestra e Rin lutou com o outro por alguns minutos até que finalmente o desarmou e o golpeou no pescoço com o tridente. O guarda tombou quando ela retirou a arma.

As portas estavam escancaradas diante deles. Rin espiou o interior escuro. O cheiro de corpos em decomposição a atingiu como um soco, tão intenso que seus olhos lacrimejaram. Ela cobriu a boca com a manga das vestes.

— Você vem?

Bump.

Rin olhou para trás. Kitay estava com a balestra apontada para o guarda a seus pés, limpando sangue do queixo com o dorso da mão. Ele percebeu que Rin o encarava.

— Só para garantir.

O lugar era um matadouro.

Os olhos de Rin demoraram um momento para se adaptar à escuridão. Instantes depois, ela viu que havia carcaças de porco por todos os cantos: largadas no chão, empilhadas nos cantos, abertas em cima de mesas, todas cortadas com precisão cirúrgica.

— Pelas tetas da tigresa — murmurou ela.

Alguém havia matado todos aqueles porcos apenas por suas bexigas. O desperdício era assustador. Havia muita carne apodrecendo ali, enquanto os refugiados na província ao lado estavam tão magros que era possível ver suas costelas através das roupas esfarrapadas.

— Na mosca — disse Kitay.

Rin seguiu o olhar de Kitay até a outra extremidade da sala. Uma dúzia de barris abertos estava enfileirada na parede. Ali estava o veneno em seu estado líquido — uma mistura amarela e perniciosa que liberava uma fumaça tóxica que se erguia preguiçosamente em espiral. Acima dos barris havia prateleiras e prateleiras de latas de metal, mais do que Rin conseguia contar.

Ela já vira aquelas latas, empilhadas e ordenadas em prateleiras como aquelas. Ela havia passado horas encarando as mesmas latas, presa a uma maca enquanto cientistas mugeneses injetavam opiáceos em suas veias à força.

O rosto de Kitay ganhou um tom esverdeado. Ele já tinha visto aquele gás em Golyn Niis.

— Se eu fosse vocês, não encostaria nisso — disse alguém, emergindo da escada oposta.

Kitay ergueu a balestra. Rin se agachou e se posicionou para arremessar o tridente, estreitando os olhos na tentativa de enxergar um rosto na escuridão.

A pessoa finalmente deu um passo em direção à luz.

— Por que demoraram tanto?

Kitay baixou os braços.

— *Niang?*

Rin não teria sido capaz de reconhecê-la. A guerra havia transformado a garota. Mesmo no terceiro ano em Sinegard, ela sempre lembrara uma criança — inocente, adorável, de rosto arredondado. Nunca pareceu pertencer a uma academia militar. Agora era uma soldada, coberta de cicatrizes e calejada como todos ali.

— Por favor, não me diga que está por trás disso — disse Kitay.

— Do quê? Está falando das cápsulas? — Niang correu os dedos por um dos barris. Suas mãos estavam cobertas de vergões vermelhos. — Brilhante, não é? Estava torcendo para que alguém percebesse.

Quando Niang se moveu para um ponto mais iluminado, Rin notou que os vergões não tomavam apenas suas mãos. Seu pescoço e rosto estavam sarapintados de vermelho, como se a pele tivesse sido esfolada com a face de uma lâmina.

— Aquelas latas são da Federação — disse Rin.

— Sim, nos pouparam bastante trabalho. — Niang riu. — Eles produziram milhares de barris dessas coisas. O Líder da Lebre queria usá-las para invadir Arlong, mas eu tive uma ideia mais inteligente. Coloque-as na água, foi o que sugeri. Deixe que passem fome. A parte mais difícil foi converter o gás para o estado líquido. Levei semanas.

Niang pegou uma das latas e a equilibrou na mão, sentindo o peso como se estivesse se preparando para arremessá-la.

Rin e Kitay se esquivaram ao mesmo tempo.

Niang baixou o braço com um sorriso malicioso.

— Brincadeirinha.

— Solte isso — disse Kitay calmamente. Sua voz estava tensa, cuidadosamente controlada. — Vamos conversar. Só conversar, Niang. Sei que está obedecendo a ordens. Mas você não precisa fazer isso.

— Eu sei que não preciso — retrucou Niang. — Eu me ofereci. Ou acha que eu ficaria de braços cruzados enquanto traidores tentam dividir o Império?

— Você não sabe o que está dizendo — afirmou Rin.

— Sei o suficiente. — Niang ergueu a lata um pouco mais. — Sei que ameaçaram deixar o norte com fome para que se curvasse ao Líder do Dragão. Sei que vão invadir nossas províncias se não conseguirem o que querem.

— Então sua solução é envenenar o sul? — perguntou Kitay.

— Olha só quem está falando — rosnou Niang. — Vocês nos fizeram passar fome, nos venderam grãos estragados. Como é a sensação de provar do próprio veneno?

— O bloqueio foi só uma ameaça — disse Kitay. — Ninguém precisa morrer.

— Muita gente *já morreu*! — Niang apontou para Rin. — Quantas pessoas ela matou naquela ilha?

Rin não se mexeu.

— Quem se importa com a Federação?

— Havia soldados do Exército lá também. Milhares. — A voz de Niang tremeu. — A Federação mantinha prisioneiros de guerra em campos de trabalho. Meus irmãos estavam entre eles. Você deu a eles alguma oportunidade de sair da ilha?

— Eu... — Rin olhou para Kitay, aflita. — Isso não é verdade.

Seria verdade?

Alguém com certeza teria contado a ela se fosse verdade.

Kitay evitava o olhar de Rin.

Ela engoliu em seco.

— Niang, eu não sabia...

— *Você não sabia!* — gritou Niang. A lata balançava perigosamente em sua mão. — Bom, sendo assim, tudo resolvido, não é?

Kitay estendeu a mão em um gesto de cautela e baixou a balestra.

— Niang, *por favor*, abaixe isso.

Niang balançou a cabeça.

— Isso é culpa de vocês. Acabamos de sair de uma guerra. Não podiam nos deixar em paz?

— Não queremos matar você — disse Rin. — Por favor...

— Quanta generosidade! — Niang levantou a lata acima da cabeça. — Ela não quer me matar! A República vai ter piedade de...

— Dane-se — murmurou Kitay.

Em um movimento ágil ele ergueu a balestra, apontou e atirou bem no peito de Niang. O baque ecoou como um último batimento de seu coração.

Niang arregalou os olhos, baixando a cabeça e examinando o próprio peito, como se num gesto distraído de curiosidade. Seus joelhos cederam e ela soltou a lata, que foi ao chão e rolou até se chocar contra a parede.

A tampa da lata se rompeu com um estalo, liberando fumaça amarela que rapidamente começou a tomar conta daquela extremidade da sala.

Kitay baixou a arma.

— Vamos.

Os dois saíram correndo. Ao cruzarem a porta, Rin olhou para trás. O gás era quase denso demais para que ela conseguisse enxergar qualquer coisa, mas o corpo de Niang era inconfundível, debatendo-se e se retorcendo em uma nuvem que corroía agressivamente sua pele. Pústulas vermelhas desabrochavam sem piedade por seu corpo, como se ela fosse uma boneca de pano mergulhada em um balde de tinta.

A chuva fina era como névoa cercando o *Andorinha* conforme a embarcação descia o afluente para se reagrupar com o restante da frota.

A tripulação havia conversado brevemente sobre o que fazer com as latas. Não podiam simplesmente deixá-las lá, mas ninguém queria levar o gás a bordo. Por fim, Ramsa sugeriu que incendiassem o lugar com um fogo controlado. Supostamente, aquilo serviria para impedir que alguém se aproximasse das latas até que Jinzha pudesse enviar um esquadrão para recuperar o que restasse delas, mas Rin desconfiava que Ramsa só queria uma desculpa para explodir alguma coisa.

Então eles encharcaram a área com óleo, juntaram lenha no telhado e no abatedouro improvisado e dispararam flechas em chamas diretamente do navio, quando já estavam a uma distância segura.

O fogo começou imediatamente, iniciando um grande e bonito incêndio que permanecia visível a quilômetros de distância. Mesmo a chuva ainda não havia abafado as chamas. Pequenas labaredas vermelhas ainda ardiam na base do edifício, e a fumaça subia das torres em direção ao céu.

O estrondo de um trovão ressoou no céu. No instante seguinte, a garoa se transformou em gotas grandes e pesadas que se chocavam, barulhentas, contra o convés. A Capitã Salkhi ordenou que a tripulação posicionasse barris para coletar água fresca. A maioria das pessoas correu até as próprias cabines, mas Rin se sentou no convés, segurou os joelhos contra o peito e inclinou a cabeça para trás. A chuva tocava o fundo de sua garganta, fresca e gelada. Ela gargarejou com a água da chuva, deixou que molhasse seu rosto e suas roupas. Ela sabia que não havia sido afetada pelo veneno. Do contrário, os efeitos seriam visíveis, mas simplesmente não conseguia se sentir limpa.

— Achei que odiasse água — comentou Kitay.

Ela olhou para cima. Kitay a observava, completamente encharcado. Parecia consternado, triste, e ainda segurava a balestra.

— Você está bem? — perguntou ela.

O olhar de Kitay estava vazio.

— Não.

— Senta aqui comigo.

Ele obedeceu sem dizer uma palavra. Só então Rin percebeu que ele estava tremendo.

— Sinto muito por Niang — disse ela.

Ele deu de ombros.

— Eu não sinto.

— Pensei que gostasse dela.

— Eu mal conhecia ela.

— Mas você gostava dela. Eu lembro. Você me disse na escola que a achava bonita.

— Sim. E depois a vagabunda foi lá e envenenou metade do país.

Kitay inclinou a cabeça para cima. Seus olhos estavam vermelhos, e Rin não conseguia distinguir suas lágrimas da chuva que caía. O garoto inspirou profundamente, trêmulo.

Então desmoronou.

— Não consigo continuar fazendo isso. — Suas palavras jorravam entre soluços engasgados. — Não consigo dormir. Não consigo passar um segundo sem ver Golyn Niis. Fecho os olhos e de repente estou escondido atrás daquele muro outra vez, e os gritos não cessam porque a carnificina perdura pela noite toda...

Rin segurou a mão do amigo.

— Kitay...

— É como se eu estivesse preso naquele momento. E ninguém sabe disso porque todo mundo seguiu em frente, menos eu, mas para mim tudo que aconteceu desde Golyn Niis é uma espécie de sonho, e eu sei que não é real porque ainda estou atrás daqueles muros. E a pior parte... a pior parte é que não sei quem está causando os gritos. Era mais fácil quando apenas a Federação era má. Agora não sei quem está certo e quem está errado, e as pessoas dizem que sou *inteligente*. Eu devia ter sempre a resposta certa, mas não tenho.

Rin não sabia o que dizer para consolá-lo, então apenas segurou com força sua mão.

— Eu também não tenho.

— O que aconteceu naquela ilha? — perguntou ele subitamente.

— Você sabe o que aconteceu.

— Não. Você nunca me disse. — Ele endireitou a postura. — Você estava consciente? Você sabia o que estava fazendo?

— Não me lembro — respondeu Rin. — Tento não me lembrar.

— Você sabia que estava matando aquelas pessoas? — insistiu Kitay. — Ou você só...?

A mão de Kitay se fechou sob o toque de Rin e depois voltou a se abrir.

— Eu só queria que aquilo acabasse — respondeu Rin. — Não estava pensando. Não queria machucá-las. Não de verdade. Só queria que acabasse.

— Eu não queria matar Niang. Eu só... não sei por que...

— Eu sei.

— Não era eu — insistiu ele.

Mas Rin não era a pessoa que o garoto estava tentando convencer. Tudo que ela podia fazer era apertar a mão dele novamente.

— Eu sei.

Os sinais foram enviados e as rotas foram invertidas. Dentro de um dia as embarcações menores atravessaram depressa o Murui para se juntar novamente à armada principal.

Ao ver a Frota Republicana de frente, com seus navios dispostos em uma formação estreita, Rin teve a impressão de que era bastante pequena. Quando se aproximaram pela lateral, no entanto, ela se deparou com toda a grandiosidade da esquadra, uma extraordinária e esplendorosa ostentação de força. Perto dos navios de guerra, o *Andorinha* não passava de uma coisinha pequena, um filhote de pássaro retornando ao bando.

A Capitã Salkhi acendeu várias lanternas para sinalizar o retorno da embarcação, e os navios de patrulha sinalizaram de volta, dando permissão para que se aproximassem. O *Andorinha* se posicionou na fila de navios. Uma hora mais tarde, Jinzha embarcou e a tripulação se reuniu no convés para relatar os acontecidos.

— Conseguimos conter o veneno na fonte, mas é possível que algumas latas tenham ficado entre as ruínas — relatou Salkhi a Jinzha. — Será necessário que um esquadrão volte para pegá-las.

— Eles mesmos produziram o veneno? — perguntou Jinzha.

— Improvável — respondeu Salkhi. — O lugar não era uma instalação de pesquisa, era um matadouro improvisado. Parece ter sido apenas o ponto de distribuição.

— Pode ser que tenham encontrado o veneno nas instalações da Federação na costa — arriscou Rin. — O lugar onde eu... O lugar para onde me levaram.

Jinzha franziu a testa.

— Fica na Província da Serpente. Por que trazê-lo até aqui?

— Não daria certo na Província da Serpente — disse Kitay. — A corrente levaria o veneno para o mar em vez de levar para Arlong. Alguém deve ter ido até lá recentemente, pegado as latas e as transportado para a Província da Lebre.

— Espero que seja isso — comentou Jinzha. — Não quero pensar na outra possibilidade.

Porque a alternativa, é claro, era assustadora: a possibilidade de que estivessem travando uma guerra não só contra o Império, mas também contra a Federação. De que a Federação houvesse resistido, recuperado suas armas e passado a enviá-las para os inimigos de Vaisra.

— Algum prisioneiro? — perguntou Jinzha.

Salkhi fez que sim.

— Dois guardas. Estão na prisão. Vamos levá-los para interrogatório.

— Não será necessário. — Jinzha fez um gesto com a mão. — Já sabemos o que precisamos saber. Levem os dois para a praia.

— Seu irmão gosta de um espetáculo — disse Kitay a Nezha.

Os gritos soavam havia mais de uma hora. Rin estava praticamente acostumada, embora os berros a fizessem perder o apetite.

Os guardas da Província da Lebre foram amarrados a postes e espancados. Depois de arrancar suas roupas e esfolá-los, Jinzha mandou ferver o veneno diluído de uma das cápsulas e o derramou sobre suas peles. A substância corria pelo corpo dos guardas, traçando um caminho fumegante e vermelho-vivo em suas bochechas, peitos e genitais expostos enquanto os soldados republicanos assistiam na praia.

— Não precisávamos fazer isso — disse Nezha, que nem sequer havia tocado na comida. — É grotesco.

Kitay soltou uma risada oca.

— Não seja ingênuo.

— Como assim?

— *É claro* que precisávamos. A República acabou de levar uma surra. Vaisra não pode reverter o envenenamento do rio ou o fato de que milhares de pessoas vão morrer de fome. Mas é só castigar alguns homens, fazê-los sofrer em público, que fica tudo bem.

— Para você fica tudo bem? — perguntou Rin.

Kitay deu de ombros.

— Eles envenenaram a droga do rio.

Nezha abraçou os joelhos.

— Salkhi disse que vocês ficaram um bom tempo lá dentro.

Rin assentiu.

— Vimos Niang. Ia te contar isso.

Nezha pareceu surpreso.

— Como ela está?

— Morta — respondeu Kitay, sem tirar os olhos dos guardas nos postes.

Nezha o encarou por um momento, depois olhou para Rin, erguendo a sobrancelha. Ela entendeu a pergunta e balançou a cabeça.

— Não havia imaginado que lutaríamos contra nossos colegas — murmurou Nezha depois de um instante de silêncio. — Quem mais conhecemos no norte? Kureel, Arda...

— Meus primos — respondeu Kitay, ainda sem se virar para Nezha. — Han. Tobi. Grande parte de nossa turma, se é que ainda estão vivos.

— Acho que não vai ser fácil lutar contra amigos numa guerra — disse Nezha.

— Claro que vai — rebateu Kitay. — Eles têm escolha. Niang fez a dela. Só calhou de ser a merda da escolha errada.

CAPÍTULO 16

O sol já se punha quando os guardas pararam de se debater.

Como um espetáculo final, Jinzha ordenou que seus corpos fossem queimados. Mas havia muito menos prazer em ver cadáveres em chamas do que em ouvir gritos agonizantes, e num determinado momento o cheiro de carne cozida ficou tão pungente na praia que os soldados começaram a migrar de volta para seus navios.

— Bom, foi divertido — disse Rin, levantando-se e limpando migalhas do uniforme.

— Já vai dormir? — perguntou Kitay.

— Não vou ficar aqui — disse ela. — Está fedendo.

— Espere um pouco — interrompeu Nezha. — Você não está mais no *Andorinha*. Foi remanejada para o *Martim*.

— Só ela? — perguntou Kitay.

— Não, todos vocês. O Cike também. Jinzha quer vocês para consultoria estratégica e acha que o Cike pode causar mais danos estando em um navio de guerra. O *Andorinha* não é um barco de ataque.

Rin olhou em direção ao *Martim*, onde era possível ver soldados hesperianos e a Companhia Cinzenta no convés.

— Sim, é intencional — comentou Nezha, inferindo o questionamento de Rin no olhar exasperado dela. — Eles querem ficar de olho em você.

— Eu já deixo Petra me cutucar como se eu fosse um animal uma vez por semana — disse Rin. — Não quero ficar olhando para eles enquanto estou comendo.

Nezha ergueu as mãos.

— Ordens de Jinzha. Não podemos fazer nada.

Rin desconfiava que a Capitã Salkhi também havia solicitado uma transferência por motivos de desobediência. Salkhi ficara profundamente frustrada depois que o Cike contrariou suas ordens e invadiu a instalação, e Baji não tinha ajudado ao apontar que eles não teriam precisado dos outros soldados, de qualquer forma. A suspeita de Rin foi confirmada quando Jinzha fez um monólogo de vinte minutos para informar ao Cike e a ela que deveriam seguir suas ordens à risca ou seriam atirados ao Murui.

— Pouco me importa que você tenha caído nas graças de meu pai — disse ele. — Vocês vão agir como soldados ou serão punidos como desertores.

— Idiota — resmungou Rin assim que saíram da sala de Jinzha.

— Ele é muito babaca — concordou Kitay. — É surpreendente que uma pessoa consiga fazer Nezha parecer o irmão agradável.

— Não que eu deseje que ele se afogue no Murui — Ramsa se juntou ao coro —, mas queria que ele se afogasse no Murui.

Com a frota reunida, a expedição da República rumo ao norte começou de fato. Jinzha traçou um caminho que atravessava a Província da Lebre, uma província abastada em termos agrícolas e fraca em comparação a eles. A intenção era começar pelo caminho mais fácil e fortalecer a base de suprimentos antes de enfrentar o Exército em toda a sua força.

Apesar dos hesperianos, Rin percebeu que viajar no *Martim* era muito melhor do que no *Andorinha*. Com quase cem metros de distância entre a proa e a popa, o *Martim* era o único navio tartaruga na frota; contava com um convés superior coberto por uma estrutura de madeira e placas de aço que o tornavam praticamente imune a tiros de canhão. O *Martim* funcionava mais ou menos como uma armadura flutuante, e por uma boa razão: nele viajavam Jinzha, o Almirante Molkoi, quase todos os principais estrategistas da frota e a maior parte da delegação hesperiana.

Junto do *Martim* navegava um trio de galés irmãs conhecidas como Águias — barcos de guerra com pranchas flutuantes fixadas a bombordo e a estibordo em forma de asas. Duas delas eram carinhosamente chamadas de *Ventoinha* e *Âmpelis*. Já a *Grifo*, comandada por Nezha, vinha logo atrás do *Martim*.

Duas outras galés traziam o orgulho e aríete da frota — dois enormes navios-torre que alguém com um senso de humor duvidoso batizara de *Picanço* e *Codorna*. Eram monstrengos grandes e pesados, equipados com duas catapultas e quatro fileiras de balestras.

A frota navegou Murui acima em formação de falange, alinhada para se ajustar ao estreitamento da largura do rio. As embarcações menores entravam alternadamente entre os navios de guerra ou navegavam atrás dele em fila, como pequenos patos seguindo a mãe.

Era uma operação fluvial formidável, pensava Rin. As tropas nunca tinham que se esgotar marchando, só precisavam esperar enquanto eram transportadas para as cidades mais importantes do Império, já que todas ficavam próximas à água. As cidades precisavam de água para se manterem vivas da mesma maneira que corpos precisam de sangue. Assim sendo, para dominar o Império eles tinham apenas que navegar por suas artérias.

Ao amanhecer, a frota chegou aos limites da cidade de Radan. O lugar era um dos maiores centros econômicos da Província da Lebre e era alvo de Jinzha por conta de sua localização estratégica na confluência de duas vias fluviais e por ter vários celeiros ricamente abastecidos, além de mal ter forças armadas.

Jinzha ordenou uma invasão imediata sem negociação.

— Ele tem medo de que recusem? — perguntou Rin a Kitay.

— É mais provável ele ter medo de que se rendam — respondeu Kitay. — Jinzha quer que esta expedição funcione na base do medo.

— E os navios-torre não botam medo o suficiente?

— Isso é um blefe. Não se trata de Radan, mas da próxima batalha. Radan precisa servir de exemplo.

— Exemplo do quê?

— Do que acontece com aqueles que resistem — explicou Kitay, em tom sombrio. — Vá pegar seu tridente. Vai começar.

O *Martim* se aproximava rapidamente da entrada fluvial de Radan. Rin levou a luneta ao rosto para avaliar a frota organizada às pressas pela cidade. Era uma amálgama patética de embarcações ultrapassadas, a maioria de mastro único com velas feitas de seda oleada. Os navios de Radan eram embarcações mercantes e barcos de pesca sem funções de ataque. Claramente nunca haviam sido usados em batalhas.

O Cike teria conseguido tomar a cidade sem ajuda alguma, pensou Rin. Eles certamente estavam ávidos para isso. Suni e Baji passaram horas andando de um lado para o outro no convés, impacientes, esperando pelo momento de entrar em ação. Os dois sozinhos provavelmente teriam dado conta das defesas externas, mas Jinzha desejava usar todos os recursos disponíveis para dominar Radan. Não se tratava de estratégia, e sim de exibicionismo.

Jinzha apareceu no convés, deu uma olhada na frota de defesa de Radan e soltou um bocejo.

— Almirante Molkoi.

O almirante o saudou com um gesto de cabeça.

— Senhor?

— Afunde essas coisas.

A batalha que se seguiu foi absurdamente unilateral. Não era um confronto, e sim uma tragicomédia.

Os moradores de Radan costumavam passar óleo nas velas de seus navios. Era uma prática comum entre comerciantes a fim de mantê-las à prova d'água e impedir que apodrecessem. No entanto, não era uma estratégia tão inteligente contra pirotecnia.

As *Águias* dispararam projéteis de ponta dupla que explodiram no ar, dando origem a uma série de explosivos menores que caíram sobre a frota de Radan como uma cortina de fogo. As velas se incendiaram imediatamente e, ardendo em fogo, cercaram o patético exército. O rugido do fogo era tão alto que, por um instante, era tudo o que se podia ouvir.

Rin pensou que aquilo era estranhamente agradável de assistir, da mesma forma que seria divertido derrubar um castelo de areia só porque ela sabia que podia.

— Pelas tetas da tigresa! — exclamou Ramsa, empoleirado na proa. Seus olhos refletiam as labaredas brilhantes. — Parece que eles nem estão tentando.

Centenas de homens saltavam das embarcações para escapar das chamas.

— Mande os arqueiros cuidarem de qualquer um que conseguir sair do rio — ordenou Jinzha. — Deixe o resto queimar.

O confronto durou menos de uma hora. Ao terminar, o *Martim* navegou triunfante pelas ruínas chamuscadas da frota de Radan e aportou logo na entrada da cidade. Ramsa observava espantado a destruição que os canhões haviam feito na entrada da cidade, Baji reclamava por não ter tido a oportunidade de fazer nada e Rin tentava não olhar para a água.

A frota de Radan havia sido devastada e seus portões já não passavam de escombros. A população que restou na cidade entregou as armas e se rendeu sem grandes dores de cabeça, então os homens de Jinzha tomaram a cidade e evacuaram todos os cidadãos de suas residências para facilitar o saque.

De cabeça baixa, mulheres e crianças ocupavam as ruas, estremecendo de medo conforme os soldados as guiavam pelos portões e ao longo da praia. Elas seguiam aglomeradas em grupos, amedrontadas, testemunhando de olhos arregalados o que restava da frota de Radan.

Os soldados republicanos tiveram o cuidado de não ferir os civis. Jinzha havia sido irredutível ao ordenar que não fossem maltratados.

— Essas pessoas não são prisioneiras e não são vítimas — disse ele. — Vamos chamá-las de potenciais membros da República.

Para cidadãos em potencial da República, aquele era um grupo que parecia temer verdadeiramente o governo que os aguardava.

E tinham bons motivos para isso. Maridos e filhos haviam sido posicionados ao longo da orla com espadas apontadas para seus rostos. Foram informados de que seus destinos ainda não haviam sido definidos, que a liderança da República decidiria naquela noite se os matariam ou não.

Jinzha pretendia fazer com que os civis virassem a noite sem saber se continuariam vivos e de manhã anunciaria à multidão que havia recebido ordens de Arlong. O Líder do Dragão havia ponderado sobre seus destinos, reconhecido que não tinha sido culpa deles que seus líderes corruptos os tivessem persuadido a resistir, seduzidos por uma Imperatriz que já não os servia. O líder havia reconhecido que tal decisão não havia sido feita por aquele povo simples e honesto. Ele seria misericordioso.

Ele deixaria a decisão nas mãos do povo.

Ele lhes pediria que votassem.

— O que acha que estão fazendo? — perguntou Kitay.

— Pregando — disse Rin. — Compartilhando a boa palavra do Criador.

— Não parece ser o melhor dos momentos.

— Acho que precisam aproveitar o público quando encontram um.

Estavam sentados de pernas cruzadas na praia à sombra do *Martim*, assistindo enquanto os missionários da Companhia Cinzenta percorriam os grupos de civis amontoados. Estavam muito longe para que Rin ouvisse o que estavam dizendo, mas vez ou outra ela via um missionário se ajoelhar ao lado de civis abalados, pousar as mãos sobre seus ombros, mesmo quando eles recuavam, e proferir o que era inconfundivelmente uma oração.

— Espero que estejam falando em nikara — observou Kitay. — Seria sinistro demais se não estivessem.

— Acho que não faria diferença se estivessem.

Rin achava difícil conter o prazer, ainda que viesse acompanhado de certa culpa, ao ver a multidão se afastando dos missionários, apesar de todo o empenho dos hesperianos.

Kitay lhe ofereceu um espetinho de peixe.

— Está com fome?

— Obrigada.

Rin aceitou o espetinho e deu uma mordida perto da cauda do peixe.

Comer mayau, o peixe salgado que constituía a maior parte de suas refeições, exigia certa prática. Era preciso mastigá-lo até que se desmanchasse o suficiente para tirar a carne ao redor dos espinhos antes de cuspi-los. Mastigando pouco, havia a chance de engolir um espinho e rasgar a garganta; mastigando demais, o peixe perdia todo o sabor.

O mayau era um alimento inteligente para se ter no Exército. Comê-lo levava tanto tempo que, quando Rin finalmente terminava, não importava quão pouco tivesse comido de verdade, sempre se sentia cheia de tanto sal e tanta saliva.

— Você já viu o pênis deles? — perguntou Kitay.

Rin quase cuspiu o peixe.

— Hã?

Kitay gesticulou.

— Aparentemente os homens hesperianos são muito... hum... muito maiores que os nikaras. Foi o que Salkhi disse.

— Como ela sabe?

— Como você acha? — Kitay ergueu as sobrancelhas com malícia. — Admita, você já pensou nisso.

Rin estremeceu.

— Nem que me paguem.

— Já reparou no General Tarcquet? Ele é enorme. Aposto que ele...

— Que nojo — exclamou Rin. — Eles são horrorosos. E têm um cheiro péssimo. Eles... Não sei, parece algo azedo.

— É porque eles bebem leite de vaca, acho. A lactose deve mexer com o organismo deles.

— Pensei que eles simplesmente não tomassem banho.

— Olha só quem fala. Já deu uma cheirada debaixo do seu braço?

— Espere — interrompeu Rin, apontando para o outro lado do rio. — Olhe aquilo.

Algumas das mulheres civis estavam gritando com um missionário. Ele recuava com as mãos erguidas em um gesto inofensivo, mas as mulheres não pararam de gritar até que ele tomasse uma boa distância.

Kiva assobiou.

— O bicho tá pegando.

— Queria saber o que estão dizendo para eles — disse Rin.

— "Nosso Criador é grande e poderoso" — recitou Kitay teatralmente. — "Orem conosco e jamais sentirão fome outra vez."

— "Não haverá mais guerra."

— "Todos os inimigos cairão por terra, aniquilados pelas mãos do Criador."

— "O reino será dominado pela paz e os deuses demoníacos serão mandados para o inferno". — Rin segurou os joelhos contra o peito e continuou a observar os missionários, que vagavam pela praia em busca de outro grupo de civis para atazanar. — Pensei que finalmente eles fossem deixar a gente em paz.

A religião hesperiana não era novidade no Império. No auge de seu reinado, o Imperador Vermelho recebia com frequência missionários de igrejas ocidentais. Acadêmicos da igreja se hospedavam na corte em Sinegard e entretinham o Imperador com previsões astronômicas, mapas celestes e engenhocas. Então o Imperador Vermelho morreu e os acadêmicos, antes paparicados, passaram a ser perseguidos por oficiais da corte. Assim, os missionários acabaram sendo expulsos do continente por séculos.

Os hesperianos tentavam retornar com frequência e quase tiveram êxito durante a primeira invasão. Agora, no entanto, os cidadãos nikaras se recordavam apenas das mentiras que a Trindade espalhara sobre os missionários após a Segunda Guerra da Papoula: eles matavam e comiam crianças. Atraíam jovens para os conventos e as transformavam em escravas sexuais. Haviam sido pintados como monstros nas histórias populares. A Companhia Cinzenta teria que suar a camisa para converter novos devotos.

— Mas precisam tentar mesmo assim — disse Kitay. — Li isso num dos textos sagrados deles uma vez. Os acadêmicos dizem que, como povo abençoado e escolhido do Arquiteto Divino, eles têm a obrigação de pregar para todos os infiéis que encontrarem.

— "Escolhido"? Como assim?

— Sei lá. — Kitay apontou com o queixo para algo atrás de Rin. — Por que não pergunta para ela?

Rin se virou.

A Irmã Petra vinha em direção a eles, caminhando alegremente pela praia.

Rin engoliu a última mordida rápido demais. O peixe desceu raspando dolorosamente por sua garganta.

Os olhares da Irmã Petra e de Rin se encontraram. A hesperiana gesticulou com o dedo. *Venha.* Uma ordem.

Kitay deu um tapinha amigável no ombro de Rin antes de se levantar.

— Boa sorte.

Rin segurou Kitay pela manga de suas vestes.

— Nem pense em me deixar...

— Não vou me meter nisso — disse ele. — Já vi o que esses arcabuzes são capazes de fazer.

— Parabéns — disse Petra enquanto voltavam para o *Martim*. — Ouvi dizer que foi uma vitória importante.

— "Importante" é uma palavra forte.

— O fogo não tentou você durante a batalha? O Caos não abriu as asinhas?

Rin parou onde estava.

— Preferia que eu tivesse queimado aquelas pessoas vivas?

— Irmã Petra!

Um missionário vinha correndo atrás delas. Parecia assustadoramente jovem; não devia ter mais de dezesseis anos. Seu rosto era espontâneo e infantil e seus grandes olhos azuis tinham cílios grossos como os de uma boneca.

— Como se diz "Venho do outro lado do grande mar"? — perguntou ele. — Não consigo lembrar.

— Assim. — Petra pronunciou a frase em nikara com precisão impecável.

— Venho do outro lado do grande mar. — O menino parecia encantado ao repetir as palavras. — Acertei? Os tons estão certos?

De repente, Rin percebeu que ele a encarava.

— Aham — respondeu ela. — É assim mesmo.

O menino sorriu.

— Eu amo seu idioma. É tão bonito.

Rin não sabia como reagir. Qual era o problema dele? Por que parecia tão alegre?

— Irmão Augus. — A voz de Petra subitamente se tornou cortante. — O que é isso em seu bolso?

Rin notou que ali havia um punhado de wotou, o pãozinho de farinha de milho cozido no vapor que, junto com o peixe mayau, compunha grande parte das refeições dos soldados.

— Minha comida — respondeu ele depressa.

— E não vai comer? — perguntou Petra.

— Vou. Só ia dar uma volta...

— *Augus.*

Seu semblante desmoronou.

— Eles disseram que estavam com fome.

— Não tem permissão para levar comida a eles — disse Rin, taxativa. Jinzha havia sido bem claro quanto a isso. Os civis deveriam passar a noite com fome. Quando a República os alimentasse na manhã seguinte, o medo se transformaria em gratidão.

— Isso é crueldade — disse Augus.

— A guerra é assim — respondeu Rin. — E se não consegue seguir regras básicas, então...

Petra interveio.

— Lembre-se do treinamento, Augus. Não contrariamos nossos anfitriões. Estamos aqui para espalhar a boa palavra, não para comprometer os nikaras.

— Mas eles estão morrendo de fome — insistiu Augus. — Queria confortá-los...

— Faça isso com os ensinamentos do Criador. — Petra pousou a mão sobre a bochecha de Augus. — Vá.

Rin assistiu a Augus voltar correndo pela praia.

— Ele não deveria estar aqui. É novo demais.

Petra se virou e fez um gesto para que Rin a seguisse até o *Martim*.

— Não é muito mais novo do que seus soldados.

— Nossos soldados são treinados.

— Nossos missionários também. — Petra levou Rin até seus aposentos no segundo convés. — Os irmãos e irmãs da Companhia Cinzenta dedicam suas vidas a pregar a palavra do Arquiteto Divino pelas terras dominadas pelo Caos. Todos nós fomos treinados nas academias da companhia desde pequenos.

— Tenho certeza de que é fácil encontrar bárbaros que precisam ser civilizados.

— Realmente neste hemisfério são muitos os que não encontraram seu caminho até o Criador.

O sarcasmo de Rin parecia ter passado completamente despercebido por Petra. Ela pediu que Rin se sentasse na cama.

— Quer láudano outra vez? — perguntou a mulher.

— Vai me tocar outra vez?

— Sim.

Naquele ritmo, Rin corria o risco de ter uma recaída. Mas aquela era uma escolha era entre o demônio que ela conhecia e o estrangeiro que ela não conhecia. Ela aceitou o cálice.

— Seu continente ficou fechado para nós por muito tempo — disse Petra enquanto Rin bebia. — Alguns de nossos superiores disseram que deveríamos parar de aprender seu idioma, mas eu sabia que voltaríamos. Era uma exigência do Criador.

Rin fechou os olhos enquanto a sensação familiar de entorpecimento causada pelo láudano se infiltrava em suas veias.

— E então? Seus missionários estão andando para cima e para baixo na praia gastando saliva com aquele papinho de relógio?

— Não é preciso compreender a verdadeira forma do Arquiteto Divino para agir de acordo com sua vontade. Sabemos que os bárbaros devem rastejar antes que possam caminhar. A heurística serve para os não iluminados.

— Você quer dizer regras morais simples para pessoas que são burras demais para entender por que elas são importantes.

— Se insiste em falar de forma vulgar sobre isso... Estou certa de que, com o tempo, pelo menos alguns dos nikaras se tornarão verdadeiramente iluminados. Em poucas gerações, alguns de vocês poderão até estar aptos a ingressar na Companhia Cinzenta. Mas a heurística deve primeiro ser desenvolvida para que os povos preteridos...

— Povos preteridos — repetiu Rin. — O que são os *povos preteridos*?

— Vocês, é claro — respondeu Petra. Seu semblante estava sério, como se aquilo fosse muito óbvio. — Não é culpa de vocês. Os nikaras ainda não evoluíram para alcançar nosso nível. Trata-se de ciência básica; a prova está em sua fisionomia. Veja só.

Ela levou uma pilha de livros até a mesa e os abriu diante de Rin. Ilustrações do povo nikara cobriam todas as páginas. Havia muitas anotações. Rin não conseguia decifrar as palavras hesperianas, mas várias frases se destacavam.

Dobra dos olhos — significa caráter preguiçoso.
Pele amarelada — subnutrição?

Na última página, Rin viu um desenho dela mesma. Estava cheio de anotações e devia ter sido feito por Petra. Rin ficou aliviada ao ver que a caligrafia de Petra era pequena demais para que ela conseguisse entender. Não queria ler nenhuma conclusão sobre si mesma.

— Como seus olhos são menores, vocês enxergam uma área menor do que nós. — Petra apontava para os diagramas ao explicar. — Sua pele tem uma tonalidade amarelada que indica subnutrição ou uma dieta desequilibrada. Agora veja o formato de seus crânios. Seus cérebros, que sabemos ser um indicador de sua capacidade racional, são, por natureza, menores.

Rin olhou para ela, incrédula.

— Você acha que é naturalmente mais inteligente do que eu?

— Eu não acho — respondeu Petra. — Eu sei. Há muitos estudos que comprovam isso. Os nikaras são uma nação com comportamento similar ao de uma manada. Vocês ouvem bem, mas pensar por conta própria é difícil para vocês. Chegam a conclusões científicas séculos depois de elas terem sido descobertas por nós. Mas não se preocupe. Com o tempo, todas as civilizações se tornarão perfeitas aos olhos do Criador. Esse é o propósito da Companhia Cinzenta.

Petra fechou o livro.

— Você acha que somos ignorantes — disse Rin, quase para si mesma. — Ela sentiu uma vontade ridícula de rir. Seria possível que os hesperianos realmente se levassem a sério naquele nível? Eles acreditavam que aquilo era *ciência*? — Vocês acham que todos nós somos inferiores a vocês.

— Olhe para aquelas pessoas na praia — continuou Petra. — Olhe para seu país, chafurdando nos escombros das guerras que vocês vêm lutando há séculos. Você chamaria isso de evolução?

— E as guerras que *vocês* lutaram foram civilizadas? Milhões morreram, não foi?

— Morreram porque estávamos lutando contra as forças do Caos. Nossas guerras não são internas, são cruzadas. Mas olhe para sua história e me mostre uma de suas guerras internas que não tenha sido travada por qualquer outra coisa que não ganância, ambição ou pura crueldade.

Rin não sabia se era o láudano ou se Petra realmente tinha razão, mas ela odiou não ter uma resposta.

De manhã, sob a ameaça de espadas em riste, os homens restantes de Radan foram levados até a praça da cidade e orientados a votar usando ladrilhos que deviam ser depositados em sacos de estopa. Havia duas opções de cor: branco para sim e preto para não.

— O que acontece se votarem contra? — perguntou Rin a Nezha.

— Eles morrem — respondeu ele. — Bom, a maioria deles. Se resistirem.

— Não acha que aí isso deixa de fazer sentido?

Nezha deu de ombros.

— Todos se juntam à República por livre e espontânea vontade. Nós só estamos, bom, dando um empurrãozinho.

Um voto era recebido por vez, e a votação durou pouco mais de uma hora. Em vez de contar os ladrilhos, Jinzha despejou o conteúdo dos sacos no chão para que todos pudessem ver as cores. Por uma maioria esmagadora, o vilarejo de Radan havia optado por aderir à República.

— Sábia decisão — disse ele. — Bem-vindos ao futuro.

Jihza ordenou que uma única embarcação ficasse em Radan com sua tripulação para aplicar a lei marcial e cobrar um imposto mensal sobre os grãos até o fim da guerra. Eles deveriam confiscar um sétimo dos silos da cidade, deixando apenas o suficiente para que Radan pudesse passar pelo inverno.

Nezha parecia satisfeito e aliviado quando partiram pelo Murui.

— Isso é o que acontece quando o povo decide.

Kitay balançou a cabeça.

— Não, isso é o que acontece quando você mata todos os homens corajosos e deixa os covardes votarem.

Os confrontos seguintes da Frota Republicana foram igualmente fáceis. Era como chutar cachorro morto. Na maioria das vezes, tomavam cidades e vilarejos sem lutar. Algumas cidades tentavam resistir, mas nunca adiantava. Contra a força combinada das *Águias* de Jinzha, a resistência costumava ceder em menos de um dia.

Conforme seguiam para o norte, Jinzha designava brigadas e mais tarde pelotões inteiros para ficar e governar o território recém-liberto. Outras tripulações passaram a abrir mão de soldados que pudessem suprir os navios esvaziados, até que várias embarcações tiveram que ser desativadas e deixadas em terra porque não havia pessoas suficientes para ocupá-las.

Alguns dos vilarejos conquistados não ofereceram resistência e prontamente aderiram à República. Eles enviavam voluntários em barcos carregados de alimentos e suprimentos e hasteavam bandeiras improvisadas com as cores da Província do Dragão em um gesto hospitaleiro.

— Olhem só — apontou Kitay. — Erguem a bandeira de Vaisra, não a bandeira da República.

— A República sequer *tem* uma bandeira? — perguntou Rin.

— Não sei dizer. Mas é engraçado eles pensarem que estão sendo conquistados pela Província do Dragão.

Seguindo o conselho de Kitay, Jinzha posicionou os navios e marinheiros voluntários na dianteira da frota. Ele não confiava nos marinheiros da Província da Lebre para lutar em seu território de origem e não os queria em posições estrategicamente cruciais caso desertassem. Mas os navios extras eram, na pior das hipóteses, iscas excelentes. Várias vezes Jinzha enviou navios aliados primeiro para enganar as cidades e fazer com que abrissem seus portões antes de invadi-las com os navios de guerra.

Durante algum tempo, pareceu que poderiam tomar todo o norte sem grandes dificuldades. No entanto, na fronteira norte da Província da Lebre, o vento por fim parou de soprar a favor da República quando uma tempestade intensa os obrigou a ancorar em uma enseada.

A tempestade era mais enfadonha do que perigosa. No caso de tempestades fluviais, ao contrário das tempestades oceânicas, podia-se simplesmente ancorar os navios à espera de que o tempo melhorasse. Assim, por três dias as tropas se abrigaram dentro dos navios, jogando cartas e contando histórias enquanto a chuva batia no casco.

— Ainda oferecem sacrifícios divinos ao vento lá no norte.

O imediato do *Martim*, um homem muito magro que passara mais tempo no mar do que Jinzha tinha de vida, havia se tornado o contador de histórias favorito do grupo.

— Antes do Imperador Vermelho, o Khan das Terras Remotas enviou uma frota para invadir o Império. Mas um mago conjurou um deus do vento para criar um tufão e destruir a frota do Khan. Os navios foram reduzidos a escombros no oceano.

— Por que não fizeram um sacrifício para o oceano? — perguntou um marinheiro.

— Porque os oceanos não criam as tempestades. Foi um deus do vento. Mas o vento é instável e imprevisível, e é sempre grave para os deuses quando são convocados pelos nikaras. Depois que a frota do Khan foi destruída, o deus do vento se voltou contra o mago por quem havia sido chamado. Ele ergueu o vilarejo do mago até o céu e depois o soltou lá de cima, causando uma chuva sangrenta de casas destroçadas, animais esquartejados e crianças desmembradas.

Rin se levantou e se afastou do grupo em silêncio.

Os corredores lá embaixo estavam imersos em um silêncio agourento. Não se ouvia a algazarra dos homens que trabalhavam nas pás, e a tripulação e os soldados estavam reunidos ou dormindo; sendo assim, não havia ninguém por ali além dela.

Ao aproximar o rosto da escotilha para olhar a tempestade lá fora, Rin viu ondas violentas rodopiando na enseada, como mãos ávidas para estraçalhar a frota. Nas nuvens, pensou ter visto dois olhos azul-cerúleo, vibrantes e malignamente sagazes.

Rin estremeceu. Pensou ter ouvido gargalhadas em meio aos trovões. Pensou ter visto uma mão se esticando no céu.

Então ela piscou, e a tempestade voltou a ser apenas uma tempestade.

Rin não queria ficar sozinha, então desceu até as cabines dos soldados, onde sabia que encontraria o Cike.

— Olha só quem chegou — cumprimentou Baji, fazendo um gesto para que ela entrasse. — Quem é vivo sempre aparece.

Rin se sentou de pernas cruzadas ao lado de dele.

— O que estão jogando?

Baji jogou um punhado de dados em um copo.

— Divisões. Já jogou?

Rin pensou no Tutor Feyrik, o homem que a havia ajudado a chegar a Sinegard, e em seu triste vício em apostas. Ela sorriu, melancólica.

— Poucas vezes.

Em teoria, nenhum tipo de jogo de apostas era permitido nos navios. Após sua peregrinação ao hemisfério ocidental, a sra. Yin Saikhara instituiu regras rígidas sobre vícios como beber, fumar, se envolver em jogos de azar ou com prostitutas. Quase todo mundo fingia que as regras não existiam e o próprio Vaisra nunca as havia aplicado.

Aquele acabou sendo um jogo bastante conflituoso. Ramsa acusou Baji de trapaça, embora o adversário não estivesse trapaceando. O trapaceiro era *Ramsa*, que foi descoberto quando vários dados escorregaram de dentro de sua manga. A partida se transformou em pancadaria e só terminou quando Ramsa arrancou sangue de Baji com uma forte mordida no braço.

— Seu pentelho bola-murcha — praguejou Baji enquanto fazia um curativo no cotovelo.

Ramsa exibiu um sorriso com os dentes vermelhos de sangue.

Todos eles estavam nitidamente entediados, de saco cheio enquanto esperavam a tempestade passar. Mas Rin desconfiava que também estavam ansiosos para entrar em ação. Ela os alertou para que não exibissem demais suas habilidades onde pudessem ser vistos pelos soldados hesperianos. Petra sabia da existência de uma xamã; não precisava saber do resto.

Manter aquele segredo havia se revelado bastante fácil durante a campanha. Sim, as habilidades de Suni e Baji eram esquisitas, mas não necessariamente sobrenaturais. Em meio ao caos de uma batalha, podiam passar despercebidos como soldados muito competentes. Por enquanto, seu plano estava funcionando. Até onde Rin sabia, os hesperianos não suspeitavam de nada. Suni e Baji poderiam estar frustrados com tanto controle, mas ao menos estavam livres.

Pelo menos uma vez, pensou Rin, ela havia tomado decisões decentes como comandante. Não tinha matado os demais. As tropas republicanas os tratavam melhor do que a Exército. Estavam sendo pagos, estavam tão seguros quanto possível. Era o melhor que poderia fazer pelos companheiros.

— Qual é a da Companhia Cinzenta? — perguntou Baji, pegando os dados do chão para iniciar outra partida. — Ouvi dizer que aquela mulher fala pelos cotovelos.

— É um negócio idiota — resmungou Rin. — Sermões religiosos.

— Pura baboseira? — perguntou Ramsa.

— Não sei — admitiu ela. — Talvez estejam certos sobre algumas coisas.

Rin queria poder descartar a fé dos hesperianos, mas muita coisa fazia sentido. Ela queria acreditar. Queria enxergar suas ações catastróficas como um resultado do Caos, um erro entrópico, e assim acreditar que poderia se redimir de todas elas restaurando a ordem no Império, revertendo a destruição como quem cola os cacos de uma xícara quebrada.

A ideia fazia com que Rin se sentisse melhor, como se cada batalha travada desde Adlaga fosse um passo rumo à reparação. Ela se sentia menos assassina.

— Você sabe que o tal do Arquiteto Divino não existe, não sabe? — disse Baji. — Tipo... Você enxerga que isso é óbvio, né?

— Não sei dizer — disse ela, cautelosa.

Era certo que o Criador não existia no mesmo plano psicoespiritual que os sessenta e quatro deuses do Panteão, mas isso era mesmo suficiente para desconsiderar a teoria dos hesperianos? E se o Panteão fosse de fato uma manifestação do Caos? E se o Arquiteto Divino realmente existisse em um plano superior, fora do alcance de qualquer um, exceto do povo escolhido e abençoado por ele?

— Fico pensando nos dirigíveis — disse Rin. — Nos arcabuzes. Dizem tanto que a religião trouxe avanço para eles. Talvez estejam certos sobre algumas coisas.

Baji abriu a boca para responder, mas a fechou no mesmo instante. Rin olhou para cima e viu um emaranhado de cabelos brancos à porta.

Ninguém disse nada. Ouviu-se o barulho dos dados caindo no chão, mas ninguém os pegou.

Ramsa quebrou o silêncio.

— E aí, Chaghan?

Ela não falava com Chaghan desde Arlong. Antes da partida da frota, parte de Rin esperava que ele simplesmente optasse por ficar em terra. Chaghan nunca havia gostado muito de pôr a mão na massa e, depois do conflito entre os dois, Rin não conseguia pensar em uma razão para que ele quisesse ficar. Mas os gêmeos haviam permanecido com o Cike no fim das contas, e Rin se via recalculando a rota sempre que avistava o mínimo sinal de cabelos brancos.

Chaghan parou junto à porta e Qara chegou logo depois.

— Jogo legal? — perguntou ele.

— Até que sim — respondeu Baji. — Quer entrar?

— Não, obrigado — respondeu Chaghan. — Mas que bom que estão se divertindo.

Nenhum deles respondeu. Rin sabia que era uma provocação, mas não tinha energia para se meter em picuinhas naquele momento.

— Você sente dor? — perguntou Qara.

Rin ficou confusa.

— Como assim?

— Quando a mulher da companhia leva você para a cabine dela. Você sente dor?

— Ah. Não... Não é tão ruim assim. É só um monte de exames.

Qara lançou a ela um olhar do que parecia compaixão, mas Chaghan agarrou a irmã pelo braço e a puxou para fora da cabine antes que ela pudesse falar.

Ramsa assobiou baixinho e se abaixou para pegar os dados do chão.

Baji olhou para Rin, curioso.

— O que aconteceu entre vocês dois?
— Coisas idiotas — balbuciou Rin.
— Coisas idiotas que têm a ver com Altan? — insistiu Ramsa.
— Por que teria algo a ver com Altan?
— Porque para Chaghan tudo sempre tem a ver com Altan. — Ramsa jogou os dados outra vez e sacudiu o copo. — Sinceramente, acho que Altan era o único amigo de Chaghan. Ele ainda está sofrendo, e não há nada que você possa fazer para diminuir essa dor.

CAPÍTULO 17

A tempestade foi embora e deixou danos mínimos. O vento virou uma embarcação depois de arrancá-la de sua âncora. Três homens se afogaram, mas a tripulação conseguiu salvar a maioria dos suprimentos e os mortos eram soldados de infantaria, então Jinzha classificou o incidente como "apenas um pequeno contratempo".

Quando o céu se abriu, ele ordenou que continuassem subindo o rio rumo à Província da Cabra. Estavam um passo mais perto do centro militar do Império e, como Kitay previra, aquele seria o primeiro território que apresentaria uma resistência desafiadora.

O Líder da Cabra havia se escondido dentro de Xiashang, a capital, em vez de montar uma defesa na fronteira. Por isso a República encontrou pouco mais do que tropas voluntárias locais ao longo de sua jornada destrutiva rumo ao norte. O Líder da Cabra havia decidido ganhar tempo e esperar que as tropas de Jinzha se cansassem antes de travar uma batalha de defesa.

Essa estratégia certamente os levaria à derrota, já que a Frota Republicana era *bem maior* do que qualquer força-tarefa que o Líder da Cabra pudesse reunir. Jinzha sabia que podiam tomar a Província da Cabra; era apenas uma questão de tempo.

O único obstáculo era que as defesas de Xiashang eram surpreendentemente robustas. Graças aos pássaros de Qara, as forças republicanas conseguiram um bom panorama das estruturas da capital. Seria difícil passar por aqueles muros mesmo com as catapultas dos navios-torre.

Com isso, Rin passou as noites seguintes no gabinete do *Martim*, amontoada em torno de uma mesa com o grupo de liderança de Jinzha.

— Os muros são o problema. Vai ser difícil destruí-los. — Kitay apontou para o círculo que havia rabiscado ao redor das muralhas da cidade. — São feitos de terra batida e têm um metro de espessura. Poderíamos até tentar usar o canhão, mas seria desperdício de pólvora.

— E se os cercarmos? — sugeriu Jinzha. — Poderíamos forçar uma rendição se pensarem que estamos dispostos a esperar.

— Que tolice — disse o General Tarcquet.

Jinzha ficou visivelmente irritado. A liderança trocou olhares constrangidos.

Tarcquet sempre comparecia às reuniões de estratégia, embora raramente falasse e nunca oferecesse a ajuda de suas tropas. Havia deixado claro qual era seu papel: julgar a competência dos nikaras e discretamente ridicularizá-los por seus erros, o que tornava sua contribuição irrepreensível e ao mesmo tempo enervante.

— Se fosse minha frota, arremessaria tudo que tenho contra aqueles muros — contrapôs Tarcquet. — Se não conseguem tomar uma capital menor, não vão derrubar o Império.

— Mas a frota não é sua — rebateu Jinzha. — É minha.

Tarcquet sorriu com desdém.

— Está no comando porque seu pai acreditou que ao menos seria inteligente o bastante para fazer o que eu digo.

Jinzha parecia furioso, mas Tarcquet levantou a mão antes que ele pudesse retrucar.

— Não vai dar certo. Eles sabem que o Exército Republicano não tem suprimentos ou tempo suficientes. Vocês vão ter que ceder em questão de semanas.

Embora a contragosto, Rin concordava com a visão de Tarcquet. Ela havia estudado exatamente a mesma situação em Sinegard. De todas as campanhas defensivas bem-sucedidas na história militar, a maioria se deu quando as cidades repeliram invasores por meio de uma tática de cerco prolongado. A estratégia de cerco transformava uma batalha em um jogo de espera de quem passaria fome primeiro. A Frota Republicana tinha suprimentos suficientes para cerca de um mês, e não se sabia ao certo quanto tempo Xiashang conseguiria aguentar. Seria tolice pagar para ver.

— Eles certamente não têm comida suficiente para toda a cidade — expôs Nezha. — Já nos certificamos disso.

— Não importa — disse Kitay. — O Líder da Cabra e aqueles que são próximos dele ficarão bem. Eles vão apenas deixar o povo passar fome. Tsung Ho já fez isso antes.

— Tentamos negociar? — perguntou Nezha.

— Com certeza isso não vai funcionar. Tsung Ho odeia nosso pai — respondeu Jinzha. — E ele não tem motivação alguma para cooperar. Deve deduzir que, sob o regime republicano, será deposto mais cedo ou mais tarde.

— Pode até ser que o cerco funcione — comentou o Almirante Molkoi. — Essas muralhas não são tão impenetráveis. Teríamos que derrubá-las num ponto de estrangulamento.

— Eu não faria isso — retrucou Kitay. — Eles devem estar se preparando exatamente para isso. Se o plano é invadir a cidade, precisamos ter um elemento surpresa, alguma carta na manga, como uma falsa proposta de trégua. Mas acho que eles não cairiam nessa. Tsung Ho é esperto demais.

Rin teve uma ideia.

— E Fuchai e Goujian?

Os homens a encararam, inexpressivos, sem entender.

— Fuchai e quem? — perguntou Jinzha.

Somente Kitay e Nezha pareciam ter entendido. O conto de Fuchai e Goujian era uma das histórias favoritas do Mestre Irjah. Os três haviam feito trabalhos sobre ela no segundo ano.

— Fuchai e Goujian eram dois generais da Era dos Estados Beligerantes — explicou Nezha. — Fuchai destruiu o estado natal de Goujian e depois o transformou em seu servo particular para humilhá-lo. Goujian cumpria tarefas degradantes para fazer Fuchai acreditar que não queria seu mal. Uma vez, quando Fuchai ficou doente, ele até se ofereceu para provar suas fezes a fim de avaliar quão grave era sua doença. Tudo isso funcionou. Dez anos depois, Fuchai libertou Goujian. A primeira coisa que Goujian fez foi contratar uma concubina muito atraente e mandá-la à corte de Fuchai como um presente.

— E é claro que a concubina assassinou Fuchai — completou Kitay.

Jinzha franziu a testa, confuso.

— Está dizendo que eu devia mandar uma concubina atraente para o Líder da Cabra?

— Não — respondeu Rin. — Estou dizendo que você devia comer merda.

Tarcquet soltou uma gargalhada.

Jinzha ficou vermelho.

— O que disse?

— O Líder da Cabra acha que está com a faca e o queijo na mão — prosseguiu Rin. — Então comece a negociar. Vá até lá e se humilhe, se mostre mais fraco do que realmente é, e faça com que ele subestime sua força.

— Isso não vai derrubar aqueles muros.

— Mas vai deixar o líder *arrogante*. Como ele vai se comportar se não estiver antecipando um ataque? Se, ao invés disso, acreditar que você está recuando? Isso vai nos proporcionar novas oportunidades. — Rin mergulhou nas ideias de sua cabeça. — Você poderia colocar alguém do outro lado dos muros. Abrir os portões por dentro.

— Sem chances — disse Nezha. — Precisaríamos de um pelotão inteiro para lutar lá dentro. Não dá para esconder tantos homens em um só navio.

— Eu não preciso de um pelotão inteiro — disse Rin.

— Esquadrão nenhum conseguiria fazer isso.

Ela cruzou os braços.

— Eu conheço um esquadrão que conseguiria.

Pela primeira vez, Jinzha não olhava para ela com desdém.

— Quem poderíamos enviar para negociar com o líder, então? — perguntou ele.

Rin e Nezha responderam ao mesmo tempo:

— Kitay.

O garoto fez uma cara feia.

— Como se eu fosse bom nisso.

— Justamente. — Nezha deu um tapinha no ombro dele. — Você é muito, muito ruim.

— Pensei que receberia um grão-marechal.

O Líder da Cabra estava sentado em sua cadeira, relaxado. Tamborilava despreocupadamente enquanto avaliava a delegação republicana com olhos afiados e astutos.

— Não. Sou eu — disse Kitay. Ele falava com voz trêmula, tentando esconder o nítido nervosismo. — O Líder do Dragão está indisposto.

A delegação republicana estava deliberadamente desfalcada, com apenas dois soldados da infantaria do *Martim* acompanhado Kitay. Sua vida tinha que parecer ter pouco valor. Jinzha não queria permitir a ida de Rin, mas ela se recusou a ficar para trás enquanto Kitay interagia com o inimigo.

As delegações haviam se encontrado em um trecho neutro na costa. As circunstâncias e o cenário faziam com que o encontro se parecesse mais uma competição de pesca do que uma negociação de guerra. Provavelmente para desdenhar da presença de Kitay, deduziu Rin.

O Líder da Cabra olhou para Kitay de cima a baixo e franziu os lábios.

— Vaisra não podia se dar ao trabalho de comparecer e enviou um lacaiozinho qualquer para negociar por ele.

Kitay endireitou a postura e se aprumou.

— Não sou um lacaiozinho. Sou filho do ministro da Defesa Chen.

— Eu estava mesmo me perguntando por que você parecia familiar. Está longe de ser como seu pai.

Kitay pigarreou.

— Fui enviado por Jinzha com uma proposta de trégua.

— Uma trégua deveria ser estabelecida entre líderes. Jinzha nem sequer age com o respeito que deveria ter por um líder.

— Jinzha me designou responsável pelas negociações — rebateu Kitay com firmeza.

O Líder da Cabra semicerrou os olhos.

— Ah, agora eu entendo. Está ferido, então? Morto?

— Jinzha está bem. — Kitay permitiu que sua voz tremesse levemente ao concluir a frase. — Ele manda lembranças.

O Líder da Cabra se inclinou para a frente em sua cadeira, como um lobo examinando sua presa.

— Sei.

Kitay pigarreou novamente.

— Jinzha me pediu para dizer que a trégua só trará benefícios. Nós *vamos* tomar o norte. Cabe ao senhor decidir se quer ou não se juntar a nós. Se aceitar nossos termos, deixaremos Xiashang em paz, desde que seus homens sirvam em nosso...

O líder o interrompeu.

— Não tenho interesse em me juntar à republiqueta de Vaisra. É apenas um estratagema para ocupar o trono.

— Isso soa paranoico — disse Kitay.

— Acha mesmo que Yin Vaisra é um homem disposto a compartilhar o poder?

— O Líder do Dragão pretende implementar o estilo democrático de governo praticado no hemisfério ocidental. Ele sabe que o sistema provincial não está funcionando...

— Mas está funcionando muito bem para nós — interrompeu o Líder da Cabra outra vez. — Os únicos discordantes são os pobres coitados do sul, liderados pelo próprio Vaisra. O resto de nós vê um sistema que nos concedeu estabilidade por duas décadas. Não há razão para interferir nisso.

— Mas *haverá* uma intervenção — insistiu Kitay. — O senhor mesmo já viu os pontos de falha. Está a semanas de uma guerra com seus vizinhos pelas vias fluviais, tem mais refugiados do que consegue dar conta e não recebeu ajuda imperial.

— Nisso você se engana — disse o Líder da Cabra. — A Imperatriz tem sido extremamente generosa com minha província. Enquanto isso, o embargo de vocês falhou, seus campos estão envenenados e estão ficando sem tempo.

Rin deu uma olhada para Kitay. Sua expressão não entregava nada, mas ela sabia que, por dentro, o amigo devia estar se vangloriando.

Enquanto conversavam, um único navio mercante marcado com as cores dos contrabandistas se dirigia para Xiashang. A embarcação havia sido fornecida por Moag, e a tripulação alegaria estar vindo da Província do Macaco com remessas ilegais de grãos. Jinzha havia escondido soldados no porão e vestido os poucos marinheiros que permaneceriam no convés com trajes de comerciantes.

Caso o Líder da Cabra estivesse esperando por navios contrabandistas, provavelmente os deixaria entrar na cidade.

— Existe apenas um jeito de isso não terminar com a sua morte — declarou Kitay.

— Uma negociação se dá por meio de vantagens, menino — disse o líder. — E não estou vendo sua frota.

— Talvez seus espiões devessem procurar com mais atenção — rebateu Kitay. — Talvez ela esteja escondida.

E *de fato* estava. A frota estava escondida na fenda de um cânion a cerca de três quilômetros dos portões de Xiashang. Jinzha havia enviado outra frota com menos embarcações e tripulações reduzidas na direção de outro afluente para fazer parecer que a Frota do Dragão desviava de Xiashang e navegava em direção leste rumo à Província do Tigre. Isso havia sido feito de forma muito conspícua em plena luz do dia. Era impossível que os espiões do Líder da Cabra não tivessem visto.

O homem deu de ombros.

— Talvez. Ou talvez vocês tenham escolhido o caminho fácil e seguido pelo afluente Udomsap.

Rin se esforçava para manter uma expressão neutra.

— Udomsap não está tão distante daqui — disse Kitay. — Por rio ou por terra, você está no caminho de Jinzha.

— Quanta audácia vinda de um menino — zombou o Líder da Cabra.

— Um menino que fala em nome de um grande exército — devolveu Kitay. — Mais cedo ou mais tarde vamos atacá-los. Então vão se arrepender.

A ameaça era falsa, mas Rin desconfiava que a frustração na voz de Kitay era real. Ele desempenhava tão bem seu papel que Rin mal conseguia conter uma súbita vontade de interceder, de protegê-lo. Diante do líder, Kitay parecia apenas um garoto: franzino, assustado e jovem demais para estar onde estava.

— Acho que não. — O líder esticou o braço e bagunçou o cabelo de Kitay. — O que eu acho é que os danos causados pela tempestade foram maiores do que esperavam. Vocês não têm tropas para seguir em frente no inverno e estão ficando sem mantimentos, então querem que eu abra meus portões e salve suas peles. Diga a Jinzha que ele pode pegar essa trégua e enfiar no rabo. — Ele sorriu, exibindo os dentes. — Agora suma daqui.

— Admito que talvez tenha sido uma péssima ideia — disse Kitay.

Rin monitorava os portões de Xiashang com a luneta. Ela sentia frio na barriga. A frota estava esperando na curva desde o anoitecer, o sol havia nascido fazia horas e os portões continuavam fechados.

— Você acha que ele não acreditou.

— Eu tinha tanta certeza de que acreditaria — lamentou Kitay. — Homens como ele são tão arrogantes que sempre pensam que passaram a perna nas outras pessoas. Mas talvez ele tenha passado mesmo.

Rin não queria pensar na possibilidade.

Mais uma hora se passou. Nada aconteceu. Kitay começou a andar em círculos, mordendo com força a unha do polegar até sangrar.

— Alguém devia sugerir uma retirada.

Rin baixou a luneta.

— Isso seria assinar a sentença de morte dos meus homens.

— Já passou do meio-dia — disse ele, mal-humorado. — É provável que já estejam mortos.

Jinzha, que andava de um lado para o outro no convés, se aproximou.

— É hora de pensar em alternativas. Eles falharam.

Rin cerrou os punhos.

— Não se atreva...

— Podem ter sido capturados. — Kitay tentou acalmá-la. — Talvez o plano seja fazê-los de reféns.

— Não temos ninguém importante naquele navio — disse Jinzha.

Rin achou que aquela era uma maneira bastante cruel de descrever alguns de seus melhores soldados.

— E, conhecendo Tsung Ho — prosseguiu Jinzha —, ele iria apenas incendiá-lo.

Era o meio da tarde e o sol estava bem no centro do céu.

Rin tentava conter o desespero. Quanto mais tarde ficava, piores eram as chances de invadirem os muros. Eles já haviam perdido o elemento surpresa. O Líder da Cabra certamente já sabia que estavam a caminho e tivera metade do dia para preparar as defesas.

Mas qual era a outra escolha da República? Os membros do Cike estavam presos atrás daqueles portões. Um pouco mais de tempo e suas chances de sobrevivência se reduziriam a zero. Esperar era inútil. Fugir seria humilhante.

Jinzha parecia ter a mesma opinião.

— Eles estão sem tempo. Vamos atacar.

— Mas é isso que eles querem — protestou Kitay. — Essa é a batalha que eles querem travar.

— Então é a batalha que eles terão.

Jinzha sinalizou para o Almirante Molkoi dar a ordem. Pela primeira vez, Rin ficou feliz por Jinzha ter ignorado Kitay.

A Frota Republicana avançou em uma sinfonia de tambores de guerra e agitação das rodas de pás contra a água.

Xiashang *de fato* havia se preparado para o ataque. O Exército Imperial entrou na ofensiva imediatamente. Uma cortina de flechas recepcionou a Frota Republicana assim que se aproximaram. Por um instante, foi impossível ouvir qualquer coisa além do som de flechas que penetravam madeira, aço e carne. E o ataque não cessava. A artilharia continuava firme e seus arqueiros pareciam ter um estoque infinito de flechas.

Os arqueiros republicanos também atacaram, mas a impressão era que atiravam para o nada. Seus inimigos simplesmente se abaixavam e escapavam dos virotes, que passavam assobiando por suas cabeças e se chocavam inutilmente contra as enormes muralhas da cidade.

O *Martim* estava seguro dentro de sua armadura de concha de tartaruga, mas os outros navios republicanos haviam sido reduzidos a alvos fáceis. Os navios-torre navegavam debilmente na água. A tripulação responsável pelas catapultas não podia arriscar nenhum lançamento — não podiam se mexer sem o risco de serem transformados em alfineteiras.

O *Ventoinha*, o *Águia* mais próximo dos muros, disparou um projétil de dragão de ponta-dupla que imediatamente foi interceptado pela flecha de um dos arqueiros da Cabra. Com o impacto, ele caiu de volta no barco. A tripulação do *Ventoinha* teve que se dispersar antes que a chuva de mísseis caísse sobre seu próprio suprimento de munições. Rin ouviu uma série de explosões e depois algumas outras — uma reação em cadeia que envolveu o navio em fumaça e fogo.

O *Picanço*, no entanto, havia conseguido direcionar suas torres e parar bem ao lado do portão da cidade. Rin estreitou os olhos e tentou avaliar a distância do navio para o muro. As torres eram altas o suficiente para chegar ao parapeito, mas, enquanto o muro estivesse repleto de arqueiros, a torre seria inútil. Qualquer um que as escalasse seria pego no topo.

Alguém tinha que aniquilar os arqueiros.

Rin fitava o muro, frustrada, amaldiçoando o Selo. Se pudesse conjurar a Fênix, enviaria uma torrente de chamas sobre as barreiras e as removeria em menos de um minuto.

Mas ela não tinha fogo. E isso queria dizer que teria que chegar lá em cima por conta própria, e para isso precisaria de explosivos.

Rin levou as mãos em concha ao redor da boca.

— Ramsa!

Ele estava agachado a dez metros do mastro. Rin gritou o nome dele três vezes, sem sucesso. Por fim, arremessou um pedaço de madeira em seu ombro para chamar sua atenção.

— Que merda foi essa? — gritou Ramsa.

— Preciso de uma bomba!

Ele abriu a boca para responder no momento em que mais projéteis explodiam contra a lateral do barco tartaruga. Então balançou a cabeça e fez um gesto frenético em direção à sacola vazia que carregava.

— Nada? — perguntou ela.

Ele vasculhou fundo em seus bolsos, puxou uma coisa redonda e a rolou pelo chão em direção a Rin. Quando ela pegou, um cheiro repugnante atingiu seu nariz.

— Isso é uma *bomba de merda*? — gritou ela.

Ramsa acenou de mãos vazias.

— Foi o que sobrou!

Teria que servir. Rin enfiou a bolsa na camisa. Ela se preocuparia em ativá-la quando chegasse ao muro; agora só precisava de uma forma de chegar ao topo. E de um escudo, algo enorme, pesado e grande o suficiente para cobrir todo o seu corpo...

Seus olhos pousaram em um dos botes.

Ela se virou para Kitay.

— Traga um bote.

— O quê?

Ela apontou para a torre.

— Me leve lá para cima em um bote.

Kitay arregalou os olhos ao entender o que Rin estava pedindo. Gritou uma série de ordens para os soldados atrás dele, que correram até o mastro, escondendo-se sob escudos que levavam acima das cabeças.

Rin entrou em um bote com dois outros soldados. Kitay instruiu os homens a prender as cordas nas extremidades, que normalmente eram destinadas a baixar a pequena embarcação até a água, na polia do mastro. O bote sacolejava violentamente ao ser içado. Não havia sido bem fixado e teria virado na metade da subida se Rin e os soldados não tivessem agido depressa e redistribuído o peso.

Uma flecha passou raspando pela cabeça de Rin. Ela havia sido vista pelos arqueiros da Cabra.

— Segurem firme! — Rin torceu as cordas.

O bote se inclinou e quase ficou na horizontal, transformando-se em um escudo de corpo inteiro. Rin se agachou, agarrando-se com firmeza a um assento para não cair. Um virote de balestra passou pelo fundo do bote e cortou o braço do soldado à sua esquerda. Ele gritou e se soltou; um segundo mais tarde, Rin ouviu o corpo do homem se chocando contra o convés.

Rin prendeu a respiração. O bote estava quase chegando ao topo.

— Fique atento.

Ela dobrou os joelhos e sacudiu o barco para que balançasse para a frente. A primeira investida em direção ao muro falhou por pouco. Rin teve um breve e vertiginoso vislumbre do chão lá embaixo.

Mais uma revoada de flechas espetou o barco a remo enquanto balançavam para trás.

A segunda investida se aproximou o suficiente.

— *Vamos!*

Eles saltaram para o muro. Rin escorregou com o impacto. Ralou os joelhos em rochas firmes, mas seus pés encontraram um grande e aterrorizante vazio. Ela esticou os braços e se agarrou a uma pedra protuberante na parede. Com muito esforço, impulsionou o corpo para cima até conseguir apoiar o cotovelo no topo e assim subir por completo.

Ela se pôs de pé, vacilante e desengonçada, no exato momento em que um soldado da Cabra cortou o ar com uma espada bem perto de sua cabeça. Rin bloqueou o golpe com seu tridente e, num ágil gesto de laço, arremessou a arma do soldado para longe, empurrando a lateral do corpo do adversário coma outra ponta do tridente e o jogando escada abaixo, fazendo com que acertasse seus colegas.

Rin ganhou algum tempo e se pôs a examinar o muro dos arqueiros. A bomba de merda de Ramsa não seria capaz de matá-los, mas serviria para distraí-los. Ela só precisava de uma maneira de ativá-la.

Praguejou pensando no Selo outra vez. Poderia ter acendido a bomba com um simples estalar de dedos. Teria sido *tão fácil*.

Rin percorreu os arredores com o olhar em busca de um candeeiro, uma lamparina, qualquer coisa... *ali estava*. A alguns metros de distância havia carvão em brasa dentro de um balde de lata, provavelmente utilizado pelos arqueiros da Cabra para os próprios disparos.

Ela pegou a bomba e a arremessou dentro do balde, rezando.

Então ouviu-se um estalo tênue.

Ela respirou fundo. Uma fumaça de cheiro acre de merda se espalhou pelos parapeitos em uma nuvem densa e ofuscante.

— Temos um problema — disse o soldado republicano a seu lado.

Em meio à fumaça, ela viu uma coluna de soldados da Cabra se aproximando depressa pelo lado esquerdo.

Desesperada, Rin examinou o muro para encontrar uma maneira de descer. Avistou uma escadaria à esquerda, mas havia soldados demais na base. A única outra maneira de descer era pelo outro lado do muro, mas a passarela não contornava todo aquele pedaço. Um trecho de muro não mais espesso do que seu calcanhar era o que a separava da outra escada.

Não havia tempo para pensar. Ela saltou para a borda externa do muro, firmou os calcanhares e se pôs a correr antes que perdesse o equilíbrio. A cada poucos passos, Rin sentia o corpo pender para um lado ou para o outro, mas ela se endireitava e seguia.

Ela ouviu os assobios dos arcos. Em vez de se abaixar, saltou em direção à escada, pousando dolorosamente com a lateral do corpo e derrapando até parar. Seu ombro e quadril pulsavam de dor, mas seus braços e pernas ainda funcionavam. Ela rastejou depressa escada abaixo enquanto as flechas chiavam sobre sua cabeça.

Do outro lado dos portões estava uma verdadeira zona de guerra.

Ela se deparou com um amontoado de corpos e ouviu um clamor de aço. Lá dentro, uniformes azuis se destacavam na multidão: soldados republicanos. Rin sentiu uma onda de alívio. Não estavam mortos, afinal, apenas atrasados.

— Até que enfim!

Dois agentes da destruição muito familiares surgiram diante dela. Suni agarrou um soldado da Cabra como se fosse uma boneca, ergueu-o sobre a cabeça e o arremessou na multidão. Baji bateu com seu ancinho no pescoço de alguém, antes de erguê-lo e girá-lo no ar para bloquear uma flecha que voava em sua direção.

— Muito bom — disse Rin.

Baji a ajudou a ficar de pé.

— Por que demoraram tanto?

Rin estava prestes a responder quando alguém tentou agarrá-la por trás. Ela reagiu com um golpe de cotovelo por instinto e sentiu a sensação gratificante de quebrar um nariz. Então se desvencilhou.

— Estávamos esperando o sinal de vocês!

— Mas nós mandamos um sinal! Acendemos um sinalizador há uns dez minutos. Cadê a porcaria do exército?

Rin apontou para os muros.

— Estão ali.

Um estrondo fez estremecer os portões de Xiashang. O *Picanço* havia posicionado sua torre.

Soldados republicanos avançaram sobre o muro como um enxame de formigas. Corpos eram atirados ao chão como tijolos enquanto ganchos rasgavam o céu para se fincar no muro em distâncias regulares uns dos outros.

Havia quase tantos uniformes azuis quanto verdes agora. Lentamente, a presença dos soldados republicanos cresceu na praça central.

— Para os portões — disse Rin a Baji.

— Já estou cuidando disso.

Baji dispersou o aglomerado de soldados que guardavam uma roda de suspensão com um golpe certeiro de seu ancinho. Suni pegou a outra roda. Juntos, firmaram os pés no chão e empurraram. Os soldados republicanos formaram um círculo de proteção em torno deles, repelindo os soldados da Cabra.

— *Empurrem!* — gritou alguém.

Rin não teve tempo de olhar para trás ou entender o que estava acontecendo; a mordida do aço foi muito atordoante. Algo lacerou sua bochecha esquerda, espirrando sangue por todo o seu rosto. Ela tentou limpar os olhos com a manga de suas vestes, mas isso só fez com que ardessem mais.

Rin desferiu um golpe cego com o tridente. O aço esmagou um osso, e a pessoa que a havia atacado foi ao chão. Golpe de sorte. Rin se protegeu atrás da parede republicana e piscou repetidas vezes até limpar a visão.

Então ouviu-se o rangido das rodas de suspensão. Rin arriscou um olhar sobre o ombro. Com um grunhido ruidoso, os portões de Xiashang se abriram.

Logo do outro lado estava a frota.

O jogo havia virado. Os soldados republicanos inundaram a praça, um mar tão vasto de uniformes azuis que, por um momento, Rin não conseguiu avistar nem sequer um defensor da Cabra. Uma sirene soou em algum lugar, seguida por uma série de golpes de gongo, tão altos que abafaram todos os outros sons.

Um pedido de socorro. *Mas para quem?* Rin subiu em um caixote, tentando enxergar algo em meio à turba.

Ela avistou movimento no corredor sudoeste. Semicerrou os olhos. Era um novo pelotão de soldados armados, prontos para combate, correndo em direção à praça. Seriam as tropas locais de apoio? Não podia ser; usavam uniformes azuis, não verdes.

Mas aquele não era o azul-marinho dos uniformes republicanos.

Rin quase deixou o tridente cair. Aqueles não eram soldados nikaras.

Eram tropas da Federação.

Por um momento ela pensou, em pânico, que a Federação ainda estava à solta, que haviam aproveitado a oportunidade para investir em uma invasão simultânea a Xiashang. Mas isso não fazia sentido. A Federação já havia estado atrás dos portões da cidade, e aqueles soldados não estavam atacando a guarda da de Xiashang, mas sim as tropas claramente trajadas em uniformes republicanos.

Quando a ficha enfim caiu, foi como se Rin levasse um soco na barriga.

O Líder da Cabra havia se aliado à Federação.

O chão vacilou sob seus pés. Ela viu fumaça e fogo, corpos corroídos pelo gás. Rin viu Altan, andando de costas pelo cais, para longe dela...

— *Se abaixe!* — berrou Baji.

Rin se jogou no chão segundos antes de uma lança atingir a parede, bem no lugar onde sua cabeça estivera.

Ela se pôs de pé com muito custo. Não conseguia enxergar o fim da fila dos soldados da Federação. Quantos seriam? Estariam em mesmo número que a República?

O que tinha tudo para ser uma vitória fácil estava prestes a se transformar em uma carnificina.

Rin subiu a escada para estudar melhor a estrutura da cidade. Logo após a praça, havia uma casa de três andares rodeada por um enorme jardim cheio de esculturas. Só podiam ser as dependências particulares do Líder da Cabra. Era a maior construção de Xiashang.

Ela sabia qual era o melhor jeito de acabar com aquilo.

— Baji! — Ela acenou com o tridente para chamar a atenção do companheiro, então apontou para a mansão do líder. — Me dê cobertura.

Baji compreendeu imediatamente. Juntos, abriram um caminho sangrento entre o aglomerado de pessoas até saírem do outro lado da praça. Em seguida, correram para os jardins.

A mansão era guardada por dois leões de pedra, com bocas abertas em cavernas amplas e vorazes. As portas haviam sido lacradas.

Excelente. Aquilo queria dizer que alguém estava se escondendo lá dentro.

Rin chutou a maçaneta com violência, mas as portas não cederam.

— Com licença — pediu Baji.

Rin saiu da frente. Ele deu três passos para trás e investiu com os ombros contra as portas. A madeira se rachou e as portas se escancararam.

Baji se levantou do chão e apontou para trás dela.

— Mais problemas.

Rin se virou e viu uma nova onda de soldados da Federação correndo em direção à mansão. Baji se plantou na porta, o ancinho erguido.

— Você dá conta? — perguntou Rin.

— Pode ir. Eu cuido deles.

Ela correu para dentro da casa. Os corredores estavam bem iluminados, mas pareciam completamente vazios — o que era o pior dos cenários, porque significaria que a família do Líder da Cabra já havia sido evacuada para um lugar seguro. Rin ficou parada no centro do salão, o coração disparado, atenta a qualquer som dos habitantes.

Segundos depois, ela ouviu o choro estridente de um bebê.

Isso. Rin se concentrou, tentando rastrear o som. O bebê gemeu novamente. Dessa vez o choro soou abafado, como se alguém estivesse tapando sua boca com um pano. Não adiantou. Na casa vazia, aquele barulho era inconfundível.

Vinha dos cômodos à esquerda. Rin seguiu a passos silenciosos pelo chão de mármore até avistar o fim do corredor, onde havia uma porta telada. O choro ficava mais alto conforme ela se aproximava. Rin segurou a maçaneta e tentou abri-la. Trancada. Então Rin recuou e abriu a porta com um chute. A frágil moldura de bambu cedeu sem grandes problemas.

Lá dentro, Rin se deparou com um grupo de pelo menos quinze mulheres. Estavam amontoadas como pássaros indefesos à espera do abate e a encaravam com lágrimas de terror escorrendo pelas bochechas gordas.

Eram as esposas do líder, deduziu Rin. Suas filhas. Suas serviçais e amas.

— Onde está Tsung Ho? — questionou ela.

Elas se encolheram ainda mais umas contra as outras, tremendo em silêncio.

O olhar de Rin pousou sobre o bebê, que estava aninhado no colo de uma mulher idosa no fundo da sala. A criança estava enrolada em um pano vermelho. Isso queria dizer que era um menino, um herdeiro em potencial.

O líder não deixaria aquela criança morrer.

— Me dê o bebê — ordenou Rin.

A mulher balançou a cabeça, nervosa, e pressionou a criança contra o peito.

Rin apontou o tridente para ela.

— Não vale a pena morrer por isso.

Uma das garotas avançou contra Rin e a golpeou com um varão de cortina. Rin se abaixou e retribuiu o ataque com um chute. Seu pé encontrou a barriga da garota com um baque macio e satisfatório, e ela foi ao chão, gemendo de dor.

Rin pisou no esterno dela e pressionou com força. Os ganidos agonizantes da garota trouxeram uma satisfação animalesca e agradável. Ela não sentia empatia alguma por aquelas mulheres. Elas haviam escolhido estar ali. Eram aliadas da Federação, sabiam o que estava acontecendo. Tudo aquilo era culpa delas, todas elas mereciam morrer...

Não. Pare. Ela respirou fundo. O véu vermelho diante de seus olhos se dissipou.

— Mais uma gracinha e corto a garganta de vocês — ameaçou ela.
— O bebê. *Agora.*

Em prantos, a velha o entregou para Rin.

A criança começou a gritar. Rin na mesma hora ajeitou os braços para apoiar as costas e a parte de trás da cabeça dela, instintos remanescentes da época em que cuidava do irmão adotivo.

Ela foi tomada pelo súbito impulso de aninhar o bebê e embalá-lo até que seu choro cessasse, mas o reprimiu. Precisava que o bebê gritasse e gritasse alto.

Andando de costas, ela recuou para sair do quarto das mulheres, segurando o tridente em frente ao corpo.

— Não saiam daqui — ordenou ela. — Se alguma de vocês se mexer, mato a criança.

Em silêncio, as mulheres assentiram. Lágrimas escorriam por seus rostos cobertos de pó.

Riu saiu do aposento e voltou ao salão principal.

— Tsung Ho! — bradou ela. — Onde está você?

Silêncio.

O bebê se mexeu em seus braços. Os gritos haviam se transformado em um choramingar manhoso. Rin brevemente considerou beliscar seus braços para fazê-lo gritar.

Mas não foi preciso. A imagem do tridente sangrento foi suficiente: bastou um vislumbre da arma para que o bebê abrisse um berreiro.

— Tsung Ho! — gritou Rin, mais algo que o choro do bebê. — Vou matar seu filho se não aparecer!

Ela o ouviu se aproximar bem antes que ele pudesse atacar.

O líder foi muito lento. Devagar como uma lesma. Ela se esquivou da espada de Tsung Ho com um rodopio e bateu com o cabo do tridente em sua barriga. Tsung Ho se curvou e, com os dentes do tridente, Rin enganchou a espada do adversário e a arrancou da mão dele. Tsung Ho foi ao chão e, de quatro, tentou se arrastar até sua arma, mas Rin a chutou para longe de seu alcance e deu uma bordoada em sua nuca com o cabo do tridente.

— Seu traidor.

Rin desferiu uma pancada violenta no joelho de Tsung Ho, que uivou de dor. Ela bateu de novo. E de novo.

O bebê chorava mais alto. Ela foi até o canto da sala, colocou-o delicadamente no chão e depois voltou a agredir o homem. Os joelhos do líder estavam visivelmente triturados. Rin subiu até as costelas.

— Por favor, tenha misericórdia, *por favor*... — Ele se encolheu em posição fetal, tentando proteger a cabeça com os braços de forma patética.

— Quando foi que abriu seus portões para os mugeneses? — interrogou ela. — Antes de incendiarem Golyn Niis ou depois?

— Não tivemos escolha — respondeu ele em um sussurro. Tsung Ho emitiu um guincho agudo ao trazer o joelho contra o peito. — Eles estavam esperando nos portões, não havia alternativa...

— Poderiam ter lutado.

— Teríamos morrido — grasnou ele.

— Então deveriam ter morrido.

Rin bateu o tridente na cabeça de Tsung Ho. Ele se calou, inerte.

O bebê continuou a gritar.

Jinzha ficou tão contente com a vitória que afrouxou temporariamente a proibição sobre consumo de álcool no exército. Jarras de licor de sorgo de qualidade, todas saqueadas da mansão do Líder da Cabra, eram passadas de mão em mão entre os soldados. Naquela noite, todos acamparam na praia em um raro momento de bom humor.

Jinzha e seu conselho se reuniram para decidir o que fazer com os prisioneiros. Além dos soldados da Federação, havia também homens da Oitava Divisão — uma tropa do Exército Imperial maior do que a de qualquer cidade conquistada até então. Eles representavam uma ameaça grande demais para serem soltos. Se desconsiderassem uma execução em massa, as outras opções seriam manter um número excessivo de prisioneiros, mais do que eles conseguiriam alimentar, ou deixá-los ir embora.

— Vamos executá-los — sugeriu Rin na mesma hora.

— Mais de mil homens? — Jinzha balançou a cabeça. — Não somos monstros.

— Mas eles merecem — rebateu a garota. — Os mugeneses, pelo menos. Se fosse o contrário, se a Federação tivesse capturado nossos homens, todos já estariam mortos.

Rin tinha tanta certeza daquilo que o questionamento lhe parecera inútil, mas sua sugestão não foi lá muito bem-vinda. Ela olhou ao redor, confusa. Não era uma decisão óbvia? Por que todos pareciam tão desconfortáveis?

— Eles poderiam servir nas rodas — sugeriu o Almirante Molkoi. — Assim poderíamos dar um descanso para nossos homens.

— Está brincando — disse Rin. — Para começo de conversa, teria que alimentá-los...

— Podemos oferecer uma dieta reduzida. Apenas o suficiente para que fiquem vivos — disse Molkoi.

— Nossas tropas vão precisar dessa comida!

— Nossas tropas já sobreviveram com menos do que temos agora — continuou Molkoi. — E é melhor que não se acostumem com excessos.

Rin o encarava.

— Quer racionar ainda mais a comida *de nossas tropas* para manter aqueles traidores vivos?

Ele deu de ombros.

— São homens nikaras. Não executaremos os nossos.

— Eles deixaram de ser nikaras no momento em que aceitaram a Federação em seus lares! — acusou Rin, exaltada. — Deveriam ser espancados. E decapitados.

Todos os presentes pareciam evitar o olhar de Rin.

— Nezha? — arriscou ela.

Sem encarar Rin, o garoto se limitou a balançar a cabeça.

Rin corou de raiva.

— Esses soldados estavam colaborando com a Federação. Alimentando os mugeneses. Abrigando-os. Isso é traição. Isso deve ser punido com morte. E não são só os soldados. Deveríamos punir a cidade inteira!

— Talvez sob o reinado de Daji, Rin — argumentou Jinzha. — Mas não sob a República. Não queremos ganhar uma reputação de brutalidade...

— Eles *ajudaram*! — Agora Rin gritava. Todos a encaravam, mas ela não se importava. — A Federação! Você não sabe o que eles fizeram. Passou a guerra escondido em Arlong e não viu o que...

Jinzha se virou para Nezha.

— Irmão, coloque uma focinheira em sua speerliesa, ou...

— *Não sou um cachorro!* — vociferou Rin.

Ela foi tomada pela fúria e avançou contra Jinzha, mas não conseguiu sequer dar dois passos antes de ser arremessada ao chão pelo Almirante

Molkoi. O golpe foi tão violento que sua visão escureceu e, por um instante, tudo o que ela conseguiu fazer foi continuar respirando.

— Já chega — disse Nezha, sereno. — Ela já se acalmou. Solte-a.

A pressão em seu peito cessou. Rin encolheu o corpo, tossindo com força.

— Tirem a garota do acampamento — ordenou Jinzha. — Levem-na amarrada, amordaçada, não dou a mínima. Lidaremos com isso amanhã.

— Sim, senhor — acatou Molkoi.

— Ela ainda não jantou — disse Nezha.

— Então mande alguém levar comida ou água se ela pedir — ordenou Jinzha. — Mas faça com que ela suma da minha frente.

Rin gritou.

Ninguém podia ouvi-la. Ela havia sido banida para uma parte da floresta longe do acampamento. Por isso gritou mais alto, repetidas vezes, esmurrando uma árvore até o sangue escorrer pelos nós de seus dedos enquanto a fúria ardia cada vez mais em seu peito. Por um momento, ela pensou — desejou — que a fúria vermelha que faiscava diante de seus olhos explodisse em chamas, chamas de verdade, *finalmente*...

Mas nada aconteceu. Nenhuma faísca se acendeu em seus dedos; nenhum riso deífico ecoou em sua mente. Ela sentia o Selo em sua mente, pulsando de modo doentio, anuviando e amansando sua raiva a cada vez que ela atingia um pico. Isso só aumentava sua ira, fazia com que ela gritasse mais alto, frustrada. Mas o espetáculo era inútil. O fogo continuava fora de seu alcance; dançando, zombando dela atrás da barreira dentro de sua cabeça.

Por favor, pensou Rin. *Preciso de você, preciso do fogo, preciso queimar...*

A Fênix permaneceu em silêncio.

Rin se deixou cair de joelhos.

Ela podia ouvir Altan rindo. Não era o Selo, era a própria imaginação, mas ela o ouvia como se estivesse bem a seu lado.

— Olhe só para você — dizia ele.

— Que ridículo — zombava ele.

— Não vai voltar — continuou Altan. — Você já era. Acabou. Não é uma speerliesa coisa nenhuma, é só uma menininha idiota dando chilique no meio da floresta.

Finalmente a voz e a força de Rin cederam e sua raiva se evaporou de forma patética. Então ela se viu sozinha com o silêncio indiferente das árvores, acompanhada apenas pela própria mente.

E isso Rin não conseguia suportar. Então decidiu se embriagar o máximo possível. Havia pegado um pequeno jarro de licor de sorgo no acampamento, que drenou em menos de um minuto.

Rin não estava acostumada a beber. Os mestres de Sinegard haviam sido rigorosos, o menor resquício de álcool era motivo de expulsão. Ela ainda preferia a fumaça doce e doentia do ópio à ardência do licor de sorgo, mas gostava de sentir o líquido queimando por dentro. A bebida não cessava sua angústia, mas a reduzia a um palpitar preguiçoso, um incômodo dolorido em vez da agonia de uma ferida aberta.

Quando Nezha foi procurá-la, Rin já estava completamente bêbada, e não teria percebido que ele se aproximava se o rapaz não tivesse gritado seu nome a cada passo.

— Rin? Está aí?

Ela ouviu Nezha do outro lado de uma árvore. Piscou por alguns segundos, atônita, até se lembrar de como formular frases.

— Sim. Não chegue perto.

Nezha deu a volta na árvore e viu Rin subindo as calças depressa com uma só mão. Na outra havia uma jarra cheia até o gargalo.

— Está mijando na jarra?

— Estou preparando um presente para seu irmão — respondeu ela.

— Será que ele vai gostar?

— Não pode dar um jarro de urina ao grão-marechal do Exército Republicano.

— Mas está quentinho — balbuciou ela.

Rin sacudiu o jarro em direção a Nezha e derramou um pouco de urina pelas bordas.

Nezha recuou depressa.

— Abaixe isso, por favor.

— Tem certeza de que Jinzha não vai gostar?

— *Rin*.

Ela suspirou, dramática, e sossegou.

Nezha segurou Rin pela mão limpa e a conduziu para um trecho de grama junto ao rio, longe do jarro.

— Você sabe que não pode explodir daquela maneira.

Ela deu de ombros, indiferente.

— Estou sendo devidamente disciplinada.

— Não tem a ver com *disciplina*. Vão pensar que você ficou maluca.

— Eles já acham que sou maluca — retrucou ela. — Speerliesa selvagem, burra. Não é isso? É da minha natureza.

— Não foi o que eu... Por favor, Rin. — Nezha balançou a cabeça. — Enfim, acho que tenho más notícias.

Ela bocejou.

— Perdemos a guerra? Foi mais rápido do que pensei.

— Não. Jinzha rebaixou você.

Ela piscou, confusa.

— Como é?

— Você perdeu seu posto. Agora serve como soldado raso. E não está mais na liderança do Cike.

— Então quem está?

— Ninguém. O Cike não existe mais. Todos foram transferidos para outros navios.

Nezha a observava com cautela, esperando sua reação. Rin apenas soluçou.

— Tudo bem. Eles não me ouviam mesmo.

Rin sentiu certa satisfação amarga ao dizer aquilo em voz alta. Sua posição como comandante havia sido uma farsa desde o começo. Para ser justa, o Cike até que lhe obedecia quando tinha um plano, o que não acontecia com frequência. A verdade era que eles vinham agindo por conta própria havia muito tempo.

— Sabe qual é seu problema? — perguntou Nezha. — Você não tem controle algum sobre seus impulsos. Zero. Absolutamente nenhum.

— É horrível mesmo — concordou ela com uma risada. — Ainda bem que eu não posso conjurar o fogo, hein?

A resposta de Nezha foi um silêncio tão longo que Rin começou a se sentir desconfortável. Ela desejou não ter bebido tanto, porque não conseguia pensar direito em seu torpor. Sentia-se tola, imatura e envergonhada.

Ela treinou a pergunta num sussurro antes de fazê-la em voz alta:

— O que vai acontecer agora? — perguntou.

— O mesmo de sempre. Estão reunindo os civis. Os homens vão votar hoje à noite.

Rin se sentou.

— Eles não deveriam votar.

— Eles são nikaras. Todos os nikaras têm a opção de aderir à República.

— Eles ajudaram a Federação!

— Porque não tiveram escolha — disse Nezha. — Pense bem. Coloque-se no lugar deles. Acha mesmo que teria agido diferente?

— Acho — explodiu ela. — *Eu agi. Eu já estive* no lugar deles. Já estive em situação pior. Eles me amarraram numa cama, eles me torturaram e torturaram Altan na minha frente e eu fiquei morrendo de medo, eu quis morrer...

— Eles também estavam com medo — disse ele gentilmente.

— Então deveriam ter lutado.

— Talvez eles não pudessem. Não eram soldados treinados, não eram xamãs. Como sobreviveriam?

— Sobreviver não é suficiente — insistiu Rin. — Você tem que lutar por algo, não pode apenas... apenas viver a vida sendo a merda de um covarde.

— Algumas pessoas não passam de covardes. Algumas pessoas simplesmente não são tão fortes assim.

— Então elas não deveriam poder *votar* — rosnou ela.

Quanto mais Rin pensava sobre a proposta de democracia de Vaisra, mais ridícula ela parecia ser. Como esperar que os nikaras governassem a si mesmos? Eles não governavam o próprio país desde antes da época do Imperador Vermelho, e mesmo bêbada ela sabia dizer por quê: os nikaras eram simplesmente tolos demais, egoístas demais, covardes demais.

— A democracia não vai funcionar. Olhe só para eles. — Ela gesticulava em direção a árvores, não pessoas, mas não fazia diferença. — São como gado. São idiotas. Estão votando a favor da República porque estão com medo. Tenho certeza de que votariam pela Federação com a mesma facilidade.

— Não seja injusta — disse Nezha. — São apenas *pessoas normais*. Nunca estudaram estratégia de guerra.

— Então não devem governar! — gritou Rin. — Elas precisam de alguém que lhes diga o que devem fazer, o que devem pensar...

— E quem seria essa pessoa? Daji?

— Não. Daji, não. Alguém com estudo. Alguém que tenha passado no Keju, alguém que tenha se formado em Sinegard. Alguém que já esteve no Exército, que conhece o valor de uma vida humana.

— Você está se descrevendo — disse Nezha.

— Não estou dizendo que seria eu — disse Rin. — Só estou dizendo que não deveria ser o povo. Vaisra não deveria permitir que elegessem alguém. Ele deveria simplesmente governar.

Nezha inclinou a cabeça.

— Quer que meu pai se declare Imperador?

Uma onda de náusea dominou seu estômago antes que Rin pudesse responder. Ela não teve tempo de se levantar, apenas se ajoelhou e vomitou tudo que havia ingerido. Seu rosto estava muito próximo do chão e um pouco de vômito espirrou em suas bochechas. Ela se limpou com a manga das vestes, desajeitada.

— Você está bem? — perguntou Nezha quando Rin parou de dar sinais de que vomitaria outra vez.

— Sim.

Nezha acariciava as costas de Rin em movimentos circulares.

— Que bom.

Ela cuspiu uma mistura de saliva e licor no chão.

— Vai à merda.

Nezha pegou um pouco de lama.

— Já ouviu a história sobre como a deusa Nüwa criou a humanidade?

— Não.

— Vou contar para você. — Nezha modelou a lama e a transformou em uma bola de barro. — Muito tempo atrás, depois da criação no mundo, Nüwa estava se sentindo sozinha.

— E Fuxi, o marido dela? — Rin conhecia apenas as histórias sobre Nüwa e Fuxi enquanto casal.

— Marido ausente, acho. A história não fala sobre ele.

— É claro.

— É claro. De qualquer forma, Nüwa começa a se sentir sozinha, então decide criar alguns humanos para popular o mundo e lhe fazer companhia. — Nezha afundou as unhas na bola de lama. — As primeiras pessoas que ela cria têm detalhes muito ricos. Traços sofisticados, roupas bonitas.

Rin já sabia aonde aquilo ia dar.

— Os aristocratas.

— Isso. Os nobres, os imperadores, os guerreiros, todos aqueles que são considerados importantes. Depois disso, ela ficou entediada. Era demorado demais. Então pegou uma corda e começou a atirar lama para todos os lados. Assim foram criados os cem clãs de Nikan.

Rin engoliu a saliva. Sua boca tinha um gosto ácido.

— Ninguém conta essa história no sul.

— Por que será? — perguntou Nezha.

Ela ponderou sobre a pergunta por um instante e depois riu.

— Meu povo é igual à lama — disse ela. — Mesmo assim, vocês querem permitir que eles governem um país.

— Não acho que sejam iguais à lama — disse Nezha. — Acho que eles ainda estão em formação. Ainda sem educação e sem cultura. Não sabem o que fazer porque não tiveram a oportunidade de aprender. Mas a República vai moldá-los e aperfeiçoá-los, transformá-los no que foram criados para ser.

— Não funciona assim. — Rin tomou a bolota de lama das mãos de Nezha. — Eles jamais vão se tornar mais do que são hoje. O norte não vai permitir.

— Não é verdade.

— Você pensa assim. Mas sei como o poder funciona. — Rin esmagou a lama entre os dedos. — Não tem nada a ver com quem você é, e sim com a forma como veem você. E neste país, se você nasce lama, é lama para sempre.

CAPÍTULO 18

— Você está brincando — disse Ramsa.

Rin balançou a cabeça, e suas têmporas latejaram com o movimento repentino. Na claridade intensa do amanhecer, ela se arrependia amargamente do álcool ingerido, o que tornava extremamente desagradável a tarefa de informar ao Cike que eles haviam sido dissolvidos.

— Não tenho mais patente. Ordens de Jinzha.

— E quanto a nós? — indagou Ramsa.

Rin olhou para ele sem entender.

— O que tem?

— Para onde vamos?

— Ah. — Ela apertou os olhos, tentando se lembrar. — Vão ser transferidos para outros navios. Acho que você está no *Grifo* e Suni e Baji estão nos navios-torre...

— Não estamos juntos? — perguntou Ramsa. — Que história é essa? Não podemos simplesmente dizer não?

— Não. — Ela pressionou a mão à testa dolorida. — Vocês ainda são soldados da República. Têm que seguir ordens.

Ele a encarou, incrédulo.

— Isso é tudo que tem para dizer?

— O que mais quer que eu diga?

— Alguma coisa! — gritou ele. — Qualquer coisa! Não somos mais o Cike, e você só vai aceitar isso?

Rin não aguentava mais. Queria apenas dormir. Estava muito exausta. Desejava que Ramsa fosse embora e desse a notícia aos outros para que ela pudesse se deitar e parar de pensar em qualquer coisa.

— Quem se importa? O Cike não é tão importante assim. O Cike não existe mais.

Ramsa agarrou Rin pelo colarinho, mas era tão franzino, além de mais baixo que ela, que o gesto o fez parecer ridículo.

— O que está acontecendo com você? — questionou ele.

— Ramsa, pare.

— Nós entramos nesta guerra por você — continuou ele. — Por lealdade a *você*.

— Não seja dramático. Vocês entraram na guerra porque queriam a prata do Dragão, porque gostam de destruir coisas e porque são criminosos procurados em todos os outros cantos do Império.

— Fiquei com você porque achei que ficaríamos *juntos*. — Ramsa parecia prestes a chorar, o que era tão absurdo que Rin sentiu vontade de rir. — Temos que continuar juntos. Sempre.

— Você nem sequer é um xamã. Não tem nada a temer. Por que se importa?

— Por que *você* não se importa? Altan nomeou você comandante. Proteger o Cike é seu dever.

— Eu não pedi para ser comandante — respondeu Rin, irritada. A menção a Altan trouxe à tona sentimentos de obrigação e dever, nos quais ela não queria pensar. — Entendeu? Eu não quero ser o Altan de vocês. Não consigo.

O que ela fez desde que assumira o comando? Havia machucado Unegen, afastado Enki, testemunhado a morte de Aratsha e levado uma surra tão grande de Daji que nem podia mais ser chamada de xamã. Ela não havia liderado o Cike, e sim os encorajado a tomar uma série de decisões ruins. Eles ficariam melhor assim. Era exasperante para Rin que os outros não conseguissem perceber isso.

— Não está com raiva? — quis saber Ramsa. — Isso não a deixa furiosa?

— Não — respondeu ela. — Ordens são ordens.

Ela poderia ter ficado com raiva. Poderia ter contrariado Jinzha, poderia ter teimado como sempre fazia. Mas a raiva só servia para algo quando se manifestava em forma de chamas, e a isso ela não podia mais recorrer. Sem o fogo ela não era uma xamã, não era uma speerliesa que prestasse e certamente não era um recurso militar. Jinzha não tinha motivos para ouvi-la ou respeitá-la.

E ela já sabia que o fogo nunca mais voltaria.

— Você podia ao menos tentar — disse Ramsa. — Por favor.

A energia na voz de Ramsa também parecia ter se esgotado.

— Pegue suas coisas — ordenou ela. — Vá avisar os outros. Querem que se apresentem em dez minutos.

Em questão de semanas, os últimos redutos das Províncias da Lebre e da Cabra se renderam à República. Seus líderes foram acorrentados e enviados de volta a Arlong para suplicar por suas vidas diante de Vaisra. As cidades, as vilas e os vilarejos foram todos submetidos a plebiscitos.

Ao optarem por se juntar à República — e invariavelmente faziam isso, já que a alternativa era o extermínio de todos os homens com mais de quinze anos —, os civis se tornavam parte da máquina de guerra de Vaisra. As mulheres trabalhavam costurando uniformes e fiando linho para as enfermarias. Os homens eram recrutados como soldados de infantaria ou enviados ao sul para trabalhar nos estaleiros de Arlong. Um sétimo das reservas de alimentos da província era confiscado para contribuir com o abastecimento da campanha ao norte, e as patrulhas republicanas permaneciam na região para garantir o envio regular de grãos rio acima.

Nezha vivia dizendo, orgulhoso, que aquela era possivelmente a campanha militar mais bem-sucedida da história de Nikan. Kitay respondia que ele tinha que descer do altar que havia construído para si mesmo. Por sua vez, Rin não conseguia negar que vinham conseguindo uma impressionante série de vitórias.

No entanto, as responsabilidades diárias da campanha eram tão cansativas que ela raramente tinha a chance de saborear as batalhas ganhas. As cidades, os vilarejos e as vilas começaram a se embaralhar em sua mente. Rin parou de pensar em termos de noite e dia e começou a pensar em termos de horários de batalha. Os dias pareciam os mesmos: uma sequência de preparativos de combate muito rígidos antes do amanhecer e depois horas de sono profundo e sem sonhos.

O único benefício era que ela conseguia desligar a mente, imersa em treinamentos físicos. Ter perdido a patente não a afetou tanto quanto ela imaginara. Na maioria dos dias, estava cansada demais para sequer lembrar que isso havia acontecido.

Mas ela também sentia um alívio secreto por não precisar mais pensar no que fazer com os homens do Cike. O fardo da liderança, que ela nunca havia carregado apropriadamente, tinha sido retirado de seus ombros. Tudo que Rin precisava fazer era se preocupar em cumprir as ordens que recebia, o que ela fazia de maneira esplêndida.

Suas obrigações estavam aumentando. Jinzha talvez tivesse começado a gostar de suas habilidades ou talvez simplesmente a detestasse a ponto de buscar formas para matá-la sem ter que assumir a culpa. De qualquer forma, ele passou a colocá-la na linha de frente de todas as operações terrestres. Aquela não era uma posição que os soldados costumavam cobiçar, mas Rin gostava dela.

Era, afinal, muito boa em batalha. Havia sido treinada para isso. Talvez não pudesse mais conjurar o fogo, mas ainda podia *lutar*, e fincar seu tridente na articulação certa trazia sensações tão boas quanto incendiar tudo a seu redor.

No *Martim*, ela ganhou a reputação de ser extremamente eficiente e, apesar de tudo, começou a se deleitar com isso. Os comentários despertavam em Rin uma velha onda de competitividade que não sentia desde Sinegard, quando a única coisa que a fazia passar por meses de sofrimento e estudo exaustivo era o prazer de ter seus talentos reconhecidos por alguém.

Era assim que Altan se sentia? Os nikaras o haviam moldado como se ele fosse uma arma. Tinha sido usado para fins militares desde criança, e ainda assim era enaltecido. Isso o fizera feliz?

É claro que Rin não estava feliz, não exatamente. Mas ela havia encontrado certo deleite, certa satisfação em ser uma ferramenta que servia muito bem a seu propósito.

De certa forma, as campanhas eram como drogas. Rin se sentia incrível durante uma luta. No calor da batalha, a vida humana podia ser reduzida a uma mecânica simples — braços e pernas, mobilidade e vulnerabilidade, pontos vitais a serem identificados, isolados e destruídos. Ela encontrava um estranho contentamento naquilo. Seu corpo sabia o que fazer, e isso significava que ela podia desligar a mente.

Se o Cike estava infeliz, ela não sabia. Rin não falava mais com eles e mal os via depois que foram realocados. Estava perdendo a capacidade de pensar em muita coisa, o que tornava cada vez mais difícil se importar.

Com o tempo, mais cedo do que ela esperava, Rin parou até mesmo de ansiar pelo fogo que havia perdido. Às vezes, era dominada por velhos impulsos às vésperas da batalha e esfregava os dedos, desejando que pudesse fazê-los acender uma faísca, fantasiando sobre a rapidez com que suas tropas poderiam vencer as batalhas se conseguisse criar uma coluna de fogo para queimar a linha de defesa.

Ela ainda sentia a ausência da Fênix como um buraco no peito. A dor nunca foi completamente embora, mas o desespero e a frustração haviam diminuído. Ela já não acordava de manhã e sentia vontade de gritar ao se lembrar do que havia perdido.

Havia muito tempo desde que Rin tentara quebrar o Selo. Sua presença sombria e pulsante já não a afligia diariamente como uma ferida infeccionada. Nos breves momentos em que se permitia pensar sobre isso, Rin se perguntava se o Selo já havia começado a apagar suas lembranças.

Mestre Jiang parecia não se lembrar de absolutamente nada sobre quem ele havia sido vinte anos antes. O mesmo aconteceria com ela?

Algumas de suas lembranças já pareciam mais confusas. Ela costumava se lembrar com detalhes dos rostos de cada membro de sua família adotiva em Tikany, mas agora não passavam de um borrão. Rin não sabia dizer se o Selo havia apagado essas lembranças ou se elas simplesmente tinham evaporado com o tempo.

Isso não a preocupava tanto quanto deveria. Rin não podia fingir que não se sentiria ao menos um pouco aliviada se o Selo roubasse seu passado pouco a pouco, se ela se esquecesse de Altan, do que havia feito com Speer, e deixasse sua culpa se transformar em um grande vazio até que, como Jiang, ela acabasse se tornando apenas uma criatura afável e distraída.

Quando Rin não estava dormindo ou lutando, passava o tempo com Kitay em seu gabinete abarrotado. Ela já não era mais convidada para as reuniões de Jinzha, mas Kitay lhe contava tudo depois. Por sua vez, ele gostava de trocar figurinhas com Rin. Falar em voz alta sobre as mil e uma estratégias aliviava o ritmo frenético de sua mente.

Kitay não se sentia tão animado diante das vitórias da República.

— Estou preocupado — admitiu ele. — E confuso. A campanha não está parecendo fácil demais? É como se eles nem sequer estivessem tentando.

— Eles *estão* tentando, só não são muito bons.

Rin ainda sentia a adrenalina da batalha. Era ótimo ser tão boa em uma coisa, ainda que a excelência significasse ferir soldados locais mal treinados, e a rabugice de Kitay a irritou.

— Você sabe que as batalhas estão fáceis demais.

Rin fez uma careta.

— Podia nos dar um pouco de crédito.

— Quer aplausos por bater em aldeões despreparados e desarmados? Bom trabalho, então. Parabéns. A marinha superiormente armada derrota uma patética resistência camponesa. Que reviravolta chocante. Isso não significa que o Império vai ser entregue de bandeja.

— Pode só significar que nossa marinha é superior — disse Rin. — Ou o quê? Acha que Daji está desistindo do norte de propósito? Ela não teria vantagem alguma nisso.

— Não está desistindo. Eles estão construindo um estaleiro, sabemos disso desde o começo...

— Se a marinha deles servisse para alguma coisa, já teria aparecido. Talvez estejamos realmente *vencendo* esta guerra. Vai morrer se admitir isso?

Kitay balançou a cabeça.

— Está falando de Su Daji, a mulher que conseguiu unir todas as doze províncias pela primeira vez desde a morte do Imperador Vermelho.

— Ela teve ajuda.

— Mas não recebe ajuda desde então. Se o Império fosse quebrar, era de se esperar que isso já tivesse acontecido. Não fique convencida, Rin. Estamos jogando um jogo contra uma mulher que tem décadas de prática contra adversários muito mais temíveis. Dei o mesmo conselho a Jinzha. Um contra-ataque está por vir, e quanto mais tempo esperarmos, pior vai ser.

Kitay estava focado em definir o passo seguinte. O dilema era se a frota deveria pausar a campanha durante o inverno ou velejar diretamente para a Província do Tigre, encontrar-se com a frota de Tsolin e enfrentar Jun e seu exército. Por um lado, se conseguissem firmar domínio na costa através da Província do Tigre, teriam um canal de retaguarda para distribuir suprimentos e reforçar trechos terrestres antes de finalmente cercar o Palácio de Outono.

Por outro, tomar a linha costeira exigiria um enorme esforço e comprometimento de tropas que a República ainda não tinha. Até que os hesperianos decidissem mandar ajuda, eles teriam que se contentar em conquistar primeiro as regiões do interior. Mas isso poderia levar mais alguns meses, e isso exigiria tempo, que eles também não tinham.

A República precisava agir, e logo. Ninguém queria ficar preso a uma invasão quando o inverno chegasse ao norte. Era fundamental solidificar uma base revolucionária e encurralar o Império dentro de suas três províncias no extremo norte antes que os afluentes de Murui congelassem e a frota ficasse presa no gelo.

— Estamos quase sem tempo, mas é possível chegarmos à passagem Edu dentro de um mês — disse Kitay. — Jinzha precisa decidir até lá.

Rin fez os cálculos mentalmente.

— A navegação rio acima deve levar um mês e meio.

— Está esquecendo a Represa das Quatro Bocas — apontou Kitay. — Na Província do Rato o Murui está bloqueado, então a corrente não estará tão forte quanto costuma ser.

— Um mês, então. O que acha que vai acontecer quando chegarmos lá?

— Vamos rezar aos céus para que os rios e lagos ainda não tenham congelado — respondeu Kitay. — E aí veremos quais são nossas opções.

Mas nesse ponto Jinzha apostou a guerra nas condições climáticas.

As reuniões semanais de Rin com a Irmã Petra continuavam sendo uma pedra no sapato que só crescia. Os exames de Petra se tornavam cada vez mais invasivos, mas a mulher também havia começado a controlar o láudano. As medidas básicas tinham terminado; agora, ela queria ver evidências do Caos.

Depois de semanas em que Rin falhou em conjurar o fogo, Petra perdeu a paciência.

— Está escondendo isso de mim — acusou ela. — Você se recusa a cooperar.

— Ou talvez eu esteja curada — contrapôs Rin. — Talvez o Caos tenha ido embora. Talvez tenha sido espantado por sua presença sagrada.

— Está mentindo.

Petra abriu a boca de Rin com mais força do que o necessário e começou a explorar seus dentes com o que parecia um instrumento de duas pontas. O metal gelado cutucava com força a gengiva de Rin.

— Eu sei bem como o Caos funciona. Ele nunca desaparece. Ele se disfarça debaixo do nariz do Criador, mas sempre volta.

Rin desejou que aquele fosse o caso. Se ela recuperasse o fogo, queimaria Petra viva ali mesmo sem pensar nas consequências. Se recuperasse o fogo, não estaria tão indefesa, acatando todos os comandos de Jinzha e cooperando com os hesperianos por ser apenas uma soldada.

Se cedesse à raiva naquele momento, no entanto, o pior que poderia fazer era bagunçar o laboratório de Petra, acabar morta no fundo do Murui e destruir qualquer esperança de uma aliança militar entre hesperianos e nikaras. Resistir resultaria em sua morte e na morte de todos aqueles que eram importantes para ela.

Assim, ainda que sentisse o gosto da bile amarga na boca, Rin engoliu a fúria.

— Desapareceu de verdade — disse a garota quando Petra soltou sua mandíbula. — Já disse que foi Selado. Não consigo mais usá-lo.

— Isso é o que você diz. — Petra não parecia nem um pouco convencida, mas não insistiu.

Ela colocou o instrumento de volta na mesa.

— Levante a mão direita e prenda a respiração.

— Por quê?

— Porque estou pedindo.

Irmã Petra nunca perdia a calma com Rin, não importava o que ela dissesse. A mulher tinha uma compostura absurdamente serena e jamais expressava qualquer outra emoção além de uma fria curiosidade profissional. Rin quase desejava que Petra a estapeasse apenas para ter certeza de que ela era humana, mas essa frustração desaparecia depressa como uma nuvem de fumaça.

No entanto, com o passar do tempo, as tarefas se tornavam cada vez mais degradantes. Ela fazia Rin montar quebra-cabeças feitos para crianças enquanto monitorava o tempo com seu pequeno relógio. Fazia Rin resolver jogos de memória que pareciam ter sido criados para que ela falhasse e assistia atentamente quando começava a arremessar coisas na parede, tamanha era sua frustração.

Em um dado momento, Petra pediu a Rin que tirasse a roupa para um exame.

— Se queria me admirar, era só ter pedido antes — provocou ela.

Petra não reagiu.

— Depressa, por favor.

Rin tirou o uniforme e o jogou no chão.

— Excelente. — Petra lhe entregou um recipiente vazio. — Urine neste frasco, por gentileza.

Rin a encarou, incrédula.

— Agora?

— Hoje à noite analisarei seus fluidos — explicou Petra. — Ande logo.

Rin retesou a mandíbula.

— Não vou fazer isso.

— Gostaria de uma cortina para privacidade?

— Não faz diferença — disse Rin. — Isso não tem nada a ver com ciência. Você não faz ideia do que está fazendo, isso tudo é só crueldade.

Petra se sentou e cruzou as pernas.

— Urine, por favor.

— Vai pro inferno. — Rin arremessou o recipiente no chão. — Admita que não faz ideia do que está fazendo. Tem mil e um tratamentos e instrumentos, mas não faz a menor ideia de como o xamanismo funciona ou de como avaliar o Caos, se é que isso existe mesmo. Está dando tiros no escuro.

Petra se levantou. Suas narinas inflavam de fúria.

Rin finalmente havia cutucado a ferida. Torcia para que a mulher finalmente batesse nela, ainda que apenas para quebrar aquela máscara de controle. Mas Petra apenas inclinou a cabeça para o lado.

— Lembre-se da situação em que se encontra. — Sua voz continuava friamente serena. — Estou pedindo para que coopere apenas por questões de etiqueta. Se recusar, ordenarei que seja presa àquela cama. Entendido? Vai se comportar?

Rin sentiu vontade de matá-la.

Teria feito isso se não estivesse tão exausta, se estivesse se sentindo um pouquinho mais impulsiva. Teria sido muito fácil jogar Petra no chão e apunhalar seu pescoço, seu peito, seus olhos, com todos os instrumentos afiados dispostos na mesa. Seria muito prazeroso.

Mas Rin não podia mais agir por impulso.

Ela sentia o peso esmagador do Exército de Hesperia limitando suas opções como uma jaula invisível. Ela era mantida como refém. Ela, seus amigos, a nação inteira, todos reféns.

Levando tudo isso em conta, e o fato de que estava Selada da Fênix, Rin se encontrava de mãos atadas.

Então ela segurava a língua e reprimia a raiva à medida que os pedidos de Petra se tornavam cada vez mais humilhantes. Rin acatou quando Petra a fez ficar nua contra a parede para que desenhasse diagramas intricados de seus genitais. Ela não disse nada quando Petra inseriu uma agulha longa e grossa em seu braço direito e tirou tanto sangue que ela desmaiou ao se levantar para voltar aos seus aposentos. Rin ficou parte do dia sem forças para levantar. Ela se calou e não reagiu quando Petra agitou um pacote de ópio debaixo de seu nariz, tentando seduzi-la a conjurar o fogo, oferecendo seu vício favorito.

— Vamos lá — atiçou Petra. — Já estudei sobre gente como você. Não conseguem resistir ao ópio, fazem tudo por ele. Não foi assim que o Imperador Vermelho dominou seus antepassados? Faça fogo por mim e eu lhe dou um pouquinho.

Aquela última reunião deixou Rin tão fora de si que, no momento em que saiu dos aposentos de Petra, gritou com todas as forças e deu um soco tão forte na parede que fraturou os nós dos dedos. Ela ficou imóvel por um instante, atordoada, enquanto o sangue escorria pelo dorso da mão e descia por seu pulso. Então ela se jogou no chão e irrompeu em prantos.

— Você está bem?

Era Augus, o missionário de olhos azuis com cara de criança.

Rin lhe lançou um olhar desconfiado.

— Sai daqui.

Ele segurou a mão ensanguentada de Rin.

— Você está triste.

Rin se desvencilhou do toque dele.

— Não quero sua piedade.

O missionário se sentou ao lado dela, tirou um pedaço de linho do bolso e lhe entregou. — Por que não faz um curativo?

Rin não percebera que a mão estava sangrando tanto. Depois do incidente com o exame de sangue na semana anterior, a mera visão do líquido deixou Rin com vontade de desmaiar. Ela aceitou o tecido com relutância.

Augus assistiu enquanto Rin enfaixava a mão. Em determinado momento, ela percebeu que não conseguiria dar o nó sozinha.

— Posso ajudar — ofereceu ele.

Rin aceitou.

— Você está bem? — perguntou ele novamente ao terminar.

— O que você acha, seu...?

— Quero dizer com a Irmã Petra — explicou ele. — Sei que ela pode ser difícil.

Rin olhou para ele de soslaio.

— Não gosta dela?

— Todos nós a admiramos — disse ele, cauteloso. — Mas... Ah, você entende hesperiano? Seu idioma é complicado para mim.

— Entendo.

Ele trocou de idioma, falando devagar para que Rin pudesse acompanhar.

— Ela é a Irmã mais brilhante de nossa geração e a maior especialista em manifestações do Caos no continente leste. Mas nem todos nós concordamos com seus métodos.

— O que isso quer dizer?

— A Irmã Petra é antiquada em relação à conversão. A escola à qual pertence acredita que o único caminho para a salvação é colocar outras civilizações no mesmo modelo de desenvolvimento de Hesperia: "Para obedecer ao Criador, tem que ser como nós. Tem que deixar de ser nikara."

— Conveniente — resmungou Rin.

— Mas eu acredito que, se quisermos conquistar bárbaros e convertê-los ao bem maior, devemos usar as mesmas estratégias que o Caos usa para atrair almas para o mal — continuou Augus. — O Caos entra pela porta alheia e sai pela própria. Devíamos fazer o mesmo.

Rin pressionou as articulações atadas contra a parede na tentativa de aliviar a dor. A tontura diminuiu.

— Pelo que sei, vocês gostam mais é de explodir a porta dos outros.

— Como eu disse, conservador. — Augus abriu um sorriso constrangido. — Mas a Companhia Cinzenta tem mudado seus métodos. A reverência, por exemplo. Andei lendo sobre a tradição nikara de fazer reverências profundas aos superiores...

— Isso é apenas para ocasiões especiais — interrompeu Rin.

— Mesmo assim. Décadas atrás, a Companhia Cinzenta teria dito que fazer uma reverência a um nikara seria uma afronta à dignidade da raça branca. Afinal de contas, fomos escolhidos pelo Criador. Somos as pessoas mais evoluídas e por isso não devemos mostrar respeito a vocês. Mas eu não concordo com isso.

Rin lutou contra o desejo de revirar os olhos.

— Muito legal da sua parte.

— Não somos iguais — continuou Augus. — Mas isso não significa que não possamos ser amigos. E eu não acho que o caminho para a salvação seja tratar vocês como se não fossem pessoas.

Rin percebeu que Augus realmente acreditava que estava sendo gentil.

— Acho que já estou melhor — disse ela.

Augus ajudou Rin a se levantar.

— Quer que eu a acompanhe até seus aposentos?

— Não, obrigada. Estou bem.

Quando voltou ao seu quarto, Rin tirou um pacote de ópio do bolso. Ela não o havia exatamente roubado; Petra o havia deixado em seu colo e não o pediu de volta quando Rin se levantou para ir embora. A mulher queria que Rin ficasse com ele.

Rin arrancou uma tábua solta do chão e escondeu o ópio. Não pretendia usá-lo. Não sabia dizer qual era o jogo sujo de Petra, mas não deixaria a hesperiana conseguir o que desejava.

Ainda assim, era um alívio saber que, se as coisas se tornassem pesadas demais, se ela quisesse acabar com tudo e flutuar cada vez mais alto, para longe de seu corpo, sua vergonha, sua humilhação e sua dor até um ponto em que não conseguisse mais retornar, saberia onde encontrar ópio.

Se outros hesperianos compartilhavam das opiniões de Augus, não deixavam transparecer. Os homens de Tarcquet no *Martim* mantinham uma distância calculada dos nikaras. Comiam e dormiam sozinhos e, cada vez que Rin se aproximava, interrompiam suas conversas e ficavam em silêncio até que ela fosse embora. Eles continuavam a observar os nikaras sem intervir — friamente espantados com sua incompetência e ligeiramente surpresos por suas vitórias.

Fizeram uso de seus arcabuzes apenas uma vez. Certa noite, um tumulto irrompeu no convés inferior. Um grupo de prisioneiros da Província da Cabra fugiu da cela e atacou um grupo de missionários que pregava na prisão.

Era possível que estivessem tentando escapar ou que cogitassem fazer os hesperianos de reféns. Poderiam ainda tê-los atacado simplesmente por terem se aproximado demais: a Província da Cabra havia sofrido muito durante as ocupações e não tinha grande apreço pelo hemisfério ocidental. Quando Rin e os outros soldados em patrulha chegaram, encontraram os missionários no chão, imobilizados pelos prisioneiros.

Rin reconheceu Augus, ofegando e desesperado. Um prisioneiro o prendia pelo pescoço.

Ele a encarou, suplicante.

— Me ajude...

— Para trás! — gritou o prisioneiro. — Todos para trás ou eles morrem!

Em segundos, mais soldados republicanos abarrotaram o corredor. O conflito poderia ter sido resolvido rapidamente, visto que os prisioneiros estavam desarmados e em menor número. No entanto, eles haviam sido escolhidos por sua força como pedaleiros. Jinzha havia sido categórico ao ordenar que fossem bem tratados, e ninguém queria atacar temendo causar ferimentos irreparáveis.

— Por favor — sussurrou Augus.

Rin hesitou. Sentiu vontade de avançar contra o prisioneiro que o segurava, mas os republicanos se continham, à espera de ordens. Ela não poderia investir contra os prisioneiros sozinha; seria aniquilada.

Então continuou ali, imóvel, assistindo enquanto o rosto de Augus ficava preocupantemente roxo.

— Saiam do caminho!

Tarcquet e sua guarda abriram passagem com os arcabuzes em riste.

O general deu uma só olhada nos prisioneiros e vociferou uma ordem. Uma série de tiros rasgou o ar e oito homens caíram no chão. O ambiente foi dominado pelo cheiro familiar de pólvora enquanto os missionários se soltavam, arfando em busca de ar.

— O que é isso? — Jinzha abriu caminho em meio à multidão. — O que aconteceu?

— General Jinzha. — Tarcquet sinalizou para seus homens, que baixaram as armas. — Que bom que está aqui.

Jinzha olhou para os corpos no chão.

— Vocês me custaram mão de obra de qualidade.

Tarcquet acenou com o arcabuz.

— Se eu fosse você, melhoraria a segurança de sua prisão.

— Nossa segurança é boa. — Jinzha estava pálido de raiva. — Seus missionários é que não deveriam estar lá embaixo.

Augus se levantou, tossindo. Ele segurou o braço de Jinzha.

— Prisioneiros também merecem piedade. Você não pode simplesmente...

— Não quero saber de piedade. — Jinzha empurrou Augus para longe. — Vocês estão no meu navio. Vão obedecer às minhas ordens ou se preparar para um mergulho.

Tarcquet se posicionou entre os dois.

— Não fale assim com os meus.

A diferença entre ele e Jinzha era quase risível. Jinzha era alto para os padrões nikaras, mas Tarcquet se erguia acima dele, imponente.

— Talvez seu pai não tenha deixado isso claro, mas somos diplomatas em seu navio. Se quiser que o Consórcio sequer considere financiar essa guerra ridícula, vai tratar todos os hesperianos como se fossem realeza.

Jinzha engoliu em seco. Rin observou uma onda de fúria atravessar seu rosto. Viu Jinzha reprimindo o impulso de reagir. Tudo estava nas mãos de Tarcquet. Ele não poderia ser contrariado ou censurado.

Rin sentiu um estranho contentamento naquele momento, uma sensação boa ao ver Jinzha humilhado, tratado com a mesma condescendência com que sempre a tratara.

— Estamos entendidos? — perguntou Tarcquet.

Jinzha olhou para ele.

Tarcquet inclinou a cabeça.

— Diga "sim, senhor" ou "não, senhor".

Jinzha parecia prestes a cometer um homicídio.

— Sim, senhor.

A tensão foi palpável por vários dias depois do acontecido. Uma dupla de soldados hesperianos passou a seguir os missionários para onde quer que fossem e os nikaras mantiveram a distância desconfiada de sempre. No entanto, a menos que um deles estivesse em perigo, os soldados de Tarcquet não disparavam suas armas.

Tarcquet continuou sua avaliação constante da campanha de Jinzha. Rin o via de vez em quando no convés, tomando notas com um ar arrogante enquanto vigiava a frota que subia o rio. Rin se perguntava o que Tarcquet pensava deles — seus deuses mudos, suas armas que pareciam tão primitivas e sua guerra sangrenta e desesperada.

Depois de dois meses de campanha, eles finalmente chegaram à Província do Rato, onde sua sucessão de vitórias encontrou um fim.

A Segunda Divisão da Província do Rato era o ramo de inteligência do Exército Imperial, e seus oficiais de espionagem eram os melhores das Doze Províncias. Àquela altura, eles haviam tido vários meses para montar uma estratégia de defesa melhor do que as das Províncias da Lebre e da Cabra.

Quando a República chegou, encontrou as aldeias já abandonadas, celeiros vazios e campos queimados. O Líder do Rato havia levado seus civis para os centros metropolitanos mais ao norte ou aconselhado que fugissem para outras províncias. Os soldados de Jinzha encontraram roupas, móveis e brinquedos espalhados pelo caminho. Tudo que não podia ser levado foi destruído. Aldeia após aldeia, eles encontraram grãos incinerados e pilhas de carcaças de animais em decomposição.

O Líder do Rato não tentou montar uma defesa de suas fronteiras; simplesmente se retirou para Baraya, a capital fortemente barricada. Planejava matar a frota de fome, e Baraya tinha mais chances de êxito do que Xiashang. Seus portões eram mais espessos, seus residentes, mais bem preparados, e ficava a quilômetros de distância da água, o que neutralizava as possibilidades de ataque do *Picanço* e do *Codorna*.

— Devíamos parar e voltar. — Kitay andava de um lado para o outro em seu gabinete, nervoso. — Esperar o inverno passar. Do contrário, vamos morrer de fome.

Mas Jinzha vinha se tornando cada vez mais irascível, cada vez menos disposto a ouvir seus conselheiros e mais inflexível em relação à ideia de que seguir avançando era essencial.

— Ele quer atacar Baraya? — perguntou Rin.

— Ele quer chegar ao norte o mais rápido possível. — Kitay passou a mão pelo cabelo, ansioso. — É uma péssima ideia, mas ele não quer me ouvir.

— Então ele está ouvindo a quem?

— Qualquer um dos líderes que concordem com ele. Molkoi, na maioria das vezes. Ele está na velha guarda. Eu *avisei* a Vaisra que era uma má ideia, mas quem é que vai me ouvir? Nezha está do meu lado, mas é claro que Jinzha não vai dar ouvidos ao irmão mais novo, não ajudaria em sua moral. Mas sabe de uma coisa? Existe uma grande chance de que a gente vá morrer de fome no norte. Muito legal, não acha?

No entanto, segundo o anúncio de Jinzha à tripulação do *Martim*, eles não morreriam de fome de jeito nenhum. Eles tomariam a Província do Rato, abririam os portões para a capital Baraya e conseguiriam suprimentos suficientes para passar o inverno.

Eram ordens fáceis em teoria, mas se provaram difíceis de implementar, especialmente quando a frota chegou a um trecho do Murui tão íngreme que Jinzha não teve outra escolha senão ordenar às tropas que transportassem os navios por terra. As margens, que haviam sido inundadas anteriormente, tornaram possível que eles navegassem diretamente sobre trechos de terra firme. No entanto, depois de um determinado ponto, os soldados foram obrigados a desembarcar e empurrar os navios, rolando-os sobre troncos até chegarem à via navegável mais próxima que fosse ampla o bastante para acomodar as embarcações de guerra.

Foi preciso um dia inteiro de trabalho com cordas para puxar os enormes navios-torre em terra firme e mais tempo ainda para cortar árvores suficientes para rolá-los pelo terreno acidentado. Os dias se repetiam, e duas semanas de trabalho duro, braçal e cansativo se passaram. A única vantagem de tudo aquilo era que Rin se sentia tão exausta que não tinha tempo para sentir tédio.

Os turnos de patrulha foram um pouco mais empolgantes, já que eram uma chance de fugir do barulho dos navios rolando sobre os troncos e explorar o território. As florestas densas permitiam que se enxergasse apenas dois quilômetros à frente, e Jinzha enviava grupos todos os dias para inspecionar as árvores em busca de qualquer sinal do Exército Imperial.

Rin achava as expedições relaxantes até receberem a notícia de que a patrulha da tarde havia avistado um grupo de batedores do Exército.

— E vocês simplesmente permitiram que fossem embora? — perguntou Jinzha. — Não têm cérebro?

Os homens em patrulha eram do *Grifo*, e Nezha intercedeu rapidamente em favor deles.

— A luta não valia a pena, irmão. Nossos homens estavam em desvantagem númerica.

— Mas tinham a vantagem da surpresa! — vociferou Jinzha. — Em vez disso, todo o Exército agora sabe exatamente onde estamos. Mande seus homens voltarem. Ninguém dorme até que eu tenha provas de que cada um dos batedores está morto.

Nezha curvou a cabeça.

— Sim, irmão.

— E leve os homens de Salkhi com você. Os seus claramente não conseguem dar conta do trabalho.

No dia seguinte, a expedição de Salkhi e Nezha voltou ao *Martim* trazendo cabeças decepadas e uniformes vazios do Exército.

Isso satisfez Jinzha, mas no final não fez diferença. Primeiro os batedores voltaram em números cada vez maiores. Depois, os ataques começaram em massa. Os soldados do Exército se escondiam nas montanhas. Nunca investiam em ataques diretos, mas mantinham um fluxo regular de disparos de flechas, o que pegava os soldados de surpresa.

As tropas republicanas sofreram com os ataques dispersos e imprevisíveis do Exército. O pânico se espalhou pelo acampamento e a incerteza passou a reinar. Rin entendia a razão. O Exército Republicano estava fora de sua zona de conforto em terra firme. Estavam acostumados a lutar de seus navios. Eram mais familiarizados com a água, onde havia sempre uma rota de escape.

Mas não havia rotas de escape onde estavam.

CAPÍTULO 19

Começou a nevar no dia em que finalmente retornaram ao rio. No começo, a neve caía em flocos gordos e preguiçosos, mas em poucas horas se transformou em uma nevasca densa com ventos tão fortes que as tropas mal conseguiam enxergar um metro à frente. Jinzha foi obrigado a manter a frota estacionada à beira do rio para que seus soldados se abrigassem em seus navios até o fim da tempestade.

— Sempre fico impressionada com a neve. — Rin desenhava na condensação do vidro da escotilha e observava o vento hipnotizante do lado de fora. — Todo inverno é uma surpresa. É sempre difícil acreditar que é real.

— Não tem neve no sul? — perguntou Kitay.

— Não. Tikany fica tão seca que os lábios sangram quando você sorri, mas nunca esfria a ponto de nevar. Antes de vir para o norte, eu só conhecia a neve pelas histórias. Achava uma ideia fascinante, pequenos grãos de frio.

— E o que achou da neve em Sinegard?

Um uivo de vento abafou a resposta de Rin. Ela fechou a proteção da pequena janela.

— Insuportável.

A nevasca continuou até a manhã seguinte. Lá fora, a floresta era outra. Como se um gigante tivesse ensopado as árvores com tinta branca.

Jinzha anunciou que a frota permaneceria ancorada por mais um dia para passar o feriado de Ano-Novo. Em todos os outros lugares do Império, o Ano-Novo duraria uma semana e envolveria banquetes de doze pratos, fogos de artifício e desfiles sem fim. Em campanha, um único dia teria que bastar.

As tropas desembarcaram para acampar na paisagem invernal, gratas pela oportunidade de dar um tempo das cabines.

— Veja se consegue acender o fogo — disse Nezha a Kitay.

Os três se sentaram juntos na margem do rio, esfregando as mãos para esquentá-las enquanto Kitay tentava fazer fogo com uma pedra.

Nezha havia arranjado um pacotinho de farinha de arroz glutinoso em algum lugar. Ele colocou a farinha em uma tigela de lata, acrescentou um pouco de água de seu cantil e misturou tudo até formar uma pequena bola de massa.

Rin remexia o fogo débil. As chamas chiavam e estalavam; então veio uma rajada de vento e a apagou de vez. Rin grunhiu e pegou a pedra. Eles teriam que esperar pelo menos meia hora até que a água fervesse.

— Você podia simplesmente levar isso até a cozinha e pedir que façam para você.

— A cozinha não pode saber que tenho isso — disse Nezha.

— Já entendi — disse Kitay. — O general está roubando comida.

— O general está recompensando seus melhores soldados com um agradinho de Ano-Novo — rebateu Nezha.

Kitay esfregava os braços freneticamente na tentativa de se esquentar.

— Ah, então é nepotismo.

— Cale a boca — resmungou Nezha.

Ele continuou a trabalhar a massa com mais intensidade, até que ela se dividiu em pedaços sob seus dedos.

— Faltou água.

Rin tomou a tigela de Nezha e sovou a massa com uma das mãos enquanto adicionava gotas de água com a outra, até chegar a uma massa hidratada do tamanho de um punho.

— Não sabia que você cozinhava — comentou Nezha, curioso.

— Eu cozinhava sempre. Ninguém mais fazia comida para Kesegi.

— Kesegi?

— Meu irmão mais novo.

A memória do rosto do garoto surgiu na mente de Rin, e ela a sufocou. Rin não o via há quatro anos; não fazia ideia se ainda estava vivo e não queria pensar na resposta.

— Não sabia que você tinha um irmão mais novo — disse Nezha.

— Não somos irmãos de verdade. Fui adotada.

Ninguém pediu mais detalhes, então Rin não continuou. Ela esticou a massa em uma longa tira e depois a dividiu em pequenos pedaços.

Nezha assistia à destreza de Rin com o fascínio de um garoto que obviamente nunca havia entrado em uma cozinha.

— Os pedaços estão menores do que os do tangyuan costumam ser.

— Sim, porque não temos doce de feijão ou de gergelim para recheá-los — explicou Rin. — Alguma chance de você ter trazido açúcar?

— Precisa colocar açúcar?

Kitay riu.

— Vai sem açúcar mesmo — disse Rin. — Vai parecer mais gostoso em pedaços pequenos. Mais coisa para mastigar.

Quando a água finalmente ferveu, Rin colocou as bolotas de farinha de arroz no caldeirão de lata e, com um graveto, mexeu a água e criou um redemoinho em sentido horário para que elas não grudassem umas nas outras.

— Sabia que os caldeirões foram inventados pelos militares? — perguntou Kitay. — Foi um dos generais do Imperador Vermelho que teve a ideia de usar panelas de lata. Dá para imaginar? Antes disso, eles tinham que construir fogueiras muito grandes para acomodar os recipientes de bambu.

— Muitas inovações vieram dos militares — explicou Nezha. — Pombos mensageiros, por exemplo. E há muitos indícios de que a maioria dos avanços em ferraria e na medicina aconteceu na Era dos Estados Beligerantes.

— Quem diria. — Rin espiou o caldeirão. — Quer dizer que a guerra serve para alguma coisa.

— É uma boa teoria — insistiu Nezha. — O país estava imerso em caos na Era dos Estados Beligerantes, isso é verdade. Mas pensem no que resultou disso. *Princípios da guerra*, de Sunzi; as teorias de Mengzi sobre governança. Tudo que sabemos sobre filosofia, estratégia de guerra e política surgiu naquela época.

— E qual é o custo? — perguntou Rin. — Milhares de pessoas têm que morrer para aprendermos a matar melhor no futuro?

— Sabe que não é isso que estou querendo dizer.

— Mas é o que parece. Parece que você está dizendo que as pessoas têm que morrer em nome do progresso.

— Elas não morrem pelo progresso — retrucou Nezha. — O progresso é o efeito colateral. E as inovações militares não servem apenas para aprendermos a nos matar com mais eficiência, serve para nos prepararmos para matar o próximo que tentar nos invadir.

— E quem você acha que vai nos invadir? — perguntou Rin. — O povo das Terras Remotas?

— A possibilidade não é nula.

— Teriam que parar de matar uns aos outros, antes.

Os povos das Terras Remotas do norte estavam em guerra constante desde que os três se lembravam. Na época do Imperador Vermelho, os estudantes de Sinegard haviam sido treinados principalmente para se defender dos invasores do norte. Agora eles mal eram levados em conta.

— Agora, a pergunta que não quer calar — disse Kitay. — Qual será a próxima grande inovação militar?

— Arcabuzes — respondeu Nezha ao mesmo tempo em que Rin disse:

— Exércitos xamânicos.

Ambos se viraram para encará-la.

— Xamãs e não *arcabuzes*? — perguntou Nezha.

— Óbvio — disse ela. Rin havia acabado de pensar naquilo, mas quanto mais considerava a ideia, mais interessante lhe parecia. — A arma de Tarcquet é só um foguete superestimado. Mas imagine um exército inteiro de pessoas que conseguem convocar deuses.

— Seria um exército caótico — disse Nezha.

— Ou um exército invencível — devolveu Rin.

— Acho que, se fosse viável, já teria acontecido — opinou Nezha. — Mas não há nada na literatura escrita sobre guerras xamânicas. Os únicos xamãs que o Imperador Vermelho empregou foram os speerlieses, e nós sabemos como isso terminou.

— Mas os textos pré-dinásticos...

— ... são irrelevantes — interrompeu Nezha. — As tecnologias de fortificação e as armas de bronze não se tornaram padrão militar até a época do Imperador Vermelho, que é mais ou menos a mesma época em que os xamãs começaram a desaparecer do mapa. Não fazemos ideia de como os xamãs poderiam mudar o curso das guerras ou se poderiam ser incorporados à burocracia militar.

— O Cike se deu bem — teimou Rin.

— Quando há menos de dez de vocês, tudo bem. Você não acha que centenas de xamãs seria um desastre?

— Você deveria virar xamã — disse ela. — Para experimentar.

Nezha hesitou.

— Não está falando sério.

— Não é uma má ideia. Qualquer um de nós poderia ensinar a você.

— Eu nunca conheci um xamã com controle da própria mente. — Nezha parecia estranhamente incomodado com a sugestão. — E, sinto muito, mas, conhecendo o Cike, não vejo muita vantagem nisso.

Rin tirou o caldeirão do fogo. Ela sabia que deveria deixar o tangyuan esfriar por alguns minutos antes de servir, mas estava com frio demais e o vapor que subia do caldeirão era muito sedutor. Eles não tinham tigelas, então envolveram o caldeirão em folhas para poder passá-lo de mão em mão.

— Feliz Ano-Novo — disse Kitay. — Que os deuses tragam bênçãos e boa sorte.

— Saúde, riqueza e felicidade. Que seus inimigos apodreçam e se rendam rapidamente antes que tenhamos que matar mais deles.

Rin se levantou.

— Ande você vai? — perguntou Nezha.

— Preciso mijar.

Ela caminhou em direção à floresta em busca de uma árvore grande atrás da qual pudesse se esconder. Àquela altura, ela já havia passado tanto tempo com Kitay que não se importaria de se agachar bem na frente dele. Mas, por alguma razão, ela se sentia muito menos à vontade para fazer isso diante de Nezha.

De repente, Rin torceu o tornozelo. Ela rodopiou, mas não conseguiu se equilibrar e caiu sentada no chão. Ao usar as mãos para se apoiar e diminuir o impacto da queda, tocou em algo macio e emborrachado. Intrigada, olhou para baixo e afastou um punhado de neve.

E viu o rosto de uma criança enterrada ali.

Os olhos dele — Rin pensou ser um menino, embora não fosse possível dizer com certeza — estavam bem abertos, grandes e esbranquiçados. Seus cílios compridos estavam incrustados de neve e despontavam de um rosto magro e pálido.

Rin se ergueu, vacilante. Procurou um galho e com ele afastou o resto da neve do rosto do corpo da criança. Depois descobriu outro rosto. E mais um.

Finalmente lhe ocorreu que aquilo não era normal, que ela deveria estar com medo, então abriu a boca e gritou.

Nezha ordenou que um esquadrão percorresse os arredores com tochas próximas ao chão até que o gelo e a neve derretessem o suficiente para que pudessem analisar o acontecido.

A neve derreteu e revelou uma aldeia inteira de pessoas congeladas. A maioria ainda tinha os olhos abertos. Rin não viu sangue, e os aldeões não pareciam ter morrido de coisa alguma, exceto de frio e talvez fome. Havia resquícios de fogueiras por todos os lados; tinham sido construídas às pressas e se apagado havia muito tempo.

Rin não recebera uma tocha. Ainda estava abalada, e todo movimento repentino a deixava sobressaltada, então era melhor que não segurasse nada que pudesse ser perigoso. Mas ela também se recusou a voltar ao acampamento sozinha, então ficou perto da floresta, observando com um olhar vazio enquanto os soldados descobriam mais uma família de cadáveres. Os corpos estavam todos aninhados, os da mãe e do pai envolvendo os dois filhos em um abraço protetor.

— Você está bem? — perguntou Nezha.

Ele esticou a mão, hesitante, em direção ao ombro de Rin, como se não soubesse ao certo se poderia tocá-la ou não.

Ela o afastou.

— Estou bem. Já vi gente morta antes.

Mas Rin não conseguia tirar os olhos deles. Pareciam bonecas deitadas na neve, plácidas e serenas, exceto pelo fato de não estarem se mexendo.

A maioria dos adultos ainda tinha trouxas grandes amarradas às costas. Rin viu pratos de porcelana, vestidos de seda e utensílios de cozinha; os aldeões pareciam ter empacotado suas casas inteiras consigo.

— Para onde estavam indo?

— Não é óbvio? — disse Kitay. — Estavam fugindo.

— Fugindo *de quê*?

Kitay disse o que ninguém mais parecia ter coragem de dizer.

— Estavam fugindo de nós.

— Mas não tinham nada a temer. — Nezha parecia extremamente desconfortável. — Seriam tratados da maneira como tratamos todos os aldeões em todas as outras vilas. Eles poderiam votar.

— Não foi o que ouviram de seus líderes — afirmou Kitay. — Acho que pensaram que estávamos chegando para matá-los.

— Que absurdo — disse Nezha.

— Será mesmo? — perguntou Kitay. — Pense bem: você fica sabendo que um exército rebelde se aproxima. Seus magistrados são suas fontes de informação mais confiáveis e dizem que os rebeldes matarão seus homens, violarão suas mulheres e escravizarão seus filhos, porque isso é o que sempre se diz sobre o inimigo. Você não sabe o que fazer, então junta suas coisas e dá no pé.

Rin visualizou o restante da história. Os aldeões fugiam da República assim como já tinham fugido da Federação. Mas o inverno havia chegado mais cedo do que o previsto naquele ano, e eles não chegaram aos vales a tempo, não conseguiram encontrar nada para comer. Em algum momento, continuar vivendo se tornou muito trabalhoso. Assim, eles decidiram, junto das outras famílias, que aquele lugar serviria como descanso final, e então todos se deitaram e se abraçaram. Talvez o fim não tenha sido tão terrível.

Talvez tenha sido como pegar no sono.

Durante toda a campanha, ela nunca parou para considerar quantas pessoas haviam matado ou tirado de seus lares. O número crescia rapidamente. Foram milhares — talvez várias centenas de milhares — de mortos de fome, além de todos os soldados abatidos, multiplicados pelos vilarejos.

Então Rin percebeu que estavam lutando uma guerra muito diferente agora. Não eram mais os responsáveis pela libertação, mas os ofensores. Eram os que deviam ser temidos.

— A guerra é diferente quando não se está lutando para sobreviver. — Kitay provavelmente estava pensando o mesmo que ela. Segurava sua tocha, imóvel, e olhava fixamente para os corpos a seus pés. — As vitórias não são a mesma coisa.

— Acha que vale a pena? — perguntou Rin em voz baixa, para que Nezha não ouvisse.

— Para ser sincero, não me importo.
— Estou falando sério.
Ele ponderou por um momento.
— Estou feliz que alguém esteja enfrentando Daji.
— Mas o que está em jogo...
— Eu não pensaria muito sobre isso. — Kitay olhou para Nezha, que ainda examinava os corpos de olhos arregalados, perturbado. — Não vai gostar das respostas.

A tempestade de neve recomeçou naquela noite e não deu trégua por uma semana, trazendo a confirmação do que todos temiam: o inverno havia chegado mais cedo naquele ano, acompanhado de vingança. Em breve os afluentes congelariam e a Frota Republicana ficaria presa no norte, a menos que voltassem. As opções estavam diminuindo.

Inquieta, Rin passava os dias andando pelo *Martim*, sentindo-se mais agitada a cada minuto. Precisava se mexer, lutar, atacar. Não gostava de ficar parada. Era fácil demais cair nas armadilhas de seus pensamentos, fácil demais rever os corpos na neve.

Certa vez, durante um passeio noturno, ela topou por acaso com toda a liderança saindo do escritório de Jinzha. Nenhum deles parecia feliz. Jinzha passou por ela sem dizer uma palavra, talvez sem sequer vê-la. Nezha veio logo depois, acompanhado de Kitay, que tinha uma expressão irritada que Rin sabia ser sinal de que havia sido contrariado.

— Já sei — disse Rin. — Vamos seguir em frente.
— Jinzha não apenas quer que a gente siga em frente, como também quer que contornemos Baraya para tomar Boyang. — Kitay socou a parede. — *Boyang!* Ele ficou maluco?
— É um posto militar na fronteira entre as Províncias do Rato e do Tigre — explicou Nezha a Rin. — Não é uma ideia terrível. O Exército usou Boyang como fortaleza durante a primeira e a segunda invasões. Encontraremos defesas prontas, o que vai facilitar nossa permanência no inverno. Podemos romper o cerco em Baraya a partir de lá.
— E se alguém já estiver no posto? — perguntou Rin.

Se o Exército estivesse em algum lugar, seria nas Províncias do Tigre ou do Rato. Se subissem mais ao norte, teriam que lutar em Sinegard pelo coração do território imperial.

— Lutaremos contra eles — disse Nezha.

— Em águas congeladas? — rebateu Kitay. — Com um exército sofrido e passando frio? Se continuarmos indo para o norte, vamos perder todas as vantagens que ganhamos até agora.

— Ou podemos consolidar nossa vitória — argumentou Nezha. — Se vencermos em Boyang, controlaremos o território delta no afluente Elehemsa, o que significa que...

— Sim, sim, se cortarmos ao redor da costa para a Província do Tigre, conseguimos enviar reforços para qualquer cidade pelas vias fluviais — completou Kitay, irritado. — Mas você não vai conquistar Boyang. É quase certo que a Frota Imperial está lá, mas por alguma razão Jinzha prefere fingir que ela não existe. Não sei o que há de errado com seu irmão, mas ele está tomando decisões imprudentes e agindo como um lunático.

— Meu irmão não é lunático.

— Ah, não, talvez ele seja o melhor general de guerra que já vi. Ninguém nega que ele tem se saído bem até agora. Mas Jinzha só é bom porque é o primeiro general nikara que foi treinado para pensar prioritariamente de uma perspectiva naval. Quando os rios congelarem, esta guerra vai se transformar em uma batalha terrestre e ele não vai saber o que fazer.

Nezha suspirou.

— Kitay, entendo seu ponto. Só estou tentando olhar as coisas pelo lado positivo. Se dependesse de mim, também não iríamos para Boyang.

Kitay jogou as mãos para o alto.

— Bom, então...

— Isso não tem a ver com estratégia, tem a ver com orgulho. Queremos mostrar aos hesperianos que não vamos recuar diante de um desafio. E, para Jinzha, tem a ver com se provar competente diante de nosso pai.

— Tudo sempre se resume ao pai de vocês — resmungou Kitay. — Vocês dois precisam de ajuda.

— Diga isso para Jinzha — sugeriu Rin. — Diga que ele está sendo idiota.

— Não há uma versão possível dessa conversa que possa acabar bem — rebateu Nezha. — Jinzha faz o que bem entende. Por que acha que eu conseguiria bater de frente com ele?

— Bom, se nem *você* consegue, então estamos ferrados.

* * *

Uma hora depois, as rodas de pás rangiam em movimento enquanto a Frota Republicana navegava por uma pequena cadeia de montanhas.

— Olhe para cima. — Kitay cutucou o braço do Rin. — Acha isso normal?

Em um primeiro momento, a luz intensa fez parecer que o sol estava subindo gradualmente sobre as montanhas. Então os pontos brilhantes subiram mais alto, e Rin percebeu que eram lanternas, iluminando o céu noturno como um campo de flores. Deles pendiam longas fitas, onde uma mensagem podia ser lida facilmente lá de baixo:

Rendição significa imunidade.

— Eles acham mesmo que isso vai funcionar? — questionou Rin. — É tipo gritar: "Saiam daqui, por favor."

Kitay não achou graça da piada.

— Não acho que sejam só palavras — afirmou ele, sério. — Acho que devíamos voltar.

— Só por causa de umas lanternas de papel?

— Pelo significado delas. Quem os soltou está esperando por nós lá dentro. Duvido que tenham o mesmo poder de fogo que a Frota. Ainda assim, estão lutando em seu próprio território e conhecem o rio. Estão vigiando este território sabe-se lá desde quando. — Kitay chamou o soldado mais próximo. — Sabe atirar?

— Até que sim — respondeu o soldado.

— Ótimo. Está vendo aquilo? — Kitay apontou para uma que estava um pouco mais distante dos demais. — Consegue acertar aquela lanterna? Só quero ver o que acontece.

O soldado parecia confuso, mas obedeceu. A primeira tentativa falhou, mas a segunda flecha atingiu a lanterna. O objeto explodiu em chamas, e uma chuva de faíscas e carvão caiu em direção ao rio.

Rin se jogou no chão. O barulho da explosão foi surpreendentemente alto para uma lanterna tão pequena e de aparência inofensiva. E ela seguiu voo: devia estar carregado com várias bombas menores que explodiram sucessivamente em vários pontos do ar, como intricados fogos de artifício. Ela observou, prendendo a respiração, torcendo para que nenhuma das centelhas disparasse as outras lanternas. Isso poderia desencadear uma reação em cadeia que transformaria todo o penhasco em uma cortina de fogo.

Mas os outros não explodiram — o primeiro deles estava longe dos demais — e, finalmente, as explosões começaram a cessar.

— Viu só? — disse Kitay quando elas chegaram ao fim, levantando-se do chão. — É melhor avisarmos Jinzha que precisamos recalcular a rota.

A frota passou a navegar por um canal secundário do afluente, um desfiladeiro estreito entre penhascos pontiagudos. A mudança adicionaria uma semana ao tempo de viagem, mas era melhor do que serem incinerados.

Rin monitorava as rochas com sua luneta e via fendas e pequenas entradas nos penhascos que poderiam facilmente servir de esconderijo para inimigos, mas não havia movimento. Nenhuma lanterna. O desfiladeiro parecia deserto.

— Ainda não estamos completamente fora de perigo — disse Kitay.

— Acha que colocaram armadilhas nos dois rios?

— Podem ter colocado — respondeu ele. — *Eu* colocaria.

— Mas não tem nada aqui.

Um estrondo sacudiu o ar. Rin e Kitay se entreolharam e saíram em disparada rumo à proa.

A embarcação que seguia à frente da frota estava completamente em chamas.

Outro estrondo ecoou no desfiladeiro. Um segundo navio explodiu, e seus pedaços foram arremessados a tal altura que fragmentos caíram no convés do *Martim*. Jinzha se jogou ao chão segundos antes que um pedaço do *Ventoinha* esmagasse sua cabeça contra o mastro.

— Abaixem-se! — bradou ele. — Todos para o chão!

Mas a ordem se provou desnecessária: mesmo a quase cem metros de distância, o impacto da explosão sacudiu o *Martim* como um terremoto, derrubando todos os que estavam no convés.

Munida de sua luneta, Rin rastejou o mais perto que pôde até o limite do convés. Ela subiu na balaustrada para inspecionar as montanhas, mas tudo que viu foram pedras.

— Não tem ninguém lá em cima.

— Não são projéteis — disse Kitay. — Estaríamos vendo os rastros no ar.

Ele estava certo. As explosões não vinham do céu, não estavam detonando nos conveses. A própria água estava em erupção ao redor da frota.

O caos tomou conta do *Martim*. Os arqueiros se dirigiram ao convés superior para abrir fogo sobre inimigos que não estavam lá. Jinzha gritou até ficar rouco, ordenando aos navios que invertessem a direção. As rodas do *Martim* giravam desenfreadamente para tirá-lo do afluente quando se chocaram contra o *Codorna*. Somente após uma frenética troca de bandeiras as embarcações conseguiram se comunicar e passaram a retornar lentamente rio abaixo.

No entanto, não estavam retornando rápido o bastante. O que quer que estivesse na água provavelmente fazia uso de um mecanismo de reação em cadeia, porque um minuto depois outra embarcação explodiu em chamas e depois outra. Agora Rin *via* que as explosões começavam debaixo d'água, uma detonando a outra como uma corrente de destruição que se aproximava cada vez mais do *Martim*.

De repente, uma violenta rajada de água se ergueu para fora do rio, formando uma torre. Rin pensou ser apenas a pressão das explosões, mas a água subia cada vez mais alto e em espiral, como um redemoinho reverso. A coluna crescia e cercava os navios, formando um anel de proteção que se centrava ao redor do *Grifo*.

— Que merda é essa? — disse Kitay.

Rin correu até a proa.

Nezha estava sob o mastro do *Grifo* de braços esticados em direção à torre de água como se tentasse pegar algo.

O coração de Rin parou por um segundo quando eles se entreolharam.

Os olhos de Nezha estavam tomados por rajadas de azul-marinho — não o azul-cerúleo sinistro de Feylen, mas um cobalto mais escuro da cor de pedras preciosas.

— Você também? — sussurrou ela.

Do outro lado da torre de água que os protegia, Rin via as explosões em tons de laranja, vermelho e amarelo. Distorcidas pela água, as cores formavam uma imagem quase bonita, como uma pintura de erupções furiosas. Estilhaços pareciam ter congelado no ar, presos pela coluna que os envolvia. A água se manteve erguida por um intervalo absurdo de tempo, constante enquanto as explosões seguiam uma atrás da outra em uma série de estrondos ensurdecedores que ecoavam ao redor da frota. Então Nezha desabou sobre o convés.

No mesmo momento, o anel de água caiu como uma cortina e deu um banho no que restava da Frota Republicana.

Rin precisava chegar até o *Grifo*.

A grande onda havia arruinado o navio de Nezha e o *Martim*. Havia apenas um espaço estreito separando seus conveses. Rin tomou impulso e saltou para o *Grifo,* aterrissando em derrapagem. Ela correu até o corpo inerte de Nezha.

O rosto do garoto estava completamente desprovido de cor. Sua pele sempre fora pálida como porcelana, mas agora parecia transparente. Suas cicatrizes eram como rachaduras em um vidro que se sobrepunha a veias de um azul brilhante.

Rin o puxou e o segurou contra si. Nezha ainda respirava, seu peito se mexia, mas seus olhos estavam fechados, e ele respondia às perguntas de Rin apenas com movimentos de cabeça.

— Dói. — Enfim palavras inteligíveis. Nezha se contorceu nos braços de Rin, tentando tocar algo em suas costas. — *Dói...*

— Aqui? — Rin tocou a região da lombar de Nezha.

Ele respondeu com um aceno de cabeça, seguido de um grito agonizante.

Rin tentou ajudá-lo a tirar a camisa, mas ele não parava de se debater, então ela rasgou o tecido com uma faca e o arrancou do corpo de Nezha. Tateou as costas dele e, por um momento, foi como se estivesse caindo de um penhasco.

Uma enorme tatuagem de dragão, prata e azul-cerúleo nas cores da Casa de Yin, cobria suas costas de ombro a ombro. Rin não se lembrava de tê-la visto antes, mas também não se lembrava de já ter visto Nezha sem camisa. A tatuagem não podia ser recente. Rin viu uma cicatriz arqueada na lateral esquerda do corpo de Nezha onde ele havia sido golpeado pela alabarda de um general mugenês. Mas a cicatriz brilhava em um vermelho furioso, como se fosse fresca no corpo de Nezha. Ela não sabia se estava delirando em meio ao pânico, mas o dragão parecia ondular sob seus dedos, enrolando-se e debatendo-se sob a pele de Nezha.

— Está dentro da minha cabeça. — Nezha soltou outro grito estrangulado de dor. — Está me dizendo para... *Merda,* Rin...

Rin foi invadida por uma onda de compaixão, um sentimento sombrio que fez com que ela sentisse gosto de bile na garganta.

Nezha soltou um gemido baixo.

— Está na minha cabeça...

Rin tinha uma ideia de como ele estava se sentindo.

Nezha agarrou os pulsos de Rin com uma força que a assustou e pediu:

— Tem que me matar.

— Não posso fazer isso — sussurrou ela.

Ela *queria* matá-lo. Tudo que Rin queria era livrá-lo daquela dor. Ela não suportava vê-lo daquela maneira, gritando como se aquilo nunca fosse acabar.

Mas ela jamais se perdoaria por isso.

— O que aconteceu com ele?

Jinzha havia chegado. Olhava para Nezha com uma preocupação genuína que Rin nunca havia visto em seu rosto.

— É um deus — explicou ela. Rin tinha certeza. Ela sabia exatamente o que estava acontecendo com Nezha porque já havia passado pela mesma coisa. — Ele conjurou um deus que não quer ir embora.

Rin tinha uma boa noção do que havia acontecido. Vendo a frota explodindo ao seu redor, Nezha havia tentado proteger o *Grifo*. Talvez ele não estivesse ciente do que estava fazendo, talvez se lembrasse apenas de desejar que as águas se erguessem e os protegessem das explosões, mas algum deus havia respondido e feito exatamente o que ele pedira, e agora não queria devolver sua mente.

— Do que você está falando?

Jinzha se ajoelhou ao lado de Nezha e tentou tirá-lo dos braços de Rin, mas ela não o soltou.

— Saia de perto.

— Não toque nele — rosnou Jinzha.

Ela afastou a mão do general com um tapa.

— Eu sei o que está acontecendo, sou a única que pode ajudar Nezha. Então, se quer que ele sobreviva, *saia de perto*.

Rin ficou pasma quando Jinzha obedeceu.

Nezha se contorcia nos braços dela, gemendo.

— Então ajude-o — suplicou Jinzha.

Estou tentando, droga, pensou Rin. Ela se obrigou a manter a calma. Só conseguia pensar em uma coisa que poderia funcionar. Se aquilo fosse um deus — e ela tinha quase certeza absoluta de que era —, a única maneira de silenciar sua voz era desligar a mente de Nezha, fechar sua conexão com o mundo espiritual.

— Mande alguém até minha cabine — disse ela a Jinzha. — Cabine três. Peça para arrancarem a segunda tábua do lado direito da parede e trazerem o que está escondido lá embaixo. Entendeu?

Jinzha assentiu.

— Então vá.

Ele se levantou e se pôs a vociferar ordens.

— Vá embora. — Nezha se encolhia, resmungando. Ele fincou as unhas em suas omoplatas, arranhando a pele até sangrar. — Saia. *Vá embora!*

Rin segurou os pulsos de Nezha e afastou as mãos dele de seu corpo. Com um puxão violento, o amigo se desvencilhou de suas mãos e por acidente a acertou no queixo. Rin virou a cabeça em um movimento brusco e por um momento sua visão escureceu.

Nezha parecia horrorizado.

— Me desculpe. — Ele segurava os próprios ombros, como se estivesse tentando encolher o corpo. — Me desculpe.

Rin ouviu um rangido grave vindo do convés. O navio estava se movendo, ainda que muito lentamente. Algo lá embaixo o empurrava. Ela ergueu o olhar e sentiu o sangue gelar em suas veias. As ondas cresciam, elevando-se ao redor do *Grifo* como uma mão se fechando. Estavam mais altas do que o mastro.

Nezha poderia perder totalmente o controle. Poderia afogar toda a frota.

— Nezha. — Rin segurou o rosto dele com as duas mãos. — Olhe para mim. Por favor, olhe para mim. *Nezha.*

Mas ele não queria ou não conseguia ouvir Rin — seus segundos de lucidez haviam passado, e tudo que ela podia fazer era imobilizá-lo à base da força para que ele não dilacerasse a própria pele enquanto gritava e gemia.

Depois do que pareceu uma eternidade, ela ouviu passos se aproximando.

— Aqui está — disse Jinzha, pressionando o pacote na mão de Rin.

Rin se sentou sobre o peito de Nezha, imobilizando seus braços com os joelhos, e abriu o pacote com os dentes. Pepitas de ópio caíram no convés.

— O que está fazendo? — demandou Jinzha.

— Cala a boca.

Rin pegou duas pepitas e as segurou com força. O que faria? Ela não tinha um cachimbo. Não podia conjurar as chamas para acender as pepitas e fazê-lo inalar o ópio. Fazer fogo de outra forma levaria uma eternidade; tudo no convés estava encharcado.

Ela tinha que fazê-lo ingerir o ópio *de alguma forma*.

Mas Rin não conseguia pensar em nenhuma alternativa. Ela segurou as pepitas e as forçou pela boca Nezha, que se debateu com mais força, engasgando-se. Rin segurou sua mandíbula para mantê-la fechada, depois a abriu e empurrou o ópio garganta abaixo até que ele o engolisse.

Ainda imobilizando os dois braços de Nezha, Rin se inclinou sobre ele, esperando. Um minuto se passou, depois dois. Nezha parou de se mexer. Seus olhos se reviraram. Então ele parou de respirar.

— Ele poderia ter morrido — disse o médico do navio.

Rin conhecia o dr. Sien do *Cormorão*. Era o médico que cuidara de Vaisra depois de Lusan, e parecia ser o único autorizado a tratar os membros da Casa de Yin.

— Imaginei que você conseguiria resolver isso — disse ela.

Rin estava encostada na parede, exausta. Ficou surpresa por ter sido autorizada a entrar na cabine de Nezha, mas Jinzha apenas acenou para ela com a cabeça ao sair.

Nezha estava imóvel na cama entre eles. Tinha uma aparência péssima, estava pálido como um fantasma, mas sua respiração era firme. Rin sentia uma onda de alívio a cada movimento de seu peito.

— Foi sorte termos a droga à mão — disse o dr. Sien. — Como sabia?

— Sabia o quê? — perguntou Rin, cautelosa.

O dr. Sien sabia que Nezha era um xamã? *Alguém* sabia? Jinzha parecia completamente perdido. Seria aquilo um segredo de Nezha?

— Que o ópio funcionaria — respondeu o dr. Sien.

Nenhuma pista. Ela arriscou uma meia verdade em resposta.

— Já tinha visto isso acontecer antes.

— Onde? — perguntou ele, curioso.

— Hum. — Rin deu de ombros. — No sul. O ópio é um remédio comum para essas doenças por lá.

O dr. Sien pareceu desapontado.

— Cuido dos filhos do Líder do Dragão desde que eram bebês. Nunca me disseram nada sobre esta doença de Nezha, apenas que ele algumas vezes sente muita dor e que o ópio é a única coisa que resolve. Acho que nem mesmo Vaisra e Saikhara sabem qual é a causa.

Rin olhou para o rosto adormecido de Nezha. O amigo parecia muito tranquilo. Ela foi tomada por um estranho impulso de acariciar seu cabelo e tirá-lo da testa.

— Há quanto tempo ele está doente?

— Ele começou a ter convulsões aos doze anos. Elas se tornaram menos frequentes conforme ele foi ficando mais velho, mas esta foi a pior em anos.

Nezha é um xamã desde criança?, perguntou-se Rin. Por que ele nunca havia lhe contado? Não confiava nela?

— Ele está bem agora — disse o dr. Sien. — Só precisa descansar. Você não precisa ficar aqui.

— Tudo bem. Prefiro esperar.

O médico pareceu desconfortável.

— Não sei se o General Jinzha...

— Jinzha sabe que acabei de salvar a vida do irmão dele. Vai permitir, e se não permitir é um imbecil.

O médico não discutiu com Rin. Depois que ele saiu e fechou a porta, Rin se deitou no chão ao lado da cama de Nezha e fechou os olhos.

Horas depois, ela ouviu o garoto se mexendo e se sentou, tirando remela dos olhos. Depois se ajoelhou ao lado dele.

— Nezha?

— Hum...

Ele piscava, olhando para o teto e tentando entender onde estava.

Rin tocou a bochecha esquerda de Nezha com o dorso do dedo. A pele dele era muito mais macia do que ela imaginava. As cicatrizes não eram vergões como pareciam, e sim linhas suaves como tatuagens.

A cor dos olhos de Nezha havia voltado ao castanho normal e acolhedor. Rin não conseguiu deixar de notar quão compridos eram seus cílios; eram muito escuros e pesados, ainda mais grossos do que os de Venka. *Não é justo*, pensou ela. Ninguém tem o direito de ser tão bonito assim.

— Como está se sentindo? — perguntou ela.

Nezha piscou repetidas vezes e respondeu algo impossível de entender, as palavras arrastadas.

Rin tentou outra vez.

— Consegue entender o que está acontecendo?

Ele olhou ao redor do quarto por um instante e depois, com certa dificuldade, manteve o foco no rosto de Rin.

— Consigo.

Rin não conseguiu mais segurar as perguntas.

— Consegue entender o que acabou de acontecer? Por que não me contou?

Nezha se limitou a piscar.

Ela se aproximou com o coração disparado.

— Eu poderia ter ajudado você. Ou... você poderia ter me ajudado. Devia ter me contado.

A respiração dele pareceu acelerar.

— Por que não me contou? — insistiu ela.

Nezha balbuciou alguma coisa ininteligível, e seus olhos se fecharam.

Rin quase o sacudiu pelo colarinho, tamanho era seu desespero por respostas, então parou e respirou fundo. *Pare com isso*. Nezha não estava em condições de passar por um interrogatório.

Ela podia obrigá-lo a falar. Se ela o pressionasse mais, se gritasse com ele para que dissesse a verdade, era possível que lhe contasse tudo.

No entanto, aquele teria sido um segredo revelado sob efeito do ópio e ela o teria coagido num momento em que ele não estava apto a recusar.

Nezha a odiaria por isso?

Ele mal estava consciente. Talvez nem se lembrasse da conversa.

Rin reprimiu uma súbita onda de repulsa. Não. Não, ela não faria isso com ele. Rin não conseguiria. Teria que obter suas respostas de outra maneira, e aquele não era o momento. Ela se levantou.

Nezha voltou a abrir os olhos.

— Aonde você vai?

— Vou deixar você descansar — disse ela.

Ele se mexeu na cama.

— Não... Não vá...

Rin se deteve à porta.

— Por favor — pediu ele. — Fique.

— Está bem — acatou Rin, voltando para o lado da cama e segurando a mão de Nezha. — Estou aqui.

— O que está acontecendo comigo? — balbuciou ele.

Rin apertou sua mão com força.

— Feche os olhos, Nezha. Descanse.

O restante da frota ficou preso em uma enseada pelos três dias seguintes. Metade dos soldados teve que receber tratamento para queimaduras, e o cheiro repugnante de carne queimada era tão intenso que os homens passaram a envolver panos ao redor do rosto, cobrindo tudo com exceção dos olhos. Jinzha acabou por decidir administrar morfina e outros remédios somente aos homens que tinham chance considerável de sobrevivência. Os demais eram cobertos por lama, seus rostos virados para baixo, até pararem de se mover.

Não havia tempo para enterrar os mortos, então eles apenas os amontoaram em pilhas onde havia também partes de navios que não poderiam ser consertados e ergueram piras funerárias que mais tarde foram incendiadas.

— Uma boa estratégia — disse Kitay. — Assim não corremos o risco de o Império acabar usando madeira boa.

— Por que você é assim? — perguntou Rin.

— Só estou elogiando Jinzha.

A Irmã Petra se posicionou diante dos cadáveres em chamas e proferiu uma bênção funerária em seu nikara fluente e sem tons. Os soldados a observavam, curiosos.

— Em vida, sofreram em um mundo desolado pelo Caos, mas ofereceram suas almas a uma causa nobre — disse ela. — Morreram trabalhando em prol da ordem em uma terra desprovida dela. Agora partem para o descanso eterno. Rezo para que o Criador tenha misericórdia de suas almas. Rezo para que venham a conhecer a profundidade do amor do Criador, que é imenso e incondicional.

Então ela começou a cantar em uma língua que Rin não reconhecia. Parecia semelhante ao hesperiano — Rin quase distinguia as raízes das palavras antes que se tornassem algo completamente diferente —, mas aquele idioma parecia ser mais antigo, algo repleto de séculos de história e religiosidade.

— Para onde seu povo acredita que as almas vão após a morte? — perguntou Rin em voz baixa para Augus.

Ele pareceu surpreso que ela tivesse que perguntar.

— Para o reino do Criador, é claro. E o seu?

— Para lugar nenhum — disse ela. — Desaparecemos, voltamos a ser nada.

Os nikaras falavam do submundo às vezes, mas o lugar era mais uma história popular do que uma crença propriamente dita. Ninguém acreditava que iriam para qualquer outro lugar que não fosse a escuridão.

— Isso é impossível — disse Augus. — O Criador fez nossas almas para que fossem permanentes. Até mesmo as almas dos bárbaros têm valor. Quando morremos, ele as refina e as leva para seu reino.

Rin não conseguiu reprimir a curiosidade.

— E como é esse reino?

— Muito bonito — respondeu ele. — Uma terra livre do Caos. Não há dor, enfermidades ou sofrimento. É o reino da ordem perfeita que passamos a vida toda tentando recriar aqui.

Rin viu a alegria de Augus estampada em seu semblante enquanto ele respondia à pergunta e percebeu que o missionário acreditava em cada palavra.

Ela começava a compreender por que os hesperianos se agarravam tão fervorosamente à religião. Não era surpresa que tivessem convertido tantas pessoas durante a ocupação, e com tanta facilidade. Que alívio seria acreditar que após essa vida haveria uma melhor, que haveria a possibilidade de desfrutar do conforto que sempre lhe fora negado em vida em vez de simplesmente virar pó e sumir de um universo indiferente. Que alívio ter uma razão para acreditar que o mundo fazia sentido e que, caso não fizesse, um dia você seria recompensado por isso.

Uma fila de capitães e generais assistia à pira em chamas. Nezha estava em uma das pontas, apoiando-se com dificuldade em uma bengala. Era a primeira vez que Rin o via em dois dias.

No entanto, quando Rin se aproximou, Nezha deu meia-volta para ir embora. Ela o chamou. Ele a ignorou. A garota se pôs a correr — o garoto não poderia ser mais rápido que ela, não com aquela bengala — e o agarrou pelo pulso.

— Pare de fugir — disse Rin.

— Não estou fugindo — respondeu Nezha, frio.

— Então converse comigo. Me explique o que vi no rio.

Nezha olhou ao redor, para os soldados que estavam próximos o suficiente para ouvi-la.

— Não sei do que está falando.

— Não minta para mim. Eu vi o que fez. Você é um xamã!

— Rin, cala a boca.

Ela não soltou o pulso de Nezha.

— Você moveu a água. Eu *sei* que foi você.

Nezha semicerrou os olhos ao falar.

— Você não viu nada e não vai dizer nada a ninguém.

— Petra não vai ficar sabendo, se é o que quer dizer — garantiu ela. — Mas não entendo por que está mentindo para *mim*.

Sem responder, Nezha se virou e se afastou rapidamente das piras, mancando. Ela o seguiu até os restos chamuscados de uma embarcação de transporte. As perguntas jorravam de sua boca como uma torrente implacável.

— Ensinaram você em Sinegard? Jun sabe? Há mais xamãs em sua família?

— Rin, pare...

— Jinzha não sabe, isso eu já entendi. E sua mãe? E Vaisra? Ele ensinou você?

— *Não sou um xamã!* — gritou ele.

Ela nem sequer pestanejou.

— Não sou idiota. Eu sei o que vi.

— Então tire suas próprias conclusões e pare de fazer perguntas.

— Por que está escondendo isso de mim?

Nezha tinha uma expressão de sofrimento.

— Porque não é o que eu quero.

— Você consegue controlar a água! Você poderia, sozinho, vencer essa guerra para nós!

— Não é tão fácil assim, eu não consigo simplesmente... — Ele balançou a cabeça. — Você viu o que aconteceu. Ele quer me dominar.

— É claro que quer. Como acha que é para o resto de nós? Por isso precisa aprender a controlá-lo. Você precisa treinar uma forma de reprimir o impulso, para moldá-lo de acordo com suas vontades...

— Da mesma forma que *você* controla? — retrucou ele, reativo. — Você é o equivalente a um eunuco espiritual.

Rin sabia que ele estava tentando distrai-la, mas ela não largou o osso.

— Eu seria capaz de matar alguém para conseguir ter o fogo de volta. É difícil, eu sei, os deuses não são gentis, mas *podem* ser controlados! Eu posso ajudar você.

— Você não sabe o que está dizendo. Cale a boca...

— A menos que esteja com medo, o que não é desculpa, já que há pessoas morrendo enquanto você está aqui lambendo as próprias feridas...

— Eu disse para *calar a boca*!

A mão de Nezha golpeou o casco da embarcação a centímetros da cabeça de Rin, que nem sequer pestanejou. Ela virou a cabeça lentamente, tentando fingir que seu coração não estava acelerado.

— Você errou — disse ela, calmamente.

Nezha retraiu a mão. Havia sangue escorrendo por seus dedos, provenientes de cortes vermelhos nas quatro articulações.

A explosão de Nezha deveria ter intimidado Rin, mas, assim que ela olhou para o rosto do garoto, não conseguiu encontrar o menor sinal de fúria. Apenas medo.

E o medo não lhe inspirava respeito algum.

— Não quero machucar você — disse Nezha.

— Não conseguiria nem se quisesse — retrucou Rin, com um sorriso.

CAPÍTULO 20

— Um enigma para você — disse Kitay. — A água irrompe ao redor das embarcações, abre buracos nas laterais como bolas de canhão. Mesmo assim, não vemos nenhum indício de explosão acima do mar. Como o Exército faz isso?

— Suponho que você vá me contar — disse Rin.

— Vamos, Rin, faça sua parte.

Ela brincou com os estilhaços espalhados por sua mesa de trabalho.

— Talvez sejam arqueiros mirando na base. Eles podem ter fixado foguetes nas pontas das flechas?

— Mas por que fariam isso? O convés é mais vulnerável que o casco. E nós as teríamos visto no ar se os foguetes estivessem acesos, que é como precisariam estar para explodir com o impacto.

— Talvez eles tenham encontrado um jeito de esconder o brilho da chama — sugeriu ela.

— Talvez. Mas e a reação em cadeia? Por que começar com as embarcações menores em vez de mirar diretamente no *Martim* ou nos navios-torre?

— Não sei. Para assustar?

— Isso é burrice — disse ele, rejeitando a ideia. — Uma dica: os explosivos estavam na água, para começo de conversa. Por isso não os vimos. Estavam submersos.

Rin suspirou.

— E como eles teriam conseguido fazer isso, Kitay? Por que simplesmente não me diz a resposta?

— Intestinos animais — disse ele alegremente. Kitay pegou um tubo translúcido bastante nojento debaixo da mesa, dentro do qual havia colocado um pavio fino. — São completamente à prova d'água. Suponho que usaram intestinos de vaca, já que são mais longos, mas na verdade os de qualquer animal serviriam, porque só precisam manter o pavio seco o suficiente para que queime até o final. Depois, eles montam o interior para que as bobinas de queima lenta acendam o pavio no impacto. Legal, né?

— Tipo as bexigas de porco.

— Tipo aquilo. Mas aqueles foram feitos para se decompor com o tempo. Dependendo da velocidade da queima das bobinas, estes podem manter o pavio seco por dias se forem selados bem o suficiente.

— Isso é incrível. — Rin encarou os intestinos, pensando nas implicações. As minas eram engenhosas. O Exército poderia ganhar batalhas fluviais sem sequer estar presente, desde que pudesse garantir que a Frota Republicana viajaria por um certo curso d'água.

Quando o Exército havia desenvolvido essa tecnologia?

E se tinham essa capacidade, as outras rotas fluviais seriam seguras?

A porta se abriu com violência. Jinzha entrou sem se anunciar, segurando um pergaminho enrolado. Nezha vinha logo atrás, ainda mancando com a bengala. Ele se recusava a encarar Rin.

— Olá, senhor. — Animado, Kitay agitou um intestino de vaca para ele. — Resolvi seu problema.

Jinzha pareceu enojado.

— O que é isto?

— Minas submersas. Foi assim que explodiram a frota. — Kitay estendeu o intestino para que Jinzha o inspecionasse.

Jinzha torceu o nariz.

— Vou confiar em você. Descobriu como desativá-las?

— Sim, é fácil se perfurarmos a camada à prova d'água. A parte difícil é encontrar as minas. — Kitay esfregou o queixo. — Suponho que não haja um especialista em mergulho a bordo.

— Posso dar um jeito. — Jinzha abriu o pergaminho sobre a mesa de Kitay. Era um mapa extremamente detalhado da Província do Rato, no qual ele havia circulado com tinta vermelha um ponto no interior de um lago próximo. — Preciso que elabore planos detalhados para um ataque a Boyang. Aqui está toda a informação que temos.

Kitay se inclinou à frente para examinar o mapa.

— Isso é para uma operação de primavera?

— Não. Atacaremos assim que chegarmos lá.

Kitay piscou duas vezes.

— Não pode estar pensando em tomar Boyang com uma frota danificada.

— Três quartos da frota estão operáveis. Praticamente só perdemos embarcações menores...

— E os navios de guerra?

— Podem ser consertados a tempo.

Kitay tamborilou na mesa.

— Há homens para conduzir esses navios?

A irritação tomou o rosto de Jinzha.

— Redistribuímos as tropas. Será o suficiente.

— Se você diz. — Kitay mordiscou a unha do polegar, encarando intensamente os rabiscos de Jinzha. — Ainda temos um probleminha.

— O quê?

— Bem, o lago Boyang é um fenômeno natural interessante...

— Vá direto ao ponto.

Kitay traçou o dedo pelo mapa.

— Geralmente os níveis de água do lago diminuem durante o verão e aumentam durante as estações mais frias. Isso deve beneficiar navios de casco profundo como os nossos. Mas a fonte de água de Boyang é o monte Tianshan, e durante o inverno...

— O Tianshan congela — concluiu Rin em voz alta.

— E daí? — questionou Jinzha. — Isso não significa que o lago fica sem água imediatamente.

— Não, mas significa que o nível de água diminui a cada dia — disse Kitay. — Quanto mais raso o lago, menor a mobilidade de seus navios de guerra, principalmente os *Águias*. Suponho que as minas foram colocadas lá para nos atrasar.

— Então quanto tempo temos? — pressionou Jinzha.

Kitay deu de ombros.

— Não sou profeta. Eu teria que ver o lago.

— Já disse que não vale a pena — retrucou Nezha pela primeira vez. — Devemos voltar para o sul enquanto ainda há tempo.

— E fazer o quê? — exigiu Jinzha. — Nos escondermos? Nos humilharmos? Explicar a nosso pai por que voltamos para casa com o rabinho entre as pernas?

— Não. Contar sobre o território que conquistamos. Os homens que adicionamos a nosso exército. Então nos reagrupamos e lutamos de uma posição de poder.

— Temos poder suficiente.

— A Frota Imperial inteira estará nos esperando naquele lago!

— Então o tomaremos deles — rosnou Jinzha. — Não voltaremos para casa porque estamos com medo de uma briga.

Isso não está em discussão de verdade, pensou Rin. Jinzha já havia se decidido, e gritaria com qualquer um que o contrariasse. Nezha — o irmão mais novo, o irmão inferior — nunca conseguiria fazer Jinzha mudar de ideia.

Ele estava ávido pela batalha. Rin via isso com facilidade em seu rosto. E entendia por que ele a queria tanto. A vitória em Boyang poderia efetivamente acabar com a guerra. Poderia conseguir a devastadora e final prova de vitória que os hesperianos estavam exigindo. Poderia compensar pela mais recente sequência de falhas de Jinzha.

Rin conhecera um comandante que tomava decisões de tal forma. Seus ossos, se algum tivesse sobrevivido à incineração, estavam no fundo da baía Omonod.

— Suas tropas não valem mais que seu ego? — perguntou ela. — Não nos sentencie à morte só porque foi humilhado.

Jinzha nem sequer lhe dirigiu um olhar.

— Eu a autorizei a falar?

— Ela tem razão — disse Nezha.

— Estou o alertando, irmão.

— Ela está dizendo a verdade — insistiu Nezha. — Você só não está ouvindo porque tem medo de que outra pessoa esteja certa.

Jinzha foi até Nezha e casualmente deu um tapa em seu rosto.

O estalo ecoou pela saleta. Rin e Kitay ficaram paralisados nos assentos. A cabeça de Nezha virou para o lado, onde ficou. Devagar, o garoto levou os dedos à bochecha, onde uma marca vermelha desabrochava sobre as cicatrizes. Seu peito subia e descia, a respiração tão pesada que Rin pensou que certamente ele revidaria. Mas Nezha nada fez.

— Talvez possamos chegar a Boyang a tempo se sairmos imediatamente — disse Kitay em tom neutro, como se nada tivesse acontecido.

— Então partiremos dentro de uma hora. — Jinzha apontou para Kitay. — Vá até meu gabinete. O Almirante Molkoi lhe dará acesso pleno aos relatórios dos batedores. Quero planos de ataque até o fim do dia.

— Ah, que ótimo — disse Kitay.

— Como é?

Kitay endireitou a postura.

— Sim, senhor.

Jinzha saiu da sala pisando duro. Nezha permaneceu à porta, alternando os olhos entre Rin e Kitay, como se não soubesse ao certo se queria ficar.

— Seu irmão está enlouquecendo — disparou Rin.

— Cale a boca.

— Já vi isso antes. Comandantes enlouquecem sob pressão o tempo todo. Tomam decisões péssimas que matam pessoas.

Nezha a encarou com desdém e por um instante ficou idêntico a Jinzha.

— Meu irmão não é Altan.

— Tem certeza?

— Fale o que quiser — retrucou ele. — Pelo menos não somos lixo speerliês.

Rin ficou tão chocada que não conseguiu pensar em uma resposta boa. Nezha saiu e bateu a porta com força.

Kitay assobiou baixinho.

— Briga de namorados, é?

De repente, o rosto de Rin ficou terrivelmente quente. Ela se sentou ao lado de Kitay e fingiu brincar com o intestino de vaca.

— Algo assim.

— Se ajuda, não acho que você seja lixo speerliês — disse ele.

— Não quero conversar sobre isso.

— Pode me contar, se quiser. — Kitay deu de ombros. — A propósito, você poderia tentar ser mais cuidadosa ao falar com Jinzha.

Ela fez uma careta.

— Ah, eu sei disso.

— Sabe mesmo? Ou você *gosta* de não ter um assento à mesa?

— Kitay...

— Você é uma xamã treinada em Sinegard. Não devia ser soldado raso. Está aquém de suas capacidades.

Rin estava cansada daquela discussão.

Mudou de assunto.

— Temos mesmo uma chance em Boyang?

— Se trabalharmos exaustivamente nos remos, sim. Se a Frota Imperial for tão fraca quanto nossas estimativas mais otimistas dizem, sim. — Kitay suspirou. — Se os céus e as estrelas e o sol se alinharem a nosso favor e formos abençoados por cada deus naquele seu Panteão, sim.

— Então, não.

— Sinceramente não sei. Há variáveis demais. Não conhecemos a força da frota. Não conhecemos suas táticas navais. É provável que tenhamos talento naval superior, mas eles estão lá há mais tempo. Conhecem o terreno do lago. Tiveram tempo de colocar armadilhas nos rios. Têm um plano para nós.

Rin examinou o mapa à procura de alguma saída.

— Então recuamos?

— É tarde demais para isso agora — explicou Kitay. — Jinzha está certo sobre uma coisa: não temos outras opções. Não temos suprimentos para o inverno todo e, se voltarmos para Arlong, perderemos todo o progresso que fizemos...

— Não podemos nos instalar na Província da Cabra por alguns meses? Pedir que Arlong envie alguns suprimentos?

— E dar a Daji o inverno inteiro para construir uma frota? Chegamos até aqui porque o Império nunca teve uma ótima marinha. Daji tem homens, mas nós temos os navios. É só por isso que estamos em pé de igualdade. Se Daji ganhar três meses de vantagem, estará tudo acabado.

— Ter alguns navios de guerra hesperianos seria ótimo agora — murmurou Rin.

— E isso é a raiz de tudo. — Kitay lançou a ela um olhar amargo. — Jinzha está sendo um babaca, mas acho que o entendo. Ele não pode se dar ao luxo de parecer fraco, não com Tarcquet julgando cada um de seus movimentos. Ele tem que ser ousado, ser o líder brilhante que o pai prometeu. E seguiremos em frente com ele, simplesmente porque não temos escolha.

— Quantos de vocês sabem nadar? — perguntou Jinzha.

Os prisioneiros formavam uma fila lastimável no convés escorregadio, as cabeças baixas enquanto a chuva implacável caía sobre eles. Jinzha andava de um lado para o outro no convés, e os prisioneiros se encolhiam toda vez que o general parava diante deles.

— Ergam as mãos. Quem sabe nadar?

Os prisioneiros, nervosos, se entreolharam, sem dúvida se perguntando qual resposta os manteria vivos. Nenhum mão se ergueu.

— Vou reformular. — Jinzha cruzou os braços. — Não temos comida para alimentar todos. Não importa o que aconteça, alguns de vocês vão terminar no fundo do Murui. A questão é se querem morrer de fome ou não. Então erga a mão quem puder ser útil.

Todas as mãos se ergueram.

Jinzha se virou para o Almirante Molkoi.

— Jogue todos na água.

Os homens começaram a gritar em protesto. Rin pensou por um momento que Molkoi poderia mesmo obedecer ao general e que seriam forçados a ver os prisioneiros se debatendo na água em uma tentativa desesperada de sobreviver; então se deu conta de que Jinzha não tinha a intenção de executá-los.

Ele pretendia ver quem não resistiria.

Depois de alguns momentos, Jinzha puxou quinze homens para fora da fila e ordenou que os outros voltassem para suas celas. Em seguida, ergueu uma mina d'água enrolada em intestino de vaca e a passou pela fila para que os homens pudessem dar uma olhada no pavio.

— O Exército tem colocado isso na água. Vocês nadarão e as desarmarão. Estarão amarrados ao navio com cordas e receberão pedras afiadas para fazer o trabalho. Se encontrarem um explosivo, cortem o intestino e garantam que a água encha o tubo. Tentem escapar e meus arqueiros os atingirão na água. Deixem quaisquer minas intactas e morrerão conosco. É de seu interesse serem cuidadosos.

Ele jogou várias cordas para os homens.

— Vão em frente.

Ninguém se mexeu.

— Almirante Molkoi! — gritou Jinzha.

Molkoi sinalizou para seus homens. Uma fileira de guardas avançou, espadas em riste.

— Não testem minha paciência — vociferou Jinzha.

Apressados, os homens pegaram as cordas.

As tempestades apenas se intensificaram na semana seguinte, mas Jinzha forçou a frota até Boyang em um ritmo impossível. Os soldados se exauriam nos remos tentando cumprir suas demandas. Vários prisioneiros morreram depois de serem forçados a remar em turnos consecutivos sem dormir, e Jinzha, sem cerimônia, mandou que jogassem seus corpos na água.

— Ele vai cansar o exército antes de chegarmos lá — resmungou Kitay para Rin. — Aposto que agora você queria que ele tivesse trazido aquelas tropas da Federação, não é?

O exército estava exausto e faminto. A comida estava acabando. Eles agora recebiam peixe seco duas vezes por dia em vez de três, e arroz apenas uma vez à tarde. A maioria das provisões adicionais obtidas em Xiashang havia se perdido nas explosões. A moral diminuía a cada dia.

Os soldados ficaram ainda mais desiludidos quando os batedores retornaram com detalhes sobre a defesa do lago. A Marinha Imperial estava de fato parada em Boyang, como todos haviam temido, e bem mais equipada do que Jinzha antecipara.

A Marinha se equiparava ao tamanho da frota que zarpara de Arlong. O único consolo era não chegar aos pés do nível tecnológico da armada de Jinzha. A Imperatriz a construíra às pressas após o incidente em Lusan, e a falta de tempo de preparação era visível — a Frota Imperial era uma amálgama bagunçada de novos navios mal construídos, alguns com conveses inacabados, e velhas embarcações mercantes que não atendiam aos padrões de construção da Marinha. Pelo menos três eram barcaças de lazer sem capacidade de ataque.

Mas eles tinham mais navios, e tinham mais homens.

— A qualidade dos navios teria importado se estivessem no oceano — disse Kitay a Rin. — Mas o lago transformará essa batalha em uma provação. Estaremos amontoados. Eles só precisarão colocar seus homens em nossos navios, e tudo estará acabado. O Boyang ficará vermelho de sangue.

Rin sabia que a República podia vencer com facilidade. Não precisariam sequer dar um tiro. Mas Nezha se recusava a falar com ela. Rin só o via quando o garoto embarcava no *Martim* para reuniões no gabinete do irmão. Sempre que seus caminhos se cruzavam, ele desviava o olhar imediatamente; se Rin o chamasse, ele apenas balançava a cabeça. Fora isso, era como se fossem completos estranhos.

— Isso vai nos trazer algum resultado? — perguntou Rin.

— Não de verdade — respondeu Kitay. Ele segurava a balestra contra o peito. — É só uma formalidade. Você sabe como são os aristocratas.

Os dentes de Rin batiam enquanto a nau-almirante se aproximava do *Martim*.

— Nem deveríamos ter vindo.

— É Jinzha. Sempre preocupado com a honra.

— Bem, devia se preocupar mais com a *vida* dele.

Contra o conselho de seus almirantes, Jinzha exigira uma negociação de última hora com a nau-almirante da Marinha Imperial. Etiqueta de cavalheiros, dissera ele. Jinzha precisava pelo menos dar ao General Carne de Lobo uma chance de se render. Mas a negociação nem sequer seria uma charada; era apenas um risco, e um risco tolo.

Chang En se recusara a participar de uma reunião privada. Sua maior concessão fora um cessar-fogo temporário e um confronto nas águas, e isso significava que os navios foram forçados a se aproximar perigosamente nos momentos finais antes que os disparos começassem.

— Olá, dragãozinho!

A voz de Chang En soou no ar parado e frio. Ao menos uma vez, as águas estavam calmas. Uma névoa subia da superfície do lago Boyang, envolvendo as frotas em uma neblina cinzenta.

— O senhor se saiu bem, mestre! — gritou Jinzha. — Almirante da Marinha Imperial agora?

Chang En abriu os braços.

— Vejo algo que quero e pego para mim.

Jinzha ergueu o queixo.

— Então o senhor vai querer aceitar essa rendição. Poderá manter sua posição na esquadra de meu pai.

— Ah, dá um tempo. — A risada de chacal de Chang En ecoou alta e cruel pelo lago.

Jinzha ergueu a voz.

— Não há nada que Su Daji possa fazer por você. Seja lá o que ela lhe prometeu, daremos o dobro. Meu pai pode torná-lo general...

— Seu pai me dará uma cela em Baghra e decepará meus membros.

— Caso se renda agora, o senhor terá imunidade. Dou minha palavra.

— A palavra de um Dragão não significa nada. — Chang En tornou a rir. — Acha que sou burro? Quando foi que Vaisra manteve uma promessa?

— Meu pai é um homem honrado que só quer ver este país unificado sob um regime justo — afirmou Jinzha. — O senhor ficaria bem ao lado dele.

Ele não estava apenas blefando. Jinzha falava como se acreditasse em cada palavra. Parecia realmente ter esperanças de que conseguiria convencer seu antigo mestre a mudar de lado.

Chang En cuspiu na água.

— Seu pai é uma marionete hesperiana que dança por doações.

— O senhor acha que Daji é melhor? — questionou Jinzha. — Fique ao lado dela e garantirá anos de uma guerra sangrenta.

— Ah, mas sou um soldado. Sem guerra, fico desempregado.

Chang En ergueu a mão envolvida por uma manopla. Seus arqueiros ergueram os arcos.

— Honra de negociante — avisou Jinzha.

O sorriso de Chang En cresceu.

— A conversa acabou, dragãozinho.

Ele deixou a mão cair.

Uma única flecha assobiou pelo ar, raspou a bochecha de Jinzha e se cravou na antepara atrás dele.

Jinzha levou os dedos à bochecha, afastou-os e observou o sangue escorrer pela mão pálida, como se estivesse chocado por sangrar.

— Vou deixar que escape desta vez — disse Chang En. — Não quero que a diversão acabe cedo demais.

O lago Boyang se acendeu como uma tocha. Flechas fumegantes, foguetes de fogo e disparos de canhão fizeram o céu ficar vermelho enquanto cortinas de fumaça explodiam por toda parte para esconder a Marinha Imperial atrás de um véu cinzento.

O *Martim* velejou em direção à névoa.

— Tragam a cabeça dele — ordenou Jinzha, ignorando os gritos frenéticos de seus homens para que se abaixasse.

O restante da frota se dispersou pelo lago para diminuir sua vulnerabilidade a ataques incendiários. Quanto mais se amontoassem, mais rápido as chamas se espalhariam. Os Águias e trabucos abriram fogo, lançando míssil após míssil sobre o *Martim* em direção ao paredão opaco de cinzas.

Entretanto, a formação espalhada apenas enfraqueceu os republicanos contra as táticas de enxame do Império. Pequenas embarcações remendadas dispararam nas brechas entre os navios de guerra republicanos e os separaram ainda mais, isolando-os para que lutassem por conta própria.

A Marinha Imperial mirou nos navios-torre primeiro. Embarcações imperiais atacaram o *Codorna* com tiros de canhão implacáveis de todos os lados. Sem o apoio da própria frota, o *Codorna* começou a tremer na água como um homem em seus espasmos finais antes da morte.

Jinzha ordenou que o *Martim* fosse ao auxílio do *Codorna*, mas ele também estava preso, afastado da frota por uma falange de velhas tranqueiras imperiais. Para abrir caminho, Jinzha ordenou rodadas contínuas de tiros de canhão. Mas até as tranqueiras bombardeadas tomavam espaço na água, o que significava que tudo que podiam fazer era observar conforme os homens do General Carne de Lobo subiam a bordo do *Codorna*.

Os homens do *Codorna* estavam exaustos e sobrecarregados. Os homens do General Carne de Lobo tinham sangue nos olhos. O *Codorna* não tinha qualquer chance.

Chang En abriu um caminho feroz através do convés superior. Rin o viu erguer uma espada de lâmina larga acima da cabeça e partir o crânio de um soldado ao meio tão perfeitamente que era como se estivesse cortando uma abóbora d'água. Quando outro soldado aproveitou a oportunidade para atacá-lo por trás, Chang En se virou e enfiou a lâmina com tanta força em seu peito que ela saiu limpa do outro lado.

O homem era um monstro. Se Rin não temesse tanto pela própria vida, teria ficado ali no convés e simplesmente *observado*.

— Speerliesa! — O Almirante Molkoi apontou para a balestra montada diante dela, então acenou para o *Codorna*. — Dê cobertura a eles!

Ele disse algo mais, porém bem na hora uma onda de bolas de canhão explodiu contra as laterais do *Martim*. Os ouvidos de Rin zumbiam conforme ela corria até a balestra. Não conseguia ouvir mais nada. Com as mãos trêmulas, encaixou um virote no compartimento.

Seus dedos ficavam escorregando. Droga, *droga*, ela não disparava uma balestra desde a Academia, nunca havia servido na artilharia e, em meio ao pânico, havia quase se esquecido completamente do que fazer...

Rin inspirou fundo. *Dê corda. Mire*. Ela semicerrou os olhos e mirou a ponta do *Codorna*.

O General Carne de Lobo havia encurralado uma capitã perto da extremidade da proa. Rin reconheceu a Capitã Salkhi — ela devia ter sido transferida para o *Codorna* depois que o *Andorinha* se perdeu no canal em chamas. O estômago de Rin se contorceu de desespero. Salkhi ainda tinha sua arma, ainda trocava golpes, mas não tinha a menor chance de derrotar Chang En. Rin conseguia ver que Salkhi se esforçava para segurar a espada enquanto o adversário a atacava com uma facilidade apática.

O primeiro disparo de Rin sequer chegou ao convés. Ela havia acertado a direção, mas errado a altura; o virote bateu inutilmente no casco do *Codorna*.

Salkhi ergueu a espada para bloquear um golpe de cima, mas Chang En investiu sobre ela com tanta força que a mulher deixou a arma cair. Salkhi estava sem espada, encurralada contra a proa. Chang En se aproximava devagar, sorrindo.

Rin encaixou um novo virote na balestra e, semicerrando os olhos, mirou na cabeça de Chang En. Ela puxou o gatilho. O virote voou sobre os mares em chamas e se cravou na madeira bem ao lado do braço de Salkhi, que pulou com o barulho e se virou por instinto...

Ela mal havia se virado quando o General Carne de Lobo enfiou a lâmina na lateral de seu pescoço, quase a decapitando. Ela caiu de joelhos. Chang En a puxou pelo colarinho, até levantar a mulher a uns trinta centímetros do chão. Ele a puxou para perto, beijou-a na boca e a jogou pela lateral do navio.

Rin ficou paralisada, observando o corpo de Salkhi desaparecer sob as ondas.

Devagar, a onda vermelha tomou conta do *Codorna*. Apesar do fluxo constante de disparo de flechas do *Picanço* e do *Martim*, os homens de Chang En despacharam sua tripulação como uma matilha de lobos que ataca um rebanho. Alguém atirou uma flecha de fogo no mastro, e a bandeira azul e prata do *Codorna* pegou fogo.

O navio-torre agora se virava contra seus navios-irmãos. Suas catapultas e incendiários não estavam mais mirados na Marinha Imperial, mas no *Martim* e no *Grifo*.

Enquanto isso, as embarcações imperais menores faziam círculos ao redor da frota de Jinzha. Em águas rasas, os gigantescos navios de guerra da República simplesmente não tinham capacidade de manobra. Eles flutuavam impotentes como baleias doentes enquanto um frenesi de peixes menores as dilacerava.

— Coloque-nos ao lado do *Picanço* — ordenou Jinzha. — Temos que manter pelo menos um de nossos navios-torre.

— Não podemos — disse Molkoi.

— Por que não?

— O nível da água está baixo demais naquele lado do lago. O *Picanço* encalhou. Se avançarmos, ficaremos presos na lama.

— Então pelo menos nos tire de perto do *Codorna* — vociferou Jinzha. — Do jeito que está, vamos ficar presos.

Ele estava certo. Enquanto Chang En lutava pelo controle do *Codorna*, o navio-torre havia se afastado tanto rumo às águas rasas que não podia se libertar.

Mas o *Martim* e o *Grifo* ainda tinham mais poder de fogo que as quinquilharias imperais. Se continuassem a disparar, poderiam consolidar o comando na parte mais profunda do lago. Precisavam fazer isso. Não havia outra saída.

A Marinha Imperial, no entanto, havia parado ao redor do *Codorna*.

— O que eles estão fazendo? — perguntou Kitay.

Não pareciam estar presos. Em vez disso, Chang En parecia ter ordenado que sua frota ficasse completamente imóvel. Rin vasculhou os conveses em busca de qualquer sinal de atividade — uma luz de lanterna, uma bandeira — e não viu nada.

O que estavam esperando?

Algo escuro atravessou o campo superior da luneta de Rin. Ela moveu o foco para o mastro.

Um homem estava bem no topo.

Ele não usava uniforme do Exército nem da República. Estava todo de preto, e Rin não conseguiu distinguir seu rosto. O cabelo era uma bagunça desgrenhada e opaca que cobria os olhos, e a pele era ao mesmo tempo pálida e escura, sarapintada como mármore arruinado. Ele tinha a aparência de alguém que fora arrastado do fundo do oceano.

Rin o achou estranhamente familiar, mas não conseguia lembrar onde o vira antes.

— O que está olhando? — perguntou Kitay.

Ela piscou na luneta, e o homem desapareceu.

— Um homem. — Rin apontou. — Eu o vi, ele estava bem ali...

Kitay franziu a testa, semicerrando os olhos para o mastro.

— Que homem?

Rin não conseguia falar. O terror se acumulava no fundo de seu estômago.

Ela lembrou. Sabia exatamente quem ele era.

Um frio repentino caiu sobre o lago. Gelo novo estalava na superfície da água. As velas do *Martim* de repente baixaram sem aviso. A tripulação olhou ao redor do convés, perplexa. Ninguém havia dado a ordem. Ninguém havia baixado as velas.

— Não há vento — murmurou Kitay. — Por que não há vento?

Rin ouviu um som sibilante. Um borrão cruzou sua visão, seguido por um grito que ficava cada vez mais fraco até cessar de repente.

Ela ouviu um estalo no ar, muito acima de sua cabeça.

O Almirante Molkoi de repente apareceu na parede da escarpa, o corpo dobrado em ângulos grotescos como uma boneca quebrada em exibição. Ele ficou pendurado lá por um momento antes de rolar pela rocha e cair no lago, deixando uma faixa carmesim sobre o cinza.

— Ah, merda — murmurou Rin.

No que parecia ter sido outra vida, ela e Altan haviam libertado um ser muito poderoso e muito enlouquecido de Chuluu Korikh.

Feylen, o Deus do Vento, retornara.

O convés do *Martim* foi tomado pelos gritos. Alguns soldados correram para as balestras montadas, mirando suas flechas no nada. Outros se abaixaram e abraçaram o pescoço, como se estivessem se escondendo de animais selvagens.

Rin enfim recuperou os sentidos. Levou as mãos em concha à boca e gritou:

— Todos para as cabines!

Ela agarrou o braço de Kitay e o puxou em direção ao alçapão mais próximo, bem quando uma rajada cortante de vento os atingiu pela lateral. Eles caíram juntos contra a antepara. O cotovelo dobrado de Kitay acertou em cheio a costela de Rin.

— Ai! — gritou ela.

Kitay se levantou.

— Desculpe.

De alguma forma, eles conseguiram se arrastar até o alçapão e, cambaleando, desceram para o porão, onde o restante da tripulação se amontoava no breu. Houve um longo silêncio, carregado de terror. Ninguém disse nada.

Luz preencheu a câmara. Rajadas incessantes de vento arrancaram os painéis de madeira do navio como se descascassem camadas de pele, expondo a tripulação encolhida e vulnerável.

O homem estranho se empoleirou diante deles na madeira serrilhada como um pássaro que se equilibra em um galho. Rin conseguia ver seus olhos com clareza — pontos azuis luminosos, brilhantes e maliciosos.

— O que é isto? — perguntou Feylen. — Ratinhos escondidos, sem ter para onde ir?

Alguém disparou uma flecha em sua cabeça. Feylen agitou a mão, irritado. A flecha desviou para o lado e voltou zunindo na direção do soldado. Rin ouviu um baque surdo. Alguém tombou no chão.

— Não seja tão mal-educado. — A voz de Feylen era baixa e esganiçada, mas no sinistro ar parado eles ouviram cada uma de suas palavras. Ele pairou sobre o grupo, flutuando sem dificuldade, até que seus olhos brilhantes pousaram em Rin. — Aí está você.

Ela não pensou. Se parasse para pensar, seria tomada pelo medo. Em vez disso, lançou-se sobre ele, gritando, tridente em mãos.

Com um estalar de dedos, Feylen a girou no ar e a arremessou nas tábuas. Rin se levantou para investir outra vez, mas nem sequer chegou perto. Ele a afastava sempre que a garota tentava se aproximar, mas

Rin continuou tentando, várias e várias vezes. Se fosse morrer, faria isso de pé.

Mas Feylen estava apenas brincando com ela.

Por fim, ele a arrancou do navio e começou a jogá-la de um lado para o outro no ar como uma boneca de pano. Ele poderia tê-la arremessado na escarpa oposta se assim tivesse desejado; poderia tê-la erguido e a lançado no lago, e o único motivo de não ter feito isso era porque queria brincar.

— Contemplem a grande Fênix, presa dentro de uma garotinha — zombou Feylen. — Onde está seu fogo agora?

— Você faz parte do Cike — disse Rin, ofegante. Altan havia apelado para a humanidade de Feylen certa vez. Quase havia funcionado. Ela precisava tentar o mesmo. — Você é um de nós.

— Uma traidora como você? — Feylen deu uma risadinha enquanto os ventos a jogavam para cima e para baixo. — Até parece.

— Por que você lutaria por ela? — exigiu Rin. — Ela o prendeu!

— Prendeu? — Feylen arremessou Rin para tão perto da parede da escarpa que os dedos dela roçaram a superfície antes de ele a puxar de volta para si. — Não, isso foi coisa de Trengsin. Coisa de Trengsin e Tyr, aqueles dois. Eles se esgueiraram para cima de nós no meio da noite, e mesmo assim só conseguiram nos dominar no meio do dia.

Ele a deixou cair. Rin desabou em direção ao lago, caiu na água e teve certeza de que estava prestes a se afogar pouco antes de Feylen puxá-la de volta pelo tornozelo. Ele deu uma gargalhada aguda.

— Olhe só para você. Parece um filhotinho. Encharcada até os ossos.

Um par de foguetes foi disparado em direção à cabeça de Feylen. Ele os derrubou com um gesto despreocupado. Os aparatos caíram na água e se apagaram.

— Ramsa ainda está na ativa? — perguntou o ser. — Que adorável. Ele está bem? Nunca gostamos dele, e vamos arrancar suas unhas uma a uma depois disso.

Ele chacoalhava Rin pelo tornozelo enquanto falava. A jovem cerrou os dentes para não gritar.

— Achou mesmo que seria capaz de nos derrotar? — Ele parecia achar graça. — Não podemos ser mortos, criança.

— Altan o derrotou uma vez — rosnou ela.

— É verdade — reconheceu Feylen —, mas você não chega aos pés de Altan Trengsin.

Ele parou de chacoalhá-la e a segurou no ar, golpeando-a por todos os lados com ventos tão fortes que Rin mal conseguia manter os olhos abertos. Ele ficou diante dela, de braços abertos, com as roupas esfarrapadas se agitando ao vento, desafiando-a a atacar e sabendo que ela não podia.

— Não é divertido voar? — perguntou ele. Os ventos açoitaram Rin com cada vez mais força, até parecerem milhares de lâminas de aço que se enfiavam em cada ponto macio de seu corpo.

— Só me mate — arfou Rin. — Termine logo com isso.

— Ah, nós não vamos matá-la — disse Feylen. — Ela disse para não fazermos isso. Devemos só machucar você.

Ele agitou a mão. Os ventos a empurraram para longe.

Rin voou pelo ar, leve e totalmente fora de controle, e se chocou contra o topo do mastro. Ela ficou pendurada lá, esparramada como um corpo dissecado, apenas pelo mais breve segundo antes da queda. Tombou no convés do *Martim*, incapaz de reunir fôlego suficiente para gritar. Todas as partes de seu corpo queimavam. Ela tentou mover os braços e as pernas, mas eles não lhe obedeciam.

Seus sentidos voltaram em borrões. Rin viu uma figura acima de si, ouviu uma voz distorcida gritando seu nome.

— Kitay? — sussurrou ela.

Ele posicionou os braços sob o diafragma dela. Estava tentando erguê-la, mas mesmo o menor movimento causava nela uma dor enorme. Rin choramingou, tremendo.

— Você está bem — disse Kitay. — Estou com você.

Ela agarrou o braço do amigo, sem forças para falar. Eles se abraçaram, observando as pranchas serem arrancadas do *Martim*. Feylen estava acabando com a frota, pedaço a pedaço.

Rin não conseguia fazer nada além de convulsionar de medo. Fechou os olhos, não queria ver. O pânico havia tomado conta, e os mesmos pensamentos ecoavam sem parar em sua mente. *Vamos nos afogar. Ele vai destruir os navios e vamos cair na água e nos afogar.*

Kitay sacudiu o ombro dela.

— Rin. *Olhe.*

Ela abriu os olhos e viu um tufo de cabelo branco. Chaghan havia subido nas pranchas quebradas, estava oscilando loucamente na borda. Parecia uma criancinha dançando em um telhado. De alguma forma, apesar dos ventos uivantes, ele não caiu.

Chaghan ergueu os braços.

Em um instante, o ar ficou mais frio. Mais denso. Então, abruptamente, o vento parou.

Feylen pairava imóvel no ar, como se uma força invisível o mantivesse no lugar.

Rin não sabia o que Chaghan estava fazendo, mas conseguia sentir o poder no ar. Parecia que ele havia estabelecido algum vínculo invisível com Feylen, um fio que só os dois enxergavam, algum plano psicoespiritual sobre o qual travavam uma batalha de vontades.

Por um momento, Chaghan pareceu estar vencendo.

A cabeça de Feylen balançava para a frente e para trás; suas pernas tremiam, como se estivesse convulsionando.

Rin apertou com força o braço de Kitay. Uma bolha de esperança cresceu em seu peito.

Por favor. Por favor, deixe Chaghan vencer.

Então ela viu Qara agachada no convés, balançando-se para a frente e para trás, murmurando algo ininterruptamente, baixinho.

— Não — sussurrou Qara. — Não, não, *não*!

A cabeça de Chaghan foi torcida para o lado. Seus membros se moviam em espasmos, agitando-se sem propósito ou direção, como se alguém que tinha pouco conhecimento do corpo humano o estivesse controlando de algum lugar distante.

Qara começou a gritar.

Chaghan ficou mole. Então foi arremessado para trás, como uma pequena bandeira branca de rendição, tão frágil que Rin temia que os próprios ventos pudessem despedaçá-lo.

— Acha que pode nos parar, xamãzinho?

Os ventos voltaram, duas vezes mais ferozes. Outra rajada varreu tanto Chaghan quanto Qara para fora do navio, em direção às ondas agitadas abaixo.

Rin viu Nezha assistindo à cena no *Grifo*, horrorizado, perto o bastante para ouvir.

— Faça alguma coisa! — gritou ela. — Seu covarde! *Faça alguma coisa!*

Nezha permaneceu parado, boquiaberto, de olhos arregalados, sem se mover, como se estivesse preso ao lugar. Sua expressão se afrouxou. Ele nada fez.

Uma rajada de vento partiu o convés do *Martim* ao meio, arrancando o piso sob os pés de Rin. Ela caiu em meio aos fragmentos de madeira, chocando-se e sendo arrastada ao longo da superfície áspera até atingir a água.

Kitay caiu ao lado dela. Seus olhos estavam fechados, e ele afundou no mesmo instante. Rin passou os braços ao redor do peito dele, agitando as pernas com fúria para mantê-los boiando, e se esforçou para nadar em direção ao *Martim*, mas a água os arrastava para trás.

Ela sentiu o estômago revirar.

A corrente.

O lago Boyang desaguava em uma cachoeira ao sul. Era uma queda curta e estreita — pequena o suficiente para que suas correntes tivessem pouco efeito nos pesados navios de guerra. Era inofensiva para os marinheiros, mas mortal para os nadadores.

O *Martim* se afastava da visão de Rin conforme a corrente os arrastava cada vez mais rápido para a queda. Ela viu uma corda flutuando ao lado e tentou agarrá-la em um gesto ousado, desesperada por algo no qual se segurar.

Milagrosamente, a corda ainda estava presa à frota. A linha se retesou; eles pararam de ser arrastados. Rin forçou os dedos gelados ao redor da corda, lutando para enrolar o cordão ao do torso de Kitay e do próprio pulso.

Seus membros estavam dormentes de frio. Ela não conseguia mexer os dedos, segurando com firmeza a corda.

— Socorro! — gritou ela. — Alguém *nos ajude*!

Alguém apareceu na proa do *Martim*.

Jinzha.

Seus olhares se encontraram.

O rosto do rapaz estava afogueado, desesperado. Rin queria acreditar que ele a vira, mas talvez a atenção dele estivesse fixada apenas na própria chance minguante de sobrevivência.

Então ele desapareceu. Rin não sabia se Jinzha havia cortado a corda ou se havia simplesmente sido o alvo de outro ataque de Feylen, mas sentiu um repuxar na corda pouco antes que ficasse frouxa.

Eles giraram para longe da frota, movendo-se com rapidez em direção à cachoeira. Houve um segundo de leveza, um momento confuso e delicioso de pura desorientação, e então a água os reivindicou.

CAPÍTULO 21

Rin corria por um campo escuro, perseguindo uma silhueta incandescente que nunca conseguiria alcançar. Suas pernas se mexiam como se estivessem na água — ela estava lenta demais, desajeitada demais; quanto mais se distanciava da silhueta, mais o desespero pesava sobre ela, até suas pernas ficarem tão pesadas que Rin não conseguia mais correr.

— Por favor! — gritou ela. — Espere.

A silhueta parou.

Quando Altan se virou, Rin viu que ele já estava queimando, os belos traços carbonizados e distorcidos. A pele enegrecida descascava para revelar ossos pristinos e brancos.

Então ele se assomava sobre ela. De alguma forma, ainda era magnífico, lindo, mesmo quando preso no momento da morte. Altan se ajoelhou diante dela, tomou o rosto de Rin entre as mãos abrasantes e uniu suas testas.

— Eles estão certos, sabe? — disse ele.

— Sobre o quê?

Rin viu oceanos de fogo nos olhos dele. As mãos de Altan a machucavam; sempre machucaram. Ela não sabia se queria que ele a soltasse ou a beijasse.

Ele afundou os dedos nas bochechas dela.

— Deveria ter sido você.

O rosto dele se transformou no de Qara.

Rin gritou e se desvencilhou.

— Pelas tetas da tigresa. Eu não sou feia assim. — Qara limpou a boca com as costas da mão. — Bem-vinda ao mundo dos vivos.

Rin se sentou e cuspiu um bocado de água do lago. Ela tremia descontroladamente; levou um momento para conseguir tirar as palavras dos lábios dormentes e desajeitados.

— Onde estamos?

— Bem ao lado da margem — respondeu Qara. — Talvez a um quilômetro e meio de Boyang.

— E os outros? — Rin lutou contra uma onda de pânico. — Ramsa? Suni? *Nezha?*

Qara não respondeu, o que significava que ela não sabia, o que significava que o Cike escapara ou se afogara.

Rin respirou fundo várias vezes para não hiperventilar. *Você não sabe se eles estão mortos,* disse a si mesma. E se havia alguém capaz de sobreviver, era Nezha. A água o protegia como se ele fosse seu filho. As ondas o teriam protegido, quer ele as tivesse invocado conscientemente ou não.

E se os outros estiverem mortos, não há nada que você possa fazer.

Ela forçou a mente a compartimentalizar, a trancar e esconder suas preocupações. Poderia sofrer mais tarde. Primeiro, precisava sobreviver.

— Kitay está bem — informou Chaghan. Ele parecia um cadáver vivo; os lábios tinham o mesmo tom escuro que os dedos, que estavam azuis até as juntas. — Acabou de sair para buscar lenha.

Rin trouxe os joelhos para o peito, ainda tremendo.

— Feylen. Aquele era Feylen.

Os gêmeos assentiram.

— Mas por que... O que ele estava...? — Ela não conseguia entender por que eles pareciam tão calmos. — O que ele está fazendo com o Império? O que ele *quer?*

— Bem, Feylen, o homem, provavelmente quer morrer — explicou Chaghan.

— Então o que...?

— O Deus do Vento? Quem sabe? — Ele passou as mãos nos braços. — Os deuses são agentes do puro caos. Por trás do véu, eles são equilibrados, cada um contra os outros sessenta e três. No entanto, se você soltá-los no mundo material, são como água escapando de uma barragem partida. Sem uma força contrária para mantê-los sob controle, eles farão o que quiserem. E nunca sabemos o que os deuses querem. Num dia criam uma brisa leve; no outro, um tufão. A única coisa que se pode esperar é inconsistência.

— Mas então por que Feylen está lutando por eles? — perguntou Rin.

Guerras exigiam consistência. Um soldado incontrolável e imprevisível era pior que soldado nenhum.

— Acho que ele está com medo de alguém — respondeu Chaghan. — Alguém que pode assustá-lo a ponto de fazê-lo obedecer a ordens.

— Daji?

— Quem mais?

— Que bom, você acordou.

Kitay emergiu na clareira, carregando um feixe de lenha. Estava ensopado, o cabelo cacheado grudado às têmporas. Arranhões profundos cobriam seu rosto e seus braços, onde ele havia colidido contra as pedras. Fora isso, o amigo parecia intacto.

— Você está bem? — perguntou ela.

— Mais ou menos. Meu braço ruim está um pouco estranho, mas acho que é por causa do frio. — Ele jogou o feixe na terra úmida. — Você se machucou?

Rin estava com tanto frio que era difícil dizer. Tudo parecia dormente. Ela flexionou os braços e mexeu os dedos; não encontrou nenhum problema. Então tentou se levantar. A perna esquerda vacilou.

— *Merda*.

Ela passou os dedos pelo tornozelo. A região estava extremamente sensível ao toque, latejando onde Rin pressionava.

Kitay se ajoelhou ao lado dela.

— Consegue mexer os dedos?

Rin tentou, e eles obedeceram. Foi um alívio mínimo. Então não era uma fratura, apenas uma torção. Ela estava acostumada a torções. Eram comuns entre os estudantes de Sinegard. Rin havia aprendido a lidar com elas anos antes. Só precisava de um pano ou algo do tipo para a compressão.

— Alguém tem uma faca? — perguntou ela.

— Tenho uma.

Qara vasculhou o bolso e jogou uma faquinha de caça na direção dela.

Rin a desembainhou, estendeu a perna da calça e cortou uma tira no tornozelo. Ela a partiu em dois pedaços ao longo do comprimento e os amarrou com força ao redor do tornozelo.

— Pelo menos você não precisa se preocupar em colocar gelo no machucado — disse Kitay.

Rin mal tinha energia para rir. Ela flexionou o tornozelo, e outro tremor de dor percorreu sua perna. Ela se encolheu.

— Somos os únicos que escaparam?

— Quem me dera. Temos um pouco de companhia. — Ele apontou para a esquerda com o queixo.

Ela seguiu o movimento de Kitay e avistou um grupo de corpos — talvez sete ou oito — amontoados um pouco acima na margem do rio. Sotainas cinzas, cabelos claros. Nenhum uniforme do exército. Eram da Companhia Cinzenta.

Rin reconheceu Augus, mas o restante não foi capaz de distinguir — achava os rostos hesperianos similares demais, todos pálidos e esparsos. Com alívio, percebeu que a Irmã Petra não estava entre eles.

Eles estavam com uma aparência péssima. Respiravam e piscavam, o suficiente para Rin saber que estavam vivos, mas fora isso pareciam paralisados. Sua pele estava tão pálida quanto a neve; os lábios começavam a ficar azuis.

Rin gesticulou para eles e apontou para o feixe de lenha.

— Venham aqui. Faremos uma fogueira.

Era melhor tentar ser gentil. Se conseguisse impedir que parte da Companhia Cinzenta congelasse até a morte, Rin poderia angariar algum capital político com os hesperianos quando — *se* — voltassem a Arlong.

Os missionários não fizeram menção de se levantar.

Rin tentou outra vez, falando um hesperiano vagaroso e deliberado.

— Venha, Augus. Você vai congelar.

Augus não lhe deu atenção. Era como se Rin estivesse falando outra língua. Os outros tinham olhares vazios ou expressões vagamente assustadas. Ela se moveu na direção deles, e vários se afastaram, como se tivessem medo de que Rin os mordesse.

— Esquece isso — disse Kitay. — Passei a última hora tentando falar com eles, e meu hesperiano é melhor que o seu. Acho que estão em choque.

— Vão morrer se não se aquecerem. — Rin ergueu a voz. — Ei! Venham aqui!

Mais olhares assustados. Três deles ergueram as armas.

Merda. Rin deu um passo para trás.

Eles tinham arcabuzes.

— Deixe-os — murmurou Chaghan. — Não estou a fim de ser atacado.

— Não podemos — disse ela. — Os hesperianos vão nos culpar se eles morrerem.

Chaghan revirou os olhos.

— Eles não precisam saber.

— Vão descobrir se um daqueles idiotas der um jeito de voltar.

— Eles não vão.

— Mas não sabemos disso. E não vou matá-los para ter certeza.

Se não fosse por Augus, Rin não se importaria. Mas fosse ou não um demônio de olhos azuis, ela não o deixaria congelar até a morte. O rapaz havia sido gentil com ela no *Martim* a troco de nada. Rin se sentia na obrigação de devolver o favor.

Chaghan suspirou.

— Então deixe que fiquem com uma fogueira. Depois, vamos nos afastar o suficiente para que eles se sintam seguros em se aproximar dela.

Não era má ideia. Kitay fez uma pequena chama em minutos, e Rin gesticulou para os hesperianos.

— Vamos nos sentar ali — gritou ela. — Vocês podem usar esta.

De novo, sem resposta.

No entanto, quando Rin se afastou, viu os hesperianos se aproximando aos poucos do fogo. Augus estendeu as mãos na direção da chama. Aquilo foi um pequeno alívio. Pelo menos eles não morreriam de pura burrice.

Quando Kitay acendeu a segunda fogueira, os quatro tiraram os uniformes sem constrangimento. O ar ao redor estava gelado, mas eles sentiam mais frio com as roupas encharcadas do que sem elas. Nus, eles se amontoaram perto das chamas, estendendo as mãos tão perto do fogo quanto possível sem queimar a pele. Eles se acocoraram em silêncio pelo que pareceram horas. Ninguém queria desperdiçar energia falando.

— Voltaremos ao Murui. — Rin enfim falou enquanto vestia outra vez o uniforme seco. Foi bom dizer as palavras em voz alta. Era algo pragmático, um passo rumo à ação, apaziguando o pânico que crescia em seu estômago. — Tem muita madeira à deriva por aqui. Podemos fazer uma jangada e flutuar pela corrente através dos afluentes menores até alcançarmos o rio principal. Se formos cuidadosos e só avançarmos durante a noite, então...

Chaghan não a deixou terminar.

— É uma ideia horrível.

— Por quê?

— Porque não temos para onde voltar. A República acabou. Seus amigos estão mortos. Os corpos devem estar no fundo do lago Boyang.

— Você não sabe disso — disse ela.

O outro deu de ombros.

— Eles *não* estão mortos — insistiu ela.

— Então volte correndo para Arlong. — Chaghan deu de ombros de novo. — Rasteje para os braços de Vaisra e se esconda enquanto puder antes que a Imperatriz vá atrás de você.

— Não é isso o que eu...

— É exatamente o que você quer. Mal pode esperar para rastejar aos pés dele, esperando o próximo comando como um cão treinado.

— Eu não sou um cão.

— Não é? — Chaghan ergueu a voz. — Você por acaso relutou quando arrancaram sua autoridade? Ou ficou feliz? Você não dá ordens de jeito nenhum, mas ama aceitá-las. Os speerlieses certamente sabem como é ser escravizado, mas nunca imaginei que você gostaria disso.

— Nunca fui escravizada — rosnou Rin.

— Ah, foi sim, você só não sabia. Você se curva a qualquer um que lhe dê ordens. Altan mexia com a droga dos seus sentimentos, tocava você como a um alaúde. Só precisou dizer as palavras certas, fazer você pensar que ele a amava, e você correu atrás dele até Chuluu Korikh como uma idiota.

— Cala a boca — disse ela baixinho.

Mas então Rin entendeu do que aquilo se tratava. Não era sobre Vaisra. Não era sequer sobre a República. Era sobre Altan. Todos aqueles meses, depois de tudo pelo que haviam passado, tudo *ainda* era sobre Altan.

Rin podia comprar aquela briga com Chaghan. Aquele idiota merecia.

— Como se você não o adorasse — sibilou ela. — Não sou eu quem era obcecada por ele. Você largava tudo para fazer o que ele pedia...

— Mas eu não fui com ele para Chuluu Korikh — devolveu ele. — Você foi.

— Você está *me* culpando por aquilo?

Rin sabia onde a conversa terminaria. Finalmente entendera o que Chaghan havia sido covarde demais para dizer na cara dela todos aqueles meses: que ele a culpava pela morte de Altan.

Não era de se admirar que ele a odiasse.

Qara pousou a mão no braço do irmão.

— Chaghan, não.

Chaghan se chacoalhou para se livrar dela.

— Alguém libertou Feylen. Alguém fez Altan ser capturado. E não fui eu.

— E *alguém* disse a ele onde ficava Chuluu Korikh, para começo de conversa! — gritou Rin. — Por quê? Por que você faria isso? Você sabia o que havia lá!

— Porque Altan pensava que podia reunir um exército. — Chaghan falou com uma voz alta e sem emoção. — Porque Altan pensava que podia reverter o curso da história para a época anterior ao Imperador Vermelho e trazer de volta um tempo em que Speer era livre e os xamãs estavam no auge de seu poder. Porque por um tempo essa visão era tão bonita que até eu acreditei nela. Mas *eu* parei. Percebi que ele havia enlouquecido e que algo havia se partido, e que aquele caminho só o levaria à morte. Mas você? Você o seguiu até o fim. Deixou que o capturassem naquela montanha e o deixou morrer naquele píer.

A culpa se apertou com força no estômago de Rin, lancinante e horrível. Ela não tinha nada a dizer. Chaghan tinha razão. Ela sabia disso, só não quisera admitir.

Ele inclinou a cabeça.

— Achou que ele se apaixonaria por você se fizesse o que ele pedia?

— Cala a boca.

A expressão de Chaghan se tornou maliciosa.

— É por isso que está apaixonada por Vaisra? Acha que ele é o substituto de Altan?

Rin socou a boca dele.

Seus nós dos dedos atingiram a mandíbula de Chaghan com um estalo tão satisfatório que Rin nem sequer sentiu os dentes dele espetarem sua pele. Ela havia quebrado algo, e a sensação foi maravilhosa. Chaghan tombou sobre ela como um alvo de palha. Ela investiu, mirando no pescoço do oponente, mas Kitay a agarrou por trás.

Ela se debatia nos braços do amigo.

— Me solte!

Ele a apertou com mais força.

— *Acalme-se.*

Chaghan se sentou e cuspiu um dente no chão.

— E ela diz que não é um cão.

Rin avançou para golpeá-lo de novo, mas Kitay a deteve novamente.

— Me solte!

— Rin, pare...

— Vou matar ele!

— Não, não vai! — explodiu Kitay. Ele forçou Rin a se ajoelhar e torceu os braços dela às costas. Então apontou para Chaghan. — Você, pare de falar. Vocês dois, parem com isso agora. Estamos sozinhos em território inimigo. Se nos separarmos, estamos mortos.

Rin fez força para se libertar.

— Só me deixe acabar com ele...

— Ah, vamos! Deixe ela tentar — provocou Chaghan. — Uma speerliesa que não consegue invocar o fogo... Estou *aterrorizado.*

— Ainda posso partir seu pescocinho de galinha — disse ela.

— Pare de falar — sibilou Kitay.

— Por quê? — zombou Chaghan. — Ela vai chorar?

— Não. — Kitay assentiu em direção à floresta. — Porque não estamos sozinhos.

Cavaleiros encapuzados emergiram das árvores, montados em monstruosos cavalos de guerra muito maiores do que qualquer corcel que Rin já vira. Ela não conseguia identificar os uniformes. Estavam trajados com peles e couro. Não usavam o verde do Exército, mas também não pareciam amigáveis. Os cavaleiros miraram os arcos na direção deles. As cordas estavam tão retesadas que, àquela distância, as flechas não apenas perfurariam seus corpos, como também os atravessariam.

Rin se levantou devagar, movendo a mão até o tridente, mas Chaghan segurou seu punho.

— Renda-se agora — sibilou ele.

— Por quê?

— Só confie em mim.

Rin sacudiu a mão para se livrar dele.

— Até parece.

Entretanto, mesmo enquanto fechava os dedos ao redor da arma, sabia que ela e os companheiros estavam encurralados. Aqueles arcos longos eram gigantescos. Não daria para desviar das flechas.

Rin ouviu um som farfalhante vindo da direção da nascente. Os hesperianos haviam visto os cavaleiros. Estavam tentando fugir.

Os cavaleiros se viraram e dispararam na floresta. Flechas perfuraram a neve. Rin viu Augus cair, o rosto contorcido de dor enquanto agarrava o cabo emplumado que saía de seu ombro esquerdo.

Mas os cavaleiros não haviam disparado para matar. A maioria das flechas fora apontada para a terra aos pés dos missionários. Apenas uns poucos hesperianos estavam feridos. O resto havia caído por puro medo. Eles se amontoaram, de braços erguidos, sem disparar os arcabuzes.

Dois cavaleiros desmontaram e arrancaram as armas das mãos trêmulas dos missionários, que não resistiram.

A mente de Rin girava a toda enquanto ela observava, tentando encontrar uma saída. Se ela e Kitay conseguissem chegar ao curso d'água, a corrente os levaria rio abaixo, com sorte mais rápido que os cavalos. Se ela segurasse a respiração e mergulhasse fundo o suficiente, teria alguma cobertura das flechas. Mas como chegar à água antes que os cavaleiros disparassem os arcos? Os olhos dela corriam pela clareira...

Erga as mãos.

Ninguém deu a ordem, mas Rin a ouviu — um comando rouco e profundo que ressoou alto em sua mente.

Um disparo de aviso passou zunindo a centímetros de sua têmpora. Rin se abaixou, agarrou um punhado de lama para jogar nos cavaleiros. Se pudesse distraí-los, só por alguns segundos...

Os cavaleiros apontaram os arcos para ela.

— Parem!

Chaghan correu para ficar na frente dos cavaleiros, balançando os braços.

Um som como o de um gongo ecoou pela clareira, tão alto que Rin sentiu as têmporas vibrando.

Uma enxurrada de imagens da imaginação de outra pessoa invadiu sua mente. Rin se viu de joelhos, de braços para cima. Ela se viu cravada de flechas, sangrando por dezenas de feridas diferentes. Viu uma paisagem vasta e estonteante — uma estepe esparsa, dunas desertas, um estampido estrondoso conforme os cavaleiros partiam para procurar algo, destruir algo...

Então ela viu Chaghan, encarando os cavaleiros com os punhos fechados, sentiu a pura *determinação* que irradiava de sua figura — *estamos aqui em paz estamos aqui em paz sou um de vocês estamos aqui em paz* — e percebeu que aquela não era apenas uma batalha psicoespiritual de vontades.

Era uma conversa.

De alguma forma, os cavaleiros podiam se comunicar sem mover os lábios. Eles transmitiam imagens e fragmentos de intenção sem uma língua falada, diretamente nas mentes dos receptores. Rin deu uma olhada rápida em Kitay, conferindo se não havia enlouquecido. Ele encarava os cavaleiros de olhos arregalados e mãos trêmulas.

Pare de resistir, estrondou a primeira voz.

Balbucios frenéticos explodiram dos hesperianos amarrados. Augus se curvou para a frente e gritou, agarrando a cabeça. Ele também estava ouvindo.

Não souberam a resposta de Chaghan, só que fora suficiente para persuadir os cavaleiros de que o grupo ali reunido não era uma ameaça. O líder ergueu a mão e vociferou um comando em um idioma que Rin não entendia. Os cavaleiros abaixaram os arcos.

O líder desceu do cavalo em um movimento fluido e deu passos largos na direção de Chaghan.

— Olá, Bekter — disse Chaghan.

— Olá, primo — respondeu Bekter.

O homem falara em nikara, as palavras saindo ásperas e distorcidas. Ele arrancava sons do ar como se arrancasse carne de um osso, como se não estivesse acostumado à língua falada.

— *Primo?* — repetiu Kitay em voz alta.

— Não temos orgulho disso — murmurou Qara.

Bekter lançou a ela um sorriso rápido. Fosse qual fosse o conteúdo da interação mental, foi tão rápido que Rin não entendeu, mas ela captou a ideia — algo obsceno, algo violento, horrível e carregado de desprezo.

— Vai à merda — disse Qara.

Bekter disse algo a seus cavaleiros. Dois deles saltaram dos cavalos, torceram os braços de Chaghan e Qara às costas e os forçaram a ficar de joelhos.

Rin agarrou o tridente, mas as flechas perfuraram o chão ao seu redor antes que ela pudesse se mexer.

— Você não receberá um terceiro aviso — alertou Bekter.

Ela largou o tridente e colocou as mãos atrás da cabeça. Kitay fez o mesmo. Os cavaleiros amarraram as mãos de Rin, colocaram-na de pé e a arrastaram aos tropeços em direção a Bekter, de modo que os quatro ficassem ajoelhados diante do líder em uma única fileira.

— Onde ele está? — perguntou Bekter.

— Você vai ter que ser mais específico — disse Kitay.

— O Deus do Vento. Acredito que o nome do mortal é Feylen. Estamos o caçando. Aonde ele foi?

— Rio abaixo, provavelmente — respondeu Kitay. — Se você souber voar, talvez o alcance!

Bekter o ignorou. Seus olhos percorreram o corpo de Rin, demorando-se em locais que a fizeram se encolher. Imagens enevoadas invadiram a mente dela, embaçadas demais para que ela enxergasse qualquer coisa além de membros estraçalhados e carne sobre carne.

— Esta é a speerliesa? — perguntou ele.

— Você não pode machucá-la — disse Chaghan. — Você jurou.

— Jurei não machucar vocês dois. Não eles.

— Eles estão sob meu comando. Este é o meu território.

Bekter riu.

— Você passou muito tempo longe de casa, priminho. Os naimades estão fracos. O tratado está se partindo. A Sorqan Sira decidiu vir limpar sua bagunça.

— "Comando"? — repetiu Rin. — "Tratado"? Quem são vocês?

— São observadores — murmurou Qara.

— Do quê?

— De pessoas como você, speerliesazinha. — Bekter tirou o capuz.

Rin se encolheu, enojada.

O rosto dele estava coberto de queimaduras sarapintadas, viscosas e em relevo, um terreno montanhoso de dor que ia de uma bochecha à outra. Ele sorriu para ela, as cicatrizes se enrugando ao redor da boca em uma visão terrível.

Ela cuspiu aos pés dele.

— Teve um encontro ruim com um speerliês, não foi?

Bekter tornou a sorrir. Mais imagens invadiram a mente de Rin. Ela viu homens incendiados. Viu sangue manchando a terra.

Bekter se aproximou tanto que ela pôde sentir sua respiração, quente e rançosa no pescoço dela.

— Eu sobrevivi. Ele, não.

Antes que Rin pudesse falar, uma corneta de caça perfurou o ar.

O estrondo de cascos veio em seguida. Rin olhou para trás. Outro grupo de cavaleiros se aproximava da clareira, bem maior do que o contingente de Bekter. Eles formaram um círculo com os cavalos, cercando-os.

As fileiras se desfizeram. Uma mulher miúda, cuja altura não passava do cotovelo de Rin, se moveu entre as fileiras.

Ela caminhava da mesma forma que Chaghan e Qara. Era delicada como um pássaro, como se fosse uma criatura etérea para quem estar ancorada à terra era apenas uma mera inconveniência. Seu cabelo branco como uma nuvem passava da cintura, preso em duas tranças intrincadas entrelaçadas com algo que parecia um conjunto de conchas e ossos.

Seus olhos eram o oposto dos de Chaghan — mais escuros que o fundo de um poço, negros por completo.

— Curve-se — murmurou Qara. — Ela é a Sorqan Sira.

Rin baixou a cabeça.

— A líder deles?

— Nossa tia.

A Sorqan Sira estalou a língua ao passar por Chaghan e Qara, ajoelhados e de cabeça baixa, como se estivessem envergonhados. Ela ignorou Kitay completamente.

Parou diante de Rin. Passou os dedos ossudos por seu rosto, agarrando seu queixo e suas bochechas.

— Que curioso — disse ela. Seu nikara era fluente, mas estranhamente cadenciado de uma maneira que fazia suas palavras soarem envoltas em poesia. — Ela parece Hanelai.

O nome não significava nada para Rin, mas os cavaleiros ficaram tensos.

— Onde eles a encontraram? — perguntou a Sorqan Sira. Quando Rin não respondeu, ela lhe deu um tapinha leve na bochecha. — Estou falando com você, garota. Fale.

— Não sei — respondeu Rin.

Seus joelhos latejavam. Ela desejou desesperadamente que a deixassem se levantar.

A Sorqan Sira enfiou as unhas na bochecha de Rin.

— Onde eles a esconderam? Quem a encontrou? Quem a protegeu?

— Não sei — repetiu Rin. — Lugar nenhum. Ninguém.

— Você está mentindo.

— Não está — disse Chaghan. — Ela não sabia o que era até um ano atrás.

A Sorqan Sira lançou um olhar longo e suspeito para Rin, mas a soltou.

— Impossível. Era para os mugeneses terem exterminado vocês, mas vocês, speerlieses, não param de aparecer feito ratos.

— Chaghan sempre atraiu speerlieses como mariposas a velas — comentou Bekter. — Deve se lembrar.

— Cale a boca — rosnou Chaghan.

Bekter abriu um sorriso largo.

— Lembra o que você escreveu nas suas cartas? *O speerliês sofreu. Os mugeneses não foram gentis. Mas ele sobreviveu, e é poderoso.*

Ele estava falando de Altan? Rin lutou contra a vontade de vomitar.

— *Ele está consciente agora, mas sente dor.* — A voz de Bekter assumiu um tom alto e zombeteiro. — *Mas posso consertá-lo. Dê tempo a ele. Não me faça matá-lo. Por favor.*

Chaghan enfiou o cotovelo na barriga de Bekter. Em um instante, Bekter agarrou os pulsos amarrados de Chaghan e os torceu tanto que Rin pensou que com certeza tinham sido quebrados.

A boca de Chaghan se abriu em um grito silencioso.

Um som como o de um trovão ricocheteou pela mente de Rin. Ela viu os cavaleiros se encolherem; eles também haviam ouvido.

— Já chega — declarou a Sorqan Sira.

Bekter soltou Chaghan, cuja cabeça guinou à frente, como se ele tivesse sido atingido.

A Sorqan Sira se agachou diante dele e colocou seus cabelos atrás da orelha, dando-lhes tapinhas suaves como uma mãe que educa uma criança malcriada.

— Você falhou — disse ela baixinho. — Seu dever era observar e abater quando necessário. Não se juntar às guerras insignificantes deles.

— Tentamos permanecer neutros — argumentou Chaghan. — Nós não intervimos, nós nunca...

— Não minta para mim. Sei o que fez. — A Sorqan Sira se levantou. — Não haverá mais Cike. Estamos colocando um ponto-final no experimentozinho de sua mãe.

— Experimento? — repetiu Rin. — Que experimento?

A Sorqan Sira se virou na direção dela, as sobrancelhas erguidas.

— É exatamente o que eu disse. A mãe dos gêmeos, Kalagan, pensou que seria injusto negar aos nikaras o acesso aos deuses. O Cike era a última chance de Kalagan. Ela falhou. Eu decidi que não haverá mais xamãs no Império.

— Ah, *você* decidiu?

Rin lutou para se endireitar. Ela não entendia o que estava acontecendo, mas não precisava. A dinâmica daquele encontro explicava o suficiente. Os cavaleiros pensavam que ela era um animal a ser sacrificado. Eles pensavam que podiam determinar quem tinha acesso ao Panteão.

A pura arrogância daquele pensamento a fez querer cuspir.

A Sorqan Sira parecia achar graça.

— Eu a chateei?

— Não precisamos de sua permissão para existir — disse Rin, irritada.

— Precisam, sim. — A Sorqan Sira abriu um sorriso de desdém. — Vocês são criancinhas, colocando a mão em um vazio que não entendem, à procura de brinquedos que não lhes pertencem.

Rin queria arrancar o desprezo do rosto dela a tapas.

— Os deuses também não pertencem a vocês.

— Mas *sabemos* disso. E essa é a simples diferença. Vocês, nikaras, são o único povo tolo o bastante para invocar os deuses neste mundo. Nós, ketreídes, jamais sonharíamos com as tolices que seus xamãs cometem.

— Então vocês são covardes — disse Rin. — Só porque vocês não os invocam não significa que não podemos.

A Sorqan Sira jogou a cabeça para trás e começou a rir, uma risada áspera e cacarejante de corvo.

— Impressionante. Você soa exatamente como eles.
— Quem?
— Ninguém contou para você? — A Sorqan Sira agarrou o rosto de Rin outra vez. Rin se encolheu, mas os dedos da Sorqan Sira estavam firmes em suas bochechas. Ela pressionou o rosto contra o de Rin, tão perto que a garota não pôde ver nada além daqueles olhos escuros de obsidiana. — Não? Então vou mostrar.

Visões penetraram a mente de Rin como facas forçadas em suas têmporas.

Ela estava em uma estepe deserta, à sombra de dunas que se estendiam até onde a vista alcançava. A areia arranhava seus tornozelos. O vento tocou uma nota baixa e melancólica.

Rin olhou para si mesma e viu tranças brancas entrelaçadas com conchas e ossos. Ela percebeu que estava na memória de uma Sorqan Sira muito mais nova. À esquerda, viu uma jovem que só podia ser a mãe dos gêmeos, Kalagan. Tinha as mesmas maçãs do rosto altas de Qara, a mesma mecha de cabelo branco de Chaghan.

Diante das duas estava a Trindade.

Maravilhada, Rin os encarava.

Eles eram tão *jovens*. Não podiam ser muito mais velhos do que ela mesma. Em Sinegard, poderiam estar no quarto ano.

Como moça, Su Daji já era impossível e encantadoramente linda. Ela emanava sexo mesmo quando parada. Rin via isso na forma como balançava os quadris para a frente e para trás, na forma como afastava a cortina de cabelo dos ombros.

À esquerda de Daji estava o Imperador Dragão. Seu rosto era espantoso e chocante de tão familiar. Ângulos afiados, um longo nariz reto, sobrancelhas sérias e grossas. Era estonteante, pálido e esculpido com perfeição de uma forma que não parecia humana.

Ele só podia ser da Casa de Yin.

Era um Vaisra mais jovem e mais ameno. Era Nezha sem as cicatrizes e Jinzha sem a arrogância. Seu rosto não podia ser chamado de gentil; era sério e aristocrata demais. Mas era um rosto aberto, honesto e sincero. Um rosto no qual ela confiou imediatamente, porque não podia imaginar de que forma aquele homem seria capaz de qualquer mal.

Rin entendia agora o que queriam dizer nas antigas histórias, quando afirmavam que soldados desertavam em ondas para servi-lo, ajoelhando-se a seus pés. Ela o teria seguido a qualquer lugar.

E então havia Jiang.

Se um dia ela duvidara que seu velho mestre poderia ser o Guardião, não havia como questionar sua identidade agora. Seu cabelo, cortado curto perto das orelhas, ainda era do mesmo branco sobrenatural; seu rosto, tão intocado pela idade quanto era quando ela o conheceu.

Mas quando ele falou e seu rosto se retorceu, o homem se tornou um completo estranho.

— É melhor não nos desafiar — disse ele. — Você está ficando sem tempo. Eu partiria enquanto ainda é possível.

O Jiang que Rin conhecera era plácido e alegre; flutuava pelo mundo com uma espécie de curiosidade distante. Falava de modo suave e peculiar, como se fosse um espectador curioso das próprias conversas. Mas aquele Jiang mais jovem tinha uma dureza no rosto que assustou Rin, e cada palavra que ele dizia estava carregada de uma crueldade casual.

É a fúria, ela se deu conta. O Jiang que ela conhecera era pacífico, imune aos insultos. O Jiang que via diante de si estava consumido por uma espécie de fúria venenosa que irradiava de dentro.

A voz de Kalagan estremeceu de raiva.

— Nosso povo ocupa a área ao norte do deserto de Baghra há séculos. Seu Líder do Cavalo enlouqueceu. Isto não é diplomacia, é pura arrogância.

— Talvez — disse Jiang. — Mesmo assim, você não tinha que desmembrar o filho dele e mandar os dedos para o pai.

— Ele ousou nos ameaçar — disse Kalagan. — Ele mereceu o que teve.

Jiang deu de ombros.

— Talvez. Nunca gostei daquele garoto. Mas você sabe qual é o nosso dilema, querida Kalagan? Precisamos do Líder do Cavalo. Precisamos de suas tropas e de seus cavalos de guerra, e não podemos consegui-los se estiverem ocupados demais correndo pelo deserto de Baghra para se esquivar de suas flechas.

— Então ele devia se retirar — disse a Sorqan Sira.

Jiang inspecionou as próprias unhas.

— Ou talvez nós faremos *vocês* se retirarem. Seria tão difícil assim se instalarem em outro lugar? Os ketreídes são todos nômades, não são?

Kalagan ergueu sua lança.

— Você *ousa*...

Jiang balançou um dedo.

— Eu não ousaria.

— Acha que isso é sábio, Ziya?

Uma garota emergiu das fileiras de cavaleiros. Ela tinha uma semelhança notável com Chaghan, mas era mais alta, mais forte e mais corada.

— Para trás, Tseveri — disse a Sorqan Sira, mas Tseveri caminhou na direção de Jiang até que estivessem separados apenas por centímetros.

— Por que está fazendo isso? — perguntou ela, baixinho.

— Política, na verdade — respondeu Jiang. — Não é nada pessoal.

— Nós lhe ensinamos tudo que sabe. Há três anos, tivemos pena de você e o acolhemos. Oferecemos abrigo, esconderijo, o curamos, revelamos segredos que nenhum nikara jamais obteve. Não somos família para você?

Ela falava com Jiang de forma íntima, como uma irmã. Mas se Jiang sentia qualquer perturbação, ele a escondia bem por trás de uma máscara de indiferença divertida.

— Um simples obrigado bastaria? — perguntou ele. — Ou você também quer um abraço?

— Tenha cuidado com a quem você dá as costas — avisou Tseveri. — Você não precisa do Líder do Cavalo, não de verdade, mas ainda precisa de nós. Precisa de nossa sabedoria. Há tanta coisa que ainda não sabe...

— Duvido. — Jiang sorriu com desdém. — Já estou farto de bancar o filósofo com um povo tão tímido que se afasta do Panteão. Preciso de força. Poderio militar. O Líder do Cavalo pode nos dar isso. O que vocês podem me oferecer? Conversas infinitas sobre os cosmos?

— Você não faz ideia de como ainda é ignorante. — Tseveri lançou a ele um olhar de pena. — Vejo que vocês se ancoraram. Doeu?

Rin não fazia ideia do que aquilo significava, mas viu Daji se encolher.

— Não fiquem surpresos — disse Tseveri. — Vocês estão obviamente vinculados. Posso ver isso brilhando em vocês. Pensam que isso os faz mais fortes, mas vai destruí-los.

— Você não sabe do que está falando — disse Jiang.

— Não? — Tseveri inclinou a cabeça. — Então aqui vai uma profecia para você: seu vínculo vai se partir. Vocês destruirão uns aos outros. Um morrerá, um governará e um dormirá pela eternidade.

— Isso é impossível — desdenhou Daji. — Nenhum de nós pode morrer. Não enquanto os outros estiverem vivos.

— Isso é o que você pensa — disse Tseveri.

— Já chega — interrompeu Riga. Era estarrecedor perceber como ele até *soava* como Nezha. — Não foi para isso que viemos.

— Vocês vieram para começar uma guerra que não precisam lutar. E me ignoram por sua conta e risco. — Tseveri tentou alcançar a mão de Jiang. — Ziya. Por favor. Não faça isso comigo.

Jiang se recusou a olhá-la nos olhos.

Daji bocejou, fazendo uma tentativa vaga de cobrir a boca com as costas de uma mão delicadamente pálida.

— Podemos fazer isso da maneira fácil. Ninguém precisa se machucar. Ou podemos apenas começar a lutar.

Kalagan apontou a lança para ela.

— Não *se atreva*, garotinha.

Uma energia crepitante eletrificou o ar. Mesmo com a distância da memória, Rin podia sentir como o tecido do deserto mudara. Os limites do mundo material estavam ficando mais finos, ameaçando se deformar e ceder ao mundo do espírito.

Algo estava acontecendo com Jiang.

Sua sombra se contorcia loucamente contra a areia brilhante. A forma não era a de Jiang, mas de algo terrível — uma miríade de feras, inúmeras em tamanho e forma, que se transformavam cada vez mais rápido, com um desespero crescente, como que frenéticas para se libertarem.

As feras também estavam em Jiang. Rin podia vê-las, sombras que ondulavam sob sua pele, horríveis retalhos de preto lutando para sair.

Tseveri gritou algo em sua própria língua — um apelo ou um encantamento, Rin não sabia, mas soava desesperado.

Daji riu.

— *Não!* — gritou Rin, mas Jiang não a ouviu.

Não podia ouvi-la, porque tudo aquilo já havia acontecido. Tudo que ela podia fazer era observar impotente enquanto Jiang enfiava a mão na caixa torácica de Tseveri e lhe arrancava o coração, ainda pulsante.

Kalagan gritou.

— Chega — disse a Sorqan Sira do presente, e as últimas coisas que Rin viu foram Daji lançando suas agulhas na direção dos ketreídes, Jiang e suas feras prendendo a Sorqan Sira ao chão, e Riga observando a carnificina, impassível, com aquele rosto sábio e afetuoso, os braços erguidos como se fosse um beato abençoando a matança com sua presença.

— Demos aos nikaras as chaves do céu, e eles roubaram nossa terra e assassinaram minha filha.

A voz da Sorqan Sira estava vazia, sem emoção, como se apenas recontasse uma anedota interessante, como se já tivesse processado a dor tantas vezes que não mais a sentia.

Rin se apoiou nas mãos e joelhos, arfando. Ela não conseguia tirar a imagem de Jiang da mente. Jiang, seu *mestre*, gargalhando com as mãos cobertas de sangue.

— Surpresa? — perguntou a Sorqan Sira.

— Mas eu o *conheci* — sussurrou Rin. — Sei como ele é. Ele não é *daquele* jeito...

— Como você saberia como é o Guardião? — zombou a Sorqan Sira. — Você já perguntou a ele sobre o passado? Você fazia *ideia*?

A pior parte era que tudo fazia *sentido*. A verdade caíra sobre Rin, terrível e amarga, e o mistério de Jiang lhe fora revelado. Ela sabia por que ele fugira, por que se escondera em Chuluu Korikh.

Ele devia estar começando a se lembrar.

O homem que ela tinha conhecido em Sinegard não passara da sombra de uma pessoa, uma sombra patética e afável de uma personalidade suprimida. Ele não estava fingindo. Rin tinha certeza disso. Ninguém podia fingir tão bem assim.

Ele simplesmente não *sabia*. O Selo lhe roubara as memórias, assim como um dia roubaria as dela, e as escondera atrás de uma parede em sua mente.

Será que ele estava melhor no presente, entocado em sua prisão de pedra, suspenso entre a amnésia e a sanidade?

— Agora você entende. Entenderá se preferirmos pôr um fim a você.

A Sorqan Sira acenou para Bekter com a cabeça.

O comando não dito soou claro na mente de Rin. *Mate-os.*

— Espere! — Rin lutou para se pôr de pé. — Por favor... você não precisa...

— Não presto atenção a apelos, garota.

— Não estou apelando. Estou propondo uma troca — rebateu Rin. — Temos o mesmo inimigo. Você quer Daji morta. Você quer vingança. Não é? Eu também. Mate-nos e perderá aliados.

Sorqan Sira zombou.

— Podemos facilmente matar a Víbora sozinhos.

— Não, não podem. Se pudessem, ela já estaria morta. Vocês têm medo dela. — Rin pensava freneticamente enquanto falava, conjurando um argumento do nada. — Em vinte anos vocês nem sequer se *aventuraram* ao sul, não tentaram retomar suas terras. Por quê? Porque sabem que a Víbora destruirá vocês. Já perderam para ela antes. Não ousam enfrentá-la de novo.

A Sorqan Sira semicerrou os olhos, mas ficou em silêncio. Rin sentiu uma pontada angustiante de esperança. Se suas palavras irritaram os ketreídes, isso significava que ela havia tocado em um fragmento da verdade. Significava que ainda tinha uma chance de convencê-los.

— Mas você viu o que posso fazer — prosseguiu Rin. — Você sabe que eu poderia combatê-la, porque sabe do que os speerlieses são capazes. Já enfrentei a Imperatriz antes. Me liberte e lutarei suas batalhas por vocês.

A Sorqan Sira lançou a Chaghan uma pergunta em sua própria língua. Eles conversaram por um momento. As palavras de Chaghan soavam hesitantes e reverentes; as da Sorqan Sira, ásperas e raivosas. De vez em quando, eles olhavam para Kitay, que se remexia de modo desconfortável, confuso.

— Ela *aceitará* — disse Chaghan por fim, em nikara. — Ela não terá escolha.

— Aceitará o quê? — perguntou Rin.

Eles a ignoraram e continuaram discutindo.

— Não vale o risco — interrompeu Bekter. — Mãe, a senhora sabe disso. Speerlieses enlouquecem mais rápido que o resto.

Chaghan balançou a cabeça.

— Não esta. Ela é estável.

— Nenhum speerliês é estável — retrucou Bekter.

— Ela lutou contra o vício — insistiu Chaghan. — Está livre do ópio. Faz meses que não o toca.

— Uma speerliesa adulta que não fuma? — A Sorqan Sira inclinou a cabeça. — É a primeira vez que vejo isso.

— Não faz diferença — disse Bekter. — A Fênix a dominará. É o que sempre acontece. É melhor matá-la agora...

Chaghan o interrompeu, dirigindo-se diretamente à tia.

— Eu a vi em seu pior estado. Se a Fênix pudesse, já teria a dominado.

— Ele está mentindo — rosnou Bekter. — Olhe para ele. É patético, está os protegendo mesmo agora...

— Chega — disse a Sorqan Sira. — Eu verei a verdade sozinha.

De novo, ela agarrou o rosto de Rin.

— Olhe para mim.

Os olhos da mulher pareciam diferentes agora. Haviam se tornado expansões escuras e vazias, janelas para um abismo que Rin não queria ver. A garota deixou escapar um choramingo involuntário, mas os dedos da Sorqan Sira ficaram mais firmes sob sua mandíbula.

— *Olhe.*

Rin se sentiu sugada por aquela escuridão. A Sorqan Sira não estava forçando uma visão em sua mente, estava forçando Rin a dragar uma por conta própria. Memórias se assomavam diante da garota, fragmentos serrilhados e caóticos de visões que se esforçara para enterrar. Estava sendo forjada em um mar de fogo, estava se lançando em águas escuras, estava ajoelhada aos pés de Altan, o sangue acumulado na boca.

O Selo se assomou sobre ela.

Havia crescido. Estava três vezes maior do que a última vez em que o vira, uma gama de cores expandidas e hipnóticas, girando e pulsando como um coração, dispostas na forma de um caractere que ela ainda não conseguia reconhecer.

Rin conseguia *sentir* a presença de Daji lá dentro — enjoativa, viciante, sedutora. Sussurros soavam ao redor dela, como se Daji estivesse murmurando em seu ouvido, prometendo coisas incríveis.

Vou levá-la para longe disto. Darei a você tudo que já desejou. Trarei ele de volta.

Você só precisa desistir.

— O que é isto? — perguntou a Sorqan Sira.

Rin não conseguia responder.

A Sorqan Sira soltou o rosto da garota.

Rin caiu de joelhos, as mãos espalmadas no chão. O sol girava em círculos acima dela.

Rin levou um momento para perceber que a Sorqan Sira estava rindo.

— Ela está com medo de você — sussurrou a mulher. — Su Daji está com medo de *você*.

— Não entendo — disse Rin.

— Isso muda tudo.

A Sorqan Sira vociferou um comando. Os soldados perto de Rin a pegaram pelos braços e a colocaram de pé.

— O que estão fazendo? — Rin tentou escapar do toque deles. — Não podem me matar, ainda precisam de mim...

— Ah, criança. Não vamos matá-la. — A Sorqan Sira roçou os dedos na bochecha de Rin. — Vamos consertá-la.

CAPÍTULO 22

Os ketreídes amarram Rin a uma árvore, embora dessa vez tenham sido bem mais gentis. Colocaram seus pulsos amarrados sobre o colo em vez de torcê-los para trás, e deixaram suas pernas livres quando a gravidade do ferimento no tornozelo ficou óbvia.

Ela não teria fugido mesmo com um tornozelo bom. Seus membros formigavam de fadiga, sua mente estava confusa e sua vista começara a embaçar. Ela se recostou na árvore, de olhos fechados. Não conseguia se lembrar da última vez em que comera.

— O que eles estão fazendo? — perguntou Kitay.

Rin focou na clareira com dificuldade. Os ketreídes estavam organizando vigas de madeira para criar uma estrutura de treliça em forma de domo, apenas grande o suficiente para acomodar duas pessoas. Quando o domo ficou pronto, eles passaram cobertores grossos sobre o topo até que estivesse completamente coberto.

Também adicionaram troncos à parca fogueira. Era um fogaréu intenso agora, com chamas altas que ultrapassavam a Sorqan Sira. Dois cavaleiros trouxeram uma pilha de pedras da margem, todas pelo menos do tamanho da cabeça de Rin, e colocaram uma a uma sobre as chamas.

— Estão se preparando para um suadouro — explicou Chaghan. — É para isso que servem as pedras. Você entrará naquela tenda com a Sorqan Sira. Eles colocarão as pedras lá dentro e despejarão água nelas enquanto estiverem quentes. Isso enche a tenda de vapor e aumenta as temperaturas até o máximo tolerável.

— Eles vão me cozinhar como se eu fosse um peixe — disse Rin.

— É arriscado. Mas é a única forma de extrair algo como o Selo. O que Daji deixou dentro de você é uma espécie de veneno. Com o tempo, vai continuar se espalhando em seu subconsciente e corromperá sua mente.

Ela arregalou os olhos, alarmada.

— Você podia ter me contado isso!

— Achei que não valia a pena assustá-la, já que eu não podia fazer nada a respeito.

— Você não ia me contar que eu ia enlouquecer?

— Você perceberia cedo ou tarde.

— Odeio você — disse Rin.

— Acalme-se. O suor vai extrair o veneno de sua mente. — Chaghan fez uma pausa. — Bem, é a melhor opção que você vai ter. Nem sempre funciona.

— Que otimista — disse Kitay.

Chaghan deu de ombros.

— Se não funcionar, a Sorqan Sira interromperá seu sofrimento.

— Que legal da parte dela — resmungou Rin.

— Ela será precisa — garantiu Qara. — Um corte rápido nas artérias, tão limpo que você mal vai senti-lo. Ela já fez isso antes.

— Consegue andar? — perguntou a Sorqan Sira.

Rin acordou sobressaltada. Não se lembrava de adormecer. Ainda estava exausta, seu corpo parecia preso a rochas.

Ela piscou para espantar o sono e olhou ao redor. Estava deitada e encolhida no chão. Por sorte, alguém desamarrara seus braços. Ela se sentou e se espreguiçou para se livrar da cãibra nas costas.

— Consegue andar? — repetiu a Sorqan Sira.

Rin flexionou o tornozelo. A dor disparou perna acima.

— Acho que não.

A Sorqan Sira ergueu a voz.

— Bekter. Carregue-a.

Bekter lançou a Rin um olhar de desgosto.

— Também odeio você — disse ela ao rapaz.

Ela tinha certeza de que o homem protestaria. Mas as ordens da Sorqan Sira deviam ser mesmo lei, porque Bekter apenas se ajoelhou, colocou Rin em seus braços e a carregou para a tenda. Não se esforçou em ser gentil. Rin sacudia desconfortável em seus braços, e seu tornozelo torcido se chocou contra a entrada da tenda quando ele a depositou lá dentro.

Rin abafou um grito de dor para negar a ele o prazer de ouvi-lo. Bekter fechou a aba da tenda sem dizer nada.

O interior estava um breu. Os ketreídes haviam acolchoado as laterais de treliça com tantas camadas de cobertores que nenhum raio de sol conseguia ultrapassá-las.

O ar lá dentro era frio, silencioso e quieto, como o interior de uma caverna. Se Rin não soubesse onde estava, teria pensado que as paredes eram feitas de pedra. Ela soltou o ar devagar, escutando sua respiração preencher o espaço vazio.

A luz inundou a tenda quando a Sorqan Sira entrou. Carregava um balde de água em uma mão e uma concha na outra.

— Deite-se — instruiu ela. — Fique o mais perto que puder das paredes.

— Por quê?

— Para que não caia nas pedras quando desmaiar.

Rin se encolheu no canto, apoiando as costas no tecido teso e pressionando a bochecha na terra fresca. A entrada da tenda se fechou. Rin ouviu a Sorqan Sira engatinhando pelo espaço para se sentar ao lado dela.

— Está pronta? — perguntou a Sorqan Sira.

— Tenho escolha?

— Não. Mas deve preparar sua mente. Isso será ruim se você estiver com medo. — A Sorqan Sira gritou para os cavaleiros lá fora: — Primeira pedra.

Uma pá apareceu na entrada, carregando uma única pedra que irradiava um vermelho intenso e raivoso. O cavaleiro lá fora depositou a pedra em um leito enlameado no centro da tenda, recolheu a pá e fechou a aba da entrada.

Na escuridão, Rin ouviu a Sorqan Sira mergulhar a concha na água.

— Que os deuses ouçam nossas preces. — Ela verteu a água sobre a pedra. Um sibilo alto preencheu a tenda. — Que eles atendam nossos desejos de comunhão.

Uma onda de vapor atingiu o nariz de Rin. Ela lutou contra a vontade de espirrar.

— Que eles limpem nossos olhos para que consigamos ver — continuou a Sorqan Sira. — Segunda pedra.

O cavaleiro depositou outra pedra no leito de lama. Outro jorro, outro sibilo. O vapor ficou mais denso e quente.

— Que eles nos deem os ouvidos para ouvir suas vozes.

Rin estava começando a se sentir tonta. O pânico açoitava seu peito. Ela mal conseguia respirar. Embora seus pulmões estivessem cheios de ar, sentiu como se estivesse se afogando. Não podia ficar parada por mais tempo. Apalpou as extremidades da tenda, desesperada por um pouco de ar fresco, qualquer coisa... O vapor estava em seu rosto, cada parte de seu corpo queimava. Estava sendo cozida viva.

As pedras continuaram a chegar — a terceira, a quarta, a quinta. O vapor se tornou insuportável. Rin tentou cobrir o nariz com a manga, que também estava úmida, e tentar respirar através dela foi a pior forma de tortura.

— Esvazie a mente — ordenou a Sorqan Sira.

O coração de Rin pulsava furiosamente, com tanta força que ela o sentia nas têmporas.

Vou morrer aqui.

— Pare de resistir — disse a Sorqan Sira com urgência. — Relaxe.

Relaxar? A única coisa que Rin queria era fugir da tenda. Não se importava se queimasse os pés nas pedras, não se importava se tivesse que passar pela lama; só queria chegar a um lugar aberto onde pudesse respirar.

Apenas anos de prática de meditação sob a orientação de Jiang a impediram de se levantar e fugir.

Respire.

Apenas respire.

Rin podia sentir seu pulso desacelerando, quase parando. Sua visão girava e brilhava. Ela viu luzinhas na escuridão, velas que tremeluziam nos cantos de seus olhos, estrelas que se apagavam quando ela as olhava...

A respiração da Sorqan Sira provocava cócegas na orelha de Rin.

— Logo você verá muitas coisas. O Selo a testará. Lembre-se de que nada que enxergar será real. Será um teste à sua resolução. Passe e emergirá intacta, em posse total de suas habilidades naturais. Falhe e cortarei sua garganta.

— Estou pronta — disse Rin, arfando. — Conheço a dor.

— Isto não é dor — disse a Sorqan Sira. — A Víbora nunca a faz sofrer. Ela realiza seus desejos. Ela promete paz quando você sabe que deve lutar uma guerra. Isso é pior.

Ela pressionou o dedão contra a testa de Rin. O chão desapareceu.

Rin viu uma corrente de cores intensas, vibrantes e berrantes, que só tomavam formas definidas quando ela semicerrava os olhos. Vermelhos e dourados se tornavam serpentinas e rojões; azuis e roxos se tornavam frutas, bagas e taças de licor.

Ela olhou ao redor, atordoada. Estava em um gigantesco salão de banquete que tinha o dobro do tamanho da sala do trono do Palácio de Outono, e era repleto de longas mesas às quais se sentavam convidados lindamente vestidos. Ela viu pratos com pitaias esculpidas como flores, sopa fumegante em cascos de tartarugas e porcos inteiros assados em mesas só para eles, com funcionários designados para cortar pedaços de carne para os convidados. Licor de sorgo jorrava por valetas douradas escavadas nas laterais das mesas para que os convidados pudessem encher as taças sempre que quisessem.

Rostos conhecidos entravam e saíam de vista, rostos que ela não via fazia tanto tempo que pareciam pertencer a uma vida diferente. Ela viu o Tutor Feyrik sentado a duas mesas de distância, retirando os ossos de um peixe com cuidado extremo. Ela viu os Mestres Irjah e Jima, rindo na mesa alta com os outros mestres da Academia.

Kesegi gesticulou para eles de seu assento. Não tinha mudado nada desde a última vez em que Rin o vira — ainda com dez anos, pele marrom, todo joelhos e cotovelos. Ela o encarou. Havia esquecido o sorriso maravilhoso que ele tinha, atrevido e irreverente.

Rin viu Kitay com um uniforme de general. Seu cabelo cacheado estava longo, preso em um coque na nuca. Travava uma conversa profunda com o Mestre Irjah. Quando a viu, deu uma piscadela.

— Olá — disse uma voz familiar.

Rin se virou, e seu coração disparou.

É claro que era Altan. Era *sempre* Altan, à espreita em cada esquina de sua mente, assombrando cada decisão que ela tomava.

Mas esse era um Altan vivo e inteiro — não o que conhecera em Khurdalain, quando estava imerso em uma guerra em que se mataria para ganhar. Essa era sua melhor versão possível, o Altan do qual Rin tentava se lembrar, no estado em que ele raramente se encontrava. Seu rosto ainda exibia cicatrizes, seu cabelo ainda estava desgrenhado e crescido, preso acima da nuca em um coque malfeito, e ele ainda empunhava aquele tridente com a graça casual de alguém que passava mais tempo no campo de batalha do que fora.

Esse era um Altan que lutava porque adorava a batalha e era bom nela, e não porque era a única coisa que fora treinado para fazer.

Seus olhos eram castanhos. Suas pupilas não estavam constritas. Ele não cheirava a fumaça. Quando sorria, quase parecia feliz.

— Você está aqui. — Rin não conseguia emitir mais que um sussurro. — É você.

— Claro que estou — disse ele. — Nem mesmo um conflito na fronteira poderia me manter longe de você hoje. Tyr queria arrancar minha cabeça, mas acho que nem ele poderia enfrentar a ira da Mãe e do Pai.

Um conflito na fronteira?

Tyr?

Mãe e Pai?

A confusão durou apenas um momento; então ela entendeu. Sonhos vêm com sua própria lógica, e aquilo não passava de um lindo sonho. Naquele mundo, Speer nunca fora destruída. Tearza não tinha morrido e condenado seu povo à escravidão, e sua gente não havia sido massacrada da noite para o dia na Ilha Morta.

Ela quase soltou uma gargalhada. Naquela ilusão, a maior preocupação que tinham era a droga de um *conflito na fronteira*.

— Está nervosa? — perguntou Altan.

— Nervosa? — repetiu Rin.

— Eu ficaria surpreso se não estivesse — disse ele. Sua voz baixou para um sussurro conspiratório. — A não ser que esteja reconsiderando. E... quer dizer, se você estiver, tudo bem por mim. Para ser sincero, nunca gostei muito dele também.

— Dele?

— Altan só está com ciúme porque você vai se casar primeiro, enquanto ninguém o quer. — Ramsa abriu caminho entre os dois com os ombros, mastigando um pãozinho de doce de feijão. Ele abaixou a cabeça na direção de Altan. — Olá, comandante.

Altan revirou os olhos.

— Você não tem fogos de artifício para acender?

— Só mais tarde — respondeu Ramsa. — Seus pais disseram que vão me castrar se eu chegar perto deles agora. Algo sobre risco à segurança e tal.

— Faz sentido. — Altan despenteou o cabelo de Ramsa. — Por que não vai aproveitar o banquete?

— Porque esta conversa é muito mais interessante. — Ramsa mordeu um grande pedaço do pãozinho e falou de boca cheia. — Então, o que vai ser, Rin? Teremos uma noiva em fuga? Porque eu gostaria de terminar de comer primeiro.

Rin ficou boquiaberta ao observar Ramsa e Altan, tentando detectar indícios de que eles eram ilusões — alguma imperfeição, alguma falta de substância.

Mas eles eram tão *sólidos*, tão detalhados e cheios de vida. E estavam tão, *tão* felizes. Como podiam estar felizes assim?

— Rin? — Altan cutucou o ombro dela. — Você está bem?

Ela balançou a cabeça.

— Eu não... Isso não é...

A preocupação tomou o rosto dele.

— Você precisa se deitar por um momento?

— Não, eu só...

Ele segurou o braço de Rin.

— Desculpe por ficar fazendo piada com você. Venha, vamos achar um banco.

— Não, não é isso o que eu...

Rin se desvencilhou e se afastou. Ela estava recuando, *sabia* que estava, mas, por alguma razão, toda vez que dava um passo para trás acabava tão perto de Altan quanto estivera no começo.

— Venha comigo — repetiu ele, e sua voz ressoou pelo cômodo. As cores do salão de banquete desbotaram. Os rostos dos convidados ficaram borrados. Ele era a única figura definida à vista. Altan estendeu a mão para ela. — Venha, rápido.

Rin sabia o que aconteceria se obedecesse.

Tudo acabaria. A ilusão poderia durar mais alguns minutos, ou uma hora, ou uma semana. O tempo funcionava de maneira diferente em ilusões. Ela poderia aproveitar aquela por uma vida inteira. Mas, na realidade, ela teria sucumbido ao veneno de Daji. Sua vida acabaria. Ela nunca acordaria do feitiço.

Mas isso seria tão errado assim?

Rin queria ir com ele. Queria muito.

— Ninguém precisa morrer — disse Altan, vocalizando os pensamentos dela. — As guerras nunca aconteceram. Você pode ter tudo de volta. Todos. Ninguém precisa partir.

— Mas eles *partiram* — sussurrou Rin.

No momento em que disse isso, a verdade apareceu. Os rostos no salão de banquete eram mentiras. Seus amigos estavam mortos. O Tutor Feyrik se fora. O Mestre Irjah se fora. Golyn Niis se fora. Speer se fora. Nada podia trazê-los de volta.

— Você não pode me tentar com isso — repreendeu Rin.

— Então você pode se juntar a eles — sugeriu Altan. — Seria tão ruim assim?

As luzes e serpentinas se apagaram. As mesas desapareceram; os convidados também. Ela e Altan estavam sozinhos, dois pontos de luz em uma passagem escura.

— É isso o que você quer?

A boca dele cobriu a dela antes que Rin pudesse falar. Mãos carbonizadas se moveram por seu corpo, descendo.

Tudo estava tão terrivelmente quente. Rin estava queimando. Ela havia se esquecido de como era realmente *queimar* — era imune à própria chama, e nunca se vira presa no fogo de Altan, mas *aquilo*... aquilo era uma dor velha e familiar, terrível e deliciosa ao mesmo tempo.

— Não. — Ela lutou para encontrar a voz. — Não, eu não quero isso...

As mãos de Altan envolveram sua cintura com mais força.

— Você queria — disse ele, aproximando-se. — Estava escrito no seu rosto. Toda vez.

— Não me toque.

Rin pressionou as mãos contra o peito dele e tentou afastá-lo, em vão.

— Não finja que não quer — disse Altan. — Você precisa de mim.

Rin não conseguia respirar.

— Não, eu não...

— Você não quer?

Ele tocou as bochechas dela. Rin se encolheu, mas os dedos ardentes de Altan repousaram firmes em sua pele. Ele moveu as mãos para o pescoço dela. Seus polegares pararam onde as clavículas da garota se encontravam, um recanto familiar. Ele apertou a região. Fogo subiu pela garganta dela.

— Volte. — A voz da Sorqan Sira atravessou a mente de Rin como uma faca, dando a ela vários minutos frios e deliciosos de lucidez. — Lembre-se de quem você é. Renda-se a ele e você perde.

Rin convulsionava no chão.

— Não quero isso — gemeu ela. — Não quero ver isso... quero sair...

— É o veneno — disse a Sorqan Sira. — O suor o amplifica, faz com que ferva. Você deve se purificar, ou o Selo a matará.

Rin choramingou.

— Só faça parar.

— Não posso. Deve piorar antes de melhorar. — A Sorqan Sira buscou a mão dela e a apertou. — Lembre-se: ele existe apenas em sua mente. Só tem o poder que você dá a ele. Consegue fazer isso?

Rin assentiu e agarrou o braço da Sorqan Sira. Ela não conseguiu encontrar fôlego para dizer as palavras *me mande de volta*, mas a Sorqan Sira assentiu. Ela jogou outra concha de água nas pedras.

O calor na tenda redobrou. Rin se engasgou. Arqueou as costas, o mundo material desaparecendo e a dor retornando. Os dedos de Altan estavam ao redor de seu pescoço outra vez, apertando, estrangulando.

Ele se inclinou para baixo. Seus lábios roçaram os dela.

— Você sabe o que eu quero que você faça?

Ela balançou a cabeça, arfando.

— Mate-se — ordenou Altan.

— O quê?

— Quero que você se mate — repetiu ele. — Conserte as coisas. Você deveria ter morrido no píer. E eu deveria ter sobrevivido.

Era verdade?

Devia ser verdade, se havia permanecido em seu subconsciente por tanto tempo. Rin não podia mentir para si mesma; ela *sabia*, sempre soubera que, se Altan tivesse sobrevivido e ela morrido, as coisas teriam sido muito diferentes. Aratsha ainda estaria vivo, o Cike não teria sido dissolvido, eles não teriam perdido para Feylen e a Frota Republicana talvez não estivesse em pedaços no fundo do lago Boyang.

Jinzha fora o primeiro a dizer aquilo. *Devíamos ter tentado salvar o outro.*

— Foi por causa de você que eu morri — continuou Altan, implacável. — Conserte isso. Mate-se.

Rin engoliu em seco.

— Não.

— Por que não? — Seus dedos apertaram o pescoço dela. — Você não é particularmente útil para ninguém neste momento.

Rin tocou as mãos dele.

— Porque cansei de aceitar suas ordens.

Altan era um produto de sua mente. Só tinha o poder que ela lhe dava. Rin tirou os dedos dele de seu pescoço. Um a um, eles se soltaram. Ela estava quase livre. Altan apertou com mais força, mas Rin esperneou, atingiu-o na canela, e no momento em que ele a soltou, a garota cambaleou para trás e se agachou, em posição de ataque.

— Sério? — zombou ele. — Você vai lutar contra mim?

— Não vou mais me render a você.

— Render? — repetiu Altan, como se fosse uma palavra ridícula. — É assim que pensa? Ah, Rin, nunca foi isso. Eu não queria rendição de você. Eu tinha que *gerenciar* você. Controlar você. Você é *burra* demais, alguém tinha que lhe dizer o que fazer.

— Não sou burra — disse ela.

— É, sim. — Altan sorriu, paternalista, lindo e odioso ao mesmo tempo. — Você não é nada. Você é inútil. Comparada a mim, você é...

— Não sou nada — interrompeu ela. — Fui uma péssima comandante. Não conseguia funcionar sem ópio. Ainda não consigo invocar o fogo. Você pode me dizer tudo que odeio em mim mesma, mas eu já sei. Você não pode dizer mais nada para me ferir.

— Ah, duvido disso. — De repente, ele estava com o tridente na mão, girando enquanto avançava. — Que tal isto, então? Você me *queria* morto.

Rin se encolheu.

— Não. Nunca.

— Você me *odiava*. Você tinha medo de mim, mal podia esperar para se livrar de mim. Admita, você riu quando eu morri.

— Não, eu chorei — disse Rin. — Chorei por dias, até não conseguir mais respirar, então tentei parar de respirar, mas Enki sempre me trazia de volta à vida. Então eu me odiava porque você disse que eu precisava continuar viva, e odiava viver porque foi *você* quem disse que eu tinha...

— Por que você sofreria por mim? — perguntou Altan, baixinho. — Você mal me conhecia.

— Você tem razão — confirmou ela. — Eu amava uma ideia de você. Estava apaixonada por você. Queria *ser* você. Mas eu não o conhecia na época e nunca saberei de verdade o que você era. Já chega de ficar imaginando, Altan. Estou pronta para matá-lo.

O tridente se materializou nas mãos dela.

Agora, Rin tinha uma arma. Não estava mais indefesa. Nunca estivera indefesa. Ela só nunca pensara em procurar.

Os olhos de Altan se voltaram para os dentes da arma.

— Você não ousaria.

— Você não é real — respondeu Rin calmamente. — Ele está morto, e não posso mais machucá-lo.

— Olhe para mim — disse ele. — Olhe nos meus olhos. Diga que não sou real.

Rin avançou. Ele bloqueou o ataque. Ela desenganchou os dentes e avançou de novo.

Altan ergueu a voz.

— *Olhe para mim.*

— *Estou* olhando — respondeu Rin baixinho. — Eu vejo tudo.

Ele hesitou.

Ela o perfurou no peito.

Os olhos dele se arregalaram, mas fora isso Altan não se mexeu. Um fio de sangue escorreu da lateral da boca. Um círculo vermelho cresceu em seu peito.

Não fora um golpe fatal. Ela o havia perfurado logo abaixo do esterno. Errara o coração. Talvez sangrasse até a morte, mas Rin não queria que ele partisse ainda. Precisava dele vivo e consciente.

Ainda precisava de absolvição.

Altan olhou para os dentes que emergiam de seu peito.

— Você gostaria de me matar?

Rin retirou o tridente. O sangue jorrou mais forte no uniforme dele.

— Já fiz isso antes.

— Mas poderia fazer isso *agora*? — perguntou ele. — Poderia acabar comigo? Se me matar aqui, Rin, vou embora.

— Não quero isso.

— Então você ainda precisa de mim.

— Não como eu precisava antes.

Rin percebera, *enfim* percebera, que perseguir o legado de Altan Trengsin não lhe daria verdade alguma. Ela não conseguiria replicá-lo em sua mente, não importava quantas vezes se torturasse com as memórias. Ela poderia apenas herdar sua dor.

E o que havia para replicar? Quem *era* Altan de verdade?

Um garoto assustado de Speer que só queria ir para casa, um garoto destruído que descobrira não ter casa para onde voltar, um soldado que permanecia vivo só para contrariar todos que pensavam que estava morto. Um comandante sem propósito, sem nada pelo que lutar e nada com que se importar exceto queimar o mundo.

Altan não era um herói. Isso ficou tão óbvio para ela naquele momento, tão absurdamente claro que ela teve a sensação de ter mergulhado em águas geladas, submergido e renascido.

Rin não devia sua culpa a ele.

Rin não devia nada a ele.

— Ainda amo você — disse ela, porque precisava ser sincera.

— Eu sei. Você é uma tola por isso — respondeu ele. Altan deu um passo à frente e entrelaçou os dedos nos dela. — Me beije. Sei que você quer.

Altan levou os dedos ensopados de sangue ao rosto dela. Rin fechou os olhos, só por um momento, e pensou no que poderia ter acontecido.

— Eu também amava você — disse ele. — Você acredita nisso?

— Não, não acredito — respondeu ela. Então pressionou o tridente contra o peito dele mais uma vez.

A arma deslizou suavemente, sem resistência. Rin não sabia se isso acontecera porque a visão de Altan já estava desaparecendo, imaterial, ou se Altan, dentro do espaço do sonho, estava deliberadamente a ajudando, afundando os três garfos no espaço em sua caixa torácica que ficava bem sobre o coração.

* * *

Quando Rin respirou outra vez, foi uma sensação nova e assustadora, mecânica e terrivelmente confusa ao mesmo tempo. Aquele era o corpo *dela*, aquele receptáculo mortal e desajeitado? Um dedo por vez, ela aprendeu o funcionamento interno de seu corpo. Aprendeu a perceber como o ar passava por seus pulmões. Aprendeu a ouvir o som de seu coração pulsando dentro de si.

Rin viu luz ao redor e acima de si, um círculo perfeito de azul. Ela levou um momento para perceber que era o teto da tenda, aberto para deixar o vapor sair.

— Não se mexa — disse a Sorqan Sira.

A mulher colocou a mão sobre o peito de Rin, dobrou os dedos e começou a entoar um cântico. Unhas afiadas afundaram na pele de Rin.

Ela gritou.

Não havia acabado. Ela sentiu uma fisgada horrível, como se a Sorqan Sira tivesse arrancado seu coração da caixa torácica.

Rin olhou para baixo. Os dedos da Sorqan Sira não haviam rompido a pele. A fisgada vinha de algo em seu interior; algo afiado e denteado dentro dela, algo que não queria se soltar.

O canto da Sorqan Sira ficou mais alto. Rin sentiu uma pressão imensa, tão enorme que teve certeza de que seus pulmões estavam estourando. Ela crescia e crescia. Então algo cedeu. A pressão desapareceu.

Por um momento, tudo o que Rin pôde fazer foi ficar deitada e respirar, os olhos fixados no círculo azul acima.

— Olhe.

A Sorqan Sira abriu a mão. Nela havia um coágulo de sangue do tamanho de seu punho, sarapintado de preto e apodrecido. O cheiro era pútrido.

Rin se encolheu instintivamente.

— Isso é...?

— O veneno de Daji. — A Sorqan Sira fechou a mão e aperto o coágulo. Sangue preto escorreu pelas frestas de seus dedos e pingou nas pedras incandescentes. A Sorqan Sira olhou com curiosidade para os dedos manchados antes de sacudi-los para derrubar as últimas gotas nas pedras, onde sibilaram alto e desapareceram. — Acabou agora. Você está livre.

Rin encarou as pedras manchadas, sem palavras.

— Eu não... — Ela se engasgou antes de conseguir terminar.

Então aconteceu tudo de uma vez. Seu corpo inteiro tremeu, acometido por um luto que ela nem sequer sabia que estava ali. Ela enterrou a cabeça nas mãos, gemendo, os dedos cobertos de lágrimas e catarro.

— Tudo bem chorar — disse a Sorqan, Sira baixinho. — Sei o que você viu.

— Então vai se foder — devolveu Rin, entre soluços. — *Vai se foder.*

Seu peito arfava. Ela se inclinou à frente e vomitou nas pedras. Seus joelhos tremiam e seus tornozelos latejavam. Rin desabou, o rosto a centímetros do vômito, os olhos apertados para interromper a onda de lágrimas.

Seu coração martelava no peito. Ela tentou focar em seu pulso, contando as batidas a cada segundo para se acalmar.

Ele se foi.
Ele morreu.
Ele não pode mais me machucar.

Ela buscou sua raiva, a raiva que sempre lhe servira de escudo, e não conseguiu encontrá-la. Suas emoções haviam queimado seu corpo de dentro para fora; as chamas furiosas tinham morrido porque não havia mais nada a consumir. Ela se sentia drenada, oca e vazia. As únicas coisas que permaneceram foram a exaustão e a dor seca da perda em sua garganta.

— Você tem o direito de sentir — murmurou a Sorqan Sira.

Rin fungou e limpou o nariz com a manga.

— Mas não se sinta mal por ele — disse a Sorqan Sira. — Aquilo nunca foi ele. O homem que conheceu foi a algum lugar onde terá paz. Vida e morte são iguais para este cosmos. Entramos no mundo material e vamos embora outra vez, reencarnamos em algo melhor. Aquele garoto estava infeliz. Você o deixou partir.

Sim, Rin sabia. De forma abstrata, sabia desta verdade: para o cosmos eles eram fundamentalmente irrelevantes, que vinham do pó e ao pó retornariam.

E ela devia ter buscado conforto nisso, mas, naquele momento, não queria ser temporária e imaterial; queria ser preservada para sempre no mundo material em um momento com Altan, suas testas coladas, seus olhares se encontrando, seus braços entrelaçados, tentando se misturar na pura fisicalidade do outro.

Rin queria estar viva e mortal e eternamente temporária com ele, e era por isso que chorava.

— Não quero que ele parta — sussurrou ela.

— Nossos mortos não nos deixam — disse a Sorqan Sira. — Eles nos assombram por quanto tempo permitirmos. Aquele garoto é uma doença em sua mente. Esqueça-o.

— *Não posso.* — Rin enterrou o rosto nas mãos. — Ele era brilhante. Ele era diferente. Não havia ninguém como ele.

— Você se surpreenderia. — A Sorqan Sira parecia muito triste. — Não faz ideia de quantos homens são como Altan Trengsin.

— Rin! Ah, *deuses*.

Kitay foi até a garota no instante em que ela saiu da tenda. Rin sabia, notava na expressão do amigo, que ele estivera esperando lá fora, os dentes cerrados de ansiedade durante horas.

— Mantenha a garota em pé — instruiu-lhe a Sorqan Sira.

Kitay passou um braço ao redor da cintura de Rin para aliviar o peso no tornozelo dela.

— Você está bem?

Ela assentiu. Juntos, eles mancaram à frente.

— Tem certeza? — insistiu ele.

— Estou melhor — murmurou Rin. — Acho que estou melhor do que estive em um bom tempo.

Ela ficou parada por um minuto, apoiada no ombro de Kitay, simplesmente desfrutando o ar frio. Jamais imaginara que o ar em si podia ter um gosto ou uma textura tão doce. A sensação do vento passando por seu rosto era fria e deliciosa, mais refrescante que água da chuva fresca.

— Rin — chamou Kitay.

Ela abriu os olhos.

— O que foi?

O amigo estava encarando o peito dela.

Rin tateou a frente do corpo, imaginando se de alguma forma suas roupas haviam queimado no calor. Não teria percebido se tivesse acontecido. A sensação de ter um corpo físico ainda parecia tão inteiramente nova para ela que era como se estivesse andando nua.

— O que foi? — perguntou ela, atordoada.

A Sorqan Sira não disse nada.

— Olhe para baixo — disse Kitay.

A voz dele soava estranhamente engasgada.

Rin olhou.

— Ah — disse ela baixinho.

Uma impressão de mão preta estava chamuscada em sua pele como uma marca, logo abaixo do esterno.

Kitay se virou para a Sorqan Sira.

— O que você...?

— Não foi ela — interrompeu Rin.

A marca era obra e legado de Altan.

Aquele desgraçado.

Kitay a observava, preocupado.

— Você está bem com isso?

— Não — respondeu Rin.

Ela colocou a mão sobre o peito, encaixou os dedos dentro do contorno dos de Altan.

A mão dele era muito maior que a dela.

Rin deixou a mão cair.

— Mas não importa.

— Rin...

— Ele está morto — afirmou ela, a voz trêmula. — Ele está morto, ele se foi, entendeu? Ele *se foi*, e nunca mais me tocará de novo.

— Eu sei — disse Kitay. — Não vai.

— Invoque a chama — ordenou a Sorqan Sira de repente. Ela havia permanecido quieta, observando a conversa, mas agora sua voz tinha uma urgência estranha. — Faça agora.

— Espere aí — disse Kitay. — Ela está fraca, exausta...

— Ela deve fazer isso agora — insistiu a Sorqan Sira. Ela parecia assustada, e isso aterrorizou Rin. — Preciso saber.

— Seja razoável... — começou Kitay, mas Rin balançou a cabeça.

— Não. Ela tem razão. Afaste-se.

Kitay soltou o braço dela e deu vários passos para trás.

Rin fechou os olhos, soltou o ar e deixou a mente afundar no estado de êxtase. O lugar onde a fúria encontrava o poder. E, pela primeira vez em meses, ela se permitiu ter esperança de que talvez sentisse a chama de novo, uma esperança que havia se tornado tão inalcançável quanto voar.

Era infinitamente mais fácil gerar a raiva agora. Rin podia saquear as próprias memórias de abandono. Não havia mais partes de sua mente que ela não ousava cutucar, que ainda sangravam como feridas abertas.

Ela atravessou um caminho familiar pelo vazio até ver a Fênix através de uma névoa. Rin a ouviu como um eco, sentiu-a como a lembrança de um toque.

Ela tateou à procura da fúria e puxou.

O fogo não veio.

Algo pulsou.

Clarões de luz queimaram em seus olhos.

O Selo permanecia queimado em sua mente, ainda presente. O fantasma da risada de Altan ecoou em seus ouvidos.

Rin segurou a chama na palma da mão por apenas um instante, apenas o suficiente para provocá-la e deixá-la desejando mais, e então o fogo desapareceu.

Não houve dor dessa vez, nenhuma ameaça imediata de que ela seria arrastada para dentro de uma visão e enlouqueceria com a fantasia. Mesmo assim, Rin caiu de joelhos e gritou.

CAPÍTULO 23

— Há outro jeito — disse a Sorqan Sira.

— Cale a boca — retrucou Rin.

Ela havia chegado tão perto. Quase teve o fogo de volta, sentira seu gosto apenas para tê-lo arrancado de seu alcance. Ela queria extravasar em *algo*, só não sabia em quem ou no quê, e a pura pressão lhe deu a sensação de que poderia explodir.

— Você disse que o consertaria.

— O Selo está neutralizado — disse a Sorqan Sira. — Não pode mais corrompê-la. Mas o veneno penetrou bastante e ainda bloqueia seu acesso ao mundo do espírito...

— Que se dane tudo que você sabe.

— Rin, não — avisou Kitay.

Ela o ignorou. Sabia que não era culpa da Sorqan Sira, mas ainda queria machucar, cortar.

— Seu povo não sabe merda nenhuma — prosseguiu a garota. — Não me espanta que a Trindade os tenha exterminado, não me espanta que tenham perdido para três jovenzinhos de merda...

Um som de guincho invadiu sua mente. Rin caiu de joelhos, mas o barulho continuou a reverberar, ficando cada vez mais alto até se solidificar em palavras que vibraram em seus ossos.

Como ousa me repreender? A Sorqan Sira se assomou sobre Rin como um gigante, imponente como uma montanha enquanto todo o resto da clareira afundou. *Eu sou a mãe dos ketreídes. Eu governo o norte do Baghra, onde os escorpiões são gordos de veneno e as poliquetas de grandes bocas repousam nas areias vermelhas, prontas para engolir camelos inteiros. Eu dominei uma terra criada para murchar humanos até que não passem de ossos polidos. Não pense em me desafiar.*

Por causa da dor, Rin não conseguia falar. O grito se intensificou por vários segundos tortuosos antes de enfim minguar. Ela se deitou de costas e sugou o ar em fôlegos enormes e trêmulos.

Kitay a ajudou a se sentar.

— É por isso que somos educados com nossos aliados — disse ele.

— Esperarei seu pedido de desculpa — anunciou a Sorqan Sira.

— Desculpe — murmurou Rin. — Eu só... pensei que havia o recuperado.

Durante a campanha, ela havia se blindado da perda. Não havia percebido o quão desesperadamente ainda queria o fogo de volta até tocá-lo outra vez, só por um momento, e tudo voltar correndo; a emoção, a ardência, o puro e estrondoso *poder*.

— Não presuma que tudo está perdido — disse a Sorqan Sira. — Você nunca terá acesso à Fênix sozinha a não ser que Daji remova o Selo. Isso ela jamais fará.

— Então está tudo acabado — disse Rin.

— Não. Não se outra alma chamar a Fênix para você. Uma alma que está ligada à sua. — A Sorqan Sira encarou Kitay.

Ele piscou, confuso.

— Não — interveio Rin imediatamente. — Eu não... eu não me importo com o que você pode fazer, *não*...

— Deixe ela falar — disse Kitay.

— Não, você não entende o risco...

— Ele entende, sim — disse a Sorqan Sira.

— Mas ele não sabe nada sobre os deuses! — gritou Rin.

— Ele não sabe *agora*. Quando estiverem unidos, ele saberá tudo.

— Unidos? — repetiu Kitay.

— Você entende a natureza do vínculo de Chaghan e Qara? — perguntou a Sorqan Sira.

Kitay balançou a cabeça.

— Eles são espiritualmente ligados — respondeu Rin, sem emoção. — Machuque ele, e ela sente a dor. Mate-o, e ela morre.

O horror atravessou o rosto de Kitay. Ele tentou disfarçá-lo, mas Rin viu tudo.

— O vínculo da âncora conecta suas almas através do plano psicoespiritual — explicou a Sorqan Sira. — Você ainda pode invocar a Fênix se o fizer através do garoto. Ele será seu conduíte. O poder divino fluirá através dele para você.

— Vou me tornar um xamã? — perguntou Kitay.

— Não. Você apenas emprestará sua mente. Ela invocará a deusa através de você. — A Sorqan Sira inclinou a cabeça, analisando os dois. — Vocês são bons amigos, não são?

— Sim — respondeu Kitay.

— Ótimo. A âncora funciona melhor em duas almas que já se conhecem. É mais forte. Mais estável. Você aguenta um pouco de dor?

— Sim — repetiu Kitay.

— Então devemos realizar o ritual de vínculo assim que possível.

— De jeito nenhum — disse Rin.

— Vou fazer — declarou Kitay. — Só me diga como.

— Não, eu não vou deixar...

— Não estou pedindo permissão, Rin. Não temos escolha.

— Mas você pode morrer!

Ele riu.

— Somos soldados. Sempre estamos prestes a morrer.

Rin o encarou, incrédula. Como ele podia falar com tanta indiferença? Ele não compreendia o risco de fazer aquilo?

Kitay sobrevivera a Sinegard. Golyn Niis. Boyang. Ele sofrera o suficiente por uma vida inteira. Rin não o faria passar por aquilo também. Ela jamais conseguiria se perdoar.

— Você não faz ideia de como é — disse ela. — Você nunca falou com os deuses. Você...

Ele balançou a cabeça.

— Não, você não tem o direito de falar assim. Não tem o direito de manter esse mundo longe de mim, como se eu fosse burro ou fraco demais para ele...

— Não acho que você seja fraco.

— Então por que...?

— Porque você não sabe nada sobre aquele mundo, e não deveria.

Rin não se importava se a Fênix a atormentasse, mas Kitay... Kitay era puro. Ele era a melhor pessoa que ela já conhecera. Não devia saber como era invocar um deus vingativo. Kitay era a última coisa no mundo que ainda era fundamentalmente gentil e boa, e Rin preferia morrer a corromper isso.

— Você não faz ideia de como é — insistiu ela. — Os deuses vão acabar com você.

— Você quer o fogo de volta? — perguntou Kitay.

— O quê?

— *Você quer o fogo de volta?* Se puder invocar a Fênix de novo, vai usá-la para ganhar a guerra por nós?

— Sim — respondeu Rin. — Quero isso mais do que tudo. Mas não posso pedir que faça isso por mim.

— Então não precisa pedir. — Ele se virou para a Sorqan Sira. — Nos ancore. Só me diga o que preciso fazer.

A Sorqan Sira olhava para Kitay com uma expressão que quase lembrava respeito. Um leve sorriso se abriu no rosto dela.

— Como quiser.

— Não é tão ruim — disse Chaghan. — Vocês tomam o agárico. Matam o sacrifício. Então a Sorqan Sira os vincula, e suas almas estarão interligadas para sempre. Não é preciso fazer muito além de existir, na verdade.

— Por que um sacrifício vivo? — perguntou Kitay.

— Porque há poder em uma alma liberta do mundo material — explicou Qara. — A Sorqan Sira vai usar esse poder para forjar seu vínculo.

Chaghan e Qara haviam sido convocados para preparar Rin e Kitay para o ritual, que envolvia um processo tedioso de pintar uma linha de caracteres em seus braços nus, dos ombros até as pontas dos dedos do meio. Os caracteres precisavam ser escritos nos dois exatamente ao mesmo tempo, cada pincelada síncrona ao par.

Os gêmeos trabalhavam com coordenação impressionante, talento que Rin teria apreciado mais se não estivesse tão aborrecida.

— Pare de se mexer — disse Chaghan. — Você está fazendo a tinta escorrer.

— Então escreva mais rápido — retrucou ela.

— Isso seria bom — disse Kitay, com gentileza. — Preciso mijar.

Chaghan mergulhou o pincel em um pote de tinta e o sacudiu para se livrar do excesso.

— Arruíne mais um caractere e teremos que recomeçar.

— Bem que você gostaria disso, não é? — resmungou Rin. — Por que não leva mais uma hora? Com sorte a guerra já terá acabado!

Chaghan abaixou o pincel.

— Nós não tivemos escolha. Você sabe disso.

— Sei que você é um pau-mandado — disse ela.

— Você não tem outra escolha.

— Vai à merda — retrucou a garota.

Era uma conversa petulante, e não trouxe a Rin nenhum conforto, não como ela pensou que traria. Apenas a deixou exausta. Porque Chaghan estava certo: os gêmeos tiveram que obedecer à Sorqan Sira ou certamente teriam sido mortos. Se não o tivessem feito, Rin continuaria sem saída.

— Vai ficar tudo bem — disse Qara gentilmente. — Uma âncora a deixa mais forte. Mais estável.

Rin zombou.

— Como? Parece só uma forma eficiente de perder dois soldados por um.

— Porque ela nos torna resilientes aos deuses. Sempre que os invoca, você é como uma lanterna que se afasta de seu corpo. Afaste-se demais e os deuses se enraízam em sua forma física. É assim que você enlouquece.

— Foi o que aconteceu com esse Feylen? — perguntou Kitay.

— Sim — respondeu Qara. — Ele foi longe demais, se perdeu, e o deus se enraizou lá dentro.

— Interessante. E a âncora previne isso?

Kitay parecia animado demais com o procedimento. Ele bebia as palavras dos gêmeos com uma expressão faminta, catalogando cada novo pedaço de informação em sua memória prodigiosa. Rin quase podia ver as engrenagens girando em sua mente.

Isso a assustou. Ela não queria vê-lo arrebatado por aquele mundo. Queria que ele fugisse para bem, bem longe.

— Não é perfeita, mas faz com que enlouquecer seja bem mais difícil — respondeu Chaghan. — Os deuses não podem tomar seu corpo se você tiver uma âncora. Você pode avançar o quanto quiser no mundo do espírito e sempre terá uma forma de voltar.

— Vocês estão dizendo que vou impedir que Rin enlouqueça — afirmou Kitay.

— Ela já está louca — disse Chaghan.

— Justo.

Os gêmeos trabalharam em silêncio por um longo tempo. Rin manteve a coluna ereta, de olhos fechados, respirando regularmente enquanto sentia a ponta molhada do pincel sobre a pele nua.

E se a âncora *de fato* a tornasse mais forte? Ela não pôde conter uma onda de esperança ao pensar naquilo. Como seria invocar a Fênix sem medo de enlouquecer com a fúria? Ela poderia invocar o fogo quando quisesse, pelo tempo que quisesse. Poderia controlá-lo como Altan controlara.

Mas valia a pena? O sacrifício parecia tão imenso — não apenas para Kitay, mas para *ela*. Conectar sua vida à dele seria um risco tão imprevisível e aterrorizante. Ela nunca estaria segura a não ser que Kitay também estivesse.

A não ser que ela pudesse protegê-lo. A não ser que ela pudesse garantir que Kitay *nunca* estivesse em perigo.

Enfim Chaghan baixou o pincel.

— Terminamos.

Rin esticou e examinou os braços. Caracteres pretos e espiralados cobriam sua pele, formando palavras que quase lembravam uma língua que ela podia entender.

— É só isso?

— Não. — Chaghan lhes entregou um punhado de cogumelos vermelhos. — Comam isto.

Kitay cutucou um cogumelo com o dedo.

— O que é isto?

— Agário-das-moscas. São encontrados perto de bétulas e abetos.

— Para que serve?

— Para abrir a fenda entre os mundos — respondeu Qara.

Kitay pareceu confuso.

— Conte a ele para que serve de verdade — disse Rin.

Qara sorriu.

— Para deixá-lo incrivelmente chapado. Muito mais elegante que sementes de papoula. Mais rápido também.

Kitay virou o cogumelo nas mãos.

— Parece venenoso.

— São psicodélicos — explicou Chaghan. — São todos venenosos. A *ideia* é levá-lo diretamente à porta do além.

Rin colocou os cogumelos na boca e mastigou. Eram duros e sem gosto, e ela teve que mastigar por vários minutos até que estivessem macios o suficiente para engolir. Teve a sensação desagradável de que estava mastigando um pedaço de carne humana sempre que os dentes cortavam os pedaços fibrosos.

Chaghan entregou a Kitay um copo de madeira.

— Se não quiser comer o cogumelo, pode beber o agárico.

Kitay cheirou o líquido, tomou um gole e se engasgou.

— O que tem nisso?

— Urina de cavalo — respondeu Chaghan, satisfeito. — Damos os cogumelos para os cavalos e coletamos a droga depois. Desce mais fácil.

— Vocês são *nojentos* — murmurou Kitay. Ele apertou o nariz, verteu o conteúdo do copo no fundo da garganta e se engasgou.

Rin engoliu. Pedaços secos de cogumelo desceram dolorosamente por sua garganta.

— O que acontece quando sua âncora morre? — perguntou ela.

— Você morre — disse Chaghan. — Suas almas são vinculadas, o que significa que partem desta terra juntas. Uma puxa a outra.

— Não é bem assim — retrucou Qara. — É uma escolha. Vocês podem escolher partir juntos desta terra. Ou podem quebrar o vínculo.

— Podemos? — perguntou Rin. — Como?

Qara e Chaghan se entreolharam.

— Com sua última palavra. Se ambos os parceiros estiverem dispostos.

Kitay franziu a testa.

— Não entendo. Então por que isto é uma desvantagem?

— Porque uma vez que você tem uma âncora, ela se torna parte de sua alma. De sua própria existência. Ela conhece seus pensamentos. Ela sente o que você sente. É a *única* pessoa que o entende, completa e totalmente. A maioria prefere morrer a desistir disso.

— E vocês precisariam estar no mesmo lugar quando um de vocês morresse — explicou Chaghan. — A maioria das pessoas não está.

— Mas você *pode* quebrá-la — disse Rin.

— Poderia — respondeu Chaghan. — Embora eu duvide que a Sorqan Sira lhe ensine como.

Claro que não. Rin sabia que a Sorqan Sira exigiria Kitay como salvaguarda, não apenas para garantir que sua arma contra Daji continuasse funcionando, mas também como uma precaução caso ela decidisse eliminá-la.

— Altan tinha uma âncora? — perguntou ela.

Ele tinha uma quantidade impressionante de controle para um speerliês.

— Não. Os speerlieses não sabiam como fazer o ritual. Altan era... seja lá o que Altan estivesse fazendo, era inumano. Perto do fim, ele permanecia são por pura força de vontade. — Chaghan engoliu em seco. — Ofereci várias vezes. Ele sempre negou.

— Mas você já tem uma âncora — comentou Rin. — É possível ter mais de uma?

— Não ao mesmo tempo. Um vínculo de par é o ideal. Um vínculo triangular é tremendamente instável, porque imprevisibilidade em reciprocidade significa que qualquer deserção de um lado afeta os outros dois de maneiras das quais você não pode se proteger.

— Mas...? — pressionou Kitay.

— Mas também pode amplificar suas habilidades. Torná-lo mais forte do que qualquer xamã.

— Como a Trindade — percebeu Rin. — Eles são vinculados. Por isso são tão poderosos.

Fazia tanto sentido agora. Explicava por que Daji não matara Jiang se os dois eram inimigos. Ela não o mataria. Ela *não podia*, não sem matar a si mesma.

Rin se sentou com um sobressalto.

— Então isso significa...

— Sim — interrompeu Chaghan. — Enquanto Daji estiver viva, o Imperador Dragão e o Guardião continuarão vivos. É possível que o vínculo dos três tenha sido desfeito, mas eu duvido. O poder de Daji é estável demais. Os outros dois estão por aí em algum lugar. Mas meu palpite é que não devem estar tão bem assim, porque o resto do país acha que eles estão mortos.

Vocês destruirão uns aos outros. Um morrerá, um governará e um dormirá pela eternidade.

Kitay deu voz à pergunta que estava na mente de Rin.

— Então o que aconteceu com eles? Por que desapareceram?

Chaghan deu de ombros.

— Você vai ter que perguntar aos outros dois. Terminou de beber?

Kitay esvaziou o copo e estremeceu.

— Ugh. Sim.

— Ótimo. Agora coma os cogumelos.

Kitay piscou.

— O quê?

— Não tinha agárico nesse copo — disse Chaghan.

— Ah, babaca — xingou Rin.

— Não entendi — disse Kitay.

Chaghan deu um sorrisinho.

— Eu só queria ver se você beberia xixi de cavalo.

A Sorqan Sira aguardava do lado de fora diante de uma fogueira crepitante. As chamas pareciam vivas para Rin; os tentáculos pulavam alto demais, chegavam longe demais, como mãozinhas tentando puxá-la para o fogo. Se ela demorasse os olhos sobre as labaredas, a fumaça, arroxeada devido aos pós da Sorqan Sira, começava a desenhar os rostos dos mortos. Mestre Irjah. Aratsha. Capitã Salkhi. Altan.

— Prontos? — perguntou a Sorqan Sira.

Rin piscou para afastar os rostos.

Ela se ajoelhou de frente para Kitay na terra frígida. Apesar do frio, eles só tinham permissão de usar calças e camisetas que expunham seus braços nus. Os caracteres de tinta que trilhavam suas peles brilhavam à luz do fogo.

Rin estava aterrorizada. Kitay não parecia nem um pouco temeroso.

— Estou pronto — disse ele. Sua voz estava firme.

— Pronta — ecoou Rin.

Entre eles havia duas longas facas serrilhadas e um sacrifício.

Rin não sabia como os ketreídes tinham conseguido prender um cervo adulto, enorme e saudável, sem quaisquer ferimentos visíveis, em questão de poucas horas. Suas pernas estavam amarradas juntas firmemente. Rin suspeitou que o animal havia sido sedado, porque jazia parado na terra, de olhos semiabertos, como que resignado com seu destino.

O efeito do agárico havia começado. Tudo parecia terrivelmente brilhante. Quando os objetos se mexiam em seu campo de visão, eles deixavam para trás trilhas feito pinceladas de tinta que brilhavam e giravam antes de desaparecer.

Rin focou com dificuldade no pescoço do cervo.

Ela e Kitay deviam fazer dois cortes, um de cada lado do animal, para que nenhum deles tivesse total responsabilidade por sua morte. Sozinhos, os ferimentos não seriam suficientes para matá-lo. O cervo poderia fugir, cobrir o corte com lama e de alguma forma sobreviver. Mas feridas em ambos os lados eram morte certa.

Rin pegou sua faca do chão e a segurou com força.

— Repitam comigo — disse a Sorqan Sira, e pronunciou uma corrente lenta de palavras ketreideanas. As sílabas estrangeiras soavam atrapalhadas e esquisitas na boca de Rin. Ela só conhecia seu significado porque os gêmeos haviam lhe explicado.

Viveremos como um. Lutaremos como um.

E mataremos como um.

— O sacrifício — disse a Sorqan Sira.

Eles desceram as facas.

Rin achou o gesto mais difícil do que esperara. Não porque estava desacostumada a matar — cortar carne era tão fácil para ela quanto respirar. Era o pelo que oferecia resistência. Ela cerrou os dentes e empurrou com mais força. A faca afundou na lateral do cervo.

O cervo arqueou o pescoço e gritou.

A faca de Rin não havia ido fundo o bastante. Ela tinha que aumentar o corte. Suas mãos tremiam loucamente; o cabo estava frouxo entre seus dedos.

Kitay arrastou sua faca pela lateral do cervo em um golpe limpo e firme.

O sangue se acumulou, rápido e escuro, ao redor dos joelhos de ambos. O cervo parou de se contorcer. A cabeça tombou no chão.

Através da névoa do agárico, Rin *viu* o momento em que a vida do cervo deixou seu corpo — uma aura dourada e brilhante que pairou sobre o cadáver como uma cópia etérea de sua forma física antes de subir como fumaça. Ela ergueu a cabeça, observando a aura flutuar cada vez mais alto em direção aos céus.

— Siga-a — disse a Sorqan Sira.

Rin a seguiu. Parecia uma questão tão simples. Sob a influência do agárico, sua alma estava mais leve que o próprio ar. Sua mente ascendeu, seu corpo material se tornou uma memória distante, e ela voou pelo vazio vasto e escuro que era o cosmos.

Rin se viu de pé nas margens de um grande círculo, sua circunferência entalhada com Hexagramas cintilantes, caracteres que juntos soletravam a natureza do universo, as sessenta e quatro deidades que constituíam tudo que era e um dia seria.

O círculo se inclinou e se tornou uma piscina, dentro da qual nadavam duas carpas gigantescas: uma branca e uma preta, cada uma com um ponto da cor oposta no flanco. Elas se moviam preguiçosamente, uma perseguindo a outra em um círculo eterno e vagaroso.

Ela viu Kitay do outro lado do círculo. Ele estava nu. Não era uma nudez física — ele era feito mais de luz do que de corpo, mas cada pensamento, cada memória e cada sentimento que ele já tivera brilhava na direção de Rin. Nada estava oculto.

Ela estava similarmente nua diante dele. Todos os seus segredos, suas inseguranças, sua culpa e sua fúria haviam sido expostos. Kitay via seus desejos mais cruéis e brutais. Ele via partes dela que a própria Rin não entendia. A parte que morria de medo de ficar sozinha e morria de medo de ser a última. A parte que percebera que amava a dor, que a adorava, que só podia encontrar libertação na dor.

E Rin podia vê-lo. Ela via a maneira como os conceitos eram guardados em sua mente, grandes repositórios de conhecimento entrelaçados para serem invocados em um instante. Via a ansiedade de ser a única pessoa que ele sabia ser *tão* inteligente. Via como ele estava assustado, preso e isolado na própria mente, observando o mundo desmoronar ao seu redor por causa de irracionalidades que ele não podia consertar.

E Rin entendeu sua tristeza. O luto, a perda de um pai, porém mais que apenas isso — a perda de um império, a perda da lealdade, do *dever*, o único motivo de sua existência...

Ela viu sua fúria.

Como ela havia levado tanto tempo para entender? Rin não era a única motivada pela raiva. Mas enquanto a fúria dela era explosiva, imediata e devastadora, a de Kitay queimava com determinação silenciosa; espalhava-se, apodrecia e se prolongava, e a força desse ódio a impressionou.

Nós somos iguais.

Kitay queria vingança e sangue. Sob aquela frágil aparência de controle havia um grito constante de fúria que se originava da confusão e culminava em um desejo devastador de destruição, ainda que apenas para poder destruir o mundo e reconstruí-lo de uma maneira que fizesse *sentido*.

O círculo brilhou entre eles. As carpas começaram a rodar cada vez mais rápido, até que a escuridão e a luz fossem indistintas; não cinza, não misturadas, mas ainda assim a mesma entidade, dois lados da mesma moeda, complementos necessários para equilibrar um ao outro, assim como o Panteão era equilibrado.

O círculo girou, e eles giraram com ele — cada vez mais rápido, até que os Hexagramas ficaram borrados e se misturaram em um aro cintilante. Por um momento, Rin se perdeu na convergência. Acima se tornou abaixo, direita se tornou esquerda, todas as distinções se partiram...

Então ela sentiu o poder, e era magnífico.

Rin experimentou a mesma sensação de quando Shiro injetara heroína em suas veias. Era a mesma agitação, a mesma onda estonteante de energia. Mas dessa vez seu espírito não se afastou mais e mais do mundo material. Dessa vez, Rin sabia onde seu corpo estava, poderia retornar a ele em segundos se quisesse. Ela estava no meio do caminho entre o mundo espiritual e o mundo material. Podia perceber os dois, afetar os dois.

Ela não tinha subido para encontrar sua deusa; sua deusa havia sido levada até ela. Rin sentiu a Fênix por todo o corpo, a fúria e o fogo, tão deliciosamente quente que comichava ao passar por ela.

Sentia tanta satisfação que queria rir.

Mas Kitay gemia. Estava gemendo fazia algum tempo, mas Rin estivera tão arrebatada pelo poder que mal percebera.

— Não está funcionando. — A Sorqan Sira invadiu de repente o devaneio de Rin. — Pare, você o está dominando.

Rin abriu os olhos e viu Kitay encolhido em posição fetal, choramingando no chão. Ele jogou a cabeça para trás e emitiu um grito longo e lamurioso.

A visão dela ficou embaçada e mudou. Em um momento, ela olhava para Kitay; no seguinte, não conseguia vê-lo. Tudo que podia ver era o fogo, vastas expansões de fogo sobre as quais só ela tinha controle...

— Você o está apagando — sibilou a Sorqan Sira. — Volte.

Mas por quê? Ela nunca havia se sentido tão bem. Não queria que aquela sensação parasse.

— Você vai matá-lo. — Os dedos da Sorqan Sira se afundaram no ombro dela. — E então nada poderá salvá-la.

De forma vaga, Rin entendeu. Ela estava machucando Kitay, precisava parar, mas *como*? O fogo era tão sedutor que reduzia sua mente racional a um mero sussurro. Ela ouviu a risada da Fênix ecoando em sua mente, ficando mais alta e mais forte a cada segundo.

— Rin — disse Kitay, arfando. — *Por favor.*

Isso a trouxe de volta.

Sua compreensão do mundo material estava se desfazendo. Antes que desaparecesse por completo, ela agarrou a faca e esfaqueou a própria perna.

Pontos brancos explodiram em sua visão. A dor espantou o fogo, induziu uma claridade intensa de volta à sua mente. A Fênix ficou silenciosa. O vazio tinha cessado.

Rin viu Kitay pelo plano espiritual. Ajoelhado, mas vivo, presente e inteiro.

Ela abriu os olhos e viu o solo. Aos poucos, se sentou e limpou a terra do rosto. Viu Kitay olhando ao redor, confuso, piscando como se visse o mundo pela primeira vez.

Rin tocou a mão dele.

— Você está bem?

Ele inspirou fundo, trêmulo.

— Eu... estou bem, acho, eu só... Me dê um minuto.

Rin não conseguiu evitar o riso.

— Bem-vindo ao meu mundo.

— É como se eu estivesse em um sonho. — Kitay examinou as costas da mão, virou-a sob a luz minguante do sol como se não confiasse nas evidências do próprio corpo. — Eu acho... acho que vi a prova física de seus deuses. Eu sabia que esse poder existia. Mas tudo que sei sobre o mundo...

— O mundo que você conhecia não existe — disse ela baixinho.

— Não brinca.

As mãos de Kitay agarraram a terra e a grama, como se ele temesse que o chão pudesse desaparecer sob seus dedos.

— Tente — disse a Sorqan Sira.

Rin não precisou perguntar o que ela queria dizer.

Ela se levantou com pernas trêmulas e se virou para não fitar Kitay. Abriu as palmas. Sentiu o fogo dentro do peito, uma presença quente esperando para se despejar no momento em que ela a chamasse.

Ela a invocou. Uma chama quente apareceu em suas mãos, uma coisinha quieta e débil.

Rin ficou tensa, esperando pelo puxão, o desejo de invocar mais, *mais*. Só que não sentiu nada. A Fênix ainda estava lá. Rin sabia que a Fênix gritava por ela, mas não conseguia alcançá-la. Um muro fora construído em sua mente, uma estrutura psíquica que repelia e reduzia a deusa a apenas um sussurro fraco.

Vai se foder, disse a Fênix, mas mesmo agora ela parecia achar graça. *Vai se foder, speerliesazinha.*

Rin gritou com prazer. Ela não apenas recuperara, ela *domara um deus*. O vínculo da âncora a libertara.

Ela observou, tremendo, enquanto o fogo se acumulava em suas palmas. Ela ordenou que queimasse mais alto. Fez com que saltasse no ar em arcos, como peixes pulando do oceano. Ela podia comandá-lo tão completamente quanto Altan pudera. Não. Era melhor do que Altan jamais fora, porque estava sóbria, era estável e era livre.

O medo da loucura se fora, mas não o poder impossível. O poder permanecera, um poço profundo do qual podia extraí-lo quando quisesse.

E agora Rin *podia* querer.

Ela viu que Kitay a observava. Seus olhos estavam arregalados, a expressão igualmente temerosa e maravilhada.

— Você está bem? — perguntou Rin. — Consegue sentir?

Kitay não respondeu. Ele levou a mão à têmpora, o olhar tão fixo nas chamas que Rin as viu refletidas nos olhos do amigo, e ele riu.

Naquela noite, os ketreídes deram a eles um caldo de ossos — escaldante, almiscarado, ácido e salgado ao mesmo tempo. Rin o engoliu o mais rápido que pôde. O líquido queimou o fundo de sua garganta, mas ela não se importou. Estava sobrevivendo à base de peixe seco e mingau de arroz havia tanto tempo que se esquecera de como comida de verdade podia ser boa.

Qara entregou a ela uma caneca.

— Beba mais água. Você está ficando desidratada.

— Obrigada. — Apesar do frio da noite, Rin ainda estava suando. Gotículas cobriam sua pele, encharcando suas roupas.

Do outro lado da fogueira, Kitay e Chaghan estavam envoltos em uma discussão animada que, até onde Rin conseguia entender, envolvia a natureza metafísica do cosmos. Chaghan desenhava diagramas na terra com um graveto enquanto Kitay observava, assentindo com entusiasmo.

Rin se virou para Qara.

— Posso fazer uma pergunta?

— Claro.

Rin deu uma olhada em Kitay. Ele não estava prestando atenção nela. Havia pegado o graveto de Chaghan e estava rabiscando uma equação matemática bastante complicada abaixo dos diagramas.

Rin baixou o tom de voz.

— Há quanto tempo você e seu irmão estão ancorados?

— A vida toda — respondeu Qara. — Tínhamos dez dias de vida quando fizemos o ritual. Não consigo me lembrar da vida sem ele.

— E o vínculo sempre foi... sempre foi equilibrado? Um de vocês não enfraquece o outro?

Qara ergueu uma sobrancelha.

— Você acha que eu fui enfraquecida?

— Não sei. Você sempre parece tão...

Rin deixou as palavras morrerem. Ela não sabia como formular aquilo. Qara sempre fora um mistério para Rin. Ela era a lua para o sol do irmão. Chaghan tinha uma personalidade tão dominadora. Amava ser o centro das atenções, amava dar sermões a todos ao seu redor da maneira mais condescendente possível. Mas Qara sempre preferira as sombras e a companhia silenciosa de seus pássaros. Rin nunca a ouvira expressar uma opinião que não fosse a do irmão.

— Você acha que Chaghan me domina — afirmou Qara.

Rin corou.

— Não, eu só...

— Você receia dominar Kitay — disse Qara. — Acha que sua fúria vai se tornar demais para ele e que Kitay se tornará apenas uma sombra sua. Acha que foi o que aconteceu conosco.

— Estou com medo — confessou Rin. — Eu quase o matei. E se esse... esse desequilíbrio, sei lá, for um risco, quero saber. Não quero arrancar dele a habilidade de me desafiar.

Qara assentiu devagar. Ela ficou em silêncio por um longo momento, franzindo a testa.

— Meu irmão não me domina — disse ela por fim. — Pelo menos não de uma forma que eu saberia. Mas eu nunca o desafiei.

— Então como...?

— Nossos desejos são unidos desde que éramos crianças. Nós desejamos as mesmas coisas. Quando ele fala, vocaliza os pensamentos de ambos. Somos duas metades da mesma pessoa. Se eu pareço retraída para você, é porque a presença de Chaghan no mundo mortal me liberta para viver em meio ao mundo espiritual. Eu prefiro almas animais às mortais, para as quais nunca tive muito a dizer. Isso não significa que fui enfraquecida.

— Mas Kitay não é como você — disse Rin. — Nossos desejos *não são* alinhados. Na verdade, discordamos mais do que concordamos. E eu não quero... apagá-lo.

A expressão de Qara se suavizou.

— Você o ama?

— Sim — respondeu Rin imediatamente. — Mais do que qualquer pessoa no mundo.

— Então não precisa se preocupar — afirmou Qara. — Se você o ama, então pode confiar em si mesma para protegê-lo.

Rin torcia para que fosse verdade.

— Ei — chamou Kitay. — O que tem de tão interessante aí?

— Nada — respondeu Rin. — Só fofoca. Já desvendou a natureza do cosmos?

— Ainda não. — Kitay jogou o graveto na terra. — Mas me dê um ano ou dois. Estou chegando perto.

Qara se levantou.

— Venham. Devíamos dormir um pouco.

Durante o dia, os ketreídes haviam construído várias outras tendas, amontoadas em um círculo. A tenda designada para Rin e seus companheiros estava bem no centro. A mensagem era clara. Eles ainda estavam sob a vigia dos ketreídes até que a Sorqan Sira escolhesse libertá-los.

A tenda era pequena demais para quatro pessoas. Rin se encolheu de lado, os joelhos perto do peito, embora tudo que quisesse era se esparramar, esticar braços e pernas. Ela se sentia sufocada. Queria o ar livre, areia, águas amplas. Rin inspirou fundo, tentando abafar o mesmo pânico que tomara conta dela durante a transpiração.

— O que foi? — perguntou Qara.

— Acho que prefiro dormir lá fora.

— Você vai congelar. Não seja burra.

Rin se apoiou de lado.

— Você parece confortável.

Qara sorriu.

— Tendas me lembram de casa.

— Há quanto tempo vocês saíram de lá?

Qara pensou por um momento.

— Eles nos mandaram para o sul quando fizemos onze anos. Então faz uma década agora.

— Você às vezes deseja voltar?

— Às vezes — respondeu Qara. — Mas não há muita coisa lá. Não para nós, pelo menos. É melhor ser um estrangeiro no Império que um naimade na estepe.

Rin supôs que era isso que acontecia quando o povo de alguém era responsável por treinar um punhado de assassinos traidores.

— Ninguém fala com vocês lá? — perguntou ela.

— Em casa somos escravizados — respondeu Chaghan sem emoção. — Os ketreídes ainda culpam nossa mãe pela Trindade. Eles nunca nos aceitarão de volta. Pagaremos penitência por isso para sempre.

Um silêncio desconfortável preencheu o espaço. Rin tinha mais perguntas, só não sabia como fazê-las.

Se estivesse com um humor diferente, ela teria ralhado com os gêmeos por enganá-los. Os dois haviam sido espiões por todos aqueles anos, observando o Cike para determinar se seus integrantes continuavam estáveis. Se o grupo fazia um bom trabalho selecionando os seus, emparedando os mais loucos em Chuluu Korikh.

E se os gêmeos tivessem decidido que o Cike havia ficado perigoso demais? Eles simplesmente os teriam eliminado? Certamente os ketreídes sentiam que tinham o direito de fazê-lo. Eles olhavam para os xamãs de Nikan com a mesma arrogância presunçosa que os hesperianos, e Rin odiava isso.

Mas ela segurou a língua. Chaghan e Qara haviam sofrido o bastante. E ela sabia bem como era ser uma pária no próprio país.

— Essas tendas. — Kitay pôs as palmas nas paredes; seus braços abertos englobavam um terço do diâmetro da cabana. — São todas pequenas assim?

— São ainda menores na estepe — respondeu Qara. — Você é do sul, nunca viu ventos de verdade.

— Sou de Sinegard — disse Kitay.

— Isso não é o norte de verdade. Tudo abaixo das dunas de areia conta como sul para nós. Na estepe, as rajadas da noite podem arrancar a carne do seu rosto, se não o congelarem até a morte primeiro. Ficamos nas tendas porque, de outra forma, a estepe nos mataria.

Não havia como contestar isso. Um silêncio tranquilo sobre a tenda. Kitay e os gêmeos adormeceram em instantes; Rin sabia pelo som de suas respirações ritmadas e regulares.

Ela ficou acordada com o tridente apertado contra o peito, encarando o teto aberto acima dela, aquele círculo perfeito que revelava o céu noturno. Ela se sentiu como um pequeno roedor enterrado em seu buraco, tentando fingir que, se estivesse fundo o suficiente, o mundo lá fora não o incomodaria.

Talvez os ketreídes ficassem nas tendas para se esconder dos ventos. Ou talvez, pensou ela, com estrelas tão brilhantes, se você acreditasse que lá em cima estava o cosmos, então era preciso construir uma tenda para fornecer uma sensação temporária de materialidade. Caso contrário, sob o peso da divindade rodopiante, você poderia sentir que não tem significado algum.

CAPÍTULO 24

Uma nova camada de neve caíra enquanto eles dormiam. Fez o sol brilhar mais forte, deixou o ar mais gelado. Rin mancou para fora da tenda e alongou os músculos doloridos, semicerrando os olhos diante da luz intensa.

Os ketreídes comiam em turnos. Seis cavaleiros por vez se sentavam ao redor da fogueira, devorando a comida enquanto os outros montavam guarda nos arredores.

— Comam a sua parte. — A Sorqan Sira serviu duas tigelas fumegantes de cozido e as entregou para Rin e Kitay. — Vocês têm uma jornada difícil à frente. Faremos um embrulho de carne seca e um pouco de leite de iaque, mas comam o máximo que puderem agora.

Rin pegou a tigela. O cozido cheirava muito bem. Ela se sentou no chão e se aconchegou ao lado de Kitay para se aquecer, cotovelos ossudos tocando quadris ossudos. Pequenos detalhes sobre o amigo pareciam se destacar em alto-relevo agora. Ela nunca percebera como seus dedos eram finos e longos, ou como ele sempre tinha um cheiro fraco de nanquim e poeira, ou como seu cabelo encaracolado formava cachinhos nas pontas.

Rin o conhecia havia mais de quatro anos, mas, sempre que o olhava, descobria algo novo.

— Então é isso? — Kitay perguntou à Sorqan Sira. — Você vai nos deixar ir? Simples assim?

— Os termos foram cumpridos — respondeu ela. — Não temos motivos para machucá-los.

— Então o que eu sou para vocês? — perguntou Rin. — Um animal de estimação numa coleira longa?

— Você é minha aposta. Um lobo treinado que estou soltando.

— Para matar um inimigo que você não pode enfrentar — afirmou Rin.

A Sorqan Sira sorriu, mostrando os dentes.

— Fique feliz por ainda termos uso para você.

Rin não gostou da forma como ela falou.

— O que acontece se eu vencer e vocês não tiverem mais uso para mim?

— Então deixarei que continuem vivos como símbolo de nossa gratidão.

— E o que acontece se decidirem que voltei a ser uma ameaça?

— Então a encontraremos novamente. — A Sorqan Sira apontou para Kitay. — E, dessa vez, a vida *dele* estará em jogo.

Rin não duvidava que a Sorqan Sira enterraria uma flecha no coração de Kitay sem hesitar.

— Você ainda não confia em mim — disse a garota. — Está jogando conosco, e o vínculo da âncora é sua garantia.

A Sorqan Sira suspirou.

— Tenho medo, criança. E tenho o direito de ter. A última vez que ensinamos xamãs nikaras a se ancorarem, eles se voltaram contra nós.

— Mas não sou nada parecida com eles.

— Você é parecida demais com eles. Tem os mesmos olhos. Raivosos. Desesperados. Você viu demais. Odeia demais. Aqueles três eram mais novos do que você quando vieram até nós, mais tímidos e assustados. Ainda assim, massacraram milhares de inocentes. Você é mais velha que eles e fez muito pior.

— Isso não é a mesma coisa — disse Rin. — A Federação...

— Mereceu? — perguntou a Sorqan Sira. — Todos? Até as mulheres? As crianças?

Rin ficou vermelha.

— Mas eu não... eu não fiz porque gostava daquilo. Não sou como *eles*.

Não como aquela visão de um Jiang mais novo, que ria quando matava, que parecia se deleitar com um banho de sangue. Não como Daji.

— Isso é o que eles pensavam sobre si mesmos também — disse a Sorqan Sira. — Mas os deuses os corromperam, assim como corromperão você. Os deuses manifestam seus instintos mais maléficos e cruéis.

Você acha que está no controle, mas sua mente se corrói a cada segundo. Invocar os deuses é apostar com a loucura.

— É melhor do que não fazer nada. — Rin sabia que estava andando em solo perigoso, que precisava manter a boca fechada, mas as constantes lições pacifistas dos ketreídes a enfureciam. — Prefiro enlouquecer a me esconder atrás do deserto de Baghra e fingir que as atrocidades não estão acontecendo quando posso fazer algo a respeito.

A Sorqan Sira deu uma risadinha.

— Você acha que não fizemos nada? Foi isso que contaram?

— Sei que milhões morreram durante as duas primeiras Guerras da Papoula. E sei que vocês nunca foram ao sul para impedir isso.

— Quantas pessoas você acha que a guerra de Vaisra matou? — perguntou a Sorqan Sira.

— Menos pessoas do que as que morreriam de outra forma — respondeu Rin.

A Sorqan Sira não respondeu. Só deixou o silêncio se arrastar até que a resposta de Rin começasse a parecer ridícula.

Rin remexia a comida, subitamente sem fome.

— O que farão com os estrangeiros? — perguntou Kitay.

Rin havia se esquecido dos hesperianos até Kitay perguntar. Ela olhou ao redor do acampamento, mas não os viu. Então notou uma tenda maior um pouco além da clareira, vigiada por Bekter e seus cavaleiros.

— Talvez nós os matemos. — A Sorqan Sira deu de ombros. — Eles são homens santos, e nada bom vem da religião hesperiana.

— Por que diz isso? — perguntou Kitay.

— Eles acreditam em uma única e onipotente deidade, o que significa que não conseguem aceitar a verdade de outros deuses. E quando nações começam a acreditar que outras crenças levam à danação, a violência se torna inevitável. — A Sorqan Sira inclinou a cabeça. — O que acham? Devemos acabar com eles? É melhor que deixá-los morrer de exposição ao frio.

— Não os mate. — Rin se apressou em responder. Tarcquet a deixava desconfortável e a Irmã Petra lhe dava vontade de socar uma parede, mas Augus nunca lhe parecera nada além de inocente e bem-intencionado. — Esses jovens são missionários, não soldados. São inofensivos.

— Aquelas armas não são inofensivas — disse a Sorqan Sira.

— Não — concordou Kitay. — São mais rápidas e mortais que balestras, e são ainda mais mortais em mãos inexperientes. Eu não devolveria as armas.

— Então voltar em segurança será difícil. Podemos dar apenas um corcel para vocês dois. Eles terão que andar por território inimigo.

— Você daria a eles suprimentos para construir jangadas? — perguntou Rin.

A Sorqan Sira franziu a testa, pensando.

— Eles conseguirão encontrar o caminho de volta nos rios?

Rin hesitou. Seu altruísmo só se estendia até certo ponto. Não queria ver Augus morto, mas não podia perder tempo vigiando crianças que nem sequer deveriam estar lá, para começo de conversa.

Ela se virou para Kitay.

— Se eles conseguirem chegar ao Murui do oeste, ficarão bem, não é?

Ele deu de ombros.

— Mais ou menos. Os afluentes são complicados. Eles podem se perder. Podem acabar em Khurdalain.

Rin aceitaria aquele risco. Era o suficiente para aliviar sua consciência. Se Augus e seus companheiros não fossem espertos o bastante para voltar a Arlong, seria culpa deles. O missionário havia sido gentil com ela uma vez. Rin garantiria que os ketreídes não plantassem uma flecha em sua cabeça. Ela não lhe devia nada mais do que aquilo.

Chaghan estava sozinho quando Rin o encontrou, sentado na beirada do rio com os joelhos dobrados contra o peito.

— Eles não acham que você pode fugir? — perguntou a garota.

Ele abriu um sorriso amargo.

— Você sabe que não corro muito rápido.

Rin se sentou ao lado dele.

— Então o que acontece com vocês agora?

Seu rosto era indecifrável.

— A Sorqan Sira não confia mais em nós para vigiar o Cike. Ela nos levará de volta para o norte.

— E o que vai acontecer com vocês lá?

Ele engoliu em seco.

— Depende.

Rin sabia que Chaghan não queria sua compaixão, então não o pressionou. Respirou fundo.

— Eu queria agradecer.

— Pelo quê?

— Você me apoiou.

— Eu só estava salvando meu pescoço.

— Claro.

— Também estava torcendo para que você não morresse — admitiu ele.

— Obrigada por isso.

Um silêncio estranho se instaurou. Rin viu os olhos de Chaghan se voltarem para ela várias vezes, como se debatesse como abordar o assunto seguinte.

— Fale — disse ela por fim.

— Quer mesmo?

— Sim, se for para você parar de ficar esquisito assim.

— Certo — disse ele. — Dentro do Selo, o que você viu...

— Foi Altan — respondeu Rin prontamente. — Altan, vivo. Foi o que vi. Ele estava vivo.

Chaghan soltou o ar.

— Então você o matou?

— Dei a ele o que queria — respondeu Rin.

— Entendi.

— Eu também o vi feliz. Ele estava diferente. Não estava sofrendo. Nunca havia sofrido. Estava *feliz*. É assim que me lembrarei dele.

Chaghan não disse nada por um longo tempo. Rin sabia que o homem estava tentando não chorar na frente dela, as lágrimas se acumulando nos olhos.

— Aquilo é real? — perguntou Rin. — Em outro mundo, aquilo é real? Ou o Selo estava apenas me mostrando o que eu queria ver?

— Não sei — disse Chaghan. — Nosso mundo é um sonho dos deuses. Talvez eles tenham outros sonhos. Mas tudo que temos é *esta* história, e no roteiro deste mundo, nada trará Altan de volta à vida.

Rin inclinou o corpo para trás.

— Eu achava que sabia como este mundo funcionava. Como o cosmos funcionava. Mas não sei de nada.

— A maioria dos nikaras não sabe — disse Chaghan, mal tentando disfarçar sua arrogância.

Rin bufou.

— E vocês sabem?

— Sabemos o que constitui a natureza da realidade — respondeu Chaghan. — Faz anos que compreendemos. Mas seu povo é tolo, frágil e desesperado. Não sabe o que é real e o que é falso, então se agarra às suas verdadezinhas, porque é melhor do que imaginar que seu mundo talvez não importe muito no fim das contas.

Rin estava começando a entender por que os terra-remotenses se viam como os cuidadores do universo. Quem mais entendia a natureza do cosmos como eles? Quem sequer chegava perto?

Talvez Jiang tivesse sabido, muito tempo antes, quando sua mente ainda lhe pertencia. Mas o homem que Rin conhecera havia se partido, e os segredos que lhe ensinara eram apenas fragmentos da verdade.

— Eu achava que o que você fazia era presunção — murmurou ela. — Mas é *gentileza*. Os terra-remotenses mantêm a ilusão para que todos possam viver na mentira.

— Não nos chame assim — disse Chaghan abruptamente. — *Terra-remotense* não é um nome. Apenas o Império usa essa palavra, porque presume que todos que vivem na estepe são iguais. Naimades não são ketreídes. Chame-nos por nossos nomes.

— Desculpe. — Rin cruzou os braços, tremendo com o vento gelado. — Posso perguntar outra coisa?

— Você vai perguntar de qualquer jeito.

— Por que você me odeia tanto?

— Eu não odeio você — respondeu ele na mesma hora.

— Mas parecia. Pareceu por muito tempo, mesmo antes de Altan morrer.

Enfim Chaghan se virou para encará-la.

— Não consigo olhar para você e não ver Altan.

Rin sabia que ele diria isso. Ela sabia, mas doeu mesmo assim.

— Você achava que eu não seria uma comandante à altura dele. E isso... isso é justo, eu jamais fui. E... e se você estava com ciúmes, por algum motivo, eu entendo isso também, mas você deve saber que...

— Eu não estava com ciúmes — interrompeu ele. — Eu estava com raiva. De nós dois. Eu via você cometer os mesmos erros que Altan e não sabia como pará-la. Vi Altan confuso e raivoso todos aqueles anos, e o vi seguir pelo caminho que escolheu como uma criança cega, e pensei que exatamente a mesma coisa estivesse acontecendo com você.

— Mas eu sei o que estou fazendo. Não sou cega como ele era...

— É sim, mesmo que não perceba. Seu povo é tratado como escravizado há tanto tempo que esqueceu como é ser livre. Vocês ficam com raiva facilmente e logo se apegam a coisas, ópio, pessoas, ideias, que amenizam sua dor, mesmo que temporariamente. E isso faz de vocês bastante fáceis de manipular. — Chaghan fez uma pausa. — Desculpe. Estou sendo muito duro?

— Vaisra não está me manipulando — insistiu Rin. — Ele está... *Nós* estamos lutando por algo bom. Algo pelo qual vale a pena lutar.

Chaghan a fitou, sério.

— E você acredita mesmo na República?

— Acredito que a República é uma alternativa melhor do qualquer outra coisa que temos — respondeu ela. — Daji tem que morrer. Vaisra é nossa melhor chance de matá-la. E o que acontecer depois não pode ser pior do que o Império.

— Acha mesmo isso?

Rin não queria mais falar sobre aquilo. Não queria que sua mente fosse naquela direção. Nenhuma vez desde o desastre no lago Boyang ela havia considerado seriamente não retornar a Arlong, ou a ideia de que talvez *não houvesse* um lugar ao qual retornar.

Rin tinha poder demais agora, fúria demais, e precisava de uma causa pela qual queimar. A República de Vaisra era sua âncora. Sem isso, ela estaria perdida, à deriva. Essa ideia a aterrorizava.

— Preciso fazer isso — disse ela. — Ou não vou ter nada.

— Se você diz. — Chaghan se virou para o rio. Ele parecia ter desistido de argumentar. Rin não sabia se ele estava decepcionado ou não. — Talvez você esteja certa. Mas cedo ou tarde terá que se perguntar pelo que está lutando exatamente. E terá que encontrar um motivo para viver além da vingança. Altan nunca conseguiu isso.

— Tem certeza de que sabe como conduzir esse animal? — Qara entregou as rédeas do cavalo para Rin.

— Não, mas Kitay sabe.

Rin olhou para o cavalo de guerra preto com temor. Ela nunca se sentira completamente confortável perto de cavalos. Eles eram muito maiores de perto, com cascos feitos para abrir cabeças, mas Kitay passara boa parte da infância cavalgando pela propriedade da família, então sabia lidar tranquilamente com a maioria dos animais.

— Fiquem fora das estradas principais — instruiu Chaghan. — Meus pássaros dizem que o Império está recuperando muitos de seus territórios. Vocês vão se deparar com patrulhas do Exército se forem vistos viajando à luz do dia. Fiquem entre as árvores quando puderem.

Rin estava prestes a perguntar sobre a comida do cavalo quando Chaghan e Qara olharam bruscamente para a esquerda, como dois animais caçadores alertas à presa.

Ela ouviu os barulhos segundos depois. Gritos do acampamento ketreíde. Flechas atingindo corpos. E, um momento depois, o som inconfundível de arcabuzes.

— *Merda* — sussurrou Kitay.

Os gêmeos já estavam voltando. Rin pegou o tridente do chão e os seguiu.

O acampamento estava em caos. Ketreídes corriam, agarrando as rédeas de cavalos assustados que tentavam escapar. O ar estava carregado da fumaça acre de pólvora. Buracos de balas pontilhavam as tendas. Corpos de ketreídes jaziam espalhados pelo chão, e os missionários da Companhia Cinzenta, metade deles brandindo arcabuzes, disparavam a esmo pelo acampamento.

Como haviam recuperado os arcabuzes?

Rin ouviu um disparo e se jogou no chão quando uma bala rasgou o ar, atingindo a árvore atrás dela.

Flechas assobiavam acima. Cada uma encontrou seu alvo com um baque. Um punhado de hesperianos caiu no chão, com flechas enterradas nos crânios. Outros fugiram, em pânico, da clareira. Ninguém os perseguiu.

O único que sobrou foi Augus. Ele brandia dois arcabuzes, um em cada mão, seus canos apontados desajeitadamente para o chão.

Ele nunca havia disparado um, Rin percebeu. Estava tremendo e não fazia ideia do que fazer.

A Sorqan Sira emitiu um comando em voz baixa. Os cavaleiros se moveram de uma vez. Instantaneamente, doze flechas estavam apontadas para Augus, as cordas dos arcos retesadas.

— Não atirem! — gritou Rin. Ela correu à frente, bloqueando a trajetória das flechas com o corpo. — Não atirem, por favor, ele está confuso...

Augus pareceu não perceber. Seus olhos se fixaram nos de Rin. Ele ergueu o arcabuz da mão direita. O cano mirava bem no peito dela.

Pouco importava que ele nunca tivesse disparado um arcabuz antes. Não erraria. Não naquela distância.

— Demônio — disse ele.

— Rin, para trás — alertou Kitay.

Rin ficou paralisada, incapaz de se mexer. Augus balançava as armas erraticamente, alternando a mira entre a Sorqan Sira, Rin e Kitay.

— Criador, dê-me coragem, proteja-me desses pagãos...

— O que ele está dizendo? — perguntou a Sorqan Sira, exigindo saber.

Augus fechou os olhos com força.

— Mostre a eles a força do céu e os golpeie com sua justiça divina...

— Augus, pare! — Rin avançou, as mãos erguidas no que esperava ser um gesto inofensivo, e falou em um hesperiano claro. — Você não tem o que temer. Essas pessoas não são seus inimigos. Não vão feri-lo...

— Selvagens! — gritou Augus. Ele balançou um arcabuz diante de si. Os ketreídes sibilaram e se afastaram, vários se agachando. — *Saiam da minha cabeça!*

— Augus, por favor — implorou Rin. — Você está com medo, você não é você mesmo. Olhe para mim, você sabe quem sou, você me conhece...

Augus apontou o arcabuz para ela.

O comando silencioso da Sorqan Sira ecoou pela clareira. *Atirem.*

Nenhum cavaleiro ketreíde disparou.

Rin olhou ao redor, confusa.

— Bekter! — gritou a Sorqan Sira. — O que está acontecendo?

Bekter sorriu. Aterrorizada, Rin percebeu o que estava acontecendo.

Aquilo não era um acidente. Os hesperianos haviam sido soltos de propósito.

Era um golpe.

Uma enxurrada furiosa de imagens ricocheteou na clareira. Uma guerra silenciosa de mentes entre Bekter e a Sorqan Sira explodiu para todos os presentes, como se eles fossem lutadores diante de uma plateia.

Rin viu Bekter cortando as amarras dos hesperianos e colocando os arcabuzes em suas mãos. Eles o encararam, aturdidos de terror. O rapaz disse a eles que estavam prestes a jogar um jogo. Desafiou-os a fugir das flechas. Os hesperianos se espalharam.

Ela viu a garota que Jiang assassinara — Tseveri, a filha da Sorqan Sira — cavalgando por uma estepe com um garotinho sentado à sua frente. Eles riam.

Ela viu um bando de guerreiros — speerlieses, percebeu assustada —, pelo menos uma dúzia deles, com chamas saindo dos ombros enquanto marchavam por tendas queimadas e corpos carbonizados.

Ela sentiu uma fúria selvagem irradiando de Bekter, uma fúria que os protestos da Sorqan Sira apenas intensificavam, e entendeu tudo: não era apenas uma guerra de poder incitada pela ambição. Era vingança.

Bekter queria fazer pela irmã Tseveri o que a Sorqan Sira nunca pudera. Ele queria retaliação. A Sorqan Sira queria os xamãs nikaras sob controle, mas Bekter os queria mortos.

A senhora deixou o Cike correr livremente pelo Império por tempo demais, mãe. A voz de Bekter soou alta e clara. *Você mostrou piedade ao lixo naimade por tempo demais. Chega.*

Os cavaleiros concordaram.

Fazia tempo que haviam jurado lealdade a outra pessoa. Agora, só precisavam depor a líder.

A conversa teve fim em um instante.

A Sorqan Sira cambaleou para trás. Ela parecia ter encolhido. Pela primeira vez, Rin viu medo em seu rosto.

— Bekter — disse ela. — Por favor.

Bekter deu uma ordem.

Flechas pontilharam a terra ao redor dos pés de Augus. Ele deu um grito estrangulado. Rin avançou, mas era tarde demais. Ela ouviu um estalo, depois uma pequena explosão.

A Sorqan Sira foi ao chão. Fumaça saía do ponto onde a bala havia se alojado em seu peito. Ela olhou para baixo, depois de volta para Augus, o rosto contorcido de descrença, antes de tombar para o lado.

Chaghan correu à frente.

— *Ama!*

Augus largou o arcabuz que disparara e ergueu o segundo ao ombro.

Várias coisas aconteceram ao mesmo tempo.

Augus puxou o gatilho. Qara se jogou na frente do irmão. Um estrondo rasgou a noite e, juntos, os gêmeos desabaram, Qara caindo nos braços de Chaghan.

Os cavaleiros se viraram para fugir.

Rin gritou. Um regato de fogo disparou de sua boca e atingiu Augus no peito, derrubando-o. Ele gritou, contorcendo-se loucamente para apagar as chamas, mas o fogo não parou; consumiu seu ar, invadiu seus pulmões, tomou-o por dentro até seu torso virar carvão e ele não poder mais gritar.

Os espasmos de morte de Augus diminuíram para uma contração mínima, um inseto se debatendo antes de morrer. Rin caiu de joelhos e fechou a boca. As chamas se apagaram, e Augus jazia imóvel.

Atrás dela, Chaghan embalava a irmã. Uma mancha escura de sangue apareceu sobre o seio direito de Qara, uma pintura de um artista invisível, crescendo e se transformando em algo que lembrava uma papoula em flor.

— Qara... Qara, *não*...

As mãos de Chaghan se moviam freneticamente sobre o torso da irmã, mas não havia flecha para puxar. A ponta de metal havia penetrado fundo demais para salvá-la.

— Pare — arfou Qara. Ela ergueu a mão trêmula e tocou o peito de Chaghan. Sangue borbulhava entre seus dentes. — Deixe-me. Você precisa me deixar ir.

— Eu vou com você — disse Chaghan.

A respiração de Qara vinha em arfadas curtas e dolorosas.

— Não. Importante demais.

— Qara...

— Faça isso por mim — sussurrou Qara. — *Por favor*.

Chaghan pressionou a testa contra a de Qara. Algo se passou entre eles, uma troca de pensamentos que Rin não conseguiu ouvir. Qara levou a mão trêmula ao peito, desenhou um padrão com o próprio sangue na pele pálida da bochecha de Chaghan e em seguida colocou a palma da mão sobre a figura.

Chaghan soltou o ar. Rin pensou ter visto algo atravessar o espaço entre eles — uma rajada de ar, um brilho de luz.

A cabeça de Qara tombou para o lado. Chaghan puxou o corpo sem vida da irmã para si e baixou a cabeça.

— Rin — chamou Kitay com urgência.

Ela se virou. A três metros de distância, Bekter estava montado em seu cavalo, o arco em riste.

Rin ergueu o tridente, mas não tinha chance. Àquela pequena distância, Bekter tinha um disparo fácil. Eles morreriam em segundos.

Porém Bekter não estava mirando. A flecha estava encaixada no arco, mas a corda não estava retesada. Ele tinha uma expressão atordoada, alternando o olhar entre os corpos da Sorqan Sira e de Qara.

Ele está em choque, percebeu Rin. Bekter não conseguia acreditar no que fizera.

Ela ergueu o tridente acima da cabeça, pronta para arremessá-lo.

— Matar não é fácil, não é?

Bekter piscou, como se retomasse os sentidos, e então mirou o arco nela.

— Vá em frente — disse Rin. — Veremos quem é mais rápido.

Bekter olhou para as pontas cintilantes do tridente dela, depois para Chaghan, que se balançava para a frente e para trás sobre o corpo de Qara. Ele abaixou o arco apenas um pouco.

— Você fez isso — disse Bekter. — Você matou minha mãe. É o que direi a eles. Isso é culpa sua. — Sua voz vacilava; ele parecia estar tentando se convencer. O arco tremia em suas mãos. — Tudo isso é culpa sua.

Rin arremessou o tridente. O cavalo de Bekter disparou. O tridente voou trinta centímetros acima da cabeça do rapaz e cruzou o ar vazio. Rin mirou uma explosão de chamas na direção dele, mas foi lenta demais. Em poucos segundos, Bekter sumiu de vista, desaparecendo dentro da floresta para seguir seu grupo de traidores.

Por um longo tempo, o único som na clareira vinha de Chaghan. Ele não estava chorando, não exatamente. Seus olhos estavam secos. Mas seu peito se movia erraticamente, a respiração saía em ondas curtas e estranguladas, e seus olhos estavam arregalados, olhando para o corpo da irmã como se não pudessem acreditar no que viam.

Nossos desejos são unidos desde que éramos crianças, dissera Qara. *Somos duas metades da mesma pessoa.*

Rin não conseguia imaginar a sensação de ter aquilo arrancado de si.

Por fim, Kitay se curvou sobre o corpo da Sorqan Sira e a colocou de costas. Ele fechou seus olhos.

Então tocou gentilmente o ombro de Chaghan.

— Há algo que devemos...

— Haverá guerra — disse Chaghan de repente. Ele deitou Qara na terra diante de si, então colocou as mãos dela sobre o peito, uma sobre a outra. Sua voz não tinha qualquer emoção. — Bekter é o chefe agora.

— *Chefe?* — respondeu Kitay. — Ele acabou de matar a própria mãe!

— Não com as próprias mãos. É por isso que ele deu aquelas armas aos hesperianos. Ele não a tocou, e os cavaleiros confirmarão isso. Eles poderão jurar diante do Panteão, porque é verdade.

Não havia emoção no rosto de Chaghan. Ele parecia completa e terrivelmente calmo.

Rin entendeu. Ele havia se fechado, substituído os sentimentos pelo foco em um calmo pragmatismo, porque essa era a única forma de bloquear a dor.

Chaghan inspirou fundo, trêmulo. Por um momento sua máscara rachou, e Rin pôde ver a dor contorcendo seu rosto, mas ela desapareceu tão rápido quanto surgiu.

— Isso é... Isso muda tudo. A Sorqan Sira era a única que mantinha os ketreídes sob controle. Agora, Bekter vai liderá-los para massacrar os naimades.

— Então vá — instou Rin. — Pegue o cavalo de guerra. Vá para o norte. Volte para o seu clã e os avise.

— O cavalo é para vocês — disse Chaghan.

— Não seja burro.

— Encontraremos outro jeito — disse Kitay. — Vamos levar um pouco mais de tempo, mas daremos um jeito. Você precisa ir.

Devagar, Chaghan se levantou sobre pernas trêmulas e os seguiu até a margem do rio.

O cavalo os aguardava onde fora deixado. Não parecia nem um pouco abalado pela comoção na clareira. Havia sido bem treinado para não entrar em pânico.

Chaghan apoiou o pé no estribo e subiu na sela com um movimento gracioso e praticado. Agarrou as rédeas com as mãos e olhou para eles. Engoliu em seco.

— Rin...

— Sim?

Ele parecia muito pequeno sobre o cavalo. Pela primeira vez, ela o viu pelo que era: não um xamã assustador, não um Adivinho misterioso, mas apenas um garoto. Ela sempre julgara Chaghan tão etereamente poderoso, tão desprendido do reino dos mortais. Mas, no fim das contas, ele era humano, menor e mais fraco que o resto deles.

E, pela primeira vez na vida, ele estava sozinho.

— O que vou fazer? — perguntou Chaghan, baixinho.

Sua voz tremia. Ele parecia totalmente perdido.

Rin tocou sua mão. Então o encarou, olhou bem em seus olhos. Parando para pensar, eles eram muito similares. Jovens demais para serem tão poderosos, nem um pouco prontos para as posições que haviam recebido.

Rin apertou seus dedos.

— Lutar.

PARTE III

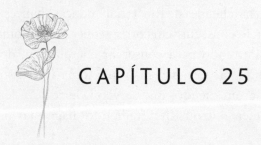

CAPÍTULO 25

A jornada de volta para Arlong levou vinte e nove dias. Rin sabia disso porque a cada dia talhava uma ranhura na lateral da jangada, imaginando, conforme o tempo passava, como a guerra devia estar indo. Cada marca representava uma pergunta, outro resultado possível. Daji já invadira Arlong? A República ainda estava viva? *Nezha* estava vivo?

Durante a jornada, ela buscou consolo no fato de que não avistara a Frota Imperial no Murui do oeste, mas isso pouco significava. A frota poderia já ter passado por eles. Daji poderia estar marchando para Arlong, em vez de navegando. O Exército sempre se sentira bem mais confortável com batalhas em solo. Ou a frota poderia ter tomado uma rota costeira, poderia ter destruído as forças de Tsolin antes de velejar ao sul rumo aos Penhascos Vermelhos.

Enquanto isso, a jangada flutuava pelo Murui do oeste, insignificante, navegando com a corrente porque os dois estavam exaustos demais para remar. Kitay improvisara a jangada ao longo de dois dias, usando cordas e facas de caça que os ketreídes haviam deixado para trás. Era uma coisa frágil, amarrada com os restos da Frota Republicana que foram arrastados junto com os dois, e grande apenas o bastante para que os dois se deitassem sem se tocar.

A viagem era vagarosa. Eles se mantinham cuidadosamente perto das margens para evitar correntes perigosas como aquela que os empurrara para a queda d'água em Boyang. Quando podiam, flutuavam para baixo das copas das árvores para ficarem escondidos.

Tinham que ser cuidadosos com a comida. Haviam recuperado o equivalente a duas semanas de carne seca das provisões dos ketreídes e, vez ou outra, conseguiam pescar, mas seus ossos ficavam cada vez mais visíveis sob a pele conforme os dias passavam. Haviam perdido massa muscular e estamina, o que tornava ainda mais importante evitar as patrulhas. Mesmo com a reaquisição das habilidades de Rin, teriam poucas chances de ganhar qualquer luta real se não conseguissem correr sequer um quilômetro.

Passavam o dia dormindo para conservar energia. Um deles se encolhia na jangada enquanto o outro mantinha uma vigília solitária ao lado da lança presa a um escudo, que serviam de remo e leme. Certa tarde, Rin acordou e encontrou Kitay talhando diagramas na jangada com uma faca.

Ela esfregou os olhos para espantar o sono.

— O que está fazendo?

Kitay apoiou o queixo no punho fechado, tamborilando a faca na jangada.

— Estive pensando na melhor maneira de empregá-la.

— Empregar?

— Palavra ruim? — Kitay continuou a raspar a madeira. — Otimizar, então. Você é uma lamparina. Estou tentando descobrir como fazê-la queimar mais forte.

Rin apontou para um círculo mal esculpido.

— Isto é para ser eu?

— Sim. Representa sua fonte de calor. Estou tentando descobrir como suas habilidades funcionam exatamente. Você consegue invocar o fogo de qualquer lugar? — Kitay apontou para o outro lado do rio. — Por exemplo, você conseguiria fazer aqueles juncos pegarem fogo?

— Não. — Rin sabia a resposta sem tentar. — Tem que vir de mim. *De dentro* de mim.

Quando ela invocava a chama, era como se as labaredas fossem puxadas para fora de algo dentro dela e através dela.

— O fogo sai das minhas mãos e boca — disse ela. — Consigo expeli-lo de outros lugares também, mas é mais fácil assim.

— Então *você* é a fonte de calor?

— Não exatamente a fonte. Está mais para... a ponte. Ou o portão.

— O portão — repetiu ele, esfregando o queixo. — É isso o que o nome do Guardião significa? Ele guarda o portão que leva a cada deus?

— Acho que não. Jiang... Jiang é uma porta aberta para certas criaturas. Você viu o que a Sorqan Sira nos mostrou. Acho que ele só consegue invocar aquelas criaturas. Todos os monstros do Bestiário do Imperador, não é assim que diz a história? Mas o resto de nós... é difícil de explicar. — Rin lutou para encontrar as palavras. — Os deuses estão neste mundo, mas também continuam no próprio. Só que, enquanto a Fênix estiver em mim, ela pode *afetar* o mundo...

— Mas não da maneira que ela quer — interrompeu Kitay. — Ou nem sempre.

— Porque eu não deixo — explicou ela. — É uma questão de controle. Se você tiver presença mental suficiente, pode direcionar o poder do deus para o seu propósito.

— E se não tiver? O que acontece se você escancarar o portão?

— Então você se perde. E acaba como Feylen.

— Mas o que isso *significa*? — pressionou Kitay. — Sobra algum controle sobre o seu corpo?

— Não tenho certeza. Houve alguns poucos momentos, só alguns, em que pensei que Feylen estivesse lá dentro, lutando para ter o corpo de volta. Mas você viu o que aconteceu.

Kitay assentiu devagar.

— Deve ser difícil ganhar uma batalha mental contra um deus.

Rin pensou nos xamãs emparedados dentro de Chuluu Korikh, aprisionados para sempre dentro de seus pensamentos e arrependimentos, confortados apenas pela consciência de que aquela era a alternativa menos terrível. Ela estremeceu.

— É quase impossível.

— Então teremos que descobrir como vencer o vento com fogo. — Kitay passou os dedos pela franja crescida. — Um quebra-cabeça e tanto.

Não havia muito mais a fazer na jangada, então eles começaram a fazer testes. Dia após dia, forçavam as habilidades de Rin para ver até onde ela podia ir, quanto controle conseguia ter.

Até então, Rin vinha invocando o fogo por instinto. Estivera ocupada demais lutando contra a Fênix pelo controle de sua mente para se dar ao trabalho de examinar as mecânicas da chama. No entanto, com as questões direcionadas e os experimentos guiados de Kitay, ela descobriu os exatos parâmetros de suas habilidades.

Rin não conseguia controlar um fogo que já existia. Ela também não conseguia controlar o fogo uma vez que saísse de seu corpo. Podia dar ao fogo uma forma e fazê-lo irromper no ar, mas as chamas restantes se dissipariam em segundos, a não ser que encontrassem algo para consumir.

— Como é para você? — perguntou ela a Kitay.

Ele fez uma pausa antes de responder.

— Não dói. Pelo menos não tanto quanto da primeira vez. É mais como se... eu estivesse consciente de algo. Algo que se move no fundo da minha cabeça e não sei bem o que é. Sinto uma pressa, como a onda de adrenalina que você sente quando olha para a beira de um precipício.

— E tem certeza de que não dói?

— Prometo que não.

— Mentira — disse ela. — Você faz a mesma cara toda vez que invoco uma chama maior que uma fogueira. É como se estivesse morrendo.

— Faço? — Kitay piscou. — É só um reflexo, acho. Não se preocupe.

Ele estava mentindo. Rin amava isso no amigo. Kitay se importava o suficiente para mentir, mas ela não podia continuar fazendo aquilo com ele. Não podia machucar Kitay e não se importar com isso.

Se pudesse, estaria perdida.

— Você precisa me dizer quando for demais — disse ela.

— Não é tão ruim assim.

— Pare com isso, Kitay...

— São os desejos que eu sinto mais intensamente — contou ele. — Não a dor. Eles me fazem sentir fome e querer mais. Você entende esse sentimento?

— Claro — respondeu ela. — É o impulso mais básico da Fênix. O fogo devora.

— Devorar é bom. — Ele apontou para um galho acima. — Tente aquele disparo de novo.

Nos dias que se seguiram, Rin aprendeu uma série de truques diferentes. Conseguia criar bolas de fogo e atirá-las em alvos a dez metros de distância. Conseguia fazer formas de fogo tão intrincadas que poderia fazer um espetáculo de marionetes com elas. Conseguia, ao enfiar as mãos no rio, fazer ferver a água ao redor até que o vapor subisse no ar e peixes aparecessem de barriga para cima na superfície.

Ainda mais importante, ela conseguia abrir espaços de proteção no fogo, até três metros acima do próprio corpo, para que Kitay nunca se queimasse, mesmo quando tudo ao redor deles estivesse em chamas.

— E destruição em massa? — perguntou ele depois de alguns dias explorando truques menores.

— Como assim? — perguntou Rin, tensa.

O tom dele era cauteloso e neutro. Puramente acadêmico.

— O que você fez com a Federação, por exemplo. Consegue replicar aquilo? Quanta chama você consegue invocar?

— Aquilo foi diferente. Eu estava na ilha. No templo. Eu... eu havia acabado de ver Altan morrer. — Rin engoliu em seco. — E estava com raiva. Com muita raiva.

Naquele momento, ela fora capaz de uma fúria sobrenatural, cruel e terrível. Mas não sabia ao certo se conseguiria replicar aquela fúria, porque ela havia sido provocada pela morte de Altan, e o que sentia agora ao pensar em Altan não era fúria, mas luto.

Raiva e luto eram muito diferentes. A raiva deu a ela poder para queimar países. O luto apenas a exauria.

— E se você voltasse ao templo? — pressionou Kitay. — Se voltasse e invocasse a Fênix?

— Não voltarei àquele templo — respondeu Rin na mesma hora.

Rin não sabia por quê, mas o entusiasmo de Kitay a deixava desconfortável. Ele a observava com a curiosidade extrema que ela só vira em Shiro e Petra.

— Mas e se tivesse que voltar? Se tivéssemos apenas uma opção? Se tudo estivesse perdido se você não voltasse?

— Não vamos considerar isso.

— Não estou dizendo que precisa voltar. Estou dizendo que precisamos saber se é uma opção. Estou dizendo que você precisa pelo menos tentar.

— Você quer que eu pratique um genocídio — disse ela devagar. — Só para deixar claro.

— Comece pequeno — sugeriu ele. — Depois vá aumentando. Veja até onde pode ir sem o templo.

— Isso destruirá tudo que estiver à vista.

— Não vimos sinal de vida humana o dia todo. Se alguém vivia aqui, já partiu faz tempo. Isso é terra vazia.

— E a vida selvagem?

Kitay revirou os olhos.

— Nós dois sabemos que a vida selvagem é a menor das suas preocupações. Pare de enrolar, Rin. Faça.

Ela assentiu, abriu as palmas e fechou os olhos.

As chamas a envolveram como um cobertor quente. A sensação era boa. Era boa *demais*. Ela queimava sem culpa ou consequência. Era um poder sem amarras. Ela conseguia sentir que retornava àquele estado de êxtase. Teria se perdido no esquecimento onírico do fogo que ardia mais alto, mais rápido, mais intenso, se não tivesse ouvido uma lamúria aguda que não vinha dela.

Rin olhou para baixo. Kitay estava deitado em posição fetal na jangada, as mãos agarrando a boca, tentando abafar os gritos.

Com dificuldade, ela controlou o fogo.

Kitay fez um som de engasgo e enterrou a cabeça nas mãos.

Rin ficou de joelhos ao lado dele.

— Kitay...

— Estou bem — disse ele, arfando. — Tudo bem.

Ela tentou tocá-lo, mas ele a afastou com uma violência que a chocou.

— Só me deixe respirar. — Kitay balançou a cabeça. — Está tudo bem, Rin. Não estou ferido. É só... está tudo na minha mente.

Rin queria estapear o amigo.

— Você tem que me dizer quando for demais.

— Não foi demais. — Ele se endireitou. — Tente de novo.

— O *quê*?

— Não consegui dar uma boa olhada no seu alcance — respondeu ele. — Tente de novo.

— De jeito nenhum. — Rin se irritou. — Não me importo se você não tem medo de morrer. Não posso continuar fazendo isso com você.

— Então vá até o limite — insistiu ele. — O ponto logo antes de doer demais. Vamos descobrir qual é o limite.

— Isso é loucura.

— Melhor descobrirmos agora do que no campo de batalha. Por favor, Rin, não teremos outra chance de fazer isso.

— Qual o seu problema? — perguntou ela. — Por que isso importa tanto?

— Porque preciso descobrir até onde vão suas habilidades. Porque, se for para elaborar uma estratégia de defesa para Arlong, preciso saber onde incluir você e por quê. Porque, se passei por tudo isso por *você*, o mínimo que pode fazer é me mostrar como é o poder máximo. Já que a transformamos de novo em uma arma, então você será uma esplêndida. E pare de entrar em pânico por mim, Rin. Estou bem até dizer que não estou.

Então ela invocou a chama de novo e de novo, ultrapassando os limites toda vez, até que as margens estivessem pretas como breu ao redor deles. Ela seguia em frente mesmo quando Kitay gritava de dor, porque o amigo ordenara que Rin não parasse até ouvir uma declaração explícita dele. Ela continuou até os olhos de Kitay revirarem e seu corpo amolecer. E mesmo então, quando ele revivia segundos depois, a primeira coisa que o rapaz dizia era:

— Quarenta e cinco metros.

Quando enfim alcançaram os Penhascos Vermelhos, Rin viu com imenso alívio que a bandeira da República ainda tremulava sobre Arlong.

Então Vaisra estava seguro e Daji ainda era uma ameaça distante.

O desafio seguinte foi voltar à cidade sem serem atingidos. À espera de um ataque do Exército, Arlong havia se escondido atrás de suas defesas. Os enormes portões que levavam ao porto após os Penhascos Vermelhos estavam trancados. Balestras estavam alinhadas sobre cada superfície plana que dava para o canal. Rin e Kitay nem podiam marchar até os portões da cidade — qualquer movimento brusco faria com que fossem atacados. Eles descobriram isso quando viram um macaco selvagem perambular perto demais dos muros e alarmar uma fila de arqueiros.

Os dois estavam tão exaustos que acharam a cena ridiculamente engraçada. Um mês de viagem e a maior preocupação deles era *fogo amigo*.

Por fim, decidiram atrair a atenção de alguns sentinelas da maneira menos ameaçadora possível. Atiraram pedras nas laterais do penhasco e esperaram enquanto os ruídos ecoavam pelo canal até que enfim uma fila de soldados emergiu no penhasco, com balestras apontadas para baixo.

Rin e Kitay imediatamente levantaram as mãos.

— Não atirem, por favor — gritou Kitay.

O capitão dos sentinelas se debruçou sobre o penhasco.

— O que vocês acham que estão fazendo?

— Somos soldados republicanos voltando de Boyang — gritou Kitay, gesticulando para o uniforme.

— Tem muito cadáver de uniforme por aí — disse o capitão.

Kitay apontou para Rin.

— Não do tamanho dela.

O capitão não parecia convencido.

— Afastem-se ou vou atirar.

— Eu não atiraria — gritou Rin. — Ou Vaisra vai perguntar por que matou a speerliesa dele.

Os sentinelas caíram na gargalhada.

— Essa foi boa — disse o capitão.

Rin piscou, confusa. Eles não a reconheciam? Não sabiam quem ela era?

— Talvez ele seja novo — supôs Kitay.

— Posso machucar ele? — murmurou Rin.

— Só um pouquinho.

Ela inclinou a cabeça para trás e abriu a boca. Lançar fogo pela boca era mais difícil do que com as mãos porque lhe dava menos controle direcional, mas ela gostava do efeito dramático. Uma corrente de fogo disparou pelo ar e se desdobrou na forma de um dragão que pairou por um momento na frente dos soldados amedrontados, ondulando grandiosamente, antes de avançar sobre o capitão.

Ele nunca esteve em perigo real. Rin apagou as chamas assim que fizeram contato. Mas ele ainda gritou e caiu para trás como se estivesse sendo atacado por um urso. Quando o capitão enfim ressurgiu sobre o penhasco, seu rosto estava vermelho e fumaça subia de suas sobrancelhas chamuscadas.

— Eu devia atirar em você por isso — esbravejou ele.

— Por que simplesmente não diz a Vaisra que a speerliesa voltou? — disse Rin. — E nos traga algo para comer.

A notícia do retorno de Rin e Kitay parecia ter se espalhado instantaneamente por todo o porto. Uma enorme multidão de soldados e civis os cercou no momento em que passaram pelos portões. Todos tinham perguntas e gritavam de todas as direções, tão alto que Rin mal conseguia distinguir uma palavra.

As perguntas que ela entendia eram sobre soldados ainda desaparecidos desde Boyang. As pessoas queriam saber se mais alguém ainda estava vivo. Se estavam voltando. Rin não teve coragem de responder.

— Quem arrastou você para fora do inferno? — Venka abriu caminho a cotoveladas pela aglomeração de soldados. Segurou Rin pelos braços, olhou-a de cima a baixo e então enrugou o nariz atrevido. — Está fedendo.

— É bom ver você também — disse Rin.

— Não, sério, está *podre*. Como se tivesse levado a lâmina de uma faca ao meu nariz.

— Bem, não vemos água limpa há mais de um mês, então...

— Qual é a história? — interrompeu Venka. — Vocês fugiram da prisão? Acabaram com um batalhão inteiro? Nadaram todo o caminho de volta pelo Murui?

— Bebemos mijo de cavalo e ficamos chapados — disse Kitay.

— Como é?

Rin estava prestes a explicar quando viu Nezha abrindo caminho até a frente da multidão.

— Olá — disse ela.

Ele parou bem diante de Rin e a encarou, semicerrando os olhos, tentando assimilar o que via. Seus braços estavam caídos nas laterais do corpo, um pouco erguidos, como se o garoto não soubesse o que fazer com eles.

— Posso? — perguntou Nezha.

Rin esticou os braços. Nezha a puxou para si com tanta força que ela enrijeceu por instinto. Então relaxou, porque Nezha era tão quente, tão sólido, e abraçá-lo era uma sensação tão maravilhosa que ela só queria enterrar o rosto em seu uniforme e ficar ali por muito tempo.

— Não acredito — murmurou Nezha em seu ouvido. — Tínhamos certeza de que...

Rin pressionou a testa contra o peito dele.

— Eu também.

As lágrimas dela caíam grossas e rápidas. O abraço já havia se estendido muito mais do que deveria, e por fim Nezha a soltou, mas não tirou os braços dos ombros dela.

Finalmente ele falou.

— Onde está Jinzha?

— Como assim? — perguntou Rin. — Ele não voltou com vocês?

Nezha apenas balançou a cabeça, de olhos arregalados, antes de ser empurrado por dois corpos enormes.

— Rin!

Antes que ela pudesse falar, Suni a prendeu em um abraço apertado, erguendo-a a um bom metro do chão, e Rin teve que bater freneticamente no ombro dele antes de ser solta.

— Está bem, chega. — Ramsa deu vários tapinhas no ombro de Suni. — Você vai esmagar a garota.

— Desculpe — disse Suni, envergonhado. — Só pensamos...

Rin não conseguiu conter um sorriso, mesmo enquanto tocava as costelas em busca de fraturas.

— Pois é. Bom ver vocês também.

Baji agarrou a mão dela, puxou-a para si e bateu em seu ombro.

— Sabíamos que você não estava morta. Você é rancorosa demais para partir fácil assim.

— Como vocês voltaram? — perguntou ela.

— Feylen não destruiu só nossos navios. Ele fez uma tempestade que destruiu tudo no lago — explicou Baji. — Mas estava mirando nos navios grandes. Por incrível que pareça, algumas das embarcações menores aguentaram. Mais ou menos um quarto de nós conseguiu sair do turbilhão. Não faço ideia de como conseguimos sair vivos do rio, mas aqui estamos.

Rin tinha uma ideia de como aquilo acontecera.

Os olhos de Ramsa alternavam entre Rin e Kitay.

— Onde estão os gêmeos?

— Longa história — disse Rin.

— Estão mortos? — perguntou Baji.

— Eu... Ah, é complicado. Chaghan não está. Mas Qara... — Ela hesitou, procurando as palavras que diria em seguida, mas então viu uma figura alta se aproximar. — Depois — disse ela baixinho.

Baji virou a cabeça, viu para quem ela estava olhando e imediatamente deu um passo para o lado. Um silêncio caiu sobre os soldados, que abriram caminho para que o Líder do Dragão passasse.

— Você voltou — disse Vaisra.

Ele não parecia satisfeito nem insatisfeito, mas um tanto impaciente, como se simplesmente estivesse esperando por ela.

Por instinto, Rin abaixou a cabeça.

— Sim, senhor.

— Ótimo. — Vaisra gesticulou para o palácio. — Vá se limpar. Estarei no meu escritório.

— Conte-me tudo que aconteceu em Boyang — disse Vaisra.
— Ainda não contaram para você?

Rin se sentou diante dele. Ela exalava seu melhor cheiro em semanas. Cortara o cabelo sujo e cheio de piolhos, esfregara-se em água fria e trocara as roupas manchadas e fétidas por um uniforme limpo.

Parte dela esperara uma recepção mais calorosa — um sorriso, uma mão no ombro, ao menos alguma indicação de que Vaisra estava feliz com seu retorno —, mas tudo que ele ofereceu foi uma impaciência solene.

— Quero o seu relato — disse ele.

Rin considerou culpar as decisões táticas de Jinzha, mas não havia sentido em antagonizar Vaisra esfregando sal em uma ferida aberta. Além disso, nada que Jinzha tivesse feito poderia ter evitado o que aconteceu quando a batalha começou. Era como se ele tivesse lutado contra o próprio oceano.

— A Imperatriz tem outro xamã trabalhando para ela. Seu nome é Feylen. Ele incorpora o Deus do Vento. Costumava fazer parte do Cike até a coisa desandar. Ele devastou sua frota. Levou apenas alguns minutos para fazer isso.

— Como assim ele *costumava* fazer parte do Cike? — perguntou Vaisra.

— Ele foi deposto — respondeu Rin. — Quero dizer, ele enlouqueceu. Muitos xamãs enlouquecem. Altan o deixou sair de Chuluu Korikh por acidente...

— Por acidente?

— De propósito, mas foi burrice. E agora suponho que Daji achou um jeito de atraí-lo para o lado dela.

— Como ela fez isso? — indagou Vaisra. — Dinheiro? Poder? Ele pode ser comprado?

— Não acho que ele se importe com nada disso. Ele... — Rin fez uma pausa, tentando descobrir como explicar aquilo para Vaisra. — Ele não quer o que os humanos querem. O deus tem... Como acontece comigo, com a Fênix...

— Ele enlouqueceu — ajudou Vaisra.

Ela assentiu.

— Acho que Feylen precisa satisfazer a natureza fundamental do deus. A Fênix precisa consumir. Mas o Deus do Vento precisa de caos. Daji encontrou uma maneira de usar isso em seu benefício, mas você não conseguirá tentá-lo com nada que os humanos possam querer.

— Entendo. — Vaisra ficou em silêncio por um momento. — E meu filho?

Rin hesitou. Não haviam contado a ele sobre Jinzha?

— Senhor?

— Eles não trouxeram um corpo — disse Vaisra.

Então a máscara dele se quebrou. Pelo mais breve momento, se pareceu com um pai. Então ele sabia, só não queria admitir para si mesmo. Se Jinzha não havia voltado para Arlong com o resto da frota, era provável que estivesse morto.

— Não vi o que aconteceu com ele — disse Rin. — Sinto muito.

— Então não há razão para especular — devolveu Vaisra friamente. A máscara voltou ao lugar. — Vamos prosseguir. Suponho que vai querer voltar à infantaria?

— Não à infantaria. — Rin inspirou fundo. — Quero comandar o Cike outra vez. Quero um assento à mesa de estratégia. Quero poder opinar sobre qualquer coisa que queira que o Cike faça.

— E por quê? — perguntou Vaisra.

Porque, ao contrário do que Chaghan dissera, eu não sou seu cão. Ele não pode estar certo.

— Porque eu mereço. Quebrei o Selo. Tenho o fogo outra vez.

Vaisra ergueu uma sobrancelha.

— Mostre-me.

Rin virou a palma da mão para o teto e invocou uma bola de fogo do tamanho de um punho. Ela a fez correr para cima e para baixo ao longo do braço, a fez girar no ar ao redor de si antes de chamá-la de volta a seus dedos. Mesmo depois de um mês de prática, Rin ainda se impressionava com a facilidade, com a naturalidade deliciosa com que controlava a chama assim como controlava os dedos. Ela deixou que o fogo tomasse formas — um rato, um galo, um dragão laranja ondulante — e então fechou os dedos.

— Muito bom — disse Vaisra em aprovação.

A máscara se fora de novo. Ele enfim estava sorrindo.

Rin sentiu uma onda quente de encorajamento.

— Então. Comando?

Ele agitou uma mão.

— Você está reinstalada. Avisarei aos generais. Como conseguiu isso?

— É uma longa história. — Rin fez uma pausa, pensando por onde começar. — Nós, hã, encontramos alguns ketreídes.

Ele franziu a testa.

— Terra-remotenses?

— Não os chame assim. Eles são ketreídes.

Rin contou rapidamente o que acontecera, contou sobre a Sorqan Sira e a Trindade. Omitiu a parte sobre o vínculo de âncora. Vaisra não precisava saber daquilo.

— E o que aconteceu depois? — perguntou ele. — Onde eles estão?

— Partiram. E a Sorqan Sira morreu.

— *O quê?*

Ela lhe contou sobre Augus. Sabia que Vaisra ficaria surpreso, mas não esperara ver aquela reação. O homem ficou pálido e tenso.

— Quem mais sabe? — exigiu ele.

— Apenas Kitay. E alguns ketreídes, mas eles não vão contar a ninguém.

— Não conte a ninguém que isso aconteceu — ordenou ele. — Nem ao meu filho. Se os hesperianos descobrirem, nossas vidas estarão perdidas.

— Foi culpa deles, para começo de conversa — murmurou ela.

— Chega! — Vaisra bateu a mão na mesa.

Rin se encolheu, assustada.

— Como pôde ter sido tão burra? — indagou o homem. — Deveria ter trazido os hesperianos de volta em segurança, isso teria agradado o general Tarcquet...

— Tarcquet conseguiu voltar? — interrompeu ela.

— Sim, e vários da Companhia Cinzenta estão com ele. Escaparam para o sul em uma das embarcações menores. Estão profundamente insatisfeitos com nossas capacidades navais e *prestes* a sair do continente, embora eu imagine que isso não tenha passado por sua mente quando decidiu assassinar um deles.

— Está brincando? Eles estavam tentando matar a gente...

— Então você deveria ter desarmado o garoto ou fugido. A Companhia Cinzenta é intocável. Você não podia ter escolhido um hesperiano pior para matar.

— Não é culpa minha — insistiu Rin. — Ele tinha enlouquecido. Estava apontando um arcabuz...

— *Escute* — disse Vaisra. — Você está na corda bamba agora. Os hesperianos não estão apenas insatisfeitos. Estão aterrorizados. Eles a achavam uma curiosidade antes. Então viram o que aconteceu em Boyang. Agora, estão convencidos de que todos vocês são agentes irracionais do Caos que podem provocar o fim do mundo. Eles vão caçar cada xamã deste Império e colocar em gaiolas, se conseguirem. O único motivo de não terem tocado em *você* é porque você se voluntariou, e eles sabem que cooperará. Entende agora?

O medo dominou Rin.

— Então Suni e Baji...

— ... estão seguros — afirmou Vaisra. — Os hesperianos não sabem o que eles são capazes de fazer. E é melhor não descobrirem, porque então Tarcquet vai saber que mentimos. Por isso, seu trabalho é manter a cabeça baixa, cooperar e atrair o mínimo de atenção possível para si. Você tem indulto por enquanto. A Irmã Petra concordou em adiar as reuniões até que, de uma forma ou de outra, esta guerra termine. Então comporte-se. Não dê a eles mais motivo para se irritarem. Do contrário, estamos todos perdidos.

Então Rin entendeu.

Vaisra não estava com raiva dela. Aquilo não tinha a ver com ela, nem um pouco. Não, Vaisra estava frustrado. Fazia meses que estava frustrado, jogando um jogo impossível com os hesperianos, um jogo cujas regras estavam sempre mudando.

Ela ousou perguntar.

— Eles nunca trarão os próprios navios, não é?

Vaisra suspirou.

— Não sabemos.

— Eles ainda não lhe deram uma resposta direta? Tudo isso porque ainda estão se decidindo?

— Tarcquet alega que eles não terminaram a avaliação — explicou Vaisra. — Admito que não entendo os padrões deles. Quando pergunto, dizem caprichos idiotas. Querem sinais de senciência racional. Prova da habilidade de autogoverno.

— Mas isso é ridículo. Se eles nos dissessem o que querem...

— Ah, mas isso seria trapaça. — Vaisra curvou os lábios. — Eles precisam de provas de que obtivemos uma sociedade civilizada de maneira independente.

— Mas isso é um paradoxo. Não podemos alcançar isso a não ser que eles ajudem.

— Eu sei — concordou Vaisra, parecendo exausto.

— Então estamos ferrados, é isso. — Rin jogou as mãos para o alto. — É apenas um espetáculo para eles. Eles nunca virão.

— Talvez. — Vaisra parecia décadas mais velho, enrugado e exausto. Rin imaginou como Petra o desenharia em seu livro. *Homem nikara, meia-idade. Porte físico forte. Inteligência razoável. Inferior.* — Mas somos o grupo mais fraco. Não temos escolha a não ser jogar o jogo deles. É assim que o poder funciona.

Rin encontrou Nezha esperando por ela do lado de fora dos portões do palácio.

— Oi — disse ela, hesitante.

Olhou-o de cima a baixo, tentando decifrar sua expressão, mas Nezha estava tão indecifrável quanto o pai.

— Olá — respondeu ele.

Rin tentou abrir um sorriso. Ele não sorriu de volta. Por um minuto, ficaram apenas se encarando. Rin dividida entre correr para os braços dele de novo ou simplesmente fugir. Não sabia em que pé os dois estavam. Da última vez em que haviam conversado — conversado de verdade —, ela teve certeza de que ele a odiaria para sempre.

— Podemos conversar? — perguntou Nezha por fim.

— *Estamos* conversando.

Ele balançou a cabeça.

— Sozinhos. Em particular. Aqui não.

— Está bem — concordou ela, e o seguiu pelo canal até a beira de um píer, onde as ondas eram barulhentas o suficiente para impedir que suas vozes fossem ouvidas por algum curioso.

— Devo uma explicação a você — anunciou Nezha por fim.

Rin se apoiou no gradil.

— Vai em frente.

— Eu não sou um xamã.

Ela jogou as mãos para cima.

— Ah, não vem com essa...

— *Não* sou — insistiu ele. — Sei que posso fazer coisas. Quero dizer, sei que estou ligado a um deus e que consigo, mais ou menos, invocá-lo, às vezes...

— Isso *é* xamanismo.

— Você não está me ouvindo. O que quer que eu seja, não é o que *você* é. Minha mente não é minha... Meu corpo pertence a algum tipo de... a alguma *coisa*...

— É assim, Nezha. É assim para todos nós. Sei que dói, e sei que é difícil, mas...

— Você ainda não está ouvindo. — Ele se irritou. — Não é nenhum sacrifício para você. Você e seu deus querem a mesma coisa. Mas eu não *pedi* por isso...

Rin ergueu as sobrancelhas.

— Bem, não acontece por *acidente*. Você teve que querer primeiro. Você teve que pedir ao deus.

— Mas não pedi. Nunca pedi, e nunca quis isso.

A forma como Nezha disse aquilo a fez ficar em silêncio. Ele soava à beira das lágrimas.

Ele inspirou fundo e, quando tornou a falar, sua voz estava tão baixa que Rin teve que se aproximar para ouvir.

— Em Boyang, você me chamou de covarde.

— Olha, o que eu quis dizer foi que...

— Vou contar uma história — interrompeu Nezha. Ele estava tremendo. Por que ele estava tremendo? — Quero apenas que escute. E que acredite. *Por favor*.

Rin cruzou os braços.

— Está bem.

Nezha piscou muito e olhou para a água.

— Eu disse uma vez que tinha outro irmão. O nome dele era Mingzha.

Quando ele não prosseguiu, Rin perguntou:

— Como ele era?

— Hilário. Gorducho, barulhento e incrível. Era o favorito de todos. Tão cheio de energia que *brilhava*. Minha mãe havia sofrido dois abortos antes de ele nascer, mas Mingzha era perfeito. Nunca ficava doente.

Minha mãe o adorava, o abraçava o tempo todo. Ela o vestia com tantos braceletes e tornozeleiras dourados que Mingzha tilintava quando caminhava. — Nezha estremeceu. — Ela devia ter imaginado. Dragões gostam de ouro.

— Dragões — repetiu Rin.

— Você disse que ia escutar.

— Desculpe.

Nezha estava pálido, a pele quase translúcida. Dava para ver as veias azuis sob seu maxilar, cruzando com as cicatrizes.

— Meus irmãos e eu passamos a infância brincando perto do rio — continuou ele. — Há uma gruta a cerca de um quilômetro e meio da entrada deste canal, uma caverna submersa de cristal sobre a qual os servos gostavam de contar histórias, mas meu pai havia nos proibido de entrar nela. Então é claro que tudo que queríamos era explorá-la.

"Certa noite, quando Mingzha tinha seis anos, minha mãe adoeceu. Durante esse tempo, meu pai tinha sido chamado a Sinegard por ordens da Imperatriz, então os servos não estavam tão preocupados em tomar conta de nós quanto estariam em outras circunstâncias. Jinzha estava na Academia. Muzha, no exterior. Então a responsabilidade de cuidar de Minzha recaiu sobre mim."

A voz de Nezha falhou. Seus olhos pareciam vazios, torturados. Rin não queria mais ouvir. Ela tinha uma suspeita doentia de para onde a história estava indo, e não queria que ela fosse dita em voz alta, porque assim se tornaria verdade.

Ela queria dizer ao garoto que estava tudo bem, que não era preciso contar, eles jamais precisariam falar daquilo outra vez, mas Nezha falava cada vez mais rápido, como se temesse que as palavras fossem se enterrar dentro de si se não as dissesse naquele momento.

— Mingzha queria... Não, *eu* queria explorar a gruta. Foi minha ideia, para começo de conversa. Eu a coloquei na cabeça de Mingzha. Foi culpa minha. Ele não sabia que era errado.

Rin tocou o braço dele.

— Nezha, você não tem que...

Ele se desvencilhou.

— Dá para, por favor, calar a boca e só ouvir *ao menos uma vez*?

Rin ficou em silêncio.

— Ele era a coisa mais linda que eu já tinha visto — sussurrou Nezha. — É isso o que me assusta. Dizem que os membros da Casa de Yin são lindos. Mas isso é porque os dragões gostam de coisas bonitas, porque os dragões *são* bonitos e criam beleza. Quando ele emergiu da caverna, eu só conseguia pensar em como suas escamas eram brilhantes, como sua forma era adorável, magnífica.

Mas eles não são reais, pensou Rin, em pânico. *Dragões são apenas histórias.*

Não eram?

Mesmo que não acreditasse na história de Nezha, Rin acreditava em sua dor. Estava estampada em seu rosto.

Algo acontecera todos aqueles anos antes. Ela só não sabia o quê.

— Tão lindo — murmurou Nezha, fechando as mãos com força. — Eu não conseguia parar de olhar.

"Então ele devorou meu irmão. Em segundos. Você já viu um animal selvagem comer? Não é limpo. É brutal. Mingzha nem teve tempo de gritar. Em um momento ele estava ali, agarrando minha perna; no outro, era uma bagunça de sangue e vísceras e ossos brilhantes, e então não havia nada. Mas o dragão me poupou. Disse que tinha algo melhor para mim."

Nezha engoliu em seco.

— Disse que me daria um presente. E então disse que eu pertencia a ele.

— Sinto muito — consolou-o Rin, porque não sabia o que dizer.

Nezha nem sequer parecia ter ouvido.

— Minha mãe queria que eu tivesse morrido naquele dia. *Eu* queria ter morrido. Queria que tivesse sido eu. Mas é egoísta sequer querer isso. Porque, se eu tivesse morrido, Mingzha teria sobrevivido, e o Senhor Dragão o teria amaldiçoado como me amaldiçoou. Teria *tocado* nele como me tocou.

Rin não ousou perguntar o significado daquelas palavras.

— Vou mostrar uma coisa — disse Nezha.

Ela estava atordoada demais para emitir qualquer opinião. Resignou-se a apenas observar, perplexa, enquanto ele desfazia os nós da túnica com dedos trêmulos.

Ele a tirou e se virou.

— Vê isto?

Era a tatuagem dele — uma imagem de um dragão em azul e prata. Rin já a havia visto, mas ele não sabia disso.

Ela tocou a cabeça do dragão com o dedo indicador, pensativa. Era por causa da tatuagem que Nezha sempre se curava tão rápido? Ele parecia capaz de sobreviver a qualquer coisa: traumas severos, gases venenosos, afogamento.

Mas a que custo?

— Você disse que ele o reivindicou para si — comentou ela baixinho. — O que isso significa?

— Significa que *dói* — respondeu Nezha. — Cada momento que não estou com ele, sinto como se âncoras escavassem meu corpo, ganchos tentando me arrastar de volta para a água.

A marca não se parecia com uma cicatriz de quase dez anos. Parecia fresca, a pele irradiando um carmesim raivoso. Sob o brilho da luz do sol, o dragão parecia se contorcer sobre os músculos de Nezha, penetrando cada vez mais fundo sua pele.

— E se você voltasse para ele? — perguntou Rin. — O que aconteceria com você?

— Eu me tornaria parte da coleção dele — respondeu Nezha. — Ele faria o que quisesse comigo, se satisfaria, e eu jamais sairia. Estaria preso, porque acho que não posso morrer. Já tentei. Cortei meus pulsos, mas nunca sangro até a morte. As feridas se fecharem sozinhas. Pulei dos Penhascos Vermelhos, e às vezes a dor é suficiente para eu pensar que consegui, mas sempre acordo. Acho que o Dragão me mantém vivo. Pelo menos até que eu retorne para ele.

"Da primeira vez que vi a gruta, havia rostos pelo chão. Levei um tempo para perceber que estou destinado a me tornar um deles."

Rin recolheu o dedo, estremecendo.

— Agora você sabe — disse Nezha. Ele vestiu a túnica outra vez com movimentos bruscos. Endureceu a voz. — Você está enojada. Não ouse dizer que não está, dá para ver no seu rosto. Não me importo. Mas não conte a ninguém o que acabei de contar e *nunca* ouse me chamar de covarde na minha cara.

Rin sabia o que deveria ter feito. Deveria ter dito que sentia muito. Deveria ter reconhecido a dor de Nezha, deveria ter implorado por seu perdão.

Mas a *forma* como o garoto disse aquilo — a voz de mártir que sofria havia anos e anos, como se ela não tivesse direito de questioná-lo, como se ele estivesse lhe fazendo um favor em compartilhar seu segredo... Isso a enfureceu.

— Não estou com nojo disso — disse ela.

— Não?

— Estou com nojo de você. — Rin lutou para manter a voz firme. — Você age como se fosse uma sentença de morte, mas não é. É também uma fonte de poder. Mantém você vivo.

— Sou a droga de uma abominação — afirmou Nezha.

— *Eu* sou uma abominação?

— Não, mas...

— Então tudo bem eu invocar os deuses, mas você é bom demais para isso? Você não pode se manchar?

— Não foi isso que eu quis dizer...

— Bem, essa é a implicação.

— É diferente para você. Você *escolheu* isso...

— Você acha que faz doer menos? — Rin estava gritando agora. — Pensei que estivesse enlouquecendo. Por muito tempo, eu não sabia quais pensamentos eram meus e quais eram da Fênix. E *doía* demais, Nezha, então não me diga que não sei nada sobre isso. Houve dias em que quis morrer também, mas não temos *permissão* para morrer, somos poderosos demais. Seu pai mesmo disse. Quando se tem tanto poder assim e tanta coisa está em jogo, você não *foge*.

Nezha parecia furioso.

— Você acha que estou fugindo?

— Tudo que sei é que centenas de soldados estão mortos no fundo do lago Boyang e você podia ter feito alguma coisa para evitar isso.

— Não ouse colocar a culpa em mim — sibilou ele. — Eu não deveria ter esse poder. Nenhum de nós deveria. Não deveríamos existir. Somos abominações. Seria melhor se estivéssemos mortos.

— Mas nós *existimos*. Por essa sua lógica, foi bom que os speerlieses tenham sido exterminados.

— Talvez os speerlieses *devessem* ter sido exterminados. Talvez todo xamã no Império devesse morrer. Talvez minha mãe esteja certa. Talvez devamos nos livrar de vocês, aberrações, e dos terra-remotenses também.

Rin o encarou, incrédula. Aquele não era Nezha. Nezha — o *seu* Nezha — não poderia estar dizendo aquelas coisas. Rin tinha tanta certeza de que ele perceberia que havia passado dos limites, recuaria e se desculparia que ficou atordoada quando a expressão do garoto apenas endureceu.

— Não me diga que não é melhor Altan estar morto — disse ele.

Toda a pena que Rin sentia sumiu. Ela puxou a camisa para cima.

— Olhe para mim.

Nezha imediatamente desviou o olhar, mas Rin agarrou o queixo dele e o forçou a encarar seu peito, a marca de mão queimada em sua pele.

— Você não é o único com cicatrizes! — vociferou ela.

Nezha se afastou.

— Não somos iguais.

— Somos, sim. — Rin puxou a camisa de volta. Seus olhos estavam cheios d'água. — A única diferença entre nós é que eu consigo sentir dor, e você ainda é a merda de um covarde.

Rin não conseguia lembrar como eles se separaram, apenas que em um momento os dois se encaravam e no seguinte ela estava cambaleando de volta para o quartel, atordoada e sozinha.

Ela queria correr atrás de Nezha e pedir desculpas, e também não queria vê-lo nunca mais.

Rin entendeu que algo havia se partido de forma irremediável entre eles. Os dois tinham brigado antes. Passaram seus primeiros três anos juntos brigando. Mas essa não era como as brigas infantis no pátio da escola.

Não havia volta.

Mas o que Rin deveria fazer? Pedir desculpas? Ela era orgulhosa demais para isso. Além disso, sabia que tinha razão. Sim, Nezha fora ferido, mas o mesmo não havia acontecido com todos eles? Ela passara por Golyn Niis. Fora torturada em uma mesa de laboratório. Vira Altan morrer.

A tragédia particular de Nezha não era pior porque acontecera quando ele era criança. Não era pior porque ele tinha medo demais de enfrentá-la.

Rin havia passado pelo inferno e era mais forte por isso. Não era culpa dela Nezha ser patético demais para fazer o mesmo.

Ela encontrou os membros do Cike sentados em círculo no chão do quartel. Baji e Ramsa estavam jogando dados enquanto Suni, no topo de um beliche, garantia que Ramsa não trapacearia como sempre fazia.

— Ah, querida — disse Baji quando Rin se aproximou. — Quem fez você chorar?

— Nezha — murmurou ela. — Não quero falar sobre isso.

Ramsa estalou a língua.

— Ah, problemas com rapazes.

Ela se sentou entre eles.

— Cala a boca.

— Quer que eu faça alguma coisa? Coloque um míssil no vaso dele?

Rin conseguiu sorrir.

— Por favor, não.

— Como quiser — disse ele.

Baji jogou o dado no chão.

— Então, o que aconteceu no norte? Onde está Chaghan?

— Chaghan não estará conosco por um tempo — disse Rin.

Ela inspirou fundo e se esforçou para tirar Nezha da mente. *Esqueça ele. Foque em outra coisa*. Isso era fácil. Ela tinha muito a contar ao Cike.

Durante a meia hora seguinte, ela falou sobre os ketreídes, Augus e o que acontecera na floresta.

Como era de se esperar, eles ficaram furiosos.

— Então Chaghan estava nos espionando esse tempo todo? — questionou Baji. — Aquele mentiroso desgraçado.

— Sempre odiei aquele cara — confessou Ramsa. — Sempre de nariz em pé com seus sussurros misteriosos. Não me admira que estivesse tramando alguma coisa.

— Qual é a surpresa? — Para o choque de Rin, Suni parecia o menos incomodado. — Dava para perceber que eles tinham segundas intenções. O que mais terra-remotenses estariam fazendo no Cike?

— Não os chame de terra-remotenses — rebateu Rin.

Ramsa a ignorou.

— Então o que os terra-remotenses iam fazer se Chaghan decidisse que estávamos ficando perigosos demais?

— Matar você, provavelmente — respondeu Baji. — Pena que voltaram para o norte. Teria sido bom ter alguém para lidar com Feylen. Vai ser puxado.

— Puxado? — repetiu Ramsa. Ele deu uma risada fraca. — Você acha que a última vez que tentamos abatê-lo foi *puxada*?

— O que aconteceu da última vez? — perguntou Rin.

— Tyr e Trengsin o atraíram para uma pequena caverna e enfiaram tantas facas no corpo dele que, mesmo que Feylen pudesse ter usado o poder de xamã, não teria feito diferença alguma — explicou Baji. — Foi meio engraçado, na verdade. Quando os dois o trouxeram de volta, ele parecia uma alfineteira.

— E Tyr não viu problema nisso? — perguntou Rin.

— O que você acha? — devolveu Baji. — Claro que não. Mas era o trabalho dele. Não dá para comandar o Cike se você não tem estômago para abater.

Uma cascata de passos soou do lado de fora da sala. Rin espiou pela porta e viu uma fileira de soldados marchando, equipados com escudos e alabardas.

— Aonde eles estão indo? Pensei que o Exército Imperial não tivesse ido para o sul ainda.

— É uma patrulha de refugiados — disse Baji.

Ela franziu a testa.

— Patrulha de refugiados?

— Você não os viu chegando? — indagou Ramsa. — É difícil não vê-los.

— Viemos pelos Penhascos Vermelhos — explicou Rin. — Não vi nada além do palácio. Como assim, refugiados?

Ramsa trocou um olhar desconfortável com Baji.

— Acho que você perdeu muita coisa enquanto esteve fora.

Rin não gostou do que aquilo sugeria. Ela se levantou.

— Me leve até lá.

— Nosso turno de patrulha só começa de manhã — explicou Ramsa.

— Não me importo.

— Mas eles são meticulosos com isso — insistiu Ramsa. — A segurança está intensa na fronteira dos refugiados. Não vão nos deixar passar.

— Sou a speerliesa — disse Rin. — Você acha que eu me importo?

— Tá bom. — Baji se levantou. — Vamos lá. Mas você não vai gostar.

CAPÍTULO 26

— Dá até saudade do nosso alojamento, hein? — disse Ramsa.

Rin não soube o que responder.

O distrito dos refugiados era um mar de gente aglomerada em fileiras infinitas de barracas que se estendiam em direção ao vale. As multidões eram mantidas fora dos limites da cidade, cercadas por barreiras improvisadas feitas de placas de madeira e madeira podre.

Era como se um gigante tivesse riscado uma linha na terra com o dedo e empurrado todo mundo para um dos lados. Soldados republicanos empunhando alabardas caminhavam de um lado para o outro em frente à barreira, embora Rin não soubesse dizer a quem estavam protegendo, os refugiados ou os cidadãos.

— Os refugiados não podem cruzar aquela barreira — explicou Baji. — Os... hum... os cidadãos não querem que eles fiquem apinhados nas ruas.

— O que acontece se cruzarem? — perguntou Rin.

— Nada muito horrível. Os guardas os arremessam de volta para o outro lado. Acontecia com mais frequência no começo, mas todo mundo aprendeu a lição depois de umas boas surras.

Eles caminharam um pouco mais. Um fedor horrível invadiu as narinas de Rin, o odor de vários corpos aglomerados juntos por tempo demais.

— Faz tempo que eles estão aqui?

— Pelo menos um mês — respondeu Baji. — Fiquei sabendo que começaram a migrar assim que seguimos para a Província do Rato, mas só piorou desde que voltamos.

Rin não conseguia acreditar que alguém pudesse estar vivendo naqueles acampamentos havia tanto tempo. Nuvens de moscas zumbiam para onde quer que se olhasse. Era insuportável.

— E ainda tem gente para entrar — contou Ramsa. — Eles chegam em ondas, geralmente à noite. Ficam tentando passar pelas fronteiras.

— E são todos das Províncias do Rato e da Lebre? — perguntou ela.

— Como assim? Esses refugiados são *do sul*.

Rin ficou confusa.

— Pensei que o Exército não tivesse ido para o sul.

Ramsa trocou olhares com Baji.

— Eles não estão fugindo do Exército. Estão fugindo da Federação.

— *O quê?*

Baji coçou a nuca.

— Hum, pois é. Os soldados mugeneses não entregaram as armas e pronto. Não é assim que funciona.

— Eu sei, mas pensei que... — Rin não concluiu o pensamento.

Rin se sentia zonza. Sabia que as tropas da Federação ainda estavam no continente, mas imaginou que estivessem restritas a unidades isoladas — soldados desonestos, esquadrões dispersos, mercenários itinerantes que firmavam alianças predatórias com cidades provinciais se fossem grandes o bastante —, não numa quantidade que os permitisse deslocar todo o sul.

— Quantos são? — perguntou ela.

— O suficiente — respondeu Baji. — O suficiente para que representem todo um novo exército. Estão lutando pelo Exército Imperial, Rin. Não sabemos como, não sabemos que tipo de acordo ela fez com eles. Mas muito em breve vamos lutar uma guerra em duas frentes, não apenas uma.

— Em quais regiões? — questionou Rin.

— Estão por toda parte. — Ramsa começou a listar as províncias, contando-as nos dedos. — Macaco. Serpente. Galo.

Rin estremeceu. *Galo?*

— Você está bem? — perguntou Ramsa.

Mas Rin já estava correndo.

Ela imediatamente soube que aquele era seu povo. Ela os reconheceu pela pele marrom quase tão escura quanto a dela. Ela os reconheceu pelo jeito que falavam — o sotaque levemente arrastado que fazia com que Rin se sentisse nostálgica e desconfortável ao mesmo tempo.

Aquela era a língua que ela havia falado durante toda a vida — o dialeto cru e rústico que já não conseguia falar sem sentir incômodo, já que havia passado tantos anos na escola se obrigando a perdê-lo.

Fazia muito tempo desde que ouvira alguém falando o dialeto do Galo.

Num impulso tolo, pensou que talvez pudessem reconhecê-la. Mas os refugiados se encolhiam ao vê-la. Seus rostos se fechavam e suas expressões se endureciam quando faziam contato visual. Eles retornavam às respectivas cabanas quando a garota se aproximava.

Rin levou um segundo para perceber que não estavam com medo dela, e sim do uniforme que ela vestia.

Estavam com medo dos soldados republicanos.

— Você. — Rin apontou para uma mulher de porte físico parecido com o seu. — Tem uma muda de roupas limpas?

A mulher olhou para ela em silêncio, parecendo não entender.

Rin tentou outra vez, arriscando falar o antigo dialeto como se fosse um par de sapatos que já não lhe servia mais.

— Você tem outra... hum... outra camisa? Outra calça?

A mulher assentiu, assustada.

— Vá pegar.

A mulher desapareceu barraca adentro e voltou com uma trouxa de roupas: uma blusa desbotada, que no passado pareceu ter exibido uma estampa de flores de papoula, e calças largas com bolsos fundos.

Rin sentiu um aperto no peito ao examinar a blusa. Ela não via peças como aquela havia muito tempo. Era o tipo de roupa feita para trabalhadores rurais. Até mesmo a parcela pobre de Sinegard teria rido delas.

Tirar o uniforme republicano funcionou. As pessoas pararam de evitá-la quando se aproximava. Em vez disso, Rin se tornou invisível ao caminhar pela multidão de corpos aglomerados. Ela gritava para chamar atenção enquanto passava pelas fileiras de barracas.

— Tutor Feyrik! Estou procurando o Tutor Feyrik! Alguém sabe onde ele está?

As respostas vinham em sussurros relutantes, murmúrios indiferentes. *Não. Não. Deixa a gente em paz. Não.* Aqueles refugiados estavam tão acostumados a ouvir lamentos desesperados em busca de pessoas perdidas que seus ouvidos aprenderam a ignorá-los. Uma pessoa disse conhecer um Tutor Fu, mas ele não era de Tikany. Outra conhecia um Feyrik, mas que era sapateiro, não professor. Rin deduziu que não adiantaria tentar descrevê-lo; havia pencas de homens que se encaixariam na mesma descrição. A cada fileira de barracas ela via homens velhos com barbas grisalhas que acabavam não sendo o Tutor Feyrik no fim das contas.

Ela reprimiu uma onda de desesperança. Havia sido bobagem tentar encontrá-lo para começo de conversa. Rin já sabia que nunca mais o veria. Tinha aceitado a ideia fazia muito tempo.

Mas ela não conseguiu evitar. Precisava tentar.

Tentou expandir os critérios de busca.

— Alguém aqui é de Tikany?

Olhares vazios. Ela caminhava cada vez mais depressa pelo acampamento, até que começou a correr.

— Tikany? Por favor? Alguém aqui?

Então ela enfim ouviu uma voz na multidão — uma que não vinha carregada de completa indiferença, mas de pura incredulidade.

— Rin?

A garota imediatamente parou onde estava. Ao se virar, viu um garoto magricela e alto que não devia ter mais de catorze anos. Ele tinha volumosos cabelos castanhos e olhos grandes e caídos. Trazia em uma das mãos uma camisa ensopada e na outra um amontoado de ataduras.

— Kesegi?

Ele assentiu em silêncio.

Rin se sentiu de volta aos dezesseis anos, chorando ao abraçá-lo, apertando-o com tanta força que os dois quase caíram. O garoto retribuiu o gesto, envolvendo-a com seus braços compridos da mesmo forma que fazia quando era criança.

Quando ele havia ficado tão alto? Rin estava impressionada com a mudança. Antes, ele mal batia em sua cintura; agora estava alguns centímetros mais alto que ela. Mas o resto de seu corpo estava magro demais e ele parecia esfomeado. Era como se Kesegi tivesse apenas esticado para cima em vez de crescido.

— Cadê os outros?

— A mãe está aqui comigo. O pai morreu.

— Foi a Federação?

— Não. Foi o ópio, no fim das contas — respondeu ele com uma risada forçada. — Foi engraçado, para falar a verdade. O pai ficou sabendo que eles estavam vindo e comeu um pote inteiro de pepitas. A mãe só notou quando a gente estava fazendo as malas para fugir. Ele já estava morto fazia tempo.

Kesegi sorriu, desajeitado. *Sorriu*. Ele, que havia perdido o pai, estava tentando consolar Rin.

— Pensamos que ele estivesse dormindo.

— Sinto muito — disse Rin, seca.

Era difícil disfarçar a indiferença. Sua relação com o tio fora baseada apenas em serventia, e ela não conseguia sentir nada que sequer lembrasse pesar.

— Sabe do Tutor Feyrik? — perguntou ela.

Kesegi balançou a cabeça.

— Não. Acho que vi ele no meio da multidão quando estávamos fugindo, depois não vi mais.

A voz de Kesegi falhou. Ela percebeu que o garoto forçava um tom mais grave do que de fato tinha. Sua postura também estava exageradamente ereta, para parecer mais alto. Ele estava tentando fingir ser adulto.

— Olha só quem voltou.

Rin congelou. Ela avançara sem rumo certo e deduzira que Kesegi estava fazendo o mesmo, mas é claro que o irmão estava, na verdade, voltando para sua barraca.

Kesegi parou.

— Mãe, olha quem eu encontrei.

Tia Fang abriu um sorriso comedido.

— Veja só. A heroína de guerra. Você cresceu.

Rin não teria reconhecido a Tia Fang se não fosse por Kesegi. A mulher parecia ter envelhecido vinte anos, e seu rosto lembrava uma uva-passa. Antes, ela vivia com as bochechas vermelhas, sempre furiosa, sobrecarregada com uma filha adotiva indesejada e um marido viciado em ópio. Rin sempre tivera muito medo dela. Naquele momento, no entanto, Tia Fang parecia ter murchado, como se toda a vitalidade tivesse se esvaído de seu corpo.

— Veio se gabar? — interpelou Tia Fang. — Vá em frente, pode olhar. Não há muito para ser visto.

— *Me gabar?* — repetiu Rin, aturdida. — Não, eu...

— Então o que é? — demandou Tia Fang. — Diga. Não fique aí parada.

Como era possível que mesmo depois de tanto tempo ela ainda fizesse Rin se sentir tão ridícula e imprestável? Ela voltou a se sentir como uma criança sob o olhar fulminante da Tia Fang, prestes a se esconder para não levar uma surra.

— Não sabia que vocês estariam aqui — disse Rin, finalmente. — Eu só... Eu só queria saber se...

— Se ainda estávamos vivos? — Tia Fang levou as mãos ossudas à cintura. — Bom, aqui estamos. Não graças à sua turma de soldados, é claro. Vocês estavam ocupados demais com o norte. É culpa de Vaisra que estejamos aqui, para começo de conversa.

— Cuidado com o que diz — alertou Rin, exaltando-se.

Ela ficou espantada quando Tia Fang recuou, como se esperasse levar uma pancada.

— Ah, mas que besteira eu disse. — Tia Fang adotou um olhar de súplica. A expressão bajuladora ficava grotesca em seu rosto enrugado. — É a fome falando. Não consegue nos arranjar um pouco de comida, Rin? Você é uma soldada, aposto que deve ser até *comandante*, tão respeitável! Pode mexer alguns pauzinhos, não pode?

— Não estão dando comida para vocês? — perguntou Rin.

Tia Fang riu.

— Só se estiver falando da Senhora de Arlong, que anda por aí distribuindo tigelas minúsculas de arroz para as crianças mais mirradas enquanto os demônios de olhos azuis a acompanham para registrar como ela é formidável.

— Não recebemos nada — disse Kesegi. — Nem roupas, nem cobertores, nem remédios. A maioria precisa se virar para encontrar comida. Comemos peixe por um tempo, mas aí eles foram envenenados com alguma coisa e todo mundo ficou doente. Ninguém avisou a gente.

Rin não conseguia acreditar no que ouvia.

— Não abriram nenhum refeitório para vocês?

— Abriram, mas os refeitórios alimentam mais ou menos umas cem cabeças antes de fechar. — Kesegi deu de ombros. — É só olhar em volta. Todo dia alguém morre de fome neste acampamento. Não dá para perceber?

— Mas eu pensei... Com certeza Vaisra teria...

— Vaisra? — indagou Tia Fang. — Então se tratam pelo primeiro nome?

— Não... Bom, sim, mas...

— Então você pode falar com ele! — Os olhos maliciosos de Tia Fang brilharam. — Diga a ele que estamos morrendo de fome. Se não puderem dar comida para todo mundo, tragam só para mim e Kesegi. Não vamos contar para ninguém.

— Mas não é assim que funciona — balbuciou Rin. — Eu não posso simplesmente...

— É claro que pode, sua vagabunda ingrata — atacou Tia Fang. — É o mínimo que nos deve.

— *É o mínimo que devo?* — repetiu Rin, incrédula.

— Levei você para debaixo do meu teto. Criei você por dezesseis anos.

— Queria me vender em um casamento arranjado!

— Você teria tido uma vida melhor que a de todos nós. — Tia Fang apontou o dedo magro para o peito de Rin. — Não te faltaria nada. Só precisaria abrir as pernas de vez em quando, só isso, e teria tudo que quisesse comer, tudo que quisesse vestir. Mas não foi o suficiente para você. Você queria ser *especial*, queria ser importante, quis dar no pé para Sinegard para ter uma vida de aventuras no Exército.

— Acha que estou *me divertindo* nesta guerra? — vociferou Rin. — Vi meus amigos morrendo! *Eu* quase morri!

— Todos nós quase morremos — rebateu Tia Fang, com escárnio. — Tenha dó. Você não é especial.

— Não pode falar assim comigo — disse Rin.

— Ah, que erro o meu. — Tia Fang se curvou em uma reverência exagerada. — Ela é tão *importante*. Tão *ilustre*. Quer que a gente rasteje a seus pés, é isso? Ouviu que a mocreia velha que chamava de tia estava nos acampamentos e não queria perder a chance de esfregar isso na cara dela?

— Mãe, pare com isso — pediu Kesegi, falando baixo.

— Não foi por isso que vim — disse Rin.

A boca de Tia Fang se curvou em um riso de desdém.

— Então *por que* veio?

Rin não tinha resposta.

Não sabia o que havia esperado encontrar. Não era um lar, não era uma sensação de pertencimento, não era o Tutor Feyrik. Não era aquilo.

Cometera um erro. Não devia ter ido. Rin havia cortado os laços com Tikany fazia muito tempo. Devia ter deixado as coisas como estavam.

Ela recuou depressa, balançando a cabeça.

Rin tentou se desculpar, mas as palavras entalaram em sua garganta. Ela não conseguia olhar nenhum dos dois nos olhos. Não queria mais estar ali, não queria mais sentir aquilo. Voltou depressa para o corredor principal entre as barracas e começou a se afastar depressa. Sentia vontade de correr, mas seu orgulho não permitia.

— Rin! — gritou Kesegi, correndo atrás dela. — Espere.

Rin parou. *Por favor, diga algo que me faça ficar. Por favor.*

— O quê?

— Se não consegue nos trazer comida, pode trazer cobertores? — pediu ele. — Só um? Faz muito frio à noite.

Ela se obrigou a sorrir.

— Pode deixar.

Ao longo da semana seguinte, uma multidão de pessoas migrou para Arlong. Elas chegavam a pé, em carroças caindo aos pedaços ou em jangadas construídas às pressas com qualquer coisa que boiasse. O rio se transformou em uma corrente morosa de corpos apinhados tão próximos uns dos outros que as famosas águas azuis da Província do Dragão desapareceram sob o peso do desespero humano.

Os soldados republicanos inspecionavam os recém-chegados em busca de armas e itens de valor antes de encarreirá-los em filas que seguiam para qualquer distrito de refugiados que ainda tivesse espaço.

As pessoas eram recebidas com pouquíssima gentileza. Os soldados republicanos, especialmente os Dragões, tratavam todos com arrogância e hostilizavam os sulistas que não conseguiam entender o sotaque acelerado de Arlong.

Todos os dias, Rin passava horas percorrendo as docas ao lado de Venka. Estava feliz por ter se livrado da tarefa de registros, que se resumia a ficar de guarda ao lado de fileiras de refugiados infelizes enquanto oficiais registravam suas chegadas e emitiam documentos de residência temporária. Aquilo provavelmente era mais importante do que a tarefa que ela e Venka estavam executando, que era recolher lixo de trechos do Murui próximos aos pontos de gargalo dos refugiados, mas Rin não suportava ficar perto das multidões de pele marrom e olhos acusadores.

— Vamos ter que dispensá-los em algum momento — observou Venka enquanto tirava um garrafão vazio da água. — Não vai ter lugar para todo mundo aqui.

— É que o distrito de refugiados é pequeno — explicou Rin. — Haveria espaço de sobra se abrissem as fronteiras da cidade ou se todos fossem encaminhados para as montanhas.

— *Espaço* de sobra, talvez. Mas não temos roupas, cobertores, medicamentos, grãos ou qualquer outra coisa para todos.

— Até agora os sulistas estavam produzindo os grãos — disse Rin, vendo-se obrigada a fazer um comentário.

— E agora eles fugiram de suas casas, então ninguém mais está produzindo comida — completou Venka. — Então isso não nos ajuda em nada. Espera aí, o que é isso?

Com cuidado, ela se aproximou da água, apanhou um barril e o depositou no cais. De seu interior saiu o que, num primeiro momento, pareceu ser uma trouxa de roupas ensopadas.

— Que nojo — disse Venka.

— O que é?

Rin chegou mais perto para ver melhor e se arrependeu imediatamente.

— Está morto. Olhe.

Venka segurou o bebê para que Rin pudesse vê-lo. Sua pele era de um amarelo doentio e estava repleta de perebas e manchas avermelhadas, evidências de um implacável ataque de pernilongos. A criança não se movia. Venka a segurou sobre a água, como se estivesse prestes a atirá-la de volta.

O bebê começou a choramingar.

Venka o encarou com tanta repugnância que Rin teve certeza de que ela estava prestes a soltá-lo de cabeça no chão.

— Me dê o bebê — pediu Rin, depressa, tirando a criança dos braços da outra garota.

Um cheiro azedo invadiu suas narinas, e Rin sentiu uma vontade de vomitar tão violenta que quase perdeu o equilíbrio, mas conseguiu se controlar.

O bebê estava embrulhado em roupas que deviam ser de um adulto. Isso queria dizer que ele havia sido amado por alguém. Do contrário, a pessoa não teria aberto mão daquelas roupas; era o auge do inverno e, mesmo no clima mais quente do sul, as noites eram tão geladas que refugiados itinerantes que não encontravam abrigo tinham grandes chances de morrer congelados.

Era a vontade de alguém que aquele bebê sobrevivesse. Rin devia a ele uma chance de tentar.

Ela andou a passos ágeis até a extremidade do cais e entregou o embrulho ao primeiro soldado que encontrou.

— Pegue.

O soldado se atrapalhou com o peso inesperado.

— O que eu faço com isso?

— Não sei, só garanta que o bebê receba os devidos cuidados — disse Rin. — Leve-o até a enfermaria, se deixarem.

O soldado segurou a criança com firmeza e prontamente partiu. Rin voltou ao rio e continuou a vasculhar a água com sua lança, apática.

Ela sentia muita vontade de fumar. O gosto dos cadáveres não lhe saía da boca.

Venka interrompeu o silêncio.

— Por que está me olhando com essa cara?

Ela estava na defensiva, furiosa, mas aquela era a reação costumeira de Venka a qualquer coisa; ela preferia morrer a expressar qualquer vulnerabilidade. Rin achava que talvez ela estivesse pensando na criança que havia perdido. Não sabia o que dizer, além de que lamentava muitíssimo.

— Você sabia que ele estava vivo — disse Rin, por fim.

— Sabia — retrucou Venka. — E daí?

— Ia matar o bebê.

Venka engoliu em seco e espetou a lança na água outra vez.

— Aquela coisa não tem futuro. Eu estaria lhe fazendo um favor.

Em tempos de guerra, Arlong era deplorável. Uma nuvem de desespero baixava sobre a capital como um manto enquanto a ameaça dos inimigos que se aproximavam tanto do norte quanto do sul crescia a cada dia.

O racionamento de comida era severo, mesmo para os cidadãos da Província do Dragão. Todo homem, mulher ou criança que não fazia parte do Exército Republicano foi recrutado para trabalhar. A maioria era enviada para as forjas ou para os estaleiros. Até mesmo crianças pequenas eram colocadas para trabalhar, rasgando linho para as enfermarias.

Mas a maior escassez era a de compaixão. Os refugiados do sul se amontoavam atrás das barreiras e eram igualmente desprezados pelos soldados e pelos cidadãos da província. A comida e os suprimentos eram oferecidos de mau grado, quando eram. Rin descobriu que, se não houvesse soldados responsáveis por vigiar as entregas de suprimentos, eles sequer chegavam até os acampamentos.

Os refugiados se agarravam a qualquer um que exibisse o menor sinal de comiseração. Quando a notícia sobre o laço entre Rin e os Fang começou a correr, ela se tornou uma representante involuntária e não oficial dos interesses dos refugiados em Arlong. Sempre que estava perto do distrito era abordada por eles, todos implorando por um milhão de coisas diferentes que ela não conseguiria arranjar: mais comida, mais remédios, mais provisões para acender fogo e construir barracas.

Rin detestava ter sido colocada nessa posição porque isso resultava apenas em frustração para ambos os lados. A liderança republicana começou a se irritar com seus pedidos impossíveis por itens de necessidades humanas básicas; os refugiados passaram a se ressentir porque os itens nunca eram entregues.

— Não faz sentido — reclamou Rin para Kitay, amarga. — Vaisra sempre disse que devemos tratar bem nossos prisioneiros. E é assim que tratamos nosso povo?

— É porque os refugiados não trazem nenhuma vantagem estratégica para eles, a menos que a gente considere a leve inconveniência que seus cadáveres empilhados representaria para o exército de Daji — explicou Kitay. — Desculpe a franqueza.

— Vai à merda — respondeu Rin.

— Não desconte em mim, só estou dizendo o que eles pensam.

Rin devia sentir mais raiva, mas conseguia entender que aquele era o pensamento que reinava por ali. Os sulistas mal eram considerados nikaras pela maioria dos Dragões. Ela sabia como os Galos eram vistos pelos povos do norte: paspalhos de pele escura, olhos vesgos e dentes tortos que falavam enrolado.

A ideia deixava Rin muito envergonhada, porque ela já havia sido exatamente assim.

Já havia tentado apagar essa parte de si mesma. Aos catorze, tivera a sorte de estudar com um tutor que falava sinegardiano quase como um nativo; depois, partira rumo a Sinegard jovem o bastante para que seus velhos hábitos lhe fossem arrancados com rapidez e brutalidade. Ela tinha se adaptado para conseguir se encaixar. Apagara a própria identidade para conseguir sobreviver.

E era humilhante para Rin que os sulistas agora lhe procurassem, que tivessem a audácia de chegar perto, porque ela sentia que suas semelhanças se afloravam pela simples proximidade.

Ela tentava havia muito tempo neutralizar sua ligação com a Província do Galo, um lugar que nunca fora fonte de boas lembranças, e quase tinha conseguido. Mas os refugiados não a deixavam esquecer.

Sempre que chegava perto dos acampamentos, Rin era recepcionada com olhares arguidores e raivosos. Todos já sabiam quem ela era e faziam questão de deixar isso claro.

Haviam parado de ofendê-la aos gritos. Já estavam muito além da raiva; agora viviam imersos em desesperança e rancor. Mesmo assim, seus pensamentos estavam estampados em seus rostos.

Você é uma de nós, acusavam eles. *Deveria nos proteger. Você fracassou.*

Três semanas após o retorno de Rin a Arlong, a República recebeu um recado direto da Imperatriz.

A cerca de dois quilômetros dos Penhascos Vermelhos, a patrulha de fronteira da Província do Dragão capturou um homem que alegava ter sido enviado da capital. O mensageiro trazia apenas uma cesta de bambu às costas e um pequeno selo imperial para atestar sua identidade.

Obstinado, ele se recusava a falar a menos que Vaisra o recebesse na sala do trono com a audiência completa de seus generais, os líderes regionais e o General Tarcquet. Os guardas de Eriden o revistaram da cabeça aos pés, vasculharam suas roupas e cestas em busca de explosivos ou gases tóxicos, mas não encontraram nada.

— São apenas bolinhos — disse o mensageiro, com tranquilidade.

Ainda que de forma relutante, sua entrada foi autorizada.

— Trago uma mensagem da Imperatriz Su Daji — anunciou ele aos presentes.

Seu lábio inferior se mexia de maneira grotesca quando falava. Parecia estar contaminado com alguma coisa. O lado esquerdo estava coberto por bolhas purulentas. Suas palavras mal eram compreensíveis no sotaque pesado da Província do Rato.

Rin semicerrou os olhos ao observar o homem se aproximar do trono. Ele não era um diplomata de Sinegard ou um representante do Exército e não se portava como um oficial da corte; devia ser apenas um soldado normal, talvez nem isso. Mas por que Daji atribuiria um ato de diplomacia a alguém que mal conseguia falar?

A menos que o mensageiro não estivesse lá para negociar de verdade. A menos que Daji não precisasse de alguém de raciocínio ágil ou discurso polido. A menos que Daji precisasse apenas de alguém que se deleitaria em antagonizar Vaisra. Alguém que tivesse algo contra a República e não se importasse em morrer por isso.

O que significaria que aquela não era uma trégua. Era uma mensagem unilateral.

Rin ficou apreensiva. O mensageiro não conseguiria ferir Vaisra, não com os homens de Eriden bloqueando a passagem até o trono. Ainda assim, ela segurou o tridente com firmeza, monitorando atentamente cada movimento do homem.

— Diga o que veio dizer — ordenou Vaisra.

O homem abriu um sorriso largo.

— Trago notícias de Yin Jinzha.

A sra. Saikhara ficou de pé. Rin notou que ela tremia.

O mensageiro se ajoelhou, pousou a cesta no chão de mármore e abriu a tampa; um cheiro forte se espalhou pelo ar.

Rin esticou o pescoço, esperando ver o corpo desmembrado de Jinzha, mas a cesta estava cheia de bolinhos fritos com perfeição; a massa tinha uma casquinha dourada e havia sido enfeitada com um padrão de flor de lótus. Os bolinhos obviamente haviam estragado nas várias semanas de viagem — bolor escuro crescia nas laterais —, mas seu formato ainda estava intacto. Tinham sido decorados com esmero, pincelados com pasta de semente de lótus, e traziam uma mensagem escrita em tinta carmesim.

O Dragão devora seus filhos.

— A Imperatriz convida vocês a desfrutarem bolinhos da mais rara carne — disse o mensageiro. — Ela acredita que o sabor será familiar.

A sra. Saikhara se jogou ao chão com um grito desolado.

Vaisra olhou para Rin e passou o dedo indicador no pescoço.

Rin compreendeu. Empunhou o tridente e avançou em direção ao mensageiro.

Ele recuou minimamente e, exceto por esse movimento, não tentou se defender. Nem sequer ergueu os braços. Apenas permaneceu sentado onde estava, sorrindo de satisfação.

Rin enterrou o tridente em seu peito.

Não foi um golpe certeiro. Ela estava atônita, distraída demais pelos bolinhos, e não conseguiu mirar com precisão. As pontas do tridente atravessaram a caixa torácica do homem, mas não perfuraram seu coração.

Ela arrancou o tridente com um puxão.

O porta-voz reagiu com uma risada gorgolejante. Sua boca borbulhava de sangue, que escorria e manchava o mármore impecável do chão.

— Vocês vão morrer, vão todos morrer — disse ele —, e a Imperatriz vai dançar em cima de suas covas.

Rin o apunhalou novamente, e dessa vez acertou em cheio.

Nezha correu até a mãe e a segurou nos braços.

— Ela desmaiou — disse ele. — Por favor, alguém ajude...

— Há outra coisa — apontou o General Hu.

Enquanto os criados do palácio acudiam Saikhara, ele tirou um pergaminho de dentro da cesta com mãos firmes e limpou as migalhas.

— É uma carta.

Vaisra continuava no trono sem mover um músculo.

— Leia.

O General Hu quebrou o selo e desenrolou o pergaminho.

Estou chegando.

A sra. Saikhara se sentou e emitiu um gemido atordoado.

— Tire ela daqui — ordenou Vaisra a Nezha, irritado. — Hu. Leia.

O General Hu continuou.

Meus generais estão navegando pelo rio Murui enquanto vocês perdem tempo nesse castelo. Não terão para onde fugir, não terão onde se esconder. Nossa frota é maior. Nosso exército é maior. Vocês morrerão na base dos Penhascos Vermelhos como seus antepassados e seus corpos servirão de alimento para os peixes do Murui.

Um silêncio denso tomou o salão.

Vaisra parecia preso ao assento. Sua expressão não revelava nada. Nem tristeza nem medo. Era como se fosse feito de gelo.

O General Hu enrolou o pergaminho e pigarreou.

— É o que está escrito.

Em cerca de quinze dias, os batedores de Vaisra — exaustos, com os cavalos prestes a desmoronar no chão — retornaram da fronteira e confirmaram o pior: a Frota Imperial, fortalecida e ampliada desde Boyang, havia iniciado a longa jornada rumo ao sul trazendo o que parecia ser o Exército inteiro.

Daji pretendia dar um fim à guerra em Arlong.

— Os navios foram avistados dos faróis de Yerin e Murin — reportou um dos batedores.

— Como já estão tão perto? — perguntou o General Hu, alarmado. — Por que não ficamos sabendo antes?

— Ainda não chegaram a Murin — explicou o batedor. — É que a frota é gigantesca. Conseguimos enxergar das montanhas.

— Quantos navios?

— Um pouco mais do que tinham em Boyang.

— A boa notícia é que os navios maiores ficarão encalhados quando o Murui se estreitar — disse o Capitão Eriden. — Eles vão precisar rolá-los sobre toras pela terra. Ainda temos duas semanas, talvez quase três. — Ele apanhou o mapa e colocou o dedo na fronteira noroeste da Província da Lebre. — Devem estar neste ponto agora. Mandamos homens até lá para tentar atrasá-los?

Vaisra balançou a cabeça.

— Não. Isso não altera nossa estratégia principal. Querem nos fazer dividir nossas defesas, mas não vamos morder a isca. Vamos nos concentrar em fortalecer Arlong, ou perderemos o sul inteiro.

Rin olhava fixamente para o mapa, estudando os pontos vermelhos que representavam as tropas imperiais e da Federação. A República estava cercada: ao norte pela Imperatriz e ao sul pela Federação. Era difícil não entrar em pânico imaginando todas as tropas de Daji unidas contra eles, cercando-os feito um punho de ferro.

— A costa norte não é mais prioridade. Tragam a frota de Tsolin de volta para a capital. — Vaisra soava inacreditavelmente calmo, para o alívio de Rin. — Quero batedores com pombos-correios posicionados de quilômetro em quilômetro ao longo do Murui. A cada avanço daquela frota, quero ficar sabendo. Mande mensageiros ao Galo e ao Macaco. Convoquem os batalhões locais.

— Não pode fazer isso — disse Gurubai. — Eles ainda estão lidando com o que sobrou da Federação.

— Não dou a mínima para a Federação — respondeu Vaisra. — Arlong é o que importa. Se tudo que ouvimos sobre essa frota for verdade, a guerra está decidida a menos que nos mantenhamos firmes. Precisamos de todos os nossos homens em um só lugar.

— Vilarejos inteiros irão sucumbir se isso acontecer — disse Takha. — Províncias inteiras.

— Então que assim seja.

— Está brincando? — interpelou Charouk. — Acha que vamos ficar de braços cruzados enquanto volta atrás com suas promessas? Disse que, se nos uníssemos a você, nos ajudaria a erradicar os mugeneses...

— E vou ajudar — respondeu Vaisra, irritado. — Não entende? Vamos derrotar Daji e tomar o sul de volta também. Quando perderem esse apoio, os mugeneses vão se render...

— Ou vão deduzir que a guerra civil nos enfraqueceu e vão acabar conosco de qualquer forma — retrucou Charouk.

— Isso não vai acontecer. Quando conseguirmos apoio dos hesperianos...

— "Apoio dos hesperianos" — ridicularizou Charouk. — Não seja ingênuo. Tarcquet e seus homens estão de bobeira na cidade há um bom tempo, e nada dessa frota aparecer no horizonte.

— Se destruirmos o Exército, eles virão — afirmou Vaisra. — E não conseguiremos fazer isso se perdermos tempo lutando uma guerra em duas frentes.

— Esqueça — disse Gurubai. — Devíamos juntar nossas tropas e voltar para casa agora.

— Vá em frente — respondeu Vaisra, sereno. — Vocês não durariam uma semana. Precisam das tropas do Dragão e sabem disso, ou nem sequer teriam vindo. Nenhum de vocês consegue proteger suas respectivas províncias, não com os números que têm. Do contrário, teriam partido há muito tempo.

Houve um breve silêncio. Rin notou pelo semblante de Gurubai que Vaisra tinha razão. O Líder do Dragão sabia que os outros estavam apenas blefando.

Agora não tinham escolha a não ser segui-lo.

— Mas o que acontece depois que ganharmos Arlong? — questionou Nezha de repente.

Todos os olhos se voltaram para ele.

Nezha ergueu o queixo.

— Unimos o país para logo em seguida deixar que os mugeneses destruam tudo outra vez? Isso não é democracia, pai, isso é um pacto suicida. Está ignorando uma ameaça colossal só porque as vidas em jogo não são do Dragão...

— Já chega — disse Vaisra, mas Nezha o ignorou.

— Foi Daji quem trouxe a Federação para cá. Você não precisa terminar o trabalho dela e destruir a todos.

Pai e filho se encaravam sobre a mesa.

— Seu irmão jamais teria me desafiado dessa forma — afirmou Vaisra, com a voz controlada.

— Não, Jinzha era impetuoso e imprudente e nunca dava ouvidos a seus melhores estrategistas, e agora ele está morto — disse Nezha. — Então o que vai fazer, pai? Agir com base em um desejo bobo de vingança ou fazer algo para ajudar as pessoas em sua República?

Vaisra bateu na mesa com as mãos.

— *Basta*. Não vai me contrariar...

— Está jogando seus aliados aos lobos! Não percebe como isso é terrível? — demandou Nezha. — General Hu? *Rin?*

— Eu... — A língua de Rin pesava como chumbo em sua boca.

De repente, todos se voltaram para ela.

Vaisra cruzou os braços e encarou Rin, erguendo as sobrancelhas como quem diz: *Vá em frente*.

— Estão invadindo nosso lar — disse Nezha.

Rin estremeceu. O que ele esperava que ela dissesse? Nezha acreditava que, só porque ela era do sul, iria contrariar as ordens de Vaisra?

— Não importa — disse ela. — O Líder do Dragão está certo. Se fragmentarmos nossos esforços, viraremos pó.

— Está brincando! — disse Nezha, impaciente. — Mais do que qualquer um, você devia...

— Devia o quê? — perguntou Rin em tom de escárnio. — Acha que eu devia odiar a Federação mais do que qualquer um? *Eu odeio*, mas também sei que mandar tropas para o sul é exatamente o que Daji deseja. Quer simplesmente entregar Arlong de bandeja?

— Inacreditável — disse Nezha.

Ela o encarou, tentando reproduzir com a maior fidelidade possível o olhar imperturbável de seu pai.

— Só estou fazendo meu trabalho, Nezha. Devia tentar fazer o seu.

CAPÍTULO 27

— Marquei algumas táticas nisso aqui. — Kitay entregou a Rin um maço de folhas amontoadas em um livreto. — A Capitã Dalain deve pensar diferente, mas com base em experiências passadas acho que isso deve ter mais chances de funcionar.

Rin deu uma olhada no material.

— Isso são páginas arrancadas de um livro?

Kitay deu de ombros.

— Não deu tempo de copiar tudo, então só fiz umas anotações.

Rin estreitou os olhos para entender os garranchos de Kitay nas margens.

— Toras?

— Eu sei que exige muito tempo e mão de obra, mas nossas boas alternativas são limitadas. — Kitay mexia na franja, ansioso. — Para eles, vai ser mais um aborrecimento do que qualquer outra coisa, mas vai nos ajudar a ganhar um pouco de tempo.

— Você riscou as táticas de guerrilha — observou ela.

— Não dariam muito certo. Além disso, não devemos nem pensar em destruir a frota, ou mesmo parte dela.

Rin franziu a sobrancelha. Era exatamente o que ela vinha pensando em fazer.

— Vai dizer que acha perigoso demais?

— Não, acho que vocês não conseguiriam mesmo. Você não tem noção do tamanho daquela frota. Pegariam você antes que conseguisse queimar alguém, pelo menos com seu alcance de fogo atual. Pode tirar o cavalinho da chuva.

— Mas...

— Quando coloca sua vida em jogo, está colocando a minha também — disse Kitay, sério. — Sem loucuras, Rin, estou falando sério. Siga o plano. Só precisa ganhar tempo.

Sob ordens de Vaisra, dois pelotões partiram pelo Murui com o objetivo de atrasar o avanço da Marinha Imperial. Estavam correndo contra o tempo, tentando adiar o confronto para que pudessem continuar reforçando as defesas de Arlong e esperando pela frota de Tsolin, que estava no norte e retornaria pela costa. Se conseguissem atrasar a Marinha Imperial por pelo menos alguns dias, se conseguissem fortalecer as defesas de Arlong a tempo e se os navios de Tsolin conseguissem voltar à capital antes da frota de Daji, *talvez* tivessem chance de vencer a luta contra o Império.

Eram muitos "se".

Mas era tudo que a República tinha.

Rin rapidamente ofereceu o Cike para a tarefa de atrasar a frota. Ela não aguentava mais ficar perto dos refugiados e queria manter Baji e Suni bem longe dos hesperianos, antes que a inquietação dos dois terminasse em desastre.

Também queria levar Kitay, mas ele era importante demais para partir no que provavelmente seria uma missão suicida para qualquer um que não fosse um xamã. Além disso, Vaisra o queria dentro dos limites da cidade para aprimorar as estruturas de defesa.

Embora Rin sentisse alívio por Kitay estar fora de perigo, detestava o fato de que estavam prestes a passar dias separados sem qualquer meio de comunicação.

Não poderia protegê-lo se algo acontecesse.

Kitay percebeu a expressão no rosto de Rin.

— Vou ficar bem, você sabe disso.

— Mas se acontecer alguma coisa...

— Quem está indo para uma zona de guerra *é você* — lembrou ele.

— Todo lugar é uma zona de guerra. — Ela fechou o livreto e o guardou no bolso. — Eu me preocupo com você. Com nós dois. Não consigo evitar.

— Não dá tempo de sentir medo. — Kitay apertou o braço de Rin, tentando confortá-la. — Foque em nos manter vivos, tudo bem?

* * *

Antes de partir de Arlong, Rin fez uma última parada na forja.

— Como posso ajudar? — gritou o ferreiro, ao lado do forno.

O fogo estava aceso havia dias, trabalhando sem cessar na produção em massa de espadas, virotes de balestras e armaduras.

Rin entregou o tridente.

— O que acha desse metal?

O ferreiro passou os dedos pelo cabo e examinou as pontas dos dentes.

— É coisa boa. Mas não tenho muita prática com tridentes de batalha. Melhor não mexer demais nesse aqui para não atrapalhar o equilíbrio. Mas posso afiar os dentes, se quiser.

— Não quero que afie o tridente — disse Rin. — Quero que o derreta.

— Hum. — Ele testou o equilíbrio do tridente na palma da mão. — É speerliês?

— Sim.

O homem ergueu a sobrancelha.

— Quer mesmo que seja reforjado? Não tem nada de errado com ele.

— Não vale mais nada para mim — respondeu ela. — Quero que seja completamente destruído.

— É uma arma muito rara. Você não vai encontrar outro tridente como esse por aí.

Rin deu de ombros.

— Não tem problema.

Ele ainda parecia hesitante.

— É impossível replicar instrumentos speerlieses. Não há ninguém vivo que saiba como eles produziam armas. Vou ver o que posso fazer, mas pode ser que você acabe recebendo um rastelo de volta.

— Não quero mais ter um tridente — garantiu Rin. — Quero uma espada.

Duas embarcações partiram dos Penhascos Vermelhos naquela manhã. O *Rapina*, comandado por Nezha, disparou rio acima para alcançar a cidade de Shayang, situada em uma curva crucial e extremamente estreita no delta superior. Os moradores de Shayang haviam abandonado a cidade rumo à capital fazia bastante tempo, mas a cidade em si já havia sido uma base militar. Nezha só precisava ocupar as velhas fortalezas.

A equipe de Rin, liderada pela Capitã Dalain, uma mulher esguia e muito bonita, vinha atrás em um ritmo mais lento, navegando devagar no que deveria ter sido o navio de guerra de Jinzha.

A embarcação não estava nem perto de ser finalizada. Nem sequer tinha um nome. Jinzha a nomearia quando fosse concluída, e agora ninguém tinha coragem de fazer isso em seu lugar. Os anteparos do convés superior ainda não haviam sido instalados, os conveses inferiores eram esparsos e vazios, e os canhões ainda não tinham sido instalados nas laterais do navio.

Mas nada disso importava, porque as rodas de pás estavam funcionando. O navio tinha capacidades básicas de manobra. Eles não precisavam adentrar o território inimigo, apenas percorrer trinta quilômetros rio acima.

O pequeno manual de Kitay acabou sendo genial. Em meio a seus rabiscos, ele deixara várias estratégias para gerar os maiores atrasos possíveis. Depois de ancorar o navio de Jinzha, o Cike e a Capitã Dalain se separaram e percorreram um raio de quinze quilômetros, implementando com eficiência cada uma das estratégias.

Eles ergueram uma série de barragens usando toras de madeira e sacos de areia. Na realidade, aquilo faria com que ganhassem apenas cerca de metade de um dia, mas serviria para cansar os soldados que fossem obrigados a mergulhar para desobstruir a passagem.

Rio acima, cravaram estacas de madeira na água para abrir buracos nos cascos dos navios inimigos. Kitay, com caloroso apoio de Ramsa, queria instalar o mesmo tipo de mina aquática que o Império havia usado contra eles, mas os dois acabaram ficando sem tempo antes de descobrir como drenar os intestinos de maneira apropriada.

Vários cabos de ferro foram esticados ao longo do rio, geralmente perto das curvas. Se o General Carne de Lobo fosse esperto, mandaria soldados para soltar os cabos em vez de tentar cortá-los, mas os postes onde haviam sido amarrados estavam escondidos em meio à vegetação e eram invisíveis debaixo d'água, então tinham o potencial de gerar um engarrafamento complicado se a frota se chocasse contra eles sem perceber.

Eles também levantaram algumas fortalezas a cada cinco quilômetros do Murui. Elas seriam ocupadas por um grupo de dez a quinze soldados armados com balestras, canhões e rojões.

Esses soldados muito provavelmente morreriam, mas talvez conseguissem derrubar um punhado de soldados do Exército, ou, na melhor das hipóteses, danificar um ou dois navios antes de o General Carne de Lobo transformá-los em picadinho. Em termos de mortes e tempo, a troca valia a pena.

Perto da fronteira noroeste da Província do Dragão, pouco antes de o Murui se bifurcar no Golyn, eles afundaram o navio de Jinzha.

— Que triste — lamentou Ramsa, enquanto evacuavam o equipamento. — Ouvi dizer que era para ter sido o melhor navio de guerra na história do Império.

— Era o navio de Jinzha — disse Rin. — Jinzha está morto.

O navio havia sido construído como uma embarcação de conquista para uma invasão massiva ao território do norte. Já não haveria invasão. A República estava lutando por uma última chance de sobrevivência; o navio de Jinzha, pesado e imponente, seria mais bem utilizado no fundo do Murui, impedindo a passagem da Frota Imperial pelo máximo de tempo possível.

Eles quebraram as pás e destruíram os mastros antes de desembarcar, só para garantir que o navio ficasse inutilizável e que não houvesse chance de a Frota Imperial usá-lo para navegar até Arlong. Em seguida, remaram em pequenos botes até a costa e se prepararam para uma marcha apressada em terra firme.

Ramsa havia preparado centenas de quilos de explosivos nos conveses inferiores para destruir as estruturas do navio. Os rastilhos estavam conectados entre si para uma reação em cadeia; tudo que precisavam fazer era acendê-los.

— Todos a postos? — gritou Rin.

Até onde conseguia ver, todos haviam saído da praia. A maioria já tinha corrido para a floresta conforme ordenado.

A Capitão Dalain acenou com a cabeça.

— Pode seguir.

Rin levantou os braços e lançou uma fita dançante de fogo através do rio.

A chama desapareceu navio adentro, onde o rastilho havia sido posicionado e onde o alcance de Rin terminava. Ela não esperou para verificar se dera certo.

Cerca de dez metros depois do limite das árvores, Rin ouviu explosões abafadas seguidas de um longo silêncio. Ela parou subitamente e olhou para trás. O navio não estava afundando.

— Só isso? — indagou ela. — Pensei que seria mais alto.

Ramsa parecia igualmente confuso.

— Será que não ligamos os rastilhos direito? Mas eu tinha certeza...

Então veio uma série de estouros que os fez perder o equilíbrio. Rin foi ao chão com as mãos nos ouvidos. Ela fechou os olhos com força; até mesmo seus ossos vibravam. Ramsa caiu a seu lado, debatendo-se. Rin não sabia dizer se ele estava rindo ou tremendo.

Quando as explosões finalmente cessaram, ela se levantou com dificuldade e arrastou Ramsa até um ponto mais alto da floresta. Eles se viraram para olhar. Logo após o limite das árvores, era possível ver a bandeira republicana tremulando ao vento, cercada por uma nuvem de fumaça preta.

— Pelas tetas da tigresa — sussurrou Ramsa.

Por um longo momento de tensão, Rin e Ramsa pensaram que o navio de guerra fosse permanecer à tona. As velas continuavam perfeitamente eretas, como se estivessem suspensas por cabos invisíveis vindos dos céus. Eles ficaram plantados onde estavam, de mãos dadas, assistindo à chaminé de fumaça que subia.

De repente, o silêncio finalmente foi quebrado pelo som de madeira rachando conforme as vigas de sustentação desmoronavam uma a uma. O mastro principal desapareceu subitamente, como se o navio tivesse se dobrado ao meio, devorando as próprias entranhas. Então, com um ruidoso rangido, o navio de guerra tombou para a lateral e afundou na água escura.

Naquela noite, o grupo continuou ouvindo explosões, embora dessa vez elas viessem de pelo menos dez quilômetros de distância. A Marinha Imperial havia chegado à cidade fronteiriça de Shayang. Era impossível ignorar o barulho. O bombardeio durou a noite toda. Depois de todos os disparos de canhão, Rin não conseguia imaginar que restaria algo em Shayang além de fumaça e escombros.

— Você está bem? — perguntou Baji.

A tripulação deveria estar tirando algumas horas de sono antes de seguir pelo rio, mas Rin mal conseguia fechar os olhos. Estava sentada e abraçava os joelhos, sem conseguir desviar a atenção das luzes que clareavam o céu noturno.

— Ei. Se acalme. — Baji pousou a mão no ombro dela. — Você está tremendo. O que aconteceu?

Ela acenou com a cabeça em direção a Shayang.

— Nezha está lá.

— E está preocupada com ele?

Ela sussurrou sem pensar:

— Sempre me preocupo com ele.

— Ah, saquei. — Baji olhou para ela com uma expressão intrigada. — Está apaixonada.

— Não seja imbecil. Só porque você pensa que o mundo gira em torno de peitos e...

— Peraí, não precisa ficar na defensiva, menina. Ele é bem bonitão.

— Chega desse papo.

Baji deu uma risadinha.

— Tudo bem, não precisa se irritar. Só responda uma coisa: estaria aqui se não fosse por ele?

— Aqui onde? Acampando às margens do Murui?

— Lutando nesta guerra — explicou ele. — Lutando pelo pai dele.

— Eu luto pela República — respondeu Rin.

— Se você diz — acatou Baji, mas Rin via em seu rosto que ele não acreditava nela.

— Por que ainda está aqui, então? — perguntou ela. — Você não acredita em nada. Quer dizer, não jurou lealdade à República e os deuses sabem que o Cike praticamente não existe mais. Por que não deu no pé?

O semblante de Baji ficou sombrio por um momento. Ele nunca ficava tão sério. Tinha uma personalidade expansiva, sempre com um arsenal infinito de piadas obscenas e comentários maliciosos. Rin nunca havia parado para pensar que isso podia ser uma máscara.

— Eu cheguei a pensar nisso — respondeu Baji depois de um breve momento de silêncio. — Suni também. Antes de você voltar, pensamos seriamente em dar o fora.

— Mas...?

— Mas aí não teríamos nada para fazer. Você com certeza entende, Rin. Nossos deuses têm sede de sangue. Só conseguimos pensar nisso. E não faz diferença que teoricamente estejamos no controle quando não estamos drogados. Você sabe como a coisa funciona. Para qualquer outra pessoa, uma vida pacífica seria o paraíso. Para nós, seria tortura.

— Sei como é — disse ela, baixinho.

Ela sabia que Baji também jamais ficaria livre daquilo, daquele constante desejo por destruição. Se não estivesse matando soldados inimigos, provavelmente começaria a descontar em civis e fazer o que quer que o tenha mandado para Baghra antes da guerra. Esse era o contrato que o Cike havia assinado com seus deuses: tudo acabaria em loucura ou morte.

— Preciso estar em batalha — continuou Baji, engolindo em seco. — Não importa qual seja. Não resta mais nada para mim.

Outra explosão sacudiu a noite com tanta violência que, ainda que estivessem a quilômetros de distância, Rin e Baji sentiram o chão tremer sob eles. Rin abraçou os joelhos com mais força, estremecendo.

— Não tem nada que você possa fazer agora — disse Baji quando as coisas se acalmaram. — Só precisa confiar que Nezha é bom no que faz.

— Pelo amor das tetas da tigresa! — gritou Ramsa, que estava num ponto um pouco mais elevado, espiando com a luneta. — Estão vendo aquilo?

Rin ficou de pé.

— O quê?

Ramsa gesticulou freneticamente para que os outros dois subissem até onde ele estava. Então, passando a luneta para Rin, apontou e disse:

— Olhe ali. Bem no meio daquelas duas árvores.

Rin olhou pela luneta, e foi como se levasse um soco bem no meio da barriga.

— Não é possível.

— Bom, com certeza não é uma alucinação — disse Ramsa.

— O quê? — interrogou Baji.

Sem dizer palavra, Rin lhe entregou a luneta. Ela já não precisava do instrumento. Agora que sabia para onde olhar, mesmo sem as lentes já enxergava o contorno da Marinha Imperial.

Rin teve a impressão de estar assistindo a uma cordilheira em movimento.

— Aquele negócio não é um navio — disse Baji.

— Não — concordou Ramsa, espantado. — É uma fortaleza.

A embarcação principal da Marinha Imperial tinha uma estrutura monstruosa: era uma fortaleza quadrada de três andares que fazia parecer que toda a barreira de cerco em Xiashang havia se desprendido da terra e descido flutuando pelo rio.

Quantos seriam os soldados lá dentro? Milhares? *Dezenas* de milhares?

— Como é que esse negócio consegue boiar? — perguntou Baji. — Não deve ter muita mobilidade.

— Nem precisa ter — disse Rin. — O resto da frota está lá para protegê-lo. Só precisam chegar com aquele trambolho perto o suficiente da cidade. Então vão invadi-la.

Ramsa disse o que os três estavam pensando.

— A gente vai morrer, não vai?

— Pensamento positivo — disse Baji. — Talvez nos levem como prisioneiros.

Não temos chance contra eles. Rin sentiu um aperto sufocante no peito. A missão inteira começou a parecer inútil. Toras de madeira e barragens poderiam até atrasar o Exército por algumas horas, mas uma frota grandiosa como aquela conseguiria passar por cima de qualquer coisa, mais cedo ou mais tarde.

— Só uma pergunta — disse Ramsa. Ele ainda olhava pela luneta. — Como são as bandeiras de Tsolin?

— O *quê*?

— Elas têm serpentes verdes?

— Sim...

Rin foi tomada por uma terrível suspeita. Ela tomou a luneta de Ramsa já ciente do que estava prestes a ver: os navios que vinham na retaguarda traziam a bandeira inconfundível da Província da Serpente.

— O que está rolando? — Baji quis saber.

Rin emudeceu.

Os navios de Tsolin não eram um ou dois. Rin já havia contado seis àquela altura, o que podia significar duas coisas: Tsolin havia batalhado e perdido para a Marinha Imperial e seus navios estavam sendo reutilizados pelo Império, ou Tsolin havia desertado.

— Vou entender seu silêncio como um mau sinal — disse Baji.

***

A Capitã Dalain deu ordens para que retornassem imediatamente a Arlong. Os soldados desmontaram o acampamento em questão de minutos. Remando rio abaixo, eles conseguiriam voltar e avisar Arlong dentro de um dia, mas Rin não sabia se um aviso prévio faria diferença. Com a incorporação dos navios de Tsolin, a Marinha Imperial havia quase dobrado de tamanho. Não importava quão boas fossem as defesas de Arlong; eles não conseguiam lutar contra uma frota daquele tamanho.

Os tiros de canhão em Shayang continuaram ao longo da noite e cessaram abruptamente pouco antes do amanhecer. Quando o dia clareou, sinais de fumaça dos soldados de Nezha surgiram a distância no céu.

— Perdemos Shayang — interpretou Dalain. — O *Rapina* foi apreendido, mas os sobreviventes estão descendo de volta para Arlong.

— Devemos ajudá-los? — perguntou alguém.

Dalain se deteve por um segundo antes de responder.

— Não. Remem mais rápido.

Rin cortava a água lamacenta com o remo, tentando não imaginar o pior. Nezha estaria bem. Shayang não havia sido uma missão suicida. Ele tinha sido instruído a segurar as pontas pelo maior tempo possível antes de fugir para a floresta. E, se ele tivesse ferimentos sérios, o Murui viria em seu auxílio. Seu deus não o abandonaria. Rin tinha que acreditar nisso.

Por volta do meio-dia, mais uma vez ouviram um disparo de canhão ao longe.

— Deve ser o navio de Jinzha — disse Ramsa. — Devem estar tentando explodi-lo para passar.

— Ótimo — disse Rin.

Afundar o navio de guerra havia sido, provavelmente, a melhor ideia de Kitay. A Frota Imperial não podia simplesmente mandar tudo pelos ares, já que a maior parte da estrutura estava debaixo d'água e não seria afetada pelos disparos de canhão. Explodir a parte que estava fora d'água só faria com que fosse mais difícil tirar a parte afundada do Murui.

Meia hora mais tarde, os estrondos de canhão cessaram. O Exército avançava. Agora mandavam mergulhadores para guinchar o navio e desobstruir o rio, o que deveria levar dois dias, no máximo três. Depois disso, no entanto, retomariam a lenta porém implacável jornada rumo a Arlong. E sem Tsolin não havia mais nada que pudesse detê-los.

* * *

— Ficamos sabendo — disse Kitay quando Rin voltou.

Ele havia corrido até o porto para recebê-la. Estava desgrenhado, o cabelo bagunçado em todas as direções, como se tivesse passado as últimas horas caminhando e mexendo na franja.

— Ficamos sabendo há duas horas.

— Mas *por quê?* — indagou ela. — E quando foi?

Kitay deu de ombros.

— Só sei que estamos na merda. Venha.

Kitay correu até o palácio com Rin em seu encalço. Na sala principal, Eriden e um grupo de oficiais estavam reunidos em volta de um mapa que estava longe de ser preciso, já que os navios de Tsolin haviam sido simplesmente apagados.

Mas a República não havia apenas perdido navios. Aquele não era um contratempo qualquer. Teria sido melhor se Tsolin tivesse simplesmente batido em retirada ou sido morto. Sua deserção, no entanto, queria dizer que toda a frota com a qual contavam havia sido somada às forças de Daji.

O Capitão Eriden substituiu as peças que representavam a frota de Tsolin por peças vermelhas e tomou distância da mesa.

— Isso é o que temos pela frente.

Ninguém disse nada. A diferença de números era quase cômica. Rin imaginou uma cobra reluzente enrolando o corpo ao redor de um pequeno roedor, sufocando-o até que a vida se esvaísse por completo.

— É vermelho pra caramba — observou ela.

— Nem me fale — respondeu Kitay.

— Onde está Vaisra? — questionou Rin.

Kitay a puxou de lado e cochichou em seu ouvido para que Eriden não ouvisse.

— Sozinho no escritório, provavelmente atirando vasos na parede. Ele pediu para não ser incomodado. — O amigo apontou para um pergaminho na mesa. — Tsolin enviou essa carta de manhã. Foi quando ficamos sabendo.

Rin pegou o pergaminho e o desenrolou. Ela já imaginava qual seria o conteúdo, mas queria ler as palavras de Tsolin com os próprios olhos para saciar uma curiosidade mórbida, semelhante à que sentia diante de uma carcaça em decomposição.

Este não é o desfecho que desejei para nenhum de nós dois.

A caligrafia de Tsolin era delicada e cuidadosa. Cada traço havia sido desenhado com zelo em um estilo caligráfico elegante que levava anos para ser aperfeiçoado. Aquela não era uma carta escrita às pressas. Fora escrita de maneira minuciosa por um homem que ainda se importava com decoro.

Do começo ao fim da página, havia caracteres riscados e trechos reescritos em lugares onde água havia borrado a tinta. Tsolin chorara ao escrever aquelas palavras.

Sabe-se que a principal obrigação de um governante é para com seu povo. Assim, escolho o caminho que derramará menos sangue. Isto talvez tenha arruinado uma transição democrática. Sei o que sonhou para esta nação e sei que posso ter destruído o que almejava. No entanto, minha maior obrigação não é para com o povo ainda não nascido que habitará o futuro deste país, e sim para com o povo que sofre hoje, que vive seus dias com medo devido à guerra que você levou até suas portas.

É por eles que deserto. É assim que os protegerei. Lamento por você, meu aluno. Lamento por sua República. Lamento por minha esposa e filhos. Vocês morrerão pensando que os abandonei, mas não hesito em dizer que prezo muito mais pela vida de meu povo do que jamais prezei pela de vocês.

CAPÍTULO 28

A previsão era que a Marinha Imperial chegaria aos Penhascos Vermelhos dentro de quarenta e oito horas. Arlong era como um formigueiro, imersa em um frenesi de agitação enquanto o Exército Republicano se apressava para conseguir terminar os preparativos de defesa nos dois dias que se seguiriam. As forjas funcionavam dia e noite, produzindo espadas, escudos e lanças aos montes. Os Penhascos Vermelhos se transformaram na chaminé dos motores de guerra.

Na noite do primeiro dia, o ferreiro mandou chamar Rin.

— Foi uma maravilha trabalhar com esse minério — disse ele, entregando uma espada a Rin. Era uma arma formidável, de lâmina fina e reta, com uma borla carmesim fixada no punho. — Você por acaso tem mais dele?

— Não. Você teria que navegar até a ilha — murmurou Rin, manuseando a espada para examiná-la. — Se tiver sorte, vai encontrar algo vasculhando os esqueletos.

— Certo, certo. — O ferreiro entregou a Rin uma segunda espada, idêntica à primeira. — Felizmente havia metal suficiente para uma reserva. Para o caso de você perder a outra.

— Vai ser útil. Obrigada.

Com o braço em riste, Rin segurou a primeira espada na horizontal para testar seu peso. O punho se encaixava perfeitamente em sua mão. A lâmina era mais comprida do que a de qualquer outra arma que ela já havia usado, mas era mais leve do que aparentava. Rin riscou um círculo no ar com a espada.

O ferreiro deu um passo para trás.

— Imaginei que você fosse gostar do alcance extra.

Rin jogou a espada de uma mão para a outra, segurando-a pelo punho. Ela teve receio de que o comprimento fosse atrapalhar, mas a leveza mais do que compensava.

— Está dizendo que sou baixinha?

— Não, estou dizendo que seus braços não são muito longos — disse ele, rindo. — Qual é a sensação?

Ela traçou uma linha no ar com a ponta da lâmina e se deixou guiar pelos movimentos familiares da terceira posição de Seejin. O desempenho foi surpreendente. Nezha tinha razão: ela realmente se saía muito melhor com uma espada. Havia sido o instrumento usado em suas primeiras batalhas. Em seu primeiro assassinato.

Por que passara tanto tempo usando o tridente? Em retrospecto, a escolha parecia uma grande idiotice. Rin havia treinado com a espada por anos em Sinegard, era como se ela fosse uma extensão natural de seu braço. A sensação de empunhar uma espada novamente era como a de tirar roupas formais e vestir um traje de treino confortável.

Com um bramido, Rin arremessou a espada em direção à parede oposta. A lâmina se fincou na madeira em um ângulo perfeito e no exato ponto onde Rin havia mirado. O punho vibrava com o impacto.

— Que tal? — perguntou o ferreiro.

— Ficou perfeita — respondeu Rin, satisfeita.

Que Altan fosse para o inferno junto com seu legado e seu tridente. Era hora de começar a usar uma arma que fosse mantê-la viva.

O sol já havia se posto quando ela voltou ao quartel. Rin caminhava depressa pelos canais. Seus braços estavam doloridos depois de horas levando sacos de areia para casas vazias.

— Rin?

Uma figura franzina surgiu quando ela estava prestes a abrir a porta.

Rin se sobressaltou e deixou cair suas novas espadas, que fizeram barulho ao encontrar o chão.

— Calma, sou eu. — A figura saiu das sombras.

— Kesegi? — Ela pegou as espadas do chão. — Como passou pelas barreiras?

— Você tem que vir comigo. — Ele segurou a mão de Rin. — Rápido.

— Por quê? O que aconteceu?

— Não posso falar aqui. — Kesegi mordeu o lábio, olhando de um lado para o outro, aflito. — Mas estou com um problema. Você pode vir?

— Eu...

Rin olhou ao redor do quartel. Aquilo poderia acabar muito mal. Havia recebido ordens para não interagir com os refugiados a não ser a serviço e, dadas as tensões em Arlong, ela seria a última a receber uma colher de chá caso alguém a visse com ele.

— *Por favor* — insistiu Kesegi. — Não sei o que fazer.

Ela engoliu em seco. O que ela tinha na cabeça? Era Kesegi. Kesegi era sua família, tudo que restava de uma família.

— Claro. Vamos.

Kesegi saiu correndo, e Rin o seguiu.

Ela deduziu que algo havia acontecido do outro lado das barreiras. Alguma briga, acidente ou picuinha entre guardas e refugiados. Tia Fang devia ser a culpada, como de costume. Mas Kesegi não seguia rumo aos acampamentos. Ele deu a volta no quartel e passou pelos estaleiros, levando Rin até um depósito vazio na outra extremidade do porto.

Atrás do depósito, havia três pessoas escondidas na escuridão.

Rin parou abruptamente. Pela altura, nenhuma daquelas pessoas poderia ser Tia Fang.

— Kesegi, o que é isso?

Mas Kesegi a segurou e a puxou para mais perto.

— Ela está aqui! — gritou ele.

Os olhos de Rin se ajustaram à escuridão, e ela conseguiu enxergar os três rostos. Rin grunhiu. Não eram refugiados.

Ela se voltou para Kesegi.

— Por que fez isso?

Kesegi desviou o olhar.

— Eu tinha que trazer você aqui de alguma forma.

— Você mentiu para mim.

Ele cerrou a mandíbula.

— De outra forma você não teria vindo.

— Por favor, apenas escute — pediu Takha. — Não saia correndo. Esta é nossa única chance de conversar.

Rin cruzou os braços.

— Agora nos escondemos de Vaisra em depósitos escuros?

— Vaisra já fez o suficiente para acabar conosco — começou Gurubai. — Isso é nítido. A República abandonou o sul. Precisamos abortar essa aliança.

— E qual é a alternativa? — perguntou Rin.

— Nossa própria revolução — respondeu ele no mesmo instante. — Retiramos nosso apoio a Vaisra, desertamos do Exército do Dragão e voltamos para nossas províncias.

— Isso é suicídio — disse Rin. — Vaisra é a única coisa protegendo vocês.

— Nem mesmo você acredita nisso — interveio Charouk. — Protegendo quem? Estão nos enganando desde o começo. Precisamos parar de ficar esperando as migalhas de Vaisra. Temos que voltar para casa e enfrentar os mugeneses por conta própria. Já devíamos ter feito isso.

— Com o exército de quem? — perguntou Rin friamente.

Aquela conversa era inútil. Vaisra havia destruído aqueles argumentos meses antes. Os líderes do sul não podiam voltar para casa. Sem ajuda, seus exércitos provincianos seriam pisoteados pela Federação.

— Teremos que organizar um exército — admitiu Gurubai. — Não será fácil, mas estaremos em grande número. Pense nos acampamentos. Você sabe que somos muitos.

— Também sei que as pessoas nos acampamentos não têm armas ou treinamento e estão morrendo de fome — respondeu Rin. — Acha que conseguiriam enfrentar as tropas da Federação? A República é sua única chance de sobrevivência.

— Sobrevivência? — zombou Charouk. — Todos nós vamos morrer em uma semana. Vaisra colocou nossas vidas nas mãos dos hesperianos, e eles nunca virão em nosso auxílio.

Rin hesitou. Não sabia como responder. Era claro para ela, assim como para eles, que os hesperianos jamais veriam os nikaras como dignos de receber ajuda.

No entanto, até que recebessem um não definitivo do General Tarcquet, a República ainda tinha uma chance. Desertar e voltar para o sul seria caminhar para a morte — especialmente para Rin, que não teria ninguém para protegê-la da Companhia Cinzenta se abandonasse Vaisra. Ela poderia fugir de Arlong e se esconder. Poderia despistar os hesperianos por bastante tempo se fosse esperta, mas eles a encontrariam mais cedo ou mais tarde. Não teriam piedade. Rin compreendia agora que pessoas como Petra nunca deixariam em paz aqueles que desafiavam a natureza do Criador. Eles perseguiriam e matariam todos os xamãs do Império, ou no mínimo os capturariam para estudá-los mais minuciosamente. Existia ainda a possibilidade de lutar contra eles. Rin poderia até mesmo se garantir por algum tempo — fogo contra dirigíveis, Fênix contra Criador —, mas o confronto seria atroz, e ela não sabia se conseguiria sair com vida.

Quanto aos líderes do sul, se eles desertassem, não restaria ninguém para protegê-los do Exército e da Federação. Era algo tão óbvio. Por que eles não conseguiam enxergar os fatos?

— Deixe essa ilusão de lado — insistiu Gurubai. — Ignore os delírios de Vaisra. Os hesperianos estão mantendo distância de caso pensado, assim como fizeram durante as Guerras da Papoula.

— Como assim? — questionou Rin.

— Acha mesmo que eles não faziam a mínima ideia do que estava acontecendo neste continente?

— De que isso importa?

— Vaisra enviou a esposa até eles — continuou Gurubai. — A sra. Saikhara passou a segunda e a terceira Guerras da Papoula sã e salva em um navio hesperiano. Os hesperianos estavam cientes de tudo o que estava acontecendo e não enviaram um único saco de grãos ou caixote de espadas. Nem mesmo quando Sinegard sucumbiu, nem mesmo quando Khurdalain caiu, nem mesmo quando os mugeneses violaram Golyn Niis. Esses são os aliados pelos quais estamos esperando. E Vaisra sabe disso.

— Por que não vai direto ao ponto? — interpelou Rin.

— Isso realmente nunca passou por sua cabeça? — continuou Gurubai. — Esta guerra foi orquestrada por Vaisra e os hesperianos para colocá-lo em uma posição favorável para consolidar o controle do país. Eles não ofereceram ajuda durante a Terceira Guerra porque queriam que o Império sofresse. Não virão agora até que os adversários de Vaisra estejam mortos. Vaisra não é um democrata de verdade, tampouco um defensor do povo. Ele é um oportunista que está construindo o próprio trono com sangue nikara.

— Isso é loucura — disse Rin. — Ninguém é insano o suficiente para fazer isso.

— Loucura é *não perceber* isso! As provas estão bem debaixo de seu nariz. As tropas da Federação nunca chegaram a Arlong. Vaisra não perdeu nada na guerra.

— Ele quase perdeu *o filho*...

— Mas depois o trouxe de volta sem grandes problemas. Pense bem. Yin Vaisra foi o único vencedor da Terceira Guerra da Papoula. Você é inteligente demais para acreditar em qualquer outra coisa.

— Não me subestime — retrucou Rin, irritada. — E ainda que tudo isso seja verdade, não muda nada. Já sei que os hesperianos são uns cretinos. Ainda assim, lutaria pela República.

— Não deveria lutar por uma aliança com pessoas que mal nos enxergam como seres humanos — disse Charouk.

— Ainda assim, isso não me dá motivo para lutar por *vocês*...

— Deveria lutar conosco porque é uma de nós — disse Gurubai.

— Não sou uma de vocês.

— É, sim — insistiu Takha. — Você veio da Província do Galo. Assim como eu.

Rin encarou Takha, incrédula. Como ele conseguia ser tão hipócrita? Ele a renegara como se nada fosse em Lusan, tratara Rin como um animal, e agora queria dizer que vinham do mesmo lugar?

— O sul a apoiaria — insistiu Gurubai. — Você parece não ter noção do poder que tem em mãos. É a última dos speerlieses. O continente inteiro sabe quem você é. Se erguesse sua espada, milhares a acompanhariam. Lutariam por você. Você seria uma deusa.

— Também seria uma traidora para meus amigos mais próximos — rebateu Rin. Estavam pedindo que ela abandonasse Kitay. *Nezha.* — Não seja puxa-saco. Não vai adiantar.

— Amigos? — retrucou Gurubai em tom de chacota — De quem está falando? Yin Nezha? Chen Kitay? Os nortistas que a trataram como capacho? Está tão desesperada para ser como eles que vai ignorar todo o resto em jogo?

Rin se enfureceu.

— Não quero ser como eles.

— Quer, sim — zombou ele. — É o que mais deseja, ainda que não perceba. Mas, no fim das contas, você continua sendo a escória do sul. Pode virar seu sotaque do avesso, pode tapar o nariz para não sentir o fedor que vem dos acampamentos e fingir que não fede, mas eles *nunca* a verão como igual.

Aquilo foi a gota d'água. A paciência de Rin se esvaiu.

Eles realmente acreditavam que poderiam convencê-la com base em laços provinciais? A Província do Galo nunca havia feito nada por Rin. Nos primeiros dezesseis anos de sua vida, Tikany quase acabara com ela. Rin tinha perdido os laços com o sul no momento em que partiu para Sinegard.

Ela havia escapado dos Fang. Havia criado do zero um lugar para si mesma em Arlong. Era uma das melhores soldadas de Vaisra. Ela não voltaria atrás. *Não podia* voltar.

Para Rin, o sul era sinônimo de violência e sofrimento, nada além disso. Ela não devia nada a eles e jamais arriscaria sua vida pelo sul em uma missão fadada ao fracasso. Se os líderes regionais estavam dispostos a arriscar a deles, que fizessem isso sem a ajuda dela.

Kesegi olhava para Rin com um olhar triste e decepcionado, mas ela se esforçou para não se importar.

— Sinto muito — disse ela. — Não sou uma de vocês. Sou speerliesa e sei a quem devo minha lealdade.

— Se ficar aqui, morrerá por nada — disse Gurubai. — Todos nós morreremos.

— Então voltem — respondeu ela com desdém. — Levem suas tropas. Voltem para casa. Não vou impedir vocês.

Ninguém moveu um músculo. Os semblantes derrotados e empalidecidos dos líderes denunciavam o óbvio: estavam apenas blefando. Não podiam ir embora. Sozinhos em suas províncias, não tinham chance. Era possível — *remotamente possível*, embora Rin duvidasse que estariam em número suficiente — que conseguissem enfrentar as tropas mugenesas sozinhos, mas se Arlong caísse seria apenas questão de tempo até que Daji fosse atrás deles também.

Sem a ajuda de Rin, estavam de mãos atadas. Os líderes do sul ficavam sem opções.

A mão de Gurubai pousou sobre a espada que trazia na cintura.

— Vai contar para Vaisra?

Rin sorriu.

— Vou pensar.

— Vai contar para Vaisra? — repetiu ele.

O sorriso de Rin era incrédulo. Ele realmente queria enfrentá-la? Realmente estava disposto a *tentar*?

Rin sentiu certo deleite com a situação, foi impossível evitar. Pela primeira vez, era Rin quem ditava as regras. Pela primeira vez, o destino daqueles homens estava nas mãos dela, e não o contrário.

Ela poderia tê-los matado bem ali e encerrado o assunto de uma vez. Vaisra teria elogiado sua demonstração de lealdade.

Mas estavam na véspera da batalha e o Exército se aproximava. Os refugiados precisavam de uma liderança para sobreviver. Era evidente que ninguém mais estava pensando neles. Se ela assassinasse os líderes regionais naquele momento, o caos gerado seria prejudicial para a República. Os exércitos do sul não eram numerosos o bastante para vencer a batalha, mas, se desertassem, a República certamente seria derrotada, e Rin não queria essa culpa para si.

Ela adorou ser a responsável por aquela decisão, adorou poder fazer passar por piedade uma ponderação tão cruel.

— Vão dormir — disse ela, apaziguadora, como se falasse com uma criança. — Amanhã teremos uma batalha pela frente.

Sob protestos, Rin levou Kesegi de volta para o acampamento dos refugiados. A fim de ficar o mais longe possível dos quartéis, ela tomou o caminho mais longo, que dava a volta na cidade. Os dois caminharam por dez minutos em um silêncio desconfortável. Quando Rin se voltava para Kesegi, ele olhava em frente, furioso, fingindo que ela não estava ali.

— Está bravo comigo — disse Rin.

Kesegi não respondeu.

— Não posso fazer o que eles querem — prosseguiu ela. — Você sabe disso.

— Não sei, não — respondeu o garoto, impassível.

— Kesegi...

— E também não sei mais quem você é.

Rin precisou admitir que aquela parte era verdade. Kesegi havia se despedido de uma irmã e, mais tarde, encontrado uma soldada em seu lugar. Além disso, o Kesegi que Rin deixara em Tikany era só uma criança. Aquele Kesegi era alto, calado, um garoto endurecido que já havia testemunhado sofrimento demais e não sabia a quem culpar.

Eles continuaram a andar em silêncio. Rin sentia vontade de dar meia-volta e ir embora, mas não queria que Kesegi fosse visto sozinho do lado errado da barreira. A patrulha noturna havia recentemente adquirido o hábito de açoitar refugiados que ultrapassavam os limites a fim de usá-los como exemplo.

Por fim, Kesegi disse:

— Você podia ter mandado uma carta.

— O quê?

— Eu achei que fosse mandar cartas. Por que nunca mandou?

Rin não tinha uma resposta satisfatória para aquela pergunta.

Por que ela nunca havia enviado carta alguma? Ela tinha autorização dos Mestres para isso. Todos os seus colegas de turma mandavam cartas para seus familiares com frequência. Ela se lembrava de ver Niang mandar oito cartas diferentes para cada um de seus irmãos toda semana e de ficar impressionada que alguém tivesse tanto a contar sobre os próprios estudos.

Mas a ideia de escrever para os Fang nunca havia passado pela cabeça de Rin. Quando chegou a Sinegard, Rin trancou suas lembranças de Tikany nos porões de sua mente e fez de tudo para esquecê-las.

— Você era tão novo — disse ela, depois de uma pausa. — Acho que pensei que você não se lembraria de mim.

— Que bobeira — respondeu Kesegi. — Você é minha irmã. Como eu não me lembraria de você?

— Sei lá. Acho que pensei que seria mais fácil se rompêssemos de vez um com o outro. Eu não tinha planos de voltar depois de sair...

— E você nunca parou para pensar que talvez eu também quisesse ir embora? — retrucou Kesegi, num tom sombrio.

Rin sentiu uma onda de irritação. Como aquilo de repente havia se tornado culpa dela?

— Você poderia ter ido embora, se quisesse — disse a garota. — Poderia ter estudado...

— Quando? Quando você foi embora, fiquei sozinho com a loja. E depois que meu pai começou a piorar, tive que cuidar da casa sozinho também. E minha mãe não é boa, Rin. Você sabia disso. Implorei para não me deixar com ela e você foi embora mesmo assim. Foi viver suas aventuras em Sinegard...

— Não foram aventuras — interrompeu ela, categórica.

— Mas você *estava* em Sinegard — teimou Kesegi, queixando-se como uma criança que apenas ouvira histórias da antiga capital, que ainda via Sinegard como uma terra de riquezas e maravilhas. — E eu estava preso em Tikany, me escondendo da minha mãe sempre que conseguia. E aí a guerra começou, e nossa vida se resumiu a ficar enfiados em abrigos subterrâneos, morrendo de medo e torcendo para que a Federação ainda não tivesse chegado à nossa cidade, e para não morrer imediatamente quando eles chegassem.

Rin parou de andar.

— Kesegi.

— Eles viviam dizendo que você voltaria para nos buscar. — A voz de Kesegi vacilou. — Que uma deusa do fogo da Província do Galo havia destruído a ilha do arco e que você voltaria para nos libertar também.

— Eu quis. Eu teria...

— Teria nada. Onde estava naqueles meses todos? Planejando um golpe no Palácio de Outono. Começando outra guerra. — Sua fala foi tomada por ressentimento. — Não pode dizer que não quer se meter nisso. Isso é culpa sua. Se não fosse por você, não estaríamos aqui.

Ela poderia ter respondido. Poderia ter argumentado, dito que não era culpa dela e sim da Imperatriz, dito a Kesegi que havia forças políticas em jogo que iam muito além dela.

Mas Rin simplesmente não conseguiu formular frase alguma. Nada soava sincero.

A verdade nua e crua era que ela havia abandonado o irmão adotivo e passara anos sem pensar nele. Rin mal se lembrara de Kesegi até ele surgir diante dela no acampamento e teria se esquecido dele novamente se Kesegi não estivesse bem ali.

Rin não sabia como consertar isso. Não sabia se sequer era possível.

Eles dobraram a esquina em direção a um conjunto de edifícios de um andar feitos de pedra. Já estavam nas dependências dos hesperianos; mais alguns minutos e chegariam ao distrito dos refugiados. Rin se sentiu aliviada. Queria ficar longe de Kesegi. O ressentimento do irmão era insuportável.

Em sua visão periférica, Rin notou quando um uniforme azul desapareceu atrás do prédio mais próximo. Ela teria ignorado o movimento, mas então ouviu os ruídos: um arrastar de pés, gemidos abafados.

Rin já ouvira aquilo antes. Entregara pacotes de ópio nas casas de prostituição de Tikany muitas vezes. Mas algo estava errado.

Kesegi também ouviu. Ele parou de andar.

— Vá para as barreiras — ordenou ela.

— Mas...

— Não estou pedindo. — Rin o empurrou. — *Vá*.

Ele obedeceu.

Rin saiu em disparada. Ela se deparou com dois corpos seminus atrás do prédio: um soldado hesperiano e uma garota nikara. A garota chorava, tentando gritar, mas o soldado cobria sua boca com uma mão e segurava seu cabelo com a outra, puxando a cabeça dela para trás.

Por um momento, Rin ficou paralisada e não conseguiu fazer nada além de testemunhar a cena. Nunca havia presenciado um estupro antes.

Já tinha ouvido falar deles. Ouvira as histórias sobre mulheres sobreviventes de Golyn Niis, imaginara as cenas de forma tão vívida que elas se transformaram em pesadelos que a faziam acordar assustada no meio da noite, tremendo de medo e de raiva.

Naquele momento, Rin se perguntou se era aquilo o que Venka havia sofrido em Golyn Niis. Se o rosto de Venka tinha se retorcido como o daquela garota, a boca aberta em um grito silencioso. Se os soldados mugeneses haviam rido como o soldado hesperiano ria.

Rin sentiu a bile subir pela garganta.

— Saia de cima dela.

O soldado não a ouviu ou fingiu não ouvir. Ele simplesmente continuou, ofegante como um animal.

Rin não conseguia acreditar que aqueles eram ruídos *de prazer*.

Ela avançou contra a lateral do corpo do soldado, que se virou depressa e tentou mirar um soco desajeitado em seu rosto. Rin se esquivou com tranquilidade e, segurando o soldado pelos pulsos, chutou seus dois joelhos. Os dois se engalfinharam até que Rin conseguiu derrubá-lo, imobilizando-o entre os joelhos.

Ela tateou o corpo do soldado em busca de seus testículos. Quando os encontrou, apertou-os.

— É isso que você queria?

Ele se contorcia em desespero sob o corpo de Rin. Ela apertou com mais força, e o soldado soltou um grunhido esganiçado.

Rin cravou as unhas na carne macia.

— Não era isso?

O soldado gritava de dor.

Rin conjurou a chama. O homem gritou mais alto, mas Rin pegou a camisa que ele jogara ao chão e a enfiou em sua boca. Ela não o soltou até que seu membro tivesse se transformado em carvão.

Quando ele finalmente parou de se mexer, Rin saiu de cima do homem, sentou-se ao lado da menina, que tremia, e a abraçou pelos ombros. Nenhuma delas disse nada. Apenas se encolheram uma contra a outra, observando o soldado com uma satisfação impiedosa enquanto ele se debatia no chão, gemendo baixo.

— Será que ele vai morrer? — perguntou a garota.

Os soluços do soldado perdiam intensidade. Rin havia carbonizado metade da parte inferior de seu corpo. Algumas feridas estavam cauterizadas. Poderia levar muito tempo até que a perda de sangue o matasse. Ela torcia para que o homem permanecesse consciente até o fim.

— Vai. A menos que alguém o leve para a enfermaria.

A garota não parecia assustada, apenas curiosa.

— Você vai levar?

— Ele não é do meu pelotão — respondeu Rin. — Não é problema meu.

Mais alguns minutos se passaram. Uma poça de sangue crescia lentamente sob a cintura do soldado. Rin continuou em silêncio ao lado da garota. Seu coração estava disparado, e ela tentava calcular as consequências do que havia feito.

Os hesperianos saberiam que havia sido ela. As marcas de queimadura a entregariam — apenas o speerlieses matavam com fogo.

A retaliação de Tarcquet seria tenebrosa. Talvez ele não se contentasse com a morte de Rin. Se descobrisse o que havia acabado de acontecer, poderia abandonar completamente a República.

Rin precisava se livrar do corpo. Depois de algum tempo, o soldado parou de se mexer. Rin se ajoelhou e tocou em seu pescoço para sentir o pulso. Nada. Então ela se levantou e estendeu a mão para a garota.

— Vou ajudar você a se limpar. Consegue andar?

— Não precisa se preocupar. — A garota parecia muito calma e havia parado de tremer. Ela se abaixou para limpar o sangue e os fluidos das pernas com a bainha do vestido rasgado. — Já aconteceu antes.

CAPÍTULO 29

— Pelo amor das tetas da tigresa — disse Kitay.

— Eu sei — respondeu Rin.

— E você só atirou o corpo na água?

— Usei umas pedras para fazer peso. Joguei num lugar bem fundo perto das docas. Ninguém vai achar o corpo...

— Que merda. — Kitay correu a mão pelo cabelo, andando de um lado para o outro na biblioteca. — Você vai morrer. Todos nós vamos morrer.

— Talvez fique tudo bem — disse Rin, tentando convencer a si mesma. Ela ainda se sentia muito zonza. Havia procurado por Kitay porque ele era a única pessoa em quem confiava para descobrir o que fazer, mas agora os dois estavam em pânico.

— Ninguém me viu...

— *Como você sabe?* — perguntou ele, a voz estridente. — Ninguém viu você arrastar um defunto hesperiano por metade da cidade? Ninguém estava olhando pela janela? Vai apostar a própria vida na suposição de que *ninguém a viu?*

— Eu não arrastei, coloquei o corpo numa sampana e remei até a margem.

— Bom, nesse caso tudo resolvido.

— Kitay. Escuta. — Rin respirou fundo na tentativa de organizar a mente e conseguir pensar direito. — Já faz mais de uma hora. Se alguém tivesse visto, não acha que eu já estaria morta?

— Tarcquet pode estar aguardando o momento certo — ponderou Kitay. — Esperando o amanhecer para mandar o Exército Republicano atrás de você.

— Ele não esperaria.

Rin tinha certeza disso. Os hesperianos eram implacáveis. Se Tarcquet tivesse descoberto que um xamã, entre todas as pessoas possíveis, havia assassinado um de seus homens, Rin já estaria com o corpo cravejado de balas. Ele não teria lhe dado a chance de escapar.

Quanto mais o tempo passava, mais segura ela ficava de que Tarcquet não ficara sabendo. Vaisra também não. Talvez jamais soubessem. Rin não diria a ninguém e a refugiada certamente ficaria de boca fechada.

— Quando foi isso? — perguntou Kitay, nervoso.

— Já falei, há pouco mais de uma hora, quando estava voltando dos antigos depósitos com Kesegi.

— O que estava fazendo nos depósitos?

— Foi uma emboscada dos líderes do sul. Eles queriam conversar. Estavam pensando em voltar para suas províncias e enfrentar os exércitos da Federação. Queriam que eu fosse junto. Eles têm uma teoria maluca sobre os hesperianos e...

— O que você disse?

— É óbvio que recusei. Seria uma sentença de morte.

— Bem, pelo menos você não cometeu traição. — Kitay deu uma risada trêmula. — E aí, o que aconteceu? Você simplesmente voltou para o quartel e assassinou um hesperiano no caminho?

— Você não viu o que ele estava fazendo.

Kitay jogou as mãos para o alto.

— E isso importa?

— Ele estava em cima de uma garota — contou Rin, furiosa. — Estava a segurando pelo pescoço, e não parava de...

— E por isso você resolveu acabar com todas as chances de sobrevivermos?

— Os hesperianos não vão nos ajudar, Kitay.

— Mas eles ainda estão aqui, não estão? Se realmente não dessem a mínima, teriam feito as malas e dado no pé. Já pensou nisso? Quando se está com a faca no pescoço, existe uma diferença gigante entre zero e um por cento, mas não, você quis *garantir* que nossas chances sejam zero...

As bochechas de Rin ardiam.

— Eu não pensei que...

— Claro que não! — vociferou Kitay, irritado. As juntas de seus dedos estavam pálidas. — Você nunca pensa em nada. Sempre se mete em brigas quando dá na telha, sem ligar para as consequências...

Rin ergueu a voz.

— Preferia que eu tivesse deixado a menina ser estuprada?

Kitay se calou.

— Não — respondeu ele depois de uma longa pausa. — Desculpe, não foi... não foi isso que eu quis dizer.

— Que bom.

Ele levou as mãos ao rosto.

— *Pelos deuses*, estou com medo. Você não precisava ter matado ele...

— Eu sei — disse Rin. Ela se sentia esgotada. Toda a adrenalina havia se esvaído de uma vez, e agora ela só queria desmoronar. — Eu sei. Não estava pensando com clareza. Eu vi aquilo e simplesmente...

— Minha vida também está em risco agora.

— Me desculpe.

— Tudo bem. — Ele suspirou. — Não acho que... Você não... Tudo bem. Está tudo bem. Eu entendo.

— Eu realmente acho que ninguém viu.

— Tudo bem. — Kitay respirou fundo. — Você vai voltar para o quartel?

— Não.

— Nem eu.

Os dois se sentaram no chão e ficaram em silêncio por um bom tempo. Kitay deitou a cabeça no ombro de Rin, que segurou a mão do amigo. Nenhum dos dois conseguia dormir. Ambos encaravam as janelas da biblioteca, esperando pelo momento em que veriam as tropas hesperianas à porta e ouviriam as botas pesadas no corredor. Rin não conseguia deixar de sentir uma pontada de alívio a cada segundo que passava.

Cada segundo em silêncio significava que os hesperianos ainda não estavam a caminho. Significava que, por enquanto, ela estava a salvo.

Mas o que aconteceria quando os hesperianos acordassem pela manhã e percebessem que um de seus soldados havia desaparecido? O que aconteceria quando começassem a procurar por ele? Levariam ao menos alguns dias para encontrá-lo, Rin havia se assegurado disso, mas o simples fato de um soldado estar desaparecido poderia azedar as negociações com os hesperianos.

Se não encontrassem um culpado, será que a República inteira seria punida?

As palavras dos líderes regionais não saíam de sua cabeça. *Não deveria lutar por uma aliança com pessoas que mal nos enxergam como seres humanos.*

— O que os líderes do sul disseram? — perguntou Kitay, pegando Rin de surpresa.

Ela endireitou a coluna.

— Sobre o quê?

— O que eles disseram sobre os hesperianos? Que teoria é essa?

— O de sempre. Disseram que não confiam neles, que os hesperianos pretendem facilitar uma nova ocupação e, ah... — Ela franziu a testa. — Também acham que os hesperianos deixaram os mugeneses invadirem Nikan de propósito. Acham que Vaisra já sabia que a Federação tentaria uma invasão, assim como os hesperianos, mas nenhum deles fez nada porque queriam o Império enfraquecido para conseguir tomar o poder.

Kitay parecia atônito.

— Sério?

— Pois é. Completamente insano.

— Não — disse Kitay. — Faz sentido.

— Só pode estar brincando. É uma ideia monstruosa.

— Mas bate com tudo o que sabemos, não acha? — Kitay soltou uma risada curta, quase maníaca. — Cheguei a considerar isso desde o começo, na verdade, mas pensei: "Não, ninguém seria tão louco assim. Ou tão cruel." Mas pense nos navios da República. Pense em quanto tempo levaram para construir toda aquela frota. Vaisra planeja essa guerra civil há anos, isso é óbvio. Mas ele nunca havia tentado atacar até agora. Por quê?

— Talvez não estivesse pronto — sugeriu Rin.

— Ou talvez precisasse esperar o enfraquecimento do país para ter chance de travar uma guerra bem-sucedida contra a Víbora. Precisava que estivéssemos aos pedaços para entrar em cena e juntar os cacos.

— Ele precisava que alguém atacasse primeiro — conjecturou Rin.

Kitay assentiu.

— O ataque da Federação caiu como uma luva. Aposto que Vaisra adorou quando invadiram Sinegard. Aposto que esperou anos por aquela guerra.

Rin queria discordar, queria dizer que Vaisra *jamais* deixaria que pessoas inocentes morressem, mas ela sabia que não era verdade. Sabia que Vaisra ficaria mais do que contente em varrer províncias inteiras do mapa se com isso pudesse garantir a vitória de sua República.

Pelos deuses, se ele pudesse continuar com sua *cidade*.

Isso significava que a passividade hesperiana durante a Segunda Guerra da Papoula não havia sido um erro político ou um atraso nas comunicações, e sim algo totalmente deliberado. Vaisra sabia que a Federação mataria dezenas, centenas, milhares. Mais do que isso, Vaisra permitira que isso acontecesse.

Em retrospectiva, deveria ter sido extremamente fácil perceber que estavam sendo manipulados. Eles eram como peões em um jogo de xadrez geopolítico que vinha sendo armado fazia anos, talvez décadas.

E Rin não havia simplesmente sido ludibriada. Havia escolhido fechar os olhos para as pistas ao seu redor, havia sido uma mera espectadora enquanto tudo aquilo se desenrolava.

Ela dormira por tanto tempo. Havia se comportado passivamente por tanto tempo. Seu empenho ao lutar nas trincheiras pela República de Vaisra fora tão grande que Rin não havia pensado no que aconteceria depois.

Se ganhassem, qual seria o preço exigido pelos hesperianos por sua ajuda? Será que as experiências de Petra se tornariam mais agressivas quando Vaisra já não precisasse mais de Rin no campo de batalha?

De repente pareceu tão tolo pensar que, enquanto Vaisra protegesse Rin, ela estaria a salvo dos arcabuzes. Meses antes, Rin estivera perdida e com medo, desesperada por um porto seguro, e isso havia feito com que confiasse nele. Mas ela também havia visto, várias e várias vezes, a facilidade com que Vaisra manipulava aqueles que o cercavam como se fossem fantoches.

Com que rapidez ele a trocaria?

— Kitay... — Rin respirou fundo e expirou devagar. De repente ela sentiu muito, muito medo. — O que vamos fazer?

Ele balançou a cabeça.

— Não sei.

Rin tentou analisar as possibilidades em voz alta.

— Não temos boas alternativas. Se desertarmos para o sul, morremos.

— E se você for embora de Arlong, os hesperianos vão atrás de você.

— Mas, se continuarmos leais à República, ergueremos nossas próprias celas.

— Nada disso vai importar se não sobrevivermos ao dia depois de amanhã.

Eles se entreolharam. As batidas de um coração se faziam ouvir em meio ao silêncio. Se vinham de Rin ou de Kitay, era impossível saber.

— Pelas tetas da tigresa — disse ela. — A gente vai morrer. Nada disso importa porque Feylen vai nos esmagar sob os Penhascos Vermelhos e todos nós vamos morrer.

— Talvez não. — Kitay se levantou subitamente. — Venha comigo.

Rin estava confusa.

— O quê?

— Você vai ver. Estou querendo mostrar uma coisa desde que você voltou. — Kitay segurou a mão de Rin e a puxou para que ficasse de pé. — Ainda não tinha dado tempo. Venha.

Por alguma razão, eles foram parar no arsenal. Rin suspeitava que não deveriam estar ali, já que Kitay precisou abrir a porta com um chute, mas, àquela altura, ela não se importava mais.

Kitay a conduziu até uma sala nos fundos, pegou um pacote enrolado em um pedaço de lona e o colocou sobre uma mesa.

— Para você.

Rin abriu a lona.

— Um monte de couro. Obrigada, adorei.

— Abra direito — disse Kitay.

Rin ergueu uma combinação confusa de arreios, varetas de ferro e longos pedaços de couro. Ela examinou os itens de diferentes ângulos, mas não conseguiu descobrir o que era.

— O que é isso?

— Ninguém nunca foi capaz de derrotar Feylen, não é? — perguntou Kitay.

— Porque todos que tentaram foram atirados de um precipício. Sim, eu me lembro disso.

— Escute. — Ele tinha um brilho maníaco nos olhos. — E se ele não pudesse fazer isso? E se você lutasse no território dele? Bom, neste caso *território* não é bem a palavra, mas você entendeu.

Rin encarava Kitay, perdida.

— Não faço ideia do que está falando.

— Você tem muito mais controle sobre o fogo agora, não tem? — perguntou ele. — Poderia, por exemplo, conjurá-lo sem pensar?

— Claro — respondeu ela, hesitante. O fogo parecia ter se tornado uma extensão natural de Rin. Seu alcance era maior, suas chamas eram mais agressivas. Mas ela continuava sem entender. — Você já sabia disso. O que está querendo dizer?

— Consegue fazer com que o fogo seja ainda mais quente? — insistiu Kitay.

Rin franziu a testa.

— O fogo não tem sempre a mesma temperatura?

— Na verdade, não. As chamas se comportam de maneira diferente em diferentes superfícies. Existe uma diferença entre a chama de uma vela e o fogo que um ferreiro usa, por exemplo. Não sou especialista nisso, mas...

— De que isso importa? — interrompeu ela. — Eu não conseguiria chegar perto o suficiente para queimar Feylen. Não tenho todo esse alcance.

Kitay balançou a cabeça em um gesto impaciente.

— Mas e se conseguisse?

— Nem todo mundo é espertinho como você — disse Rin. — Desembucha.

Ele sorriu.

— Você se lembra das lanternas quando estávamos chegando a Boyang? Aquelas que explodiam?

— Lembro, mas...

— Quer saber como funcionam?

Ela suspirou e se resignou a dar corda para que Kitay falasse o quanto quisesse.

— Não, mas acho que você está prestes a me ensinar.

— Ar quente sobe — explicou Kitay, entusiasmado. — Ar frio desce. As lanternas prendem o ar quente em um pequeno espaço, e esse ar faz a coisa toda flutuar.

Rin começava a entender o que Kitay tinha em mente, mas não sabia se estava gostando da ideia.

— Eu peso muito mais do que uma lanterna de papel.

— Tem mais a ver com proporção — insistiu Kitay. — Por exemplo, pássaros mais pesados precisam de asas maiores.

— Só que mesmo o maior pássaro ainda é *minúsculo* se comparado a...

— Você precisaria de asas ainda maiores. E de um fogo mais quente. Mas você tem a fonte de calor mais intensa que existe, então só precisaríamos pensar em um mecanismo que tivesse potência voadora. Tipo asas.

Rin encarava Kitay sem saber o que dizer. Depois olhou para baixo, para a pilha de couro e metal.

— Ficou maluco?

— Nem um pouco — disse ele alegremente. — Quer testar?

Rin desdobrou os itens com cuidado. Era surpreendentemente leve; o couro, macio. Ela se perguntava onde Kitay teria encontrado todo aquele material. Segurou o apetrecho, impressionada com a costura cuidadosa.

— Você fez tudo isso em uma semana?

— Aham, mas eu já estava pensando nisso há algum tempo. Foi ideia de Ramsa.

— De *Ramsa*?

Kitay assentiu.

— Munição é cinquenta por cento aerodinâmica. Ele passa muito tempo tentando descobrir como fazer as coisas voarem direito.

Rin se sentia um pouco receosa diante da perspectiva de confiar a própria vida aos projetos de um garoto cuja maior paixão era explodir coisas, mas acabou aceitando que àquela altura as alternativas eram escassas.

Com a ajuda de Kitay, ela prendeu o cinto ao peito, apertando-o o máximo possível. As hastes de ferro incomodavam nas costas, mas, exceto por isso, as asas eram bastante flexíveis e haviam sido lubrificadas para girar suavemente quando ela mexia os braços.

— Altan usava asas de vez em quando — contou ela.

— *Sério?* Ele conseguia voar?

— Duvido muito. Eram asas de fogo. Acho que ele só fazia para ostentar.

— Bom, acho que essas que fiz para você são funcionais. — Ele apertou o cinto nos ombros de Rin. — Serviram direitinho?

Rin levantou os braços, sentindo-se um morcego gigante. As asas de couro eram bonitas, mas pareciam finas demais para sustentar seu corpo. As hastes entrelaçadas que constituíam a estrutura do apetrecho também pareciam tão frágeis que ela teve certeza de que as partiria ao meio com um único golpe de joelho.

— Tem certeza de que isso vai me aguentar?

— Eu não quis colocar muito peso. As varetas são tão leves quanto possível. Se fossem um pouquinho mais pesadas, você não conseguiria voar.

— Elas também podem quebrar. Aí eu despenco e morro — apontou ela.

— Confie um pouquinho em mim.

— Vai ser ruim *para você* se eu cair.

— Eu sei. — Kitay parecia empolgado demais para o gosto de Rin. — Vamos testar?

Eles encontraram uma clareira nos penhascos bem longe de qualquer coisa remotamente inflamável. Kitay quis testar a invenção empurrando Rin de um precipício, mas depois de um pouco de insistência concordou em deixá-la tentar voar sobre um terreno plano primeiro.

O sol começava a despontar sobre os Penhascos Vermelhos. Rin teria apreciado a vista espetacular se não estivesse com o coração saindo pela boca de tanto medo.

Ela caminhou até o meio da clareira com os braços abertos. Sentia-se muito assustada e muito idiota.

— Bom, agora vamos lá. — Kitay recuou vários passos. — Experimente.

Rin movimentou os braços em um bater de asas desajeitado.

— Então eu só tenho que... acender o fogo?

— Acho que sim. Tente focar nos braços. O calor tem que ficar preso nas bolsas sob as asas, não disperso no ar.

— Certo.

Rin conjurou a chama e a fez dançar na palma das mãos e correr pelos ombros e pelo pescoço. A parte superior de seu corpo se aqueceu de modo agradável. Então, quase imediatamente, suas asas começaram a crepitar e soltar fumaça.

— Kitay? — chamou ela, assustada.

— É só o agente de ligação — explicou Kitay. — Vai ficar tudo bem, ele só vai pegar fogo...

Rin respondeu em um guincho agudo:

— Vai ficar tudo bem se o *agente de ligação* pegar fogo?

— É só excesso de substância. O resto não vai queimar. Acho. — Ele não soava nem um pouco convincente. — Testamos o solvente nas forjas, então, em teoria...

— Tá bom — disse ela lentamente. Seus joelhos tremiam, e ela se sentia zonza. — Por que fui concordar com isso?

— Porque, se você morrer, eu morro — disse ele. — Consegue aumentar essas chamas?

Rin fechou os olhos. As asas de couro se ergueram a seu lado, expandindo com o ar quente.

Então ela sentiu: uma forte pressão que puxava a parte superior de seu corpo como se um gigante a erguesse pelos braços.

— Merda — disse Rin, entredentes. Ela olhou para baixo. Seus pés haviam deixado o chão. — Merda. *Merda!*

— Vá mais alto! — gritou Kitay.

Grande Tartaruga. Ela estava flutuando sem sequer tentar, subindo a toda velocidade. Rin agitou as pernas no ar. Ela não tinha controle lateral para mudar de direção e não conseguia descobrir como subir mais devagar, mas, pelos deuses, *ela estava voando*.

Kitay gritou algo, mas a voz do amigo foi abafada pelo barulho das chamas que a cercavam.

— O quê? — gritou ela de volta.

Kitay agitava os braços e corria em zigue-zague.

Ele queria que ela voasse para o lado? Rin tentou desvendar a mecânica que isso exigiria. Poderia diminuir o calor de um lado. Ao tentar, quase virou de ponta cabeça e acabou curvada para a frente. Rin voltou a se equilibrar depressa.

Então não conseguia virar para os lados. Como as aves mudavam de direção? Ela tentou se lembrar. Elas não se moviam de uma vez. Em vez disso, inclinavam as asas. Não era uma curva brusca, era uma inclinação.

Rin bateu as asas e subiu vários metros, depois ajustou a curvatura dos braços de modo que as asas batessem para o lado, não para baixo, e tentou outra vez.

Foi imediatamente para a esquerda. A mudança súbita de direção a deixou desnorteada. Ela sentiu o estômago embrulhar; as chamas tremulavam freneticamente. Rin perdeu o chão de vista e só conseguiu se endireitar quando já estava a poucos metros do solo.

Em um movimento brusco, ela interrompeu a queda, arfando. Aquilo exigiria prática.

Batendo as asas outra vez, Rin recuperou altitude e subiu muito mais depressa do que pretendera. Ela bateu as asas de novo e de novo.

Até que ponto ela poderia subir? Kitay ainda gritava algo do chão, mas Rin estava alto demais para conseguir entender. Ela subia cada vez mais a cada bater de asas. O chão ficou perigosamente distante, mas Rin só tinha olhos para o céu infinito que se abria diante dela.

Até onde o fogo poderia levá-la?

Rin não conseguiu conter o riso enquanto voava, um riso agudo, exaltado e extasiado de alívio. Ela subiu até não conseguir mais enxergar o rosto de Kitay, até Arlong se transformar em pequenas manchas verdes e azuis, e até atravessou uma camada de nuvens.

Então ela parou.

Ficou ali, pairando sozinha em um mar azul.

Foi tomada por uma serenidade que nunca tinha sentido antes. Não havia nada ali em cima que ela pudesse matar. Nada que pudesse ferir. Tinha sua mente só para si; tinha o *mundo* só para si.

Flutuava no ar, suspensa em um ponto entre o céu e a terra.

Os Penhascos Vermelhos eram tão bonitos lá de cima.

Ela pensou no último ministro do Imperador Vermelho, que havia entalhado aquelas palavras antigas no penhasco. Eram um grito aos céus, um apelo às gerações futuras, uma mensagem para os hesperianos que um dia chegariam àquele porto para bombardeá-lo.

Qual era a mensagem?

Nada é para sempre.

Nezha e Kitay estavam ambos errados. Havia outra maneira de interpretar aqueles entalhes. Se nada era para sempre e o mundo não existia, a realidade não era imutável. A ilusão em que ela vivia era fluida e volúvel, podia ser facilmente alterada por alguém disposto a reescrever o roteiro da realidade.

Nada é para sempre.

Aquele não era um mundo de homens. Era um mundo de deuses, um tempo de grandes poderes. A era da divindade habitando o homem, do vento, da água e do fogo. E, na guerra, aquela que detivesse a assimetria de poder seria inevitavelmente a vencedora.

Ela, a última speerliesa, tinha o maior poder de todos.

E os hesperianos, por mais que tentassem, jamais conseguiriam tirar isso dela.

Pousar foi a parte mais difícil.

Rin obedeceu a seu primeiro impulso, que foi simplesmente extinguir o fogo. Ela despencou como uma âncora, caindo a uma velocidade vertiginosa por alguns segundos desesperadores até conseguir abrir as asas e acender o fogo sob elas de novo. O movimento a fez frear de repente no ar, tão violentamente que foi um choque as asas não terem rasgado.

Rin ganhou altura com o coração disparado.

Ela teria que deslizar para baixo de alguma forma. Desenvolveu a estratégia em sua cabeça: ela diminuiria o calor de pouco em pouco e seguiria fazendo isso até estar perto do chão.

Quase funcionou.

Rin só não contara com a rapidez com que ganharia velocidade. De repente, ela estava a dez metros do chão numa descida acelerada em direção a Kitay.

— *Sai da frente!* — gritou Rin, mas ele não se mexeu.

Em vez de sair do caminho, Kitay ergueu os braços, segurou Rin pelos pulsos e a girou até que os dois caíssem em um amontoado de couro e seda, pernas e braços.

— Eu estava certo — disse ele. — Eu sempre estou certo.

— Também não precisa ser tão arrogante.

Ele resmungou, bem-humorado, e esfregou os braços.

— Como foi?

— Fantástico. — Rin se jogou em cima de Kitay em um abraço. — Você é um gênio! Você é brilhante!

Kitay inclinou o corpo para trás, erguendo os braços.

— Cuidado, vai quebrar as asas.

Ela verificou o aparato e levou um minuto observando o trabalho minucioso e cuidadoso da estrutura, maravilhada.

— Não acredito que você fez isso em uma semana.

— Eu tinha tempo livre — respondeu Kitay. — Não estava por aí tentando parar uma frota nem nada assim.

— Sabia que eu te amo? — disse Rin.

Kitay abriu um sorriso cansado.

— Eu sei.

— Ainda não sabemos o que vamos fazer depois... — começou Rin.

— Eu sei — disse Kitay, balançando a cabeça. — Não sei o que fazer com os hesperianos. Pela primeira vez, não faço a menor ideia, e odeio isso. Mas vamos descobrir um jeito de sair desta situação. Já achamos uma saída, vamos sobreviver aos Penhascos Vermelhos, vamos sobreviver a Vaisra, e vamos continuar sobrevivendo até que estejamos seguros. Um inimigo de cada vez. Pode ser?

— Pode ser — respondeu Rin.

Quando as pernas de Rin pararam de tremer, Kitay a ajudou a tirar as asas. Os dois fizeram a caminhada de volta juntos, ainda zonzos e agitados com o sentimento de vitória, rindo tanto que os músculos de seus rostos doíam.

Sim, a frota ainda viria, e sim, ainda podiam muito bem morrer na manhã seguinte, mas naquele instante isso não importava. Afinal, ela tinha *voado*.

— Você vai precisar de apoio aéreo — declarou Kitay depois de um tempo.

— Como assim?

— Você vai ser um alvo muito fácil. Vamos precisar de alguém para cuidar das pessoas que mirarem em você. Para atacar de volta. Uma fila de arqueiros seria legal.

Rin riu ao pensar nas defesas minguadas de Arlong.

— Eles não vão nos dar uma fila de arqueiros.

— É, provavelmente não. — Kitay se virou para Rin com um olhar de cumplicidade. — E se falarmos com Eriden antes da última reunião para ver se ele nos empresta pelo menos um de seus homens?

— Não — disse ela. — Tenho uma ideia melhor.

Rin encontrou Venka no primeiro lugar em que procurou — treinando no campo de arco e flecha, destroçando furiosamente os alvos de palha. Ficou fora de vista por um momento, atrás de uma coluna, observando.

Venka ainda estava aprendendo a contornar a rigidez dos braços. Além dos espasmos, parecia custoso dobrá-los. Deviam doer bastante — seu rosto se retorcia a cada vez que ela precisava alcançar a aljava.

Ela não havia tirado o protetor do braço esquerdo. Em vez disso, apenas posicionara o pulso de modo a conseguir disparar flechas enquanto compensava o braço superestirado. Mas, considerando o nível de flexibilidade que ainda tinha, seu grau de precisão era impressionante. Sua velocidade também era espantosa. Pelas contas de Rin, ela conseguia atirar vinte flechas por minuto, talvez mais.

Não estava à altura de Qara, mas serviria.

— Muito bem — disse Rin ao final de uma série de quinze flechas.

Venka se curvou sobre os joelhos, ofegante.

— Não tem nada melhor para fazer?

Em resposta, Rin cruzou a linha de tiro e entregou à outra um pacote envolto em seda.

Venka olhou para ela com desconfiança, mas colocou o arco no chão para segurar o embrulho.

— O que é isso?

— Um presente.

Venka sorriu.

— Trouxe a cabeça de alguém?

Rin deu risada.

— Abra.

Venka abriu a seda. Depois de um instante, olhou para cima com um semblante sério e desconfiado.

— Onde arranjou isso?

— No norte — respondeu Rin. — É feito por ketreídes. O que achou do presente?

Antes de voltar para Arlong, Kitay e ela haviam recolhido todas as armas que conseguiram encontrar. A maioria eram facas curtas e arcos de caça que nenhum dos dois sabia usar.

— É um arco de amoreira — disse Venka. — Tem noção de como isso é *raro*?

Rin não saberia distinguir a madeira de amoreira de um pedaço de tábua velha, mas considerou o comentário um bom sinal.

— Achei que ia gostar mais dele do que daquelas coisas de bambu.

Venka virou o arco nas mãos, depois o levou à altura dos olhos para testar a corda. Seus braços tremiam. Ela olhou para os cotovelos instáveis, parecendo enojada.

— Não desperdice um arco de amoreira comigo.

— Não é desperdício. Vi você atirando.

Venka respondeu com um riso sarcástico.

— Não chega nem perto do que eu fazia antes.

— O arco vai ajudar. Acho que a amoreira é mais leve. Mas também podemos arranjar uma balestra para você, se ajudar em termos de alcance.

Venka semicerrou os olhos.

— Aonde quer chegar?

— Preciso de apoio aéreo.

— Aéreo...?

— Kitay construiu um aparelho para me fazer voar — respondeu Rin, sem rodeios.

— Ah, pelos deuses. — Venka riu. — Por que não estou surpresa?

— Estamos falando de Chen Kitay.

— De fato estamos. E funciona?

— Surpreendentemente, sim. Mas preciso de reforços. Preciso de alguém com pontaria muito boa.

Rin tinha certeza de que Venka aceitaria. A vontade de dizer sim estava estampada em seu rosto. Ela olhava para o arco como alguns olhariam para a pessoa amada.

— Eles não me deixam lutar — disse ela finalmente. — Nem mesmo dos parapeitos.

— Então lute por mim — pediu Rin. — O Cike não é do Exército Republicano e a República não pode interferir em quem posso recrutar. E estamos precisando de mais soldados.

— Fiquei sabendo. — Venka abriu um sorriso.

Havia muito, muito tempo que Rin não via uma expressão genuinamente feliz no rosto da garota. Venka segurou o arco contra o peito, correndo o dedo pela madeira entalhada.

— Sendo assim, estou às ordens, comandante.

CAPÍTULO 30

Ao amanhecer, os civis de Arlong começaram a abandonar a cidade. A evacuação ocorreu com uma eficiência impressionante, visto que as pessoas haviam se preparado durante semanas. Todas as famílias estavam prontas para partir com duas sacolas cada, contendo roupas, suprimentos médicos e comida para vários dias.

No meio da tarde, o centro já tinha sido esvaziado e Arlong se transformou na casca do que antes havia sido uma cidade. O Exército Republicano rapidamente transformou as residências maiores em bases de defesa cercadas de sacos de areia e repletas de explosivos ocultos.

Os soldados acompanharam os civis até a base dos penhascos, onde eles iniciaram uma longa e serpenteante escalada até as cavernas no interior das rochas. O caminho era estreito e perigoso e, nos pontos mais altos, era preciso subir por escadas de corda presas às rochas com pregos.

— A subida é difícil. Acha que todos vão conseguir? — perguntou Rin, olhando reticente para a parede de pedra.

As escadas eram tão estreitas que os civis precisariam subir um a um, sem ajuda.

— Eles vão dar um jeito — disse Venka.

Ela vinha logo atrás com duas crianças pequenas aos prantos, um irmão e uma irmã que haviam se perdido dos pais na multidão.

— Nosso povo usa essas colinas como esconderijos há anos — prosseguiu. — Nós nos escondemos lá na Era dos Estados Beligerantes e quando a Federação veio. Vamos sobreviver desta vez também. — Ela tomou a menina no colo e apressou o menino. — Vamos, ande logo.

Rin se voltou para a massa de pessoas que se locomoviam lá embaixo.

Talvez as cavernas mantivessem os habitantes da Província do Dragão a salvo, mas os refugiados do sul haviam sido ordenados a se instalar nas planícies do vale, que não passavam de espaço aberto.

A justificativa oficial era de que as cavernas eram muito pequenas para acomodar a todos. Assim, os refugiados teriam que ir para outro lugar. Mas o vale não oferecia abrigo algum. Expostos às intempéries, sem barreiras naturais ou militares que pudessem escondê-los, os refugiados não teriam qualquer proteção contra as condições climáticas ou contra o Exército Imperial. E muito menos contra Feylen.

Mas o que mais poderiam fazer? Eles não teriam fugido para Arlong se tivessem um lugar seguro para onde ir.

— Estou com fome — reclamou o garoto.

— Não estou nem aí. — Venka o puxou pelo pulso magricela. — Pare de chorar e ande mais depressa.

— A batalha acontecerá em três momentos — declarou Vaisra. — Primeiro, lutaremos no canal externo entre os Penhascos Vermelhos. Segundo, venceremos a batalha terrestre na cidade. Terceiro, eles tentarão recuar pela costa, e nós os pegaremos lá. Chegaremos a essa etapa se tivermos muita sorte.

Os oficiais assentiram, apreensivos.

Rin olhou em volta, surpresa com o número de rostos que não reconhecia. A maioria dos oficiais havia acabado de ser promovida. Usavam faixas de liderança sênior, mas pareciam ser no máximo cinco anos mais velhos que Rin.

Havia muitos rostos jovens e assustados. O alto escalão do comando militar tinha sido morto, e eles ocupavam seus lugares. Aquela rapidamente se tornava uma guerra travada por crianças.

— Aquele navio de guerra do Império conseguiria passar pelos penhascos? — perguntou a Capitã Dalain.

— Daji conhece bem aquele canal — respondeu o Almirante Kulau, o jovem oficial da Marinha que agora estava no lugar de Molkoi. Ele parecia engrossar a voz para soar mais velho. — Deve ter projetado o navio para que consiga.

— Não importa — disse Eriden. — Se o navio começar a desembarcar soldados pelo canal, estaremos em apuros. — Ele se debruçou sobre o mapa. — Por isso teremos arqueiros posicionados aqui e aqui...

— Por que não temos nenhuma fortificação na retaguarda? — interrompeu Kitay.

— A invasão virá pelo canal — explicou Vaisra. — Não pelo vale.

— Mas o canal é a via óbvia de ataque — disse Kitay. — Sabem que estamos esperando por eles. Se eu fosse Daji, com *aquela* vantagem numérica, separaria minhas tropas e mandaria uma terceira coluna por trás enquanto ninguém estivesse prestando atenção.

— Ninguém jamais atacou Arlong por terra — disse Kulau. — Seriam eviscerados no topo das montanhas.

— Não se elas estiverem desprotegidas — insistiu Kitay.

Kulau pigarreou.

— Não estão. Temos cinquenta homens lá.

— Cinquenta homens não conseguem dar conta de um batalhão!

— Chang En não vai enviar seus melhores soldados por trás. Uma frota daquele tamanho vai estar tripulada.

Ninguém mencionou a mais óbvia das razões: o Exército Republicano simplesmente *não tinha* tropas suficientes para fortalecer a retaguarda. E se alguma parte de Arlong precisava ser defendida, eram o palácio e o quartel militar. Não o vale. Não os sulistas.

— É claro, Chang En vai querer que esta se transforme em uma batalha em terra — continuou Vaisra, sem titubear. — Em terra firme, eles têm uma grande vantagem numérica. Mas vencer continua sendo possível se garantirmos que a luta permaneça na água.

O canal já havia sido bloqueado com tantas correntes de ferro e obstáculos submarinos que era quase como se tivessem erguido uma barragem. A República estava apostando que a mobilidade triunfaria sobre os números — suas embarcações armadas navegariam entre os navios imperiais, rompendo as formações da frota, enquanto equipes de munição atirariam bombas de suas estações no penhasco.

— Como é a composição da frota deles? — perguntou um jovem oficial que Rin não reconheceu. Parecia extremamente ansioso. — Em quais navios devemos mirar?

— Foco nos navios de guerra, não nas embarcações menores — explicou Kulau. — Qualquer navio com catapultas deve ser um alvo. Mas o grosso dos soldados inimigos está naquela fortaleza flutuante. Se tiver que escolher um navio para afundar, afunde aquele.

— Devemos nos espalhar pelos penhascos? — perguntou a Capitã Dalain.

— Não — respondeu Kulau. — Se fizermos isso, vão nos destruir. Fiquem em fila e obstruam o canal.

— Não devíamos estar pensando no xamã deles? — lembrou Dalain. — Se mantivermos nossos navios juntos, ele vai explodir nossa frota contra os rochedos.

— Eu cuido de Feylen — disse Rin.

Os generais se viraram para ela, intrigados.

— Que foi? — perguntou Rin, de olhos arregalados.

— Da última vez você acabou presa por um mês — disse o Capitão Eriden. — Estamos preparados para Feylen. Temos quinze esquadrões de arqueiros posicionados nas paredes do rochedo.

— Feylen vai simplesmente derrubá-los — argumentou Rin. — Não serão mais do que um detalhe irritante.

— E acha que você não será?

— Não — respondeu Rin. — Desta vez, vou voar.

Os generais pareciam estar à beira do riso. Apenas o General Tarcquet, como sempre sentado em silêncio no fundo da sala, pareceu um pouco interessado.

— Eu... hum... construí um apetrecho parecido com uma pipa — contou Kitay, gesticulando de uma maneira que não explicava nada. — Consiste em um par de asas de couro presas a varetas. Rin consegue gerar chamas suficientemente quentes para flutuar com elas, usando o mesmo princípio de uma lanterna de papel...

— Já testaram? — perguntou Vaisra. — Funciona?

Rin e Kitay assentiram.

— Certo — respondeu Gurubai em tom brusco. — Então, supondo que ela não esteja louca, o problema com o Deus do Vento está resolvido. Ainda temos que lidar com o resto da Marinha Imperial e estamos com uma desvantagem de três para um.

Os oficiais se mexeram em seus lugares, parecendo desconfortáveis.

Era mais fácil para Rin se reduzisse a batalha ao embate com Feylen. Ela não queria pensar no restante da frota, porque a verdade era que *não havia* uma solução simples. Eles estavam em menor número, na defensiva e encurralados.

Kitay soava muito mais calmo do que ela.

— Há uma série de táticas que podemos tentar, como, por exemplo, separá-los e invadir seus navios. O importante é não permitir que a fortaleza chegue à costa, ou teremos uma batalha terrestre pelo controle da cidade.

— E as forças de Jun não vão se sair tão bem — acrescentou Kulau.
— Estarão exaustas. O Exército Imperial não está acostumado a batalhas navais, estarão enjoados e zonzos. Já nosso Exército foi projetado para a guerra fluvial e nossos soldados estão cheios de energia. Vamos vencê-los assim.

Os presentes não pareciam muito convencidos.

— Há uma coisa que ainda não consideramos — disse o General Hu após uma breve pausa. — Poderíamos nos render.

Rin achou desanimador que o comentário não tivesse sido recebido com protestos imediatos.

Vários segundos se passaram em silêncio. Rin olhou de soslaio para Vaisra, mas não conseguiu interpretar seu semblante.

— Não é uma ideia tão ruim — disse Vaisra, por fim.
— Não, não é. — O General Hu olhou ansiosamente para os demais. — Sei que não fui o único a pensar nisso. Eles vão nos massacrar. Ninguém na história sobreviveu a uma batalha com tamanha desvantagem numérica. Se jogarmos a toalha agora, ainda temos chance de continuar vivos.

— Como sempre, você é a voz da razão, General Hu — disse Vaisra, devagar.

O General Hu pareceu relaxar, aliviado, mas seu sorriso desapareceu depressa quando Vaisra continuou:

— Por que *não* se render? As consequências não poderiam ser tão horríveis. Tudo que aconteceria é que cada pessoa nesta sala seria esfolada viva, Arlong seria destruída e qualquer esperança de reforma democrática seria aniquilada no Império pelos próximos séculos, no mínimo. É isso que você quer?

— Não — respondeu o General Hu, empalidecendo.

— Não há espaço para covardes em meu exército — disse Vaisra, com calma. Depois, com um gesto de cabeça, ele se dirigiu ao soldado ao lado de Hu. — Você aí. É ajudante de Hu?

De olhos arregalados, o garoto assentiu. Não devia ter mais de vinte anos.

— Sim, senhor.

— Já esteve em batalha? — perguntou Vaisra.

Ele engoliu em seco antes de responder:

— Sim, senhor. Estive em Boyang.

— Excelente. Como se chama?

— Zhou Anlan, senhor.

— Parabéns, General Zhou. Acaba de ser promovido. — Vaisra se virou para o General Hu. — Pode ir embora.

O General Hu forçou passagem entre os demais e saiu pela porta sem dizer mais nada.

— Ele vai desertar — disse Vaisra. — Eriden, vá impedi-lo.

— Permanentemente? — perguntou Eriden.

Vaisra considerou a pergunta por um breve momento.

— Só se ele protestar.

Quando a reunião terminou, Vaisra liberou os outros e pediu para falar com Rin a sós. Ela trocou um olhar de pânico com Kitay enquanto o amigo saía com os demais. Quando ficaram sozinhos, Vaisra fechou a porta.

— Quando tudo isso acabar, quero que faça uma visita à nossa amiga Moag — disse ele baixinho.

Rin ficou tão aliviada por Vaisra não ter mencionado os hesperianos que, por um momento, não conseguiu fazer nada além de olhar para Vaisra.

— A Rainha Pirata?

— Seja rápida — disse Vaisra. — Deixe o corpo e traga a cabeça.

— Espere. Quer que eu a mate?

— Não fui claro?

— Mas ela é sua maior aliada naval...

— Não, os *hesperianos* são nossos maiores aliados navais — corrigiu Vaisra. — Está vendo algum navio de Moag na baía?

— Não estou vendo nenhum navio hesperiano na baía — rebateu Rin.

— Eles virão, só precisamos dar tempo ao tempo. No entanto, Moag será um grande problema quando esta guerra acabar. Ela operou de forma ilegal por muito tempo e não conseguiria se acostumar a uma autoridade naval que não a própria. O contrabando está em seu sangue.

— Então permita o contrabando — disse Rin. — Deixe ela continuar. Qual é o problema?

— Não será possível. Ankhiluun existe por causa dos impostos. Quando tivermos comércio livre com os hesperianos, toda a premissa de Ankhiluun se tornará irrelevante. Tudo que restará a Moag é o contrabando de ópio, e não pretendo ser tão indulgente com isso quanto Daji. Um verdadeiro caos será instalado quando Moag perceber que todas as suas fontes de renda estão secando. Prefiro cortar o mal pela raiz.

— E isso não tem nada a ver com o fato de que Moag não nos enviou navio algum? — perguntou Rin.

Vaisra sorriu.

— Um aliado só é útil se fizer o que lhe for pedido. Moag provou não ser confiável.

— Então quer que eu cometa um assassinato preventivo.

— Não sejamos tão dramáticos. — Vaisra acenou. — Basta dizer que o seguro morreu de velho.

— Acho que a parede está pronta — disse Kitay, esfregando os olhos. Parecia exausto. — Queria fazer uma verificação tripla dos fusíveis, mas não daria tempo.

Eles estavam na beira do penhasco, vendo o sol se pôr entre os dois lados do canal, como uma bola caindo por uma ravina. A água escura tremeluzia lá embaixo, refletindo as rochas vermelhas e o sol alaranjado. Era como se uma enxurrada de sangue jorrasse de uma artéria recém-aberta.

Ao estreitar os olhos para enxergar o penhasco do lado oposto, Rin conseguia enxergar as cordas onde os fusíveis haviam sido amarrados antes de serem fixados nas rochas. A teia de cordas era como uma manta de veias salientes na parede.

— Quais são as chances de eles não explodirem? — questionou Rin.

Kitay bocejou.

— Eles provavelmente vão explodir.

— Provavelmente — repetiu ela.

— Você vai ter que acreditar que Ramsa e eu fizemos bem nosso trabalho. Se não explodirem, vamos todos morrer.

— Parece justo.

Rin abraçou o próprio torso. Ela se sentia minúscula diante do enorme precipício. Impérios haviam sido conquistados e perdidos sob aqueles penhascos. Eles estavam à beira de perder outro.

— Acha que temos chance de vencer amanhã? — perguntou Rin, a voz baixa. — Será que existe alguma chance?

— Analisei sete possibilidades diferentes — disse Kitay. — Compilei toda a inteligência que temos e comparei as probabilidades.

— E aí?

— E aí que eu não sei. — Ele abria e fechava as mãos, e Rin percebeu que ele estava resistindo ao impulso de puxar o próprio cabelo. — Essa é a parte frustrante. Sabe qual é a única coisa em que todos os grandes estrategistas concordam? É que não importa quantos homens seu exército tem. Não importa quão bons são seus modelos, ou quão brilhantes são suas estratégias. O mundo é caótico e a guerra é, no fim das contas, fundamentalmente imprevisível. Não dá para saber quem vai rir por último. Não se sabe de nada ao entrar em uma batalha. Só se sabe o que está em jogo.

— Neste caso, muita coisa — disse Rin.

Se eles perdessem, a rebelião seria reprimida e Nikan voltaria às trevas por mais algumas décadas, pelo menos, dividida por conflitos entre facções e os resquícios da Federação.

Por outro lado, se ganhassem, o Império se tornaria uma República, preparada para se lançar ao novo e glorioso futuro com Vaisra na direção e os hesperianos a seu lado.

E aí Rin teria que se preocupar com o que aconteceria depois.

Então ela teve uma ideia — um leve fragmento de ideia, na verdade, mas estava lá: uma feroz e ardente centelha de esperança. Talvez o próprio Vaisra tivesse lhe dado uma saída.

— Onde fica o viveiro? — perguntou ela.

— Posso levar você — ofereceu-se Kitay. — Para quem vai mandar uma carta?

— Para Moag.

Rin se virou para tomar o caminho de volta à cidade.

Kitay seguiu em seu encalço.

— Para quê?

— Ela precisa saber de uma coisa.

Rin já elaborava a mensagem mentalmente. Se — melhor dizendo, *quando* — ela abandonasse a República, precisaria de um aliado. Alguém que pudesse tirá-la da cidade depressa. Alguém que não estivesse ligado à República.

Moag era mentirosa, mas tinha navios. Além disso, ganhara uma sentença de morte sobre a qual ainda não sabia. Para Rin, isso era uma carta na manga, o que lhe dava uma aliada.

— O seguro morreu de velho — disse ela.

Navegando naquele ritmo, a Marinha Imperial deveria entrar no canal ao amanhecer. Isso dava a Arlong mais seis horas para se preparar. Vaisra ordenou que suas tropas dormissem em turnos alternados de duas horas para que os soldados encontrassem o Exército com todo o vigor possível.

Rin entendia a lógica, mas não conseguia fechar os olhos. Ela vibrava, nervosa. Mesmo sentada, sentia-se inquieta — precisava estar em movimento, correndo, batendo em alguma coisa.

Ela andava de um lado para o outro no campo ao lado do quartel. Pequenos arcos de fogo dançavam no ar ao seu redor, girando em círculos perfeitos. Isso a fez se sentir um pouco melhor, como se fosse prova de que ela ainda tinha controle sobre *alguma coisa*.

Alguém pigarreou. Ela se virou. Nezha estava à porta, amarrotado e com um semblante exausto.

— Está tudo bem? — perguntou ela em tom de urgência. — Aconteceu alguma...

— Tive um pesadelo — balbuciou ele.

Ela ergueu uma sobrancelha.

— É?

— Você morria.

Ela extinguiu as chamas.

— O que está acontecendo com você?

— Você morria — repetiu Nezha. Ele soava entorpecido, como se não estivesse completamente presente, como um estudante recitando os Clássicos de modo apático. — Você... Jogaram você na água, vi seu corpo flutuando na superfície. Estava completamente imóvel. Vi você se afogando e não consegui salvá-la.

Nezha começou a chorar.

— O que está...? — murmurou Rin.

Nezha estava bêbado? Drogado? Ela não sabia o que fazer, só sabia que não queria ficar sozinha com ele. Rin olhou em direção ao quartel. O que aconteceria se simplesmente fosse embora?

— Por favor, não vá — disse Nezha, como se estivesse lendo sua mente.

Rin cruzou os braços.

— Achei que não quisesse mais me ver.

— De onde tirou isso?

— "Seria melhor se estivéssemos mortos." Quem foi que disse isso mesmo?

— Não quis dizer isso...

— Então o quê? Qual é o limite? Suni, Baji, Altan... Somos todos monstros para você, não somos?

— Fiquei com raiva por ter me chamado de covarde...

— Mas você é! — gritou Rin. — Quantos homens morreram em Boyang? Quantos vão morrer hoje? Mas Yin Nezha não vai parar o rio, embora possa fazer isso, porque tem medo da droga de uma tatuagem nas costas...

— Eu disse que *dói*...

— É claro que dói, mas convocamos os deuses mesmo assim. Somos soldados, fazemos os sacrifícios necessários, custe o que custar. Mas acho que seu *conforto* vem antes de uma chance para massacrar o Império.

— Conforto? — repetiu Nezha. — Acha que isso tem a ver com conforto? Tem noção do que ele fez quando eu estava na caverna? Tem noção de como eu me senti?

— Tenho — respondeu Rin. — Foi exatamente a mesma coisa que a Fênix fez comigo.

Rin conhecia a dor de Nezha, mas simplesmente não conseguia sentir compaixão por ele.

— Está agindo como uma criancinha idiota — acusou ela. — Você é um general, Nezha. Faça seu trabalho.

O rosto de Nezha se endureceu em uma máscara de ressentimento.

— Só porque *você* decidiu adorar seu agressor, não significa que todo mundo...

Rin se retesou.

— Não tenho um agressor.

— Rin, você sabe que isso não é verdade.

— Vai à merda.

— Me desculpe. — Ele ergueu as mãos em um gesto de trégua. — De verdade. Não vim aqui para falar sobre isso. Não quero brigar.

— Então por que está aqui?

— Porque você pode morrer amanhã — respondeu ele. — Nós dois podemos.

Suas palavras jorraram como uma torrente, como se Nezha tivesse medo de que, se parasse de falar, o tempo se esgotaria. Como se aquela fosse sua única chance.

— Eu vi isso acontecer, vi você sangrando na água e não pude fazer nada. Essa foi a pior parte.

— Está chapado? — perguntou ela.

— Só quero que a gente fique bem. O que preciso fazer? — Nezha abriu os braços. — Quer me dar uma surra? É isso? Pode vir, pode me dar um soco. Não vou me esquivar.

Rin quase aceitou a oferta, mas sua raiva se dissipou no momento em que fechou o punho.

Por que sempre que olhava para Nezha Rin queria matá-lo ou beijá-lo? Ele sempre a deixava furiosa ou alucinadamente feliz. A única coisa que Nezha não conseguia fazer Rin sentir era segurança.

Com ele, não havia neutralidade, não havia meio-termo. Ela podia amá-lo ou odiá-lo, mas não sabia como fazer os dois.

Ela baixou a mão.

— Eu sinto muito, de verdade — disse Nezha. — Por favor, Rin. Não quero que a gente termine assim.

Ele tentou dizer outra coisa, mas o súbito estrondo dos gongos abafou sua voz. Eles reverberaram pelo quartel com tanta urgência que Rin sentiu o chão tremer sob seus pés.

O sabor familiar de sangue encheu sua boca. O pânico, o medo e a adrenalina inundaram suas veias. Mas dessa vez eles não a fizeram desabar. Ela não queria se deitar em posição fetal até que tudo acabasse. Ela já havia se acostumado com aquilo, podia até usar o sentimento como combustível. Transformá-lo em sede de sangue.

— Temos que nos posicionar — disse a garota.

Ela passou por ele para buscar seu equipamento, mas Nezha segurou seu braço.

— Rin, por favor. Escute. Você tem mais inimigos do que pensa...

Ela se desvencilhou de Nezha.

— Me deixa!

Ele bloqueou o caminho.

— Não quero que esta seja a nossa última conversa.

— Então não morra em batalha — disse ela. — Problema resolvido.

— Mas Feylen...

— Não vamos perder para Feylen desta vez — disse ela. — Vamos vencer. Vamos viver.

Quando Nezha falou, soou como uma criança assustada acordando de um pesadelo.

— Como sabe disso?

Rin não soube explicar a razão do gesto, mas levou a mão ao ombro de Nezha. Não era um pedido de desculpas ou perdão, mas uma concessão. Um reconhecimento.

E, por um momento, ela sentiu um resquício daquela velha camaradagem, uma lembrança do que sentira um ano antes em Sinegard, quando ele lhe entregou uma espada antes de lutarem juntos. De inimigos a parceiros, firmes no mesmo lado pela primeira vez na vida.

Pela maneira como Nezha olhava para ela, Rin soube que ele sentia o mesmo.

— Cá entre nós, temos o fogo e a água — disse ela baixinho. — Tenho certeza de que, juntos, conseguiremos enfrentar o vento.

CAPÍTULO 31

— Parece que meu coração vai sair pela boca.

Venka se inclinou sobre a balestra e checou as engrenagens pelo que parecia a centésima vez. Estava manivelada ao máximo, equipada com doze virotes de recarga.

— Você não adora essa sensação? — perguntou ela.

— Eu *detesto* esta parte — respondeu Kitay. — Parece que estamos esperando pela morte.

Kitay começava a apresentar sinais visíveis de calvície. Ele estava enlouquecendo à espera da Marinha Imperial e Rin compreendia a razão. Os dois gostavam muito mais de estar na ofensiva, decidindo quando e onde atacar.

Em Sinegard, haviam aprendido que travar uma batalha na defensiva, esperando atrás de fortificações, era como flertar com o desastre, porque só dava ao inimigo a vantagem da iniciativa. A menos que estivessem sitiados, esconder-se atrás de defesas era quase sempre uma estratégia fadada ao fracasso, já que não existiam fechaduras inquebráveis ou fortalezas impenetráveis.

E aquela não era uma situação de sítio. Daji não tinha interesse algum em matá-los de fome. Ela não precisava disso. Seu plano era derrubar os portões.

— Arlong não é tomada há séculos — observou Venka.

Kitay torcia as mãos.

— Bom, toda sorte acaba um dia.

A República estava tão preparada quanto possível. Os generais haviam armado as defesas, dividido e posicionado suas tropas — sete estações de artilharia ao longo dos penhascos mais altos, a maioria na Frota

Republicana em formação dentro do canal, e o restante guardando a costa ou barricando o palácio fortemente protegido.

Rin queria que o Cike estivesse no alto do penhasco lutando a seu lado, mas Baji e Suni não poderiam oferecer grande apoio aéreo contra Feylen. Ambos estavam alocados nos navios ao centro da Frota Republicana, onde, no caos da linha de fogo, suas habilidades estariam a salvo de olhos hesperianos, e também onde poderiam causar mais estrago.

— Nezha está em posição? — Kitay espreitou por cima do canal.

Nezha fora designado para a dianteira da frota, liderando um dos três navios de guerra que ainda aguentavam um confronto naval. Sua tarefa era conduzir seu navio diretamente para o meio da Frota Imperial e fazê-la se dividir em duas.

— Nezha está sempre em posição — respondeu Venka. — Ele é flexível feito...

— Não seja vulgar — interrompeu Kitay.

Venka sorriu.

Eles ouviram uma série de estrondos ecoando além da entrada do canal. A batalha já havia começado: alguns fortes na beira do rio que constituíam a primeira linha de defesa de Arlong já tinham sido alvejados pelo Exército Imperial, ainda que os fortes tivessem a quantidade mínima de soldados para disparar os canhões.

Kitay estimava que aquela estratégia daria a eles cerca de dez minutos.

— Ali — disse Venka. — Estou vendo.

Eles se levantaram.

A Marinha Imperial entrou na linha de visão dos três. Rin arfava, tentando não entrar em pânico com o tamanho da frota de Daji combinada com a de Tsolin.

— O que Chang En está fazendo? — questionou Kitay.

O General Carne de Lobo havia atado seus barcos, amarrando-os pelas popas em uma estrutura única. A frota havia se tornado uma coisa só, grandalhona e maciça, com a fortaleza flutuante bem no centro.

— Tentando amenizar o enjoo marítimo? — sugeriu Venka.

Rin franziu a testa.

— Só pode ser.

Parecia uma estratégia inteligente. As tropas imperiais não estavam acostumadas a lutar sobre a água, então poderiam se sair melhor em uma plataforma mais estável. No entanto, uma formação estática também era particularmente perigosa quando se tratava de lutar contra Rin. Se um navio pegasse fogo, os demais também seriam tomados pelas chamas.

Será que Daji não ficara sabendo que Rin havia descoberto uma forma de contornar o Selo?

— Não é para enjoo — disse Kitay. — É para que Feylen não os faça sair voando pelos ares. Além disso, traz uma vantagem de mobilidade entre os navios, caso tentemos embarcar em um deles.

— Não vamos embarcar — disse Rin. — Vamos incendiar essa geringonça.

— Isso aí! — disse Venka com um otimismo que ninguém sentia.

A frota inimiga rastejou rumo aos penhascos em um ritmo absurdamente lento. Os tambores de guerra ecoavam pelo canal enquanto a fortaleza avançava, implacável.

— Queria saber quantos homens são necessários para fazer aquela coisa andar — disse Venka.

— Não precisam de muita força nos remos — respondeu Rin. — Estão navegando rio abaixo.

— Mas e o movimento lateral...?

— Por favor, calem a boca — vociferou Kitay.

Rin sabia que aquela tagarelice era irritante, mas não conseguia evitar. Ela e Venka tinham o mesmo problema: precisavam falar. De outra forma, a espera as deixaria loucas.

— Os portões não vão aguentar — declarou Rin, apesar do olhar furioso de Kitay. — Vai ser como derrubar um castelo de areia.

— Uns cinco minutos, então? — disse Venka.

— Acho que uns dois. Prepare-se para atirar.

Venka deu um tapinha no ombro do Kitay.

— Não precisa se culpar.

Ele revirou os olhos.

— O portão não foi ideia minha.

Em um último esforço, Vaisra havia ordenado que suas tropas acorrentassem os portões do canal com todas as correntes da cidade. Poderiam até ter detido um navio pirata, mas, contra aquela frota, era pouco mais do que um gesto simbólico. Ao que parecia, o Exército Imperial pretendia simplesmente derrubar os portões com um aríete.

Bum. Rin sentiu o rochedo vibrando sob seus pés.

— Quantos anos aqueles portões têm? — perguntou ela em voz alta.

Bum.

— São mais velhos que esta província — respondeu Venka. — Talvez da época do Imperador Vermelho. Muito valor arquitetônico.

— Que pena.

— Também acho.

Bum. Rin ouviu o som de madeira rachando e depois um barulho parecido com o rasgar de um tecido.

Os portões de Arlong haviam caído.

A Marinha Imperial avançou, e o canal se iluminou com a pirotecnia. Os enormes canhões embutidos nas paredes dos penhascos de Arlong dispararam um após o outro, lançando bolas ardentes do tamanho de rochas diretamente para as laterais dos navios de Chang En.

As minas d'água de Kitay explodiram numa sucessão perfeita e cronometrada. O som era como o de fogos de artifício, só que mil vezes mais potentes.

Por um momento, a Frota Imperial ficou imersa em uma grande nuvem de fumaça.

— Mandou bem — elogiou Venka, impressionada.

Kitay balançou a cabeça.

— Isso não foi nada. Não vai causar grande estrago.

Ele tinha razão. Quando a fumaça se dissipou, Rin viu que o barulho havia sido maior do que os danos. A frota continuou a avançar em meio às explosões. A fortaleza flutuante permanecia intacta.

Rin correu em direção à beira do penhasco, espada em mãos.

— Seja paciente — murmurou Kitay. — Agora não é o momento.

— Deveríamos estar lá embaixo — disse Rin.

Ela se sentia uma covarde esperando no penhasco, escondendo-se enquanto os soldados ardiam lá embaixo.

— Somos apenas três — disse Kitay. — Seria gastar cartucho. Se descer agora, vai virar alvo de canhão.

Rin detestava admitir que ele tinha razão.

Os penhascos continuavam a vibrar. A Marinha Imperial se defendia. As torres de cerco disparavam rojões carregados, fazendo chover pequenos foguetes sobre as estações de artilharia nos penhascos. Arqueiros de armadura do Exército inimigo devolviam dois virotes de balestra a cada um que recebiam em seus conveses.

Rin sentiu o estômago revirar ao perceber que eles estavam usando exatamente a mesma estratégia que Jinzha havia empregado na campanha ao norte: acabar com os arqueiros primeiro e depois avançar sobre a resistência em terra.

Os navios de guerra republicanos sofreram os piores danos. Um já havia voado tão longe para fora da água que seus restos fragmentados estavam bloqueando os caminhos dos outros navios.

Os canhões imperiais disparavam baixo, mirando as rodas de pás. Os navios republicanos tentaram girar na água para manter as pás traseiras fora da linha de fogo, mas perdiam mobilidade rapidamente. Naquele ritmo, os navios de Nezha virariam alvo fácil.

Ainda não havia nem sinal de Feylen.

— Cadê ele? — murmurou Kitay. — Era de se esperar que o trouxessem logo para a batalha.

— Talvez ele não seja muito bom em seguir ordens — disse Rin.

Feylen parecera sentir tanto medo de Daji que Rin não queria pensar no tipo de tortura que havia sido necessária para persuadi-lo a lutar.

Àquela altura, porém, o Exército Imperial não precisava de Feylen. Duas estações de artilharia republicanas já haviam caído por terra e as outras cinco estavam ficando sem munição, diminuindo o ritmo de ataque. A maioria dos navios de Nezha já estava vencida, enquanto o coração da Marinha Imperial havia sofrido pouquíssimos danos.

Rin se levantou.

— Chegou a hora.

— Sim — concordou Kitay.

Ele entregou a Rin um jarro de óleo e apontou para o canal.

— Olhe à esquerda daquele navio-torre. O ideal seria dividir aquela formação. Concentre-se nas cordas, e o resto vai pegar fogo.

— E não olhe para baixo — disse Venka, prestativa.

— Cala a boca.

Rin deu um passo para trás, firmou os pés no chão e começou a correr. O vento batia em seu rosto, e suas asas se agitavam. Então o penhasco desapareceu sob seus pés, e ela se inclinou para baixo; não havia medo ou som algum, apenas a sensação eletrizante e nauseante da queda.

* * *

Ela se deixou mergulhar por um momento antes de abrir as asas. Quando estendeu os braços, a resistência do couro contra o ar foi como um soco; ela sentiu que seus braços estavam sendo arrancados do tronco. Rin ofegava — não de dor, mas de adrenalina. O rio era um borrão, e os navios e exércitos lá embaixo não passavam de manchas marrons, azuis e verdes.

Então ela viu flechas. Pareciam agulhas a distância, crescendo em velocidade assustadora. Ela desviou para a esquerda, e as flechas passaram por ela sem oferecer qualquer risco.

Rin se aproximara do navio-torre. Nivelou o mergulho e, abrindo a boca e as palmas das mãos, soltou um jorro de fogo de suas extremidades, incendiando tudo que havia por perto.

Depois soltou a jarra de óleo pouco antes de tomar impulso para subir.

Rin ouviu o vidro se quebrar contra o convés e o crepitar das chamas quando elas aumentaram. Sorriu enquanto ganhava altura, voltando para a parede do penhasco oposto. Quando olhou para trás, viu as flechas perderem força e caírem na tentativa de atingi-la.

Seus pés tocaram terra firme. Ela caiu de joelhos e assim ficou, ofegante, enquanto analisava os danos lá embaixo.

As cordas se incendiavam; as chamas eram intensas e se espalhavam depressa. Rin notou que cresciam e eram mais escuras no local onde ela jogara o óleo.

Ela olhou para cima. Do outro lado do canal, Venka recarregava a balestra e Kitay acenava para que voltasse.

Os músculos de seus braços ardiam, mas Rin não tinha muito tempo para se recuperar. Ela rastejou até a beira do penhasco e se levantou com algum esforço.

Ela estreitou os olhos, mapeando o próximo caminho de voo. Chamou a atenção de Venka e apontou para um grupo de navios intocados pelo fogo. Venka acenou com a cabeça e redirecionou a balestra.

Rin respirou fundo, saltou do penhasco e desceu, deleitando-se outra vez com o sentimento de adrenalina. Dardos assobiavam em sua direção, um após o outro, mas bastava que ela se esquivasse, e eles seguiam caminho no ar vazio.

Rin ficou extasiada ao incendiar velas e ser tomada pelo calor do fogo. Era assim que Altan se sentia em batalha? Agora ela conseguia entender por que ele se dava asas, ainda que não pudesse voar com elas. Era simbólico. Arrebatador. Naquele momento, ela era invencível, divina. Não havia apenas convocado a Fênix. Havia se transformado nela.

— Bom trabalho — disse Kitay quando ela pousou. — O fogo se espalhou para três navios e eles não conseguiram apagar... Espera, você está conseguindo respirar?

— Estou bem. — Rin ofegava. — Só... só um instante.

— Pessoal — chamou Venka. — Temos problemas.

Rin ficou de pé, cambaleante, e se juntou a Venka na beira do precipício.

Queimar as cordas havia funcionado, e a formação imperial havia começado a se desmanchar. Os navios nas extremidades aos poucos se afastavam do centro. Nezha aproveitara a abertura para avançar com seu navio para o meio da frota inimiga e conseguira atingir a lateral da fortaleza flutuante, abrindo buracos fumegantes no casco do navio.

Agora, no entanto, ele estava cercado. A Marinha Imperial havia baixado largas pranchas sobre as laterais de seu navio. Nezha estava prestes a ser invadido.

— Vou descer — disse Rin.

— Para quê? — interpelou Kitay. — Vai queimar Nezha se tentar queimar o Exército.

— Então vou pousar e lutar. Consigo usar o fogo com mais precisão no chão, só tenho que chegar lá.

Kitay parecia relutante.

— Mas Feylen...

— Não sabemos onde Feylen está. Nezha está cercado. *Eu vou.*

— Rin, olhe — disse Venka, apontando para as planícies. — Acho que mandaram tropas terrestres.

Rin e Kitay se entreolharam.

Antes que ele pudesse falar, ela saltou.

Era impossível ignorar as tropas terrestres. Rin as enxergava claramente na floresta, uma longa fila de soldados prestes a invadir Arlong pela retaguarda. Estavam a menos de um quilômetro da área ocupada pelos refugiados. Chegariam até eles em questão de minutos.

Rin praguejou. Eriden garantira que seus olheiros não haviam encontrado nada no vale.

Mas como era possível que não tivessem visto *uma brigada inteira*?

Sua mente fervilhava. Venka e Kitay gritavam para ela, mas Rin não conseguia ouvi-los.

Ela deveria ir? Adiantaria de alguma coisa? Rin não conseguiria destruir uma coluna de soldados sozinha. E não podia abandonar a batalha naval — se Feylen aparecesse enquanto estivesse a quilômetros de distância, poderia afundar toda a Frota Republicana antes que ela conseguisse voltar.

Mas ela tinha que avisar a *alguém*.

Rin vasculhou o canal. Ela sabia que Vaisra e seus generais estavam abrigados atrás de fortificações perto da costa, de onde podiam supervisionar a batalha, mas eles se recusariam a fazer qualquer coisa ainda que os avisasse. Já havia poucos soldados na batalha naval.

Ela tinha que avisar aos líderes regionais.

Eles estavam espalhados pelo campo de batalha com suas tropas, Rin só não sabia *onde*.

Ninguém conseguiria ouvi-la gritar daquela altura. Sua única opção era escrever uma mensagem no céu para que pudessem ler. Ela bateu as asas duas vezes para ganhar altitude e voou até estar pairando sobre o canal, inteiramente à vista, mas fora de alcance.

Ela se decidiu por duas palavras.

Vale invadido.

Rin apontou para baixo. As chamas jorraram de seus dedos e permaneceram no ar por alguns segundos antes de se dissiparem. Ela escreveu os dois caracteres repetidas vezes, reforçando os traços quando eles desapareciam no ar, torcendo para que alguém lá embaixo visse a mensagem.

Por um longo momento, nada aconteceu.

Então, perto da linha costeira, ela viu uma fila de soldados se afastando da frente. Alguém havia notado.

Rin redirecionou a atenção para o canal.

O navio de Nezha havia sido quase completamente invadido pelas tropas imperiais. Os canhões do navio foram silenciados. Àquela altura, a tripulação já estaria, em sua maioria, morta ou incapacitada.

Sem parar para pensar, Rin mergulhou no ar.

* * *

Ela aterrissou de mau jeito. O mergulho foi muito íngreme, e ela não levantou os pés a tempo. Derrapou de joelhos pelo convés, uivando de dor enquanto sua pele queimava contra a madeira.

Os soldados do Exército Imperial se voltaram para Rin instantaneamente. Ela lançou uma coluna de chamas, criando um círculo de proteção em torno de si que incinerou tudo em um raio de quase dois metros e afastou os soldados que tentavam se aproximar.

Seu olhar pousou sobre um uniforme azul em um mar de verde. Ela abriu caminho através dos corpos em chamas, protegendo a cabeça com os braços até se aproximar do único soldado republicano à vista.

— Cadê o Nezha? — demandou ela.

Os olhos do soldado estavam desfocados, e um filete de sangue escorria por seu rosto.

Ela o sacudiu com força.

— *Cadê o Nezha?*

No momento em que o oficial abriu a boca, uma flecha atravessou seu olho esquerdo. Rin empurrou o corpo inerte, abaixou-se e apanhou um escudo do convés segundos antes de três flechas rasgarem o ar na altura onde sua cabeça havia estado.

Ela avançou devagar, cercada por um semicírculo de chamas que afastava os soldados inimigos. Alguns homens tombavam ao tentar se aproximar, ardendo e se retorcendo, enquanto outros se atiravam no rio para escapar do fogo.

Em meio às labaredas, Rin ouviu o som de aço se chocando contra aço. Ela esmaeceu um pouco a parede de chamas e viu Nezha acompanhado de um pequeno grupo de soldados republicanos em duelo com o pelotão do General Jun na outra extremidade do convés.

Ele ainda está vivo. Uma onda de esperança aqueceu seu peito. Rin correu em direção a Nezha, lançando chamas em direção aos adversários. Tentáculos de fogo se enrolavam no pescoço dos soldados do Exército Imperial como chicotes enquanto bolas de fogo lambiam seus rostos, cegavam seus olhos e queimavam suas bocas, asfixiando-os. Ela continuou até que todos os soldados próximos tivessem caído, mortos ou moribundos. Era incrível e ao mesmo tempo macabro perceber que ela tinha tanto controle sobre a chama, a ponto de possuir formas tão potentes e inovadoras de matar.

Quando ela fez o fogo cessar, Nezha havia subjugado Jun.

— Você é um bom soldado — disse Nezha. — Meu pai gostaria de tê-lo vivo.

— Não perca seu tempo. — Um sorriso doentio surgiu no rosto de Jun. Ele ergueu a espada na altura do peito.

Nezha foi mais rápido. Sua espada cortou o ar, e o som que se seguiu fez Rin pensar em um açougue. A mão decepada de Jun caiu no convés.

O general caiu de joelhos, encarando o coto ensanguentado onde pouco antes estivera sua mão, como se não acreditasse no que estava vendo.

— Não vai ser tão fácil assim — disse Nezha.

— Seu ingrato — guinchou Jun. — Eu *criei* você.

— Você me ensinou o que é sentir medo — respondeu Nezha. — Nada além disso.

Jun avançou subitamente na tentativa de pegar a adaga no cinto de Nezha, mas o rapaz se desvencilhou depressa e golpeou o coto de Jun com um chute preciso. Jun urrou de dor e caiu.

— Faça o que tem que fazer — disse Rin. — Ande logo.

Nezha balançou a cabeça.

— Ele é um bom prisioneiro...

— Ele tentou matar você! — protestou Rin, gritando. Ela fez surgir uma bola de fogo na palma da mão. — Se não fizer isso, eu faço...

Nezha segurou seu ombro.

— *Pare!*

Jun se levantou com dificuldade e correu até a borda do navio.

— Não!

Nezha correu atrás dele, mas já era tarde. Rin viu quando os pés de Jun desapareceram em um mergulho e, segundos depois, ouviu algo caindo na água. Ela e Nezha foram até a balaustrada para olhar, mas Jun não voltou à superfície.

Nezha se virou para Rin.

— Ele poderia ter sido nosso prisioneiro!

— Por que está falando como se eu tivesse atirado Jun no rio? — Ela não entendia por que parecia estar levando a culpa. — E eu acabei de salvar sua vida. De nada.

Rin viu Nezha abrir a boca para retrucar pouco antes de algo molhado e pesado cair sobre ela e derrubá-la. As hastes de suas asas se fincaram dolorosamente em seus ombros. Ela percebeu que estava presa debaixo de uma lona encharcada de água. Seu fogo não fez nada além de encher o interior da lona com vapor fumegante, e Rin fez a chama cessar antes que a sufocasse.

Alguém segurava a lona, prendendo Rin. Ela se debateu violentamente, tentando se esquivar, mas não teve êxito. Continuou chutando até que conseguiu passar a cabeça pela lateral da estrutura.

— Olá! — O General Carne de Lobo a olhava de cima.

Rin lançou chamas em seu rosto. O general golpeou sua cabeça com o torso da manopla, fazendo-a se chocar contra o convés, a visão sendo ofuscada por faíscas. Rin viu de relance quando Chang En ergueu a espada sobre seu pescoço.

Nezha avançou contra Chang En, e os dois caíram juntos no convés. Nezha se levantou depressa e recuou alguns passos, a espada em riste. Rindo, Chang En apanhou a própria espada do chão e o atacou.

Rin continuava no chão, piscando para o céu. Todas as extremidades de seu corpo formigavam, mas seus membros não lhe obedeciam quando ela tentava movê-los. De canto de olho, tinha vislumbres de uma briga, ouvindo uma onda ensurdecedora de golpes, aço contra aço.

Ela tinha que ajudar Nezha, mas seus punhos não se abriam. O fogo não vinha.

Sua visão começou a escurecer, mas ela não podia perder a consciência. Não naquele momento. Rin mordeu a língua com força, buscando uma dor que fosse mantê-la acordada.

Por fim, conseguiu levantar a cabeça. Chang En havia encurralado Nezha, que parecia debilitado, reunindo forças para se manter de pé. O lado esquerdo de seu uniforme estava empapado de sangue.

— Vou arrancar sua cabeça — zombou Chang En — e dar de comida para meus cães, como fiz com a de seu irmão.

Com um urro, Nezha retomou seu ataque.

Rin gemeu e se virou de lado. Pequenas chamas dançavam nas palmas de suas mãos — apenas centelhas, nada perto da intensidade de que precisava. Ela fechou os olhos com força, tentando se concentrar. Tentando rezar.

Por favor, preciso de você...

Os golpes de Nezha passavam longe de acertar seu oponente. Chang En o desarmou com facilidade e chutou sua espada para o outro lado do convés. Quando Nezha tentou apanhá-la, Chang En o derrubou com uma rasteira e pisou em seu peito.

Olá, pequena, disse a Fênix.

De repente, chamas irromperam do corpo de Rin. O fogo não estava mais restrito a seus pontos de controle — suas mãos e sua boca —, mas flamejava ao redor de seu corpo como uma armadura incandescente e impenetrável.

Ela apontou um dedo para Chang En. Um espesso jorro de fogo encontrou seu rosto. Ele deixou cair a espada e enterrou a cabeça nas mãos, tentando abafar as chamas, mas o fogo apenas se espalhou por seu corpo, ardendo cada vez mais enquanto ele gritava.

Rin parou pouco antes de matá-lo. Não queria que fosse tão fácil para ele.

Chang En jazia imóvel sobre o convés, coberto por queimaduras grotescas. Seu rosto e seus braços estavam escurecidos e repletos de fissuras que revelavam bolhas e pele chamuscada.

Rin se pôs de pé sobre ele e abriu as mãos com as palmas viradas para baixo.

Nezha segurou seu ombro.

— Não.

Ela olhou para ele, exasperada.

— Não me diga que também quer levar Chang En como prisioneiro.

— Não — respondeu Nezha. — Quero matá-lo com minhas próprias mãos.

Ela deu um passo para trás e indicou o corpo inerte de Chang En.

— Fique à vontade.

— Vou precisar de uma espada — disse ele.

Sem dizer mais nada, Rin lhe ofereceu a que carregava.

Nezha percorreu o rosto de Chang En com a ponta da lâmina, enfiando-a nas fissuras abertas em suas bochechas.

— Acorde.

Os olhos de Chang En se abriram.

Nezha afundou a ponta da espada no olho esquerdo do homem.

Chang En agarrou o ar na tentativa de conter a espada, mas Nezha golpeou suas costelas com violência e depois desferiu uma série de chutes em seu rosto.

Nezha queria ver Chang En sangrar. Rin não tentou detê-lo. Ela queria o mesmo.

Nezha pressionou a ponta da lâmina contra o pescoço de Chang En.

— Pare de se mexer.

Ganindo, o homem ficou quieto. Seu olho pendurado caía grotescamente pela lateral do rosto, ainda ligado a cordões grumosos. O outro olho piscava furiosamente, molhado de sangue.

Nezha segurou o punho da espada com ambas as mãos e a baixou com força sobre o peito de Chang En. Um esguicho de sangue respingou nos rostos de Nezha e Rin.

Ele soltou a espada e recuou devagar, ofegante. Quando Rin colocou a mão em suas costas, Nezha se apoiou nela, trêmulo.

— Acabou.

— Não, não acabou — sussurrou ela.

Mal havia começado. Porque, de repente, o ar ficou parado — tão parado que todas as bandeiras no canal murcharam, e cada grito e raspar de aço foi amplificado na ausência do vento.

Ela segurou a mão de Nezha no momento em que o navio foi arrancado de baixo deles.

CAPÍTULO 32

A força do vendaval os separou.

Por um momento, Rin pairou no ar, observando madeira e corpos flutuando ao seu lado, e então caiu na água com o resto do que costumava ser o convés superior do navio.

Ela não conseguia ver Nezha. Não conseguia ver nada. Afundou rápido, esmagada pelos destroços. Debateu-se desesperadamente nas águas negras, tentando encontrar um caminho para a superfície.

E lá estava — um feixe de luz através da massa de corpos. Seus pulmões queimavam. Rin precisava chegar lá. Ela chutou, mas algo prendeu suas pernas. Havia se enroscado na bandeira, e o tecido molhado debaixo d'água era tão forte quanto aço. O pânico nublou sua mente. Quando chutava, sua perna se enrolava mais na bandeira, arrastando-a para o fundo do rio.

Calma. Ela se forçou a esvaziar a mente. *Acalme-se*. Nada de raiva, nada de pânico, nada de nada. Ela encontrou aquele lugar silencioso de clareza que lhe permitia pensar.

Não havia se afogado ainda. Ainda tinha forças para subir à superfície. E o tecido não estava preso em um nó tão impossível, dera apenas duas voltas em sua perna. Rin estendeu os braços. Alguns movimentos rápidos e se libertou. Aliviada, nadou para cima, forçando-se a não entrar em pânico, focando no simples ato de se impulsionar pela água até sua cabeça emergir na superfície.

Rin não viu Nezha enquanto se arrastava até a margem. Passou os olhos pelos destroços, mas não o encontrou. Teria emergido? Estaria morto? Esmagado, empalado, afogado?

Não. Rin precisava acreditar que ele estava bem. Nezha conseguia controlar as águas. Não podia ser morto ali.

Podia?

O uivo de um vento sobrenatural rasgou o canal e perdurou no ar, pontuado apenas pelos sons da madeira rachando.

Ah, deuses.

Rin olhou para cima.

Feylen pairava no ar acima dela, lançando navios contra a parede do penhasco com meros movimentos do braço. Madeira e destroços giravam em um círculo perigoso ao seu redor. Com ventos tão intensos quanto aqueles, qualquer um daqueles escombros poderia matá-la.

A boca de Rin secara. Seus joelhos tremiam. Tudo que queria era encontrar um buraco e se esconder. Estava paralisada pelo medo e pelo desespero. Feylen acabaria com a Frota Republicana até que nada sobrasse. Por que lutar? A morte seria mais fácil se ela não resistisse...

Rin cravou as unhas na palma da mão até que a dor a fez recobrar a consciência.

Ela não podia fugir.

Quem mais lutaria contra ele? Quem mais *poderia*?

Ela perdera a espada na água, mas avistou um dardo no chão. Não causaria sequer um arranhão em Feylen, mas era melhor ter uma arma para segurar. Ela o pegou, abriu as asas e invocou uma chama ao redor dos braços e ombros. Vapor chiava ao seu redor, uma nuvem sufocante de névoa. Rin a dissipou, torcendo desesperadamente para que suas asas fossem à prova d'água.

Ela focou em gerar uma onda de chamas constante e concentrada nas laterais, tão fumegante que o ar ao seu redor desfocou e a grama a seus pés definhou e murchou até virar cinzas.

Devagar, ela subiu em direção ao Deus do Vento.

De perto, Feylen parecia péssimo. Sua pele estava pálida, marcada por cicatrizes, engrossada com feridas. Não haviam lhe dado roupas novas — seu uniforme preto do Cike estava rasgado e sujo. Cara a cara, não era uma deidade assustadora, apenas um homem com vestes esfarrapadas e olhos sombrios.

O medo de Rin desapareceu, substituído pela pena. Feylen devia ter morrido há muito tempo. Agora, era um prisioneiro no próprio corpo, sentenciado a observar e sofrer enquanto o deus que ele detestava o manipulava como um portal para o mundo material.

Sem o Selo, sem Kitay, Rin poderia ter se tornado algo como ele.

O homem se foi, ela se lembrou. *Derrote o deus.*

— Ei, babaca! — gritou ela. — Aqui!

Feylen se virou. Os ventos se acalmaram.

Rin ficou tensa, antecipando um disparo repentino. Ela tinha apenas a garantia de Kitay de que poderia corrigir o curso de voo com suas asas se Feylen a lançasse pelo ar, e essa seria a melhor chance que qualquer um ali teria.

Mas Feylen apenas ficou parado no ar, a cabeça inclinada para o lado, esperando Rin subir para encontrá-lo como uma criança curiosa que observa as travessuras de um besourinho.

— Truque fofo — disse ele.

Um pedaço de madeira passou de repente perto do braço esquerdo de Rin. Ela oscilou e se estabilizou.

Os olhos cerúleos de Feylen encontraram os dela. Rin estremeceu. Tinha bastante consciência do quão *frágil* era. Estava lutando contra o Deus do Vento em seu domínio, e ela era uma coisinha pendurada no ar por nada além de duas folhas de couro e uma gaiola de metal. Ele podia parti-la ao meio e arremessá-la contra os penhascos com muita facilidade.

Mas Rin não tinha apenas as asas. Tinha um dardo. E tinha o fogo.

Ela abriu a boca e as palmas e atirou toda a chama que tinha nele — três colunas de fogo disparadas de uma só vez. Feylen desapareceu atrás de uma parede de vermelho e laranja. Os ventos ao seu redor cessaram. Destroços começaram a cair do ar, uma chuva de escombros que pontilhou as águas abaixo.

O golpe de retaliação a pegou desprevenida. Uma rajada de força a atingiu com tanta força e tão rápido que Rin não teve tempo de se preparar; sequer havia ficado tensa. Ela tombou para trás, fazendo acrobacias em círculos no ar até que o penhasco apareceu perigosamente perto diante de seus olhos. Raspou o nariz na rocha, depois conseguiu redirecionar o embalo e girar o corpo com o lado direito para cima.

Ela voltou em direção a Feylen, o coração martelando no peito.

Não o havia queimado até a morte, mas chegara perto. O rosto e os cabelos de Feylen estavam pretos. Fumaça emanava de suas vestes torradas.

Ele parecia chocado.

— Tente outra vez — disse Rin.

O ataque seguinte de Feylen foi uma série de rajadas implacáveis vindas de direções diferentes e imprevisíveis, para que Rin não pudesse simplesmente acompanhar a onda. Em um momento, ele a forçou em direção ao chão; no outro, ele a impulsionou para cima, apenas para deixá-la cair de novo.

Ela manobrou os ventos tão bem quanto possível, mas era como nadar contra uma queda d'água. Ela era um passarinho preso em uma tempestade. Suas asas não eram nada contra a força esmagadora de Feylen. Tudo que Rin podia fazer era evitar que mergulhasse até o chão.

Ela suspeitava que Feylen só não a esmagara contra as pedras ainda porque estava brincando com ela.

Mas Feylen também não havia acabado com ela em Boyang.

Nós não vamos matá-la, dissera ele. *Ela disse para não fazermos isso. Devemos só machucá-la.*

A Imperatriz ordenara que Feylen a levasse viva. Isso dava a Rin uma vantagem.

— Cuidado! — gritou Rin. — Daji não ficará satisfeita com mercadoria quebrada.

Todo o comportamento de Feylen mudou ao ouvir o nome de Daji. Seus ombros se curvaram. Ele pareceu se encolher. Olhava ao redor, como que petrificado pela possibilidade de a Imperatriz enxergá-lo mesmo tão alto no ar.

Rin o encarou, impressionada. O *que* Daji fizera com ele?

Como era tão poderosa a ponto de aterrorizar um deus?

Rin aproveitou a chance para chegar mais perto. Ela não sabia como a Víbora subjugara Feylen, mas agora tinha certeza de que ele não podia matá-la.

Daji a queria viva, e isso dava a Rin sua única vantagem.

Como matar um deus? Ela e Kitay haviam se debruçado sobre o dilema por horas. Ela desejara que pudessem levá-lo até Chuluu Korikh. Kitay desejara que pudessem levar Chuluu Korikh até ele.

No fim das contas, chegaram a um acordo.

Rin fitou a teia de pavios na parede oposta do penhasco. Se não pudesse matar Feylen com fogo, o enterraria sob a montanha.

Ela só precisava fazê-lo chegar perto o suficiente das rochas.

— Sei que ainda está aí. — Ela se aproximou de Feylen. Precisava distraí-lo, mesmo que por apenas alguns segundos de alívio. — Sei que pode me ouvir.

Ele mordeu a isca. Os ventos se acalmaram.

— Não me importa quão poderoso seu deus é. Você ainda é dono desse corpo, Feylen, e pode tomá-lo de volta.

Feylen a encarou, imóvel e silencioso, mas Rin não viu o azul diminuir, nem um espasmo de reconhecimento em seus olhos. Seu semblante era uma parede inescrutável, atrás da qual ela não fazia ideia se o Feylen real ainda estava vivo.

Mas ainda precisava tentar.

— Vi Altan no além — disse ela. Uma mentira, mas uma revestida pela verdade, ou pelo menos sua versão dela. — Ele mandou um recado. Quer saber o que ele disse?

Cerúleo se tornou preto. Rin viu — não havia imaginado, não era um truque de luz, ela *sabia* que vira. Continuou a voar à frente. Feylen estava com medo agora, ela conseguia ler isso em seu rosto. O deus recuava toda vez que ela se aproximava.

Estavam muito perto da parede do penhasco.

Rin estava a poucos metros dele.

— Ele queria que eu lhe dissesse que ele sente muito.

Os ventos cessaram de todo. Um silêncio desceu sobre o canal. No ar parado, Rin podia ouvir tudo — cada respiração trêmula de Feylen, cada disparo de canhão dos navios, cada grito maldito lá de baixo.

Então Feylen riu. Riu tanto que rajadas de vento correspondentes dispararam pelo ar, correntes tão poderosas que Rin teve que bater as asas freneticamente para permanecer no ar.

— *Esse* era o seu plano? — guinchou ele. — Você achou que ele se importaria?

— Você se *importa*. — Rin manteve a voz calma, serena. Feylen estava lá dentro. Ela o vira. — Eu vi você. E você se lembra de nós. Faz parte do Cike.

— Você não significa nada para nós. — Feylen sorriu com desdém. — Poderíamos destruir seu mundo...

— Se pudessem, já teriam feito. Mas você ainda está vinculado, não está? *Ela* o vinculou. Vocês, deuses, não têm poder, exceto aquele que damos a vocês. Você voltou por aquele portal para aceitar ordens. E estou ordenando que volte.

Feylen rugiu.

— Quem é você para presumir qualquer coisa?

— Sou sua comandante — declarou Rin. — Eu abato.

Ela disparou o fogo; não nele, mas na parede do penhasco. Feylen gargalhava enquanto as chamas passavam por ele, inofensivas.

Ele não havia visto os pavios. Não sabia.

Rin bateu as asas freneticamente para trás, tentando colocar o máximo de distância possível entre ela e o penhasco.

Por um longo e angustiante momento, nada aconteceu.

Então a montanha se moveu.

Montanhas não deviam se mexer daquele jeito. O mundo natural não devia se remodelar tão completamente em segundos. Mas era real; aquilo era o feito de humanos, não de deuses. Era o trabalho de Kitay e Ramsa dando frutos. Rin apenas encarou enquanto toda a borda superior do penhasco caía como azulejos indo ao chão.

Um uivo estridente penetrou a cascata de rochas em queda. Feylen estava causando um tornado. Só que aquelas últimas e desesperadas rajadas de vento não puderam impedir que milhares de toneladas de rochas explodidas caíssem com a força inevitável da gravidade.

Quando o estrondo parou, nada se movia sob elas.

Rin vergou no ar, o peito subindo e descendo. O fogo ainda queimava por seus braços, mas ela não conseguia mantê-lo por muito tempo, tamanha era sua exaustão. Tinha dificuldade até para respirar.

O canal encharcado de sangue sob ela podia muito bem ser um prado de flores. Ela imaginou que as ondas carmesins eram campos de papoulas, e os corpos em movimento eram apenas formiguinhas andando sem rumo.

Era tão bonito.

Será que estavam ganhando? Se *ganhando* significava matar quantas pessoas pudessem, então sim. Rin não conseguia dizer qual lado tinha controle sobre o rio, apenas que ele estava tomado de sangue e que navios quebrados haviam sido jogados contra as laterais do penhasco. Feylen estivera matando indiscriminadamente, destruindo tanto embarcações republicanas quanto imperiais. Ela se perguntou se o número de baixas havia aumentado muito.

Rin se virou em direção ao vale.

A destruição lá era enorme. O palácio estava em chamas, o que significava que as tropas do Exército Imperial haviam invadido os campos de refugiados havia tempos. As tropas teriam cortado os sulistas como se fossem junco.

Afogados no canal ou queimados na cidade.

Rin sentiu uma necessidade histérica de rir, mas respirar doía demais. De repente, ela percebeu que estava perdendo altitude.

Seu fogo se apagara. Ela estivera caindo sem perceber. Rin forçou as chamas de volta às asas e as bateu com vigor mesmo com a dor nos braços.

A descida parou. Ela estava perto o suficiente dos penhascos para ver Kitay e Venka acenando.

— Consegui! — gritou para eles.

Rin viu a boca de Kitay se mexer, mas não conseguiu ouvi-lo. Ele apontou.

Tarde demais, Rin se virou. Um dardo passou zunindo por sua barriga, errando a mira por pouco. *Merda*. Ela sentiu o estômago revirar. Perdeu o equilíbrio, mas se endireitou.

O dardo seguinte atingiu seu ombro.

Por um momento, Rin se sentiu confusa. Onde estava a dor? Por que ela ainda estava no ar? O sangue flutuava ao seu redor em grandes gotas gordas que por algum motivo não caíam, coisinhas bulbosas que ela não podia acreditar terem saído dela.

Então as chamas retrocederam para dentro de seu corpo. A gravidade voltou. As asas estalaram e se dobraram às suas costas. Rin despencou de ponta-cabeça como um peso morto.

Seus sentidos pararam com o impacto. Ela não conseguia respirar, não conseguia ouvir, não conseguia enxergar. Tentou nadar, voltar para a superfície, mas os braços e as pernas não obedeciam. Além disso, não sabia qual lado era para cima. Involuntariamente, ela se engasgou. Uma torrente de água invadiu sua boca.

Vou morrer, pensou Rin. *Vou morrer mesmo*.

Mas era tão ruim assim? Sob a superfície, as águas eram maravilhosas, calmas e silenciosas. Rin não sentia qualquer dor no ombro — o corpo inteiro estava dormente. Ela relaxou os membros e se deixou ir sem resistência ao fundo do rio. Era mais fácil desistir do controle, mais fácil parar de relutar. Mesmo seus pulmões ardentes não a incomodavam tanto. Dentro de um instante, ela abriria a boca e a água entraria. Esse seria o fim.

Não era uma forma tão ruim de partir. Pelo menos era calmo.

Alguém a agarrou com força. Ela abriu os olhos abruptamente.

Nezha puxou a cabeça de Rin em direção à própria e a beijou com força, formando com os lábios um selo ao redor dos dela. Uma bolha de ar entrou na boca de Rin. Não era muito, mas sua visão clareou, os pulmões pararam de queimar e os membros começaram a responder a seus comandos. A adrenalina a atingiu. Ela precisava de mais ar. Agarrou o rosto de Nezha.

Ele a afastou, balançando a cabeça. Rin começou a entrar em pânico. Nezha segurou seus punhos e a conteve até que ela parasse de se debater na água. Então a abraçou pelo tronco e os puxou em direção à superfície.

Ele não precisou mexer as pernas. Não precisou sequer nadar. Apenas a segurou contra si enquanto uma corrente morna os levava gentilmente para cima.

Algo guinchou no ar acima deles assim que chegaram à superfície. Um dardo atingiu a água a vários metros de distância. Nezha os levou de volta às profundezas, mas Rin chutou e relutou. Tudo que ela queria era chegar à superfície, estava tão desesperada para respirar...

Nezha tomou o rosto dela entre as mãos.

Exposto demais, ele fez com os lábios.

Rin entendeu. Eles precisavam emergir em algum lugar perto de um navio destruído, algo que lhes desse cobertura. Ela parou de lutar. Nezha os guiou vários metros rio abaixo. Então a corrente os levou para cima e os depositou em segurança na costa.

O primeiro fôlego na superfície foi a melhor coisa que ela já havia provado. Rin se curvou, tossindo e vomitando água do rio, mas não se importou, porque estava *respirando*.

Quando seus pulmões se livraram da água, ela se deitou de costas e invocou o fogo. Pequenas chamas se acenderam em seus pulsos, dançaram por seu corpo e a banharam em um calor delicioso. O vapor sibilava enquanto suas roupas secavam.

Grunhindo, Rin rolou para o lado. O ombro direito era uma confusão sangrenta. Ela não queria ver o ferimento. Algo afiado penetrava sua pele toda vez que se mexia. Ela lutou para arrancar o apetrecho, mas a estrutura de metal havia se torcido e dobrado. Não ia ceder.

Ela tateou até o cóccix, onde o metal a pressionava. Os dedos voltaram sangrentos.

Rin tentou não entrar em pânico. Algo estava preso, só isso. Ela sabia que não devia puxar até que estivesse com um médico, que o objeto perfurando suas costas era a única coisa impedindo o sangue de jorrar. Ela não conseguia ver bem o suficiente daquele ângulo — seria burrice tentar removê-lo sozinha.

Mas ela mal conseguia se mexer sem que a haste afundasse mais em suas costas. Talvez acabasse cortando a própria espinha.

Nezha não estava em condições de ajudá-la. Ele se encolhera em uma bola pequena e trêmula, os braços abraçando os joelhos. Rin engatinhou até ele e tentou erguê-lo até que estivesse sentado, usando o braço bom.

— Ei. *Ei.*

Ele não respondeu.

O corpo dele tremia. Os olhos piscavam loucamente enquanto gemidos escapavam de sua boca. Ele ergueu as mãos, tentando arranhar a tatuagem nas costas.

Rin olhou para o rio. A água começara a se mover em padrões erráticos e sinistros. Estranhas marolas corriam contra a corrente. Colunas encharcadas de sangue emergiam aleatoriamente. Algumas delas respingavam perto da margem, inofensivas, mas uma ficava cada vez maior no centro do rio.

Rin tinha que nocautear Nezha. Isso, ou drogá-lo. Mas dessa vez ela não tinha ópio...

— Eu trouxe — disse ele, arfando.

— O quê?

Nezha colocou a mão trêmula sobre o bolso.

— Roubei... Trouxe, só por garantia...

Rin enfiou a mão no bolso de Nezha e tirou de lá um pacote do tamanho de um pulso, envolto firmemente em folhas de bambu. Ela o abriu a dentadas, engasgando-se com o gosto familiar e enjoativo. Seu corpo doía com um desejo antigo.

Nezha arfou entredentes.

— Por favor...

Ela fechou duas pepitas na mão e fez um pequeno fogo sob elas. Com a outra mão, fez Nezha erguer o tronco e inclinou a cabeça dele sobre a fumaça.

Ele inalou por um longo tempo. Fechou os olhos. A água começou a se acalmar. As marolas se enterraram sob a superfície. Devagar, as colunas abaixaram e desapareceram. Aliviada, Rin soltou o ar.

Então Nezha se afastou da fumaça, tossindo.

— Não, não... Eu não quero tanto assim...

Ela o segurou com mais força.

— Desculpe.

Nezha havia inalado apenas algumas fungadas. O efeito passaria em menos de uma hora. Não era tempo suficiente. Ela precisava garantir que o deus fosse embora.

Rin forçou o ópio sob o nariz de Nezha e tampou sua boca para forçá-lo a inalar. Ele se debateu, mas estava fraco, e seus protestos ficaram cada vez mais débeis à medida que inalava mais fumaça. Por fim, ele se aquietou.

Rin jogou as pepitas meio queimadas na terra. Ela passou a mão na testa de Nezha, tirou fios de cabelo molhado dos olhos dele.

— Você vai ficar bem — sussurrou. — Enviarei alguém para buscá-lo.

— Fique — murmurou Nezha. — Por favor.

— Me desculpe. — Rin se inclinou e beijou a testa dele outra vez. — Temos uma batalha para ganhar.

Sua voz estava tão fraca que ela precisou se aproximar para ouvir.

— Mas ganhamos.

Ela se engasgou com um riso desesperado. Nezha não vira a cidade em chamas. Ele não sabia que Arlong mal existia agora.

— Não ganhamos.

— Não... — Ele abriu os olhos. Com dificuldade, ergueu o braço. Apontou para algo atrás dela. — Ali. Olhe.

Rin virou a cabeça.

Uma frota navegava na linha do horizonte, ondas e ondas de navios de guerra. Alguns deslizavam sobre a água; outros flutuavam no ar. Eram tantos que quase pareciam uma miragem, duplos sem fim da mesma fileira de velas brancas e bandeiras azuis contra um sol brilhante.

CAPÍTULO 33

— Que adorável — disse uma voz, familiar e bonita, que fez o coração de Rin parar de bater e a boca se encher com o gosto de sangue.

Ela baixou Nezha na areia e se forçou a ficar de pé. Metal se mexeu sob sua carne, e Rin reprimiu um grito de dor. A agonia nas costas e no ombro era quase insuportável. Mas ela não morreria deitada.

Como a Imperatriz ainda conseguia aterrorizá-la daquela forma? Daji era uma mulher solitária agora, sem um exército ou uma frota. Sua veste de general estava rasgada e encharcada. Ela mancava ao andar, e os sapatos deixavam pegadas sangrentas. Mesmo assim, andava de queixo empinado, sobrancelhas arqueadas e lábios curvados em um sorriso imperioso, como se tivesse conquistado uma grande vitória, emanando uma beleza sombria e sedutora que tornava irrelevantes suas vestes empapadas, seus navios despedaçados.

Rin odiava aquela beleza. Queria arrastar as unhas sobre ela até que a carne branca cedesse sob seus dedos. Queria arrancar os olhos de Daji das órbitas, esmagá-los e deixar a substância gelatinosa pingar sobre a pele de porcelana da Imperatriz.

Ainda assim...

Quando Rin olhava para Daji, seu corpo ficava fraco. O pulso acelerava. O rosto ficava quente. Ela não conseguia tirar os olhos de Daji. Precisava olhar e continuar olhando, ou nunca ficaria satisfeita.

Ela se forçou a focar. Precisava de uma arma — agarrou um pedaço afiado de madeira do chão.

— Para trás — sussurrou ela. — Mais um passo e vou queimá-la.

Daji apenas riu.

— Ah, minha querida. Ainda não aprendeu?

Os olhos dela brilharam.

De repente, Rin sentiu uma necessidade sufocante de se matar, de arrastar a madeira contra os próprios punhos até que linhas vermelhas se abrissem ao longo de suas veias, e torcer.

Com as mãos trêmulas, ela pressionou a ponta mais afiada da madeira na pele. *O que estou fazendo?* Sua mente gritava que parasse, mas seu corpo não se importava. Rin apenas observava enquanto as mãos se mexiam sozinhas, preparando-se para serrar as veias.

— Chega — disse Daji suavemente.

A necessidade desapareceu. Rin largou a madeira, arfando.

— Vai me ouvir agora? — perguntou Daji. — Gostaria que ficasse quieta, por favor. Erga os braços.

Rin imediatamente ergueu os braços acima da cabeça, abafando um grito quando as feridas se reabriram.

Daji chegou mais perto. Ela passou os olhos pelos restos do cinto de Rin e ergueu o lado direito dos lábios, achando graça.

— Então foi assim que você lidou com o pobre Feylen. Que esperto.

— Sua melhor arma morreu — disse Rin.

— Ah, bem. Ele era insuportável, para começo de conversa. Uma hora, tentava afundar nossa própria frota; na outra, só queria flutuar entre as nuvens. Você sabe como era absurdamente difícil convencê-lo a fazer *qualquer coisa*? — Daji suspirou. — Acho que eu mesma terei que terminar o serviço.

— Você perdeu — disse Rin. — Pode me machucar, pode me matar, mas acabou para você. Seus generais estão mortos. Seus navios estão em pedaços.

Uma rodada de tiros de canhão pontuou as palavras de Rin, um rugido tão alto que abafou todos os outros sons da costa. As explosões soaram por tanto tempo que Rin não conseguia imaginar que algo tivesse sobrado no canal.

Mas Daji não parecia nem um pouco incomodada.

— Você acha que isso é ganhar? Vocês não venceram. Não há vencedores nesta luta. Vaisra garantiu que a guerra civil vá continuar por décadas. Ele apenas aprofundou as fraturas. Homem nenhum pode consertar este país agora.

Ela continuou a mancar à frente até que estivessem separadas por apenas alguns metros.

Os olhos de Rin percorreram a costa. As duas estavam em uma faixa de areia isolada, escondida atrás dos escombros de enormes navios. Os únicos soldados à vista eram cadáveres. Ninguém viria resgatá-la. Eram apenas ela e a Imperatriz agora, enfrentando-se nas sombras dos penhascos implacáveis.

— Como conseguiu se livrar do Selo? — perguntou Daji. — Eu estava bastante convencida de que era inquebrável. Não pode ter sido um dos gêmeos. Eles teriam feito isso há muito tempo se pudessem. — Ela inclinou a cabeça. — Ah, não, deixe-me adivinhar. Você encontrou a Sorqan Sira? Aquela morcega velha ainda está viva?

— Vai se foder, assassina — disse Rin.

— Suponho que isso significa que você também encontrou uma âncora para si? — Daji olhou para Nezha. Ele não se mexia. — Espero que não seja ele. Aquele ali está quase morrendo.

— Não se atreva a tocar nele — sibilou Rin.

Daji se ajoelhou sobre Nezha, traçando as cicatrizes em seu rosto com os dedos.

— Ele é muito bonito, não é? Apesar de tudo. Ele me lembra Riga.

Preciso tirá-la de perto dele. Rin tentou se mexer, de olhos arregalados, mas seus membros permaneceram fixos. A chama também não vinha. Quando ela tentava invocar a Fênix, toda a fúria colidia em vão contra sua própria mente, como ondas atingindo penhascos.

— Os ketreídes me mostraram o que você fez — disse Rin, erguendo a voz na esperança de distrair Daji.

Funcionou. Daji se levantou.

— É mesmo?

— A Sorqan Sira nos mostrou tudo. Você pode tentar me convencer de que está tentando salvar o Império, mas eu sei que tipo de pessoa você é: o tipo que trai aqueles que a ajudam e descarta vidas como se não fossem nada. Eu vi vocês três atacá-los, vi quando mataram Tseveri...

— Cale-se — disse Daji. — Não diga esse nome.

A mandíbula de Rin travou.

Ela ficou paralisada, o coração pulsando contra as costelas, enquanto Daji se aproximava. Ela apenas arrancara palavras do nada, dizendo tudo o que podia para tirar Daji de perto de Nezha.

Mas algo havia irritado Daji. Dois pontos altos de cor apareceram em suas bochechas. Ela semicerrou os olhos. Parecia furiosa.

— Os ketreídes deviam ter se rendido — disse ela baixinho. — Nós não os teríamos machucado se não fossem tão teimosos.

Daji estendeu uma mão pálida e acariciou a bochecha de Rin com os nós dos dedos.

— Sempre tão hipócrita. Eu agi por necessidade, assim como você. Somos exatamente iguais, você e eu. Nós adquirimos mais poder que qualquer mortal deveria ter o direito de adquirir, o que significa que temos que tomar decisões que ninguém mais pode. O mundo é nosso tabuleiro de xadrez. Não é culpa nossa se as peças quebram.

— Você machuca tudo o que toca — sussurrou Rin.

— E você matou muito mais gente do que nós jamais conseguiríamos. O que realmente nos separa, querida? Que você cometeu seus crimes de guerra por acidente, enquanto os meus foram intencionais? Faria mesmo as coisas de outro jeito se tivesse outra chance?

A pressão no maxilar de Rin diminuiu.

Daji lhe dera permissão para responder.

Rin não podia dizer que sim. Podia mentir, é claro, mas isso não importaria; não ali, onde ninguém além de Daji ouvia, e Daji já sabia a verdade.

Porque, se tivesse outra chance, se pudesse voltar para aquele momento no tempo em que foi ao templo da Fênix e encarou sua deusa, Rin tomaria a mesma decisão. Ela liberaria o vulcão. Ela encerraria a Federação de Mugen sob toneladas de pedra derretida e cinzas sufocantes. Ela destruiria o país por completo e sem clemência, da mesma forma que os exércitos inimigos a tinham tratado. E riria.

— Você entende agora? — Daji colocou uma mecha de cabelo atrás da orelha de Rin. — Venha comigo. Temos muito que conversar.

— Nem pensar — disse Rin.

A boca de Daji se tornou uma linha fina. A compulsão envolveu as pernas de Rin e a forçou a se mexer, trêmula, na direção de Daji. Um por um, os pés de Rin se arrastaram pela areia. O suor se acumulava em suas têmporas. Ela tentou fechar os olhos e não conseguiu.

— Ajoelhe-se — ordenou Daji.

Não, disse a Fênix.

A voz da deusa estava terrivelmente baixa, um eco pequenino em uma vasta planície. Mas estava lá.

Rin lutou para permanecer de pé. Uma dor terrível percorreu suas pernas, forçando-as para baixo, ficando mais forte a cada momento de recusa. Ela queria gritar, mas não conseguia abrir a boca.

Os olhos de Daji brilharam amarelos.

— Ajoelhe-se.

Você não vai se ajoelhar, disse a Fênix.

A dor se intensificou. Rin arfava, lutando contra o impulso, a mente dividida entre duas deusas antigas.

Apenas outra batalha. E, como sempre, a fúria era sua maior aliada.

A fúria atenuou a hipnose da Víbora. Daji vendera os speerlieses. Daji matara Altan, e Daji começara aquela guerra. Não tinha o direito de continuar mentindo para Rin. Não tinha o direito de torturá-la e manipulá-la como uma presa.

O fogo veio em ataques e explosões, bolinhas de chamas que Rin disparou desesperadamente das palmas. Daji apenas desviou graciosamente e projetou um punho fechado. Rin pulou para o lado para evitar uma agulha que não estava lá. O súbito movimento fez o apetrecho quebrado se afundar mais em suas costas.

Rin gritou e se curvou.

Daji riu.

— Cansou?

A garota berrou.

Uma fina corrente de fogo tomou conta de seu corpo — envolvendo-a, protegendo-a, amplificando cada um de seus movimentos.

Era um poder que nunca sentira.

É um estado de êxtase, Altan lhe dissera uma vez. *Você não se cansa... não sente dor. Tudo o que faz é destruir.*

Rin sempre se sentira desequilibrada — alternando entre impotência e total subjugação à Fênix —, mas agora o fogo era dela. Era *ela*. E isso a fez se sentir tão alegre que ela quase gargalhou porque, pela primeira vez, tinha a vantagem.

A resistência de Daji não era nada. Rin a encurralou facilmente contra o casco do navio encalhado mais próximo. Seu punho esmagou a madeira ao lado do rosto da mulher, errando por um centímetro. A madeira rachou, lascada, e fumegou sob os nós dos dedos de Rin. O navio inteiro grunhiu. Ela recolheu o punho e o esmagou na mandíbula de Daji.

A cabeça de Daji tombou para o lado, como se pertencesse a uma boneca quebrada. Rin rasgara seus lábios; sangue escorria por seu queixo. Ainda assim, ela sorria.

— Você é tão fraca — sussurrou ela. — Você tem uma deusa, mas não tem ideia do que fazer com ela.

— Neste momento, sei exatamente o que quero fazer com ela.

Rin pressionou os dedos incandescidos ao redor da garganta de Daji. Sua pele pálida rachou e queimou sob o toque. Rin começou a apertar. Pensou que sentiria uma onda de satisfação.

Ela não veio.

Rin não podia simplesmente matar Daji. Não assim. Era rápido demais, fácil demais.

Rin tinha que destruí-la.

Moveu as mãos para cima. Colocou os polegares sob as bases dos globos oculares de Daji. Enfiou as unhas na carne macia.

— Olhe para mim — sibilou Daji.

Rin balançou a cabeça, os olhos cerrados com força.

Algo estourou sob seu polegar esquerdo. Líquido morno escorreu por seu pulso.

— Já estou morrendo — sussurrou Daji. — Você não quer saber quem sou? Não quer saber a verdade sobre nós?

Rin sabia que devia acabar com as coisas ali.

Mas não podia.

Porque ela *queria* saber. Ela havia sido torturada por essas perguntas. Ela tinha que entender por que os maiores heróis do Império — Daji, Riga e Jiang, *seu* Mestre Jiang — se tornaram aqueles monstros. E porque ali, no fim das coisas, ela duvidava mais que nunca que estava lutando do lado certo.

Ela abriu os olhos.

Visões invadiram sua mente.

Ela viu uma cidade queimando da mesma forma que Arlong queimava agora; prédios chamuscados e enegrecidos, cadáveres pelas ruas. Ela viu tropas uniformizadas marchando em números aterrorizantes enquanto os moradores sobreviventes se agachavam às portas das casas, de cabeças baixas e braços ao ar.

Aquele era o Império Nikara sob a ocupação mugenesa.

— Não podíamos fazer nada — disse Daji. — Estávamos fracos demais para fazer qualquer coisa quando os navios mugeneses chegaram às nossas costas. E pelas cinco décadas seguintes, quando eles nos estupraram, nos espancaram, cuspiram em nós e disseram que valíamos menos que cães, não pudemos fazer nada.

Rin fechou os olhos com força, mas as imagens não desapareciam. Ela viu uma linda menininha sozinha diante de uma pilha de corpos, o rosto coberto de fuligem, lágrimas escorrendo pelas bochechas. Viu um garoto faminto e frágil em um canto do beco, encolhido ao redor de garrafas estilhaçadas e pontiagudas. Viu um garoto de cabelos brancos gritando obscenidades e balançando os punhos às costas de soldados que não se importavam.

— Então escapamos, e tínhamos poder nas mãos para mudar o destino do Império — continuou Daji. — O que acha que fizemos?

— Isso não justifica nada.

— Isso explica e justifica *tudo*.

As visões mudaram outra vez. Rin viu uma garota nua, histérica e chorosa ao lado de uma caverna enquanto cobras se enrolavam em seu corpo. Viu um garoto alto agachado na costa enquanto um dragão o circundava, provocando ondas cada vez mais altas que o cercavam como um tornado. Viu um garoto de cabelos brancos de quatro no chão, batendo os punhos no solo enquanto sombras se retorciam e saíam de suas costas.

— Diga que você não teria desistido de tudo — disse Daji. — Diga que não teria sacrificado tudo e todos pelo poder de recuperar seu país.

Meses se passaram diante dos olhos de Rin. Depois, ela viu a Trindade, totalmente crescida, ajoelhada ao lado do corpo de Tseveri, que era *apenas uma garota*, e a escolha parecia tão óbvia e clara. Comparada ao sofrimento de uma massa de milhões, o que era uma vida? Vinte vidas? Os ketreídes eram tão poucos; a comparação era tão difícil assim?

Que diferença faria?

— Não queríamos matar Tseveri — sussurrou Daji. — Ela nos salvou. Convenceu os ketreídes a nos aceitar. E Jiang a amava.

— Então por que...?

— Porque foi necessário. Porque nossos aliados queriam aquelas terras, e a Sorqan Sira disse não. Precisávamos ganhá-la por meio da força e do medo. Tínhamos uma chance de unir os líderes regionais e não íamos desperdiçá-la.

— Mas depois vocês desistiram delas! — gritou Rin. — Vocês não as recuperaram! Você as vendeu para os mugeneses...

— Se seu braço estivesse apodrecendo, você não o cortaria para salvar seu corpo? As províncias estavam se rebelando. Corruptas. Doentes. Eu teria sacrificado tudo por um centro unido. Eu sabia que não éramos fortes o bastante para defender o país inteiro, apenas parte dele. Então escolhi. Você sabe disso, você comanda o Cike. Sabe o que comandantes precisam fazer às vezes.

— Você nos vendeu.

— Fiz isso por eles — disse Daji baixinho. — Fiz pelo Império que Riga me deixou. E você não entende os riscos, porque não conhece o verdadeiro medo. Você não sabe como poderia ter sido pior.

A voz de Daji falhou.

Pela segunda vez, Rin viu aquela máscara rachar, viu além da miragem cuidadosamente fabricada que Daji vinha apresentando para o mundo havia décadas. Aquela mulher não era a Víbora, não era a governante maquinadora que Rin aprendera a odiar e temer.

Aquela mulher tinha medo. Mas não dela.

— Sinto muito por tê-la machucado — sussurrou Daji. — Sinto muito por ter machucado Altan. Queria nunca ter precisado fazer isso. Mas eu tinha um plano para proteger meu povo, e vocês simplesmente entraram no caminho. Vocês não conheciam o verdadeiro inimigo. Não ouviam.

Rin estava muito furiosa com Daji, porque não conseguia mais odiá-la. Por quem deveria lutar agora? De que lado deveria estar? Ela não acreditava na República de Vaisra, não mais, e certamente não confiava nos hesperianos, mas não sabia o que Daji queria que ela fizesse.

— Você pode me matar — disse Daji. — Provavelmente conseguiria. Eu revidaria, é claro, mas acredito que você ganharia. *Eu* me mataria.

— Cala a boca — disse Rin.

Ela queria estrangular Daji até matá-la. Mas a fúria a exaurira. Ela não tinha mais a determinação para lutar. Ela queria ter raiva — as coisas eram muito mais fáceis quando estava cega pela raiva —, mas a fúria não vinha.

Daji se desvencilhou dela, e Rin não tentou impedi-la.

Daji estava praticamente morta mesmo. Seu rosto era uma ruína grotesca — líquido preto esguichava do olho arrancado. Ela cambaleou para o lado, tateando o navio com os dedos.

O olho bom se fixou nos de Rin.

— O que acha que acontece com você depois que eu me for? Não pense por um segundo que pode confiar em Vaisra. Sem mim, Vaisra não tem utilidade para você. Ele descarta os aliados sem pestanejar quando deixam de ser convenientes. Se não acredita em mim quando digo que você é a próxima, então é uma tola.

Rin sabia que Daji estava certa.

Ela só não sabia em que posição isso a deixava.

Daji balançou a cabeça e estendeu as mãos, abertas e inofensivas.

— Venha comigo.

Rin deu um passo tímido à frente.

A madeira gemia acima dela. Daji deu um pulo para trás. Tarde demais, Rin olhou para cima a tempo de ver o mastro do navio caindo sobre si.

Ela nem sequer conseguiu gritar. Precisou de toda a sua força para respirar. O ar vinha em arfadas ásperas e dolorosas; parecia que sua garganta fora reduzida ao diâmetro de um alfinete. Toda a extensão de suas costas queimava de agonia.

Daji se ajoelhou diante dela. Acariciou a bochecha de Rin.

— Você vai precisar de mim. Não percebe isso agora, mas vai descobrir em breve. Você precisa de mim bem mais do que precisa deles. Só espero que sobreviva.

Daji chegou tão perto que Rin pôde sentir o hálito quente da Víbora na pele. Ela agarrou o queixo de Rin e a forçou a olhar para cima, para dentro de seu olho bom. Rin encarou uma pupila preta dentro de um círculo amarelo, pulsando hipnoticamente, um abismo que a desafiava a mergulhar lá dentro.

— Vou deixá-la com isto.

Rin viu uma linda jovem — Daji, tinha que ser — encolhida no chão, nua, as roupas apertadas contra o peito. Sangue escuro escorria pelas coxas pálidas. Ela viu o jovem Riga estatelado no chão, inconsciente. Ela viu Jiang caído de lado, gritando, enquanto um homem o chutava nas costelas, de novo e de novo e de novo.

Ela ousou olhar para cima. O algoz não era mugenês.

Olhos azuis. Cabelos amarelos. O soldado pisou com a bota, de novo e de novo e de novo, e toda vez Rin ouvia outra série de estalos.

Ela saltou no tempo, só alguns minutos. O soldado se fora e as crianças se abraçavam, chorando, cobertas pelo sangue umas das outras, agachadas à sombra de um soldado diferente.

— Saiam daqui — disse o soldado, em uma língua que ela conhecia muito bem. Uma língua que ela jamais acreditaria capaz de pronunciar uma palavra gentil. — Agora.

Então Rin entendeu.

Fora um soldado hesperiano quem estuprara Daji, e um soldado mugenês quem a salvara. Essa era a moldura na qual a Imperatriz vivia aprisionada desde a infância; era o ponto crucial que moldara cada decisão que viera depois.

— Os mugeneses não eram o verdadeiro inimigo — murmurou Daji. — Nunca foram. Eles eram apenas pobres marionetes servindo a um imperador louco que começou uma guerra que não deveria. Mas quem deu a eles aquelas ideias? Quem disse a eles que podiam conquistar o continente?

Olhos azuis. Velas brancas.

— Eu avisei você a respeito de tudo. Eu disse isso desde o começo. Aqueles demônios destruirão nosso mundo. Os hesperianos têm uma visão singular para o futuro, e não estamos nela. Você já sabe disso. Você deve ter percebido, agora que viu como eles são. Posso ver nos seus olhos. Você sabe que eles são perigosos. Sabe que precisará de um aliado.

Perguntas se formaram na língua de Rin, tantas que era impossível contar, mas ela não conseguiu encontrar o fôlego para pronunciá-las. Sua visão estava se fechando, ficando preta nas laterais. Tudo o que conseguia ver era o rosto pálido de Daji, dançando acima dela como a lua.

— Pense no assunto — sussurrou Daji, os dedos frios traçando a bochecha de Rin. — Descubra para quem está lutando. E, quando souber, venha me encontrar.

* * *

— Rin? *Rin!* — O rosto de Venka se assomou sobre ela. — Inferno. Consegue me ouvir?

Rin sentiu um peso enorme sair de suas costas e de seus ombros. Ela ficou deitada, de olhos arregalados, sugando grandes arfadas de ar.

— Ei. — Venka estalou os dedos diante dela. — Qual é o meu nome?

Rin gemeu.

— Só me ajude a levantar.

— Serve. — Venka abraçou o tronco de Rin e a ajudou a rolar para o lado. Cada mínimo movimento causava novos espasmos de dor em suas costas. Rin desabou nos braços de Venka, ofegante de agonia.

Venka apalpou sua pele, procurando por ferimentos. Rin sentiu os dedos pararem em suas costas.

— Ah, isso não é bom — murmurou Venka.

— O quê?

— Hã... Consegue respirar bem?

— Costelas — disse Rin, arfando. — Minhas... *ai!*

Venka afastou as mãos. Estavam escorregadias de sangue.

— Tem uma vara presa debaixo da sua pele.

— Eu sei — disse Rin, entredentes. — Tire.

Ela levou as mãos às costas para tentar removê-la sozinha outra vez, mas Venka segurou seu pulso.

— Você perderá sangue demais se removê-la agora.

Rin sabia disso, mas a ideia de a vara perfurá-la ainda mais a fazia entrar em pânico.

— Mas eu...

— Só respire por um minuto. Está bem? Pode fazer isso para mim? Só respire.

— É muito ruim? — A voz era de Kitay.

Graças aos deuses.

— Várias costelas quebradas. Não se mexa, vou pegar uma maca.

Venka saiu correndo.

Kitay se ajoelhou ao lado dela. Ele baixou a voz para um sussurro.

— O que aconteceu? Onde está a Imperatriz?

Rin engoliu em seco.

— Ela escapou.

— Claro que sim. — Kitay apertou o ombro dela. — Você a deixou ir?

— Eu... O *quê?*

Kitay lançou um olhar duro para ela.

— Você a deixou ir?

Rin havia deixado?

Ela descobriu que não sabia responder.

Ela poderia ter matado Daji. Tivera várias oportunidades de queimar, estrangular, esfaquear ou esganar a Imperatriz antes que a viga caísse. Se tivesse sido sua vontade, poderia ter acabado com tudo bem ali.

Por que não acabara?

Teria a Víbora manipulado Rin para que a deixasse ir? A relutância de Rin teria sido resultado dos próprios pensamentos ou da hipnose de Daji? Ela não conseguia se lembrar se havia decidido deixar Daji escapar ou se simplesmente fora enganada e derrotada.

— Não sei — sussurrou Rin.

— Você não sabe ou não quer me contar? — perguntou Kitay.

— Pensei que seria tão evidente — disse ela. Sua mente estava acelerada. Ela fechou os olhos. — Pensei que a escolha fosse óbvia. Mas agora realmente não sei.

— Acho que entendo — disse Kitay depois de uma longa pausa. — Mas eu não contaria isso a ninguém.

CAPÍTULO 34

Rin acordou assustada com o som de gongos. Tentou pular da cama, mas, assim que ergueu a cabeça, uma dor causticante percorreu suas costas.

— Opa. — O rosto embaçado de Venka entrou em seu campo de visão. Ela colocou a mão no ombro de Rin e a forçou a se deitar. — Não tão rápido.

— Mas o alarme matinal... — disse Rin. — Vou me atrasar.

Venka riu.

— Para quê? Você está fora de serviço. Estamos todos fora de serviço.

Rin piscou.

— O quê?

— Acabou. Nós *ganhamos*. Pode relaxar.

Depois de meses de guerra, de dormir e comer e acordar sob a mesma rotina severa, aquela afirmação era tão incrível para Rin que por um momento as próprias palavras soaram como se ditas em uma língua diferente.

— Acabou? — perguntou ela, baixinho.

— Por enquanto. Mas não fique tão decepcionada, você terá muita coisa pra fazer assim que estiver andando por aí. — Venka estalou os dedos. — Logo faremos uma limpeza.

Com dificuldade, Rin se apoiou nos cotovelos. A dor na parte inferior das costas pulsava junto a seus batimentos cardíacos. Ela cerrou os dentes para aplacá-la.

— E o que mais aconteceu? Me atualize.

— Bem, o Império não se entregou exatamente. Foi decapitado, mas as províncias mais fortes — Tigre, Cavalo e Serpente — ainda estão de pé.

— Mas o General Carne de Lobo está morto — disse Rin.

Venka já sabia disso, porque havia testemunhado a cena, mas dizer aquilo em voz alta fez Rin se sentir melhor.

— Sim. Também capturamos Tsolin vivo. Mas Jun escapou. — Venka pegou uma maçã ao lado da cama de Rin. Começou a descascá-la com movimentos rápidos e precisos, movendo os dedos com tanta agilidade que Rin ficou surpresa por ela não descascar a própria mão. — De alguma forma, ele nadou até o canal e escapou. A essa altura, deve estar quase na Província do Tigre. Cavalo e Serpente são leais a ele, e Jun é um estrategista melhor que Chang En. Eles darão trabalho. Mas a guerra deve terminar em breve.

— Por quê?

Venka apontou para a janela com a faca.

— Temos ajuda.

Rin se virou na cama para espiar lá fora, apoiando-se no parapeito. Um número aparentemente infinito de navios de guerra atulhava o porto. Ela tentou calcular quantos hesperianos estariam envolvidos. Milhares? Dezenas de milhares?

Rin deveria estar aliviada; a guerra civil estava chegando ao fim. Em vez disso, quando olhava para aquelas navios brancos, só sentia medo.

— Algo errado? — perguntou Venka.

Rin inspirou.

— Só... estou um pouco desorientada, acho.

Venka estendeu a maçã descascada para Rin.

— Coma algo.

Rin segurou a fruta com dificuldade. Era impressionante como o simples ato de *mastigar* era difícil; como seus dentes doíam, como sua mandíbula tensionava. Engolir era aflitivo. Ela não conseguiu dar mais que algumas mordidas. Deixou a maçã de lado.

— O que aconteceu com os desertores do Exército Imperial?

— Alguns tentaram fugir pelas montanhas, mas seus cavalos se assustaram quando os dirigíveis chegaram — explicou Venka. — Foram pisoteados. Os corpos ainda estão presos na lama. Provavelmente enviaremos uma equipe para recuperar os cavalos. Como está o seu... Bem, como você está se sentindo?

Rin levou a mão às costas para tatear as feridas. As costas e o ombro estavam cobertos por bandagens. Seus dedos roçaram a pele elevada que doía ao toque. Ela se encolheu. Não queria ver o que estava abaixo dos curativos.

— Qual é a gravidade dos meus ferimentos?

— Você ainda consegue mexer os dedos?

Rin ficou em choque.

— *Venka*.

— Brincadeira. — A garota abriu um sorriso. — Parece pior do que é. Vai levar um tempo, mas você vai recuperar sua mobilidade total. Sua maior preocupação é com as cicatrizes. Mas você sempre foi feia, então não vai fazer diferença.

Rin estava aliviada demais para ficar com raiva.

— Vai à merda.

— Tem um espelho dentro daquele armário. — Venka apontou para os fundos do cômodo e se levantou. — Vou dar um tempo para você ficar sozinha.

Depois que ela fechou a porta, Rin tirou a camisa, se levantou com cautela e ficou nua diante do espelho.

Ficou impressionada com sua aparência repulsiva.

Sempre soubera que nada poderia deixá-la atraente; não com sua pele cor de lama, seu rosto amuado e seu cabelo curto e irregular que nunca fora cortado com algo mais sofisticado que uma faca enferrujada.

Mas agora ela parecia apenas uma coisa quebrada e surrada. Era uma amálgama de cicatrizes e remendos. No braço, pontilhados brancos da cera quente que um dia usara para se queimar e ficar acordada estudando. Nas costas e nos ombros, o que quer que houvesse sob os curativos. E logo abaixo do esterno, a marca da mão de Altan, tão escura e vívida quanto no dia em que a vira pela primeira vez.

Soltando o ar devagar, ela pressionou a mão esquerda sobre o ponto acima da barriga. Não sabia se era apenas sua imaginação, mas a pele estava quente ao toque.

— Eu devia me desculpar — disse Kitay.

Rin deu um pulo. Ela não ouvira a porta se abrir.

— Inferno...

— Desculpe.

Ela se apressou para vestir a camisa.

— Você podia ter batido!

— Eu não sabia que você estaria acordada. — Ele cruzou o cômodo e se sentou na lateral da cama. — Enfim, eu queria me desculpar. Essa ferida é minha culpa. Não coloquei enchimento ao redor das engrenagens; não tive tempo, então só pensei em algo funcional. A vara entrou cerca de seis centímetros, inclinada. Os médicos disseram que foi sorte ela não ter partido sua coluna.

— Você também sentiu? — perguntou ela.

— Só um pouquinho. — Ele estava mentindo, Rin sabia, mas naquele momento estava apenas agradecida por ele sequer tentar poupá-la da culpa. Kitay ergueu a camisa e se virou para mostrar a cicatriz pálida que cobria a parte inferior de suas costas. — Olhe. Elas têm o mesmo formato, acho.

Rin olhou com inveja para as linhas brancas e finas.

— A minha nunca vai ser tão bonita assim.

— Não fique com tanta inveja.

Ela moveu as mãos e os braços, cautelosa, testando os limites temporários de sua mobilidade. Tentou erguer o braço direito acima da cabeça, mas desistiu quando o ombro ameaçou se partir.

— Acho que não quero voar por um tempo.

— Entendo. — Kitay pegou a maçã abandonada no parapeito e deu uma mordida. — Que bom que você não precisa.

Rin se sentou na cama. Doía ficar de pé por muito tempo.

— E o Cike? — perguntou ela.

— Todos vivos e em segurança. Nenhum com ferimentos sérios.

Ela assentiu, aliviada.

— E Feylen? Ele está... Sabe, morto mesmo?

— Quem se importa? — retrucou Kitay. — Está enterrado sob milhares de toneladas de rochas. Se tem alguma coisa viva lá embaixo, não vai nos perturbar por um milênio.

Rin tentou se confortar com isso. Ela queria ter certeza de que Feylen estava morto. Queria ver um corpo. Mas, por enquanto, aquilo teria que bastar.

— Onde está Nezha? — perguntou ela.

— Ele tem vindo aqui. O tempo todo. Não queria sair, mas acho que alguém enfim o convenceu a tirar uma soneca. Foi bom também. Ele estava começando a feder.

— Então ele está bem? — perguntou ela, nervosa.

— Não por completo. — Kitay inclinou a cabeça. — Rin, o que você fez com ele?

Ela hesitou.

Podia contar a verdade a Kitay? O segredo de Nezha era tão pessoal, tão intensamente doloroso, que revelá-lo seria uma traição horrível, mas ele também envolvia imensas consequências que Rin não sabia como combater, e não suportava continuar mantendo segredo. Pelo menos não para a outra metade de sua alma.

Kitay disse em voz alta o que ela estivera pensando.

— Vai ser melhor para nós dois se você não esconder coisas de mim.

— É uma história estranha.

— Manda ver.

Rin contou tudo, cada detalhe nojento e doloroso.

Kitay nem sequer pestanejou.

— Faz sentido, não faz? — perguntou ele.

— Como assim?

— Nezha passou a vida inteira sendo um babaca. Imagino que é difícil ser agradável quando se tem uma dor crônica.

Rin conseguiu rir.

— Não acho que seja só isso.

Kitay ficou em silêncio por um momento.

— Então devo entender que esse é o motivo de ele andar amuado há dias? Ele invocou o dragão nos Penhascos Vermelhos?

O estômago de Rin se contorceu de culpa.

— Eu não o *obriguei* a fazer aquilo.

— Então o que aconteceu?

— Estávamos no canal. Estávamos... Eu estava me afogando. Mas não o forcei. Não fui eu.

O que Rin queria era que Kitay lhe dissesse que ela não havia feito nada de errado. Mas, como sempre, tudo o que ele fez foi dizer a verdade.

— Você não tinha que forçá-lo. Acha que Nezha a deixaria morrer? Depois de você tê-lo chamado de covarde?

— A dor não é tão ruim — insistiu Rin. — Não a ponto de você desejar morrer. Você a sentiu. Nós dois sobrevivemos.

— Você não sabe como é para ele.

— Não pode ser pior.

— Talvez seja. Talvez seja pior do que você pode imaginar.

Rin abraçou os joelhos.

— Eu nunca quis machucá-lo.

A voz de Kitay não tinha qualquer julgamento, apenas curiosidade.

— Então por que disse aquelas coisas para ele?

— Porque a vida de Nezha deixou de ser dele — disse Rin, repetindo as palavras que Vaisra lhe dissera havia tanto tempo. — Porque, quando se tem tanto poder assim, é egoísmo não fazer nada só porque se tem medo.

Mas isso não era tudo.

Rin também estava com inveja. Inveja de Nezha poder ter acesso a um poder tão gigantesco e nunca pensar em usá-lo. Inveja de toda a identidade e o valor de Nezha não dependerem de suas habilidades xamânicas. Ninguém nunca se referia a Nezha unicamente por sua raça.

Nezha nunca fora a arma de alguém. Os dois haviam sido reivindicados por deuses, mas Nezha era o principezinho da Casa de Yin, livre da experimentação hesperiana, e Rin era a última herdeira de uma raça trágica.

Kitay sabia disso. Kitay sabia tudo o que se passava na mente dela.

Ele ficou em silêncio por um longo tempo.

— Vou dizer uma coisa — disse ele por fim. — E não quero que você encare como julgamento. Quero que encare como um aviso.

Rin lançou a ele um olhar cauteloso.

— O quê?

— Faz alguns anos que você conhece Nezha — disse ele. — Você o conheceu quando ele já dominava suas máscaras e pretensões. Mas eu o conheço desde quando éramos crianças. Você acha que ele é invencível, mas ele é mais frágil do que pensa. Sim, sei que ele é um babaca. Mas também sei que ele pularia de um penhasco por você. Por favor, pare de tentar acabar com ele.

O julgamento de Ang Tsolin aconteceu na manhã seguinte, em uma plataforma elevada diante do palácio. Soldados republicanos lotavam o pátio abaixo, ostentando expressões uniformes de frio ressentimento. Civis foram impedidos de entrar. A notícia da traição de Tsolin já era amplamente conhecida, mas Vaisra não queria uma rebelião. Não queria que Tsolin morresse em meio ao caos. Queria dar ao velho mestre uma morte precisa e imaculadamente executada, cada segundo silencioso estendido o máximo possível.

O Capitão Eriden e seus guardas conduziram Tsolin ao topo da plataforma. Haviam deixado que o homem mantivesse a dignidade: não estava vendado nem amarrado. Sob circunstâncias diferentes, poderia estar recebendo as mais altas honras.

Vaisra encontrou Tsolin no meio da plataforma, entregou-lhe uma espada embrulhada e se inclinou à frente para sussurrar algo em seu ouvido.

— O que está acontecendo? — murmurou Rin para Kitay.

— Vaisra está dando a ele a opção do suicídio — explicou Kitay. — Um fim respeitável para um traidor infame. Mas apenas se Tsolin confessar e se arrepender de seus erros.

— Ele fará isso?

— Duvido. Nem mesmo um suicídio honorável pode superar esse tipo de desgraça.

Tsolin e Vaisra ficaram parados na plataforma, encarando-se em silêncio. Então Tsolin balançou a cabeça e devolveu a espada.

— Seu regime é uma democracia de marionetes — disse ele em voz alta. — E tudo o que você fez foi entregar seu país para ser governado pelos demônios de olhos azuis.

Uma onda de murmúrios percorreu os soldados.

O olhar de Vaisra varreu a multidão e parou em Rin. Ele a chamou com um dedo.

— Venha aqui — disse ele.

Rin olhou ao redor, torcendo para que ele estivesse apontando para outra pessoa.

— Vá — murmurou Kitay.

— O que ele quer comigo?

— O que acha?

Ela empalideceu.

— Não vou fazer isso.

Ele a empurrou gentilmente.

— É melhor você não pensar muito nisso.

Rin se arrastou à frente, apoiando-se na bengala. Ainda mal conseguia andar. O pior era a dor na parte inferior das costas, porque não era localizada. O nódulo parecia conectado a cada músculo do corpo — toda vez que ela dava um passo ou mexia os braços, tinha a sensação de ter levado uma facada.

Os soldados abriram caminho para ela até a plataforma. Rin ascendeu com passos lentos e trêmulos. Cada passo repuxava dolorosamente os pontos em suas costas.

Enfim ela parou diante do Líder da Serpente. Ele a fitou com olhos cansados. Mesmo agora, completamente à mercê dela, ainda parecia ter pena de Rin.

— Uma marionete até o fim — sussurrou Tsolin, tão baixinho que apenas Rin pôde ouvir. — Quando você vai aprender?

— Não sou uma marionete — disse ela.

Ele balançou a cabeça.

— Pensei que talvez você fosse a esperta. Mas deixou que ele pegasse tudo de que precisa e só cedeu, como uma puta.

Rin teria respondido, mas Vaisra a interrompeu.

— Faça — disse ele friamente.

Rin não precisava perguntar o quê. Sabia o que Vaisra queria dela. A não ser que quisesse levantar suspeitas, precisava ser a arma obediente de Vaisra para a República.

Rin pousou a palma direita no peito de Tsolin, logo acima de seu coração, e empurrou. Os dedos dela queimaram com chamas tão quentes que as unhas entraram direto na carne dele, como se estivesse perfurando tofu macio.

Tsolin se retorceu e pulou, mas manteve a boca fechada. Ela parou, impressionada com a capacidade do homem de conter os gritos.

— Você é corajoso — disse ela.

— Você vai morrer — declarou ele, arfando. — Sua tola.

Ela fechou os dedos sobre algo que talvez fosse o coração dele. Rin o apertou. A cabeça de Tsolin tombou. Sobre seu ombro caído, ela viu Vaisra assentir e sorrir.

* * *

Rin quis sair de Arlong logo depois da execução. Mas Kitay argumentou, e ela concordou com relutância, que não chegariam a sequer um quilômetro além do canal. Ela ainda não conseguia andar direito, muito menos correr. As feridas abertas requeriam exames diários na enfermaria que nenhum deles tinha conhecimento médico para fazer por conta própria.

Também não tinham um plano de fuga. Haviam recebido apenas silêncio de Moag. Se fossem embora naquele momento, teriam que viajar a pé, a não ser que roubassem um barco, e a segurança do cais de Arlong era boa demais para que conseguissem.

Eles não tinham opção além de esperar, pelo menos até que Rin tivesse se curado o suficiente para se garantir em uma luta.

Tudo estava em um tenso equilíbrio. Rin não recebia notícias de Vaisra ou dos hesperianos. A Irmã Petra não a convocava para um exame havia meses. Rin e Kitay não faziam quaisquer movimentos explícitos para escapar. Vaisra não tinha motivos para suspeitar que sua lealdade havia mudado, então Rin estava bastante livre. Isso lhe dava tempo para planejar o próximo passo. Ela era um rato cada vez mais próximo da ratoeira. A armadilha dispararia quando ela tentasse escapar, mas não antes disso.

Uma semana após a execução de Tsolin, os servos do palácio entregaram um pacote pesado e embrulhado com seda no quarto de Rin. Quando ela o abriu, encontrou um vestido cerimonial com instruções para vesti-lo e aparecer na plataforma em uma hora.

Rin ainda não conseguia erguer as mãos acima da cabeça, então pediu a ajuda de Venka.

— E o que eu faço com isso? — Rin ergueu um retângulo solto de tecido.

— Acalme-se. É um xale. Você o prende logo abaixo dos ombros. — Venka pegou o tecido e cobriu a parte superior dos braços de Rin. — Assim. Aí flui como água, viu?

Rin estava ficando com calor e frustrada demais para se importar com o caimento das roupas. Ela agarrou outro retângulo solto que era idêntico ao xale.

— E isto aqui?

Venka a encarou como se ela fosse burra.

— Você amarra na cintura.

A maior injustiça era que, apesar de seus ferimentos, ela ainda estava sendo forçada a participar do desfile da vitória. Vaisra insistira que aquilo era crucial para o decoro. Ele queria um espetáculo para os hesperianos. Uma exibição da gratidão e da etiqueta nikaras. Prova de que eram civilizados.

Rin estava muito cansada de ter que provar sua humanidade.

As vestes estavam rapidamente exaurindo sua paciência. O maldito vestido era quente, sufocante e tão apertado que restringia sua mobilidade a ponto de fazer sua respiração acelerar. Vesti-lo exigia tantos movimentos que Rin estava tentada a jogar a pilha inteira no canto e atear fogo nela.

Venka fez um som de nojo ao ver Rin apertar a faixa ao redor da cintura com um rápido nó de marinheiro.

— Está horrível.

— Se não for assim, vai soltar.

— Há mais de uma maneira de atar um nó. Além disso, está frouxo demais. Parece que você foi pega se engraçando com um cortesão.

Rin puxou a faixa até que pressionasse suas costelas.

— Assim?

— Mais apertado.

— Mas não consigo respirar.

— Essa é a ideia. Pare quando parecer que suas costelas vão rachar.

— Acho que minhas costelas *já* racharam. Duas vezes.

— Então uma terceira vez não fará mal. — Venka pegou a faixa das mãos de Rin e começou a refazer o nó. — Você é incrível.

— Como assim?

— Como chegou tão longe sem aprender nenhum truque feminino?

Era uma frase tão absurda que Rin bufou.

— Somos soldados. Onde *você* aprendeu truques femininos?

— Sou da *nobreza*. Meus pais sempre quiseram me casar com algum ministro. — Venka deu um sorrisinho. — Eles ficaram um pouco zangados quando me juntei ao Exército.

— Eles não queriam que estudasse em Sinegard? — perguntou Rin.

— Não, eles odiavam essa ideia. Mas eu insisti. Eu queria glória e atenção. Queria que escrevessem histórias sobre mim. Olha só no que deu. — Venka apertou o nó. — A propósito, você tem visita.

Rin se virou.

Nezha estava na soleira da porta, as mãos pendendo desajeitadas ao lado do corpo. Ele pigarreou.

— Olá.

Venka deu um tapinha no ombro de Rin.

— Divirta-se.

— Que laço bonito — disse Nezha.

Venka deu uma piscadela ao passar por ele.

— Ainda mais bonito em quem está usando — disse ela.

O rangido da porta se fechando talvez fosse o som mais alto que Rin já ouvira.

Nezha cruzou o quarto e parou ao lado dela diante do espelho. Eles se encararam no reflexo. Ela ficou impressionada pelo desbalanço entre os dois — o quão mais alto ele era, a palidez de sua pele próxima à dela, o quão elegante e natural ele ficava em vestes cerimoniais.

Rin estava ridícula. Nezha parecia ter sido feito para aquilo.

— Você está bonita — disse ele.

Ela bufou.

— Não minta na minha cara.

— Eu jamais mentiria para você.

O silêncio que se seguiu era opressivo.

A conversa que deviam ter parecia óbvia, mas ela não sabia como tocar no assunto. Ela *nunca* sabia como iniciar qualquer conversa com ele. Nezha era tão imprevisível, carinhoso em um momento e frio no seguinte. Ela nunca sabia em que posição estava com ele; nunca sabia se podia confiar nele, e isso era tão frustrante porque, tirando Kitay, ele era a única pessoa para quem ela queria contar *tudo*.

— Como está se sentindo? — perguntou Rin, por fim.

— Vou sobreviver — disse ele baixinho.

Ela esperou que Nezha continuasse. Ele ficou calado.

Rin estava aterrorizada com a ideia de dizer algo mais. Sabia que um abismo se abrira entre eles, só não sabia como fechá-lo.

— Obrigada — tentou ela.

Ele ergueu a sobrancelha.

— Pelo quê?

— Você não tinha que me salvar — disse ela. — Você não tinha que... fazer o que fez.

— Tinha, sim. — Rin não sabia se a leveza no tom dele era forçada ou não. — O que aconteceria se eu deixasse nossa speerliesa morrer?

— Você se machucou — afirmou ela. *E eu fiz você fumar ópio suficiente para matar um bezerro.* — Sinto muito.

— Não é culpa sua — disse Nezha. — Estamos bem.

Mas eles não estavam bem. Algo se partira entre eles, e Rin tinha certeza de que a culpa era dela. Só não sabia como consertar as coisas.

— Está bem. — Rin quebrou o silêncio. Não podia mais suportar aquilo. Tinha que fugir. — Eu vou...

— Você a viu morrer? — perguntou Nezha de repente, assustando-a.

— Quem?

— Daji. Não encontramos um corpo.

— Já fiz meu relato ao seu pai — disse ela.

Ela contara a Vaisra e Eriden que Daji estava morta, afogada, no fundo do Murui.

— Sei o que contou a ele. Agora quero que me diga a verdade.

— Essa é a verdade.

A voz de Nezha endureceu.

— Não minta para mim.

Rin cruzou os braços.

— Por que eu mentiria a respeito disso?

— Porque eles não encontraram um corpo.

— Eu estava presa debaixo da droga de um mastro, Nezha. Estava ocupada demais tentando não morrer para *pensar.*

— Então por que disse a meu pai que ela está morta?

— Porque eu acho que está! — Rapidamente, Rin conjurou uma explicação do nada. — Eu vi Feylen destruir aquele navio. Eu a vi cair na água. E se não conseguem encontrar um corpo isso só significa que ela está lá no fundo com outros dez mil corpos entupindo o seu canal. E o que eu *não* entendo é por que você está agindo como se eu fosse uma traidora quando acabei de matar um deus por vocês.

— Desculpe. — Nezha suspirou. — Não, você está certa. Eu só... quero que a gente possa confiar um no outro.

Os olhos dele pareciam tão sinceros. Ele havia mesmo acreditado.

Rin soltou o ar, surpresa.

Escapara por pouco.

— Eu nunca menti para você. — Ela pousou a mão no braço dele. Era tão fácil atuar. Não precisava fingir afeição por ele. Era bom dizer a Nezha o que ele queria ouvir. — E nunca mentirei. Juro.

Nezha sorriu para ela. Um sorriso de verdade.

— Gosto quando estamos do mesmo lado.

— Eu também — disse Rin, e isso, enfim, não era mentira.

Ela desejava desesperadamente que pudessem permanecer assim.

O comparecimento ao desfile foi patético. Isso não surpreendeu Rin. Em Tikany, as pessoas só iam a festivais se houvesse a promessa de comida e bebida de graça, mas a Arlong destruída pela batalha não tinha recursos para esbanjar. Vaisra ordenara que uma porção extra de arroz e peixe fosse distribuída pela cidade, mas, para civis que haviam acabado de perder seus lares e parentes, isso era pouco motivo de celebração.

Rin ainda não conseguia andar direito. Parara de usar a bengala, mas não conseguia percorrer mais que cinquenta metros sem se exaurir, e seus braços e suas pernas estavam tomados por uma dor persistente e latejante que parecia apenas piorar.

— Podemos colocar você na liteira se precisar — disse Kitay quando ela cambaleou na plataforma.

Rin se segurou no braço do amigo.

— Vou andar.

— Mas você está com dor.

— A cidade inteira está com dor — disse ela. — Essa é a questão.

Rin não tinha visto a cidade além da enfermaria até então, e a devastação doía só de olhar. Os incêndios nas fronteiras da cidade haviam durado quase um dia após a batalha, extinguidos apenas pela chuva. O palácio permanecia intacto, embora chamuscado na base. A exuberância verde das ilhas do canal havia sido substituída por cinzas e árvores secas e mortas. As enfermarias estavam lotadas de feridos. Os mortos jaziam em fileiras ordenadas na praia, esperando um enterro adequado.

O desfile de Vaisra não era uma evidência de vitória, mas um reconhecimento de sacrifício. Rin apreciou isso. Não havia músicos espalhafatosos nem exibições descaradas de fortuna e poder. O Exército marchava para mostrar que tinham sobrevivido. Que a República estava viva.

Saikhara encabeçava a procissão, deslumbrante em vestes de cerúleo e prata. Vaisra vinha logo atrás. Mancava de leve e seu cabelo tinha bem mais mechas brancas que meses antes, mas mesmo esses sinais de fraqueza pareciam apenas acentuar sua dignidade. Ele estava vestido como um Imperador, e Saikhara parecia sua Imperatriz. Era a mãe divina do povo e Vaisra era o salvador, o pai e o governante, tudo ao mesmo tempo.

Atrás do casal celestial estava todo o poder militar ocidental. Soldados hesperianos marchavam nas ruas. Dirigíveis hesperianos flutuavam devagar acima deles. Vaisra podia ter prometido conduzir um governo democrático, mas, se quisesse tomar todo o Império, Rin duvidava que alguém pudesse pará-lo.

— Onde estão os líderes do sul? — perguntou Kitay. Ele ficava se virando para dar uma olhada na fileira de generais. — Não os vi hoje.

Rin vasculhou a multidão. Ele estava certo: os líderes estavam ausentes. Ela também não via um único refugiado sulista.

— Você acha que foram embora? — perguntou ela.

— Sei que não foram. Os vales ainda estão cheios de campos de refugiados. Acho que eles escolheram não vir.

— Para quê, como forma de protesto?

— Acho que faz sentido — disse Kitay. — Não foi a vitória deles.

Rin compreendia aquilo. A vitória nos Penhascos Vermelhos resolvera poucos dos problemas do sul. Tropas sulistas haviam sangrado por um regime que apenas continuava a tratá-los como um sacrifício necessário. Mas os líderes estavam sacrificando a prudência em nome de um protesto simbólico. Eles precisavam que tropas hesperianas limpassem os enclaves da Federação em suas províncias. Eles deveriam estar fazendo todo o possível para recuperar o apoio de Vaisra.

Em vez disso, deixaram claro suas lealdades, assim como haviam feito para Rin naquele beco dias antes.

Rin se perguntou o que aquilo significava para a República. O sul não havia enviado uma declaração aberta de guerra, mas também não chegara a demonstrar cooperação obediente. Será que Vaisra enviaria aqueles dirigíveis armados para conquistar Tikany?

Rin planejava dar o fora muito antes que as coisas chegassem àquele ponto.

A procissão culminou em um rito fúnebre para os mortos às margens do rio. O comparecimento a essa cerimônia foi bem maior. Uma massa de civis fez fila sob os penhascos. Rin não sabia dizer se a água estava apenas refletindo os Penhascos Vermelhos, mas o canal parecia ainda cheio de sangue.

Os generais e almirantes de Vaisra fizeram uma fila reta na praia. Fitas em postes marcavam aqueles com patentes que estavam ausentes. Rin contou mais fitas que pessoas.

— Isso é escavação pra caramba.

Ela olhou para as pilhas de cadáveres encharcados em decomposição. Os soldados haviam passado dias vasculhando as águas à procura de corpos. Não fosse isso, os mortos teriam envenenado a água com o gosto imundo de putrefação por anos.

— Em Arlong, os mortos não são enterrados — disse Kitay. — São enviados ao mar.

Eles observaram enquanto soldados carregavam jangadas com pirâmides de corpos e depois as empurravam para a água, uma a uma. Cada pira estava coberta com uma mortalha funerária embebida em óleo. Ao comando de Vaisra, os homens de Eriden dispararam flechas em chamas em direção aos corpos. Cada uma encontrou seu alvo. As piras pegaram fogo com um estalo afiado e satisfatório.

— Eu poderia ter feito isso — disse Rin.

— Tem menos significado quando você faz.

— Por quê?

— Porque a única coisa que torna o ato significante é a possibilidade de errarem o alvo. — Kitay apontou para além do ombro dela. — Olhe quem está aqui.

Rin seguiu a linha de visão do amigo e encontrou Ramsa, Baji e Suni perto das margens, um pouco longe da agitação de civis. Eles a olhavam. Ramsa acenou.

Rin não pôde evitar um sorriso de alívio.

Ela não tivera chance de falar com o Cike desde a véspera da batalha. Sabia que estavam bem, mas eles não tinham permissão para entrar na enfermaria, e Rin não queria criar confusão e despertar a suspeita hesperiana. Aquela podia ser a única chance de conversarem em particular.

Rin se aproximou para sussurrar na orelha de Kitay.

— Tem alguém olhando?

— Acho que você está segura — disse ele. — Depressa.

Ela mancou o mais rápido que conseguiu.

— Vejo que eles enfim a deixaram sair da fazenda da morte — disse Baji em cumprimento.

— Fazenda da morte? — repetiu Rin.

— O apelido de Ramsa para a enfermaria.

— É porque eles descartavam cadáveres todos os dias em carroças de grãos — explicou Ramsa. — Que bom que você não estava em uma delas.

— Está muito ruim? — perguntou Baji.

Por instinto, Rin roçou os dedos na parte baixa das costas.

— Dá para lidar. Dói, mas já consigo andar sem ajuda. Vocês saíram ilesos?

— Mais ou menos. — Baji lhe mostrou as canelas com curativos. — Arranhei quando estava pulando do navio. Ramsa jogou um explosivo tarde demais e teve uma queimadura feia no joelho. Suni está bem. O homem sobrevive a qualquer coisa.

— Ótimo — disse Rin. Ela deu uma olhada rápida ao redor. — Ninguém prestava atenção neles. Os olhos da multidão estavam fixos nas piras funerárias. Mesmo assim, ela baixou a voz. — Não podemos mais ficar aqui. Preparem-se para fugir.

— Quando? — perguntou Baji.

Nenhum deles parecia surpreso. Em vez disso, todos pareciam já estar esperando aquilo.

— Em breve. Não estamos seguros aqui. Vaisra não precisa mais de nós e não podemos mais contar com a proteção dele. Os hesperianos não sabem que você e Suni são xamãs, então temos um pouco de vantagem. Kitay acha que eles não vão se instalar aqui de imediato. Mas é melhor não ficarmos parados.

— Graças aos deuses — disse Ramsa. — Não suporto essa gente. Eles fedem.

Baji o encarou.

— Sério? Essa é a sua maior reclamação? O cheiro?

— É fedido — insistiu Ramsa. — Como tofu estragado.

Suni falou pela primeira vez.

— Se está preocupada, por que não fugimos hoje à noite?

— Isso funciona — disse Rin.

— Algum detalhe? — perguntou Ramsa.

— Não tenho um plano além de escapar. Tentamos convencer Moag, mas ela não respondeu. Teremos que sair da cidade por conta própria.

— Um problema — disse Baji. — Suni e eu estamos na patrulha noturna. Acha que vão notar se desaparecermos?

Rin deduziu que era precisamente por isso que os dois haviam sido designados para a patrulha noturna.

— Quando vocês são liberados? — perguntou ela.

— Uma hora antes do amanhecer.

— Então vai ser quando partiremos — disse ela. — Direto para os penhascos. Não esperem nos portões, isso só vai chamar atenção. Descobriremos o que fazer quando sairmos da cidade. Pode ser?

— Está bem — disse Baji.

Ramsa e Suni assentiram.

Não havia mais nada a discutir. Juntos, assistiram ao funeral em silêncio por alguns minutos. As chamas nas piras tinham se tornado um fogaréu. Rin não sabia o que conduzia as piras mar afora, mas a forma como as chamas distorciam o ar acima delas era hipnótica.

— É bonito — disse Baji.

— É — concordou ela. — É mesmo.

— Você sabe o que vai acontecer com eles, não sabe? — perguntou Ramsa. — Vão flutuar por mais ou menos três dias. Aí as piras vão começar a se desfazer. Madeira queimada é fraca e os corpos são pesados. Vão afundar no mar, inchar e se desintegrar, a não ser que os peixes comam tudo exceto os ossos primeiro.

Sua voz entrecortada foi ampliada pelo ar parado da manhã. Cabeças estavam se virando.

— Quer parar? — murmurou Rin.

— Desculpe — disse Ramsa. — Só estou dizendo que eles deviam tê-los queimado em terra.

— Acho que não pegaram todos os corpos — disse Baji. — Vi mais corpos no rio que isso. Quantos soldados imperiais você acha que ainda estão lá embaixo?

Rin lançou um olhar para o amigo.

— Baji, por favor...

— Sabe, é engraçado. Os peixes vão se alimentar dos cadáveres. Então você comerá o peixe, e estará literalmente se alimentando dos corpos dos inimigos.

Ela o encarou com olhos embaçados.

— Você precisa fazer isso?

— O quê? Você não acha engraçado? — Ele passou um braço ao redor de Rin. — Ei. Não chore... Sinto muito.

Ela engoliu em seco. Não queria chorar. Nem sabia direito por que estava chorando. Não conhecia nenhum dos corpos na pira, não tinha motivo para sofrer.

Aqueles corpos não eram sua culpa. Mesmo assim, Rin se sentia péssima.

— Não gosto de me sentir assim — sussurrou ela.

— Eu também não, criança. — Baji massageou as costas dela. — Mas a guerra é assim. É melhor ficar do lado vitorioso.

CAPÍTULO 35

Rin não conseguiu dormir naquela noite. Ficou sentada em sua cama na enfermaria, olhando para o porto tranquilo pela janela, contando os minutos até o amanhecer. Ela queria andar de um lado para o outro pelo corredor, mas temia que os funcionários da enfermaria estranhassem seu comportamento. Também queria desesperadamente estar com Kitay, estudando cada imprevisto possível uma última vez, mas eles estavam dormindo em quartos separados toda noite. Ela não podia correr o risco de mostrar qualquer sinal de que pretendia ir embora até que cruzassem os portões da cidade.

Rin não empacotara nada. Tinha poucas posses de valor — levaria sua espada extra, aquela que não estava perdida nos fundos do canal, e as roupas nas costas. Deixaria todo o resto para trás no quartel. Quanto mais coisas levasse consigo, mais rápido Vaisra perceberia que ela fora embora de vez.

Rin não fazia ideia do que faria quando saísse. Moag ainda não retornara sua missiva. Talvez sequer a tivesse recebido. Talvez tivesse escolhido ignorá-la. Ou poderia tê-la levado direto para Vaisra.

Talvez Ankhiluun tivesse sido uma aposta terrível. Mas Rin simplesmente não tinha outras opções.

Tudo o que sabia era que precisava sair da cidade. Ao menos uma vez, precisava estar um passo à frente de Vaisra. Ninguém suspeitava que ela iria embora, o que significava que ninguém tentaria impedi-la.

Fora isso, ela não tinha quaisquer vantagens, mas pensaria no resto quando já estivesse bem longe dos Penhascos Vermelhos.

— Quer beber alguma coisa? — perguntou uma voz.

Rin deu um pulo, as mãos tateando o corpo à procura da espada.

— Pelas tetas da tigresa — disse Nezha. — Sou só eu.

— Desculpe — sussurrou ela. Será que ele conseguia ver o medo em seu rosto? Rin rapidamente reorganizou a expressão em algo semelhante a calma. — Ainda estou agitada. Todo som que ouço parece tiro de canhão.

— Sei como é. — Nezha ergueu um jarro. — Talvez isto ajude.

— O que é?

— Licor de sorgo. Estamos fora de serviço pela primeira vez desde que qualquer um de nós consegue se lembrar. — Ele sorriu. — Vamos encher a cara.

— Vamos quem? — perguntou ela com cautela.

— Eu e Venka. Vamos buscar Kitay também. — Ele estendeu a mão para Rin. — Venha. A não ser que tenha coisa melhor para fazer.

Rin hesitou, a mente disparada.

Era uma ideia terrível ficar bêbada na véspera de sua fuga. Mas Nezha poderia suspeitar de algo se ela e Kitay recusassem. Nezha tinha razão: nem ela nem Kitay tinham uma desculpa plausível para estar em qualquer outro lugar. Todos estavam fora de serviço desde que os hesperianos aportaram.

Se Rin não estava planejando uma traição, por que recusaria o convite?

— Venha — repetiu Nezha. — Um pouco de álcool não mata ninguém.

Rin conseguiu sorrir e aceitou a mão dele.

— Você leu minha mente.

Ela tentou acalmar o coração acelerado enquanto o seguia para fora do quartel.

Estava tudo bem. Rin podia se dar àquele luxo. Quando saísse de Arlong, talvez nunca mais visse Nezha. Apesar do vínculo entre os dois, sabia que Nezha jamais sairia do lado do pai. Rin não queria que ele se lembrasse dela como uma traidora. Queria que se lembrasse dela como uma amiga.

Rin tinha pelo menos até a hora antes do amanhecer. Era melhor se despedir direito.

Rin não sabia onde Nezha e Venka haviam encontrado tanto licor em uma cidade que proibira sua venda aos soldados. Quando ela saiu da enfermaria, Venka a esperava na rua com uma carroça inteira de jarros selados. Nezha buscara Kitay nos quartéis. Juntos, eles empurraram a carroça até a torre mais alta do palácio, onde se sentaram com vista para os Penhascos Vermelhos, observando os destroços das frotas flutuando lá embaixo.

Durante os primeiros minutos, os quatro ficaram em silêncio. Apenas beberam furiosamente, tentando ficar tão inebriados quanto possível. Não demorou muito.

Venka chutou o pé de Nezha.

— Não seremos presos por isso, seremos?

— Acabamos de vencer a batalha mais importante da história do Império. — Nezha abriu um sorriso preguiçoso. — Acho que você pode beber.

— Ele está tentando nos incriminar — disse Rin.

Ela não queria ter começado a beber. Mas Venka e Nezha ficaram incentivando, e ela não sabia como negar sem levantar suspeita. Quando começou, ficou cada vez mais difícil parar. Licor de sorgo só era ruim nos primeiros goles, quando parecia queimar o esôfago, mas logo uma dormência deliciosa e alegre tomava conta do corpo, e o licor passava a ter gosto de água.

Vai passar em algumas horas, pensou ela. Estaria bem ao amanhecer.

— Acredite — disse Nezha —, eu não precisaria disso para incriminar você.

Venka cheirou um jarro.

— Este negócio é nojento.

— O que você prefere? — perguntou Nezha.

— Vinho de arroz no bambu.

— A dama é exigente — disse Kitay.

— Vou procurar — prometeu Nezha.

— Vou procurar — imitou Kitay.

— Algum problema? — perguntou Nezha.

— Não, só uma pergunta: você já pensou em ser um filho da puta menos pretensioso?

Nezha abaixou seu jarro.

— Você já pensou que está perto demais do telhado?

— Garotos, garotos. — Venka enrolou um fio de cabelo entre os dedos, enquanto Kitay jogava gotículas de licor em Nezha.

— Pare! — gritou Nezha.

— Me obrigue.

Rin bebia sem parar. De olhos semicerrados, viu Nezha engatinhar pela torre e derrubar Kitay no chão. Ela supunha que devia temer que os dois caíssem da beirada, mas, bêbada como estava, só conseguia achar graça.

— Aprendi uma coisa — anunciou Kitay de repente, empurrando Nezha para longe.

— Você está sempre aprendendo coisas — observou Venka. — Kitay, o estudioso.

— Sou um homem intelectualmente curioso — disse Kitay.

— Sempre enfurnado na biblioteca. Sabe, em Sinegard, uma vez apostei que você passava todo aquele tempo se masturbando.

Kitay cuspiu um gole de licor.

— O quê?

Venka apoiou o queixo nas mãos.

— Era isso mesmo? Porque eu gostaria de recuperar meu dinheiro.

Kitay a ignorou.

— Eu quero dizer que... *Escuta*, gente, isso é interessante de verdade. Sabem por que as tropas do Exército Imperial estavam lutando como se nunca tivessem segurado uma espada?

— Eles estavam lutando com um pouco mais de habilidade que isso — disse Nezha.

— Não quero falar sobre tropas — afirmou Venka.

Nezha deu uma cotovelada nela.

— Escute ele. Ou ele nunca vai calar a boca.

— É *malária* — disse Kitay.

A princípio, pareceu estar soluçando, mas então rolou de lado, rindo tanto que todo o corpo tremia. Estava bêbado, percebeu Rin. Talvez mais bêbado que ela, apesar do risco.

Kitay devia estar se sentindo da mesma forma que ela — feliz, delirantemente feliz, ao menos uma vez na presença de amigos que não estavam em perigo. Ela suspeitava que ele também queria suspender a realidade e quebrar as regras, ignorar o fato de que estavam prestes a se separar para sempre e apenas compartilhar aqueles últimos jarros de licor.

Rin não queria que o amanhecer chegasse. Ela prolongaria aquele momento para sempre se pudesse.

— Eles não estão acostumados às doenças sulistas — prosseguiu Kitay. — Os mosquitos os enfraqueceram mais que qualquer coisa que fizemos. Não é incrível?

— Magnífico — disse Venka, seca.

Rin não estava prestando atenção. Ela se aproximou da beirada da torre. Queria voar outra vez, sentir aquele frio na barriga, a pura adrenalina do mergulho.

Ela se sentou na beirada e aproveitou a sensação do vento tocando suas pernas. Inclinou-se à frente só um pouquinho. E se pulasse bem naquele momento? Aproveitaria a queda?

— Saia daí. — A voz de Kitay cortou a névoa na mente dela. — Nezha, pegue ela...

— Já vou. — Braços fortes envolveram a barriga de Rin e a arrastaram para longe da beirada. Nezha a agarrou com força, prevendo resistência, mas ela apenas cantarolou uma nota alegre e se recostou em seu peito. — Você faz ideia de como dá trabalho? — resmungou ele.

— Me dê outro jarro — disse Rin.

Nezha hesitou, mas Venka logo obedeceu.

Rin tomou um longo gole, suspirou e levou os dedos às têmporas. Ela sentiu como se uma corrente estivesse percorrendo seus braços e suas pernas, como se tivesse tocado um raio. Ela recostou a cabeça na parede e fechou os olhos com força.

A melhor parte de estar bêbada era que nada importava.

Rin podia revirar pensamentos que costumavam ser dolorosos demais. Podia conjurar memórias — Altan queimando no píer, os cadáveres em Golyn Niis, o corpo de Qara nos braços de Chaghan — sem se encolher, sem aquele tormento. Ela podia relembrar momentos com um silencioso afastamento, porque nada importava e nada doía.

— Dezesseis meses. — Kitay havia começado a contar nos dedos em voz alta. — Faz quase um ano e meio que estamos em guerra, se começarmos a contar da invasão.

— Não é muito — disse Venka. — A Primeira Guerra da Papoula durou três anos. A Segunda durou cinco. As batalhas de sucessão depois do Imperador Vermelho chegaram a levar uns sete.

— Como se luta uma guerra por *sete anos*? — perguntou Rin. — Não seria entediante?

— Soldados ficam entediados — disse Kitay. — Aristocratas, não. Para eles, é tudo um grande jogo. Acho que esse é o problema.

— Aqui vai uma proposta de reflexão. — Venka moveu as mãos em um pequeno arco, como um arco-íris. — Imaginem um mundo alternativo onde esta guerra não aconteceu. A Federação nunca invadiu o país. Não, esquece isso, a Federação nem existe. Onde vocês estão?

— Algum ponto particular no tempo? — perguntou Kitay.

Venka balançou a cabeça.

— Não, quer dizer, o que estariam fazendo da vida? O que gostariam de estar fazendo?

— Eu sei o que Kitay estaria fazendo.

Nezha inclinou a cabeça para trás e chacoalhou as últimas gotas do jarro na boca, então pareceu decepcionado quando percebeu que a bebida havia acabado.

Venka lhe entregou outro jarro.

Nezha tentou estourar a rolha, falhou, praguejou baixinho e estilhaçou o gargalo contra a parede.

— Cuidado — disse Rin. — Isso é coisa de qualidade.

Nezha levou as pontas quebradas aos lábios e sorriu.

— Vá em frente — incentivou Kitay. — Onde eu estou?

— Você está na Academia Yuelu — afirmou Nezha. — Está conduzindo pesquisas inovadoras sobre... alguma merda irrelevante, como o movimento dos corpos planetários ou os métodos mais efetivos de contabilidade nas Doze Províncias.

— Não zombe da contabilidade — disse Kitay. — É importante.

— Só para você — retrucou Venka.

— Regimes caíram porque os governantes não equilibraram suas finanças.

— Tanto faz — retrucou Venka, revirando os olhos. — E vocês dois? O que fariam?

— Sou boa na guerra — disse Rin. — Ainda estaria lutando.

— Contra quem? — perguntou Venka.

— Não importa. Qualquer um.

— Talvez não haja mais guerras para lutar — disse Nezha.

— Sempre há guerras — afirmou Kitay.

— A única coisa permanente neste Império é a guerra — disse Rin.

As palavras eram tão familiares que ela as disse sem pensar, e levou um longo tempo para perceber que estava recitando um aforismo de um livro de história que estudara para o Keju. Era inacreditável — mesmo agora, os vestígios daquela prova ainda estavam gravados em sua mente.

Quanto mais pensava nisso, mais percebia que a única coisa permanente *nela* talvez fosse a guerra. Rin não conseguia imaginar onde estaria se não fosse mais soldada. Os últimos quatro anos haviam sido a primeira vez na vida em que sentira ter algum valor. Em Tikany, Rin era uma balconista invisível, indigna da atenção de todos. Sua vida e sua morte teriam sido insignificantes. Se fosse atropelada por um riquixá na rua, ninguém se daria ao trabalho de parar.

Mas agora? Agora civis obedeciam a seus comandos, líderes regionais buscavam sua atenção e soldados a temiam. Agora Rin falava com as maiores mentes militares do país em pé de igualdade — ou pelo menos como se ela pertencesse à sala. Agora, estava bebendo licor de sorgo na torre mais alta do palácio de Arlong com o filho do Líder do Dragão.

Ninguém teria prestado tanta atenção nela se Rin não fosse tão boa em matar pessoas.

Uma pontada de desconforto percorreu sua barriga. Quando não estivesse mais a serviço de Vaisra, o que deveria fazer?

— Todos nós poderíamos mudar para cargos civis agora — disse Kitay. — Vamos todos ser ministros e magistrados.

— Você precisa ser eleito primeiro — afirmou Nezha. — Governo do povo e tudo o mais. As pessoas precisam gostar de você.

— Rin está desempregada então — disse Venka.

— Ela pode ser zeladora — sugeriu Nezha.

— Você quer alguém para reorganizar sua cara? — perguntou Rin. — Porque faço isso de graça.

— Rin nunca vai ficar sem emprego — disse Kitay. — Sempre precisaremos de exércitos. Sempre vai haver outro inimigo para combater.

— Tipo quem? — perguntou Rin.

Kitay os contou nos dedos.

— Unidades rebeldes da Federação. As províncias fraturadas. Os terra-remotenses. Não me olhe assim, Rin. Você também ouviu Bekter. Os ketreídes querem guerra.

— Os ketreídes querem ir à guerra com outros clãs — disse Venka.

— E o que acontece quando isso se espalhar? Estaremos lutando outra guerra de fronteira em uma década, garanto — declarou Kitay.

— Isso é só trabalho de limpeza — desdenhou Nezha. — Vamos nos livrar deles.

— Então criaremos outra guerra — afirmou Kitay. — É o que exércitos *fazem*.

— Não um exército controlado por uma República — disse Nezha.

Rin endireitou a postura.

— Algum de vocês imaginou? Uma Nikan democrática? Acham mesmo que funcionaria?

A ideia de uma democracia efetiva raramente a incomodara durante a guerra em si. Sempre havia a ameaça mais imediata do Império. Mas agora tinham de fato *ganhado*, e Vaisra tinha a oportunidade de transformar seu sonho abstrato em uma realidade política.

Rin duvidava que ele faria isso. Vaisra tinha poder demais agora. Por que abriria mão dele?

Ela não podia dizer que o julgava. Ainda não estava convencida de que a democracia sequer era uma boa ideia. Os nikaras vinham lutando entre si havia um milênio. Parariam só porque podiam votar pelo governante? E quem votaria por aqueles governantes? Pessoas como Tia Fang?

— Claro que vai funcionar — disse Nezha. — Quer dizer, imagine todas as disputas militares sem sentido nas quais os líderes regionais se envolvem todos os anos. Vamos acabar com isso. Todas as disputas serão resolvidas no conselho, não no campo de batalha. E, quando tivermos unido todo o Império, poderemos fazer qualquer coisa.

Venka bufou.

— Você acredita mesmo nessa merda?

Nezha parecia zangado.

— Claro que sim. Por que você acha que lutei nessa guerra?

— Porque quer agradar seu papai?

Nezha mirou um chute lânguido nas costelas dela.

Venka desviou e pegou outro jarro de licor da carroça, rindo.

Nezha se recostou na parede da torre.

— O futuro será glorioso — disse ele, e não havia um traço de sarcasmo em sua voz. — Vivemos no país mais lindo do mundo. Temos mais mão de obra que os hesperianos. Temos mais recursos naturais. O mundo inteiro quer o que temos, e pela primeira vez na história seremos capazes de usá-lo.

Rin se deitou de bruços e apoiou o queixo nas mãos.

Gostava de ouvir Nezha falar. Ele era tão confiante, tão otimista e tão burro.

Ele podia cuspir toda a ideologia que quisesse, mas Rin sabia a verdade. Os nikaras nunca iam se governar, não pacificamente, porque os nikaras não existiam de fato. Existiam sinegardianos, pessoas que tentavam agir como sinegardianos e sulistas.

Eles não estavam do mesmo lado. Nunca estiveram.

— Estamos entrando em uma nova era — disse Nezha por fim. — E ela será magnífica.

Rin abriu os braços.

— Vem cá.

Nezha se deitou nos braços dela. Rin segurou a cabeça do amigo contra o peito e apoiou o queixo nela, contando a respiração dele em silêncio.

Rin sentiria tanta falta de Nezha.

— Pobrezinho — disse ela.

— Do que está falando? — perguntou ele.

Ela apenas o abraçou com mais força. Não queria que o momento acabasse. Não queria ter que partir.

— Só não quero que o mundo acabe com você.

Por fim, Venka começou a vomitar na lateral da torre.

— Tudo bem — disse Kitay quando Rin tentou se levantar. — Eu cuido dela.

— Tem certeza?

— Ficaremos bem. Não estou tão bêbado quanto vocês.

Ele passou o braço de Venka por cima do próprio ombro e a guiou com cuidado em direção à escadaria.

Venka soluçou e murmurou algo incompreensível.

— Não se atreva a vomitar em mim — disse Kitay, e se virou para Rin. — Você não devia ficar aqui fora com esses ferimentos. Vá dormir.

— Eu vou — prometeu Rin.

— Vai mesmo? — pressionou Kitay.

Ela viu a preocupação no rosto do amigo. *Estamos ficando sem tempo.*

— Vou ficar aqui por uma hora — disse ela. — No máximo.

— Ótimo.

Kitay se virou e foi embora com Venka. Seus passos sumiram escada abaixo, então sobraram apenas Rin e Nezha no telhado. O ar da noite de repente ficou muito frio, o que àquela altura pareceu a Rin uma ótima desculpa para ficar mais perto de Nezha.

— Você está bem? — perguntou ele.

— Esplêndida — respondeu ela, e repetiu a palavra duas vezes quando as consoantes pareceram não sair direito. — Esplêndida. *Esplêndida*.

Sua língua estava pesada na boca. Havia parado de beber horas antes e já estava quase sóbria, mas o frio da noite havia entorpecido as extremidades de seu corpo.

— Ótimo. — Nezha se levantou e estendeu a mão para ela. — Vem comigo.

— Mas gosto daqui — choramingou Rin.

— Estamos congelando — disse ele. — Só vem.

— Por quê?

— Porque vai ser divertido — disse ele, o que àquela altura soava como um bom motivo para fazer qualquer coisa.

De alguma forma, eles acabaram no porto. Rin se encolheu contra o corpo de Nezha enquanto andava. Não havia ficado sóbria tão rápido quanto esperara, e o chão se inclinava ameaçadoramente sob seus pés a cada passo.

— Se está tentando me afogar, está sendo um pouco óbvio demais.

— Por que sempre acha que alguém está tentando matar você? — perguntou Nezha.

— Por que eu não acharia?

Eles pararam no fim do píer, longe de onde as embarcações de pesca estavam ancoradas. Nezha pulou em uma pequena sampana e gesticulou para que Rin o seguisse.

— O que você vê? — perguntou ele enquanto remava.

Rin olhou para ele.

— Água.

— E iluminando a água?

— A luz da lua.

— Olhe com atenção — disse Nezha. — Aquilo não é só a lua.

Rin perdeu o ar. Aos poucos, a mente distinguiu o que estava vendo. A luz não vinha do céu. Vinha do próprio rio.

Ela se debruçou sobre a sampana para olhar mais de perto. Viu pequenas faíscas em meio a um fundo leitoso. O rio não estava apenas refletindo as estrelas, mas acrescentando seu próprio brilho fosforescente — relâmpagos quebrando sobre os movimentos minúsculos das ondas, riachos luminosos tingindo cada ondulação. O mar estava em chamas.

Nezha a puxou de volta pelo pulso.

— Cuidado.

Rin não conseguia tirar os olhos da água.

— O que é isso?

— Peixes, moluscos e caranguejos — respondeu ele. — Quando são colocados na sombra, produzem luz própria, como chamas subaquáticas.

— É lindo — sussurrou ela.

Rin se perguntou se Nezha a beijaria. Não sabia muito sobre ser beijada, mas, a julgar pelas velhas histórias, aquele parecia um bom momento. O herói sempre levava sua donzela para algum lugar bonito e declarava seu amor sob as estrelas.

Ela também gostaria que Nezha a beijasse. Teria gostado de compartilhar essa última memória com ele antes de fugir. Mas Nezha apenas a encarou, pensativo, a mente fixa em algo que Rin não podia adivinhar.

— Posso perguntar uma coisa? — disse ele depois de um momento.

— Qualquer coisa — respondeu Rin.

— Por que você me odiava tanto na escola?

Ela riu, surpresa.

— Não era óbvio?

Rin tinha tantas respostas que a pergunta lhe parecera ridícula. Porque ele era irritante. Porque era rico e especial e popular, e ela não era. Porque era o herdeiro da Província do Dragão, e ela era uma órfã de guerra e uma sulista com pele de lama.

— Não — disse Nezha. — Quero dizer... sei que eu não era a pessoa mais gentil com você.

— Isso é um eufemismo.

— Eu sei. Sinto muito. Mas, Rin, nós conseguimos nos odiar tanto por três anos... Isso não é normal. Começou com o nervosismo do primeiro ano. Foi porque zombei de você?

— Não, porque você me assustou.

— Eu a assustei?

— Pensei que você seria o motivo de eu ter que ir embora — explicou ela. — E eu não tinha para onde ir. Se eu tivesse sido expulsa de Sinegard, provavelmente teria morrido. Então eu temia você, odiava você, e isso nunca passou de verdade.

— Eu não percebi — disse Nezha, baixinho.

— Mentira — retrucou ela. — Não aja como se não soubesse.

— Juro que nunca me passou pela cabeça.

— Sério? Tinha que passar. Nós *não estávamos* no mesmo nível, e você sabia disso. Foi assim que se safou de tudo que fez, porque sabia que eu jamais poderia revidar. Você era rico e eu era pobre, e você explorou isso. — Rin ficou surpresa com a rapidez com que as palavras vieram, com a facilidade com que o ressentimento que ainda sentia por ele veio à tona. Ela pensou que superara aquilo havia muito tempo. Talvez não. — E o fato de nunca ter *passado pela droga da sua cabeça* que os riscos eram muito maiores para mim é frustrante, para ser sincera.

— Você tem razão — disse Nezha. — Posso fazer outra pergunta?

— Não. Eu tenho o direito de fazer a minha primeiro.

Qualquer que fosse o jogo que estavam jogando, de repente tinha regras, de repente estava aberto ao debate. E as regras, decidiu Rin, significavam reciprocidade. Ela o encarou com expectativa.

— Está bem. — Nezha deu de ombros. — O que é?

Rin estava grata por ter a coragem líquida do álcool para dizer o que veio em seguida.

— Você vai voltar para aquela gruta algum dia?

Nezha ficou tenso.

— O quê?

— Os deuses não podem ser coisas físicas — disse ela. — Chaghan me ensinou isso. Eles precisam de conduítes mortais para afetar o mundo. Seja lá o que o dragão é...

— Aquela coisa é um monstro — afirmou ele, frio.

— Talvez. Mas é combatível — disse ela. Talvez ainda estivesse agitada com a vitória sobre Feylen, mas lhe parecia tão óbvio o que Nezha precisava fazer se quisesse ser libertado. — Talvez tenha sido uma pessoa um dia. Não sei como se tornou o que é, e talvez seja tão poderoso quanto um deus deve ser hoje, mas já enterrei deuses antes. Farei isso de novo.

— Você não pode derrotar aquela coisa — disse Nezha. — Você não faz ideia do que está enfrentando.

— Acho que faço uma ideia.

— Não a respeito disso. — A voz dele endureceu. — Você nunca mais vai me fazer qualquer pergunta sobre esse assunto.

— Está bem.

Rin se recostou e deixou os dedos roçarem a água luminosa. Ela fez chamas subirem pelos braços, deliciando-se com a forma como seus intrincados padrões eram refletidos na luz azul-esverdeada. Fogo e água ficavam tão lindos juntos. Era uma pena que destruíssem um ao outro por natureza.

— Posso fazer outra pergunta agora? — perguntou Nezha.

— Vai em frente.

— Você falou sério quando disse que devíamos formar um exército de xamãs?

Rin se encolheu.

— Quando falei isso?

— No Ano-Novo. Na campanha, quando estávamos sentados na neve.

Ela riu, achando graça que ele sequer se lembrasse daquilo. A campanha nortista parecia ter acontecido vidas antes.

— Por que não? Seria maravilhoso. Jamais perderíamos.

— Você sabe que isso é exatamente o que os hesperianos temem.

— Por um bom motivo — disse ela. — Eles estariam ferrados, não é?

Nezha se inclinou à frente.

— Você sabia que Tarcquet está buscando suspender toda a atividade xamânica?

Ela franziu a testa.

— Como assim?

— Significa que você promete nunca mais invocar seus poderes, e será punida se o fizer. Reportaremos cada xamã vivo no Império. E destruiremos todo o conhecimento escrito do xamanismo para que não possa ser transmitido.

— Muito engraçado — disse Rin.

— Não estou brincando. Você teria que cooperar. Se nunca mais invocar o fogo, ficará segura.

— Até parece — disse ela. — *Acabei* de recuperar o fogo. Não tenho intenção de abrir mão dele.

— E se tentassem forçá-la?

Ela deixou as chamas dançarem pelos ombros.

— Então boa sorte para eles.

Nezha se levantou e se moveu pela sampana para se sentar ao lado dela. Sua mão roçou a parte inferior das costas de Rin.

Ela estremeceu sob o toque.

— O que você está fazendo?

— Onde está seu ferimento? — perguntou ele, pressionando os dedos na cicatriz na lateral do corpo de Rin. — Aqui?

— Isso dói.

— Que bom — disse Nezha.

A mão dele se moveu atrás de Rin. Ela pensou que o garoto fosse puxá-la para si, mas então sentiu uma pressão na parte inferior das costas. Ela piscou, confusa. Não percebeu que havia sido esfaqueada até Nezha tirar a mão e ela ver sangue nos dedos do garoto.

Rin tombou para o lado. Ele a tomou nos braços.

O rosto de Nezha entrava e saía de sua visão. Rin tentou falar, mas tinha os lábios pesados, desajeitados. Só podia arfar em sussurros incompreensíveis.

— Você... Mas você...

— Não tente falar — murmurou Nezha, e roçou os lábios contra a testa dela enquanto enfiava a faca mais fundo em suas costas.

CAPÍTULO 36

O sol da manhã foi como uma adaga nos olhos de Rin. Ela gemeu e se encolheu de lado. Por um único e feliz momento, não conseguiu lembrar como acabara ali. Então a consciência ressurgiu devagar e dolorosamente — sua mente caiu em vislumbres de imagens, fragmentos de conversas. O rosto de Nezha. O sabor azedo do licor de sorgo. Uma faca. Um beijo.

Ela rolou sobre algo molhado, pegajoso e pútrido. Havia vomitado enquanto dormia. Uma onda de náusea sacudiu seu corpo, mas Rin não conseguiu expelir nada. Tudo doía. Ela tateou as costas, aterrorizada. Alguém havia suturado o ferimento — havia sangue acumulado ao redor da ferida, mas ela não estava sangrando.

Rin podia estar mal, mas ainda não era sua hora de morrer.

Dois ferrolhos a acorrentavam à parede — um ao redor do pulso direito e outro entre os tornozelos. As correntes tinham alguma folga, mas não muito; ela não podia engatinhar além do meio da sala.

Rin tentou erguer o tronco, mas a tontura a forçou de volta ao chão. Seus pensamentos se moviam em esforços vagarosos e confusos. Sem esperanças, ela tentou invocar o fogo. Nada aconteceu.

É claro que a haviam drogado.

Devagar, sua mente processou o que acontecera. Ela havia sido tão burra que queria se bater. Estivera *muito* perto de fugir, até que cedeu ao sentimento.

Rin sabia que Vaisra era um manipulador. Sabia que os hesperianos iriam atrás dela. Mas nunca sonhara que Nezha pudesse machucá-la. Ela devia tê-lo incapacitado nos quartéis e fugido de Arlong antes que alguém a visse. Em vez disso, esperara que pudessem ter uma última noite juntos antes de se separarem para sempre.

Tola, pensou ela. *Você o amou e confiou nele, e entrou direto na armadilha.*

Depois de Altan, ela devia ter imaginado.

Rin olhou ao redor. Estava sozinha. Não queria estar sozinha. Se era prisioneira, precisava pelo menos saber o que a esperava. Minutos se passaram e ninguém entrou no cômodo, então ela gritou. Depois, gritou de novo e continuou gritando até a garganta queimar.

A porta se abriu com força. A sra. Yin Saikhara entrou. Ela segurava um chicote na mão direita.

Merda, pensou Rin vagarosamente, pouco antes de o chicote estalar em seu ombro esquerdo até o lado direito do quadril. Por um momento, ela ficou paralisada, o estalo zumbindo em seus ouvidos. Então a dor chegou, tão intensa e incandescente que ela caiu de joelhos. O chicote desceu outra vez. Ombro direito. Rin não conseguiu segurar os gritos.

Saikhara baixou o chicote. Rin identificou um leve tremor nas mãos dela, mas fora isso a Senhora de Arlong estava rígida, imperiosa, pálida com o ódio puro que Rin nunca compreendera.

— Você tinha que dizer a eles — disse Saikhara. Seu cabelo estava solto e despenteado, a voz um rosnado trêmulo. — Você tinha que ajudá-los a consertá-lo.

Rin engatinhou em direção ao canto mais distante do cômodo, tentando sair do alcance de Saikhara.

— De que merda você está falando?

— Sua criatura do Caos — sibilou Saikhara. — Enganadora com língua de serpente, marionete do maior mal, isso é tudo culpa sua...

Rin percebeu pela primeira vez que a Senhora de Arlong talvez não fosse inteiramente sã.

Ela ergueu as mãos e se agachou no canto dos fundos, caso Saikhara decidisse usar o chicote de novo.

— O que você acha que é culpa minha?

Os olhos de Saikhara estavam arregalados e desfocados; ela falava encarando um ponto a dois metros da esquerda de Rin.

— Eles iam consertá-lo. Vaisra prometeu. Mas eles voltaram da campanha e disseram que não chegaram mais perto da verdade, e você ainda está *aqui*, sua coisinha suja...

— Espere — disse Rin. As peças do quebra-cabeças aos poucos se encaixaram em sua mente. Ela não conseguia acreditar que não fizera a conexão antes. — Consertar *quem*?

Saikhara apenas a encarou.

— Eles disseram que consertariam *Nezha*? — perguntou Rin. — Os hesperianos disseram que podiam curar a marca do dragão dele?

Saikhara piscou. Uma máscara se solidificou sobre suas feições, a mesma máscara que seu filho e marido dominavam tão bem.

Mas a mulher não precisava dizer nada. Rin entendia a verdade agora, estava escancarada diante dela.

— *Você prometeu* — Saikhara sibilara para Vaisra. — *Você jurou para mim. Disse que consertaria isso, que encontraria um jeito de consertá-lo se eu os trouxesse de volta.*

A Irmã Petra prometera a Saikhara uma cura para a aflição de seu filho — esse era o único motivo de Saikhara ter lutado tanto para trazer a Companhia Cinzenta ao Império. O que significava que tanto Vaisra quanto Saikhara sempre souberam que Nezha era um xamã.

Mas eles não o negociaram com os hesperianos.

Não, haviam apenas comprometido todos os outros xamãs do Império. Haviam entregado Rin a Petra para repetir o que Shiro fizera com ela, apenas por alguma esperança de salvar o filho.

— Não sei o que você acha que eles descobrirão — disse Rin, baixinho. — Mas me machucar não vai consertar seu filho.

Não, era provável que Nezha fosse sofrer com a maldição do dragão até morrer. Aquela maldição devia estar além do conhecimento hesperiano. Esse pensamento lhe deu uma satisfação pequena e cruel.

— O Caos engana com maestria. — Saikhara moveu a mão rapidamente sobre o peito, formando com os dedos símbolos que Rin nunca havia visto. — Esconde sua verdadeira natureza e imita a ordem para subvertê-la. Sei que não posso obter a verdade de você. Sou apenas uma iniciada noviça. Mas a Companhia Cinzenta terá sua chance.

Rin a observava com cautela, prestando atenção redobrada ao chicote.

— Então o que você quer?

Saikhara apontou para a janela.

— Estou aqui para observar.

Rin seguiu o olhar dela, confusa.

— Vá em frente — disse Saikhara. Ela parecia estranha, com um ar maligno e triunfante. — Aproveite o espetáculo.

Rin cambaleou em direção à janela e olhou lá fora.

Viu que estava sendo mantida em uma sala do terceiro andar do palácio, de frente para o pátio central. Lá embaixo, uma multidão de tropas republicanas e hesperianas estava reunida em um semicírculo ao redor de uma plataforma elevada. Dois prisioneiros vendados subiram lentamente as escadas, de braços atados às costas, ladeados por soldados hesperianos.

Os prisioneiros pararam na beira da plataforma. Os soldados os cutucaram com seus arcabuzes até eles darem um passo à frente para ficar no centro. O da esquerda inclinou a cabeça para o sol.

Mesmo com a venda, Rin reconheceu aquele rosto escuro e bonito.

Baji tinha a postura ereta, inflexível.

Ao lado dele, Suni se encolhia como se pudesse se tornar um alvo menor. Parecia aterrorizado.

Rin se virou.

— O que é isso?

O olhar de Saikhara estava fixo na janela, a boca a mais fina das linhas.

— *Observe.*

Alguém bateu um gongo. A multidão se separou. Rin observou, gélida de medo, Vaisra subir na plataforma e ficar em uma posição a vários metros na frente de Suni e Baji. Ele ergueu os braços. Gritou algo que Rin não conseguiu entender devido ao barulho da multidão. Tudo o que ouviu foi o brado dos soldados em aprovação.

— Há muito tempo, o Imperador Vermelho mandou matar todos os monges de seu reino. — Saikhara falava baixinho atrás dela. — Por que acha que ele fez isso?

Quatro soldados hesperianos fizeram fila na frente de Baji, arcabuzes na altura de seu torso.

— O que você está fazendo? — gritou Rin. — *Pare!*

Mas é claro que Vaisra não podia ouvi-la lá embaixo, não com aqueles gritos. Impotente, Rin se debateu contra as correntes, guinchando, mas tudo que podia fazer era assistir enquanto ele levantava a mão.

Quatro tiros escalonados cortaram o ar. O corpo de Baji sacudiu de um lado para o outro em uma dança horrível a cada bala, até que a última o atingiu no meio do peito. Por um longo e bizarro minuto ele permaneceu de pé, balançando para a frente e para trás, como se o corpo não conseguisse decidir para que lado cair. Então caiu de joelhos, a cabeça baixa, antes que uma última saraivada de tiros o derrubasse no chão.

— É o fim dos seus deuses — disse Saikhara.

Lá embaixo, os soldados recarregaram os arcabuzes e dispararam uma segunda saraivada de tiros em Suni.

Devagar, Rin se virou.

A fúria encheu sua mente, um desejo visceral não apenas de derrotar, mas de *destruir*, de incinerar Saikhara tão completamente que nem mesmo seus ossos restariam, e fazê-lo *devagar*, para que a agonia durasse o maior tempo possível.

Ela tentou alcançar a deusa. A princípio, não houve resposta, apenas um nada entorpecido pelo ópio. Então Rin ouviu a resposta da Fênix — um grito distante, muito fraco.

Isso bastou. Ela sentiu o calor nas palmas das mãos. O fogo estava de volta.

Ela quase riu. Depois de todo o ópio que havia fumado, sua tolerância havia se tornado muito, muito maior do que os Yin haviam imaginado.

— Seus falsos deuses foram descobertos — murmurou Saikhara. — O Caos morrerá.

— Você não sabe nada sobre os deuses — disse Rin.

— Sei o suficiente.

Saikhara ergueu o chicote novamente. Rin se moveu mais rápido. Virou as palmas das mãos para a mulher, e o fogo explodiu — apenas uma pequena corrente, nem mesmo um décimo de seu alcance total, mas foi o suficiente para incendiar as vestes de Saikhara.

A Senhora de Arlong cambaleou para trás, gritando por ajuda enquanto o chicote estalava repetidamente contra o ombro de Rin, abrindo feridas. Rin ergueu os braços para proteger a cabeça, mas o chicote lacerou seus pulsos.

As portas se abriram. Eriden entrou às pressas, seguido por dois soldados.

Rin redirecionou as chamas para os recém-chegados, mas eles seguravam lonas úmidas e à prova de fogo diante do corpo. O fogo chiou e não conseguiu pegar. Um soldado a chutou no chão e a prendeu pelos braços. O outro forçou um pano molhado sobre sua boca.

Rin tentou não inalar, mas sua visão escureceu e ela convulsionou, ofegante. O gosto espesso de láudano invadiu sua boca, enjoativo e potente. O efeito foi imediato. As chamas se extinguiram. Ela não podia sentir a Fênix — mal podia ouvir ou enxergar.

Os soldados a soltaram. Ela jazia inerte no chão, atordoada, com baba escorrendo da lateral da boca enquanto piscava na direção da porta.

— A senhora não deveria estar aqui — disse Eriden para a mãe de Nezha.

Saikhara cuspiu na direção de Rin.

— Ela devia estar sedada.

— Ela *estava* sedada. A senhora foi descuidada.

— E você foi incompetente — sibilou Saikhara. — A responsabilidade é sua.

Eriden respondeu algo, mas Rin não conseguia mais entendê-lo. Eriden e Saikhara eram apenas manchas vagas e borradas, e suas vozes eram balbucios distorcidos e insignificantes de coisas sem sentido.

Vaisra foi até ela horas mais tarde. Com os olhos inchados, Rin viu a porta se abrir, viu o homem cruzar a sala e se ajoelhar ao lado dela.

— Você — crocitou ela.

Rin sentiu os dedos frios de Vaisra roçarem sua testa e empurrarem o emaranhado de cabelo para trás da orelha.

Ele suspirou.

— Ah, Runin.

— Fiz tudo por você — disse ela.

A expressão dele era estranhamente gentil.

— Eu sei.

— Então por quê?

Ele retirou a mão.

— Olhe para o canal.

Ela olhou, exausta, para a janela. Mas nem precisava; sabia o que Vaisra queria que ela visse. Os navios destroçados jaziam em pedaços ao longo do canal, um quarto da frota esmagado sob uma avalanche de rochas, os corpos afogados e inchados à deriva por toda a extensão do rio.

— Isso é o que acontece quando se enterra um deus — disse ela.

— Não. Isso é o que acontece quando homens são tolos o bastante para brincar com o céu.

— Mas eu não sou como Feylen.

— Não importa — rebateu ele, calmo. — Poderia ser.

Ela ergueu o tronco.

— Vaisra, por favor...

— Não implore. Não há nada que eu possa fazer. Eles sabem do homem que você matou. Você o queimou e descartou o corpo no porto. — Vaisra soava muito decepcionado. — Sério, Rin? Depois de tudo? Eu disse para tomar cuidado. Queria que tivesse me escutado.

— Ele estava estuprando uma garota — contou ela. — Ele estava *em cima* dela. Eu não podia só...

— Eu pensei — disse Vaisra devagar, como se falasse com uma criança — que tivesse lhe ensinado sobre o equilíbrio do poder.

Rin se esforçou para ficar de pé. O chão balançou sob suas pernas, ela teve que se apoiar na parede. Rin via tudo duplicado sempre que mexia a cabeça, mas por fim conseguiu encarar Vaisra.

— Faça você, então. Nada de pelotões de fuzilamento. Use uma espada. Me conceda esse respeito.

Vaisra arqueou uma sobrancelha.

— Você acha que vamos matá-la?

— Você vem conosco, querida. — A voz do General Tarcquet, uma fala arrastada e indiferente.

Rin se encolheu. Ela não ouvira a porta se abrir.

A Irmã Petra entrou e parou um pouco atrás de Tarcquet. Seus olhos sob o véu eram como pedra.

— O que você quer? — grunhiu Rin. — Veio pegar mais amostras de urina?

— Admito que pensei que você ainda podia ser convertida — disse Petra. — Isso me entristece, de verdade. Odeio vê-la assim.

Rin cuspiu no pé dela.

— Vai se foder.

Petra se aproximou até que estivessem cara a cara.

— Você me enganou mesmo. Mas o Caos é esperto. Pode se disfarçar de racional e benevolente. Pode fazer com que sejamos misericordiosos.

— Ela ergueu a mão para acariciar a lateral do rosto de Rin. — Mas, no fim, sempre precisa ser caçado e destruído.

Rin avançou nos dedos dela. Petra retraiu a mão. Tarde demais. Rin havia tirado sangue.

Petra cambaleou para trás e Rin riu, deixando o sangue gotejar de seus dentes. Ela viu terror puro refletido nos olhos de Petra, e isso por si só era tão estranhamente gratificante — Petra nunca havia demonstrado medo antes, nunca havia demonstrado *nada* — que ela não se importou com o desgosto no rosto de Tarcquet ou a desaprovação no de Vaisra.

Todos já a consideravam um animal louco. Ela estava apenas atendendo às expectativas.

E por que não deveria? Ela se cansara de jogar o jogo de disfarces dos hesperianos, fingindo não ser letal quando era. Eles queriam ver uma fera. Ela lhes daria uma.

— Isso não se trata do Caos. — Rin sorriu para eles. — Vocês estão todos apavorados, não é? Eu tenho um poder que vocês não têm, e vocês não suportam isso.

Ela estendeu as mãos abertas. Nada aconteceu — o láudano ainda pesava sua mente —, mas Petra e Tarcquet pularam para trás mesmo assim.

Rin gargalhou.

Petra limpou a mão ensanguentada no vestido, deixando marcas grossas e vermelhas no tecido cinza.

— Rezarei por você.

— Reze por você mesma.

Rin avançou outra vez, só para ver o que Petra faria.

A Irmã deu meia-volta e fugiu. A porta bateu atrás dela. Rin se esgueirou para trás, bufando de alegria.

— Espero que tenha se divertido — disse Tarcquet secamente. — Não vai rir muito no lugar para onde vai. Nossos estudiosos gostam de se manter ocupados.

— Arrancarei minha própria língua antes que eles me toquem — disse Rin.

— Ah, não vai ser tão ruim — disse Tarcquet. — Se você se comportar, vamos lhe dar um pouco de ópio de vez em quando. Disseram que você gosta disso.

O orgulho abandonou Rin.

— Não me entregue a eles — implorou Rin a Vaisra. Não podia mais fingir, não podia esconder o medo; seu corpo inteiro tremia e, embora quisesse ser insolente, só conseguia pensar no laboratório de Shiro, de ficar deitada sobre a mesa dura, impotente, enquanto mãos que não conseguia ver examinavam seu corpo. — Vaisra, por favor. Você ainda precisa de mim.

Vaisra suspirou.

— Temo que isso não seja mais verdade.

— Você não teria ganhado essa guerra sem mim. Sou sua melhor arma, sou o aço atrás de seu comando, você *disse*...

— Ah, Runin. — Vaisra balançou a cabeça. — Olhe pela janela. Aquela frota é o aço atrás de meu comando. Vê aqueles navios de guerra? Imagine o tamanho daqueles porões de carga. Imagine quantos arcabuzes aqueles navios estão carregando. Você acha que eu preciso mesmo de você?

— Mas eu sou a única que pode invocar um deus...

— E Augus, um garoto idiota sem o mínimo de treinamento militar, enfrentou uma das xamãs mais poderosas das Terras Remotas e a matou. Sim, Runin, eu contei a eles. Agora imagine o que dezenas de soldados hesperianos treinados poderiam fazer. Minha querida, asseguro-lhe que não preciso mais de seus serviços. — Vaisra se virou para Tarcquet. — Acabamos aqui. Leve-a para onde quiser.

— Não vou manter essa coisa em meu navio — disse Tarcquet.

— Nós a entregaremos antes que parta, então.

— E você pode garantir que ela não vai nos afundar no oceano?

— Ela não poderá fazer nada enquanto você der a ela doses regulares de láudano — explicou Vaisra. — Coloque um guarda de prontidão. Mantenha-a dopada e envolta em cobertores molhados, e ela será tão inofensiva quanto um gatinho.

— Que pena — disse Tarcquet. — Ela é divertida.

Vaisra deu uma risadinha.

— É mesmo.

Tarcquet lançou a Rin um último olhar demorado.

— Os encarregados do Consórcio virão em breve.

Vaisra baixou a cabeça.

— E eu odiaria manter o Consórcio esperando.

Eles deram as costas a Rin e caminharam até a porta.

Ela se lançou à frente, em pânico.

— Fiz tudo por você. — Sua voz saía estridente, desesperada. — Matei Feylen por você.

— E a história se lembrará de você por isso — disse Vaisra, baixinho. — Assim como a história me elogiará pelas decisões que tomo agora.

— Olhe para mim! — gritou Rin. — Olhe para mim! *Seu desgraçado!* Olhe para mim!

Ele não respondeu.

Rin ainda tinha uma última carta para usar, e a arremessou nele.

— Vai deixá-los levar Nezha também?

Isso o fez parar.

— O que disse? — perguntou Tarcquet.

— Nada — disse Vaisra. — Ela está drogada, dizendo asneiras...

— Eu sei de tudo — disse Rin.

Danem-se Nezha e seus segredos. Se ele podia esfaqueá-la pelas costas, ela faria o mesmo.

— Seu filho é um de nós. Se você vai matar todos nós, terá que matá-lo também.

— Isso é verdade? — perguntou Tarcquet, incisivo.

— É claro que não — respondeu Vaisra. — Você conheceu o garoto. Venha, estamos desperdiçando tempo...

— Tarcquet viu — disse Rin, arfando. — Tarcquet estava na campanha. Lembra como aquelas águas se moveram? Aquilo não foi o Deus do Vento, general. Foi Nezha.

Vaisra não disse nada.

Rin sabia que o pegara.

— Você sabia, não sabia? — exigiu ela. — Sempre soube. Nezha entrou naquela gruta porque você deixou.

De que outra forma dois garotinhos escapariam da guarda do palácio para explorar uma caverna na qual foram proibidos de entrar? Como, sem a permissão expressa do Líder do Dragão?

— Você esperava que ele morresse? Ou... não. — A voz dela tremeu. — Você *queria* um xamã, não queria? Você sabia o que o dragão podia fazer e queria uma arma para chamar de sua. Mas não arriscaria Jinzha. Não seu primogênito. Mas seu segundo filho? Seu terceiro? Eles eram descartáveis. Você podia experimentar.

— Do que ela está falando? — exigiu Tarcquet.

— É por isso que sua esposa me odeia — disse Rin. — É por isso que ela odeia todos os xamãs. E é por isso que seu filho o odeia. Você não consegue esconder isso. Petra já sabe. Petra disse que ia consertá-lo...

Tarcquet ergueu a sobrancelha.

— Vaisra...

— Isso não é nada — disse o líder. — Ela está delirando. Seus homens terão que aguentar isso no navio.

Tarcquet riu.

— Eles não falam a língua.

— Agradeça. O dialeto dela é feio.

— *Pare de mentir!*

Rin tentou correr até Vaisra, mas as correntes puxaram dolorosamente seus tornozelos e a levaram de volta ao chão.

Tarcquet deu uma última risada ao sair. Vaisra permaneceu à porta por um momento, observando-a, impassível.

Por fim, ele suspirou e disse:

— A Casa de Yin sempre faz o que é preciso. Você sabe disso.

Quando acordou novamente, Rin decidiu que queria morrer.

Pensou em bater a cabeça contra a parede. Mas toda vez que se ajoelhava de frente para a janela, as mãos apoiadas na pedra, Rin começava a tremer demais para terminar o trabalho.

Ela não tinha medo de morrer; estava com medo de não bater a cabeça com força suficiente. Com medo de só quebrar o crânio, mas não perder a consciência, de ficar sujeita a horas de uma dor esmagadora que não a mataria, mas a legaria a uma vida de agonia insuportável e metade de sua capacidade original de raciocínio.

No fim das contas, ela era covarde demais. Desistiu e se encolheu miseravelmente no chão para esperar o que quer que viesse em seguida.

Depois de alguns minutos, sentiu uma fisgada aguda no braço esquerdo. Ergueu a cabeça num gesto brusco, correndo os olhos pela sala para encontrar o que a tinha mordido. Uma aranha? Um rato? Ela não viu nada. Estava sozinha. O formigamento se intensificou em uma pontada aguda de dor. Rin gritou alto e se esforçou para erguer o tronco.

Não conseguia encontrar a causa da dor. Apertou o braço com força, esfregou freneticamente para cima e para baixo, mas a dor não passava.

Ela a sentia de forma aguda, como se alguém estivesse fazendo cortes profundos em sua carne, mas não conseguia ver o sangue borbulhando na pele ou linhas dividindo a superfície.

Por fim, Rin percebeu que aquilo não estava acontecendo com ela. Estava acontecendo com Kitay.

Será que o haviam capturado? Estariam o machucando? Ah, *deuses*. A única coisa pior do que ser torturada era saber que Kitay estava sendo torturado — *sentir* a tortura acontecendo, saber que a dor era dez vezes pior para ele e ser incapaz de fazê-la parar.

Linhas brancas finas e ásperas, parecidas com cicatrizes, se materializaram sob sua pele. Rin semicerrou os olhos, examinando suas formas. Não eram cortes aleatórios para infligir dor — o padrão era muito deliberado. Pareciam palavras.

A esperança explodiu em seu peito. Será que Kitay estava fazendo aquilo consigo mesmo? Estava tentando *escrever* para ela? Rin fechou os punhos, os dentes cerrados contra a dor, enquanto observava as linhas brancas formarem uma única palavra.

Onde?

Ela se arrastou até a janela e olhou para fora, contando as janelas que levavam até sua cela. Terceiro andar. Primeiro cômodo no corredor central, logo acima da plataforma no pátio.

Agora ela só tinha que escrever de volta. Rin olhou ao redor da sala em busca de uma arma, mas sabia que não encontraria nada. As paredes eram muito lisas, e sua cela havia sido despojada de móveis.

Ela examinou as unhas. Não estavam aparadas, eram afiadas e irregulares. Podia funcionar. Estavam terrivelmente sujas — poderiam causar uma infecção —, mas ela se preocuparia com isso mais tarde.

Rin respirou fundo. Ela conseguiria. Já havia se marcado antes.

Conseguiu fazer apenas três caracteres antes de não conseguir mais se arranhar. *Palácio 1–3.*

Ela observou o braço, sem respirar. Não houve resposta.

Isso não era necessariamente ruim. Kitay devia ter visto. Talvez ele apenas não tivesse mais nada a dizer.

Rapidamente, Rin espalhou sangue nos braços para esconder os cortes, apenas caso algum guarda se aventurasse para ver como ela estava. E, se vissem as marcas, ela simplesmente fingiria que havia enlouquecido.

CAPÍTULO 37

Algo bateu na janela.

Rin ergueu a cabeça. Ouviu um segundo impacto. Ela meio correu, meio rastejou até o parapeito da janela e viu um gancho preso nas barras de ferro. Espiou por cima do beiral. Kitay estava escalando a parede com uma única corda. Ele sorriu para ela, dentes brilhando ao luar.

— Oi.

Ela o encarou, aliviada demais para falar, desejando desesperadamente não estar alucinando.

Kitay se içou pela janela, pousou no chão sem fazer barulho e tirou uma longa agulha do bolso.

— Quantos cadeados?

Ela mostrou as correntes.

— Só dois.

— Certo.

Kitay se ajoelhou ao lado dos tornozelos dela e começou a trabalhar. Um minuto depois, o ferrolho se soltou. Aliviada, Rin sacudiu as pernas para se livrar das correntes.

— Pare com isso — sussurrou ele.

— Desculpe.

Ela ainda estava sonolenta por causa do láudano. Mover o corpo era como nadar, e pensar levava o dobro do tempo.

Kitay passou para o ferrolho ao redor do pulso direito dela.

Rin ficou parada, esforçando-se para não se mexer. Meio minuto depois, ouviu algo do lado de fora da porta. Escutou com atenção. Passos.

— Kitay...

— Eu sei. — Os dedos suados dele escorregavam e se atrapalhavam enquanto ele manuseava a agulha no trinco. — Pare de se mexer.

Os passos ficaram mais altos.

Kitay puxou o ferrolho, mas as correntes permaneceram firmes.

— Merda! — Ele largou a agulha. — Merda, *merda*...

O pânico apertou o peito de Rin.

— Eles estão vindo.

— Eu sei. — Por um momento, Kitay encarou a algema de ferro, a respiração pesada. Então tirou a camisa, torceu-a em um nó apertado e a pressionou no rosto dela. — Abra a boca.

— O quê?

— Para não morder a língua.

Rin piscou. *Ah*.

Ela não discutiu. Não havia tempo para pensar, para arranjar um plano melhor. Era isso. Ela deixou Kitay enfiar o pano em sua boca o mais fundo possível até pressionar sua língua para baixo, deixando seus dentes imóveis.

— Devo lhe dizer quando? — perguntou ele.

Rin fechou os olhos com força e balançou a cabeça.

— Está bem.

Vários segundos se passaram. Então ele pisou na mão dela.

Um clarão ofuscou a mente de Rin. Seu corpo sacudiu num espasmo. Ela arqueou as costas, chutando o nada descontroladamente. Ela se ouviu gritar através do pano, mas o som parecia vir de muito longe. Por alguns poucos segundos, ela saiu de si. Era o grito de outra pessoa, a mão de outra pessoa em pedaços. Então sua mente se reconciliou com o corpo e Rin começou a esmurrar o piso com a outra mão, desesperada por uma dor secundária que mascarasse a intensidade da primeira.

— Pare com isso... Rin, *pare!* — Kitay agarrou a mão dela e a fez parar.

Lágrimas escorriam dos olhos de Rin. Ela não conseguia falar, mal conseguia respirar.

— Você ouviu isso? — As vozes no corredor soavam muito próximas. — Vou entrar.

— Fique à vontade, mas não vou com você.

— Ela está sedada...

— Ela *parece* sedada? Vá buscar o capitão.

Passos soaram pelo corredor.

— Precisamos ser rápidos — sibilou Kitay.

Ele estava terrivelmente pálido. Também estava sentindo a dor; devia estar em agonia, e Rin não fazia ideia de como ele a suprimia.

Ela assentiu e fechou os olhos de novo, arfando quando ele deu um puxão nas mãos dela. Novas pontadas de dor subiram por seus braços.

Rin cometeu o erro de olhar e viu ossos brancos perfurando a carne. Sua visão pulsou em vislumbres pretos.

— Tente chacoalhar para se soltar — disse Kitay.

Ela puxou o braço, hesitante, e quase gritou de frustração. Ainda estava presa.

— Coloque o pano de volta — disse ele.

Ela obedeceu. Ele pisou de novo.

Dessa vez, a mão quebrou por completo. Rin sentiu o movimento, um estalo limpo que reverberou pelo resto de seu corpo. Kitay apertou seu pulso com firmeza e removeu a mão de Rin com um puxão violento.

De alguma forma, todos os pedaços saíram ainda presos ao braço dela. Kitay enrolou a camisa nos dedos mutilados.

— Enfie isso no cotovelo. Pressione quando puder, vai estancar o sangramento.

Rin estava tão atordoada com a dor que não conseguia ficar de pé. Kitay a ergueu pelas axilas até ela se levantar.

— Venha.

Rin se apoiou nele, catatônica. Kitay bateu de leve em seu rosto, até ela piscar e abrir os olhos.

— Consegue escalar? — perguntou ele. — Por favor, Rin, precisamos ir.

Ela gemeu.

— Eu só tenho um braço e ainda estou drogada.

Kitay a arrastou em direção à janela.

— Eu sei. Também sinto.

Rin olhou para ele e percebeu que a mão de Kitay pendia frouxa ao lado do corpo. Seu rosto estava exausto, pálido e pegajoso de suor. Os dois estavam interligados. A dor dela era a dor dele. Mas ele lutava.

Então Rin também podia lutar. Ela devia isso a ele.

— Posso escalar — disse ela.

— Vai ser fácil — incentivou Kitay. O alívio era claro em seu rosto. — Aprendemos isso em Sinegard. Torça a corda ao redor do seu pé para fazer um apoio. Você vai ficar mais ou menos a um centímetro dela. Deslize pouco a pouco. — Ele arrancou um quadrado da camisa e o pressionou contra a mão boa de Rin. — Isso é para a queimadura da corda. Espere até eu chegar lá embaixo para pegar você.

Kitay deu várias batidinhas nas bochechas dela para trazê-la de volta ao estado de alerta, depois se arrastou para fora da janela.

Rin não fazia ideia de como conseguira descer a parede. Seus membros se moviam com uma lentidão onírica, e as pedras ficavam embaralhadas diante de seus olhos. Várias vezes a corda ameaçou se soltar de sua perna e ela girou assustadoramente no ar até Kitay retesar o cordão. Quando não aguentou mais, ela pulou os últimos dois metros e colidiu com Kitay. A dor disparou por seus tornozelos.

— *Quieta*. — Kitay tampou sua boca antes que Rin pudesse arfar. Ele apontou para a escuridão. — Há um barco esperando por ali, mas você precisa cruzar a plataforma sem ser notada.

Então Rin se deu conta de que estavam no palco de execuções. Olhou para trás. Viu dois corpos. Eles não haviam se dado ao trabalho de removê-los.

— Não olhe — sussurrou Kitay.

Mas ela *não conseguia* não olhar, não quando estavam tão próximos. Suni e Baji jaziam curvados e quebrados em pilhas escuras do próprio sangue. Os últimos dois xamãs do Cike, vítimas da estupidez de Rin.

Ela olhou ao redor. Não via a patrulha noturna, mas eles certamente apareceriam a qualquer momento.

— Eles não nos verão?

— Temos uma distração — disse Kitay.

Antes que ela pudesse perguntar, ele enfiou os dedos na boca e assobiou.

Uma figura apareceu do outro lado do pátio. Ele surgiu sob a luz da lua, e seu perfil foi um alívio intenso. Ramsa.

Rin começou a ir até ele, mas Kitay a puxou de volta. Ramsa olhou para ela, balançou a cabeça e apontou para uma fileira de guardas emergindo do canto mais distante.

Rin congelou. Eram três contra vinte guardas, metade deles hesperianos armados com arcabuzes, e ela não podia invocar o fogo.

Calmamente, Ramsa tirou duas bombas do bolso.

— O que ele está fazendo? — Rin se debateu nos braços de Kitay. — Ele vai se matar.

Kitay não cedeu.

— Eu sei.

— Me solte, preciso ajudá-lo...

— Você não pode.

Um grito soou na noite. Um dos guardas tinha visto Ramsa. O grupo da patrulha começou a correr, as espadas desembainhadas.

Ramsa se ajoelhou. Seus dedos manuseavam desesperadamente o fusível. Faíscas voaram ao seu redor, mas as bombas não acenderam.

Rin puxou a mão de Kitay.

— Kitay, *por favor*...

Ele a arrastou de volta para as sombras.

— Não é ele quem estamos tentando salvar.

Ela viu um clarão de pólvora. Os guardas hesperianos haviam disparado.

Ramsa se levantou. De alguma forma, a primeira rodada de tiros não o acertou. Ele conseguiu acender o fusível. Ele riu de prazer, segurando as bombas acima da cabeça.

A segunda rodada de disparos o despedaçou.

O tempo dilatou terrivelmente. Rin viu tudo acontecer em detalhes lentos, deliberados e intrincados. Uma bala atravessou a mandíbula de Ramsa e saiu do outro lado em um borrifo vermelho. Um projétil penetrou seu pescoço. Outro se alojou em seu peito. Ramsa cambaleou para trás. As bombas caíram de suas mãos e atingiram o chão.

Rin pensou ter visto o menor indício de uma chama no ponto de ignição. Então uma bola de fogo se expandiu como uma flor desabrochando, e o raio da explosão consumiu o pátio.

— Ramsa... — Ela se deixou cair sobre o ombro de Kitay, os braços estendidos em direção ao local da explosão. A boca funcionou e ela empurrou ar pela garganta, mas levou muito tempo até ouvir a própria voz. — Ramsa, não...

Kitay a chacoalhou.

— Ele nos deu uma janela de escape. Vamos.

* * *

A sampana que esperava por eles atrás da curva do canal estava tão escondida nas sombras que, por alguns segundos aterrorizantes, Rin pensou que nem sequer estivesse lá. Então o barqueiro tirou a embarcação debaixo das folhas do salgueiro, parou diante deles e estendeu a mão. Ele usava um uniforme militar hesperiano, mas seu rosto estava escondido sob o capacete de um arqueiro nikara.

— Desculpe não termos chegado antes. — Era uma mulher. Venka tirou o capacete por um breve momento e piscou. — Entre.

Exausta demais para ficar atônita, Rin subiu com pressa na sampana, desajeitada. Kitay pulou atrás dela e jogou a corda lateral na água.

— Onde arranjou esse uniforme? — perguntou ele. — Belo toque.

— Fui caçar cadáveres.

Venka chutou o barco para longe da costa e os guiou rapidamente pelo canal.

Rin desabou em um assento, mas Venka a cutucou com o pé.

— No chão. Cubra-se com essa lona.

Ela se agachou no espaço entre os assentos. Kitay a ajudou a colocar a lona sobre a cabeça.

— Como você sabia como nos encontrar? — perguntou Rin.

— Meu pai me deu a dica — respondeu Venka. — Eu sabia que algo estranho estava acontecendo na torre, só não entendia *o quê*. Assim que peguei a ideia geral, corri e encontrei Kitay antes que os homens de Vaisra o fizessem, mas não conseguimos descobrir onde você estava presa até Kitay tentar aquela coisa com a pele. Truque legal, a propósito.

— Você percebe que acabou de declarar traição contra o seu país? — disse Rin.

— Parece a menor das nossas preocupações — afirmou Venka.

— Você ainda pode voltar — disse Kitay. — Estou falando sério, Venka. Sua família inteira está aqui, e você não precisa fugir conosco. Posso assumir a sampana daqui. Você pode descer...

— Não — interrompeu ela.

— Pense bem — insistiu ele. — Você ainda tem como negar envolvimento. Pode ir agora; ninguém sabe que você está neste barco. Mas, se vier conosco, jamais poderá voltar.

— Que pena — desdenhou Venka. Ela se virou para Rin. A voz assumiu um tom duro. — Fiquei sabendo o que você fez com aquele soldado hesperiano.

— Pois é — disse Rin. — E?

— Bem feito para ele. Espero que tenha doído.

— Acho que doeu.

Em silêncio, Venka assentiu. Nenhum deles tinha mais nada a dizer.

— Teve sorte com os outros? — perguntou Venka a Kitay.

Ele balançou a cabeça.

— Não houve tempo. Só consegui falar com Gurubai. Ele deve estar com o navio agora, se conseguiu passar dos guardas...

— Gurubai? — repetiu Rin. — Do que está falando?

— Vaisra está indo atrás dos líderes sulistas — explicou Kitay. — Ele ganhou seu Império. Agora, está consolidando o poder. Começou com você, e agora vai apenas se livrar dos outros. Tentei avisá-los, mas não cheguei a tempo.

— Estão mortos?

— Não todos. Charouk está preso. Não sei se vão executá-lo ou deixá-lo definhar, mas certamente jamais o libertarão. O Líder do Galo resistiu, então eles o executaram quando as rebeliões começaram...

— *Rebeliões*? Que merda está acontecendo?

— Os campos se tornaram uma zona de guerra — disse Venka. — Dobraram a vigilância em todo o distrito de refugiados. Disseram que era por segurança, mas, assim que as tropas foram atrás dos líderes, todos souberam o que estava acontecendo. As tropas sulistas começaram a revolta. Ouvimos disparos a noite inteira. Acho que Vaisra mandou os hesperianos para cima deles.

Rin teve dificuldade de absorver tudo.

Ao que parecia, o mundo havia virado de cabeça para baixo em poucas horas.

— Estão simplesmente *matando*? Civis também?

— É provável.

— E Kesegi? — perguntou Rin. — Ele saiu?

Venka franziu a testa.

— Quem?

— Eu... ninguém. — Rin engoliu em seco. — Esquece.

— Pense desta forma — disse Venka alegremente. — Pelo menos isso provocou uma distração.

Rin voltou para baixo da lona e ficou imóvel, contando o subir e descer do peito para se distrair da bagunça que era a própria mão. Queria olhar, examinar o dano nos dedos mutilados, mas não conseguiu desembrulhar o pano ensanguentado. Sabia que não haveria como salvar aquela mão. Vira os ossos rachados.

— Venka? — A voz de Kitay, urgente.

— O quê?

— Pensei que você tivesse coberto suas bases.

— Cobri.

Rin se sentou. Eles haviam se movido mais rápido do que ela pensava — o palácio era uma visão distante, e já estavam passando pelo estaleiro. Ela se virou para ver o que chamara a atenção de Venka e Kitay.

Nezha estava sozinho no final do píer.

Rin se levantou, estendendo a mão boa. Ainda sentia os efeitos do láudano, mas conseguia provocar pequenas fagulhas em sua palma; talvez pudesse lançar uma torrente maior caso se concentrasse...

Kitay a empurrou de volta para baixo da lona.

— Abaixe-se!

— Vou matá-lo. — Fogo disparou da palma e dos lábios dela. — *Vou matá-lo...*

— Não vai, não.

Kitay se mexeu para prender os punhos de Rin.

Sem pensar, ela atacou Kitay com ambos os punhos, tentando se libertar. Então a mão ferida bateu na lateral do barco, e a dor foi tão horrível que por um momento tudo ficou branco. Kitay tapou sua boca antes que ela pudesse gritar. Rin desabou em seus braços. Ele a segurou contra si e a balançou para a frente e para trás enquanto Rin abafava os gritos em seu ombro.

Venka disparou duas flechas em rápida sucessão pelo porto. Ambas erraram por um metro. Nezha virou a cabeça para o lado quando elas passaram assobiando. Fora isso, se manteve firme. Não se moveu durante todo o tempo em que a sampana atravessou o estaleiro em direção à cobertura escura das sombras do penhasco do outro lado do canal.

— Ele está nos deixando ir — disse Kitay. — Ele nem soou o alarme.

— Acha que ele está do nosso lado? — perguntou Venka.

— Não está — disse Rin sem emoção. — Sei que não está.

Ela sabia com certeza que havia perdido Nezha para sempre. Com Jinzha assassinado e Mingzha morto havia muito tempo, Nezha era o último herdeiro homem da Casa de Yin. Ele herdaria a nação mais poderosa daquele lado do Grande Oceano e se tornaria o governante que fora preparado durante toda a vida para ser.

Por que ele jogaria isso fora por uma amiga? Ela jamais faria isso.

— Isso é culpa minha — disse Rin.

— Não é culpa sua — retrucou Kitay. — Todos pensamos que podíamos confiar naquele filho da mãe.

— Mas acho que ele tentou me avisar.

— Do que está falando? Ele *esfaqueou* você.

— Na noite anterior à chegada da frota. — Rin inspirou fundo. — Ele foi me encontrar. Disse que eu tinha mais inimigos do que pensava. Acho que estava tentando me avisar.

Venka cerrou os lábios.

— Então ele não tentou muito.

Dois navios com cascos profundos e laterais finas os esperavam fora do canal. Ambos tinham a bandeira da Província do Dragão.

— São navios de ópio — disse Rin, confusa. — Por que eles...?

— São bandeiras falsas. São navios do Junco Carmesim.

Kitay a ajudou a se levantar quando a sampana bateu no casco do navio mais próximo. Ele assobiou para o convés. Vários segundos depois, quatro cordas caíram na água ao redor deles.

Venka as amarrou aos ganchos nas quatro laterais da sampana. Kitay assobiou outra vez, e aos poucos eles começaram a ser içados.

— Saudações de Moag. — Sarana piscou para Rin ao ajudá-la a subir a bordo. — Recebemos sua mensagem. Imaginamos que você ia querer uma carona para descer a costa. Só não achei que as coisas estariam tão ruins assim.

Rin estava ao mesmo tempo profundamente aliviada e impressionada por estar sendo resgatada pelas Lírios. Não conseguia lembrar por que odiava Sarana; agora, só queria beijá-la.

— Então vocês decidiram arrumar briga com um gigante?

— Você sabe como Moag é. Sempre quer pegar os trunfos, principalmente os que foram descartados.

— Gurubai sobreviveu? — perguntou Kitay.

— O Líder do Macaco? Sim, ele está no deque inferior. Um pouquinho ensanguentado, mas ficará bem. — O olhar de Sarana pousou na mão enfaixada de Rin. — Pelas tetas da tigresa! O que aconteceu aí?

— Melhor não ver — disse Rin.

— Vocês têm um médico a bordo? — perguntou Kitay. — Senão, tenho treinamento de triagem, mas precisarei de equipamento: água fervente, bandagens...

— Lá embaixo. Vou levá-la. — Sarana pôs o braço ao redor de Rin e a ajudou a cruzar o convés.

Rin olhou para trás enquanto caminhavam, encarando os penhascos que se afastavam. Parecia incrível que não tivessem sido seguidos para fora do canal. Vaisra certamente já sabia que ela havia escapado. As tropas deveriam estar saindo do quartel. Ela ficaria surpresa se a cidade inteira não fosse trancada. Os hesperianos vasculhariam a cidade, os penhascos e as águas até que a tivessem de volta.

Mas os navios do Junco Carmesim estavam claramente visíveis sob o luar. Eles não haviam se dado ao trabalho de se esconder. Nem sequer tinham apagado as lâmpadas.

Rin tropeçou em uma saliência no chão de madeira.

— Tudo bem aí? — perguntou Sarana.

— Eles vão nos alcançar — disse Rin.

Tudo parecia tão estupidamente sem sentido: sua fuga, a morte de Ramsa, o encontro no rio. Os hesperianos os alcançariam em uma hora. De que adiantava?

— Não subestime um navio de ópio — disse Sarana.

— Nem seu navio mais veloz consegue superar um navio de guerra hesperiano.

— Provavelmente não. Mas temos um tempinho. Sempre ocorrem problemas de comunicação no comando quando se tem dois exércitos e líderes que não se conhecem bem. Os hesperianos não sabem que não é um navio republicano e os republicanos não saberão se os hesperianos deram permissão para atirar, ou se sequer precisam fazer isso. Todo mundo presume que outra pessoa está cuidando do assunto.

O plano de Sarana era escapar graças à ineficiência da cadeia de comando. Rin não sabia se ria ou chorava.

— Isso não garante a fuga, nos dá talvez meia hora.

— Claro. — Sarana apontou para a outra embarcação. — Por isso o segundo navio.

— O que é isso, um engodo?

— Basicamente. Roubamos a ideia de Vaisra — disse Sarana, animada. — Em um segundo, cobriremos todas as nossas luzes do convés, mas aquele navio agirá como se estivesse pronto para lutar. Está equipado com o dobro do poder de fogo de um navio comum. Eles não chegarão perto o suficiente para embarcar, então serão forçados a explodi-lo.

Isso era esperto, pensou Rin. Se os hesperianos não percebessem a segunda embarcação escapando noite adentro, poderiam concluir que ela se afogara.

— Mas e a tripulação? — perguntou ela. — Aquela coisa tem tripulantes, não é? Você vai simplesmente sacrificar as Lírios?

O sorriso de Sarana parecia gravado no rosto.

— Alegre-se. Com sorte, pensarão que é você.

A médica das Lírios apoiou a mão de Rin em uma mesa, desenrolou o pano com cuidado e inspirou fundo ao ver o dano.

— Tem certeza de que não quer sedativos?

— Não. — Rin virou a cabeça para encarar a parede. A expressão da médica era pior do que a visão dos dedos esmagados. — Só dê um jeito nisso.

— Se você se mexer, terei que sedá-la — avisou a médica.

— Não vou. — Rin cerrou os dentes. — Só me dê uma mordaça, por favor.

A médica devia ser pouco mais velha que Sarana, mas agia com movimentos treinados e eficientes que deixaram Rin um pouco mais à vontade.

Primeiro ela encharcou as feridas com algum tipo de álcool translúcido, causando uma dor tão pungente que Rin quase perfurou o pano com os dentes. Então suturou os lugares onde a carne havia se rasgado para revelar o osso. A mão de Rin já ardia tanto com o álcool que quase mascarava a dor, mas a visão da agulha penetrando repetidamente sua carne a deixou tão nauseada que ela precisou parar para vomitar.

Por fim, a médica se preparou para colocar os ossos no lugar.

— É melhor segurar algo.

Rin agarrou a ponta da cadeira com a mão boa. Sem aviso, a médica pressionou.

Os olhos de Rin se arregalaram. Ela não conseguia impedir que suas pernas chutassem loucamente o ar. Lágrimas escorriam por suas bochechas.

— Você está indo bem — murmurou a médica enquanto amarrava uma tala de pano sobre a mão recuperada. — A pior parte já passou.

Ela pressionou a mão de Rin entre duas tábuas de madeira e as amarrou com vários laços de barbante para deixá-la imóvel.

Os dedos de Rin estavam abertos, paralisados na posição.

— Veja como está — disse a médica. — Sinto muito se parece bagunçado. Posso construir algo mais leve para você, mas vai levar alguns dias, e não tenho os suprimentos no navio.

Rin levou a tala à altura dos olhos. Entre as tábuas, via apenas as pontas dos dedos. Tentou mexê-los, mas não sabia se estavam obedecendo ou não.

— Posso tirar a mordaça? — perguntou a médica.

Rin assentiu.

A mulher retirou o pano da boca de Rin.

— Vou conseguir usar essa mão? — perguntou Rin assim que pôde falar.

— Não dá para saber como será a recuperação. Grande parte de seus dedos está bem, mas o centro de sua mão está rachado bem no meio. Se...

— Vou perder a mão? — interrompeu Rin.

— Provavelmente. Quero dizer, nunca dá para prever exatamente como...

— Eu entendo. — Rin se recostou na cadeira, tentando não entrar em pânico. — Está bem. Isso... Tudo bem. Isso...

— Você deve considerar amputá-la se ainda não tiver mobilidade após a recuperação. — A médica tentou usar um tom reconfortante, mas suas palavras baixas só faziam Rin querer gritar. — Talvez seja melhor do que andar por aí com... hã, carne morta. Ela é mais suscetível a infecções, e a dor recorrente pode ser tão ruim que você vai preferir se livrar de vez dela.

Rin não sabia o que dizer. Não sabia como deveria absorver a informação de que agora tinha efetivamente apenas uma mão, que teria que reaprender tudo se quisesse lutar com uma espada outra vez.

Aquilo não podia estar acontecendo. Não podia estar acontecendo com *ela*.

— Respire devagar — disse a médica.

Rin percebeu que estava hiperventilando.

A médica pousou uma mão em seu punho.

— Você ficará bem. Não é tão ruim quanto acha que é.

Rin ergueu a voz.

— *Não é tão ruim?*

— A maioria dos amputados aprende a se ajustar. Com o tempo, você vai...

— Como serei uma soldada? — gritou Rin. — O que devo fazer agora?

— Você pode invocar o fogo — disse a médica. — Por que precisa de uma espada?

— Pensei que os hesperianos estivessem aqui apenas para apoio militar e negociações comerciais. Esse tratado basicamente nos transforma em uma colônia — dizia Venka quando Rin, apesar dos protestos da médica, entrou nas dependências da capitã. Ela ergueu o olhar. — Você não devia estar dormindo?

— Eu não quis — respondeu Rin. — Do que estão falando?

— A médica disse que o láudano faria você apagar por horas — comentou Kitay.

— Não tomei. — Rin se sentou ao lado dele. — Cansei de opioides por enquanto.

— Justo.

Ele olhou para a tala de Rin, depois flexionou os próprios dedos. Rin notou o suor que ensopava seu uniforme, as marcas de meia-lua das unhas que ele cravara na palma. Kitay sentira cada segundo da dor dela.

Ela pigarreou e trocou de assunto.

— Por que estamos falando de tratados?

— Tarcquet reivindicou o continente — explicou o Líder do Macaco.

Gurubai estava péssimo. Manchas de sangue seco cobriam as mãos e a lateral esquerda do rosto, e sua expressão era vazia e extenuada. Ele escapara do cerco, mas por pouco.

— Os termos do tratado eram atrozes — prosseguiu o líder. — Os hesperianos conseguiram seus direitos comerciais. Renunciamos aos nossos direitos a quaisquer tarifas, mas eles mantêm os deles. Também ganharam o direito de construir bases militares onde quiserem em solo nikara.

— Aposto que eles também ganharam permissão para trazer missionários — comentou Kitay.

— Ganharam. E queriam o direito de vender ópio no Império outra vez.

— Com certeza Vaisra negou — disse Rin.

— Vaisra assinou cada cláusula — rebateu Gurubai. — Ele nem sequer retrucou. Acha que ele teve escolha? Ele mal tem controle dos assuntos internos agora. Tudo que faz precisa ser aprovado por um representante do Consórcio.

— Então Nikan está acabada. — Kitay jogou as mãos ao ar. — Tudo está acabado.

— Por que Vaisra ia querer isso? — questionou Rin. Nada daquilo fazia sentido para ela. — Vaisra odeia abrir mão do controle.

— Porque ele sabe que é melhor ser um imperador fantoche do que não ter nada. Porque esse arranjo lhe dará prata de sobra. E porque agora tem os recursos militares necessários para tomar o resto do Império. — Gurubai se recostou na cadeira. — Vocês são jovens demais para se lembrar dos dias da ocupação conjunta. Mas as coisas voltarão a ser exatamente como eram setenta anos atrás.

— Seremos escravizados em nosso próprio país — disse Kitay.

— "Escravizados" é uma palavra forte — observou Gurubai. — Os hesperianos não gostam muito de trabalho forçado, ao menos neste continente. Eles preferem confiar em forças de coerção econômica. O Arquiteto Divino aprecia escolhas racionais e voluntárias, aquelas bobagens todas.

— Isso é absurdo — disse Rin.

— A partir do momento em que Vaisra os convidou para o salão dele, isso se tornou inevitável. Os líderes do sul previram isso. Tentamos alertar vocês. Vocês não quiseram ouvir.

Rin se mexeu em seu assento, desconfortável. Mas o tom de Gurubai não era acusatório, apenas resignado.

— Não há nada que possamos fazer agora — disse ele. — Precisamos voltar para o sul primeiro. Extirpar a Federação. Garantir que nosso povo possa voltar para casa.

— Para quê? — perguntou Kitay. — Vocês são o centro agrícola do Império. Se lutarem contra a Federação, estarão apenas fazendo um favor a Vaisra. Ele virá atrás de vocês mais cedo ou mais tarde.

— Então resistiremos — disse Rin. — Se eles quiserem o sul, terão que sangrar por ele.

Gurubai abriu um sorriso sombrio para ela.

— É isso mesmo.

— Vamos derrotar Vaisra e o Consórcio. — Kitay pensou no assunto por um momento, depois deixou escapar uma risada louca e aguda. — Vocês não podem estar falando sério.

— Não temos outra opção — disse Rin.

— Vocês podem fugir — sugeriu Venka. — Vão para Ankhiluun, façam as Lírios Negros esconderem vocês. Não chamem atenção.

Gurubai balançou a cabeça.

— Não há uma única pessoa na República que não saiba quem Rin é. Moag está do nosso lado, mas não pode manter todos em Ankhiluun de boca fechada. Vocês durariam no máximo um mês.

— Não vou fugir — disse Rin.

Ela não ia deixar Vaisra caçá-la como a um cão.

— Também não vai lutar outra guerra — disse Kitay. — Rin, você só tem uma mão boa.

— Não preciso de duas mãos para comandar tropas — disse ela.

— *Que* tropas?

Rin gesticulou para o navio.

— Estou supondo que temos a frota do Junco Carmesim.

Kitay fez uma expressão de zombaria.

— Uma frota tão poderosa que Moag nunca ousou desafiar Daji.

— Porque Ankhiluun nunca esteve em risco — disse Rin. — Agora está.

— Tá bem. — Kitay se irritou. — Você tem uma frota que deve ser um décimo da que os hesperianos podem trazer. O que mais você tem? Fazendeiros? Camponeses?

— Fazendeiros e camponeses se tornam soldados o tempo todo.

— Sim, se tiverem tempo para treinar e armas, coisas que você não tem.

— O que você faria, então? — perguntou Rin, baixinho. — Vai morrer quieto e deixar Vaisra fazer o que quiser?

— Isso é melhor do que matar mais idiotas por uma guerra que não se pode vencer.

— Acho que você não se dá conta de como nosso poder de base é poderoso — disse Gurubai.

— Sério? — perguntou Kitay. — Será que não vi o exército que você escondeu por aí?

— Os refugiados que você viu em Arlong não representam nem um milésimo da população sulista — disse Gurubai. — Há centenas de milhares de homens que pegaram machados para afastar a Federação quando ficou claro que não receberíamos ajuda. Eles vão lutar por nós.

Ele apontou para Rin.

— Eles lutarão especialmente por *ela*. Ela já se tornou um mito no sul. O pássaro vermelho. A deusa do fogo. Ela é a salvadora que eles estavam esperando. Ela é o símbolo que eles passaram essa guerra toda esperando. O que acha que vai acontecer quando a virem pessoalmente?

— Rin passou por muita coisa — disse Kitay. — Você não vai transformá-la em um tipo de testa de ferro...

— Não uma testa de ferro — interrompeu Rin. — Serei general. Liderarei todo o exército sulista. Não é isso?

Gurubai assentiu.

— Se você quiser.

Kitay agarrou o ombro dela.

— É isso o que quer ser? Outro líder no sul?

Rin não entendeu a pergunta.

De que importava o que ela *queria* ser? Ela sabia o que não *podia* ser. Não podia mais ser a arma de Vaisra. Não podia ser a ferramenta de nenhum exército. Não podia fechar os olhos e emprestar suas habilidades destrutivas a outra pessoa que lhe dissesse onde e quando matar.

Ela pensara que ser uma arma poderia lhe dar paz. Que poderia colocar a culpa de decisões encharcadas de sangue em outra pessoa para que ela não fosse responsável pelas mortes em suas mãos. Mas tudo o que isso fez foi torná-la cega, estúpida e facilmente manipulável.

Ela era muito mais poderosa do que qualquer um — Altan, Vaisra — jamais a deixara ser. Não ia mais receber ordens. O que quer que ela fizesse dali em diante seria sua escolha única e autônoma.

— O sul entrará em guerra de qualquer jeito — disse ela. — Eles precisarão de um líder. Por que não eu?

— Eles não são treinados — argumentou Kitay. — Eles não têm armas? Provavelmente estão passando fome...

— Então roubaremos comida e equipamentos. Ou mandaremos que venham de navio. Vantagens de se aliar a Moag.

Ele piscou.

— Você vai liderar camponeses e refugiados contra dirigíveis hesperianos.

Rin deu de ombros. Sabia que devia estar enlouquecendo para ser tão arrogante, mas eles estavam encurralados, e a falta de opções era quase um alívio, porque significava simplesmente que ou lutavam ou morriam.

— Não se esqueça dos piratas.

Kitay parecia prestes a arrancar cada fio de cabelo que tinha.

— Não pense que os sulistas não serão bons soldados só porque não têm treinamento — disse Gurubai. — Nossa vantagem está nos números. Vaisra não chegou nem perto de encarar as fraturas desse país. A verdadeira guerra civil não será travada a nível provincial.

— Mas Vaisra não é o Império — retrucou Kitay. — Ele rompeu com o Império.

— Não, ele rompeu com pessoas como nós — disse Rin de repente. — É o norte e o sul. Sempre foi.

As peças vinham se movendo lentamente em sua mente embriagada de ópio, mas, quando enfim se encaixaram, a epifania veio como um choque de água fria.

Como Rin levou tanto tempo para entender aquilo? Havia uma razão pela qual sempre se sentira desconfortável defendendo a República. A visão de um governo democrático era uma construção artificial, oscilando na implausibilidade das promessas de Vaisra.

Mas a verdadeira base de oposição vinha das pessoas que mais haviam perdido sob o domínio imperial. As pessoas que, agora, mais odiavam Vaisra.

Em algum lugar lá fora, escondida entre os destroços da Província do Galo, estava uma garotinha aterrorizada e sozinha. Ela estava sufocada pela desesperança, enojada pela própria fraqueza e ardendo de raiva. E ela faria qualquer coisa para ter a chance de lutar, lutar *de verdade*, mesmo que isso significasse perder o controle da própria mente.

E havia outros milhões como ela.

A magnitude dessa percepção era vertiginosa.

Os mapas de guerra se reorganizaram na mente de Rin. As linhas provinciais desapareceram. Tudo era apenas preto e vermelho — aristocracia privilegiada contra pobreza extrema. Os números se reequilibraram, e a guerra que ela pensava estar lutando de repente parecia muito, muito diferente.

Rin havia visto o ressentimento nos rostos de seu povo. A fúria em seus olhos quando ousavam olhar para cima. Eles não eram um povo ávido por poder. Sua rebelião não se desmancharia por causa de ambições pessoais estúpidas. Eles eram um povo que se recusava a ser morto, e isso os tornava perigosos.

Não pode travar uma guerra por conta própria, Nezha lhe dissera uma vez.

Não, mas podia travar uma guerra com milhares de corpos. E, se mil caíssem, então ela lançaria outros mil sobre ele, depois outros mil. Independentemente da assimetria de poder, a guerra naquela escala era um jogo de números, e ela tinha vidas de sobra. Essa era a única vantagem que o sul tinha contra os hesperianos — que havia muitos, muitos deles.

Kitay parecia ter percebido isso também. A incredulidade desapareceu de seu rosto, substituída por uma resignação sombria.

— Então vamos à guerra contra Nezha — disse ele.

— A República já declarou guerra contra nós — afirmou ela. — Nezha sabe que lado escolheu.

Rin não precisava mais refletir. Ela *queria* a guerra. Queria enfrentar Nezha de novo e de novo até que, no final, ela fosse a única de pé. Queria ver seu rosto cheio de cicatrizes se contorcer de desespero enquanto arrancasse de Nezha tudo que ele amava. Queria vê-lo torturado, diminuído, enfraquecido, impotente e implorando de joelhos.

Nezha tinha tudo que ela costumava querer. Aristocracia, beleza e elegância. Nezha *era* o norte. Ele nascera em uma posição de poder, e isso o fez se sentir no direito de usá-lo, de tomar decisões por milhões de pessoas que ele considerava inferiores a si.

Rin arrancaria esse poder dele. E devolveria tudo na mesma moeda.

Finalmente, falou a Fênix. A voz da deusa estava obscurecida pelo Selo, mas Rin podia ouvir claramente cada tom de sua risada. *Minha querida speerliesa. Enfim concordamos.*

Todos os fragmentos de afeição que ela uma vez sentira por Nezha foram queimados. Quando pensava nele, Rin sentia apenas um ódio cruel e delicioso.

Deixe arder, disse a Fênix. *Deixe crescer.*

Raiva, dor e ódio — tudo inflamava um grande e terrível poder, que vinha se espalhando pelo sul havia muito tempo.

— Deixe Nezha vir atrás de nós — disse Rin. — Vou queimar o coração dele e arrancá-lo do peito.

Depois de uma pausa, Kitay suspirou.

— Está bem. Então entraremos em guerra contra a força militar mais forte do mundo.

— Eles não são a força militar mais forte do mundo — retrucou Rin.

Ela sentiu a presença da deusa no fundo da mente — ávida, extasiada e enfim perfeitamente alinhada com suas intenções.

Juntas, disse a Fênix, *queimaremos este mundo.*

Rin bateu o punho na mesa.

— Eu sou.

DRAMATIS PERSONAE

O CIKE

Fang Runin: órfã de guerra da Província do Galo, comandante do Cike e a última speerliesa viva
Ramsa: ex-prisioneiro em Baghra; atual especialista em munição
Baji: xamã que invoca um deus desconhecido que lhe dá poderes desenfreados
Suni: xamã que invoca o Deus Macaco
Chaghan Suren: xamã do clã Naimade; irmão gêmeo de Qara
Qara Suren: atiradora de elite que se comunica com pássaros; irmã gêmea de Chaghan
Unegen: metamorfo que invoca um espírito menor de raposa
Aratsha: xamã que invoca o Deus do Rio
*****Altan Trengsin:** speerliês, ex-comandante do Cike

A REPÚBLICA DO DRAGÃO E SEUS ALIADOS

A Casa de Yin

Yin Vaisra: Líder do Dragão e líder da República
Yin Saikhara: Senhora de Arlong; esposa de Yin Vaisra
Yin Jinzha: filho mais velho do Líder do Dragão; grão-marechal do exército da República
Yin Muzha: irmã gêmea de Jinzha, estudando em Hesperia
Yin Nezha: segundo filho do Líder do Dragão
*****Yin Mingzha:** terceiro filho do Líder do Dragão; morreu afogado em um acidente na infância
Chen Kitay: filho do ministro da Defesa; último herdeiro da Casa de Chen
Sring Venka: filha do ministro da Economia
Liu Gurubai: Líder do Macaco
Cao Charouk: Líder do Javali
Gong Takha: Líder do Galo
Ang Tsolin: Líder da Serpente e ex-mentor de Yin Vaisra

O IMPÉRIO NIKARA E SEUS ALIADOS
Su Daji: Imperatriz de Nikan e a Víbora; invoca a Deusa Serpente da Criação Nüwa
Tsung Ho: Líder da Cabra
Chang En: Líder do Cavalo, também conhecido como "General Carne de Lobo", e mais tarde líder da Marinha Imperial
Jun Loran: anteriormente Mestre de Combate em Sinegard; atualmente o Líder do Tigre *de facto*
Feylen: anteriormente um xamã do Cike que invoca o Deus do Vento; preso em Chuluu Korikh e liberto por Altan Trengsin
Jiang Ziya: Guardião, invoca as feras do Bestiário do Imperador; atualmente autoimprisionado em Chuluu Korikh
*Yin Riga: ex-Imperador Dragão; dado como morto desde o fim da Segunda Guerra da Papoula

OS HESPERIANOS
General Josephus Tarcquet: líder das tropas hesperianas em Nikan
Irmã Petra Ignatius: uma representante da Companhia Cinzenta (a ordem religiosa hesperiana) em Nikan; uma das mais brilhantes intelectuais religiosas de sua geração
Irmão Augus: jovem membro da Companhia Cinzenta

OS KETREÍDES
Sorqan Sira: líder do clã ketreíde; irmã mais velha da mãe de Chaghan e Qara
Bekter: filho da Sorqan Sira
*Tseveri: filha da Sorqan Sira; assassinada por Jiang Ziya

A FROTA DO JUNCO CARMESIM
Chiang Moag: Rainha Pirata de Ankhiluun; também conhecida como a Rainha Durona e a Viúva Mentirosa
Sarana: uma Lírio Negro de alto escalão e uma das favoritas de Moag

* Falecido(a)

AGRADECIMENTOS

Tantas pessoas me ajudaram a transformar este livro em algo que me orgulha. Hannah Bowman viu este manuscrito em seus estágios iniciais e me ajudou da maneira mais gentil possível a perceber que era um lixo. Ainda é um lixo, mas do tipo divertido. Obrigada por sempre me defender, acreditar em mim e me empurrar, às vezes me arrastar, para a frente. Seguimos queimando, barcos contra a corrente, nos lançando para o futuro! David Pomerico e Natasha Bardon não apenas transformaram este manuscrito em uma história muito melhor do que eu poderia ter inventado sozinha como também me ajudaram a crescer como escritora e me ajudaram a superar um terrível caso de síndrome do segundo livro. JungShan Ink criou as ilustrações de capa e, como sempre, de alguma forma entrou direto na minha mente para retratar Rin do jeito que eu sempre a imaginei. Obrigada também às equipes da Liza Dawson Associates e Harper Voyager — Havis Dawson, Joanne Fallert, Pamela Jaffee, Caroline Perny, Jack Renninson e Emilie Chambeyron. Tenho sorte de poder trabalhar com vocês!

Sou abençoada por estar cercada de amigos, mentores e professores que me incentivam a fazer mais do que jamais imaginei e que acreditam em mim quando eu não consigo. Bennett, o Planalto Scarigon recebeu esse nome em homenagem a Scarigon. Um grande guerreiro. Aí está. Shkibludibap! Talvez um dia saibamos o destino de Gicaldo Marovi e seu amigo Rover... Farah Naz Rishi é minha flor brilhante do deserto, minha tigela quente de ensopado em um dia frio, o queijo do meu pão, a pessoa mais forte e mais bonita que conheço, e o K do meu J.B. Que possamos envelhecer e ficar chatas juntas. Alyssa Wong, Andrea Tang e Fonda Lee são modelos incríveis que definem o padrão de graça e trabalho duro, e que me inspiram a *me* escrever sem remorso. Os professores John Glavin, Ananya Chakravarti, Carol Benedict, Katherine Benton-Cohen, John McNeill, James Millward e Howard Spendelow me transformaram na acadêmica que sou. Sou grata à Comissão Marshall por sua incrível generosidade; a Turma Marshall de 2018 é incrível e eu quero ser como todos vocês quando crescer. Adam Mortara me lembra através de seu exemplo brilhante de nunca recolher a escada atrás de mim, mas estender a mão e puxar os outros para cima. Jeanne Cavelos e Kij Johnson continuam sendo os melhores professores de redação que já encontrei. Vinho do porto é uma bebida muito boa.

Um grande abraço aos blogueiros de livros, booktubers, bookstagrammers e resenhistas que falam do meu trabalho. (Incorrect Poppy War, estou olhando para você.) O fato de as pessoas ficarem tão animadas com meus personagens é absolutamente irreal. Vocês não fazem ideia de quanto incentivo e apoio me deram, e estou muito feliz por poder compartilhar minhas histórias com vocês. #FireDick para sempre. Queimem, meus filhos do lixo.

E finalmente: se sou alguma coisa, é porque meus pais me deram tudo.

1ª edição	FEVEREIRO DE 2023
reimpressão	NOVEMBRO DE 2024
impressão	LIS GRÁFICA
papel de miolo	PÓLEN NATURAL 70 G/M²
papel de capa	CARTÃO SUPREMO ALTA ALVURA 250 G/M²
tipografia	SABON